D1985595

Zuckerfee 2.0

Megan McGary

Das Buch:

Mount Rainier, Washington, 2019.

Nach einem furchtbaren Unglück kehrt Captain Mac Lawrence in den kleinen Ort Cooper zurück, um seine körperlichen und seelischen Wunden zu lecken. Doch so einfach ist das nicht, denn er muss feststellen, dass Georgina, seine einzige Angehörige, tot ist. Ihr Anwesen hat sie an Eve vererbt – eine Journalistin, die Georgina kaum kannte.

Eve denkt nicht daran, Mac den Besitz kampflos zu überlassen: Stattdessen legt sie sich augenblicklich mit ihm an, und Mac beschließt, ihr das Erbe streitig zu machen.
Das kann Eve nicht so einfach hinnehmen. Verkompliziert wird das Ganze dadurch, dass beide total aufeinander abfahren – und durch die 24000 Dollar, mit denen Eve bei der Steuerbehörde in der Kreide steht.
Für Eve ist es Liebe auf den ersten Blick, aber Mac gibt sich als wahres Ekelpaket. Trotzdem bezahlt er ihre Steuerschulden. Er knüpft eine Bedingung daran: Eine Instagram-Challenge soll zeigen, wer in den Augen der Gäste der bessere Chef ist. Eve geht siegessicher darauf ein, denn sie hat einen Joker: Unterstützung in Form eines Sternekochs.

Mac kommt Eve näher – sehr nahe. Aber dann stellt er fest, dass sie für das schrecklichste Ereignis in seiner Vergangenheit verantwortlich ist. Gleichzeitig muss er in der Gegenwart seine Unschuld beweisen. Und dann taucht noch eine Stalkerin auf, die alles daran setzt, ihrer beider Leben zu zerstören.
Aber wie steht Mac zu Georgina, und warum hat sie ihm Eve vorgezogen? Was hat es mit dieser alten Tierschutzsache auf sich, und ist Mac wirklich verantwortlich für den Tod von fünf Menschen?

Für Eve und Mac geht es um alles – bis ein Brandanschlag beinahe jeden Zukunftstraum vernichtet.

Die Autorin:

Megan McGary, *1969, ist hauptberuflich Polizeibeamtin. Nebenberuflich schreibt sie Bücher über Beagles – und Liebesromane. Die Autorin lebt mit ihrer Familie und mehreren Jagdhunden in Nordhessen. Ihr Romandebüt, der erste Band von "Navigieren bei Glatteis", erschien im Sommer 2019.

Zuckerfee 2.0

Roman

Megan McGary

www.meganmcgary.com

Bibliografische Information der Deutschen Nationalbibliothek:
Die Deutsche Nationalbibliothek verzeichnet diese Publikation in der Deutschen Nationalbibliografie; detaillierte bibliografische Daten sind im Internet über http://dnb.dnb.de abrufbar.

© Cover- und Umschlaggestaltung: Ria Raven – www.riaraven.de

Lektorat & Korrektorat: Irina Loewen, Mila Erichson

Sheila wurde lizenziert von lauraworthingtondesign.com

2. Auflage, 2021

www.meganmcgary.com

Herstellung und Verlag:

BoD – Books on Demand GmbH, Norderstedt

ISBN: 978-3-7519-9665-5

Die Vergangenheit
ist ein Prolog.
(Shakespeare)

Vielen lieben Dank
für dein Interesse
und herzliche
Grüße!
Meran

Kapitel 1

Wenn Eve irgendetwas auf der Welt hasste, dann waren das eiskalte Finger.

Angewidert stieß sie den tonnenschweren Karton auf den beachtlichen Stapel gleichartiger Kisten und zerrte die Arbeitshandschuhe aus ihrer Hosentasche. Wie konnte es denn im Oktober schon so kalt sein? In Idaho war die Luft herbstlich frisch, kühl, mit einer Ahnung von Indian Summer. Hier war es einfach nur eisig. Ob es in Washington auch normales Wetter gab?

Sie donnerte die Hecktüren des gemieteten Transporters zu und warf einen finsteren Blick auf die Silhouette des Mount Rainier, der sich malerisch vor dem Abendhimmel erhob. *Verdammt!* Hätte es nicht Kalifornien sein können? Florida? Die Mittelmeerküste?

Aber dann fiel ihr Blick durch die offenen Doppelflügel der Eingangstür auf die geschwungene Treppe, die ins Obergeschoss führte, und ihr Ärger verschwand sofort. Die hellen Steinstufen hatten Einlagen aus schimmerndem Perlmutt, und als Kind hatte Eve sich vorgestellt, dies sei die ideale Treppe für eine Prinzessin. Sie hatte Puppenpicknicks auf dem breiten Sims veranstaltet und sich daran gefreut, dass die Stufen an der Wendung spitz zuliefen: wie Tortenstücke.

Eve hatte dieses Haus geliebt, und nun gehörte es ihr, und sie würde hier glücklich werden und genau das tun, wonach ihr schon immer der Sinn gestanden hatte. Dieses Nest in Washington war definitiv besser als jeder andere Ort.

Seufzend nahm sie ihre Last wieder auf und machte weiter.

Die Glocke über dem Eingang schlug an, ein melodischer Dreiklang. Auf diese Weise würde sie garantiert niemals fertig werden! Eve wandte sich nicht um. »Wir haben geschlossen«, rief sie über die Schulter. Sie seufzte.

»Und wer sind Sie jetzt?«
Wie aus dem Boden gewachsen stand er neben ihr, ein Kerl, der mit zusammengezogenen Brauen stocksauer auf sie hinab starrte, gekleidet in dunkelgrünen Flecktarn.

Vor Schreck ließ Eve den Karton fallen. Er knallte mit der Kante auf ihre Fußspitzen, und sie stieß einen schmerzerfüllten Schrei aus. Im Inneren der Umzugskiste klirrte es unheilvoll. Durch die alarmierenden Geräusche aufgeweckt, schoss Amy aus seinem provisorischen Körbchen in der Ecke, raste mit durchdrehenden Pfoten und klickenden Krallen über die Fliesen und knurrte, was das Zeug hielt.

Der Fremde wandte seinen Blick nur kurz ab, machte eine beiläufige Handbewegung, presste ein desinteressiertes *»aus«* durch die Zähne und beachtete den Hund nicht mehr.

So hatte noch niemand auf den Staffordshire-Terrier reagiert. Amy stoppte abrupt. Und das allererstaunlichste war: Der Rüde klappte die beeindruckenden Kiefer zusammen, machte *»hmpf«* und hielt tatsächlich die Klappe. Dann wedelte er, trat noch einen Schritt auf den Typen zu, überlegte es sich anders und setzte sich aufs Hinterteil. Die weiße Schwanzspitze wischte metronomgleich über den Fußboden und verursachte ein schabendes Geräusch.

Eve richtete sich zu ihrer vollen Körpergröße auf. Sie verschränkte die Arme, starrte dem Eindringling ins Gesicht und stellte missbilligend fest, dass er immer noch einen halben Kopf größer war als sie.
»Was fällt Ihnen eigentlich ein«, sagte sie mit aller Empörung, die sie aufbringen konnte.

Er ließ seinen Seesack zu Boden gleiten, erfasste mit einem Blick den Raum und zählte in Gedanken wahrscheinlich die Armada von Umzugskisten. Er kreuzte ebenfalls die Arme und beugte sich vor. Wahrscheinlich verhinderte nur der Karton zu ihren Füßen, dass der Kerl ihr bis an die Nasenspitze auf die Pelle rückte.

»Mir?«, blaffte er, dass es in Eves Ohren klingelte, »was mir einfällt? Ich glaube, Lady, Ihnen geht's zu gut. Ich wohne hier! Ich habe nicht die geringste Ahnung, was Sie hier veranstalten, und Sie sind mir eine Erklärung schuldig.«

»Das wüsste ich aber«, murmelte Eve und zog ihre Fußspitzen unter dem verflixten Karton hervor. In ihrem Rücken fühlte sie das Geländer der Treppe, was sie durchaus tröstlich fand. Dann erkannte sie ihren Denkfehler.

Müsste sie sich nicht fürchten? Sie war allein mit einem völlig Fremden, der ihr bereits durch seine schiere Präsenz Angst einjagte, in einem fast leeren Haus, mit weit und breit keinem einzigen Gegenstand, der ihr zur Verteidigung hätte dienen können. Nervös sah sie sich um. Amy jedenfalls war ihr keine Hilfe. Dass er weder zum Wachhund noch als Beschützer zu gebrauchen war, war Eve noch nie so bewusst gewesen wie heute: Der Hund hatte den Kopf auf die dicken Pfoten gelegt und sah ergeben zu dem Unbekannten auf.

Auf dessen Ärmel war ein Wappen aufgenäht, und Eve glaubte, einen Blitz zu erkennen, verfolgte den Gedanken aber nicht weiter. Von militärischen Dienstgraden hatte sie nur rudimentäre Vorstellungen, aber der Kerl hier sah schwer nach Einzelkämpfer aus, und die vielen Sterne auf seinen Schulterklappen waren der reinste Meteoritenschwarm.

Er war nicht nur groß, sondern auch athletisch. Und aus irgendeinem Grund offenbar ziemlich angepisst. Keinesfalls wirkte er so, als würde er sich von ihr verjagen lassen, und Angst vor dem Hund hatte er auch nicht. *Im Gegenteil.*

Zu allem Überfluss wurde es draußen allmählich dunkel. Eve war keine unsichere Frau, aber sie bemerkte auf einmal, dass ihre Handflächen schweißnass waren.

Das verdammte Treppengeländer sollte besser *vor* ihr sein. Als Barriere.

Sie schielte unauffällig um seine Körpermitte herum, auf der Suche nach Bewaffnung, konnte in dem dämmrigen Entree jedoch nichts erkennen.

»Na, genug gesehen?«, fragte er, und noch bevor Eve scharf Luft geholt hatte, um auf diese Unverschämtheit eine passende Antwort zu geben, legte er nach: »Also?«

»Also was?«, schnappte Eve, und plötzlich ging ihr auf, was er gesagt hatte: *Ich wohne hier.*

Sie trat einen demonstrativen Schritt zurück. Sie hob das Kinn und versuchte, dem Kerl möglichst kühl ins Gesicht zu sehen. Es lag im Schatten, aber schließlich ging es hier ums Prinzip.

Eine ihrer journalistischen Grundregeln war immer gewesen: *Ruhe bewahren.* Eine andere lautete: *den Stier bei den Hörnern packen.* Die Kombination aus beidem veranlasste sie, ihre Hand auszustrecken und sich vorzustellen.

»Ich bin Eve Jackson. Dieses Haus ist keineswegs das Ihre, Sir, sondern meins, wenn auch erst seit kurzer Zeit. Und weil das so ist, gehen Sie jetzt bitte. Guten Tag.« Würdevoll drehte sie sich um und zog sich endlich hinter den fragwürdigen Schutz des antiken Geländers zurück.

Er stieß ein verächtliches Geräusch aus. »Jetzt mal Schluss mit den Spielchen«, sagte er, »wo ist Georgina?«

»Georgina?«, echote Eve und zuckte erschrocken zusammen, als er drohend auf sie zu kam, mit zwei langen Schritten um sie herumging und Anstalten machte, die Treppe hinaufzusteigen.

»Ja, Georgina. Ältere Dame? Führt das Café? Wohnt oben? Georgina. Na?«

Was für ein unfreundlicher Mensch! Doch Eve war in diesem Augenblick sicher, dass er sich genau so fühlte wie sie: im falschen Film.

Gemäß des alten Sprichwortes (einem, das auch die deutsche Einwanderin Georgina Muller sehr geschätzt hatte, wie Eve ganz genau wusste) lautete ein anderes ihrer journalistischen Prinzipien: *Auf einen groben Klotz gehört ein ebensolcher Keil.*

Eve merkte, wie in ihr eine Welle der Wut aufkam, an ihrem Rückgrat entlang flutete und sich Bahn brach in Schonungslosigkeit.

Was soll's, dachte sie, und sagte: »Georgina ist tot.«

Er war auf der Hälfte der Treppe und hielt abrupt inne, mitten in der Bewegung.

Sekundenlang passierte gar nichts. Als er sich langsam zu Eve herumdrehte, fiel von oben das Flurlicht auf sein gut geschnittenes Gesicht und beleuchtete eine regenbogenfarben schillernde Schwellung an der rechten Schläfe. »Tot?«

Eve wich sicherheitshalber etwas weiter in die Mitte der Halle zurück. War er etwa blass geworden? Es konnte einem nie zum Vorteil gereichen, der Bote schlechter Nachrichten zu sein, erst recht nicht, wenn der Empfänger aussah wie jemand, der noch nie in seinem Leben etwas von Anstand und Geduld gehört hatte.

Doch dass die Nachricht für ihn furchtbar schlecht war, ließ sich nicht verhehlen.

Eve wurde unsicher und beobachtete, wie er die kräftigen Hände um das gedrechselte Kirschholz des Treppengeländers schloss und sich auf den Stufen niederließ, schwer und mit hellen, verwundeten Augen, die ungläubig auf ihr Gesicht gerichtet waren.

Sie hätte sich die Zunge abbeißen mögen.

Unvermittelt fragte sie sich, was er wohl sah. In den Spiegel hatte sie zuletzt um die Mittagszeit geschaut. Ihr Haar hatte sie unordentlich auf dem Kopf zusammengesteckt, und wahrscheinlich waren ihre Wangen nach der Schufterei mit dem Inventar voller Staub. Sie schob nervös die Brille auf ihrer Nase hoch und bemerkte dabei, dass der feine Nieselregen auf den Gläsern Spuren hinterlassen hatte. Sie hielt sich mit Mühe davon ab, mit den Zipfeln ihres karierten Hemdes darüber zu reiben.

»Es tut mir leid«, krächzte sie und stieß ihre Hände in die Taschen der ramponierten Bluejeans. »Sie starb vor sechs Wochen. Plötzlich.«

Der Unbekannte rappelte sich auf. In Sekundenbruchteilen verschloss sich sein Gesicht wieder, und Eve war beinahe sicher, sich den Anflug unfassbarer Trauer nur eingebildet zu haben.

Er warf ihr einen Blick zu, der Eve Gänsehaut bereitete. »Im Überbringen von Todesnachrichten sind Sie einsame Spitze, Lady.«

Er stapfte nach oben.

Von seinem Schock hatte er sich jedenfalls schnell erholt.

»Hey!«, rief Eve und rannte ihm hinterher, gefolgt von Amy, der das Ganze offenbar hochinteressant fand und es als seine Pflicht betrachtete, alle Aktivitäten mit hängender Zunge zu begleiten. Es sah aus, als würde er ständig lächeln.

»Sind Sie ein Verwandter?«, fragte Eve und erntete einen hochmütigen, über eine der breiten Schultern geworfenen Blick. Wieso musste man ihm überhaupt alles so mühsam aus den Rippen leiern?

»Ja«, sagte er knapp und bewegte sich mit einer Selbstverständlichkeit über die Galerie, als ob er tatsächlich vertraut sei mit diesem Haus. Er öffnete Türen und sah in Zimmer, in denen die Möbel mit weißen Tüchern bedeckt waren – der Wohnung, in der die alte Dame sich bis zuletzt mit den täglichen Komplikationen ihres kleinen Haushalts beschäftigt hatte oder mit dem Klatsch, den ihr die Nachbarin via Telefon überbracht hatte.

Und mit der Zukunft ihres Lebenswerkes.

Er hielt kurz inne und verlangsamte seinen Schritt, hob den Kopf und schien zu schnuppern, wie Amy, wenn er Witterung aufnahm. Schloss er für eine Millisekunde die Augen? Was war das für ein Ausdruck, der über sein Gesicht glitt? Wehmut?

Jedes Haus hatte seinen spezifischen Geruch. Der von Georginas Räumen besaß eine feine Note von frisch gewaschener Wäsche und Orangenblüten.

Eves Besucher schien sich an etwas zu erinnern, und sie hoffte, dass es ihn mit voller Wucht traf. Er hob eines der Laken an und strich über den Deckel von Georginas Klavier. Obenauf lag ein Notenheft, das er musterte.

Als ob der Typ Noten lesen könnte! Eve machte einen Fehler: Sie hielt ihn am Arm fest.

Zu behaupten, es träfe sie wie ein elektrischer Schlag, wäre sicherlich übertrieben gewesen – aber seine Körperwärme unter dem festen Drillich übertrug sich auf ihre Fingerspitzen, glitt durch ihre Hand, kribbelte durch die Muskeln an Speiche und Elle, lief als feines, zartes Rinnsal ihre Schulter entlang und landete mitten in ihrem Herzen.

Er hob den Kopf und sah sie erstaunt an.

Eve zog eilig die Hand zurück und rieb verwirrt über ihre Knöchel.

Er stand direkt neben einer der kleinen Lampen, die Georgina in jedem Raum aufgestellt hatte. Sie starrte ihn an. Seine hellen Augen hatten dunkelblaue Ränder um die Iris, wie die

ausgewaschenen Nähte einer Jeans, und unter ihnen lagen tiefe Schatten der Erschöpfung.
Mit so gut aussehenden Männern hatte Eve ein Problem.

Er öffnete den Deckel des Instruments und spielte mit einer Hand eine kurze Melodie. Dabei legte er den Kopf ein wenig schief, um der Tonfolge nachzulauschen. Amy tat es ihm gleich, in perfekter Symmetrie, und die Ohren des Hundes zuckten.

Das war der Augenblick, in dem sich Evangeline Jackson unsterblich in Michael Alexander Lawrence, dessen Namen sie zu diesem Zeitpunkt noch nicht einmal wusste, verliebte.

Das Dumme war nur, dass diese Tatsache offenbar keineswegs auf Gegenliebe stieß, denn er ließ den Deckel zunächst vorsichtig hinab, schloss ihn dann jedoch mit einem kakophonen Knall, so dass Amy seine Rute unter den Bauch zog und hinter Eves Beine huschte. Der Mann sagte:

»Also, Eve Jackson. Wer sind Sie, was haben Sie hier zu suchen, und wie zum Teufel haben Sie es geschafft, sich Georginas Haus unter den Nagel zu reißen?«

Kapitel 2

Eve war über seine Wortwahl offenbar so erbost, dass sie sich kommentarlos umwandte und mit wütenden Schritten zurück ins Erdgeschoss ging. Es war ihr anscheinend egal, ob er ihr folgte oder nicht. Sie hielt ihn für einen ungehobelten Rüpel, das hatte ihr hochmütiger Blick ihm ziemlich deutlich klargemacht.

Er verharrte noch eine Weile in den Räumen mit den erlesenen Möbeln und überdachte seine Lage.

Er hatte es nicht gewusst. Georgina war niemals krank, aber sie war hoch in den Siebzigern gewesen, und wie hatte er glauben können, sie würde ewig leben? Es war über ein halbes Jahr her, seitdem er sie zuletzt gesehen hatte, und neben dem Gefühl des Verlusts empfand er vor allem eines: ein schlechtes Gewissen.

Natürlich waren sporadische Briefe und Telefonate nicht genug gewesen. Oder vielleicht waren sie genug gewesen, aber dann war der Unfall passiert, und in dieser wochenlangen Funkstille war allem Anschein nach eine ihm völlig unbekannte Eve Jackson in Georginas Leben getreten und hatte seinen Platz eingenommen. Neuer Ärger regte sich in ihm und verdrängte den ersten, vernichtenden Schmerz.

Mac ging langsam nach unten.

Im Café war alles noch wie früher. Abgesehen davon, dass die Vitrinen, in denen sonst köstliches Gebäck und fantastische Kuchen ihren Platz hatten, leer waren. Die Möbel waren mit einer feinen Staubschicht bedeckt, und in der großen Küche, deren Edelstahlfronten matt schimmerten, herrschte das gleiche dämmrige Herbstnachmittaglicht wie in der Halle.

Eve hatte sich an einer Kaffeemaschine zu schaffen gemacht. Das Licht aus den Spots über der breiten Theke beschien ihr

Haar, das wie Nussbaumholz schimmerte. Einzelne Strähnen fielen aus der nachlässigen Frisur in ihren Nacken und erweckten in Mac den völlig abwegigen Wunsch, sie um seine Fingerspitzen zu drehen und ihre seidige Glätte zu ertasten.

Sein Ton war schroffer als beabsichtigt. »Es tut mir leid.«

Sie sah ihn nicht an. »Ach ja? Was denn genau? Dass Sie hier hereinstürmen und mich des Diebstahls bezichtigen? Oder *was-weiß-ich-was* noch? Wo sind Sie denn gewesen, als sie krank wurde und Sie nicht erreichen konnte und sich niemand aus Ihrer merkwürdigen Familie herbequemte, um sich um alles zu kümmern?«

Der angriffslustige Tonfall steigerte sich, je länger ihre Tirade wurde. Er spürte, wie die Muskeln in seinem Rücken sich verhärteten und biss die Zähne aufeinander. Oh Gott, sie gehörte doch hoffentlich nicht zu den Frauen, die sich für interessant hielten, nur weil sie Kontra gaben? Als ob jeder Kerl gleich einen Ständer bekäme, wenn jemand widersprach! So ein armseliger Wicht war Mac nicht, und *Himmel!*, so wenig aufregend war sein Leben nicht. Er arbeitete mit Frauen genauso gleichberechtigt zusammen wie mit Männern, und das hier nervte ihn einfach nur. Vor allem, weil sie ihre Befugnisse überschritt. »Wenn Sie glauben, ich müsste mich rechtfertigen, irren Sie sich, Miss Jackson.«

Sie nickte knapp. »Und was genau wollen Sie dann hier?«

Mac verengte die Augen, nahm sie ins Visier. Couragiert war sie. Aber nicht im Recht. Oder?

Sie erwiderte seinen Blick auf die gleiche argwöhnische, ausgiebige Weise. Schließlich schien sie zu irgendeinem Entschluss gekommen zu sein, denn sie drehte sich seufzend zu dem Kaffeeautomaten um, betätigte zwei Tasten und wartete, bis das monströse Ding schnaufend und zischend seine Arbeit verrichtet hatte. Dann drückte sie ihm ungefragt einen der strahlend weißen Kaffeebecher mit Georginas aufgedrucktem Logo in die Hand. Sie ging zu einem der Tische und zog zwei der hochgestellten Stühle von der Platte. Mit einer einladenden Geste wies Eve auf den Platz gegenüber.

Mac setzte sich, halb überrascht, halb zögernd, in Bewegung. Er nannte endlich seinen Namen und ließ sich zu einer Erklärung herab, die sich sogar in seinen eigenen Ohren abgehackt anhörte. »Von meiner merkwürdigen Familie, wie Sie es nennen, ist keiner mehr übrig. Ich bin hier aufgewachsen. Ich war eine Weile im ... Ausland, und der Kontakt zu Georgina ist, sagen wir, abgerissen. Ich hatte keine Ahnung. Jetzt Sie, wenn ich bitten darf.«

Aber sie war ihm schon ins Wort gefallen. »Tja, dann nehme ich an, dass sie spontan ihr Testament geändert hat.«

Er beugte sich über den Tisch. »Geändert! Bis vor Kurzem gab es noch nicht mal ein Testament! Oder wollen Sie mir erzählen, sie war nicht mehr bei sich?«

Eve wich keinen einzigen Zoll zurück, während sie sich vergeblich den Kopf darüber zerbrach, ob die alte Dame je von ihm gesprochen hatte. »An ihrer geistigen Gesundheit gab es nicht den geringsten Zweifel. Aber sie war allein, und offenbar haben Sie sie im Stich gelassen. Sie war müde. Sie wusste, dass sie nicht mehr viel Zeit hatte. Über den Rest weiß ich nichts, da müssen Sie schon den Notar fragen. Doch unterstehen Sie sich, Mister, mir unlautere Absichten zu unterstellen!«

»Captain«, korrigierte er, offenbar gewohnheitsmäßig. Er stieß heftig den Atem aus und setzte die Tasse so hart ab, dass sich ein Staubwölkchen von der Tischplatte erhob. »Unlautere Absichten! Wenn Sie schon so direkt fragen: Was ich Ihnen unterstelle, Lady, ist Erbschleicherei.«

Eve sprang auf. »Dafür werden Sie sich entschuldigen«, zischte sie und blickte ungnädig auf ihn herab. Sie maßen sich mit Blicken, und ihr Gesichtsausdruck war eine klare Kampfansage.

Plötzlich reizte ihn die Situation. Doch was sollte er überhaupt mit einem Café? *Egal.* »So wie ich das sehe, ziehen Sie doch gerade hier ein«, sagte er lauernd, »sind Sie eine Goldgräberin?

Wäre nicht das erste Mal, dass sich jemand die Einsamkeit einer alten Frau zunutze macht. Also: Beweisen Sie mir das Gegenteil.«

Sie fuhr herum, schnappte empört nach Luft, machte ein, zwei Schritte in den Raum hinein und starrte finster zurück, die Hände in die Hüften gestützt.

»So ein Blödsinn«, sagte sie und sah völlig mitleidlos aus, was ihn endgültig in Rage versetzte. »Es gibt schließlich entsprechende Dokumente.«

»Rechtsgültige?«, fragte er.

»Was denken Sie denn! Natürlich sind die Dokumente rechtsgültig! Glauben Sie etwa, ich würde mir ein Grundstück in bester Lage einfach so ergaunern?«

Die Tasse klirrte, als sie den Rest ihres Kaffees in die Spüle kippte. Ob sie als Nächstes den Vorwurf befürchtete, bei Georginas Tod nachgeholfen zu haben?

In diesem Falle würde sie ihm wahrscheinlich ohne zu zögern die Augen auskratzen. Trotzdem erwog er kurz eine sarkastische Bemerkung in diese Richtung. Er sah, dass sie unter ihrer kühlen Fassade allmählich die Fassung verlor. *Sehr gut.*

In einer fließenden Bewegung stand er auf, wobei er eines seiner langen Beine über die Sitzfläche schwang, und legte nach. »Es hat schon ganz andere Dinge gegeben. Packen Sie Ihre verdammten Kisten am besten gar nicht aus«, sagte er und sah sicherlich aus wie eine dieser Katzen, die am Sahnetopf genascht hatten, »ich schlage vor, dass mein Anwalt das mit Ihnen klärt.«

Sie hob ihre fein geschwungenen Augenbrauen. Und das Kinn. »Eine hervorragende Idee, Mr. Lawrence. Ich wünsche Ihnen viel Erfolg.«

Damit ließ sie ihn allein, rauschte durch die Doppeltüren mit den herrlichen Tiffany-Glasflächen, und halb erwartete er, dass sie den Türflügel hinter sich zuwerfen würde. Er duckte sich prophylaktisch in Erwartung eines Scherbenregens und begegnete dem besorgten Blick des zweifarbigen Staffordshire mit dem abgeknickten Ohr.

Für den Hund hegte Mac schon jetzt große Sympathie.

In der Mitte des großzügigen Eingangsbereiches drehte sich Eve nochmal um.

»Sie erwähnten, dass Sie hier wohnen. Wie muss ich mir das vorstellen?«

Mac warf entnervt die Hände in die Luft. »Remise.« Über der Garage gab es eine Wohnung, die er bereits vor Jahren hatte ausbauen lassen. Leider war sie bisher kaum genutzt worden.

Aber das würde sich jetzt ändern.

Eve kam erneut auf ihn zu. »Ich schätze militärische Knappheit sehr, aber könnten Sie eventuell mit diesen grässlichen Ein-Wort-Sätzen aufhören?«

»Warum?«, entgegnete er, ließ sich auf den edlen Thonet-Stuhl mit der geflochtenen Sitzfläche fallen und lehnte sich abwartend zurück. »Sie machen doch genug Worte für uns beide.«

Sie ging.

Der Hund folgte zögerlich und unter misstrauischen Schulterblicken. Hundekrallen klickten über die schwarz-weißen Fliesen.

Kurze Zeit später fiel die Tür zur oberen Wohnung mit einem so dröhnenden Krachen ins Schloss, dass im ganzen Haus die Fensterscheiben erzitterten.

Kapitel 3

Als ob kindisches Türenschlagen irgendein Problem lösen würde! Eve ärgerte sich schon wieder – zur Abwechslung über sich selbst. Sie lehnte sich an die Innenseite der Wohnungstür und atmete zweimal tief durch. Die Anspannung, unter der sie gestanden hatte, holte sie ein. Wahrscheinlich lachte Lawrence sich schon über sie kaputt.

Sie stieß sich von der Tür ab und begann unverzüglich, in den Papieren auf ihrem Schreibtisch zu wühlen. In chronologischer Reihenfolge ging sie das Ganze durch und fand bei einer ersten Übersicht, dass alles wasserdicht war.

Bevor sie sich genauer damit beschäftigte, brauchte sie einen Drink. Einen *kräftigen* Drink. Außerdem musste der arme Amy endlich gefüttert werden.

Aus dem Fenster ihrer kleinen Küche im ersten Stock spähte sie über den Hof. Im Sommer gab es hier, unter einem Laubendach aus wildem Wein und blauen, duftenden Glyzinien, einen Biergarten, der von den Mountainbikern und Tourengängern mit Begeisterung besucht wurde.

Die Garagen und ehemaligen Stallungen befanden sich gegenüber des Haupthauses, dessen eindrucksvolle Fachwerkfassade zur Mountain View Road lag, einem schmalen Sträßchen parallel zum Eagle River. Fast alle Nebengebäude waren ungenutzt und boten eine Menge Potential zur weiteren Verwendung.

Cooper war eine Kleinstadt am Fuße des Mount Rainier, abseits der großen Skigebiete, begehrt bei Touristen, die Ruhe und relative Leere suchten. Jäger, Angler und Wanderer liebten die Gegend, und Georgina hatte schon vor vierzig Jahren den Geheimtippcharakter des Örtchens erkannt. Leider hatte es ihr an Kapital gemangelt, um die Nebengebäude auszubauen. Nur die Räume über dem westlichen Trakt waren fertiggestellt.

In der Wohnung oberhalb des langgestreckten Gebäudes war noch immer alles dunkel. Eve war noch nie dort gewesen; sie hatte nur Zugang zum vorderen Gebäude. Mit dem Erscheinen des mysteriösen Captain Lawrence war ihre Neugier erwacht, und sie hätte gern gewusst, wie es dort aussah.

Eve dachte fieberhaft nach.

Vielleicht stimmte es ja gar nicht, was er sagte. Wer wusste schon, welches psychologische Trauma jemanden wie ihn dazu veranlasste, Dinge zu fordern, die ihm nicht zustanden. Wahrscheinlich hatte der Typ einfach eine Macke, genau, das musste es sein!

Wo war er denn gewesen, in den Wochen nach Georginas Tod? Wenn er der rechtmäßige Erbe war, wieso hatte man ihn dann nicht ausfindig gemacht? Einen Angehörigen der Army konnten seine Vorgesetzten doch zu jeder Tages- und Nachtzeit lokalisieren, war doch so, oder?

Vermutlich gab es irgendein Zerwürfnis: ein düsteres Familiengeheimnis. Wundern würde es Eve nicht, bei dem Auftreten, das der Mensch an den Tag legte! Man konnte ja keine drei Takte vernünftig mit ihm reden, ohne dass er in die Luft ging!

Aber der Reaktion nach zu urteilen, die auf ihre wenig feinfühlende Eröffnung gefolgt war, hatte Georgina ihm eine Menge bedeutet. Und in der Wohnung kannte er sich aus. Die Szene mit dem Klavier erstand vor ihren Augen neu, und wieder zog Gänsehaut über ihre Unterarme.

Ganz sicher war Eve sich ihrer Sache nicht.

Georgina hatte irgendeinen Zwist mit den Behörden ausgefochten. Eve wusste von ihrer Sorge, das Anwesen würde nach ihrem Tode versteigert oder an das Pierce County fallen. Sie konnte sich nicht daran erinnern, um was es dabei gegangen war, aber sie kannte Georgina auch erst seit ein paar Monaten.

Und weil dem so war, war niemand überraschter gewesen als Eve selbst, als ihr plötzlich eine Vorladung zur Testamentseröffnung überbracht wurde, an deren Ende sie nicht nur das denkmalgeschützte Kaffeehaus, sondern auch alles andere überschrieben bekommen hatte. Bis auf die Remise. Aber wieso hätte sie sich darüber Gedanken machen sollen?

Das war vor vier Wochen gewesen. Seitdem hatte Eve ihren Umzug organisiert und einen Haufen behördlicher Dinge rund um ihren neuen Job erledigt: Eine Klausel im Testament der alten Dame besagte, dass das Café unbedingt weitergeführt werden musste.

Dieses wundervolle, alte Café.

Georgina war die jüngste Tochter eines Hamburger Kaufmanns, die sich in den Ersten Offizier einer amerikanischen Handelsflotte verliebt hatte und ihm an die amerikanische Ostküste nachgefolgt war. Bedauerlicherweise hatte der Seemann bereits Frau und Kinder, erwähnte dies gegenüber seiner jungen Geliebten jedoch erst mit Verspätung. Georgina reiste quer durchs Land und eröffnete in den sechziger Jahren ein Juwel von einem Hotel in diesem kaum erschlossenen Gebiet am Mount Rainier. Übrig geblieben war das Anwesen, dessen Hauptgebäude mittlerweile wegen seiner architektonischen Einzigartigkeit unter Denkmalschutz stand.

Sie war unsagbar stolz auf das Gut gewesen. Es war gepflegt und gut in Schuss, und der Himmel wusste, was es die alte Lady gekostet hatte, das Haus zu erhalten.

Aber Mac Lawrence wusste das erst recht nicht. Wenn Eve sich nicht gänzlich täuschte, war er doch aus ganz anderem Holz geschnitzt.

Er hatte mit Sicherheit nicht mal eine Ahnung davon, was Herzblut war und wie leidenschaftlich man ein Ziel verfolgen konnte, an dem einem etwas lag.

Eve hatte Pläne. Sie hatte sich intensiv mit Marktforschung beschäftigt, kannte neuerdings sämtliche Speisekarten der umgebenden Gastronomiebetriebe, wusste alle touristisch relevanten Zahlen auswendig und konnte die Denkmalschutzbestimmungen im Schlaf herbeten. Sie hatte einen Kurs in Buchführung und einen weiteren in Betriebsführung, Schwerpunkt: Gastronomie, bei der Handelskammer in Olympia absolviert und mit Auszeichnung bestanden.

Das alles konnte unmöglich vergeblich gewesen sein, denn Lawrence traute sie höchstens zu, Georginas geliebten Gutshof umgehend an den Meistbietenden zu verhökern.

Scheinwerferlicht glitt über die Wand. Schwungvoll (und lautlos) fuhr ein mattschwarzes Tesla Model S vor.

Mit Autos kannte Eve sich aus. Sie riss die Augen zuerst auf, dann kniff sie sie zusammen. Lawrence stieg aus dem Wagen und verschwand Minuten später im Haus, den Seesack geschultert. Hinter den Fenstern über den Garagen flammte Licht auf.

Fast hunderttausend Dollar auf Rädern. Womit verdiente der Kerl bei der Army sein Geld? Als Auftragskiller? Und wozu brauchte *der* jetzt das Café?

Diese Sache entwickelt sich völlig anders als gedacht.

Ihr wurde bewusst, dass sie die ganze Zeit nach unten gelauscht hatte. So weit war es schon: Sie wagte kaum, sich in ihrem eigenen Haus unbefangen zu bewegen! Nun, da sie wusste, wo er sich aufhielt, kam Bewegung in sie. Eve sprang auf die Füße und rief den Hund zu sich.

Zeit für die Abendrunde.

Nach einem ausgiebigen Spaziergang in Nieselregen und Dunkelheit – was nicht nur Amy aus tiefstem Herzen hasste – verschloss Eve sorgfältig die Eingangstür, entledigte sich ihres Regenmantels und rieb das Fell des Rüden mit einem Handtuch trocken. Amy brummte wohlig und drückte seine breite Stirn an Eves Brust.

Sie sah auf, weil sie ein Geräusch hörte.

Mac Lawrence lehnte im Durchgang zum Café. Er hatte sich umgezogen – Jeans, blaues T-Shirt – und hielt ein riesiges Stück Pizza in der Hand.

»Wie sind Sie hier hereingekommen?«, fragte sie überrascht und ärgerte sich, weil sie zu ihm aufsehen musste.

Er griff in seine Hosentasche und zog einen Schlüsselbund hervor, zeigte ihn vor und steckte ihn wieder ein.

Verdammt, dachte Eve.

»Auch eins?«, fragte er kauend, griff hinter sich und streckte ihr den Karton entgegen.

Eve erhob sich. »Vegetarisch?«

»Gott behüte«, kam es zurück. Er machte ein entsetztes Gesicht.

Das hätte sie sich denken können. Der Typ stand todsicher auf Burger und warf jeden zweiten Abend den Grill an.
»Nein danke«, sagte Eve. Es klang schnippisch, obwohl sie gar nicht schnippisch klingen wollte.

Er schubste den Karton auf einen der Tische, zuckte mit den Schultern, steckte sich den Rest des Pizzastücks in den Mund und murmelte etwas, das entfernt nach *»dann nicht«* klang. Bevor Amy Interesse an dem Leckerbissen bekunden konnte, ergriff Eve sein Halsband und bugsierte ihn in Richtung Treppe. Dabei fiel ihr der havarierte Umzugskarton von vorhin auf, der noch genauso dort stand, wie sie ihn fallen gelassen hatte.

Sie deutete angelegentlich zuerst auf den Karton, dann Richtung Treppe. »Wenn Sie schon unbedingt hier wohnen wollen, machen Sie sich doch bitte nützlich. Ich könnte Hilfe gebrauchen.« Lawrence sah aus, als könnte er locker zwei dieser Monster auf einmal nach oben schaffen.

Er war immer noch am Kauen und sah sie einen Moment lang sinnend an. »Ich wohne in der Remise, ja?«, vertraute er ihr an und besaß die Unverfrorenheit, konspirativ zu blinzeln, »drüben.« Seinem Tonfall nach zu urteilen, hielt er sie für schwer von Begriff. Er wies mit einer Kopfbewegung in Richtung Hinterhaus. »Und Sie, Lady, machen mir einen ziemlich emanzipierten Eindruck. Schwächlich wirken Sie auch nicht gerade.« Er musterte ihre sportlichen Schultern.

Er drehte sich um, ging zurück ins Café und machte mit einem *»kriegen Sie sicher allein hin«* nachdrücklich die Tür hinter sich zu.
Das Tiffany-Motiv, ein prachtvoller Strauß blaue Iris, funkelte im Licht der Deckenspots.

Schwächlich! Was sollte das denn heißen? »Ein Gentleman sind Sie nicht gerade«, rief sie ihm zu. Offensichtlich tat sie ihm kein bisschen leid.

Die Tür öffnete sich noch einmal. Einen Spalt breit.

»Ein Gentleman? Ich?« Sein Gesichtsausdruck war fragend, aber seine Augen glitzerten, das konnte sie sogar über die Distanz von zehn Fuß erkennen. »Nein, wirklich nicht. Was für ein bescheuertes Klischee.«

Eve zog ihre Brauen zu waagerechten, finsteren Strichen zusammen und dachte kurz daran, Amy auf ihn zu hetzen. Immerhin hatte der einen Ruf als Kampfhund zu verteidigen. Oder vielleicht könnte sie Lawrence wenigstens mit der Hundeleine schlagen. Aber eigentlich konnte sie nicht anders: Sie musste lachen.

Leise.

Dann fiel ihr ein, dass sie ihn hätte fragen sollen, was er hier eigentlich noch zu suchen hatte. Konnte er seine verdammte nicht-vegetarische Machopizza nicht in seiner eigenen Behausung vertilgen?

Hätte ihr irgendjemand prophezeit, dass sie binnen einer einzigen Woche mit diesem Mann im Bett landen würde: Sie hätte umgehend für die Einweisung desjenigen in die geschlossene Abteilung einer Nervenheilanstalt gesorgt.

Kapitel 4

Weil Eve die Befürchtung hatte, Mac zu Beginn des neuen Tages womöglich beim Zubereiten eines Frühstücks zu begegnen, machte sie sich in aller Herrgottsfrühe sorgfältig zurecht und zog eine schwarze Bluse und saubere, unbeschädigte Jeans an, bevor sie hinunterging, den Hund in den Garten ließ und die Kaffeemaschine anwarf.

Aber er tauchte bis zehn Uhr nicht auf, obwohl das Luxusauto auf seinem Platz stand, und Eve kam sich dümmer denn je vor.

Zukünftig würde sie sich für alle Mahlzeiten, die nicht mit dem Café zu tun hatten, auf ihre winzige Küche im Obergeschoß beschränken, beschloss sie. Eine Entscheidung, die ihr sogleich von Herzen leidtat: Der Kaffee aus der Profimaschine war eindeutig besser.

Nichts hier erinnerte an seine Anwesenheit am gestrigen Abend, außer einem gespülten Glas auf dem Abtropfbrett und der zusammengefalteten Pizzaverpackung im Altpapier. Auf der Pappe prangte ein Stempel des Pizzalieferanten, der zwei grinsende Bauernhoftiere zeigte. *»No meat inside«,* in schwungvollen, glücklichen Buchstaben, war daneben zu lesen.

Warum hatte er sie glauben lassen, es wäre anders?

Was für ein widersprüchlicher Mensch! Offenbar liebte er die Provokation.

Nun, *das* war eine von Eves leichtesten Übungen.

Seufzend steckte sie ihr langes Haar zu einem Knoten auf und machte sich an die Arbeit: Noch exakt acht Kisten warteten darauf, nach oben befördert zu werden, vier weitere würden im Erdgeschoß verbleiben.

Im Anschluss an die Plackerei hatte sie einen Termin, auf den sie sich freute: Das Personal würde zu einem ersten Briefing kommen. Georgina hatte alle entlassen, kurz bevor sie das Café aus Altersgründen schloss. Aber sie hatte verfügt, dass die Zuverlässigsten wieder eingestellt würden: unter Eves Leitung.

Sie kannte die Leute bisher nur flüchtig, wusste aber, wie das Lokal zu führen war: Eves Mutter hatte jahrelang für Georgina gearbeitet und viele der köstlichen Tortenträume umgesetzt, für die das Café berühmt war. Eve schwelgte seit Wochen in den bewährten Rezepten, nebst ein paar neuen. Sie beabsichtigte, den Platz ihrer Mom einzunehmen. Den Service wollte sie den beiden Angestellten überlassen.

Sie wuchtete die letzte Kiste mit Küchengerätschaften auf die breite Arbeitsfläche, als die Türglocke ertönte. *Perfektes Timing.*

Allerdings handelte es sich mitnichten um die erfahrenen Kellnerinnen, die Eve erwartet hatte, sondern um einen Gerichtsboten. Der uniformierte Kurier stellte ihr ein Schreiben mit dem Siegel des Staates Washington zu.

»Anfechtung/Widerspruch« stand in sperrigen 22-Punkt-Buchstaben über dem Brief.

Eves Tag trübte sich an den Rändern leicht ein.

Lawrence. Wie hatte dieser schreckliche Mensch das überhaupt so schnell hinbekommen?

Da es ihr zu sehr an Zeit mangelte, um ihn sich persönlich vorzunehmen, schrieb sie eine E-Mail an die Kanzlei und verwies auf Georginas Notar. Danach hatte sie einige Stunden lang intensiv zu tun. Gegen drei Uhr nachmittags erinnerte ein dezentes *Ping* sie an die Existenz ihres E-Mail-Postfaches. Und an die von Mac Lawrence. Er schrieb ihr nämlich persönlich zurück.

Von: M. Lawrence
An: Eve Jackson
Am: Dienstag, 15:16 Uhr PST
Miss Jackson, Sie können auch gern direkt mit mir sprechen: einfach quer über den Hof, bitte.
Gruß, Mac
P.S.: Hätte ich geahnt, wie Ihr vollständiger Vorname lautet, wäre es gar nicht so weit gekommen.

Seine Mailadresse verwies auf das nordwestlich gelegene Fort Lewis, und das Zeitzonenkürzel deuteten auf ein gewisses

Kosmopolitentum hin, was Eve bereits wieder wurmte. Ohne eine Sekunde nachzudenken, antwortete sie. Spontaneität war völlig untypisch für sie.

Von: Eve Jackson
An: M. Lawrence
Am: Dienstag, 15:18 Uhr
Wenigstens haben meine Emails kein blödes Zeitzonenkürzel, Mr. Superangeber. Ich spreche nicht mit Ihnen und ziehe die Kommunikation über den Anwalt vor.
E. Jackson
P.S.: Was mein Vorname mit Ihrer beispiellosen Übergriffigkeit zu tun haben könnte, entzieht sich wirklich meiner Kenntnis.

Sie sah auf die Uhr, steckte das iPhone in die Gesäßtasche ihrer Jeans und machte sich auf den Weg in die Küche, um eines ihrer neuen Rezepte auszuprobieren.

Ping.

Von: M. Lawrence
An: Eve Jackson
Am: Dienstag, 15:22 Uhr PST
Eve, halten Sie sich mit Ihren Beleidigungen zurück. Harry Anderson versteht wenig Spaß.
Gruß, Mac
P.S.: Was haben Ihre Eltern sich bei »Evangeline Augusta« *gedacht? Das grenzt an Körperverletzung, Sie armes Kind.*

Dahinter eines dieser schrecklichen Emojis, schräggestellt, mit spöttischen Lachtränen. *Was für eine bodenlose Unverschämtheit!* Eve stand wie angewurzelt in der Halle. Sie starrte aufs Handy und schrieb mit fliegenden Fingern:

Von: Eve Jackson
An: M. Lawrence
Am: Dienstag, 15:23 Uhr
Lawrence, mit Körperverletzung aller Art kenne ich mich bestens aus. Sie ja wohl auch, Ihrem Veilchen nach zu urteilen. Provozieren Sie mich nicht. Eve.

Sie hielt den Atem an und wartete. Diesmal brauchte er länger. Dann:

Von: M. Lawrence
An: Eve Jackson
Am: Dienstag, 15.29 Uhr PST
Sonst?
Gruß, Mac

Das Schlimme daran war, dass sie ihn förmlich vor sich sehen konnte, gemütlich zurückgelehnt in seiner *fucking* Remise, eine Wohnung, die sie nie gesehen hatte, obwohl sie Eigentümerin des Grundstückes und allem, was sich darauf befand, geworden war. Die Wohnung, in die er sich einquartiert hatte, obwohl sie jedes Recht dazu bezweifelte. Die Wohnung, in der er sich vermutlich gerade über sie kaputt lachte.

Sie schrieb. Hektisch. Löschte die Worte, schrieb erneut. Löschte. Schließlich:

Von: Eve Jackson
An: M Lawrence.
Am: Dienstag, 15:41
Ach, träumen Sie weiter.
E.

Die Antwort kam postwendend und veranlasste Eve, einen empörten Schrei auszustoßen, das Mobiltelefon zitternd vor Wut auszuschalten und es über die gesamte Länge der polierten Küchenarbeitsplatte schlittern zu lassen, so dass es am Ende gegen die geflieste Wand prallte und mit erlöschendem Bildschirm liegenblieb:

Von: M. Lawrence
An: Eve Jackson
Am: Dienstag, 15:39 Uhr PST
Gern. Aber was haben Sie jetzt volle zwölf Minuten lang gemacht? Sich mein Gesicht vorgestellt? Also dann, Evangeline Augusta Jackson, sagen Sie mir: Wer träumt hier?
Gruß, Mac.

Sie hasste diesen verdammten Kerl.

Glücklicherweise war Eve für den Rest des Tages zu sehr beschäftigt, um sich über ihn aufzuregen. Gegen Abend, als sie die Lebensmittelvorräte durchsah und Einkaufslisten schrieb, sah sie die Scheinwerfer seines Wagens über die Fassade gleiten. Abgesehen von dem Geräusch der Reifen auf dem Pflaster war nichts zu hören.

Eve dachte nach. Harry Anderson, der die Anfechtung von Georginas Testament unterzeichnet hatte, war ein harter Brocken. Die Kanzlei war ihr bekannt – sie hatte schon mit Anderson zu tun gehabt. Eve verzog bei der unwillkommenen Erinnerung das Gesicht. Klar, dass Männer vom Kaliber eines Captain Lawrence nur mit den Besten im Team spielten.

Sollte sie auch einen Anwalt beauftragen? Konnte sie sich überhaupt einen leisten? Gab es keine andere Lösung?

Beim Teigkneten, während ihre vehementen Bewegungen ruhiger und zielgerichteter wurden, kam sie zur Vernunft. Sie würde mit ihm reden müssen. Sie kannte die Umstände nicht genau, die dazu geführt hatten, dass Georgina sie im Testament bedacht hatte und nicht ihn. Aber sie gedachte, es herauszufinden. Keinesfalls würde sie kampflos aufgeben. Was auch immer in Georgina vorgegangen sein mochte: Sie hatte sich für Eve entschieden.

Eve bearbeitete ihren Mürbeteig mit dem Nudelholz und wischte sich mit dem Arm über die Stirn.

Vermutlich hatte das impertinente Mannsbild irgendeinen Skandal verursacht, die alte Dame brüskiert, silberne Löffel geklaut oder irgendetwas anderes getan, das dazu geeignet war, fünfundsiebzigjährige Ladys nachhaltig zu verärgern.

Zutrauen würde sie ihm alles, und zwar unbesehen.

Vor dem Zubettgehen – das Tesla-Wunder war noch nicht wieder aufgetaucht und gegenüber lag alles im Dunkeln – schrieb sie eine Mail.

Von: Eve Jackson
An: M. Lawrence
Am: Mittwoch, 00.44
Sehr geehrter Mr. Lawrence, bezüglich des Anwesens würde ich gern mit Ihnen über die weitere Vorgehensweise sprechen. Vernünftig. Mit besten Grüßen, Eve.

Kapitel 5

Von: M. Lawrence
An: Eve Jackson
Am: Donnerstag, 08:38 Uhr PST
»Vernünftig?« Alle Achtung. Dachte nicht, dass Sie den Begriff kennen.
Frühstück?
P.S.: Nennen Sie mich Captain. Oder Mac.

Eve war kurz davor, mit den Füßen auf den Boden zu stampfen. Volle zweiunddreißig Stunden hatte er sie warten lassen. Das hieß selbstredend nicht, dass sie auf seine Antwort *gewartet* hätte! Natürlich hatte sie das nicht! Eve hatte keine Zeit, auf Mails zu warten, die bereits mit einer Provokation begannen. Sie hatte alle Hände voll zu tun, und wenn sie sich so umsah, stellte sie fest, dass sich daran wohl auch noch eine ganze Weile nichts ändern würde.
Natürlich erinnerte sie sich an die Notwendigkeit, ein Gespräch mit ihm zu führen – und zwar ein möglichst konstruktives. Aber das war gestern gewesen, als sie sich Sorgen gemacht hatte. Ihre seltsame Anwandlung, einzulenken, bereute sie, nachdem er es sich offensichtlich leisten konnte, anderthalb Tage lang die Primadonna zu spielen.

Von: Eve Jackson
An: M. Lawrence
Am: Donnerstag, 08:54, *ohne Zeitzonengedöns, Sie Angeber.*
Falls Sie es noch nicht gemerkt haben: Sie und ich befinden uns in derselben Zeitzone.
Frühstück also. Bei Ihnen oder bei mir?
E.

So.
Von: M. Lawrence
An: Eve Jackson
Am: Donnerstag, 09:01 Uhr PST
Sie und ich befinden uns offenbar nicht mal auf demselben Planeten. Und es gibt Menschen, die auch noch anderswo auf der Welt Mailkontakte haben, Sie Landei.
Gefrühstückt haben Sie wohl schon? Einen Clown vielleicht? Oder machen Sie mich etwa an?
Bin gleich da.
M.

Das war der Moment: Eve polterte mit den Füßen auf die antiken Zementfliesen.

Entnervt schubste sie das iPhone auf den Tresen. Im Pierce County lebten achthunderttausend Menschen. Cooper hatte annähernd zweitausend Einwohner. Warum musste ausgerechnet *er* hier hereinschneien?

Das Problem war, dass ihr Herz seit »*Bin gleich da*« schneller zu schlagen schien. Als sie durch die großen Glasfronten sah, wie der schwarzen Schlitten um die Ecke glitt, legte es noch einen Zahn zu, und als sie hörte, wie das schwere, schmiedeeiserne Tor zum Hof geöffnet wurde, fühlte sie ihre Handflächen feucht werden.

Verdammt. Das war keine Angst, oder? Sie war nur nervös. Zu Recht! Er kam, um ihr alles wieder wegzunehmen! Da durfte man wohl etwas Fracksausen haben!

Äußerlich ungerührt fuhr Eve damit fort, im Gastraum die Stühle von den Tischen zu heben. Mit einem Geschirrtuch wischte sie die Tischplatten ab, bis sie wieder den satten, dunkel-rötlichen Glanz aufwiesen, in dem sich die Deckenlüster spiegelten.

Mac betrat das Café und brachte einen Schwall kalter Luft mit hinein. Nach einem kurzen Rundumblick half er ihr kommentarlos mit den Bugholzstühlen, bis alle ordentlich um die runden Tische standen.

Bei der Bewegung nahm sie seinen Duft wahr: *frisch geduscht*. Sie rückte ein Stück von ihm ab, dachte an das Auto und überlegte, ob er in der Nacht nachhause gekommen war.

Eve zerrte an dem trockenen Tuch und hoffte, sie sähe wie üblich halsstarrig aus, statt so beklommen, wie sie sich fühlte.

Er rieb sich verstohlen die Seite, bis er ihren Blick auffing und die Hand so unauffällig wie möglich sinken ließ.

Sie machte eine Kopfbewegung zu ihm hin. »Sind Sie verletzt?«

Er schüttelte den Kopf. »Nein. Nur noch nicht ganz gesund.«

»Oh.« Sie dachte an die Episode mit den Umzugskisten. Ein einziger Satz zur Erklärung hätte doch gereicht! Stattdessen nutzte er offenbar jede Gelegenheit zur Provokation. Eve konnte solche Kaprizen nicht leiden: Bis man herausgefunden hatte, wie solche Typen tickten, war man darüber längst irre geworden.

»Tja.«

Sie konnte sich nicht zurückhalten und deutete auf seine Schläfe. »Hängt das mit dem blauen Auge zusammen?«

»Keineswegs.« Es klang drohend.

»Na dann.« Sie würde sich nicht schon wieder einschüchtern lassen. Gelegenheiten, sich zu prügeln, hatte er sicherlich reichlich. Kein Wunder!

Er hatte offenbar Schmerzen. Wie um das zu kaschieren, straffte er sich und marschierte Richtung Küche. »Was gibt's zum Frühstück?«

Sie zuckte die Schultern. »Was Sie wollen. French Toast? Pancakes? Rührei?« Was sollte das jetzt? Gab er hier den Gast? Stellte er sie auf die Probe? Dachte er, ein einfaches Frühstück überfordere sie?

Er grinste süffisant. »Alles bitte, in dieser Reihenfolge.«

Ein Mann der spontanen Entschlüsse. Sehr witzig. Sie hätte nicht so auf den Putz hauen sollen, denn sein Frühstück würde sie eine ganze Stunde in der Küche festhalten, obwohl sie eigentlich –. *Verdammt.*

»Die Eier mit Speck?«

Machte er sich etwa schon wieder über sie lustig? Sie beantwortete seine Frage, ohne eine Miene zu verziehen. »Natürlich, gern.« Schließlich hatte sie noch eine Rechnung mit ihm offen.

Er verschränkte die Arme vor der Brust, lehnte sich an die Schmalseite der Theke und sagte lässig: »Dann keine Eier.«

Bei der Bewegung seines Oberkörpers spannte sich das Jeanshemd um seine Schultern. Die Haut seiner sehnigen Unterarme war gebräunt, so als ob er mehr Zeit in der Sonne verbrachte, als im diesigen Washingtoner Herbst. Seine Finger waren lang und kräftig. Kein Ring, keine blasse Stelle. Sie riss den Blick von ihm los. Sein spöttischer Gesichtsausdruck entging ihr trotzdem nicht.

Eve stieß heftig den Atem durch die Nase aus.

Mac sah bei den Essensvorbereitungen zu und rührte erwartungsgemäß keinen Finger. Immerhin deckte er den Tisch mit dem Geschirr, das sie ihm zwischendurch in die Hand drückte. Weil sie nichts sagte, zog er die Augenbrauen hoch.

Er sah übernächtigt aus, schien aber bester Laune zu sein. Das ließ eigentlich nur einen Rückschluss zu, der sie selbstverständlich nicht das Geringste anging. Trotzdem wurden die Bewegungen, mit denen sie den Pfannkuchenteig rührte, heftiger.

Nach zwei weiteren Minuten angespannten Schweigens platzte sie damit heraus: »Wenn die Frage erlaubt ist: Wo kommen Sie um diese Uhrzeit überhaupt her?«

In der gleichen Sekunde spürte Eve, dass Hitze in ihre Wangen stieg. Ging es noch peinlicher?

Sein Grinsen war diesmal so unverschämt, dass sie erwog, ihm die Pfanne mit dem brutzelnden French Toast an den Kopf zu werfen.

»Natürlich ist die Frage nicht erlaubt, meine Liebe, aber es freut mich, dass Sie sich Gedanken um mich machen.«

»Grundsätzlich würde ich mir über jeden Gedanken machen, der mir Schaden zufügen will!«

»Wie kommen Sie bloß darauf, dass ich Ihnen schaden will?« Seine Stimme war sanft.

Eve stellte den Herd ab, verteilte das Essen auf zwei Teller und ging an Mac vorbei. Sie stellte das Frühstück auf den Tisch und setzte sich, ohne darauf zu achten, ob er ihr folgte. »Sofern ich es richtig verstanden habe, fechten Sie Georginas Testament an. Wenn mir das nicht schaden soll, dann habe ich offenbar etwas nicht richtig mitgekriegt.« Sie ärgerte sich über den bitteren Klang in ihrer Stimme.

Er kam langsam näher und nahm ihr gegenüber Platz, ergriff das Besteck und begann kommentarlos zu essen.

Amy kam um die Ecke und stellte die Pfoten an das Knie ihres Gastes. Eves Augenbrauen wanderten bis fast an ihren Haaransatz. »Amy«, sagte sie tadelnd.

Mac neigte den Kopf und warf einen Blick unter den Bauch des Hundes. »*Amy?* Haben Sie sich da nicht in einem wesentlichen Punkt geirrt?«

»Er heißt Amandus«, erklärte Eve hoheitsvoll, »aber das ist mir zu sperrig.«

Mac sah sie zweifelnd an, hob den Zeigefinger, und der Hund sank auf sein Hinterteil. Auf eine weitere knappe Geste hin legte er sich zu Macs Füßen, wobei die kurze Schnauze Millimeter neben seinen Stiefeln lag. Sobald Amy den Fehler bemerkte, bewegte er sich seufzend und bettete den Kopf auf Macs Zehen.

Mac lachte, beugte sich zu dem Hund hinab und rieb ihm über den massigen Kopf. Es war die erste wirklich unverstellte Reaktion, die er zeigte, und Eve hatte das Gefühl, dass Amys Zutrauen ihn freute. Sie merkte, wie ihre Abwehr zu bröckeln begann. »Das hat er bei mir noch nie gemacht.«

Mac schnalzte tadelnd mit der Zunge. »Das kommt daher, weil Sie seine Sprache nicht sprechen. Wenn man mir einen Mädchennamen geben würde, wäre ich auch beleidigt.«

Der Hund hatte eine besondere Zeichnung. Wenn der Streifen über sein Gesicht ein bisschen waagerechter gewesen wäre, hätte er ausgesehen wie einer der Panzerknacker.

Eve staunte immer noch über Amy. »Wie haben Sie das gemacht?«

Ein kritischer Blick. »Das nennt man Erziehung. Davon halten Sie wohl nichts?«

»Doch, aber er macht trotzdem, was er will.«

Offenbar wollte Mac das Thema nicht vertiefen, denn er gab überraschend schnell nach. »Sagen wir einfach, ich hab ein Talent für Hunde.« Er wirkte entspannter als sonst. Eve war beunruhigt.

Sie traute ihm nicht über den Weg, und wer wusste schon, was hinter dieser markanten Stirn vorging. Sie überlegte, womit sie es möglichst in Nullkommanichts schaffen könnte, seine Gelassenheit zu zerstören.

Dabei war sie schon allein über die Tatsache, dass sie so dachte, traurig. Sie wollte wenigstens den empörenden Zweifel an ihrer kynologischen Kompetenz scharf parieren, aber da sah Mac sie an. Um seine Augen tauchten Lachfältchen auf. Es waren erstaunlich viele, und Eve fragte sich unwillkürlich, wie sie dort hingekommen sein konnten – bei der finsteren Miene, die er immer an den Tag legte.

Eve handelte völlig instinktiv: Sie streckte die Hand aus und wollte das feine Plissee berühren.

In letzter Sekunde beherrschte sie sich. *Himmel, was war das denn?*

Sein Lächeln verschwand, wie das Licht einer Lampe, die man ausknipst.

Er schaute auf ihre Hand wie auf eine Kobra.

Eve zog den Arm zurück und griff sich verlegen in den Nacken.

Aber es war schon zu spät. Sie sah es an seinen Augen: Er wusste sofort, was los war.

Mac legte seine Gabel hin, lehnte sich zurück und sagte kühl: »Neben allem anderen besaß Georgina eine Schanklizenz. Ich will sie haben, und ich werde sie auch bekommen.«

Eve schob mit einem Ruck den Teller von sich. Klirrend rutschte das Messer auf den blankgewienerten Tisch und hinterließ eine Spur aus goldenen Ahornsiruptropfen.

Kapitel 6

Sie rang sichtlich nach Luft. »Sie wollen ein Jugendstil-Café in eine Bar verwandeln? Sind Sie noch bei Trost?«

Eine Bar? Der Gedanke war ihm noch gar nicht gekommen, weckte aber sofort sein Interesse.

Noch interessanter fand er es, wie leicht sie auf die Palme zu bringen war. »Gibt auch Jugendstil-Bars«, sagte er langsam und sah zu, wie ihr Gesicht sich verdüsterte. »Außerdem bezweifle ich, dass Ihre Vorstellung von einer Bar sich mit meiner deckt.«

»Das will ich doch stark hoffen!«

Er fragte sich, woran sie wohl dachte, und hatte prompt einschlägige Bilder biegsamer Tänzerinnen vor Augen. Lachlust trat hervor und verdrängte die Wut von vorhin. Er beherrschte sich mühsam. »Ich will Ihnen nichts wegnehmen. Sie können ja bleiben.«

»Ach, und was soll ich hier machen? Table-Dance auf dem Tresen, während Sie Cocktails mixen und johlende Kameraden um sich versammeln? Das kommt überhaupt nicht in Frage.« Sie stand abrupt auf. »Die Schanklizenz bleibt, wo sie ist. Georgina hat sie übrigens nie benutzt.«

»Hat sie doch«, sagte Mac, »aber woher sollen Sie das auch wissen.«

Viel wichtiger als die Schanklizenz, die den gastronomischen Betrieben den Ausschank von Alkohol erlaubte, war das, was Georgina in weiser Voraussicht Jahrzehnte zuvor gleich mit beantragt hatte: eine Brennerlaubnis. In einer der Scheunen stand, wenn auch seit Jahren unbenutzt, eine kupferne Destillieranlage. Georgina hatte edle Obstbrände und Liköre hergestellt, bis sie zu alt wurde, um alles allein zu machen. Mac beabsichtigte, die kleine Produktion wieder aufzunehmen.

Aber das war nicht der Hauptgrund.

Der einzige Grund, weshalb er hier in Cooper bleiben wollte, war: Er wollte seine Ruhe wiederfinden. Er wollte zu sich kommen, gesund werden, heilen.

Und welcher Ort wäre dazu besser geeignet als der, an dem er eine glückliche Kindheit verbracht hatte?

Wäre Georgina bei seiner Rückkehr noch da gewesen, hätte es gar kein Problem gegeben. So allerdings ... die Schuld, die er empfand, machte ihm zu schaffen.

Aber von all dem sagte er Eve vorläufig nichts. Er wollte erst mal sehen, wie das hier weiterging.

Erwartungsgemäß flippte sie aus. »Wofür halten Sie mich eigentlich? Für eine dahergelaufene Betrügerin? Ich will Ihnen etwas sagen, Sie arroganter ...«

»Vorsicht«, sagte Mac.

Sie ließ sich, wenn überhaupt, nur marginal beirren. »Ich will Ihnen was sagen: Georgina hat nichts getan, was sie sich nicht gut überlegt hat. Sie war sich durch und durch dessen bewusst, was sie tat. Wenn Sie aus irgendeinem Grund leer ausgegangen sind, ist das Ihre Schuld, nicht meine. Und wenn Sie glauben, Sie könnten hier auftauchen und alles kaputt machen, dann irren Sie sich gewaltig! Im Übrigen habe ich mich um alles gekümmert, während Sie sich wer weiß wo herumgetrieben und sich einen Dreck um das Café geschert haben!« Sein Zusammenzucken entging ihr.

»Sehr schön, dann sind Sie ja sicherlich überglücklich, dass ich jetzt da bin und das Ruder übernehme!«

»Das könnte Ihnen so passen, Mr. Lawrence. Ich bin kein bisschen glücklich, und es wäre mir lieb, wenn Sie wieder verschwinden würden.«

Eve hatte sich vor ihm aufgebaut. Die Hände auf die Tischplatte gestützt, beugte sie sich zu ihm vor. Ihr dunkles, lockiges Haar schwang nach vorn und fiel ihr ins Gesicht. Es war ihr offenbar im Weg, denn sie warf es mit einer ungeduldigen Bewegung über die Schulter.

Mac fing ihren Duft auf und konnte sich knapp davon abhalten, genießerisch die Augen zu schließen. Wenn er sich dazu hinreißen ließe, würde sie vermutlich völlig die Fassung verlieren.

Er erwog kurz, das Risiko einzugehen.

Und änderte seine Meinung wieder. Seine Stimme war leise, kühl und ruhig, wie bei seinen Ausbildungsmissionen – jemand, der sich sicher sein konnte, dass man ihm zuhörte.

»Sie wissen gar nichts, Eve Jackson. Nicht ich bin es, der aus dem Nichts auftaucht und alles an sich reißt, sondern Sie. Sie glauben, Georgina gekannt zu haben und maßen sich an, hier den Ton anzugeben. Jetzt sage ich Ihnen mal was, Lady: Das treibe ich Ihnen aus. Klar? Und jetzt setzen Sie sich verdammt noch mal wieder auf Ihren Hintern und erzählen mir haarklein, woher um Himmels willen Sie kommen und was Sie mit Georgina und mit meinem Anwesen zu schaffen haben, oder es raucht hier.«

Sie wagte noch einen letzten Vorstoß, hob das Kinn und sah auf ihn herab: »Sonst? Was wollen Sie denn machen? Mich übers Knie legen?«

»Notfalls«, sagte Mac gedehnt, und er konnte sehen, dass sie ihm glaubte: Sie zuckte zusammen, ihre Pupillen weiteten sich, und ihre Hände krampften sich für eine Sekunde um die Kanten des Tisches.

Dann zog sie sich zurück, nahm ihren erst halb geleerten Teller und trug ihn in die Küche.

Sie blieb ein paar Minuten weg.

Er wartete und fragte sich, ob er sie würde holen müssen.

Eve war in Aufruhr. Sie hatte die Tatsache, dass ihr schüchterner Hund mit fliegenden Fahnen zu Mac überlief, noch nicht verdaut; und das beschämende Erlebnis, dass ihre Finger offenbar nichts so sehr wollten, wie seine Haut zu berühren, machte ihr zu schaffen.

Jetzt saß der Kerl seelenruhig vor ihr und stellte Forderungen.

Nein, ein Ultimatum. Er drohte ihr! Oder wie sollte sie das verstehen?

Eve lehnte an der Spüle, kaute am Daumennagel und zitterte am ganzen Körper.

Und wieso beharrte er die ganze Zeit darauf, dass es sein Haus war? Vielleicht hatte der Schlag auf den Kopf (die schillernden Farben über seinem lädierten Auge deuteten auf sowas hin) seinen Verstand durcheinandergewirbelt?

Genaugenommen hatte sie auf dergleichen bereits seit der Testamentseröffnung gewartet: Jemand würde kommen und ihr alles wieder wegnehmen.

Es wäre auch wirklich zu schön gewesen.

Aber sie hatte schon vier Wochen intensive Arbeit in die Sache gesteckt, und ehe man ihr nicht die richtigen Papiere unter die Nase hielt, würde sie gefälligst nicht klein beigeben!

Doch sie war nicht so dumm, in Mac keinen ernstzunehmenden Gegner zu erkennen. Vielleicht sollte sie es einfach mal damit versuchen, sich normal zu verhalten – normal im Sinne von: Nicht wie die zickige Furie, die sie seit Macs Auftauchen offenbar im Dauerabonnement gab.

Sie straffte sich und stieß die Tür zum Gastraum wieder auf.

Kapitel 7

Er sah ihr mit mäßigem Interesse entgegen. Sein Teller war leer. Amy hatte sich unter dem Stuhl lang ausgestreckt und schnarchte. »Und? Abgeregt?«

Ja, sie hatte sich beruhigt. Aber die Ironie in seinen Worten und die Ungerührtheit, mit der er sie von Kopf bis Fuß musterte, waren durchaus geeignet, sie postwendend auf die nächste Palme zu jagen. Sie, die immer cool war. Die durch nichts aus der Fasson zu bringen war.

Sie, die – ganz im Gegenteil – regelmäßig über die Hysterie ihrer Geschlechtsgenossinnen lachte.

Dabei war er nicht mal ihr Typ.

Sie stand zum Beispiel nicht auf sandfarbenes Haar. Dunkelhaarige waren ihr Beuteschema. Nicht, dass es viel Beute gegeben hätte in den letzten Jahren; und ganz sicher, ob das nur an ihrer Widerstandskraft lag, war sich Eve nach zwei Jahren Single-Dasein nicht mehr. Vielleicht wurde sie nun, mit Anfang Vierzig, auch einfach so wunderlich, dass sich alle potentiellen Bewerber von vornherein mit Grausen abwandten.

»Ich möchte etwas erklären«, sagte sie steif.

Er nickte, und Eve stellte die Kaffeekanne ab, zog den Stuhl unter dem Tisch hervor und setzte sich. Sie legte die Fingerspitzen aneinander, suchte eine Weile nach den richtigen Worten und fing dann mit etwas ganz anderem an.

»Ich habe als Kind hier gespielt.« Sie machte eine Kopfbewegung in Richtung der Halle. »Unter der Treppe hatte Georgina ein altes Puppenhaus, und im Hof war ein Sandkasten, nur für mich. Da, unter der Kastanie. Meine Mutter hat in der Küche gearbeitet, und nach der Schule kam ich her, um zu warten, bis Mom fertig war und wir nach Hause gehen konnten. Wenn es länger dauerte, durfte ich mich auf

Georginas blaues Samtsofa setzen, und sie hat mir Obst kleingeschnitten und Zucker drauf gestreut. Sie hat gesagt, das sei leckerer als der feinste Kuchen. Meine Mutter war eine begnadete Konditorin, und viele von Georginas Rezepten stammen von meiner Mom.«

Sie machte eine Pause und malte mit der Fingerspitze Muster auf die Tischplatte. Die Sonnenstrahlen, die durch die Sprossenfenster schienen, warfen unregelmäßige Schatten. »Einige Jahre später wurde mein Vater krank. Mom verkaufte unser Haus, drüben in Rosebud, und wir zogen in die Nähe von Portland.«

Mac hörte zu. Er sagte kein Wort, und Eve hatte nicht die leiseste Ahnung, wie sie zum Kern ihrer Ansprache kommen sollte. Schließlich ließ sie einfach ein paar Dinge aus und konzentrierte sich auf Georgina:

»Ich habe mein Leben lang von diesem Haus geträumt. Sie haben recht: Ich kannte Georgina nicht besonders gut. Als Kind habe ich sie verehrt, weil sie so patent und fleißig war und immer etwas zu tun hatte. Sie war einer der liebsten Menschen, die ich je getroffen habe, und Gastfreundschaft bedeutete ihr alles. Besser kennengelernt habe ich sie bei der Recherche zu einem Bildband. Ich beschloss irgendwann, ein Buch über die schönsten Cafés zu machen, so ein schickes, großformatiges Coffee-Table-Buch, ja, und ziemlich schnell fiel mir wieder ein, dass es in Cooper eines der allerschönsten Kaffeehäuser des ganzen Landes gab. Oder vielleicht war das auch überhaupt der Anreiz für das Projekt.«

Eve konnte nicht mehr stillsitzen. Sie erhob sich und streifte durch den Raum, richtete hier und da einen Gegenstand, rieb ein Stäubchen von einer Fläche. »Das war im Juni. Ziemlich schnell kam ich darauf, dass Georgina keineswegs glücklich war. Oder jedenfalls war sie nicht mehr glücklich. Ich weiß nicht, was in den Jahren dazwischen passiert ist, und sie hat nie mit mir darüber gesprochen. Ich weiß, dass sie unglücklich war, aber ich weiß nicht, warum.

Aber sie war auch dreieinhalb Jahrzehnte älter als ich, und vielleicht war ihr Vertrauen zu mir nicht ausreichend, weil sie in mir noch immer das kleine Mädchen sah. Sie tat mir leid, und ich habe ihr geholfen, so gut ich konnte. Also sagen Sie nicht, ich hätte sie nicht gekannt. Ich vermisse sie schrecklich. Sie war die Seele dieses Hauses. Wussten Sie, dass sie immer frische Blumen auf den Tischen hatte?«

Eves Stimme wurde rau. Sie hatte Mühe, die Tränen zurückzuhalten, aber sie spürte seinen Blick und riss sich mit Macht zusammen. Auf dem fein geätzten Rankenmuster einer Vitrine war ein Fleck. Eve zog den Ärmel ihrer Bluse über die Hand und polierte das Glas, bis es wieder makellos war.

»Oft waren es Tulpen, weil es die fast immer zu kaufen gibt. Im Sommer nahm sie Rosen, hinten aus dem Garten, und einmal duftete der ganze Raum nach Maiglöckchen. Im Herbst standen Schalen mit Nüssen und Kastanien und den bunten Blättern der großen Bäume auf den Tischen, und im Dezember gab es hier unzählige Weihnachtssterne. Mac, ich weiß nicht, wer Sie sind und ob Sie auch nur die geringste Ahnung haben, wovon ich rede, aber jetzt kommt mir das alles hier vor wie eine bloße Hülle, und ich habe keine Ahnung, ob es mir gelingt, sie wieder mit Leben zu füllen. Aber dazu gehört garantiert nicht, *Georgina's* zu einer Bar zu degradieren.«

Sie beendete ihre Wanderung durch den sonnendurchfluteten Raum und blieb am Eingang zur Küche stehen. Sie betrachtete Mac mit ernsten Augen, und er erwiderte ihren Blick auf die gleiche Weise.

Bekümmert wünschte Eve sich mit einem Mal die sarkastischen Bemerkungen zurück. Diese Geschichte passte nicht in den strahlenden, hellen Tag und kam ihr vor wie ein Bild, das sich an den Rändern wellte und grau wurde.

Er drehte eine Serviette in den Händen und faltete sie zweimal. »Wann sind Sie von hier weggezogen?«

Sie nannte das Jahr und war überrascht, als er lachte. Es veränderte ihn vollkommen.

»Das ist witzig. Ein Jahr später kam ich hier an. Den Sandkasten hab ich zwar nicht mehr gesehen, aber ich kann mich erinnern, dass in der Kastanie eine Schaukel hing. Und dort drüben, am anderen Ende des Hofes, stand ein Walnussbaum. Man konnte die Dinger gut mit der Zwille verschießen. Sieht so aus, als hätten wir uns knapp verpasst.«

Sie lächelte ihn an und war überrascht, wie natürlich es sich anfühlte.
»Wie eng war Ihr Kontakt?«, fragte er. »Hat sie jemals darüber gesprochen, was sie quälte?«
»Nein.« Eve schüttelte bedauernd den Kopf und hatte für einen kurzen Moment den seltsamen Eindruck, dass mehr hinter seiner Frage steckte, als sie im Moment sehen konnte.

Und was quält dich?, dachte sie, während sie sein Gesicht musterte. Empfand er Schuld? Was bereute Mac Lawrence? Dass er sich nicht um Georgina gekümmert hatte?
Und jetzt war er bereit, alles, was Georgina geliebt hatte, in etwas anderes zu verwandeln? Hier war jedes Mitgefühl doch vollkommen fehl am Platze!
Er beendete seine Beschäftigung mit der Serviette, zog einen Stift aus seiner Hemdtasche und malte etwas auf das fertige Werk.
Er warf ihr einen forschenden Blick zu. »Haben Sie die Rosen auf ihr Grab gestellt?«
Eve war, gelinde gesagt, überrascht. Sie zuckte die Schultern und lachte, leise und etwas verlegen, weil sie sich noch immer wie ein Eindringling vorkam, wenn es um Georgina und ihren Nachlass ging. »Ja. Leider werden sie um diese Jahreszeit nicht lange überleben, in dieser Kälte hier.« In Idaho herrschten vergleichsweise milde Temperaturen!
Er erhob sich mit einer geschmeidigen Bewegung und übergab ihr die Serviette. »Ich stelle neue hin.«
Damit verschwand er.
Eve starrte auf ihre Hände: Mac hatte das unscheinbare weiße Quadrat beiläufig in ein Origami-Hundegesicht verwandelt.
Es sah Amy verblüffend ähnlich.
Erst nach ein paar Minuten ging ihr auf, dass er so gut wie nichts über sich erzählt hatte.
Sie hatte ihm ihr Leben auf einem silbernen Tablett präsentiert.
Und war, was ihn betraf, genau so schlau wie vorher.

Kapitel 8

Am Samstagvormittag fuhr ein Lieferfahrzeug von *Cooper's Flowery* vor. Ein grinsender Botenjunge brachte einen Arm voll frischer Tulpen in allen Schattierungen. Mac bog gerade in den Hof ein und war sicher, dass er neben einem großzügigen, Eves grenzenloser Überraschung geschuldetem Trinkgeld auch eine Tüte mit noch ofenwarmen Cookies kassiert hatte, denn er zog pfeifend ab.

Zu seinem Leidwesen wurde Mac aber auch Zeuge des denkwürdigen Augenblicks, als Eve den Strauß an ihr Gesicht hob, genießerisch schnupperte und entzückt die Augen schloss. Die Gefühlsregung, die ihn bei diesem Anblick heiß durchzuckte, passte ihm nicht so recht.

Mac hatte nicht allzu viel zu tun. Er lungerte in seiner Wohnung herum, beschäftigte sich mit diesem und jenem, wälzte die Unterlagen, Georgina betreffend, und stellte irgendwann fest, dass er sich in Erinnerungen verlor – vor allem in den unwillkommenen.

Eve indes hatte offenbar jede Menge zu tun. Er wusste immer, wo sie sich aufhielt – an diesem trüben Oktoberwochenende brauchte er nur dem Licht in den Räumen gegenüber zu folgen. Von früh bis spät war sie im Café und der Küche zugange. Die Küchenfenster waren mit einem Sichtschutz versehen, aber er konnte schemenhaft Eves Silhouette erkennen, wenn sie sich zwischen dem freistehenden Herd und dem Kühlschrank, den Schränken und den Regalen mit dem Geschirr hin und her bewegte.

Sie war überall, brach zwischendurch zu Spaziergängen mit dem Hund auf, erledigte Einkäufe, sprach mit Lieferanten. Meist war es nach Mitternacht, wenn oben in Georginas ehemaligen Privaträumen, die nun Eves Privaträume waren, für kurze Zeit das Licht anging.

Dann ertappte er sich dabei, dass er sie sich unter der Dusche vorstellte – erhobene Arme und geschlossene Augen, Wassertropfen, die über ihre Schultern rannen, pfirsichfarbene Haut – und verfing sich in der Überlegung, wie ihr Haar wohl duftete.

Bevor sich noch weitere Fragen ergaben und zu einem erotischen Netz woben, kehrte er lieber zu einer Beurteilung ihrer Geschäftigkeit zurück.

In dieser Frequenz würde sie das nicht lange durchhalten. Wenn der Laden so weiterlief, wie er unter Georginas strenger Hand gelaufen war, brauchte Eve dringend Hilfe. Ansonsten würde die erste größere Gesellschaft sie an die Grenzen der Belastbarkeit bringen. Mac nahm sich vor, sie nach ihren diesbezüglichen Plänen zu fragen. Wenn er das Café geerbt hätte, würde ihm nichts ferner liegen, als alles selbst zu tun. Entweder war sie extrem fleißig oder extrem dumm. Oder sie brauchte Nachhilfe im Delegieren. Ein nennenswertes Privatleben hatte sie jedenfalls nicht. Und wann sollte überhaupt die Eröffnung sein?

Am Samstag erschien ein dunkelhaariger Typ in der Küche, und jetzt auf einmal zwei Schemen zu beobachten, strapazierte Macs Nervenkostüm mehr, als er erwartet hatte. Besonders, weil Mac wusste, um wen es sich handelte.

Er gab seinen Beobachtungsposten auf und stellte fest, dass er außerordentlich miese Laune hatte. Am liebsten hätte er seine verdammten Tulpen persönlich wieder abgeholt, aber die standen schon in großen Glasvasen auf den Tischen und verbreiteten einen Hauch von Frühling, von heiterem Optimismus. Einer Stimmung, der Mac nicht traute.

Ein ums andere Mal dachte er über Georginas Sinneswandel nach. Was hatte die alte Dame dazu gebracht, Eve den Vorzug zu geben? Irgendeinen plausiblen Grund würde sie schon gehabt haben, denn Georgina hatte allen Leuten an der Nasenspitze angesehen, wie sie tickten. Sie hatte immer richtig gelegen, bis auf einmal – aber das war eine der Grenzen, die Macs Verstand heute nicht überschreiten wollte.

Er brauchte dringend Bewegung. Im Hof lag ein wahrer Berg Kaminholz, der darauf wartete, in der Scheune seiner

Verwendung entgegentrocknen zu dürfen. Er würde vor Schmerzen in der Nacht vielleicht nicht schlafen können und morgen wahrscheinlich die doppelte Dosis Oxy brauchen, aber er würde garantiert die Wände hochgehen, wenn er noch eine einzige Minute länger hier im Haus bliebe.

Zwei Stunden später betrat er mit staubigen Stiefeln (und leicht gebeugt) seine tadellose Küche, klappte das MacBook auf und tippte im nächsten Moment mit der linken Hand Eves Namen in die Suchmaschine ein.

Nach einer halben Stunde, als er – widerstrebend – sogar Facebook, Twitter und Instagram vergeblich bemüht hatte, gab Mac frustriert auf: Bei Eve Jackson handelte es sich um einen Niemand. Im Netz fand er über sie fast nichts.

Eine Frau voller Rätsel also. Interessant. Wer Geheimnisse hatte, der hatte meist auch irgendwas zu verbergen.

Allerdings war es nicht so, dass Mac niemanden kannte, der ihm bei seinen Nachforschungen helfen konnte.

Er führte ein paar Telefonate, verabredete sich mit seinen Gesprächspartnern einmal zu einer Kneipentour und zweimal zum Training und war am Ende sicher, dass er beizeiten erfahren würde, was er wissen wollte. Und wenn Eve ordnungsgemäß gemeldet war –, wovon er ausging, da der einzige Eintrag, den er mit seinen begrenzten zivilen Möglichkeiten gefunden hatte, der wegen des Cafés im Gewerberegister war –, würde er schon was herausbekommen.

Bis die Information da war, konnte er es ebenso gut mit Charme versuchen. Er duschte, rasierte sich, zog saubere Kleidung ohne militärischen Touch an und nahm eine Flasche teuren Port aus dem Regal. Dann ging er die paar Meter über den Hof und klopfte an die Tür zu Georginas Küche, die jetzt – für den Moment jedenfalls – Eves Küche war. Er dachte an ihren Streit und daran, wie ihre Augen funkelten. Leidenschaft leuchtete daraus hervor. Er fragte sich, wie sie im Bett war.

Vielleicht würde er die Auskunft nachher gar nicht mehr brauchen.

Kapitel 9

»Erst Blumen, dann Wein? Was wird das? Ein Friedensangebot?« Sie trug eine wadenlange, nicht mehr ganz saubere Küchenschürze und war sich schmerzlich ihrer geröteten Wangen und der Kakaoflecken an ihren Händen bewusst. Wahrscheinlich war Mehl in ihren Haaren, womöglich sogar Schlimmeres. Verlegen wischte sie mit den Handflächen über ihre Oberschenkel und zog die Augenbrauen hoch, wobei sie sich bemühte, möglichst gleichgültig auszusehen.

»Na ja«, sagte er und ließ in aller Ruhe seinen blauen Blick über sie wandern, »als Dank fürs Frühstück. Und wir sind immerhin Nachbarn.«

»Ich frage mich nur, wieso«, murmelte sie. Eves Journalisteninstinkt lief auf Hochtouren, und ohne es zu wissen, tat sie das Gleiche wie er: Informationen sammeln.

Er sah auf sie hinab, lachte. Und schob sich einfach an ihr vorbei. Sein Handrücken streifte ihren Arm, aber Mac gab mit keinem Deut zu verstehen, dass ihm die zufällige Berührung aufgefallen war.

Eve hatte Gänsehaut. Sie unterdrückte ein Seufzen. Da war es wieder: Dieser Duft, dieser Schauder – diese verräterische Reaktion, die sie nicht wollte. Doch nicht bei ihm!

Die Küche war wirklich groß. Aber mit Mac darin und dem plötzlichen Chaos in ihrem Kopf kam es Eve vor, als befände sie sich in einer Schuhschachtel.

Er stellte den Wein auf der Arbeitsplatte ab. Bei dem Geräusch, das der Flaschenboden auf der Edelstahlfläche verursachte, zuckte Eve zusammen. Sie hoffte, dass es ihm entging. Oder dass er wenigstens höflich darüber hinwegsah.

»Ich dachte, wir könnten uns ein wenig unterhalten«, sagte er, »wie zivilisierte Menschen. Sie brauchen nicht nervös sein.«

Bingo. Dieser ungehobelte Kerl. Eve fiel dazu wenig ein. Er schlenderte umher, und sie sah sich in der Küche um, als sähe sie sie zum ersten Mal.

Sie erinnerte sich an den Tag, an dem Georgina sie erstmals hier hinein geführt hatte, mit Grandezza und einem komplizenhaften Lächeln; fast so, als erlaube sie ihr, ein Heiligtum zu betreten. Eve war geblendet gewesen von Ordnung und Sauberkeit und erschlagen von den Düften – Zimt und Schokolade, Vanille und das Aroma frischer Erdbeeren. In beiden Öfen backten Kuchen ihrer Vollendung entgegen, und im Dampf des heißen Wassers aus der Spüle brach sich ein fast echter Regenbogen.

Eve war fünf Jahre alt gewesen, und ihre Mutter, die mit einem breiten Palettmesser Sahne auf einen Tortenboden strich, hatte sie ermahnt, nichts anzufassen. Was Eve selbstredend nie in den Sinn gekommen wäre.

Sie lächelte versonnen und sprach ihre Gedanken einfach aus. Dass sie das getan hatte, merkte sie erst, dass er sich mit einem erstaunten Ausdruck auf dem Gesicht zu ihr umwandte. Sie erwartete einen spöttischen Spruch, aber er enthielt sich jeder Bemerkung.

»*Ähm*«, sagte Eve, rieb abermals über ihre Schürze, und ging zurück zu ihrem Durcheinander aus Töpfen, Schüsseln und Zutaten. »Ich mach das hier noch eben fertig.«

Sie hätte die Creme auch weniger energisch schlagen können, aber so konnte sie sich wenigstens abreagieren. Aus dem Augenwinkel beobachtete sie ihn, wie er Gegenstände zur Hand nahm und mit den Fingerspitzen über Georginas Kochbuchsammlung strich.

Er kannte sich hier aus. Und wirkte wehmütig.

Zeit, etwas zu unternehmen.

»Danke für die Blumen«, rief sie ihm zu, über das Geräusch ihrer Tätigkeit hinweg, von dem sie nicht wusste, dass es in ihm Erinnerungen weckte an Kindertage, an denen man mit schmutzigen Schuhen über Küchenböden lief und trotzdem eine Leckerei zugesteckt bekam – nach der obligatorischen Schelte.

Der Plan ging auf. Er hielt inne und sah sie an. »Woher wissen Sie denn, dass sie von mir sind?«

Eve probierte die Creme, mit einem Teelöffel, und schloss für einen Augenblick schwelgerisch die Augen. Sie musste vorsichtig sein damit, sonst würde sie spätestens an Neujahr zwanzig Pfund mehr wiegen. »Ich habe Ihr Grinsen gesehen, als der Bote wegfuhr.«

»Wie ungeschickt von mir«, sagte er nonchalant, »mich dabei ertappen zu lassen.« Sein Lächeln war schief: Es erreichte die rechte Wange und bildete dort ein Grübchen.

Das hätte sie lieber nicht bemerkt. In ihrem Magen formte sich ein Ball aus Hitze, der seine Strahlen bis in den Solarplexus schickte und dort ein Kribbeln verursachte. Unversehens war Eve aufgeregt. Sie schluckte trocken und blickte verwirrt auf den Rührlöffel in ihrer Hand.

Die köstliche Süßspeise wanderte zu einigen anderen gefüllten Schüsseln in den Kühlschrank. Eve warf die Tür des Ungetüms zu: Wieder ein Rezept erfolgreich erprobt. In Gedanken schrieb sie eine weitere Zeile auf ihre Speisekarte. Sie musste unbedingt neue entwerfen lassen. Der Designer konnte sich dann auch gleich um das Logo kümmern. Und sie sollte sich überlegen, was sie mit den ganzen Kuchen und Desserts tun könnte. Selbst essen kam jedenfalls nicht in Frage, und bis Thanksgiving war noch eine Weile hin. Ob sie die Eröffnung vorverlegen sollte?

Er hatte etwas gesagt. »Entschuldigen Sie. Wie bitte?«

»Seltsame Parallelen«, wiederholte er, wobei er erneut dieses sensationelle Lächeln vorführte. »Das sind seltsame Parallelen zwischen Ihrer und meiner Kindheit. Sieht so aus, als ob das Schicksal schon mal versucht hätte, uns zusammen zu führen.«

Der Löffel flog in hohem Bogen in die Spüle.

Eve band die Schürze ab und knüllte sie zusammen. Gut, dass er so etwas Dummes gesagt hatte: Da wusste sie doch wenigstens gleich wieder, was er hier wollte.

»Blödsinn.«

»Eve«, sagte er und schüttelte langsam und tadelnd den Kopf. »Frieden. Schon vergessen?«

Herrje. Sie räumte das Geschirr in die Spülmaschine, wusch sich die Hände, rieb den Arbeitsplatz trocken und rang sich währenddessen dazu durch, ihm einen winzigen Schritt entgegenzukommen. »Haben Sie schon gegessen?«

Weil er verneinte, öffnete sie einen anderen Kühlschrank und spähte hinein.

Zu ihrem eigenen Erstaunen entschuldigte sie sich nur zehn Sekunden später erneut. »Es tut mir leid, ich esse fast nur noch hier unten. In meiner Küche oben gibt es höchstens Kaffeepulver für morgens.« *Himmel, wie klang das denn jetzt!* Sie merkte, dass sie den Faden verlor und hatte das Gefühl, dass ihre Hände zu sehr zitterten, um unfallfrei Lebensmittel aus den Fächern zu holen.

Sie wusste, dass er die Brauen hob, dazu musste sie ihn gar nicht ansehen.

Eve suchte ein Mahl zusammen: Käse, Tomaten, Mixed pickles. Butter, frisches Brot, Oliven. Sie legte alles auf Holzbretter und zog die Mundwinkel hoch, als sie bemerkte, dass sie selbst hierbei darauf achtete, alles gefällig anzurichten. »Ich hoffe, Sie haben nichts gegen Brot und Käse.« Etwas anderes hatte sie nicht da. Das viele Planen und Einkaufen war schon schwierig genug, auch ohne noch Menüs für sich selbst kochen zu müssen.

Er beobachtete sie.

Es war etwas an ihrer Haltung. Sie war wie an einem Faden gezogen, die Eleganz einer Balletttänzerin.

Sie kehrte ihm den Rücken zu und hatte den rechten Fuß über die Ferse des linken gelegt. Ihr Kopf war gesenkt, weil sie auf die Beschäftigung mit dem Essen konzentriert war. Sie hatte das Haar hochgesteckt. Ihre Kopfhaltung bot ihm den Nacken dar, und das löste in ihm den dringenden Wunsch aus, die Hand auszustrecken und über diese verführerische Beuge zu streichen. Sie warf ihm über die Schulter einen spöttischen Blick zu, und das Bild in seiner Fantasie änderte sich. Er fügte rote High Heels unterhalb der überkreuzten Knöchel ein, und ein bisschen Spitze oberhalb des Taillenbandes ihrer langen Schürze. *Verdammt.*

Er legte den Kopf schief. »Was glauben Sie denn, was ich esse? Rohes Fleisch? Selbst geschossen?«

Als sie alles auf dem Tisch neben der Schwingtür ablud, hob Amy den Kopf. Mac nahm zwei Gläser aus dem Regal und öffnete den Wein. Er machte eine Kopfbewegung zu dem Hund hin. »Sieht ziemlich bekümmert aus.«

»Egal. Die Küche ist tabu.« Wenn er jetzt auch nur den leisesten Zweifel äußerte, konnte er sehen, wo er abendessenstechnisch blieb.

Mac sagte nichts.

Er begnügte sich damit, Portwein in die Gläser zu schenken, und nahm ihr gegenüber Platz.

Eve legte die Schürze ab (auf der ein Hundekopf aufgedruckt war, der schwer nach Amy aussah), sank seufzend auf den Stuhl und drückte eine Hand in ihren Rücken. Das viele Stehen und Laufen führte unweigerlich zu Rückenschmerzen – immerhin hatte sie bis vor Kurzem eine eher sitzende Tätigkeit ausgeübt. Sie spürte seinen Blick und griff befangen nach dem Glas, drehte es ins Licht und erfreute sich an dem satten rotgoldenen Farbton, fast wie die Blätter des Feuerahorns, der im Vorgarten ihrer Mutter gestanden hatte.

Sie hielt eine Provokation für angebracht. Mit einem angelegentlichen Blick auf den gedeckten Tisch bemerkte sie: »Alles vegetarisch.«

Mac nahm die Gabel und legte Tomaten und Oliven auf seinen Teller. »Wenn sich das nicht zu einem *running gag* zwischen uns entwickeln soll«, er schnitt Käse und Brot ab und platzierte beides neben den Tomaten, »dann hören wir jetzt besser damit auf.«

Eve hatte plötzlich den heißen Wunsch, es würde sich *irgendetwas* zwischen ihnen entwickeln, und falls ein Wortspiel dazu etwas beitragen konnte, sollte es ihr gerade recht sein.

Sie spürte seinen Blick und rührte sich nicht. »Wollen Sie wirklich eine Bar aus Georginas Café machen?«

»Und Sie? Warum sind Sie dagegen?«

»Müssen Sie eigentlich jede Frage mit einer Gegenfrage beantworten?«

»Ein paar Cocktails haben noch nie geschadet. Und müssen Sie so verdammt emanzipiert sein?«

»Das war nicht das, was Georgina wollte. Und ich auch nicht.«

»Ach? Was wollte sie denn? Sie war nicht der Typ für Stillstand.« Es klang herausfordernd. Ganz abgesehen davon, dass er den Hinweis auf Eves Wünsche geflissentlich überging.

Eve schob den Teller ein Stück von sich weg. Sie hatte plötzlich keinen Appetit mehr. Die Faszination, die sie eben noch empfunden hatte, verabschiedete sich gerade. Das bedauerte sie.

Sie lehnte sich zurück, bis ihre Schultern die unverputzte Backsteinwand berührten, und legte sich ihre Worte sorgfältig zurecht. Bei Mac Lawrence musste man aufpassen, und sie war schon irritiert genug über seine Anwesenheit und dieses seltsame Entgegenkommen. Wie viel konnte sie ihm erzählen, bevor er es gegen sie ins Feld führte?

Sie gab sich einen Ruck. Verstocktheit würde sie nicht weiterbringen. »Georgina wollte, dass es hier weitergeht. Das Café ist eine Institution in Cooper, und der Gedanke, dass es in die falschen Hände fällt, hat ihr zu schaffen gemacht.«

»Es grämt mich, dass Sie glauben, meine seien die falschen Hände.« Er lächelte ein bisschen, und sie kaute einen Moment lang an der Feststellung, dass er offenbar die Art Humor hatte, die ihr gefiel. Unwillkürlich richtete sie ihren Blick auf seine Finger, und erneut kletterte der Schauder ihr Rückgrat hinunter, legte sich um ihre Rippen und nistete sich in der Bauchgegend ein.

Auch Mac dachte nach, bevor er sagte: »Ein bodenständiges, etwas altmodisches Café? Was ist mit Erfolg? Wirtschaftlichen Gesichtspunkten? Haben Sie mitbekommen, dass das hier eine attraktive Gegend für Touristen ist?«

Eve verengte die Augen und blitzte ihn an. »Und haben Sie mitbekommen, dass die Wanderer und Langläufer hier keine Teenies mehr sind?« Glaubte der arrogante Mensch vielleicht, sie hätte ihre Hausaufgaben nicht gemacht?

Mac seufzte und schob Eves Teller vorsichtig wieder in ihre Richtung.

Widerstrebend nahm sie eine Tomate, schnitt sie in zwei Hälften, in Viertel, in Achtel. Bevor sie sie zu Ketchup zerkleinert hätte, zwang sich Eve, das Messer hinzulegen.

»Erfolgreich sein bedeutet für mich nicht, viel Geld zu verdienen.«

»Sie sind eine Träumerin. Wovon wollen Sie leben? Ganz davon abgesehen, dass Sie das hier niemals allein schaffen. Sie werden Löhne zahlen müssen.«

Also, jetzt reichte es aber.

Eve setzte sich gerade hin. »Mr. Lawrence. Sie dürfen ganz sicher sein, dass ich weiß, was ich tue. Über mein Auskommen müssen Sie sich garantiert keine Sorgen machen, und erst recht nicht über den Grad meiner Belastung, oder was immer Sie dafür halten. Es gibt einen Businessplan. Das Café wird bestens laufen. Und ich habe das unangenehme Gefühl, dass Sie den Laden aus genau diesem Grund für sich haben wollen.«

Er hörte ihr zu, ließ eine volle Minute verstreichen, und schließlich rückte er mit dem Brennrecht heraus. Und bewirkte das genaue Gegenteil dessen, was er erwartet hatte.

»Ach, daher wehrt der Wind! Davon höre ich zum ersten Mal, aber Sie wussten das natürlich. Man könnte tatsächlich Geld damit verdienen, ist es nicht so? Brennrechte werden persönlich weitergeben. Oder für teures Geld verkauft. Sie sind rar und begehrt.«

»Geld interessiert mich nicht so.« Mac zuckte mit den Schultern und blieb gelassen.

Nichts wäre besser geeignet gewesen, Eve in Rage zu versetzen. Hatte er ihr nicht eben diesen Vorwurf gemacht? »Nein, warum auch? Sie haben ja offenbar genug davon!« Ihre weit ausholende Geste bezog sein Auto, das als mattschwarzes Memento vor den Fenstern stand, ein.

An der Art, wie er sich plötzlich mit einem scharfen Einatmen zurücklehnte, bemerkte sie, dass er getroffen war. Irrealerweise hatte sie plötzlich Angst, dass er gehen würde. »Verzeihen Sie, das war indiskret.«

Er ging nicht darauf ein. »Es wäre dumm, die Lizenz verfallen zu lassen.«

»Würde sie das denn?«

Er hatte keine Ahnung, aber wollte die Gelegenheit nicht verstreichen lassen. »Klar. Und in der Scheune steht eine Destille. Beides erhöht den Marktwert des Cafés ungemein.«

»Marktwert! Das wird ja immer schöner! Sie wollen Georginas Heim verkaufen? Nur über ...«

...*meine Leiche,* hatte sie sagen wollen, verkniff sich die Worte aber im letzten Moment. »Können Sie das denn? Alkohol destillieren? Schnaps brennen? Wohlgemerkt solchen, den man tatsächlich trinken kann?«

»Nein«, sagte er völlig gelassen, »aber ich kenne jemanden, der's kann. Und ich rede nicht von Schnaps, sondern von Whisky.«

Klar, wieso klein anfangen! Whisky war nichts für Anfänger, das wusste sogar sie. »Große Güte«, murmelte Eve, »Georgina wird sich im Grabe herumdrehen.«

»Das glauben aber auch nur Sie«, sagte Mac.

Eve legte die Hände flach auf den Tisch und spreizte die Finger. »Mac«, sagte sie und klang auf einmal müde, »es ist mir schon bewusst, dass Sie hier aus irgendeinem Grund die älteren Rechte haben. Ich habe nicht die leiseste Ahnung, was Georgina sich bei der Sache gedacht hat, aber irgendetwas wird es schon gewesen sein. Wenn Sie meinen, mir Informationen vorenthalten zu müssen, dann ist das eben so. Doch im Moment habe ich hier das Sagen, und damit müssen Sie sich abfinden, ob es Ihnen passt oder nicht.«

Kapitel 10

Ihre Augen waren grün und schossen Blitze, entdeckte er mit gelindem Erstaunen, wie Lichter im Nebel über dem Moor. Bei der Army wäre sie garantiert mindestens drei Ränge über ihm.

Okay, zwei.

Er hatte sich gerade erst von dem überraschenden Anblick erholt, der sich ihm mit dem Verschwinden der langen Schürze geboten hatte – darunter war ein Kleid mit tiefem Ausschnitt zum Vorschein gekommen –, und schon warf ihn das nächste Detail aus der Spur! Wenn er jetzt nicht die Kurve bekam, wäre alles vergebens.

Mac stand auf, fuhr sich mit der Hand übers Haar und ging ein paar Schritte.

»Wenn es nicht das Geld ist – was bedeutet Erfolg dann für Sie, Eve?«

Ob sie ihm dankbar war dafür, dass er ihr diese Brücke baute? Es sah so aus. Ihr Blick wurde weicher, und sie begann, auf dem Stuhl zu kippeln. Ihr dunkles Haar hob sich glänzend von der rauen Wand ab. Er bewunderte den Kontrast und machte automatisch einen Schritt auf sie zu. Er wollte dieses Haar unter seinen Fingerspitzen spüren.

»Dinge tun zu können, die ich liebe«, sagte sie. »Eine Arbeit zu haben, die mich glücklich macht.«

Mac brauchte einen Moment, um wieder in der Gegenwart anzukommen. Er steckte die Hände in die Hosentaschen und dachte an vorhin, als er sie dabei beobachtet hatte, wie sie konzentriert und behände in der Küche arbeitete. »Du liebst das hier wirklich, oder?«

Sie überwand den Schrecken offenbar schnell und begann, über ihre Pläne zu sprechen, als hätte sie nur auf die passende

Gelegenheit gewartet. Ihr Blick wanderte über die halbhohe, dunkle Täfelung und das alte Ladenregal, das Glas der Vitrinen und die noch unbeschrifteten Tafeln, über die alte Kaufmannswaage, die nur dekorativen Zwecken diente, und die antike Ladenkasse mit den rumpelnden Ziffern. Er sah ihr die Begeisterung förmlich an und stellte amüsiert fest, dass sie ihn mitriss.

Er sah Eve zu, wie sie mit ausdrucksvollen Gesten und wechselnder Mimik von dieser zu jener Idee sprang, bis sogar er sich bildhaft vorstellen konnte, was sie meinte. Im Hintergrund seines Denkens nistete sich etwas ein, das ihn überraschte: Die leise Ahnung, dass dieses Unternehmen bei Eve besser aufgehoben war als bei ihm, der die Hälfte des Jahres auf irgendwelchen Missionen in Landstrichen war, in die man besser keinen Fuß setzte, sofern man bei Verstand war. Das Café war die Erweiterung von Georginas Persönlichkeit gewesen, aber in Eve hatte es eine würdige Nachfolgerin gefunden. Das immerhin musste er zugeben. Er überschlug die Möglichkeiten, die sich boten, um aus dieser Nummer würdevoll wieder aussteigen zu können. Er würde Harry darauf ansetzen und irgendeinen Deal aushandeln.

Eve sprach über Speisekarten und Events, die man planen könnte. Sie entwarf und verwarf, redete von Jahreszeiten und Brunchs und exklusiven Verkostungen, von Feiern an langen Tafeln und Stühlen mit Sitzflächen aus Robinienholz im Hof und bedauerte, dass der prächtige Walnussbaum vor Jahren einem Sturm zum Opfer gefallen war, worauf man ihn fällen musste.

Mac hörte ihr zu, und in seinem Kopf entstanden Bilder. Er spürte die Kraft hinter ihren Worten und fragte sich, wie sie ihm je zurückhaltend hatte erscheinen können. Er hatte das Gefühl, als habe er bisher nur eine reduzierte Version ihrer selbst gesehen, als entfalte sich hier die ganze Bandbreite eines eindrucksvollen Charakters. Eine Gründerin, die von dem, was sie tat, restlos überzeugt war.

Er stützte das Kinn auf die Hand und beobachtete fasziniert ihren Mund, ihre Mimik und ihre Hände, die die Rede lebhaft untermalten. Sie strich mit dem kurzen Nagel ihres

Zeigefingers an dem dicken Glas der Flasche entlang, spielte mit dem Etikett und zog spielerisch am Korken, um ihn dann mit einem seltsam verlegenen Seitenblick wieder einzusetzen, wobei sie mit der Handfläche auf den schwarz lackierten Deckel hieb und sich mit einem winzigen Heben ihrer Mundwinkel an dem quietschenden Geräusch freute, ohne ihren Redefluss zu unterbrechen.

Ab und zu lächelte er, was sie erwiderte, weil sie nicht nachdachte. Ihre Augen hatten zu leuchten begonnen, funkelten, wurden heller, und das Grün wurde wärmer. *Moos an einem Sommertag,* dachte Mac, *Sonnenstrahlen auf Blattwerk,* und hörte nur noch die Hälfte.

»Mädchenkram«, warf er gewollt abfällig ein, als sie ihre Dekorationsideen erläuterte und gestand, dass sie ein Skizzenbuch darüber führte, und befürchtete im gleichen Augenblick, dass er damit alles verdarb. Aber sie legte nur den Kopf schief, fing einen Tropfen *Graham's* von Glasrand und schloss bei dem Aroma nach Kirsche und Eichenholzfass genießerisch die Augen. In Macs Bauchgegend erglühte eine Sonne aus Verlangen.

»Sagt der Mann, der Tierfiguren aus Papierservietten faltet? Ohne Anleitung?« Ihre Augen strahlten vor unerwarteter Lachlust, die sie unterdrückte. Sie verschränkte die Hände, legte das Kinn darauf und lächelte ihn an. Irgendwo hinter seinem Brustbein breitete sich Wärme aus, und die kam garantiert nicht von dem zehn Jahre alten Wein.

»Man braucht nur ein bisschen räumliches Vorstellungsvermögen«, sagte er.

Sie begann endlich zu essen, und er hatte Schwierigkeiten, den Blick von ihren Lippen zu lösen. Er folgte dem silbernen Schimmer der Gabel, die Eves Zähne berührte, und hatte an der warmen Stelle in seiner Brust plötzlich ein Engegefühl. Wenn das so weiterging, würde er sich mehr wünschen als ein paar Auskünfte – einen langen, hitzigen Nachmittag zwischen den vielen Kissen auf dem weichen Sofa etwa, hinten auf dem Podest, das schon zu Georginas Zeiten der beliebteste Platz im Café gewesen war. *Beispielsweise.*

Schlimmer war, dass Macs Augen weiterwanderten, bis zu dem tiefen Ausschnitt ihres Kleides, und er sich vorstellte, wie sich die Haut darunter anfühlen würde. Sie sah samtig aus.

Jäh kam ihm seine Jeans mindestens so eng vor wie sein Brustkorb. Er hatte plötzlich das Gefühl, völlig ausgehungert zu sein. Bei dieser Erkenntnis wurde der Druck schmerzhaft, und er überlegte, wann er zuletzt mit einer Frau geschlafen hatte.

Er runzelte die Stirn. Zum Teufel, wann war das gewesen? Vor dem Unfall, oder? *Klar, Mann.* Auf jeden Fall vor dem Unfall.

Darüber bekam er kaum mit, dass Eve einlenkte.

»Vielleicht hast du recht, was die Cocktails betrifft. Georgina war eine vielseitige Frau. Sie hätte sich niemals neuen Ideen verschlossen.«

Mit Mühe konzentrierte er sich.

Gespielt lässig hob er die Brauen. »Hätte sie nicht. Aber so neu sind sie nicht. Was glaubst du, wer die Destille bedient hat?«

Ihr Erstaunen rührte ihn auf seltsame Art an. »Ist schon lange her«, brummte er. »Als Junge fand ich das zischende Ding ausgesprochen faszinierend.«

»Und was ist dabei herausgekommen?« Sie lachte und fügte murmelnd hinzu: »Im wahrsten Sinne des Wortes?« Mit der Fingerspitze tupfte sie eine Spur Balsamico vom Rand ihres Tellers und führte sie an ihre Lippen.

Herrgott noch mal.

»Haselnussschnaps, zum Beispiel«, sagte Mac, »sehr zu empfehlen. «

Eve verzog das Gesicht. »Igitt.«

Sie erinnerte sich an seine Bemerkung über die Kindheit und sah ihn abschätzend an, während sie sich ein Stück Parmesan in den Mund schob. Gleich darauf glitt ein genießerischer Ausdruck über ihr Gesicht. »Du bist bestimmt der Typ, der kleine Mädchen ärgert.«

»Ich war der Typ«, gab er zu. Der rechte Mundwinkel hob sich, und das Grübchen erschien in seiner Wange. »Und daran hat sich nichts geändert.«

Eve dachte fünf Sekunden nach. Er konnte sehen, dass sie abwog. Verwarf. Den Augenblick, als sie sich dafür entschied, das Risiko einzugehen, erkannte er an ihren Augen. Ein heißer Blitz schoß durch seine Bauchregion.

»Ich bin kein kleines Mädchen.«

»Ich weiß«, sagte Mac.

Es klang bedeutsam, und sie sah weg. Eve bestrich köstliches dunkles Brot mit Butter, legte es dann jedoch zurück auf den Teller. Sie zog eine Olive von der Gabelspitze und schob sie sich in den Mund. Macs Unruhe nahm bedrohliche Ausmaße an, und er musste sich beherrschen, um nicht auf dem Stuhl herumzurutschen. Er griff nach der Weinflasche. Sie reichte ihm ihr Glas und stieß dabei für einen flüchtigen Moment mit ihren Fingern gegen seinen Handrücken. Ihre Blicke trafen sich.

Eve nahm ihr Besteck und legte es auf dem Teller sorgfältig nebeneinander. Auf einmal war sie verlegen.

»Noch Hunger?«, fragte sie, und mitten zwischen den beiden Wörtern passierte etwas mit ihrer Stimme, ungefähr in der Millisekunde, da sie merkte, dass dieser Spruch in eine andere Situation führte und plötzlich klang wie das älteste Klischee der Welt.

Es war ihr egal.

»Ja«, sagte Mac.

Er streckte den Arm aus, schob seine Hand in ihren Nacken und ergötzte sich an dem Gefühl, das ihr seidiges, schweres Haar auf seiner Haut auslöste. Er beugte sich vor, hinein in die traumwandlerische Bewegung, die sie synchron zu seiner machte, und küsste sie.

Sie schmeckte nach kühlem, dunkelgoldenem Port und einem Hauch frischer Kräuter. Er stand auf und zog sie mit sich, spürte ihren warmen Körper an seinem und konnte plötzlich kaum noch atmen. Sie legte die Hände auf seine Brust, und aus Wärme wurde Hitze. Als ihre Finger höher wanderten und sich unter den Rand seines T-Shirts schoben, blendete er das Café, Georgina und alles, was damit zusammenhing, einfach aus.

Er umschlang Eves Taille und fühlte die Wärme ihres Körpers. Der dünne Stoff ihres Kleides schwang gegen seine Beine und war wie eine verheißungsvolle Brise an einem Tag am Meer.

Er schob Eve durch die Tür, durch die Halle, in Richtung Treppe, und löste keine Sekunde lang seine Lippen von den ihren.

Am unteren Treppenabsatz hielt er inne, weil ihm aufging, was er im Begriff war, zu tun: Mit der Frau ins Bett zu gehen, die ihm unter dubiosen Umständen Georginas Besitz gestohlen hatte. Er hob den Kopf und riss sich förmlich von ihr los. Zumindest versuchte er es.

Mac Lawrence war ein Mann, der immer genau wusste, was er wollte. Und was zu tun war. Eve machte ein kleines Geräusch, das ihm wie ein Pfeil in die Lenden fuhr. Sie schmiegte sich an ihn und tastete nach seiner Hand. Zog daran und begann, mit der anderen seinen Oberkörper hochzuwandern. Sie legte ihre Finger an seine Wange.

Rückwärts, vorsichtig Stufe für Stufe, ging sie die Treppe hinauf.

Was sie tat, fand er rasend attraktiv. Der Blick, mit dem sie ihn ansah, war verschleiert, aber es stand eindeutig darin zu lesen, dass sie ihn wollte. In ihren Augen spiegelte sich sein eigenes Verlangen, und er wollte verdammt sein, wenn er sich jetzt zurücknahm.

Er stellte fest, wie sehr es ihn anmachte, dass sie dieses Wagnis einging: Dass sie ihm zeigte, wie scharf sie auf ihn war. Dabei hielt er sie für so verwundbar: Woher nahm sie das Vertrauen? Der Gedanke, dass sie ihr Entgegenkommen womöglich bereuen würde, behagte ihm nicht.

Mac hielt ihre Finger vor seiner Brust fest und sah ihr forschend ins Gesicht. »Eve. Warte. Bist du sicher, dass du das willst? Mit mir?«

Er konnte sehen, dass sie sekundenlang ernsthaft über seinen Einwand nachdachte. Dann umschloss sie sein Gesicht mit den Händen und küsste ihn erneut. Jeder halbwegs klare Gedanke verschwand im Orbit.

Kapitel 11

Seine Ortskenntnisse, Georginas ehemalige Wohnung betreffend, kamen ihm zu Gute. Zielstrebig steuerte er auf den Raum am Ende des Flurs zu.

Die Tür zum Schlafzimmer war nur angelehnt, und Sekunden später fühlte Eve einen kühlen Luftzug an ihrem Rücken, als Mac ihr das Kleid über den Kopf zog. Mit seinem Shirt geschah das Gleiche, und sie hörte sein scharfes Einatmen, als er den Mund an ihren Hals legte. Sie bog den Kopf zurück.

Seine Lippen wanderten abwärts und legten eine leidenschaftliche Spur über ihr Dekolleté bis zum Brustansatz.

Er hakte die Daumen unter die Träger ihres BHs und schob sie über ihre Schultern hinab. Eve machte eine ungeduldige Bewegung, und dann war sein Mund auf ihren Brüsten.

Kurz, sehr kurz, blitzte ein Gedanke durch ihr Bewusstsein. Sie war dabei, sich unsterblich in diesen Mann zu verlieben, in den falschen Mann, und es würde weh tun – aber seine Hände, seine Lippen und das Gefühl von Haut an Haut ließ sie diese Überlegung so schnell zur Seite schieben, wie man ein Fernsehprogramm umschaltet. Ein Teil von ihr wusste jetzt schon, dass sie dafür bezahlen würde, aber das war ihr egal. Zu köstlich war das Gefühl, das er in ihr auslöste, und auch, wenn sie sich selbst nicht wiedererkannte, würde sie jetzt nicht aufhören – oder gerade deswegen.

In den glatten Muskeln seines Oberarmes war eine Vertiefung, der sie mit ihren Fingerspitzen nachspürte. So fasziniert war sie von diesen Armen, dass sie gar nicht aufnahm, was er gesagt hatte.

Er sprach mit geschlossenen Augen, und das war die nächste faszinierende Sache: Es erlaubte ihr, sein Gesicht zu betrachten. Sie mochte es, ihm beim Sprechen zuzusehen, und war so versunken in seine Mimik, dass sie kaum mitbekam, was er sagte. *Wenn er jetzt die Augen aufschlägt*, dachte Eve, *liest er in meinen nur Sehnsucht*. Sicherheitshalber stellte sie die Erforschung seiner Gesichtszüge ein, aber es tat ihr ein bisschen leid.

»Entschuldige, ich hab nicht zugehört«, murmelte sie. Mit der freien Hand ertastete sie seinen Hosenbund, aber Mac schob sie weg und öffnete mit einer schnellen Bewegung seinen Gürtel.

Eve legte ihren Mund an die Innenseite seines Arms.

Die erregenden Muskeln strafften sich, wurden hart, wie Stahl unter Seide. Seine Hand war zwischen ihren Schulterblättern und stützte sie, damit sie nicht fiel, und sie vertraute sich seiner Kraft an. Ein Sinneseindruck, der völlig neu für sie war: Sie fühlte sich gehalten, zerbrechlich. Geborgen. In der nächsten Sekunde spürte Eve ihr neues Bett an ihrem Rücken, und Macs herrlicher Körper schob sich über sie.

Für einen Moment kam sie zur Besinnung.

Sie sagte seinen Namen und schien kurz zu zögern und ihn überkam die wilde Angst, dass sie es sich anders überlegen könnte, aber dann glitten ihre Finger suchend an seinem Rücken hinab, rieben über das feste Leder des Gürtels und schoben sich an Macs Taille vorbei bis zu seinem Bauch, der sich sofort anspannte.

Das war aufschlussreich.

Er beugte sich vor, und ihre Köpfe prallten zusammen.

Leises Lachen, sinnlich und zittrig vor Begierde; Gliedmaßen, die aneinanderstießen in der hastigen Suche nach maximalem Körperkontakt; Finger, die kollidierten, sich verflochten. Statische Wellen, die über erregte Haut wanderten; störender Stoff, beiseitegeschoben. Das heiße Bedürfnis, sich gegenseitig Lust und Freude zu verschaffen, der glühende Wunsch nach Befriedigung. Seine Fingerspitzen berührten ihre nackten Oberschenkel, und ein Schauer durchlief sie.

In diesem Moment passierte etwas, sprang etwas über, und alles wurde ruhig und langsam, bewusst und gezielt. Und doppelt so aufregend wie zuvor. Sie lächelte, als er die Luft durch die Zähne zog, während sie mit den Händen zwischen ihren Körpern seine Jeans aufknöpfte – ohne Hast, bedächtig, mit Fingerspitzen, die mehrmals innehielten und genüssliche Pausen machten, während Mac die Arme zu beiden Seiten ihres Kopfes aufstützte und schneller atmete und den Kopf in den Nacken legte und etwas ausstieß, das sich nach *»verdammt«* anhörte.

»Hilf mir«, flüsterte sie, wobei sie zu ihm aufsah und in Augen blickte, die blau und unverstellt waren und in denen der gleiche Hunger stand wie in ihren eigenen.

Mac erforschte mit seinen Blicken ihr Gesicht und lächelte das Grübchenlächeln. Eve fragte sich, was er in ihrer Miene gefunden hatte, doch sie musste ihn antreiben, bevor sie vor Lust auf ihn verrückt werden würde, und schob eine Hand zwischen seine Beine.

Er stöhnte rau auf, aber statt sich endlich seiner Jeans zu entledigen, rollte Mac sich herum, spreizte Eves Beine, schob sie nach oben und senkte den Kopf in ihren Schoß, weil es nichts Köstlicheres gab, als eine Frau dort zu berühren, und weil er Zeit brauchte. Weil er in sie hineinstoßen wollte und Angst hatte, dass es zu schnell vorbei war. Weil er sehen wollte, wie sie kam und Angst hatte, dass er kam. Er wollte sie ansehen, ihr zusehen, und allein der Anblick ihres Körpers auf dem Laken und der Art, wie sie die Hände in die Matratze krallte, erregte ihn maßlos. Dann hob sie plötzlich die Arme und umschlang ihn und alles versank in einer Achterbahn aus Farben und Geräuschen und Gefühlen, und die verschiedenen Texturen machten ihn völlig verrückt: Haar. Haut. Seide. Samt. Das weiche Innere ihrer Lippen und das weiche Innere ihres Schoßes. Die Härte ihrer Hüftknochen, die gegen seine Handfläche stieß; die Geräusche, die ihn wild werden ließen, ein Fingernagel, der sacht hinter seinem Ohr entlangfuhr, und das Kribbeln, das sich daraufhin über seine Wirbelsäule abwärts bewegte.

Danach beruhigte er sie, streichelte ihr Haar und ihre Stirn, lächelte weich auf sie hinab. »*Schsch.* Ja, so ist es gut.« Es gefiel ihm, das sie so getan hatte, als wäre sie nicht nervös.

Nervös sein war gut. Nervös sein war super. Nervös sein stand dafür, dass sie nicht jede Woche einen Kerl in diesem Bett hatte; und dass sie versuchte, es zu überspielen, bewies ihm, dass sie verletzlich war.

Es gab einen Teil in ihr, der sich am liebsten an seiner Brust zusammengerollt und den Empfindungen nachgespürt hätte, die sie erschütterten wie Eruptionen, aber dazu war keine Zeit. Das entschied ein anderer Teil von Eve, ein wilder, archaischer. Der übernahm. Macs Blick veränderte sich, aus Zärtlichkeit wurde rohes Verlangen, und genau das war es, was sie selbst empfand.

»Woher kommst du?«, fragte sie ihn, später, mit schläfriger Stimme und trägen Bewegungen, mit denen sie ihren Zeigefinger über seinen flachen Bauch flanieren ließ und den winzigen Kontraktionen nachsah, die ihr kitzelnder Fingernagel zwischen den Bergen und Tälern seiner Bauchmuskeln weckte. Sie lag in seinem Arm, den Kopf an seiner Schulter, während er seine Hände durch ihr Haar gleiten ließ und sich die langen Strähnen um seine Hand wand.

»Jetzt gerade? Von irgendwo oberhalb der Wolken.«

Eve lachte. Aber sie war auch neugierig: Was und wie viel würde er preisgeben? Berechtigte heißer Sex dazu, derart private Geständnisse zu erwarten?

»Ich bin in Fort Lewis stationiert«, sagte er, »aber ich hab noch eine Wohnung in Tacoma. Ist näher. Manchmal muss es schnell gehen.« Er zuckte die Schultern. Dass er erwog, das Apartment aufzugeben, behielt er für sich.

»Oh? Warum?« Ein sinnlicher Ton legte sich über ihre Worte, und entzückt stellte sie fest, dass seine Pupillen sich weiteten. Sie setzte sich auf, schob das Knie über seine Hüfte, aber sie stützte die Hände auf seine Schultern. Sie wollte, dass er weitersprach, mehr über sich verriet.

Er tat ihr den Gefallen, wobei er mit den Handflächen über ihre Taille strich, hinunter und hinauf, bis zu ihren Brüsten, darum herum, und wieder zurück.

»Meine Einheit ist ... so eine Art Eingreifteam. Ranger Regiment. Infanterie.«

Einer von der schnellen Truppe. Eves Kenntnis der hiesigen Garnison war bestenfalls bruchstückhaft, aber das, was er so beiläufig erwähnte, war weit über die Grenzen des Pierce County ein Begriff. Sie lachte, beugte sich gespannt vor und machte keinen Hehl daraus, dass sie beeindruckt war.

»Wo warst du?«

»Zuletzt? Irak.« Eigentlich hatte er sein halbes Leben im Mittleren Osten verbracht. Jedenfalls kam es ihm neuerdings so vor. Hier zu Hause hatte er dabei offensichtlich das Wichtigste verpasst.

Seine Finger berührten erneut die zarte Haut ihrer Brust, was sie enorm in Unruhe versetzte, glitten unter ihre Achseln und umfassten ihren Rücken. Er sah zu, wie die Haarflut seidig über die helle Haut ihrer Schultern glitt, als sie den Kopf in den Nacken legte. Ihre Beine spannten sich an, eine erregende Umklammerung, die eine unmittelbare Reaktion in seiner Lendengegend zur Folge hatte. Er zog sie zu sich, und sie kam ihm bereitwillig entgegen, seufzte und beugte sich vor, um ihn zu küssen.

»Ich kann nicht mehr«, murmelte sie dicht an seinen Lippen. Die Vibration kitzelte sein Kinn und brachte ihn zu einem diabolischen Lächeln. »Klar kannst du«, erwiderte er.

»Nein«, widersprach sie, »ich bin aus der Übung.«

»Ja? Vielleicht sollte ich besser gehen?«

Sie schüttelte langsam den Kopf, und die weichen Enden ihres Haares streiften sein Schlüsselbein, wie Flügel von Schmetterlingen. Sie senkte den Kopf und leckte eine Spur auf seine Haut, schob sich an seinem Körper hinab und freute sich über die köstliche Anspannung, die sich auf sie übertrug und neue Vorfreude weckte. Mit der Hand umschloss sie sein Glied, fühlte das Erschauern seiner Oberschenkelmuskulatur, hörte, wie er »Himmel« durch die Zähne presste und liebte die Art und Weise, wie er fest in ihr Haar griff.

Als er nach ein paar Minuten in bestimmtem Tonfall »genug« sagte, sie packte und sich über sie schob, war sie in kürzester Zeit halb besinnungslos vor Lust.

Die Spitze seines Schwanzes verharrte zwischen ihren Beinen und tupfte verheißungsvoll an ihre Vulva. Eve hatte das Gefühl, zu schmelzen, spürte ihre eigene Nässe und griff hart in seine Pobacken. Mac sah auf sie hinab und stieß erneut dieses kleine Lachen aus, das sie völlig in den Bann zog. Dann gab er nach.

Er senkte sich ein Stückchen tiefer, so dass seine Oberarmmuskeln sich in harte Quader verwandelten, gegen die sie ihre Wange drückte, als der Druck zwischen ihren Schenkeln zunahm und ihr Herz anfing zu jagen. Sie flüsterte ein drängendes »bitte«, und da war es vorbei mit seiner Beherrschung. Er glitt in sie hinein. Dann begann er zu pumpen.

Eve schrie seinen Namen.

Sie sah müde aus.

Unter den dichten Wimpernkränzen ihrer geschlossenen Augen hatte sie ganz dünne, zarte Haut, die fast durchscheinend wirkte. Mac konnte nicht genug davon bekommen, sie zu betrachten. An ihren Schläfen entdeckte er ein paar Sommersprossen. Er hatte eine seltsame Anwandlung: den Wunsch, sesshaft zu werden nach Jahren des Herumvagabundierens mit der Army.

Von rechts kam unvermittelt ein Keuchen, die Matratze senkte sich fast verstohlen, und im nächsten Augenblick sanken fünfzig Pfund Hund an seinen Rücken. Amy trat zweimal mit allen vier Pfoten in seine Nieren, rollte sich zusammen und schlief seufzend ein.

»Ich fasse es nicht«, murmelte Mac mit geschlossenen Augen in Eves Haar, »wo hast du nur diesen Hund her?«

Eve griff über seinen Körper und versuchte, Amy aus dem Bett zu schubsen. Mac kam sich vor wie der Truthahn in einem Sandwich und fing an zu lachen.

»Tierheim, Tacoma«, sagte sie, »und genau da bringe ich ihn gleich morgen auch wieder hin.«

Er hielt ihren Arm fest und drückte einen Kuss auf die Stelle, die ihm am nächsten war.

Eve seufzte. »Er muss sicher mal raus.«

»Bleib liegen«, flüsterte Mac, »es ist kalt draußen. Ich mach das. Schlaf ein bisschen. Verdient hast du es.« Er grinste, war aber schon im Begriff, aufzustehen.

Sie legte die Handfläche an seine warme Haut. »Kommst du wieder?« Die göttliche Schwerelosigkeit, die großartigem Sex folgte, verflüchtigte sich. Diffuse Panik kam in ihr auf. Das hier war eine fremde Welt, zumindest eine, die sie seit Jahren nicht betreten hatte. Eve hatte ein ungutes Gefühl. Wenn er jetzt ginge – würde sie ihm bei der nächsten Begegnung in die Augen schauen können? Und wenn er bliebe: Würde es morgen früh komisch sein? Wenn ja, wie sehr?

Und wie dumm, dass er eigentlich ihr Gegner war. *Himmel,* was für eine Verwirrung! Hätte sie darüber nicht vorher nachdenken können?

Er angelte nach seiner Hose und warf Eve über die Schulter einen Blick zu. »Natürlich. Was denkst du denn?«

Mit einem Mal konnte sie den Gedanken nicht ertragen, dass er verschwand, und rappelte sich auf. »Ich geh lieber mit. Vielleicht entführst du meinen Hund.« Sie wollte die Worte zurücknehmen, kaum dass sie sie ausgesprochen hatte: Sie klangen wie ein erster neuer Hinweis darauf, dass sie ihm nur so weit traute, wie sie ihn sehen konnte.

Sie las es in dem langen Blick, mit dem er sie bedachte.

»Eve«, sagte er sehr ernst, »sag bitte nicht, dass du es bereust.« Sie schüttelte langsam den Kopf, unaussprechlich erleichtert darüber, dass er sich so verhielt. Er streckte die Hand aus, fuhr an den Konturen ihres Gesichtes entlang und folgte der Bewegung mit dem Blick. Er hob die Mundwinkel und fügte mit gespielter Strenge hinzu: »Ich kidnappe keine Hunde.«

Aber Herzen, dachte Eve und fühlte sich plötzlich schwach. *Meins hast du schon. Und weißt es nicht mal.*

Er zog seine Jeans über und stand auf, um sofort mit einem Schmerzenslaut zurückzusinken. Sein Stöhnen war wie ein Echo der vergangenen Stunden, aber mit Sinnlichkeit und Erregung hatte der Klang nichts zu tun. Eve war wie der Blitz aus dem Bett und blickte erschrocken in sein schmerzverzerrtes Gesicht.

Sie kniete sich vor ihn hin und berührte vorsichtig die Stelle unter seinen Rippen, auf die er die Hand presste. Er war auf einmal kurzatmig.

»Hast du Schmerzen?«

»Nur eine falsche Bewegung.«

Sie lächelte, obwohl sie besorgt war. »Und was waren das eben für welche?«

Mac lachte, zuckte abermals schmerzerfüllt zusammen, keuchte. »Mehrfachorgasmen sind eher pures Adrenalin.«

Sie wurde ernst. »Was hast du, Mac?«

»Nichts. Ein Andenken an den letzten Einsatz.« Sie runzelte betroffen die Stirn und meinte, im schwachen Licht der kleinen Lampen eine Narbe zu erkennen.

»Kann ich was für dich tun?«

Er lächelte schon wieder und schob ihr eine Haarsträhne hinters Ohr. »Was zu trinken wäre toll. Ich glaube, ich bin dehydriert.«

Sie erkannte den Trick und gewährte ihm den Ausweg. Für den Moment. Sie konnte später darauf zurückkommen.

Sie gingen eine Meile, ohne jemandem zu begegnen, und ließen Amy voranlaufen.

In Cooper war das kein Problem: Der Ortskern war ein Stück entfernt, und die Schnellstraße nahm man nur als diffuse Geräuschkulisse im Norden wahr.

Eve trug immer Stiefel. Stiefel waren ihr Tick; sie besaß Stiefel in allen Farben, Formen und modischen Ausführungen: flache, hohe, geländegängige und weniger geländegängige. Ein Paar der letzteren trug sie jetzt. Ihre Absätze klackten auf dem grob asphaltierten Weg. Sie schlenderte neben Mac her, ohne ihn zu berühren. Eine angenehme, vertraute Stille hing zwischen ihnen.

Es war kalt. Nicht so kalt, dass man in der Dunkelheit ihre Atemwolken sehen konnte, aber kalt genug, um steife Finger zu kriegen und sich in die Wärme einer Umarmung zurückzusehnen.

Eve wusste jetzt schon, dass sie ohne das nicht mehr leben konnte. In ihren Augen standen plötzlich Tränen. Sie blinzelte sie angestrengt weg.

Sie streckte die Hand aus und berührte ihn zart an der Seite.

Er trug Daunenweste und Fleecepulli, genau wie sie, aber trotzdem hatte sie das Gefühl, als brenne sich seine Körperwärme durch die zwei Schichten Kleidung hindurch bis in ihre Fingerspitzen. »Was ist passiert? Da?«

Er zuckte die Schultern, tat es ab. »Bin angeschlagen. Die Folgen einer Operation. Als Hundekidnapper würde ich nicht weit kommen.«

Sie lächelte von unten herauf und blinzelte. »Nicht sehr clever. Jetzt musst du dich zusätzlich von den Folgen einer heißen Nacht mit mir erholen.« Es war schön, neben ihm zu sein und den Kopf an seine Schulter legen zu können, aber sie wusste nicht genau, wie viel sie fragen durfte.

»Das ist es wert.« Er lehnte seine Schläfe kurz gegen ihre.

Am liebsten hätte sie vor Entzücken geseufzt. »Kommt sie daher? Aus dem Irak?«

Unwillkürlich bedeckte er die Stelle mit dem Arm. Eine schützende Bewegung. Aber er lachte ein bisschen. Seine Zähne leuchteten hell.

»Die Verletzung? Ja. Sprengfalle, ziemlich weit ab vom Schuss. Ich hab ein paar Wochen in einem Krankenhaus verbracht, das den Namen nicht verdiente, bis man uns nach Deutschland ausgeflogen hat. Sie haben mich wieder zusammengeflickt.«

Mehr würde er nicht sagen. Nicht heute. Ein Teil – ein großer Teil – *dieser* Wunde war noch zu frisch, obwohl das Gewebe vernarbte, die Schmerzen erträglich und die Knochen verheilt waren.

Aber nach kurzer Überlegung entschloss er sich zu einem Testballon, einem Zugeständnis. »Das ist auch der Grund, warum ich nichts von Georgina wusste. Ich habe die Nachricht erst verspätet bekommen.« *Zu spät.*

In seiner Stimme war etwas. Eve sagte: »Du hast einen gefährlichen Beruf.«

Er sah sie kurz und forschend an, ein undeutbarer Blick, dann blickte er weg. »Geht so.« Aber seine Augen hingen einen Augenblick zu lange am Mars, der rötlich schimmernd und kalt den südlichen Meridian eskortierte.

Geht so. Wem wollte er was vormachen? Der letzte Einsatz hätte ihn fast den Kopf gekostet, und der davor war auch nicht glimpflich abgegangen. Vielleicht sollte er sein Glück nicht überstrapazieren und die Chance nutzen, die Josie Clarke ihm erst vor ein paar Tagen angeboten hatte. Wenn das alles überhaupt jemals ausgestanden sein würde.

Eve wusste, dass er abwiegelte, er sah es ihr an, aber er war dankbar dafür, dass sie nicht weiter fragte. Er war zu beschäftigt: Zu neu war für ihn die Erkenntnis, dass es vielleicht einen anderen Weg für ihn gäbe – hier, in Cooper.

»Gehst du wieder zurück?«, fragte sie nach einer Weile. Bildete er sich das ein, oder klang sie unsicher?

»Also suchst du schon nach einer Gelegenheit, mich loszuwerden?«

Der Scherz verfing nicht. »Nein«, sagte sie schlicht.

Er blieb stehen und nahm ihre Hände in seine. Sie trug lederne Handschuhe, und er fuhr mit seinen Daumen die Nähte zwischen den einzelnen Fingern nach. »Wir werden darüber reden müssen«, sagte er.

»Nicht heute. Bitte.«

Jetzt hörte sie sich flehend an. *Verdammt.*

»Nein«, sagte er, »nicht heute.«

Das hier war zu kostbar.

Amy sprang heran und pfefferte Mac einen Stock vor die Füße. Er bückte sich – mit der gebotenen Vorsicht – und warf den veritablen Ast mit halber Kraft. Die Flugbahn war trotzdem beeindruckend.

»Du scheinst mit Hunden gut umgehen zu können.« Eve wollte unbedingt mehr über ihn erfahren.

Ein weiterer Seitenblick. Der Hund donnerte heran und knallte Mac den Ast ans Schienbein. Mac warf erneut, weiter als zuvor. Amy bellte vor Begeisterung.

»Ich bin mit Hunden aufgewachsen. Ich weiß, das sagen viele, aber bei uns war es tatsächlich so. Mein Vater züchtete Hunde.«

Sie nickte. Sie fühlte sich auf sicherem Terrain. *Über dieses Thema könnte sie ohne Unterlass reden.* »Hättest du gern wieder einen Hund?«

An seinem Mund zuckte ein Muskel. »Ja, aber ich muss ihn selbst ausbilden können.«

Sie musterte ihn neugierig und wunderte sich über seine Zurückhaltung. »Was für Hunde hattest du?«

Er zögerte einen Moment. »Jagdhunde.«

Bevor Eves Journalistenseele beginnen konnte, ein unwiderstehliches Geheimnis zu wittern, zog Mac Eve an sich

und drehte sie in seinen Armen um, so dass sie mit dem Rücken an seine Brust gelehnt war.
Er nahm Eves Hand und hob ihren Arm und deutete in den sternenklaren Nachthimmel, der sich samtig und funkelnd über ihnen aufspannte. »Mein letzter Hund hieß Sirius«, sagte er und schaffte es knapp, das Beben aus seiner Stimme herauszuhalten, »nach dem Stern. Da, siehst du ihn?« Er zeigte nach Osten, wo sich der deutlich sichtbare Punkt allmählich über den Horizont schob.

Eve fand den hellen Eckpunkt und nickte fasziniert. Sie ließ den Kopf an Macs Schulter sinken und schaute nach oben.

»Sirius, sagt man, sei der Jagdhund des Orion gewesen. Andere Quellen behauptet, ein gewisser Maira sei Orions Jagdhund gewesen, aber Maira klingt mir zu sehr nach Mädchen.«
Er warf einen Blick auf Amy, der den Apfelbaumast mittlerweile krachend und sabbernd vor Hingabe zu Zahnstochern verarbeitete. »Obwohl, manche scheint das ja nicht zu stören.«

Eve lachte und legte die Hand auf seinen starken Arm, der sich um ihre Taille gewunden hatte. Beglückt spürte sie, dass Mac die Wange gegen ihren Scheitel schmiegte.

Sie hob den Arm. »Orion finde ich. Rigel, unten rechts, nicht wahr? Der so funkelt?« Sie spürte Macs Nicken. »Es hat den Anschein, als kenne ich nur die Allerweltssternbilder.«
»Dabei gibt es ein eigenes Sternbild für die Jagdhunde, *Canis Venatici.*« Er drehte sie sacht an den Schultern nach links. »Da, östlich.«

Eve kniff die Augen zusammen und entdeckte einen weiteren glitzernden Stern.

Sie musste das unbedingt unterbrechen, sonst würde sie vor ihm auf die Knie sinken vor Bewunderung. »Du bist also nicht nur hübsch, sondern auch klug«, provozierte sie ihn. »Woher weißt du das alles?«

»Dazu gehört nicht viel. Die Nächte im Einsatz sind lang, und der Himmel ist woanders viel dunkler als hier.« Nach kurzer Überlegung fügte er an: »Allerdings hatte ich schon als Junge ein ziemlich gutes Fernrohr. Übrigens glaube ich nicht, dass mich jemals jemand *hübsch* genannt hat, außer meiner Mutter.«

Eve wandte den Kopf. Sie sah ihn an und dachte daran, wie er neben ihr lag. Wie er aussah, wenn er schlief. Seinc Züge waren kantig, männlich, stark. Nicht aristokratisch oder fein geschnitten, aber attraktiv und *so, so sexy*. Sie hob die Hand. Seine Ohren hatten an der oberen Rundung einen kleinen Knick. *Elfenohren*. Sie hob die Hand und strich darüber, versonnen und nachdenklich. Er blinzelte ihr zu, und ihr gefiel seine Selbstironie.

Eine Sternschnuppe schoß von Norden her über den Himmel und kreuzte Orions Gürtel. Eve glaubte, das zischende Geräusch des verglühenden Himmelskörpers hören zu können, aber das war sicherlich nur Einbildung. Sekunden später folgte eine weitere, dann noch eine.

Sie lachte entzückt und freute sich darüber, dass Mac einstimmte und sie an sich drückte. »So viele Wünsche habe ich gar nicht«, sagte sie und klang etwas ratlos. Er lächelte ihr zu und erwiderte: »Das ist bestimmt das Beste, was man über sein Leben sagen kann.«

Sie wandte ihm das Gesicht zu. Der Mond legte Schatten auf ihre Wangen, aber in ihren Augen standen kleine Lichter. Mac wusste ganz genau, wo er die Sommersprossen suchen musste, und in diesem Augenblick wurde ihm klar: Sein Schicksal war besiegelt.

Er stand hinter ihr wie ein Schild, und die Art, wie er sie hielt – fest und gleichzeitig behutsam – machte ihr bewusst, dass sie sich seit Jahren nicht mehr solche Nähe zu einem Mann erlaubt hatte. Sie gab sich den Empfindungen hin: Die Wärme seines Körpers; sein Atem, der leicht an ihrer Wange vorbeistrich, wenn er sprach; und die Kälte der Nachtluft um sie herum. Es war still, wahrscheinlich schlief der ganze Ort schon, und nur Amys selbstversunkene Schreddergeräusche unterbrachen die Idylle. Und Macs Stimme. Sie hätte ihm stundenlang zuhören können. »Man nennt ihn den himmlischen Jäger. Wunderschön, nicht?«

Sie lehnte sich an ihn, nickte und hatte plötzlich einen Kloß in der Kehle.

»Obwohl er ein fieser Typ war.«

»Was?« Sie lachte verlegen, weil sie um ein Haar nicht mitbekommen hätte, dass er mit wenigen Worten die Stimmung veränderte, und sie fragte sich, ob er es absichtlich tat.

»Eve«, sagte er leise tadelnd, »du musst schon aufpassen, wenn ich dir hier meine grandiose astronomische Sachkenntnis offenbare.«

Sie nickte folgsam. »Okay«, sie nickte folgsam, »aber sind wir nicht schon in der Abteilung für mythologische Sachkenntnis?«

»Ja«, sagte Mac, »aber nur, weil du den wissenschaftlichen Teil verträumt hast.«

Eve boxte ihm in die Seite. Die *unverletzte* Seite. »Also, was ist jetzt mit Orion?«

»Sohn des Poseidon, vielleicht auch des Göttervaters Zeus. Frauenheld erster Güte. Stellte allem nach, was im antiken Griechenland nicht bei drei auf dem Baum war. Wurde von einem wütenden Vater geblendet. Heißblütig und gewalttätig. Aber tierlieb.«

»Das klingt mir mehr nach Gerüchteküche als Mythologie.« Eve lachte. »Wieso tierlieb? Wegen der Hunde?«

»Eher nicht. Auch bei der Jagd nahm er alles mit, was ihm vor die Keule kam. Aber ein Hase, der vor Sirius davonrannte, flüchtete sich direkt vor Orions Füße, deshalb verschonte er ihn. Auch der Hase sitzt jetzt am Himmel, genau zu Orions Füßen.« Er deutete nach oben.

Eve bemühte sich vergeblich, in den Sternhaufen etwas Hasenähnliches zu erkennen. »Sieht man schlecht«, kam prompt Macs trockene Bestätigung.

Sie drehte sich in seinen Armen um. »Und warum haben die Götter den heldenhaften Jäger an den Himmel versetzt?«

»Orion verliebte sich in Eos, die Göttin der Morgenröte. Das machte Artemis, die Gottheit der Jagd und des Waldes, so sauer, dass sie ihn mit Pfeil und Bogen tötete. Hinterher bedauerte Artemis ihre Tat und schickte ihn als Sternbild an den Himmel. Gibt aber auch noch andere Versionen, wie so oft in der Mythologie.«

Er sah ziemlich zufrieden aus, fand Eve. »Ich bin äußerst beeindruckt«, sagte sie.

»Unnützes Wissen«, tat er es ab, »und stundenlange Quälerei mit Homer.«

»Homer!« Eve lachte erneut. »Um Himmels willen. Wo bist du zur Schule gegangen?«

»Eine mit Latein als Fremdsprache.« Er zuckte die Schultern und grinste.

»Jetzt bin ich wirklich beeindruckt«, murmelte Eve und trat einen Schritt zurück.

»Brauchst du nicht. Ich war grottenschlecht. Mein Vater wollte, dass ich Jura studiere. Kein College, das auf sich hält, hätte mich aufgenommen.«

Interessant. »Bist du deshalb zur Armee gegangen?«

Sein Gesichtsausdruck veränderte sich, wurde wachsam, aber er lachte. »Nein. Ich bin zur Army gegangen, weil ich dort mit meinen Freunden rumhängen konnte, von zu Hause wegkam und kostenlos alle Führerscheine machen konnte, die es auf der Welt gibt. Und einiges mehr.«

Irrte sie sich, oder war hier der Punkt erreicht, an dem er dichtmachte? »Gehen wir zurück?«, fragte sie leichthin und berührte ihn am Arm.

Er nickte, sah auf sie herab, und das nächtliche Zwielicht modellierte sein Gesicht.

Sie hob die Hand an seine Wange und sprach, ohne nachzudenken. »Mac, du bist so schön.« Das Lächeln erschien, und sie kam einem lockeren Spruch lieber schnell zuvor. »Hinter dir waren bestimmt alle Mädchen her.«

Sein Lächeln wurde breiter. »Nein, waren sie nicht. Erst die erwachsenen Frauen.«

Sie ließ sich darauf ein, lachte, und schlug spielerisch nach ihm. »Wie gut, dass ich schon flügge bin.«

»Das stimmt«, sagte Mac bedeutungsvoll.

Er hielt ihr das schwere Tor auf. Sie ging hindurch und erfasste mit einem Blick den Innenhof und die guterhaltenen Gebäude. »Es war wunderschön hier, früher.« Sie rechnete mit einer zustimmenden Antwort, aber er sagte irgendwie immer genau

das, was sie gerade nicht erwartete. »Kommt drauf an, aus welcher Perspektive man es betrachtet.« Eve warf ihm einen überraschten Blick zu. »Aus welcher denn nicht?«
»Zum Beispiel aus der eines Siebenjährigen, der heulend und mit gebrochenem Arm auf dem Pflaster liegt, weil er aus der Kastanie gedonnert ist, auf die zu klettern ihm streng verboten gewesen war.«

Eve konnte nicht anders: Sie fing an zu kichern. »Du?«

»Ja.«

»Welcher war es?«

»Welcher Arm? Der linke. Ich hatte noch nicht mal das Privileg, in der Schule nicht schreiben zu müssen.«
Er klang ein bisschen gekränkt, und Eve hielt sich glucksend die Hand vor den Mund. »Was ist noch passiert?«

Mac zog das Tor hinter sich zu, legte seinen Arm um Eves Schultern und spazierte langsam weiter. »Einmal, im Winter, fuhr ich mit dem Fahrrad bei Glatteis vor die Scheune. Die da, in der jetzt das Auto steht. Mit dem Kopf bin ich gegen den Knauf geknallt. Gehirnerschütterung und Platzwunde. Die Narbe habe ich heute noch.« Er nahm ihre Hand und hob sie an seine Schläfe. »Hier, fühl mal. Mein Vater hat mir dafür eine geknallt. Zu Recht. Aber schlimmer als die Ohrfeige war, dass mein Fahrrad eine Acht hatte. Lach nicht!«

Natürlich lachte sie. Dann wurde sie unvermittelt ernst. »Sie hat mir Geschichten erzählt, weißt du. Georgina.«

»Oh? Welche denn?« Sie sprach nicht von ihm, das war ihm klar, sondern hegte ihre eigenen Erinnerungen.

»Von Feen und Elfen. Sie sagte, dass die Zuckerfee die leckeren Cookies macht, nachts, wenn ich schlafe. Ich war fünf und habe ihr jedes Wort geglaubt.« Eve blieb stehen und wandte sich ihm verlegen zu.

Doch er lachte gar nicht. Er stand einfach da und sah auf sie hinunter. Jede Nervenfaser war auf Eve ausgerichtet.
Sein ganzer Körper summte. Er war nahkampf- und feuergefechtserprobt, scheiterte aber kläglich angesichts der kaum verhüllten Sehnsucht in ihren Augen. Er gab seiner Stimme einen belustigten Klang.

»Das hat sie mir auch erzählt«, sagte er, »aber ich war schon zu groß, um ihr das noch abzunehmen. So getan hab ich trotzdem. Wenn ich brav war und zuhörte, statt den Rabauken zu geben, gab's mehr Kekse.«

Sie legte die Hände um sein Gesicht und reckte sich, um ihn zu küssen. »Warum bist du hier weggegangen?«

»Wegen der Army.« Jetzt wollte er etwas anderes: Irgendwo hingehören. Wissen, wo man zuhause war. Er sagte nichts davon. *Zu früh.*

»Sirius«, murmelte Eve, ein wenig zusammenhanglos und ganz in Gedanken, während sie gemächlich über den Hof spazierten und Amy glücklich hechelnd neben ihnen herlief, ab und zu ausbrach, um sich etwas genauer anzusehen, und dann zuverlässig wieder zurückmäanderte.

»Auch. Seine Vorgängerin hieß Antares«, ließ er sie wissen. »Und eine andere Hündin Berenike. Der ganze Wurf hatte Sternennamen.«

Da ging ihr erst auf, wovon er sprach. »Du arbeitest mit Hunden? Bei der Army?«

Weil sie am Haus angelangt waren und Amy begann, ungeduldig an der Tür zu kratzen, was die sofortige Intervention von Eve nötig machte, da sie sich um den Lack sorgte, blieb er ihr die Antwort schuldig.

Es war schon weit nach Mitternacht, aber in der Halle lockte sie der Duft des Essens vom früheren Abend, das noch nicht abgeräumt war. Schlagartig überfiel sie der Hunger.

Aber als Eve sich über den Tisch beugte und nach dem Wein und den Gläsern griff, hielt Mac ihre Hand fest.

»Wir essen oben«, sagte er.

Kapitel 12

Der Sonntag wurde zu einer angenehmen Abfolge von Schlafen, Essen und Sex; unterbrochen von Reden, Lachen und zwei Spaziergängen mit dem Hund. Am späten Nachmittag, als Mac nach ihren Plänen für die kommende Woche fragte, erinnerte sich Eve schlagartig an alles, was sie an diesem Wochenende seinetwegen nicht erledigt hatte.

Verdammt.

»Ich kann dir helfen«, schlug er vor.

Sie wollte noch nicht zum Alltag zurückkehren und sah ihn lächelnd an. »Okay. Was kannst du denn?«

»Ich bin Infanterist. Ich kann alles«, erwiderte er im Brustton der Überzeugung.

»Okay. Ich bin gespannt.«

Er schob eine Hand in ihren Nacken. »Darfst du auch sein.«

Eve hätte viel darum gegeben, wenn sie sich ihrer Pflichten für den Moment hätte entledigen können, aber das war einfach nicht drin. Nicht, wenn sie wie geplant Anfang November eröffnen wollte, und, verflixt, das war in einer Woche!

Sie sah auf die Uhr, dann auf ihr Handy. Zum ersten Mal seit gestern, als das alles angefangen hatte. Offenbar hatte sich die Welt in der magischen Zeitspanne, die sie mit Mac auf dem Mond verbracht hatte, weitergedreht. Mo würde in einer halben Stunde vor der Tür stehen, um Vorratspläne und Einkaufslisten mit ihr zu besprechen. »Und morgen kommt diese Reporterin.«

Mac lehnte sich beneidenswert unaufgeregt zurück ans Kopfende. »Oh? Heißt? Werbetrommel rühren?«

Ob sie wohl so panisch aussah, wie sie sich gerade fühlte? »Das heißt, dass ich dich verlassen muss. Für den Moment.«

»Sehr schade. Wann kommt sie? Das schau ich mir an.«

»Bloß nicht! Ich bin schon nervös genug.«

»Du bist süß, wenn du nervös bist.« Mac packte sie und küsste sie heiß und fordernd. »Für den Weg«, sagte er dann und schob sie aus dem Bett.

Doch er hielt sie noch einmal zurück. »*Eve*. Das hier war das Erotischste, was ich je erlebt hab.«

Sie sah ihn an, sah in diese unfassbar blauen Augen, und suchte darin nach einem Widerschein ihrer eigenen Erschütterung darüber, dass sich zwei Menschen so nah sein konnten. Nachdem sie ihn gefunden hatte und dafür unendliche Dankbarkeit empfand, flüsterte sie: »Ich auch.«

Sein Gesichtsausdruck wurde zu einer Mischung aus Zärtlichkeit und Ernst. »Geht's dir gut?«, wollte er wissen und strich sachte über ihre Hüften.

Sie ignorierte den neuerlichen Schauer, der sie durchlief, beugte sich vor und drückte ihm einen Kuss auf die Schulter. »Ja. Aber ich weiß wirklich nicht, wie das morgen sein wird.« Gott, durfte man das in der ersten Nacht überhaupt alles? Mit der Tür ins Haus fallen war ein Klacks dagegen.

»Ich befürchte das Schlimmste«, murmelte Mac, und in seiner Stimme erschien ein Anflug von Zerknirschung.

»Bei dir oder bei mir?« Und ob diese Aktivitäten Folgen haben würden. *Ihre* Muskeln waren das nicht gewohnt. Ganz abgesehen davon, dass sie die Unmengen von Orgasmen – Wellen, Rauschen und weißes Licht – erst einmal verarbeiten musste.

»Bei mir«, sagte er, »ich bin keine fünfundzwanzig mehr.« Sein theatralisches Aufstöhnen brachte sie zum Lachen. »Aber auch noch keine siebzig.« Sie hatte keine Ahnung, wie alt Mac war, und nach kurzer Überlegung fügte sie provozierend hinzu: »Nehme ich an.«

»Vierundvierzig«, murmelte er, »knapp.« Er nahm sie bei den Handgelenken und zog sie ein letztes Mal an sich. Sie kuschelte sich in seine Arme und versuchte, dieses Gefühl in sich zu speichern: Einen Vorrat an Glück, bis sie ihn wiedersehen würde. »Mac?«

»*Hmhm*?«

»Mac, ich bin doch froh, dass du da bist.«

Er lachte dieses halbe, leise Lachen, das ihr mitten in den Bauch fuhr, und erwiderte: »Ja. Ich auch. Wirklich.«

Er entließ sie mit einem Nicken.

Mac nahm sich Zeit. Er lauschte auf die Geräusche aus dem Bad und beobachtete, wie Scheinwerfer über die Wand und die Zimmerdecke huschten und erloschen, als vor dem Café ein VW-Bus geparkt und der Motor abgestellt wurde.

Eves Haar war noch feucht von der Dusche und hinterließ eine Spur aus klammen Tröpfchen auf seiner Schulter, als sie sich von ihm verabschiedete. Er hörte zu, wie sie die Treppe hinunterlief, nachdem sie zuerst ihm, dann Amy einen Kuss auf die Nase gedrückt hatte.

Er stellte sich vor, wie sie durch die Halle eilte und Mo die Tür öffnete, Küsschen links, Küsschen rechts – machte man doch so in Frankreich, oder? – und wie der Koch den Duft ihres Shampoos genießerisch einsog und womöglich seinerseits überlegte, wieso Eves Augen so strahlten.

Ja, Mac hatte es geplant. Sie rumzukriegen, den Wildfang zu zähmen. Im Zähmen war er Weltmeister, und er hatte gehofft, einen Vorteil zu finden. Jetzt fragte er sich, wer wen gezähmt hatte. Mac wollte vor sich hinträumen und dem Nachhall dieser absolut umfassenden körperlichen Befriedigung nachspüren, die ihm fremd war und die er über alle Maßen genoss, aber jetzt war etwas anderes in ihm erwacht und nagte an ihm wie ein kleines Tier mit spitzen Zähnen, das den Teufel tat und seine Vernunft ignorierte: Eifersucht.

Er tauschte einen besorgten Blick mit Amy, der daraufhin den breiten Kopf auf die ebensolchen Pfoten legte und tief und anhaltend seufzte.

Mac stand auf, zog sich an und streifte durch die Wohnung, in der es nicht viel zu entdecken gab, weil der größte Teil der Umzugskisten noch unausgepackt war. Es gab wenig Möbel: Georginas Sachen waren eingelagert, hatte Eve ihm erzählt, weil sie es nicht übers Herz brachte, sie wegzugeben – aber behalten konnte sie sie auch nicht. Es war jetzt ihre Wohnung, und sie hatte eigene Dinge, mit denen sie sich umgeben musste – wollte –, weil sie jetzt hier zu Hause war.

Das brachte Mac zu der Überlegung, wo *er* eigentlich zu Hause war. Wo er zu Hause sein konnte.

Fürs Erste musste er mal Eves Räume verlassen.

Er stellte die Weingläser in die Spüle und richtete das Bett ordentlich her. Auf der Treppe und noch einmal in der Halle blieb er kurz stehen und lauschte mit schräggelegtem Kopf auf die Satzfragmente, die aus der halbgeöffneten Tür zum Café wehten. Er konnte nicht verstehen, was Eve sagte, aber Mo lachte über etwas. Geschirr klapperte, und Eves Stimme hob sich zu einem fröhlichen Protest.

Mac verzog das Gesicht. Er hatte eindeutig zu viel Fantasie.

Maurice Ledougard. Schon beim Klang des Namens stellten sich Mac die Nackenhaare auf. Er kannte Mo: Georgina hatte große Stücke auf ihn gehalten, aber die stundenweise Beschäftigung des Mannes war Mac suspekt. Natürlich hätte sich Georgina neben dem Servicepersonal unmöglich noch einen Vollzeit-Koch leisten können, wozu auch, es war nicht notwendig. Dass Eve dieses Arrangement beizubehalten schien, störte ihn trotzdem. *Als ob der Typ nicht genug mit seinen eigenen Geschäften zu tun hatte.* Aber das würde er schon noch herausfinden. Wie so einiges andere auch.

Er hatte Eve mehr erzählt, als sonst irgendeiner Frau in seinem Leben. Aber was wusste er eigentlich von ihr? Nichts. Eine Fotoreise für einen Bildband hatte sie gemacht, wobei sie sich nach einer Tournee quer durchs Land auf den Ort ihrer Kindheit konzentrierte – und von Georgina mit offenen Armen empfangen worden war.

Georgina hatte jeden mit offenen Armen empfangen. Deshalb hatte er sie ja so sehr geliebt.

Plötzlich vermisste er sie dermaßen, dass ihm die Luft wegblieb. Er brauchte einen langen Moment, um sich wieder zu fangen. Amy setzte sich zu seinen Füßen und sah aufmerksam zu ihm auf, die Stirn in waagerechte Falten gelegt. Ob Hunde tatsächlich beunruhigt sein konnten? Mac beugte sich zu ihm herab und rieb ihm kräftig über Kopf und Rücken. »Komm mit, alter Junge«, sagte er, wobei seine Stimme verdächtig rau klang.

Somit war er wieder bei seinem alten Problem angelangt – und hatte der gestrige Tag nicht zur Aufklärung beitragen sollen?

Er ging über den Hof in seine eigene Wohnung. Amy nahm er mit. Schwanzwedelnd folgte ihm der Hund, was ihn zum Lächeln brachte, obwohl er sich gerade – ja, wie? Abserviert? Zurückgewiesen? – fühlte.

Wie albern.

Er checkte seine E-Mails – alles belanglos –, und fragte sich, ob sein Informant neuerdings am Wochenende Pause machte. Mac war von Natur aus misstrauisch. Zeit seines Lebens hatte er Dinge hinterfragt, wollte allem auf den Grund gehen, und so manches Mal hatte ihm sein angeborener sechster Sinn das Leben gerettet. Ihm und vielen seiner Männer. Sein Beruf war nicht dazu geeignet, für Leichtgläubigkeit zu sorgen, und dieses nagende Gefühl meldete sich auch jetzt wieder. Es störte ihn, dass über sie nichts zu finden war. In Cooper kannte kein Mensch ihren Namen.

Irgendwo gab es hier einen Denkfehler.

Vielleicht benutzte sie ein Pseudonym. Aber nein, auf dem Café-Bildband war keins. Vielleicht sollte er sie nach dem Namen ihrer Mutter fragen.

Vielleicht sollte er sich auch einfach nicht die Chance nehmen, eine echte Beziehung zu jemandem aufzubauen.

Nach ein paar weiteren unschönen Gedanken hinsichtlich seiner mutmaßlichen beruflichen Zukunft beschloss er, nun genug Zeit totgeschlagen zu haben. Es war dringend geboten, dieses Techtelmechtel mit dem Franzosen da drüben zu sprengen.

»Komm, Amy«, sagte er, »Attacke.«

Als Mac langsam und so lautlos, wie er sich eben zu bewegen pflegte, das Café betrat, diskutierte Eve gerade mit Ledougard über die Frage, was mit den ganzen zur Probe zubereiteten Speisen passieren sollte, sofern Eve nicht alles, was in ihrer Testküche entstanden war, selbst essen wollte. *Bocuse* machte einen Vorschlag, den Eve offenbar begeistert annahm. Mac runzelte die Stirn. Wenn dieser Typ sich jetzt zum Helden aufschwang, dann lief hier irgendetwas gewaltig schief! Er stieß die Schwingtür zur Küche auf und bekam gerade noch den letzten Rest einer Umarmung mit. *Na toll,* dachte Mac.

Schon bei der Begrüßung gab es die ersten Probleme.

Mo war ein warmherziger, lieber Mensch, der Georgina verehrt hatte und von dem man alles haben konnte, sofern man erst einmal sein Wohlwollen errungen hatte. Doch von Mo konnte man nicht das Geringste erwarten, wenn es mit der Sympathie für sein Gegenüber nicht weit her war. Als er Mac eintreten sah, kam es Eve vor, als legte sich ein Vorhang über

Mos Gesicht. Für eine Sekunde zog Zornesröte über die blassen Wangen des Kochs, so schnell, dass Eve sich nicht ganz sicher war, diese Gefühlsregung wirklich gesehen zu haben. Mac nickte ihm äußerst knapp zu und nannte ihn beim Vornamen, blieb aber auf Abstand.

Mo verschränkte die Hände hinter dem Rücken. Immerhin gelang es ihm, sich ebenfalls ein Nicken abzuringen. Mit fest zusammengepressten Lippen.

Eve staunte.

Dass der Koch angerückt war, passte Mac nicht, das war deutlich zu sehen. Noch weniger passte ihm offenbar, dass sie seit geschlagenen zwei Stunden mit Mo in der Küche stand und von A bis Z alle möglichen Pläne diskutierte. Aber es musste doch sein, und wenn Mac das nicht einsehen konnte, war das wohl kaum ihr Problem!

Allerdings führte die neue Lage dazu, dass Mo sich nach ein paar Minuten verabschiedete.

Er würde morgen wiederkommen, sagte er mit einem kühlen Blick auf Mac, es sei schließlich schon spät. Eve brachte ihn zur Tür.

Als sie zurückkehrte und Mac mit verschränkten Armen an der Theke lehnend vorfand, rang sie verlegen die Hände.

Er warf ihr einen betroffenen Blick zu. »Entschuldige bitte«, sagte er.

Sie hob die feingeschwungenen Augenbrauen. »Was meinst du? Dass du den einzigen Menschen außer Georgina, der diesen riesigen Herd im Griff hat, in die Flucht geschlagen hast? Oder dass ich beim besten Willen nicht auf die Reihe kriege, was mit dir passiert ist, während ich hier einfach nur meiner Arbeit nachgehe? Oder könnte es sein, dass du gerade dabei bist, das tollste Wochenende meines Lebens zu zerschießen?«

Doch, es tat ihr leid, dass die Stimmung sich merklich eingetrübt hatte. Aber sie sprach leise und deutlich und ließ keinen Zweifel daran, dass sie ebenso sauer war wie er, obwohl sie weit davon entfernt war, die Dynamik dahinter auch nur annähernd zu begreifen.

Diesen Ton konnte Mac gar nicht leiden, das sah sie genau.

»Alles das. Nur in umgekehrter Reihenfolge.« Er stieß sich von der Vertäfelung ab und ging an Eve vorbei, wobei er ihr kurz die Hand auf den Arm legte und ihr Fleisch sacht zusammendrückte. »Gute Nacht, Eve.«

Sie hielt ihn zurück. »Warum ist Mo so sauer auf dich?«

Er bewunderte sie für ihre Direktheit, aber die Lüge kam ihm glatt von den Lippen: »Ich habe keine Ahnung.«

Das Schlimme war: Sie wusste todsicher, dass er log.

»Der ist doch in dich verknallt«, sagte er, weil er von sich ablenken wollte, und setzte der Sache damit die Krone auf.

»Mo?« Sie lachte unfroh. »Ich glaube, Mo ist stockschwul. Er würde eher ein Auge auf dich werfen. Wenn er nicht mindestens fünfzehn Jahre älter wäre.«

Über diese Mutmaßung musste Mac erst mal einen Moment nachdenken.

In dieser Nacht schlief Eve wieder allein. Besonders problematisch war das nicht, da ihr die Augen schon zufielen, noch bevor ihr Kopf aufs Kissen sank. Aber die Trauer, die sie verspürte, folgte ihr in ihre Träume.

Kapitel 13

Am Vormittag, als Eve mit leichter Hand die beeindruckenden Tulpenarrangements auf den breiten Fensterbänken ordnete, stand er plötzlich in der Tür. Sie hielt inne, verzaubert von seinem Anblick, und lächelte unwillkürlich. Sollte sie nicht eigentlich sauer auf ihn sein?

Er kam wortlos auf sie zu, lehnte seine Stirn gegen ihre und sagte: »Es tut mir leid.«

Sie nickte und legte die Arme um seine Körpermitte. *Hmm. Dieser Duft.* »Was war denn los mit dir?«

»Midlifecrisis, nehme ich an.«

Eve lachte. »Die bekommen nur Männer, die bis dahin zu wenig erlebt haben. Ich glaube nicht, dass du zu dieser Personengruppe gehörst.« Sie musterte die scharfen Falten zu beiden Seiten seines schönen Mundes: Mac machte ihr eher den Eindruck, als habe er schon zu viel erlebt.

Es war egal, welchen Grund es gab. Hauptsache, es wurde wieder hell um sie. Wie konnte er denn nach so kurzer Zeit schon so wichtig sein?

»Ich war eifersüchtig«, sagte er und schaffte es, kleinlaut zu klingen.

Eve war perplex. »Was? Das glaube ich nicht. Meinetwegen ist noch nie irgendjemand eifersüchtig gewesen!«.

»Das glaube ich wiederum nicht«, erwiderte Mac und murmelte etwas, das wie *»falsches Selbstbild«* klang. Sie war sich aber nicht ganz sicher. Das Folgende indes verstand sie klar und deutlich: »Ich war noch nie eifersüchtig. Aber ich war sauer auf Mo. Ich komm damit nicht klar.«

»Prima, dann passen wir ja gut zusammen.« Eve schlug sich entsetzt die Hand vor den Mund. *Verdammt!* Seine Gegenwart schien ihr doch mehr zuzusetzen, als sie gedacht hatte. *Wie konnte man denn so was sagen!*

Er warf ihr einen seltsamen Blick zu, ging jedoch darüber weg. »Wann kommt denn deine Reporterin?«

Eve wischte mit der Hand über die Theke. Zum zehnten Mal. »Muss jeden Moment da sein«, murmelte sie.

Mac machte eine raumumspannende Geste. »Das sieht fantastisch aus.« Sie versuchte, das Café mit wohlwollenderen Augen zu sehen – nicht mit denen der Person, die seit dem frühen Morgen putzte, fegte, dekorierte, die Vitrine mit Kuchen und Desserts bestückte (jenen, die gemäß Mos hervorragender Idee im Anschluss an den Pressetermin an ein Seniorenheim und die örtliche Tafel verteilt werden würden) und die Tulpenflut in Vasen arrangierte, so dass sie die Sonne dieses strahlenden Morgens im glasklaren Wasser brechen und bezaubernde Regenbogen auf Wände, Möbel und die Regale mit polierten Gläsern werfen konnte. Georginas Café war eine Augenweide, und wäre Eve hier zufällig als Passantin vorbeigekommen, hätte sie nichts lieber getan, als sich mit einem Buch und köstlichem Kaffee an einen der schimmernden Kirschholztische zu setzen und den Vormittag zu genießen. Sie bemerkte plötzlich, dass Mac sie die ganze Zeit ansah.

»*Du* siehst fantastisch aus«, sagte er. Sie hatte ihr Haar zu einem Knoten aufgesteckt, aber ein paar Strähnen umschmeichelten bereits wieder ihr Gesicht. *»Ähm«*, machte Eve und strich verlegen über ihren Hosenanzug. Sie versuchte, kompetent und geschäftsmäßig zu wirken.

Mac lächelte sie an. Für den Moment stand die Welt still, und Eve wünschte sich, Zeit zu haben; Zeit für sich und für ihn und für einen Tag voller Gespräche und Gefühle und Berührungen.

Er unterbrach den Zauber. »Ich seh später noch mal vorbei.« Eve nickte, hin- und hergerissen zwischen Enttäuschung und Anspannung. Mac wandte sich zur Tür. Amy erhob sich von seiner Decke und lief hinter Mac her, wedelnd und erkennbar in Spiellaune.

Mac lachte. »Soll ich ihn mitnehmen?«

»Wäre vielleicht besser«, erwiderte Eve, ein wenig in Sorge wegen der Tatsache, dass Amy in den jeweils unpassendesten Momenten beschloss, seine gute Erziehung zu vergessen. Einem Interview, das der Werbung für ein Café diente, könnte dies abträglich sein.

Mac drehte plötzlich um, durchquerte den Raum abermals, zog Eve in seine Arme und küsste sie, dass ihr Hören und Sehen verging. »Jetzt siehst du noch besser aus«, murmelte er heiser.

Dann pfiff er nach dem Hund und war weg.

Eve stand mitten in ihrem sonnendurchwebten Café und hob gebannt die Hand an ihre Lippen.

Lana Everett war eine beeindruckende Frau.

Sie war einen Kopf kleiner als Eve und hatte einen meisterhaften Haarschnitt, für dessen Eleganz Eve sie angemessen bewunderte. Sie kam in Designerjeans, Reitstiefeln und mit einem pastellfarbenen Hèrmes-Tuch um den beneidenswert langen Hals. Sie sprach mit glasklarer, fein modulierter Stimme und brachte ein zwanzig Seiten starkes Skript mit. Das Team, das sie begleitete, war ihr hoffnungslos ergeben und hing an ihren Lippen.

Eve hatte sich nach langer Überlegung an eine Agentur gewandt, um auf die bevorstehende Wiedereröffnung von *Georgina's* hinzuweisen. Nach einem winzigen Artikel in der *Tacoma News* hatte sich Lana Everett mit der Idee, eine mehrseitige Fotoreportage in einem Frauenmagazin zu machen, gemeldet. Lana arbeitete freiberuflich für mehrere Fernsehsender und Zeitschriften und hatte ein exzellentes Portfolio. Cooper war ein kleiner Ort, und maßgeblich für den Erfolg eines jeden Betriebes hier waren Ausflügler, Freizeitsportler und Touristen.

Deshalb nahm Eve Lanas Vorschlag dankbar an.

Entgegen ihren ersten Befürchtungen gab sich Lana locker, sympathisch und offen für die architektonische Schönheit und den besonderen Charme des Cafés. Zudem erwies sie sich als gut vorbereitet und hatte genaue Vorstellungen von ihrem zukünftigen Artikel.

Sie begannen mit einer Führung durchs Erdgeschoss. Während Eve mit Lana und dem Kameramann vor dem Haus stand und die besonderen baulichen Details des Anwesens erörterte, sah sie aus dem Augenwinkel, dass Mac mit Amy zu einem Spaziergang durch die Felder aufbrach. Ihre Stimme kippte kurz, aber sie fing sich schnell wieder. *Alles in Ordnung.*

Eve hatte eine ähnliche Ausbildung wie Lana, aber eine völlig andere Vorstellung von journalistischer Arbeit. In den Zeitungsredaktionen war Eve weit entfernt von ihrer jetzigen Form gewesen; zu schüchtern, um auf Menschen zuzugehen, zu diskret, um peinliche Fragen zu stellen. Während Eve jahrelang vollkommen glücklich damit gewesen war, hinter ihrem Schreibtisch am PC zu sitzen, Fotos zu bearbeiten und für die Feuilletons Buchbesprechungen zu verfassen, war Lana eindeutig ein Kamerajunkie: Sie liebte den Kontakt und das Publikum.

Eve hatte einige herausragende Artikel geschrieben, besaß aber weder ein besonderes Faible für Menschenmassen, noch stand ihr der Sinn nach Öffentlichkeit. Aber sie wusste, wie Fernsehjournalisten tickten, also gab sie Lana, was sie haben wollte. Sie setzte ein strahlendes Lächeln auf und tat so, als wäre sie eloquent und weltgewandt – und so, als besäße sie eine unfassbare Kompetenz im erfolgreichen Führen von Cafés mit sechzig Plätzen, nebst Außenterrasse, wobei die letztgenannte Herausforderung glücklicherweise erst im Sommerhalbjahr dran wäre. Bevor Eve erneut Angst vor ihrer eigenen Courage bekam, bat sie Lana an den besonders dekorativ gedeckten Tisch in der Mitte des Raumes und stellte sich den Fragen der erfolgreichen Kollegin.

Der selbstverständliche Chic der Blondine schüchterte sie ein. Strahlend weiße Blusen? Kamen für Eve nicht in Frage – oder nur, wenn sie sie von vornherein mit Photoshop kombinierte. Eve war Geschlechtsgenossinnen gegenüber häufig befangen – sie fühlte sich zu groß, zu ungelenk, zu burschikos und fand nahezu jede hübscher als sich selbst.

Eves Ich war eine Großbaustelle. Bei derartig optimierten Exemplaren, wie Lana eines zu sein schien, neigte ihr Selbstbewusstsein zum Schrumpfen. Aber hier ging es um ihre berufliche Zukunft, und jetzt sah sie trotz aller vordergründigen Herzlichkeit bei Lana einen verkniffenen Zug um den Mund, der ihr bewies, dass auch bei ihr nicht immer der Himmel voller Geigen hing. An ihrem Ringfinger war ein blasser Streifen.

Eve setzte sich aufrechter hin und tat so, als sei sie ganz in ihrem Element.

Lana deutete auf die Tulpen. »Sie überraschen mich. Im Herbst erwartet man Hagebuttenzweige und halb Verblühtes.«

Eve lächelte strahlend und belegte Lana in Gedanken mit unfreundlichen Bezeichnungen. Sie würde sich in Acht nehmen müssen. »Ich liebe den Herbst. Aber finden Sie nicht, dass hier ein frischer Wind hineingehört? Kontraste sind so *spannend*!«

Für zwei Sekunden wirkte Lana unzufrieden. Sie pickte an dem formidablen Stück Käsekuchen herum, das Eve mit frischen Beeren und ein paar Blüten vom Bauernmarkt dekoriert hatte. »Was finden wir in Ihrem Kühlschrank, Eve?«

Ach, die Ernährungsdiskussion. Darauf war sie vorbereitet und konterte geschickt, dass sie weder mit *Low Fat* noch mit *Low Carb* viel am Hut hatte, schließlich ginge es bei dem Café um Genuss, nicht um Verzicht.

Lana lächelte ihr Profi-Lächeln, nickte fachkundig und formulierte in Gedanken wahrscheinlich schon eine Zwischenüberschrift für ihren Magazinartikel. »Wunderbar. Man sieht Ihnen an, Liebste, dass Sie Ihren neuen Job lieben.«

Miststück, dachte Eve, und lächelte ebenso enthusiastisch zurück.

Der Kameramann drehte beständig alles mit. »Wir extrahieren die Fotos aus dem Video, in Ordnung? Das kommt einfach besser rüber.«

Die Haustür ging auf. Mit auf den Betonfliesen klickenden Krallen trabte Amy durch die offenen Flügeltüren, gefolgt von Mac.

Eve hatte für einen Moment das Gefühl, dass der Kameramann erstarrte. Die Kamera zitterte in seiner Hand, aber Lana erläuterte dem imaginären Publikum gerade ein paar gastronomische Raffinessen, und Eve konnte sich nicht recht auf die herrschende Irritation konzentrieren.

Aber selbst Lana fiel die plötzliche Unkonzentriertheit des Teams auf, und sie wandte sich dem Luftzug zu, der mit Amy und Mac ins Innere wehte. Ihr schwungvolles *»wen haben wir denn ...«*, hätte die ideale, perfekt improvisierte Überleitung sein können, wenn Lana nicht mitten im Satz die Contenance verloren hätte.

Der Mac-Effekt, dachte Eve sarkastisch. Wie kam es nur, dass jeder so auf ihn reagierte?

»Wen haben wir denn hier.« Lana sprach mit völlig veränderter Stimme ihren Satz zu Ende. Es fehlte nur noch, dass sie einen leisen Pfiff ausstieß. »*Mac.* Du bist also zurück. Und sogar mit Hund!«

Mac gab mit keiner Regung und keinem Wort zu erkennen, ob er die vertraute Anrede für angebracht hielt oder nicht. Er senkte den Kopf zu einer denkbar knappen Begrüßung und nickte in Amys Richtung. »Nur ausgeliehen. Ist ihrer.« Noch eine Kopfbewegung, an Eves Adresse.

Sein Verhalten kam Eve zunehmend mysteriöser vor.

Ihre Neugier erwachte. Aus Erfahrung wusste sie, dass sie sich nicht mehr besänftigen lassen würde, bis sie alles herausgefunden hatte – ob das nun positiv war oder nicht.

»Wir werden darüber reden müssen«, hatte er gesagt, und jetzt fragte sie sich, ob er dabei womöglich an mehr gedacht hatte als diese komplizierten Besitzverhältnisse rund um das Café.

Wie kam es, dass ihn offensichtlich kein Mensch leiden konnte? Sie blickte zwischen Lana und Mac und dem Kamerateam hin und her. Fühlten sich nicht alle erkennbar unwohl? Eve versuchte zu ergründen, was hier vorging.

Hatte sie sich so sehr vertan? Sie hielt sich einiges auf ihre Menschenkenntnis zugute und war verunsichert, weil ihr einfiel, dass sie noch vor kurzer Zeit ganz ähnlich auf ihn zu sprechen gewesen war. *Bis sie mit ihm ins Bett ging.* Was hatte sie sich *dabei* gedacht?

Sie brauchte ihn nur anzusehen, wie er am Türrahmen lehnte – groß, gutaussehend, lässig und mit einer greifbaren Aura der Unbeugsamkeit, der Unangepasstheit. Und hatte ihre Antwort.

Mac trug Camouflagehosen und darüber ein Jeanshemd mit abgerundetem Saum. Unwillkürlich fragte sich Eve, was unter diesem Hemd war außer seidiger, sonnengebräunter Haut, und dank ihrer neuen Sensibilität wusste sie glasklar: Lana Everett stellte sich die gleiche Frage.

Eve war schockiert. Auch über den Ausdruck des Erschreckens, der kurz über die attraktiven Züge ihres Gegenübers huschte.

Ihrer *beiden* Gegenüber.

Und Mac blieb eigenartig verstockt an der Tür stehen und schien nicht mal in Erwägung zu ziehen, näher zu kommen.

Die Menge an Fragezeichen in ihrem Kopf nahm geradezu epische Ausmaße an. Eve legte flüchtig die Hand über Lanas Finger. »Entschuldigen Sie mich einen Moment.«

»Okay, *Rainman*«, sagte sie sehr leise, kaum dass sie ihn erreicht hatte, sich dessen bewusst, dass sechs Augen und Ohren im Hintergrund gespannt auf Input warteten, »was ist hier los?«

Mac erklärte lapidar, dass er den Hund zurückbrachte, weil er einen Termin in Fort Lewis habe. Damit drehte er sich um und war im nächsten Moment verschwunden.

Das Interview zog sich noch eine Weile hin. Lana fand rasch zu ihrer Professionalität zurück, aber Eve hatte das Gefühl, als sähe sie sie in einem anderen Licht. Ob das besser oder schlechter als zuvor war, konnte sie nicht beurteilen. Die routinierte, freundschaftliche Unbefangenheit war jedenfalls verschwunden.

Nachdem Lana und ihre Entourage abgerückt waren, atmete Eve erleichtert auf.

Sie war bis in den Abend hinein beschäftigt, doch unterschwellig dachte sie die ganze Zeit an Mac. Dachte über ihn nach. Wenn sie mehr Zeit gehabt hätte, würde sie im Internet nach ihm suchen. Aber ob Army-Offiziere bei Google auftauchten? Sie ließ es bleiben.

Über Lana Everett hingegen fand sie seitenweise Material: Bilder, Artikel, Auszeichnungen.

Herrje, sie hatte wirklich keine Zeit für sowas. Er hatte hier viele Jahre lang gewohnt, war mehr oder minder in Cooper aufgewachsen. Es war ein kleiner Ort. Lana kam ebenfalls aus der Gegend. Selbst wenn beide etwas miteinander gehabt hatten, worauf sich bei ihrer Recherche kein Hinweis ergeben hatte – was sollte es schon! Das war vorbei. Eve war am Zug.

Aber es wäre schön, seine Sicht der Dinge dazu zu hören.

Eve stürzte sich in neue Arbeit: Heute in einer Woche wollte sie eröffnen, und die Dinge erledigten sich nicht von selbst. Eigentlich wartete sie. Von ihrem Bürofenster aus scannte sie beständig den Hof, hielt Ausschau und wartete darauf, dass das Auto durchs Tor schnurrte.
Er kam nicht. Sie griff zum Handy und stellte fest, dass sie noch nicht mal seine Telefonnummer wusste.
Obwohl sie sich vorkam wie ein klammernder Teenie, schrieb sie eine E-Mail. *Ging ja nicht anders.*

Von: Eve Jackson
An: M. Lawrence
Am: Montag, 23.23 Uhr
Geht es dir gut?
LG, Eve

Sie starrte eine Weile auf den Bildschirm, aber nichts passierte. Das letzte, was Eve an diesem Tag tat, war also, sich darüber zu ärgern, dass sie gar nicht wusste, ob er die Botschaft überhaupt gelesen hatte. Sie mussten dringend auf WhatsApp umstellen. Bestätigende Häkchen an elektronischen Textnachrichten hatten durchaus ihre Vorteile.
Kurz nach Mitternacht konnte sie die Augen nicht mehr offenhalten. Den scharfen Stich der Enttäuschung spürte sie trotzdem überdeutlich.

Kapitel 14

Von: M. Lawrence
An: Eve Jackson
Am: Dienstag, 08.40 Uhr PST
Hi Süße, ich hab frische Brötchen. Komm einfach rüber, wenn du Zeit hast.
Gruß, Mac
P.S.: Hab dich vermisst.

Das war ja wohl der Knaller. Eves Brauen zogen sich erbost zusammen.
Sein Auto stand neben ihrem unauffälligen Kombi, sportlich geparkt, mit eingeschlagener Lenkung, ganz so, als wäre er bereits wieder auf dem Sprung. Lange konnte er noch nicht da sein, denn bei ihrem letzten kontrollsüchtigen Blick aus dem Küchenfenster war der Platz leer gewesen.
Plötzlich rollte eine Welle heißen Zorns über sie hinweg. Sie brauchte diesen Mist nicht. Das letzte, was sie in ihrem Leben haben wollte, waren durchwachte Nächte und Gefühlsdurcheinander wegen eines Kerls. Und dann ausgerechnet er! Die Tatsache, dass die überschäumende Glückseligkeit von gestern durch veritable Katerstimmung ersetzt worden war, machte Eves Laune nicht besser.
Sie erwog, die saloppe Einladung zu ignorieren. Als es an der Tür klingelte, durchzuckte sie trotzdem ein aufgeregter Schauer: Vielleicht dauerte es ihm zu lange, und er kam, um sie abzuholen? *Albernes Weib.*

Es war Henrietta, die Postbotin, die Eve ein strahlendes Lächeln schenkte, ihr mit großer Geste ein paar Umschläge übergab und sodann ihre Unterschrift für einen eingeschriebenen Brief entgegennahm. Mit wiegenden Hüften und schwingenden Ohrringen ging die Frau zurück zu ihrem altmodischen Transportfahrrad. In Cooper nahm man das mit dem Umweltschutz und der Nachhaltigkeit ernst. »Ich freu mich schon auf nächste Woche«, rief sie Eve über die Schulter zu und hob ihre pummelige, vielfach beringte Hand.

»Ich mich auch«, erwiderte Eve und winkte zurück. Henrietta war schon bei Georgina Stammgast gewesen.

Eve sah die Post durch. Rechnungen für Lebensmittel, ein Frühlingskatalog für Gartendekoration, die Kopie des Speisekarten-Entwurfs von der örtlichen Druckerei, den sie begutachten sollte.

Und eine Vorladung von Harry Anderson für den ersten Freitag im Dezember.

Sie behielt das Schriftstück von Macs Rechtsanwalt einen Moment nachdenklich in der Hand und runzelte die Stirn.

Seufzend riss Eve den noch verbliebenen Umschlag auf. *»Forderung«* stand in gesperrten Versalien über dem behördlich knappen Text mit den vielen Paragraphen und den zwei Seiten Rechtsbehelfsbelehrung.

Exakt 24024 Dollar wollte die Steuerbehörde, zahlbar bis zum nächsten Ersten. Das war in fünf Tagen!

Zehn Sekunden später hing Eve am Telefon.

Nachdem eine unfreundliche Sachbearbeiterin ihr unumwunden erklärt hatte, dass bereits Georgina sämtliche Fristen hatte verstreichen lassen, nun Schluss mit dem Entgegenkommen sei und sie zudem noch hochmütig und vor allem ungebeten über Rechte und Pflichten bei Erbschaften aufgeklärt wurde, war Eves Tag gelaufen. Insbesondere, als sie beim nochmaligen Studium des Schriftstückes über einen Satz stolperte, der sie hochgehen ließ wie eine Rakete.

Er lautete: »Die Stundung der Steuerschuld erfolgte vorbehaltlich der mit dem nachgeordneten Erben getroffenen Zahlungsvereinbarung, die dieser ohne Begründung ausschlug. Weiterer Aufschub kann daher nicht gewährt werden.«

Mac hatte Georgina im Stich gelassen.

Das warf, zusammen mit der Vorladung der Kanzlei, ein völlig neues Licht auf die Sache.

Mit dem *nachgeordneten Erben* würde sie unverzüglich ein Wörtchen zu reden haben! Sie würde ihn zur Rede stellen, jetzt sofort, und gnade ihm Gott, wenn er nicht die passenden Antworten hatte.

Er öffnete die Tür, kaum dass sie geklopft hatte, und begrüßte sie mit seinem grübchenkitzelnden Lächeln. »Na, bist du meinem Charme doch erlegen? Freut mich.«

Eve starrte ihn finster an und tat etwas, was sie noch nie bei jemandem getan hatte: Sie schob ihn mit dem Arm brüsk zur Seite und ging mit festen Schritten an ihm vorbei, in die fremde Wohnung, bis zum Fuße einer kurzen Treppe.

»Hattest du mit Georgina die Absprache getroffen, eine Steuerschuld zu tilgen?«

»Was? Wovon sprichst du?« Er war barfuß, hatte ein kariertes Geschirrtuch über der Schulter und lachte, und sie glaubte ihm seine Überraschung sogar. Sie verengte die Augen zu schmalen Schlitzen.

Dann knallte sie Mac wortlos die beiden Papierbögen vor die Brust, so heftig, dass ihm für eine Sekunde der Atem wegblieb.

Reflexartig griff er danach.

Er wies mit einer Geste die kurze Treppe hinauf und ließ sie vorangehen, während er die Zahlungsaufforderung mit dem erhabenen Siegel des Finanzministeriums überflog. Der Terminierung des Anwaltsbüros gönnte er nicht mehr als einen flüchtigen Blick. Aber er sah auf einmal betroffen aus.

»Was in alles in der Welt…«, sagte er. »Ich versteh kein Wort.«

Eve blieb mitten auf den Stufen stehen, verschränkte die Arme vor der Brust und hob das Kinn. »Kein Wunder, dass du dich gegen das Jurastudium entschieden hast«, entgegnete sie ätzend.

Er sah auf. »Autsch.«

Konfliktscheu war Eve jedenfalls nicht.

Georgina war entscheidungsfreudig und unabhängig gewesen, aber in vielerlei Hinsicht blieb sie eine altmodische Frau. Dinge wie Skype und WhatsApp zog sie nicht einmal in Betracht, und sogar das Internet blieb ihr zeit ihres Lebens suspekt. Georgina misstraute E-Mails. Sie schrieb Briefe.

Mac hatte ihr immer mit Telefonanrufen geantwortet und gelacht, wenn sie sich bei ihm darüber beklagte, wie lange die Post nach Übersee brauchte.

Er gab sich wirklich Mühe, aber er konnte sich nicht daran erinnern, wann er den letzten Brief von ihr erhalten hatte. Auch das musste vor dem Unfall gewesen sein. Die Rätsel nahmen langsam überhand: Er wusste gar nicht, wo er anfangen sollte, all diese Dinge zu lösen. Er hatte doch erst am Freitag Harry darauf angesetzt! Leider war Mac seitdem nicht mehr richtig zurechnungsfähig gewesen, weil er sich lieber der Erforschung eines berauschenden, verführerischen Paradieses gewidmet hatte, in dem sprichwörtlich Milch und Honig flossen und zu dem Eve die Schlüssel besaß.

Jetzt kehrte die übliche Zurechnungsfähigkeit zurück, und zwar wie ein Paukenschlag, inklusive schmerzhaftem Donnerhall. *Verdammte Libido.*

Er hatte gedacht, sie sei härter zu knacken. Es war viel zu schnell gegangen, er hatte sich noch nicht von der Macht dieser Stunden mit ihr und dem, was sie tief in ihm auslösten, erholt, und eigentlich sahen seine Pläne für den heutigen Morgen ganz anders aus. Sie beinhalteten ein Frühstück mit sexy Blicken und reichlich Champagner sowie anschließenden Verführungsszenen auf sämtlichen waagerechten Flächen, die sich in dieser Wohnung finden ließen.

Jetzt dieser verwünschte Brief. Das hier war die reinste Denksportaufgabe. Aber ganz offensichtlich hatte das Mysterium mit der Steuerforderung Vorrang.

»Du hast mich gefragt, was ich mit Georgina zu tun habe, und willst mir das alles hier streitig machen«, sagte Eve mit einer umfassenden Geste, »aber in welchem Verhältnis stehst du denn zu ihr? Warum hat sie dich um so viel Geld gebeten? «

Sein Zeigefinger klopfte auf den stählernen Handlauf der Treppe, als einziges Zeichen seiner Anspannung. Er zermarterte sich den Kopf, das konnte sie sehen, aber es stimmte sie nicht milder. Das alles war ihr eine Nummer zu groß. Sie begriff nicht, wie sie da hineingeraten war, und noch weniger verstand sie seine Rolle in dieser Story, die sie tatsächlich für fast ein Märchen gehalten hatte. Und sie dachte nicht daran, diese wunderbare Vergünstigung des Schicksals widerstandslos aufzugeben. Sie hatte hart dafür gearbeitet, und es ging um nichts weniger als ihre Existenz, die offenbar an der wichtigen Frage scheitern würde, woher sie 24000 Dollar nehmen sollte.

Verblüfft sah er sie an und überging den ersten Teil der Frage. »Sie hat mich doch nie ...«

»Natürlich hat sie, oder du bist sonst wie als Begünstigter dafür verantwortlich, das steht doch da schwarz auf weiß!« Sie deutete verärgert auf den Brief und stellte die Frage aller Fragen. »Warum hast du es ihr verweigert?«

Halt. »Augenblick mal, Drachenlady. Wenn du mal kurz mit dem Feuerspucken aufhören und deine haltlosen Vorwürfe einstellen könntest –«.

Drachenlady! Er hatte sie noch nicht wütend erlebt! Seine Coolness brachte sie auf, und seine offenkundige Ahnungslosigkeit löste eine seltsame Art von Verzweiflung in ihr aus.

Sie stapfte die restlichen Stufen hinauf und setzte dazu an, ihn über die Schulter hinweg erneut anzublaffen.

Eine Spiegelung, ein Aufleuchten – Sonnenlicht, Glas und Metall – lenkte sie ab.

Das war die beeindruckendste Wohnung, die sie je gesehen hatte. Der imposante Raum, der sich vor ihr öffnete, nahm ihr für einen Augenblick den Wind aus den Segeln.

Sie kannte das Gebäude natürlich. Die Backsteinfassade war die gleiche wie die des Haupthauses, aber von ihren Spaziergängen mit Amy wusste sie, dass es auf der Rückseite, zu den Bergen hin, große Glasflächen gab. Jemand – Mac? – hatte einen umlaufenden Balkon mit einem Stahlgeländer angebaut, über die gesamte Länge des Hauses, was Eves schneller Berechnung nach eine Distanz von locker fünfzig Fuß bedeutete. Sie hatte es schon von außen toll gefunden, aber von innen war es noch um einige Klassen eindrucksvoller. Von ihrer Wohnung aus konnte sie den Mount Rainier nicht gut sehen, und im Moment waren die Jalousien gegen die Morgensonne herabgelassen, aber von hier aus musste die Aussicht auf den Berg großartig sein. *Wow.*

Wieso hatte sie sich nie Gedanken darum gemacht? Dass er als Besitzer dieses Teils von Georginas Anwesens eingetragen war, hatte sie als Tatsache hingenommen – aber: Warum?
Und vorhin, als sie an seinem Auto vorbeigegangen war, hatte sie den Gedanken nicht unterdrücken können, dass es am Geld nicht gelegen haben konnte. Als Eve jetzt diese Wohnung sah, beschlich sie das Gefühl, dass Mac die Kleinigkeit von sage und schreibe vierundzwanzig Mille aus der Portokasse bezahlen konnte, wenn er nur wollte. Sie korrigierte sich: Okay, vielleicht nicht aus der Portokasse, aber es sah jedenfalls nicht so aus, als würde ihm die Begleichung einer solchen Summe schwerfallen. Sie hingegen ...

Und der Punkt war: *wenn er nur wollte.* Offenbar hatte er nicht gewollt, denn Georginas Hilfsgesuch hatte er ja eindeutig abgelehnt. So stand es in dem schrecklichen Bescheid.

Atmen nicht vergessen, ermahnte sie sich.

Sie wollte es gar nicht, aber sie kam nicht umhin, sich umzusehen. Eichenholzdielen, dunkelblaue Wände, unverputzte Ziegel wie im Café, Leder in Schokoladentönen. Bilder mit Jagdmotiven, einige Pokale, Urkunden. Freigelegte Deckenbalken und dunkles Gusseisen als vertikales Element. Sie kaute an ihrem Daumennagel, eine nervöse Geste, die er garantiert noch nie bei ihr gesehen hatte. Er bemerkte ihren Blick, streckte die Hand aus und nahm ihr den Finger aus dem Mund, verbarg ihn in seiner Handfläche und schloss seine eigenen Finger darum – eine unbewusst besitzergreifende, sexy Geste, die tief in ihr etwas aufweckte.

Das passte jetzt wirklich überhaupt nicht. Sie entzog ihm ihre Hand mit einem heftigen Ruck.

»Eine gute Freundin von mir gewinnt einen Architekturpreis nach dem anderen«, sagte er, zuckte mit den Schultern und steckte seine Hände in die Taschen seiner Levis.

»Nett«, sagte Eve. Sie starrte ihn förmlich nieder. Er sollte antworten. Sollte ihr diese Last nehmen, sollte sagen, dass es so nicht gewesen war, dass alles ein Irrtum war, dass weder Georgina Grund gehabt hatte, an ihm zu zweifeln, noch sie.

Aber diesen Gefallen tat er ihr nicht.

Sie trat einen Schritt von ihm weg.

Er sah den veränderten Ausdruck in ihrem Blick: Die Wut wich und wurde durch etwas Zwiespältiges ersetzt. Das war nicht der Eindruck, von dem er wollte, dass sie ihn von ihm hatte.
Ganz und gar nicht. »Ich habe keine Ahnung, wie dieser Satz da zustande kam«, sagte er, nickte in Richtung des Briefes, den er auf einem Sideboard aus dunklem Holz abgelegt hatte, und klang ernst und eindringlich, weil es ihm wichtig war, dass sie ihm glaubte. »Ich habe eine Bekannte bei der Steuerbehörde. Wenn du willst, spreche ich mit ihr.«

Sie warf den Kopf in den Nacken, dass die Haarsträhnen, die sich wie üblich aus ihrem Pferdeschwanz gelöst hatten, nur so wippten. »Was ich will, ist, dass dieses Damoklesschwert über meinem Café verschwindet! So, wie es aussieht, hast du eine Zusage gemacht. Also sorge bitte dafür, dass dieser Fehler korrigiert wird!« Wahrscheinlich handelte es sich um einen Irrtum, das musste doch so sein? Es gab Irrtümer von Ämtern. Vermutlich hatte die Erbschaftsangelegenheit einiges durcheinandergebracht. Und sobald dieser Lapsus korrigiert war, konnte sie einfach weitermachen mit dem, woran ihr Herz hing: das Café eröffnen, Geld verdienen, und eben auch Steuern zahlen. *Ganz normale Steuern.*

Sie wollte wütend klingen und machte ihre Sache gut. Aber Mac hatte ein scharfes Gehör und einen sechsten Sinn für Unebenheiten, und er glaubte, dass sich in ihren Tonfall Resignation und Verzweiflung zu mischen begann. Und Enttäuschung. Über ihn.

An ihrer Schläfe lief ein winziger Schweißtropfen hinab, und kaum merklich zitterten ihre Hände. Ihre aufrechte Haltung war eher so, als habe sie einen Besenstiel verschluckt, und an ihrer Halsschlagader war der Puls sichtbar. Mac hätte die klopfende Stelle gern mit der Fingerspitze berührt, aber er ahnte: Wenn er ihr jetzt zu nahe käme, würde sie explodieren. Sie war nicht wütend: Sie hatte Angst.

Ein Spruch lag ihm auf der Zunge, etwas über *Peanuts*, aber er hielt sich zurück, weil sie aussah, als ob sie nichts mehr ertragen könnte.

Er streckte die Hand aus, aber sie schob seinen Arm weg. »Mach es ja nicht noch schlimmer!«

Mac rieb sich die Stelle zwischen den Augen. Er hatte weder die Zeit noch die Nerven, dieses Problem zu lösen, und was immer er jetzt sagte: Es würde das Falsche sein, und er würde es bereuen.

Deshalb nickte er und tat so, als ob er wüsste, worum es ging, aber in Wirklichkeit hat er keine Ahnung, und das machte ihm Sorgen. Sie würde ihm niemals glauben, dass er von einer solchen Vereinbarung nichts wusste. Stattdessen schien sie ihn zu verdächtigen, Georgina hängen gelassen zu haben.

Aber das hätte er niemals getan.

Er hatte keinen blassen Schimmer, wie er diese Kuh vom Eis kriegen sollte. Bis jetzt hatte er ja nicht mal begriffen, was mit Georgina los gewesen war! Das brachte ihn zu der brisanten Frage zurück, die dieser ganzen Misere zugrunde lag: Wieso Georgina ihm ihre Gunst entzogen und Eve als Erbin eingesetzt hatte.

Darüber hätten sie beide reden müssen. Am Freitag nämlich, bei diesem Abendessen, das schnurstracks ins Bett und jeden sachlichen Gedanken *ad absurdum* führte. Ein Anflug dieses Rausches stieg in ihm auf, als er daran dachte, wie es mit ihr war, wie sie sich unter ihm anfühlte; aber die Frau, die er gerade noch gefickt hatte, sah ihn an, als hätte er sich in eine blutrünstige Bestie verwandelt. Dabei war es kein allzu komplexer Vorgang: Er hatte bereitwillig zugelassen, dass die Sache aus dem Ruder lief; ach was, er hatte es praktisch darauf angelegt, sie ins Bett zu kriegen, um vielleicht eine andere Lösung herbeizuführen, und jetzt hatte er den Salat.

Verdammte Scheiße. Und welche Lösung hätte das auch überhaupt sein sollen?

Mac war Berufssoldat, Offizier. Diszipliniert und mutig; ein kühler Stratege. Er dachte üblicherweise nach, bevor er Risiken einging. Allerdings scheute er sie auch nicht.

Er hatte schon zu einem sehr frühen Zeitpunkt angefangen, darüber nachzusinnen, wie Eve wohl im Bett war. Nachdem er das herausgefunden hatte, konnte er nicht mehr aufhören, darüber nachzudenken. Jetzt verblassten alle anderen Probleme – von denen es reichlich gab –, hinter der entsetzlichen Vorstellung, dass es mit ihm und Eve und dem Bett schon wieder vorbei war.

Er war drauf und dran, die Sache mit dem Einspruch abzublasen und das Gezerre um Georginas Nachlass auf ein vernünftiges Maß zurückzufahren. Was sollte er mit einem Café am Fuße des Mount Rainier? Er wollte diese Wohnung, und die würde Eve ihm kaum streitig machen. Aber woher sollte er das eigentlich wissen? Es kam ihm lächerlich vor, aber ihr beeindruckter Blick war ihm nicht entgangen. Er kannte sie nicht, kannte sie genauso wenig, wie sie ihn kannte.

Himmel. »Willst du diese Wohnung?«

Sie wandte sich erstaunt zu ihm um. »Wie bitte?«

Er sah sie mit einem gespannten Ausdruck an. »Ich frage dich, Eve: Willst du diese Wohnung, oder bezieht sich der Erbteil, für den du offensichtlich alles tun würdest, auf das Haupthaus mit dem Café?«

Eve hatte die Remise aus irgendeinem Grund nie als Teil ihres unerwarteten, neuen Besitzes angesehen, aber jetzt wurde ihr einiges klar.

Neuer Ärger überkam sie, wie eine dunkle Woge, und sie machte ihm unverzüglich Luft. »Das denkst du also von mir? Dass ich eine unersättliche Hydra bin, die jede Gelegenheit nutzt, sich zu bereichern? Von Anfang an hast du angenommen, dass Georgina entweder nicht ganz richtig im Kopf gewesen sein konnte, als sie ihr Testament änderte, oder dass ich sie auf perfide Art verhext hätte, ja? So ist es doch? Du hältst dich heute noch für den einzigen Berechtigten. Ich will dir was sagen, Mac Lawrence: Ich habe keine Ahnung, warum sie das getan hat, aber sie hatte im letzten Jahr furchtbare Sorgen, und seit ungefähr einer Stunde ahne ich, worauf die sich begründeten. Sie hat dich gebeten, ihr finanziell unter die Arme zu greifen, und du hast es nicht getan. Warum das so ist, weiß ich leider nicht, aber an einem Mangel an Mitteln kann es nicht liegen, wenn ich mir das hier alles so ansehe. Wenn du glaubst, ich gebe klein bei und lege dir alles zu Füßen, befindest du dich im Irrtum. Ich habe nichts dazu beigetragen, um dich über den Tisch zu ziehen, und daran wird Harry Andersons schmierige Redegewandtheit nicht das Geringste ändern!«

Mac kam nicht mehr richtig mit, aber Eve war jetzt offenbar bei Brief Nummer zwei und dem bevorstehenden Termin in der

Kanzlei. Einem *Gütetermin*. Du lieber Himmel. Das konnte ja nur schiefgehen!

Eve atmete tief durch, so wie man es tat, wenn man zu einem finalen Entschluss gekommen war und sich überwinden musste, ihn in Worte zu fassen, und griff nach den beiden Schriftstücken.

»Fakt ist, dass diese Steuerschuld niemals solche horrenden Ausmaße angenommen hätte, wenn sie rechtzeitig bezahlt worden wäre. Ich habe nicht die leiseste Ahnung, woher ich bis nächste Woche so viel Geld nehmen soll. Am 6. November ist Eröffnung, und alles, was ich besitze, habe ich in tonnenweise Lebensmittel und Vorratshaltung gesteckt. Ich kann das nicht bezahlen, und sie werden mir den Laden sofort wieder zumachen. Deshalb bitte ich dich, auch wenn es mir schwerer fällt als alles, was ich sonst in meinem Leben getan habe: hilf mir. Bitte gib mir das Geld. Auch, wenn du es Georgina vor sechs Monaten verwehrt hast.«

24000 Dollar waren in Anbetracht des Immobilienwertes lächerlich, aber Eve hatte das Geld natürlich trotzdem nicht. Wer hatte schon so viel Geld! Er war am Zug. Er konnte sich etwas ausdenken und würde es Harry bis Freitag schon schmackhaft machen. Was immer er vorschlagen würde, sie würde darauf eingehen müssen, weil sie ihm auf Gedeih und Verderb ausgeliefert war.

Mac wunderte sich über das Machtgefühl, das in ihm aufstieg. Ihre Unterstellung schmerzte ihn, und die Aufklärung dieses Dilemmas, das er für ein gigantisches Missverständnis hielt, erlangte gerade oberste Priorität.

»Okay«, sagte er.

Kapitel 15

Okay?«, hatte sie gefragt und ihn unfassbar ungläubig angesehen, »was meinst du mit: Okay?«

Er hatte mit der flachen Hand auf das Sideboard geklatscht. Die beiden Briefe hoben sich im Luftzug. Sollte Eve jetzt nicht langsam mal vor Freude ausflippen?

»Was schon«, blaffte er, denn sie war ja immerhin nicht die Einzige, der das alles wahnsinnig gegen den Strich ging, »ich überweise die Kohle ans Finanzamt, und Ende der Diskussion.« Er zog sein Handy aus der Hosentasche und tippte auf die Kamerafunktion, um ein Foto vom Aktenzeichen zu machen. Nicht, dass die Zahlung noch verloren ging! Offenbar hätte er es ja schon im Sommer bezahlen sollen, wenn alles mit rechten Dingen zugegangen wäre; und ob das jetzt mit Fälligkeitsentschädigungen und Zinsen ein paar hundert Scheine mehr oder weniger waren, interessierte Mac nicht besonders. Geld hatte er genug, aber es bedeutete ihm zu wenig, um sich deswegen auf einen neuen Nervenkrieg mit Eve einzulassen. Im Übrigen würde er todsicher einen Weg finden, es sich zurückzuholen.

Eve musste dieser Gedanke auch gekommen sein. Ihr Blick wurde erst fassungslos, dann misstrauisch. Schnell streckte sie die Hand aus und nahm die Briefbögen an sich.

»Was ist denn jetzt schon wieder falsch?«, donnerte er sie an.

Sie musterte ihn von Kopf bis Fuß, wich aber zurück, als er sich drohend vorbeugte. Dann drehte sie sich auf dem Absatz ihrer obligatorischen Stiefeletten um und verließ die Wohnung, klapperte die Metallstufen hinab und versäumte es nicht, die Tür so hinter sich ins Schloss zu knallen, dass im Korridor die Scheiben bebten.

Es war noch früh am Tage. Nachdem Eve seine architekturpreisgekrönte Wohnung so furios verlassen hatte, versuchte Mac, gedanklich nachzuvollziehen, wie das alles gewesen war, im letzten Frühsommer.

Es gelang ihm nicht.

Aber wenn Georgina ihre Gewohnheit, ihm Briefe zu schreiben, beibehalten hatte, mussten die irgendwo sein. Die Army war ein gewissenhafter Laden. Feldpost wurde überall und unter allen Umständen katalogisiert, verschickt, zugestellt und notfalls auch wieder zurückgeholt, wenn sie nicht an den vorgesehenen Empfänger ausgehändigt werden konnte.

Dafür gab es Postfächer. In Fort Lewis waren das altmodische kleine Dinger, schmale hölzerne Abteile in Regalen, die noch aus den fünfziger Jahren stammten, nachgedunkelt von der Zeit, mit den Buchstaben des Alphabetes versehen. Fächer, die Briefe, Karten und Päckchen aus aller Herren Länder gesehen hatten; all jene Länder nämlich, in die jemals Amerikaner im Dienst für ihr Land entsandt worden waren.

Mac würde jetzt auf der Stelle in dem verdammten Postfach, das seine Dienstnummer trug und um das sich seit Monaten niemand mehr gekümmert hatte (am wenigsten er selbst), nachschauen.

Auf dem Weg zum Verwaltungstrakt lief er Josie in die Arme. Erst gestern Nachmittag hatte er in ihrem Büro mit ihr zusammengesessen und darüber konferiert, wie er hier weitermachen sollte. Am Abend waren beide in einem bekannten Restaurant in Tacoma essen gewesen, und ein Bild von diesem intim wirkenden Dinner würde bald ganz in der Nähe des Artikels über Eves Café erscheinen, was der Sache einen grauen Schleier verpassen würde, jedenfalls, wenn man sich die Mühe machte, die Dinge aus Eves Sicht zu betrachten.

»Oh, Mac! Haben wir uns nicht gestern erst gesehen? Ich habe noch keine Neuigkeiten. So schnell geht es leider nicht.«

»*Lieutenant Colonel.*« Mac grüßte militärisch. »Es ist immer eine Freude, dich zu sehen, aber ich bin aus einem anderen Grund hier.«

LC Josie Clarke ließ ihren unbestechlichen Blick über ihn wandern, nahm das Kompliment mit wohlwollendem Nicken zur Kenntnis und fragte sich, wie so oft, warum dieser Mann nicht längst in festen Händen war. Für sie war er leider zu jung, was sie einmal mehr bedauerte. Wäre sie noch in ihren Vierzigern gewesen, hätte sie alles darangesetzt, ihn allen anderen Frauen für immer wegzunehmen.

Macs Vorgesetzte war landesweit die erste Afroamerikanerin in einer so hohen militärischen Position gewesen. Sie stammte aus einer Arbeiterfamilie voller glühender Patrioten. Statt mit Kinderliedern war sie mit *Star Spangled Banner* und *God Bless America* aufgewachsen. Ihre Vorfahren waren Sklaven in Virginia gewesen, und das würde sie nie vergessen.

Sie war ruppig und ließ jede Herzlichkeit vermissen, solange man sie nicht näher kannte, aber sie konnte jeden Menschen innerhalb von fünf Minuten zuverlässiger einschätzen, als es alle psychologischen Profilings vermochten.

Mac stellte unwillkürlich die Überlegung an, wie sie auf Eve reagieren würde.

»Ich halte dich auf dem Laufenden«, sagte Josie nun und lächelte ihn an. In Macs Anwesenheit erreichte das Lächeln ihre schokoladenfarbenen Augen und brachte sie zum Funkeln. Für einen Moment sah sie richtig einnehmend aus. Dann rückte sie den Stapel Akten unter ihrem Arm zurecht, drehte sich schroff um und rauschte auf den stämmigen, aber wohlgeformten Beinen, die unter ihrem Uniformrock hervorsahen, den Gang hinunter.

Sie wandte sich noch einmal zu ihm um. »Ach, Mac, da fällt mir ein: Hast du eigentlich nochmal von diesem Freak gehört? Dem mit dem angeblich so brisanten Material?«

Er schüttelte den Kopf. »Nein.«

»Du bist dümmer, als ich dachte«, sagte sie, und ihr Blick war weich und ein bisschen amüsiert. »Jeder andere hätte mit beiden Händen zugegriffen.«

»Ja«, sagte Mac und verzog das Gesicht, »da hast du sicher recht.«

Mac war noch nicht oft in die Verlegenheit gekommen, hier nach retournierter Post zu suchen, und wenn, betraf es nicht ihn selbst. Doch jedes Mal, wenn er vor diesem Regal mit den fleckig gebeizten Sperrholzfächern stand, musste er an die vielen Konflikte auf der Welt und die Angehörigen der Männer seiner Einheit denken, die diese Briefe geschrieben hatten.

In seinem Fach steckten gleich mehrere Umschläge, und alle waren von Georgina. Mac setzte sich an den kleinen, abgewetzten Sortiertisch, knipste die Lampe mit dem ausziehbaren Metallarm an und begann ohne weitere Verzögerung zu lesen.

Den ersten Brief las er mit einem wehen, sehnsüchtigen Ziehen im Herzen, den zweiten mit Betroffenheit. Der dritte löste Entsetzen in ihm aus, der vierte Resignation, und bei Brief Nummer fünf war ihm übel, weil er dieser Entwicklung völlig ohnmächtig gegenüberstand. Handlungsunfähigkeit war das, was Mac am meisten verabscheute.

Von Brief zu Brief wurden die Texte unpersönlicher, aber seltsamerweise auch trauriger. Jeden von ihnen hatte Georgina mit »*in Liebe, G.*« unterschrieben.

Am Ende seiner Lektüre hätte Mac am liebsten geweint.

Das kam hier natürlich nicht in Frage. Deshalb blieb er noch eine Weile unter der grellen Leuchte mit dem natogrünen Blechschirm sitzen und schob Georginas Briefe zu einem flachen, ordentlichen Stapel zusammen, wobei er sich die Frage stellte, wann er den Kontakt zu seinem Leben in der Heimat verloren hatte. Denn das war eindeutig der Fall, ganz abgesehen davon, dass er keine Ahnung hatte, wie er jemals aufklären sollte, was in den Bergen im Hinterland von Al Asad, nordwestlich von Bagdad, an diesem bestimmten Tag im Frühling wirklich passiert war.

Ihm fehlten ein paar wichtige Bruchstücke.

Wurde langsam Zeit, mit dem Aufräumen anzufangen.

Von: M. Lawrence
An: Eve Jackson
Am: Donnerstag, 16.55 Uhr
Siehe Anhang.
Gruß, Mac
P.S.: Okay jetzt?

Eve öffnete beklommen den Mail-Anhang. Sie fand die Kopie eines Zahlungsbeleges über 24024 Dollar, nebst Eingangsbestätigung der IRS mit dem lapidaren Vermerk *»gebucht«*.
Nichts war okay. Sie war noch immer meilenweit davon entfernt, wieder ruhig schlafen zu können.
Wie sollte sie das zurückzahlen?

Von: Eve Jackson
An: M. Lawrence
Am: Donnerstag, 19.02 Uhr
Danke für die Rettung. Mac, bitte überlege dir, wie ich das zurückgeben kann. Sind Monatsraten okay?
Vielen Dank. Wirklich.
Eve

Er konnte ihre Besorgnis herauslesen, sie sprangen ihm zwischen den Worten, an denen sie vermutlich minutenlang gerungen hatte, förmlich entgegen.
Das kaum hörbare *Ping* seines Notebooks kündigte eine weitere Mail an.

Von: Eve Jackson
An: M. Lawrence
Am: Donnerstag, 19.04 Uhr
Was ist mit dem dämlichen »PST« passiert :-)?
Nochmal: Was sagst zu Monatsraten?
Eve
P.S.: Müssen wir Mails schreiben? Whatsapp ist heutzutage das Mittel der Wahl.

Darunter stand eine Mobilfunknummer. Den Text fand er für ihre Verhältnisse sehr gewagt. Er grinste.

Solange, bis ihm klar wurde, dass er gar keine elektronischen Nachrichten austauschen wollte. Er wollte sie sehen. Nein, er wollte sie *haben*. In seinem Bett und auf jede erdenkliche Art und Weise, und das wäre ihm mehr als vierundzwanzig Riesen wert gewesen. Mac unterdrückte ein Grinsen: Würde er so etwas ihr gegenüber auch nur andeuten, wäre er ein toter Mann.

Er überlegte eine Weile. Und schrieb:

Von: M. Lawrence
An: Eve Jackson
Am: Donnerstag, 19.16 Uhr
Mein Mittel der Wahl ist ein persönliches Gespräch, aber ich bin nicht in der Nähe. Ratenzahlung? Kommt nicht in Frage.
Gruß, Mac

Er stellte sich vor, wie sie in ihrem winzigen Büro saß und über die dunkel gerandete Brille, die sie beim Lesen trug, auf den Bildschirm starrte. Vielleicht kaute sie dabei wieder am Daumennagel. Oder biss sich auf die Lippen. Oder auf das Ende eines Stiftes. Irgendwas machte sie garantiert mit ihrem Mund, und diese Vision hatte eine eindeutige Wirkung auf die unteren Regionen seines Körpers.
Er vermisste sie. Aber eine weniger zickige Version ihrer selbst wäre manchmal schön.

Von: Eve Jackson
An: M. Lawrence
Am: Donnerstag, 19.17 Uhr
Was dann?
Eve

Sorgen waren ein milder Begriff für das, was ihr im Kopf herumging, ahnte er.
Von: M. Lawrence
An: Eve Jackson
Am: Donnerstag, 19.21 Uhr.
Du musst es nicht zurückzahlen.
Gruß, Mac

Von: Eve Jackson
An: M. Lawrence
Am: Donnerstag, 19.22 Uhr.
Natürlich muss ich.
Eve.

Von: M. Lawrence

An: Eve Jackson
Am: Donnerstag, 19.23 Uhr
Nein.
Mac

Von: Eve Jackson
An: M. Lawrence
Am: Donnerstag, 19.26 Uhr
Du bringst mich damit in eine unmögliche Situation, verstehst du das nicht? Ich werde *es zurückzahlen.*
Gruß, Eve.

Er konnte sich nicht zurückhalten. Er schrieb:

Von: M. Lawrence
An: Eve Jackson
Am: Donnerstag, 19.28 Uhr
Oh? In welcher Währung denn :-)?
Mac

Er erwartete einen bösen, vorzugsweise sexistischen Kommentar.

Doch sie antwortete nicht mehr.

Mac hatte den ganzen Tag mit dem Nachrichtenoffizier und zwei Technikern über der Auswertung verschiedener Army-Gimmicks gesessen. Als Beschuldigter in einem Strafverfahren war das so ziemlich das Dümmste, was er tun konnte, aber zu seinem Glück hatte er Josie und ein paar andere auf seiner Seite, und er beabsichtigte nicht, Dinge zu riskieren.

Für die meisten in Fort Lewis war sein bevorstehender Freispruch nur eine Formsache, aber da war sich Mac nicht so sicher. Nicht, solange er nicht seine eigenen Erinnerungen zurückhatte. Er verließ sich nicht gern auf andere.

Auf einem Board über den ganzen Geräten lagen ein paar Snickers und ein angetrockneter Apfel. Zu Mittag hatten sie Toast mit Erdnussbutter gehabt, was so ungefähr den Tiefpunkt seines Erwachsenenlebens seit der Rückkehr aus dem Mittleren Osten darstellte.

»Nicht anfassen«, zischte Paul, der IT-Spezialist, und warnte ihn mit einem Blick, der fraglos Menschen zu Salzsäulen erstarren lassen konnte. Das hier war sein Reich. Und sein Essen.

Mac hob beide Hände. »Ich mach nichts«, sagte er, »okay? Du bist meine letzte Chance, Mann.« Er durfte sich nicht zu viel erlauben.

Der Gedanke an das exzellent zubereitete Sirloin-Steak auf dem Teller von Josie Clarke bei ihrer kürzlichen Verabredung weckte eine nahezu schmerzhafte Sehnsucht in Mac, und das als Vegetarier. Er griff zu seinem iPhone und verabredete sich in downtown Tacoma zum Essen. Bei der Gelegenheit könnte er gleich noch ein, zwei andere Dinge in Erfahrung bringen.

Um zehn Uhr abends checkte er sein E-Mail-Postfach und tippte eine Nachricht in sein Handy. *»Eve? Sei kein Spielverderber. Ich denk drüber nach.«*

Es erschienen umgehend zwei blaue Häkchen, die ihn trotz der seltsamen Situation zum Lächeln brachten.

Mac vergrößerte Eves Profilbild und erkannte eine kleine Fee, die aussah wie eine Kreuzung aus *Tinkerbell* und der *fairy godmother* aus *Cinderella*. Der Feenstaub, den die niedliche Schönheit um ihre rundliche Taille herum verbreitete, erinnerte ihn stark an Zuckerkristalle.

Er erfuhr vom neuen Logo von Georginas Café über WhatsApp.

Heilige Scheiße.

Kapitel 16

»Warum hat sie bloß keine Hypothek aufgenommen?« Eve lehnte am Küchenblock und malte mit dem Zeigefinger Spuren in das Mehl, auf dem Mo seinen Mürbeteig ausgerollt hatte. Jetzt lag der Teig als kompakte Kugel neben einigen anderen im Kühlschrank und wartete darauf, zu einem traumhaften Neueröffnungskuchen verarbeitet zu werden.

»Wie hätte sie die zurückzahlen sollen? Sie war krank. Sie konnte nicht mehr arbeiten. Und sie wollte sich nicht helfen lassen.« Mo klang sanft.

Eve hob den Kopf. »Was? Davon höre ich zum ersten Mal!«

Er hinderte sie daran, mit dem Abwischen der Arbeitsfläche fortzufahren, nahm sie am Arm und schob sie auf die Eckbank, der Sitzgelegenheit für das Personal. Diese Bank hatte schon immer hier gestanden. Eve hatte als Fünfjährige mit baumelnden Beinen hier gesessen und Zwieback in süße, heiße Milch getunkt, während ihre Mom lachend und plaudernd ihren Aufgaben in Georginas Küche nachgekommen war.

Sie spürte einen schmerzhaften, heißen Stich der Sehnsucht. Einen doppelten.

»Georgina war schwer herzkrank und schon seit Monaten angeschlagen. Mac hatte sich seit Ostern nicht gemeldet, und sie hatte niemanden mehr, den sie fragen konnte. Es ging ihr weniger um Geld, als um die Sicherung der Nachfolge. Evangeline, *ma chère,* du bist ihr vorgekommen wie jemand, den der Himmel geschickt hat.«

Mo sprach ihren Namen französisch aus, *Ewohschelin,* und wirkte sehr ernst. »Ich wusste nicht, dass es so schlimm stand, und dachte, es geht um ihre Gesundheit. Sie hatte keine Kraft mehr. Sie hat das Personal reduziert, konnte deshalb aber auch nur noch am Wochenende öffnen. Jetzt denke ich, sie wollte die

Löhne sparen. Anders hätte sie es nicht bewältigen können. So begann der Teufelskreis. Man muss den Leuten eine Konstante bieten, sonst klappt das nicht mit einem gastronomischen Betrieb.«

»Aber sie hatte doch dich!«

»Ich hatte nicht die Zeit, noch ein Unternehmen zu führen«, sagte er sanft, »und sie hätte das nie von mir verlangt. Das weißt du doch, *Cherie.*«

Ja, natürlich wusste sie es.

Sie sah zu ihm auf. »Warum hat sie dich nicht nach dem Geld gefragt? Du hättest ihr doch geholfen.«

»Das hätte ich. Aber sie hat nicht gefragt. Ich hatte keine Ahnung von diesen Sorgen. Bis es zu spät war.«

Mo als Koch zu bezeichnen, war ungefähr so, als betitelte man die Königin von England als Adlige. Dass Eve bei der einfachen Berufsbezeichnung blieb, die seinen Qualitäten nicht ansatzweise gerecht wurde, war reine Gewohnheit. Außerdem nannte er sich selbst so.

Mo war einer der begnadetsten Küchenchefs diesseits der Rocky Mountains. Er besaß ein Restaurant, das sich einen wahren Sternenhimmel erkocht hatte, und zudem war er ein angesehener Gastronomiekritiker. Maurice Ledougard verbrachte den Großteil seiner Zeit damit, sein hochkarätiges Personal zu selektieren und andere Restaurantbetreiber herunterzuputzen. Seine persönliche Leidenschaft galt der Patisserie.

An Georgina hatte er einen Narren gefressen, seitdem er sich bei einer Wanderung am Mount Rainier den Knöchel verstaucht hatte: Sie hatte ihn vor vielen Jahren beim Erdbeerpflücken sozusagen aufgelesen und zwei Tage zur Pflege bei sich einquartiert. Er vergalt ihr die Freundlichkeit mit praktischer Hilfe, und trotz des Altersunterschiedes von anderthalb Jahrzehnten waren sich die deutsche Immigrantin und der Frankokanadier von Anfang an innig zugetan, auf einer platonischen Ebene, verstand sich, obwohl...

All dies war ein reines Glück für Eve, denn Mo übertrug seine Sympathie für Georgina kurzerhand auf deren Nachfolgerin – und verbrachte weiterhin zwei Tage die Woche in der Küche des Cafés, fast wie ein Hobby und gegen ein Entgelt, das nur der Form diente und das in Anbetracht seiner Fähigkeiten mehr als lächerlich war.

Eve lernte schnell, aber so professionell wie bei Mo würden ihre Kuchen und Torten wohl nie aussehen, von den *Petits Fours* und *Macarons* ganz zu schweigen, aber das spielte keine Rolle, denn er würde sie bestimmt nicht im Stich lassen. Und für den Fall, dass es in naher Zukunft wieder hoch her ginge im *Georgina's* – womit Mo fest rechnete – würde er einfach ein paar seiner Auszubildenden mitbringen.

Georgina wollte ihr Café in guten Händen wissen. Sie gewährte Eve, die wegen ihres Buches nach Cooper kam und in Georgina eine unschätzbare Quelle an Erfahrungen und Geschichten fand, umgehend den frisch erneuerten Bonus ihrer Kindheitsbekanntschaft, und Eve hing bereits nach wenigen Wochen mit inniger Liebe an der alten Dame.

Sie sprachen niemals über die Zukunft. Eve war unglücklich über den sich rapide verschlechternden Gesundheitszustand und Georginas beharrliche Weigerung, mehr für sich zu tun.

»Sie starb an ihrem gebrochenen Herzen«, sagte Mo betrübt, und Eve war umgehend klar, dass es für ihn nur einen Schuldigen gab: Mac.

Während Mac die Welt rettete, war Georgina hier zugrunde gegangen, wollte Mo das damit ausdrücken?

»Er war ihr engster Vertrauter«, erzählte Mo, und wie immer, wenn er sich aufregte, brach seine Muttersprache hervor.

»*Mon dieu*, sie hat ihn so sehr geliebt! Er war die Sonne, um die sie kreiste. Aber er war so gut wie nie da, hat sich Medaillen und Belobigungen Gott weiß wo verdient, und sie wollte ihn nicht belasten mit ihren Sorgen.«

»Was hätte er denn tun können?«, fragte Eve und dachte scharf nach.

Mo zuckte geringschätzig die Schultern. »Er hatte doch immer genug Geld. Autos, Motorräder. Sieh dir das Haus an«, er deutete mit dem Kinn in Richtung Westen, zur Remise. »Er hat es umbauen lassen und eine Luxusbehausung aus der alten Scheune gemacht. Georgina hieß alles gut, was er tat. Bis zum letzten Frühjahr. Sie hat ihm oft geschrieben, aber er reagierte einfach nicht auf ihre Bitten. Die Einzelheiten weiß ich nicht, sie hat sich mir verschlossen, aber er hat sie enttäuscht. Doch wahrscheinlich hätte er sowieso nur alles verkauft, an die Stadt, die hatten ohnehin ein Auge drauf.«

Natürlich, dachte Eve und begriff glasklar die Zusammenhänge: *wegen der seit Monaten offenen Steuerschulden.* Dem war die schlaue alte Dame zuvorgekommen und hatte gehofft, dass jemand anders einen Weg fand, die Schulden zu tilgen.

Sie.

»Aber Mo, ich verstehe das nicht. In welchem Verhältnis stand Georgina denn zu Mac?«

Maurice sah sie mit seinen dunklen, leicht vorstehenden Augen an. »*Evangeline.* Ich kannte meine verehrteste Freundin *Georgine* eine ganze Dekade lang. Wir haben hunderte Flaschen Champagner getrunken, *ma belle,* und tausend Küchengeheimnisse miteinander geteilt. Ich wusste an jedem einzelnen Tag des vergangenen Jahrzehntes, wo sie war und was sie tat. Doch darüber, was hier geschehen ist, bevor ich mir in diesem Bachlauf, *sacre bleu,* beinahe meinen eleganten Hals brach, kann ich dir nichts sagen.«

Eve kannte Mo noch nicht sehr gut. Mo konnte lügen, ohne rot zu werden, und er wollte Mac hier nicht haben. Aber der Klatsch in Cooper würde schon dafür sorgen, dass Eve ihn im richtigen Licht sah. Deshalb behielt er sein Wissen für sich.

Georgina, die liebste, gastfreundlichste Frau auf diesem Planeten, war vor allem eine Frau mit großen Geheimnissen gewesen.

Aus der Bedrohung durch die Steuerbehörde war eine nicht minder unangenehme Bedrohung durch Mac geworden. Eine, die vielleicht weniger existenzgefährdend, aber keinesfalls leichter zu ertragen war. Eve zerbrach sich den Kopf, wie sich mit ihm übereinkommen ließ.

Aber die Lösung dieser beiden Rätsel musste sie aufschieben. Vor Eve lagen arbeitsreiche Tage.

Am Freitagnachmittag würde sie eröffnen, und es gab noch so viel zu tun! Sie freute sich wie verrückt darauf, und gleichzeitig war ihr schlecht vor Angst.

Das Café war ein Gottesgeschenk. Eve liebte ihren neuen Job, denn diese Arbeit hatte eine soziale Komponente, die ihr gefehlt hatte, wenn sie den lieben langen Tag an ihrem

Schreibtisch saß und geschliffene Sätze in ihren Computer tippte. Sie hatte schon im College gekellnert und scheute sich nicht davor, rund um die Uhr zu arbeiten, bis sich alles eingespielt hatte. Eve war neugierig und liebte den Umgang mit den Menschen. Sie brauchte nicht dauernd die Gesellschaft anderer, doch die Gäste in dem Café waren nur Gäste. Sie wollten sich wohlfühlen. Es waren meist Frauen, und mit Frauen auf dieser Ebene konnte sie umgehen. Die Männer, die kamen, waren Touristen. Keine Männer wie Mac oder ihr Ex-Mann, die sie völlig verrückt machten.

Sie hatte noch nie jemanden halten können, am wenigsten Ryan, und bevor es dem Schicksal in den Sinn kam, diese Erfahrung zu wiederholen, würde sie den nächsten Kandidaten lieber selbst vergraulen. Dass sie auf dem besten Wege dahin war, las sie zwischen den Zeilen von Macs knappen E-Mails.

Gut so. *Gefahr erkannt, Gefahr gebannt.*

Blieb noch die Frage, wie sie hier überleben sollte, mit restlos aufgebrauchten Ersparnissen und einem Berg von Verpflichtungen; einem exakt 24024 Dollar hohen Mount Everest der Verpflichtungen. Denn Mac, den Georgina offenbar mehr als sonst irgendjemanden auf dieser Welt geliebt hatte, der diese Liebe aber mitnichten erwidert und sich stillschweigend zurückgehalten hatte aus Gründen, die sich niemandem erschlossen, würde todsicher mit irgendeinem Vorschlag kommen, den sie niemals annehmen konnte.

Unglücklicherweise vermisste sie ihn trotzdem.

Fünf Minuten, nachdem sie Mo verabschiedet und die bedrückenden Gedanken an Mac mit Schwung aus ihrer Umlaufbahn verdrängt hatte, stand er vor ihr. *Himmel!* Wie konnte sich ein erwachsener Mann, noch dazu ein Hüne, sich so lautlos bewegen?

»Was soll das eigentlich mit dieser ständigen Küsserei?«

Eve wollte es nicht, aber sie schaltete automatisch in den Verteidigungsmodus. Sie verschränkte Arme und Beine und starrte ihn finster an. »Der Mann ist Franzose«, sagte sie, »da macht man das immer so.«

»Soviel ich weiß«, entgegnete Mac und spiegelte ihre Körperhaltung, »ist der Mann bloß aus Quebec, und da macht man das keineswegs immer so.«

»Was du nicht sagst«, erwiderte sie lahm und ärgerte sich über ihren beklagenswerten Mangel an Schlagfertigkeit. Sie wandte sich ab, schob die Kuchenform in den Backofen – die zehnte heute – und verbrannte sich am heißen Blech, weil sie unvorsichtig war und er sie ablenkte, was sie zu noch finstereren Blicken veranlasste.

Er machte eine wegwerfende Handbewegung. »Egal.« Er griff nach ihrem Handgelenk und betrachtete es kritisch, dann zog er sie zum Waschbecken, drehte das Wasser auf und hielt ihren Arm unter den kalten Strahl.

Verflixt. Entging ihm denn gar nichts? Sie zog ihre Hand weg und streifte dabei seinen Arm. Es war ein steinharter Arm, und das erinnerte sie dummerweise wieder daran, was für ein unglaublicher Körper unter diesen Klamotten steckte.

Wieso hatte er eigentlich so verdammt viel Zeit? Er schneite hier einfach herein und störte sie bei der Arbeit! Gab es nicht irgendwo auf der Welt irgendetwas zu intervenieren, zu retten, in die Luft zu jagen; was wusste sie denn, was er so tat?

Angriff war auf jeden Fall eine gute Verteidigung. »Und? Hast du über die Rückzahlung nachgedacht?«

»Ja«, sagte er träge und musterte ihr erhitztes Gesicht.

Ihr Blick erhellte sich. »Prima. Dann lass uns einen Zahlungsplan aufstellen und –«.

Bevor sie ihn auch noch nach seiner Kontonummer fragen konnte, sagte er: »Freikaufen ist keine Option.«

Freikaufen! Sie hörte wohl nicht recht. »In diesem Falle – Mac, was zu Hölle willst du denn?«

Er schnalzte mit der Zunge wie ein Pferdehändler, der mit der angebotenen Ware unzufrieden ist. »Du bist undankbar. Jemand bezahlt deine Schulden, und du verweigerst die Verhandlungen.«

»Wie bitte? Habe ich nicht gerade von Rückzahlung gesprochen? Ich bin nicht undankbar, und davon abgesehen sind es noch nicht mal meine Schulden!«

»Natürlich sind sie das.« Er lachte. »Du hast sie geerbt.«

»Sie wären gar nicht entstanden, wenn du deinen Teil zum richtigen Zeitpunkt beigetragen hättest!« Es war ein blinder Schuss ins Blaue. Sie sah, wie er zurückfuhr, aber natürlich konnte sie ihre Worte nicht zurücknehmen.

»Ledougard hat es dir also erzählt.«

Eve kannte sich nicht mehr aus. Die Trauer darüber, dass etwas an ihrem Verdacht sich bewahrheitete, traf sie unerwartet hart. Sie hätte zu gern gewusst, was er meinte.

Sie atmete heftig aus. »Mo hat mir gar nichts erzählt, außer, dass Georgina Geldsorgen hatte und krank war, aber das wusste ich schon vorher. Und du bist derjenige, der mir Harry Anderson auf den Hals hetzt und Schwierigkeiten macht!«

»Schwierigkeiten!« Diesmal klang sein Lachen ungläubig.

»Ich hätte das schon irgendwie geschafft!«

»Ach ja? Wie denn?« Gespannt beugte er sich vor.

»Keine Ahnung! Ich hätte einen Kredit aufgenommen.«

Er lehnte sich zurück und betrachtete sie so intensiv, dass sie sich vorkam wie ein seltsames Ding unter einem Mikroskop. Er sagte: »Komm mal auf den Teppich, Eve. Niemand gibt dir innerhalb einer Woche einen Kredit.«

»Außer dir, meinst du wohl. Darf ich endlich erfahren, warum?«

Er nickte. Mac war weiß Gott kein Mann der spontanen Entschlüsse, aber in diesem Augenblick kam ihm eine geniale Idee.

Arbeite es ab, Eve, schoss ihm durch den Kopf. *24000 Dollar gegen 24 Nächte mir dir.* Um ein Haar hätte er es ausgesprochen, aber dafür waren ihm zu viele Töpfe, Pfannen und andere Küchenutensilien in der Nähe. Er korrigierte sich im letzten Moment. »Wir machen eine Challenge«, sagte er, »ein Battle.«

»Was soll das denn heißen? Dass du verrückt geworden bist?« Sie sah ihn an, als ob sie genau wüsste, was sein erster Gedanke gewesen war. Richtig aufgebracht war sie, das konnte er sehen.

Ihre Hände fuhren nach oben und durch ihr Haar, und in den grünen Tiefen ihrer weit aufgerissenen Augen erkannte er Sorge.

Nein: Angst.

Er musste die Idee erst in seinen Gedanken formen, bevor er sie in Worte fassen konnte: Schließlich war sie gerade erst in seinem Kopf geboren worden und ihm daher genauso neu und fremd wie ihr. Und genauso durchgeknallt.

»Betrachte das Geld als Wetteinsatz. Lass uns eine Frist setzen. Bis, sagen wir mal, Weihnachten. Morgen ist der sechste November. Bis Weihnachten sind es – Moment – 48 Tage. Die Hälfte der Zeit hast du die Gelegenheit, die Gäste zu überzeugen, die andere Hälfte ich.«

»Was ist das denn für eine Scheißidee«, sagte Eve langsam und fragte sich vor allem, wie man so schnell rechnen konnte, »wovon überzeugen? Ich kann darin leider keinen Sinn erkennen.«

In seinen Augen tauchte etwas auf, das sie schon mal gesehen hatte. »Ganz einfach. Wenn du gewinnst, behältst du die Kohle und alles läuft nach deinen Vorstellungen. Wenn ich gewinne, bin ich mit dem Geld am Café beteiligt. Und wir machen eine Bar dazu. Lass das Publikum entscheiden.«

»Ich will aber keine Bar!«

»Aber ich. Und so wie es aussieht, habe ich neuerdings ein ziemlich wirksames Mitspracherecht im Wert von vierundzwanzigtausendvierundzwanzig Dollar.«

Sie sah aus wie der personifizierte Zweifel. »Ich sehe deine Qualifikation nicht.«

»Als Barkeeper? Du irrst dich.«

Er bluffte, oder? Gegen ihren Willen musste sie seinen Scharfsinn bewundern, und die Lösung schien ihr erträglich. Sie würde sowieso gewinnen, weil die Leute hier am Mount Rainier keine Bar wollten, sondern ein gemütliches Café. »Soll das heißen, ich werde dich sowieso nicht los, egal, wie es ausgeht?« Davon, dass sein Haus auf ihrem Grundstück stand, nicht zu reden! *Herrgott,* war das vertrackt. *Mensch, Georgina!*

»He! Das tat jetzt weh.«

»Du fechtest gerade das Testament an, oder etwa nicht?«

Da hatte sie recht. Und das würde er auch auf jeden Fall fortsetzen. Was hatte das eine mit dem anderen zu tun?

»Ich habe eine Bedingung.«

Diese Frau war nicht zu fassen. »Du bist gar nicht in der Position, Bedingungen zu stellen, meine Liebe.« *Himmel nochmal.* Wie hatte er es mit ihr tun können? Sie war die Definition von *Finger weg.* Er liebte Sex. Er hatte keinen Mangel an Partnerinnen. Wenn er wollte.

Die gottverfluchte Wahrheit war: Er wollte nur sie.

Sie blieb beharrlich, und er bekam eine Ahnung davon, dass auch sie ziemlich genau wusste, was sie wollte. »Du musst es selbst machen. Du pfuschst hier nicht herum. Ich will dich nicht hinter meiner Theke sehen. Wir machen das allein, jeder für sich, immer schön abwechselnd.«

Er dachte kurz nach. Dafür würde er schon eine Lösung finden, und außerdem hatte er ja im Augenblick sowieso nichts Besseres zu tun. »Einverstanden. Also: an den ungeraden Tagen du, an den geraden ich.«

»Nichts da. Ich will die geraden Tage«, sagte sie, nur um zu widersprechen, damit sie sich nicht ganz so fühlte wie nach drei Runden auf der Achterbahn: Wirr im Kopf und überrumpelt.

Er drehte die Augen zu der hohen Küchendecke. »Hat dir eigentlich irgendwann mal jemand weisgemacht, Männer stünden auf Widerspruch? Es nervt.«

Sie sah ihn lauernd an, wie eine Katze auf der Suche nach einer entwischten Maus. »Also?«

Er streckte ihr die Hand entgegen. Sie sah einen langen Moment darauf hinunter und zog dann ihre eigene Hand aus der krampfhaften Umklammerung ihrer verschränkten Arme. »Deal?«, fragte er und klang dabei sanft.

Sie nickte zögernd. »Deal.«

»Gut! Und was willst du machen, um deinen Laden mit Gästen zu füllen?«

»Wie bitte?« Ihre Hand erstarrte in seiner. »Ich dachte an Frühstück, Kuchen und guten Service! «

»Und du meinst, das reicht?« Er warf ihr einen Blick voller vorgetäuschter Zweifel zu und beschloss, sie auf den Arm zu nehmen. »Wie wär's mit Tabledance?«

Erwartungsgemäß rastete sie sofort aus, und er grinste. Vielleicht sollte er nach sexuellen Gefälligkeiten fragen, um sie restlos auf die Palme zu bringen.

»Oh Gott! Oh nein! Mac, wenn du auch nur eine Sekunde lang in Erwägung ziehst, in Georginas Café komische Sachen zu veranstalten, dann ...«

Meine Güte, war sie humorlos! »Tja«, sagte er und sah dabei hochzufrieden aus, »Innovation. So sind nun mal die Regeln.«

»Die du gerade gemacht hast!«

»Ja«, sagte Mac, »einer muss es ja tun.«

Innovation! Sie überschlug ihre Möglichkeiten und entwarf ruckzuck in Gedanken eine rudimentäre Instagram-Kampagne. Sie würde ihn zwingen, mitzumachen, obwohl sie ahnte, dass er diesen Weg nicht schätzte. Sicher würde Mac bald den Hut vor ihrem genialen Marketing-Konzept ziehen und nach ein paar Tagen klein beigeben. Und aufgeben. Und ihr das Feld überlassen. Sie erläuterte es ihm in knappen Sätzen und endete: »Keine Likes, keine Challenge.« Sie hob das Kinn.

Er sah sie nicht an, tat so, als gälte seine ganze Aufmerksamkeit der Beschäftigung, die Ärmel seines Jeanshemdes aufzurollen, und bemerkte: »Ich hasse Instagram. Und außerdem ist das schon die zweite Bedingung.«

Eve dachte nicht daran, sich die Regeln diktieren zu lassen. Hier ging es um ihr Baby! Sie würde einfach vierundzwanzig Torten backen, die sich an Raffinesse und genialer Optik nur so überboten, alles bei Instagram posten und Herzchen ohne Ende dafür kassieren. Was konnte er schon dagegen aufbieten? Ein paar Cocktails? Oder die Destillerie, die in der Scheune längst wieder Staub angesetzt hatte? Whisky brennen, dass sie nicht lachte!

Sie bemerkte, dass er sie anstarrte.

Er sah sauer aus. Er stellte eine Gefahr für ihr gleichmäßiges, arbeitsreiches, wunderschönes Leben dar. Er würde alles durcheinanderbringen, und binnen kürzester Zeit würde sie glauben, dass ihr Leben nur mit ihm wunderschön wäre, und dann würde er wieder verschwinden, und dann wäre Ende mit wunderschön. Wenn Eve Jackson eines nicht hatte, dann war das ein funktionstüchtiges Radar für Männer. *Sie mit ihrer ewigen Arglosigkeit. Als ob Entscheidungen keine Konsequenzen hätten.*

In ihrem Gesicht veränderte sich etwas, und er kniff die Augen zusammen, damit es ihm nicht womöglich entging. *Wäre zu schade.*

»*Estutmirleid*«, murmelte sie.

Er beugte sich gespannt vor. »Was?«

»Es tut mir leid«, jetzt klang sie eine Spur selbstsicherer, »aber Mac, ich kann das nicht.«

»Was kannst du nicht? Mit mir zusammen das Café in Schwung bringen? Oder mir vertrauen?«

Vertrauen. Du meine Güte! »Sag mal, geht's noch? Ich habe mich dir hingegeben!«

Mac reagierte schon wieder völlig unerwartet: Er lachte sich kaputt. »Du hast dich mir *hingegeben?* Ich mich dir etwa nicht? Also Eve, wirklich, du bist der Hammer.«

Sie nahm den erstbesten Gegenstand, den sie zu fassen bekam und warf ihn nach ihm. Leider handelte es sich nur um einen Stapel frischgebügelter Geschirrtücher. Er wehrte sie lässig ab. Wie schade, dass es nicht das marmorne Nudelholz gewesen war! »Verflucht, Mac! Kann ich dir das Geld nicht einfach so zurückgeben? Irgendwann?«

Seine Miene verschloss sich und wurde zum üblichen Pokerface. »Wenn du unbedingt willst, meinetwegen. Aber darum geht es doch gar nicht.«

»Also, entschuldige mal! Mir schon!«

»Dann hast du offenbar bisher nichts verstanden.« Jegliche Lachlust war verschwunden. Er sah unzugänglich aus, hart, und sie bekam eine Ahnung davon, welcher Gegner er sein konnte. Eindeutig war an diesem Punkt Ende aller Diskussionen. »Das hier ist meine Heimat, Eve, und mich soll der Teufel holen, wenn ich einfach so aufgebe. Jeder von uns hat vierundzwanzig Tage. Vierundzwanzig Gelegenheiten, um zu beweisen, wer von uns den besseren Job macht.«

Und jede davon war exakt 1001 Dollar wert.

Kapitel 17

Von Zeit zu Zeit schätzte sogar Eve das Entertainment, das großes Publikum bot. Und heute war sie der Star. So viel positive Aufmerksamkeit war ihr seit Jahren nicht zuteil geworden. Das würde ihr nach spätestens ein, zwei Stunden wieder zu viel werden, und sie würde froh sein, sich in die Küche zurückziehen zu können – aber für den Moment wollte sie es genießen. Sie verdrängte alle Gedanken an das elende Geld, an Macs gottverdammte *Challenge* und an das Risiko, dass sie auf sich genommen hatte, und badete in ihrem Erfolg.

Das Café lief vom ersten Moment an wie verrückt.

Die Leute parkten entlang der Straße, weil der Parkplatz unter den hohen Eichen links des Anwesens brechend voll war. Sie gaben sich die Klinke in die Hand, und die hohen Räume mit dem funkelnden Glas summten von dem Lachen, den Gesprächen, dem behaglichen Klirren von Besteck und dem Geklapper des schönen Geschirrs mit dem Blumenmuster.

Die Speisekarte war eine wahre Verheißung; es duftete köstlich nach Kaffeespezialitäten, und ein Kuchen nach dem anderen wanderte aus dem Kühlraum in die Vitrine entlang der Theke. Für Kalorienphobiker und Asketen war das hier nichts.

Die allgemeine Neugier war durch den vierseitigen Artikel in *Women'sWeekly,* für den Lana Everett ihr nicht unbeträchtliches Können aufgeboten hatte, ordentlich angeheizt worden.

Das musste Eve ihr lassen: Lana schuf mit ihren Worten eine Atmosphäre, die in jedem Leser den brennenden Wunsch weckte, sofort und ohne weitere Verzögerung Georginas Café aufzusuchen. Die zahlreichen Fotos trugen das ihre dazu bei. Eve war glücklich mit diesem Bericht und fand sogar, dass die Bilder ihr schmeichelten.

Lana ließ es sich nicht nehmen, persönlich vorbeizuschauen, und machte mit den Leuten Selfies, auf denen sie strahlend lächelte.

Mac tauchte am späten Nachmittag auf. Sie hatte ihn die ganze Woche kaum gesehen. Obwohl, *gesehen* hatte sie ihn durchaus – er kramte in den Schuppen herum, manchmal in Begleitung eines bärtigen Typen, der mit einem fetten Pick-up die halbe Einfahrt zuparkte und auf der Ladefläche allerlei seltsame Gerätschaften spazieren fuhr. Aber sie hatte nicht die Zeit, sich mit Mac oder dem, was er tat oder nicht tat, zu beschäftigen.

Dabei hoffte sie, dass er nicht womöglich dabei war, einen perfiden Schlachtplan aufzustellen. Irgendetwas ging da vor. Doch, sie wollte wissen, was er trieb und womit sie zu rechnen hatte. Aber er dachte nicht daran, ihr sein Vorhaben zu erläutern, und Eve befürchtete, dass er sie aufs Kreuz legen würde.

Trotzdem freute sie sich auf eine verräterische Weise, die ihr viel über sich selbst sagte, darüber, dass er hier war. Sie verzog selbstironisch das Gesicht.

Wie mit einem inneren Scanner fand er Eve zielsicher und augenblicklich. Er überreichte ihr ein in rot-weiß gepunktetes Papier gewickeltes Päckchen und hob ihren Arm an, um sich die noch nicht verheilte Brandwunde anzusehen. Um sie zu verbergen, hatte Eve ein breites Armband getragen, es dann aber im Chaos des Vormittages irgendwo abgelegt und vergessen.

»Ofenhandschuhe«, sagte Mac und lächelte, »gehen bis ungefähr hier.« Er zeichnete mit seinem Daumen eine unsichtbare Linie in Höhe der Hälfte ihres Unterarms. Sie sahen beide auf den blassen Abdruck, den seine Berührung hinterlassen hatte, und beobachteten, wie das Blut zurück an die Stelle strömte. Eve hielt den Atem an.

Außerdem befand sich in der flachen Schachtel ein gerahmter Druck der Originalpartitur aus dem *Nussknacker* von Tschaikowsky. Auf der Rückseite stand in einer männlichen, kühnen Handschrift eine Widmung. »Möge der Tanz *dieser* Zuckerfee viele Jahre währen und jeder einzelne Tag ein glückliches Ende finden.«

»Danke, Mac«, flüsterte Eve und fiel ihm um den Hals. Sie barg für eine Millisekunde ihr Gesicht an seinem Kinn, atmete den berauschenden männlichen Duft ein und fühlte sich über alle Maßen glücklich, obwohl sie sich gleichzeitig wünschte, alle anderen Menschen in diesem Raum würden durch einen bahnbrechenden, intergalaktischen Wahnsinnstrick einfach weggebeamt.

Mac zog sich an den Rand des Geschehens zurück und beobachtete: die Gäste, das Personal, und Eve. Er hatte vorhin eine andere Art Umarmung gewollt. Seine Fingerspitzen kribbelten immer noch, aber es war ihm gelungen, sie kurz und freundschaftlich an sich zu ziehen.

Er sah sich die Leute, mit denen sie arbeitete, genau an – besonders den Koch. Wie alt war Mo jetzt? Ende fünfzig, oder doch schon Anfang sechzig? Ihn und Georgina hatte etwas Besonderes verbunden, aber deshalb konnte Mac ihn noch lange nicht leiden. Gutaussehend war er. Wenn man so schlanke Typen mochte. Und sich nicht an den Froschaugen störte. Ein Abo fürs Fitnessstudio würde auch nicht schaden. Mac hörte, wie Ledougard die Stimme hob, um eine der Bedienungen zurechtzustutzen. Er schnappte den französischen Akzent auf und verdrehte die Augen. Wie war das damals eigentlich mit Georgina gewesen? Er erinnerte sich nicht mehr genau.

Ein Duell wäre cool. Während er sich gerade in blutigen Einzelheiten ausmalte, wie er den Mann niedermetzelte, erschien sie plötzlich neben ihm und schob ihren Arm unter seinen.

»Territoriales Verhalten«, sagte sie langsam und sah ihn dabei an, als ob ihm ein zweiter Kopf gewachsen sei. »Wenn du ein Hund wärst, würdest du jetzt markieren.«

Er zog ihre Hand in seine Ellenbogenbeuge. »Ich hab schon markiert.«

Eve lachte auf. »Ja. Ich verstehe schon. Mich. Ich hoffe nur, dass meine Möbel vor dir sicher sind.« Sie war in Flirtlaune.

»Kommt drauf an, was du damit meinst. Ich liebe Sex auf harten, glatten Flächen.«

Sie entzog ihm hektisch ihren Arm, räusperte sich und schaute sich nervös um, ob nicht womöglich jemand zuhörte.

Mac grinste diabolisch.

Er nahm einen zarten Hauch von Champagner an ihr wahr und wünschte sich, ihre Lippen zu liebkosen, aber das war jetzt wohl nicht drin.

Die Zeit wurde ihm lang, trotz oder gerade wegen seiner Fantasien. Er beobachtete, wie Eve jemanden begrüßte: Einen großen Kerl mit rötlichen Locken und klasse Muskeln in einem Shirt der Redskins, der sie in seine Arme nahm und herzlich drückte. Sie lächelte ihn offen und mit unverhohlener Freude an, und Mac hatte keinen größeren Wunsch als den, dass sie nur einmal im Leben *ihn* so anlächeln möge.

Obwohl, eigentlich wollte er noch etwas: Er wollte nicht diese professionelle, glatte Beherrschtheit auf ihrem Gesicht sehen. Er wollte, dass sie sich gehen ließ, dass sie sich vollkommen vergaß und seinen Namen stöhnte. Seinen Namen *schrie.*

Er folgte ihr mit seinen Blicken – möglichst unauffällig, verstand sich. Sie trug eine helle Corsage mit zarten Blumenstickereien – Kornblumen und Wicken –, das der Jahreszeit unangemessenste Kleidungsstück, was man sich vorstellen konnte, und darüber ein halbtransparentes Hemd, dessen Ärmel sie aufgerollt und in Höhe des Oberarms mit einem Stoffriegel befestigt hatte. Fast sah es aus wie eines seiner Uniformhemden, nur um tausend Klassen besser. Ihre langen Beine steckten in verwaschenen Jeans. Sie ging auf hochhackigen Pumps, und beim Anblick dieser Schuhe kam Mac spontan eine neue, eindeutig nicht jugendfreie Idee. Er liebte ihren Gang. Er liebte ihren grandiosen Hintern, auf dem, wie er zähneknirschend feststellte, auch die Augen einiger anderer männlichen Gäste pappten wie klebrige Finger. Sie blieb kurz an jedem Tisch stehen, und die Gesichter ihrer Gäste wandten sich ihr zu und strahlten. Er bewunderte ihre Fähigkeit, jedem der Anwesenden das Gefühl zu geben, ihre volle Aufmerksamkeit zu besitzen, und die Leute nach wenigen Sekunden vollkommen zufriedengestellt zurückzulassen. *Ein Naturtalent,* dachte er. Genau wie Georgina. *Zuckerfee zwei punkt Null.*

Er stand auf Hochsteckfrisuren, und Eves Hochsteckfrisur war von jener Art, bei der einzelne Locken sich aus dem Dutt lösten und in ihren Nacken fielen, so dass jedem Mann, der einen

Funken Feuer im Leib hatte, die Finger juckten vor Begierde, diese Strähnen zu berühren.

Drei Sekunden später hatte sich der harmlose Wunsch in pure Begierde verwandelt. Danach, dass diese Strähnen sich über eine ganz bestimmte Körperregion schlängelten und kleine, elektrische Wellen in die Spitze seines Lustzentrums jagten. Er wurde unruhig. Wo gab es hier eigentlich etwas zu trinken?

In einer unbewussten Geste legt er die Hand auf seine rechte Seite, dorthin, wo die Metallsplitter ihn durchbohrt hatten und seine inneren Organe um ein Haar in Hackfleisch verwandelt hatten. Er spürte die Folgen der Nacht mit Eve noch deutlich, aber das spielte gar keine Rolle. Eve war besser als Oxycodon.

Von Zeit zu Zeit wanderte ihr Blick in seine Richtung. Er begegnete ihren strahlenden Augen. Eve öffnete leicht den Mund und legte die Zungenspitze an ihre Schneidezähne. Über was sie wohl nachdachte? Bestimmt nicht daran, was sie ihm damit antat. *Garantiert nicht.* Oder doch? Sie zog die Zunge zurück und lächelte ihn über die Köpfe ihrer Gäste hinweg an. Ihre Zähne blitzten. *Verdammt.*

Mac schloss die Augen und machte die Innenseite seiner Lider zu einer Leinwand, auf der sich prompt sehr explizite Szenen abspielten. Der Wunsch, sie auf der Stelle zu ficken, war so stark, dass das Vakuum in seinem Kopf bedrohliche Ausmaße annahm. Er rang um Selbstbeherrschung. Er konnte das. Er hatte schon ganz andere Dinge gemacht, mentale Höchstleistungen vollbracht, Trainings mit Aufgaben absolviert, die jedem die Haare zu Berge stehen lassen würden. Doch, er würde diese Party heldenhaft überstehen, und irgendwann würde er mit ihr allein sein.

Bis dahin genügte der stumme Austausch über den Raum hinweg, um ihm das letzte Jota Fassung zu rauben. Sein Blut kochte. Seine Haut kribbelte. Die Fantasie in seinem Kopf wurde übermächtig. Er hielt es nicht mehr aus. Musste unbedingt an die frische Luft. Es war schon zu lange her. *Eve* war schon zu lange her. Er würde es sich selbst besorgen.

Mac drehte sich abrupt um und stand direkt vor Lana Everett.

»Vögelst du sie?«

Er zuckte zusammen. *So oft ich kann,* wollte er sagen und damit sein Kopfkino synchronisieren, aber natürlich hielt er sich zurück. Lana hatte keinen Input verdient. »Wir sind Geschäftspartner.«

»Aha.« Sie glaubte ihm kein Wort. »Und, hast du es ihr schon gesagt?« Sie sah ihn lauernd an, ein vollkommen anderes Lauern als das, was auf Eves Gesicht lag, wenn sie sich mit ihm Wortgefechte lieferte.

Lana war wie eine Viper im Gras – gut getarnt, immer bereit, zuzubeißen und bösartig Gift zu verspritzen, bis das Opfer paralysiert war.

Mac straffte sich unwillkürlich.

»Lana«, sagte er, und die weichen Vokale ihres Namens klangen bei ihm wie Eisregen während eines Orkantiefs, »ich warne dich.«

Sie besaß die Frechheit, ihre Hand auf seine Brust zu legen. Er hatte Mühe, nicht zurückzuweichen und hoffte, dass sich sein Gesicht nicht vor Abscheu verzog.

Sie lächelte süffisant. »Keine Angst, mein Lieber. Ich werde es ihr nicht verraten. Aber lass mich dich warnen: Eve Jackson ist nicht auf den Kopf gefallen. Sie wird das alles in Nullkommanichts herausfinden, und wenn das passiert, stehst du hier in Cooper zum zweiten Mal vor den Trümmern deines Lebens.« Ihre Hand mit den langen Nägeln glitt an seinem Hals aufwärts und legte sich um seine Wange, eine zärtliche Berührung, die von ferne betrachtet sicher sehr intim aussah. Mac empfand Groll, Ekel, Hass. Für eine kurze hellsichtige Sekunde fragte er sich, ob Lana auf sie stand. Er hatte einiges über Lana gehört, aber das war keine Fantasie, die er näher beleuchten wollte. Ihm drehte sich eher der Magen um.

Ein Gutes hatte Lanas Übergriff allerdings: Seine Erektion war Geschichte.

Weil Eve dank seiner Anwesenheit so seltsam ferngesteuert war und immer wusste, wo er sich gerade befand, sah sie ihn mit Lana. Sie standen dicht beieinander und steckten die Köpfe zusammen. Jetzt berührte sie ihn auf eine Weise, die nur gut miteinander vertrauten Menschen vorbehalten war. Sie strich mit der Hand über seinen Nacken und warf dabei verstohlene Blicke in die Gegend, überprüfte, wer zusah, und traf prompt auf Eves Blick.

Sie steckte ihren Claim ab.

Eve betrachtete Lanas Gesicht, das bereits wieder lächelnd nach oben gerichtet war, hin zu ihm. Sie konnte seinen Gesichtsausdruck nicht erkennen, weil sie ihn im Halbprofil sah.

Natürlich war sie nicht so dumm, anzunehmen, dass es in seinem Leben keine Frauen gab. Aber *Lana*? Schnell wandte sie die Augen ab und setzte sich, ohne es recht zu wollen, in seine Richtung in Bewegung.

Sie wurde aufgehalten von jemandem, der sie mit Komplimenten überhäufte, und als sie das nächste Mal hinsah, war Mac verschwunden. Sie blickte sich nach ihm um, und aus dem Augenwinkel bemerkte sie Amys weiße Schwanzspitze, die hinter Mac durch die Tür nach draußen huschte.

Lana gesellte sich freundlich lächelnd zu ihr und ging direkt zum Angriff über. »Befürchten Sie wegen des Hundes keine Probleme mit den Behörden?«

Eve sah sie erstaunt an. Sie hatte der Journalistin von Macs Idee mit der Challenge erzählt und hegte die Hoffnung, Lana vor ihren Karren spannen zu können. Lana hatte prompt Interesse signalisiert und ein schnelles Konzept entworfen, wie man den Leuten diesen internen Wettbewerb schmackhaft machen konnte. Noch vor fünfzehn Minuten hatten sie kichernd wie Teenager über die geschickteste Instagram-Strategie debattiert. Lana schien ausgesprochen launenhaft zu sein.

»Wieso glauben Sie das? Weil er anderswo ein Listenhund ist?« In manchen Staaten durften bestimmte Hunderassen nicht gehalten werden, und öffentliche Orte waren absolut tabu.

»Weil er ein Listenhund ist und weil hier Lebensmittel verarbeitet und verzehrt werden?« Lanas Stimme hob sich.

Eve lächelte. »Dies ist ein hundefreundliches Lokal«, sagte sie und bemühte sich um einen lockeren Tonfall. Sie hatte eine entsprechende behördliche Erlaubnis, und Amy hatte in der Küche bekanntlich nichts zu suchen, aber das musste sie der anderen ja nicht auf die Nase binden.

Soweit es Eve betraf, war ihre vertrauensvolle Beziehung im Begriff, durch das Geturtel mit Mac ernsthaften Schaden zu nehmen. Die Warnung hatte Eve verstanden: Sie war ja nicht blöd.

Gegen acht Uhr abends leerte sich das Café. Eve räumte mit Mo, der Küchenhilfe und den Servicekräften alles picobello auf, damit sie morgen früh reibungslos von vorn beginnen konnten.

Schließlich saßen sie zu fünft um den Personaltisch in der Küche und stießen mit Prosecco auf den erfolgreichen Start an. Die Mädchen gingen als erste, dann Inga, die in der Nachbarschaft wohnte und bald die gute Seele der Küche werden würde, und am Ende saß Eve mit Mo allein auf der lederbezogenen Eckbank.

»Wenn ich noch einmal diese verdammte Treppe hinauf- oder hinuntergehen muss, schreie ich«, sagte Eve und zog seufzend die Beine auf die Bank, um ihre malträtierten Zehen zu massieren. Die hohen Pumps hatte sie schon längst unter den Tisch gekickt.

Mo holte eine Flasche französischen Rotwein für besondere Gelegenheiten und überreichte Eve als Geschenk ein Armband mit einem Amulett. Er war zutiefst abergläubisch und hatte ein enzyklopädisches Expertenwissen über Schutzheilige. Das Schmuckstück, das er ihr ums Handgelenk legte, zeigte in einer hübschen, silbergerahmten Prägearbeit den heiligen Laurentius, den Schutzpatron der Köche und Bäcker.

Sie dankte ihm strahlend. »Glaubst du, wir werden Erfolg haben?«

Er legte seine Hände über ihre und nickte. »*Bien sur*, meine Liebe, das glaube ich.«

Um zehn, als sich die Tür hinter Mo schloss, hatte Eve einen veritablen Schwips.

Sie war völlig ausgeknockt, und Müdigkeit und Euphorie hielten sich die Waage. Die vielen Stimmen plapperten in ihrem Kopf weiter und wurden zu einem stetigen Summen, und trotz ihrer Erschöpfung vibrierte sie vor Energie.

Sie sah durch das Türglas hinüber zu Macs Wohnung. Mehrere kleine Lampen entlang der Sprossenfenster erleuchteten das Obergeschoss. Plötzlich wollte sie ihn, unbedingt. Sie zögerte und wog kurz ab, unsicher, ob sie sich traute. Durfte man das?

Ach was, klar durfte sie! Sie hatte die Neueröffnung mit Bravour bewältigt. Mehr noch: Sie hatte den ersten Tag seiner verrückten Challenge geschafft, und die Anzahl ihrer Instagram-Likes ging durch die Decke. Das musste er erst mal toppen, und sie freute sich darauf, ihn damit herauszufordern. Eine weitere geniale Idee bahnte sich durch den angenehmen Rotwein-Nebel: Sie würde eine Tabelle anlegen, gleich morgen, für ihre Likes und seine Likes, zwei Spalten, vierundzwanzig Zeilen auf einer Tafel, und ihre Zahlen würde seine *so was von* überflügeln!

Und abgesehen davon war ihr Hund noch bei ihm.

Drei Minuten später war sie auf dem Weg zu Mac.

»Na, Zuckerfee?«, sagte er, kaum dass die Tür offen war. »Ist dir nach all dem süßen Zeug endlich nach etwas Gehaltvollerem?«

Sie sah ihn an, high von einem unglaublichen Tag und wagemutiger als sonst. »Etwas Pikantes wäre tatsächlich toll«, murmelte sie. Das schwarze Hemd trug er jetzt offen, und darunter war ein blütenweißes T-Shirt. Darauf legte sie ihre Handfläche. Hitze sickerte in ihre Haut. »Oder besser gleich etwas richtig Scharfes. Kriegst du das hin?«

Mac merkte sofort, was mit ihr los war, packte ihre Finger und zog Eve ins Haus.

Kapitel 18

»Du hast zu viel getrunken, Süße.«

»Kommt nur von der Feier«, murmelte sie und brachte ihre wundervollen Lippen in die Nähe seines Mundes, »ist nur Mos Schuld.«

Mo. Schon wieder dieser Kerl.

»Er hatte ganz köstlichen Rotwein, und das hier hat er mir geschenkt.« Sie hob ihren Arm und klimperte mit dem Armband vor seinem Gesicht herum. »Soll mich beschützen. Er ist mein Held.«

Mo? Das durfte ja nicht wahr sein. Mac verstärkte den Griff um ihre Taille. »Er hilft dir wohl sehr, hm?«

»Ich liebe ihn«, erklärte Eve ernsthaft, lehnte sich an Mac und schlang ihm die Arme um den Hals. Das seidene Hemd rutschte über ihre Schultern, und am oberen Rand der Corsage drängte sich ihr Busen nach oben.

Frauen. Es waren die Frauen, die die Kriege auslösten und den Ärger machten und die Kerle zugrunde richteten, mit ihren Titten und der weichen Haut und dem, was sie zwischen den Beinen hatten. *Frauen.* Und diese hier provozierte ihn ganz bewusst.

Mac wurde heiß.

Trotzdem schob er sie von sich. »Du bist betrunken, Eve. Mächtig betrunken. Viel mehr als nach dem Portwein.«

»Und du nüchtern«, murmelte Eve und lehnte sich gegen ihn, so dass ihr Busen an seine Brust drückte, »und das bedeutet, dass ich dir gegenüber klar im Nachteil bin.«

Er sah auf sie herab, in ihre glänzenden, geweiteten Pupillen, und sie sah zu ihm auf mit einem Augenaufschlag, den sie in nüchternem Zustand wahrscheinlich gar nicht zustande bringen würde. Niemand würde das.

»Ich bin nicht nüchtern«, flüsterte er, mit den Lippen an ihrer Schläfe, »im Gegenteil, ich bin high. Ich bin sowas von high, das glaubst du gar nicht.« Berauscht war er, von ihr.

»Oh? Aber ich mehr. Kannst du das in Ordnung bringen?«, flüsterte sie zurück, konspirativ, und sie reckte sich, damit ihre Lippen über sein Kinn wandern konnten, den Knochen hinauf zu seinem Ohr und weiter in Richtung Schläfe.

Er wusste nicht, ob er lachen oder sauer werden sollte.

Ihre Hände legten sich um sein Gesicht. Sie strich mit den Fingerspitzen über seine Mundwinkel, dann über den schnurgeraden Nasenrücken. Ihre Hände dufteten nach Zitronenhandcreme. *Es sind die Gerüche*, sinnierte er, während er auf ihr Gesicht hinuntersah, das einen verträumten Ausdruck trug. Mit Georgina verband er für alle Zeiten den satten Duft von Flieder, der ihm ein Gefühl von Vertrautheit und Zuhausesein vermittelt hatte. Bei Eve duftete alles nach Zitrusfrüchten, mit Aromen von Zitrone, Limette, Orange, und einer feinen Note von herber Bergamotte.

»Garantiert«, erwiderte er in völlig normalem Tonfall.

»Ah«, machte Eve und nickte verständig, »du bist ja Infanterist, nicht? Dann kannst du einfach alles. Du bist wie Superman.« Ihre Hand legte sich um seinen Nacken und zog seinen Kopf zu sich herab. Bevor ihre Lippen ihn völlig wahnsinnig machen würden, packte er Eves Schultern und schob sie von sich. Er war nicht nur bloß ein Mensch, er war vor allem nur ein Mann, und als solcher hatte seine Beherrschung Grenzen, und die waren jetzt erreicht. »Komm, ich bringe dich nach Hause.«

Eves Finger spielten um sein Ohr herum und streiften eine Nervenbahn, die in direkter Linie zu seinem Schwanz zu führen schien. »Du bist ein schlechter Lügner«, flüsterte sie.

Hast du eine Ahnung, Baby, dachte er. Obwohl, er log ja eigentlich nicht. Er sagte bloß nicht alles, was er wusste.

Sie lehnte sich in seinem Arm zurück, so dass ihr Rücken sich ins Hohlkreuz wölbte und die Corsage schwoll. Sie stieß gegen ihn und rieb ihr Becken an seinem. Durch die Kleidung fühlte er ihre Körperwärme. Er erwiderte den Druck. Seine Abwehr bröckelte bedrohlich. Gentlemanlike war das nicht.

Sie hatte seine beginnende Erektion ertastet und lächelte verzückt. Ihr Begehren hatte etwas Tapsiges und Teeniehaftes und war ausgesprochen reizend, fand er, sowas durfte man nicht ausnutzen, es wäre nicht fair. Sein Körper war völlig anderer Meinung, und nach ein paar weiteren trägen, tastenden Sekunden schlug die Sache um. Ihre Bewegungen wurden zielgerichteter.

Sie spiegelte unbewusst seine Bewegungen, bemerkte er, und lächelte in sich hinein. Sie war betört von ihrem Erfolg und hatte zu viel Alkohol intus. Sie war erwachsen, schön und sexy, und sie wollte mit ihm ins Bett. *Zum Teufel, natürlich würde er das ausnutzen!* Er legte die Hände auf den Streifen Haut über ihrer Brust.

In Eves Körper kehrte die Spannung zurück. Und das, was sie jetzt begann, hatte mit einem Mangel an sexueller Erfahrung nicht mehr das Geringste gemein. Nicht, dass Mac ihr einen solchen Mangel unterstellte – schließlich war er schon hinreichend in den Genuss ihrer Talente gekommen. Er schob seine lächerliche, unnötige Ritterlichkeit beiseite und war begierig auf die Performance.

Sie rieb ihre Handfläche über seine Jeans. Die Knopfleiste drückte sich fast schmerzhaft auf seinen erwachenden Schaft, und er zuckte ein bisschen zurück. Eve ergriff mit beiden Händen seinen Hosenbund und zog ihn zu sich heran. Augenblicke später war der Gürtel offen, und mit überraschend geschickten Fingern nahm sie sich der Knöpfe an.

Mit ihrer Koordination war offenbar alles in Ordnung.

Sie war hektisch, fast grob, und sie kicherte mit den Lippen auf seiner Haut. Sie stieß gegen seine Erektion und murmelte etwas an seinem Mund, das er nicht verstand.

Er wog ab und überschlug kurz all die fantastischen, verlockenden Möglichkeiten, die in diesem über alle Maßen erregenden Ungestüm lagen. Er könnte alles mit ihr tun, und er wusste nicht, wo er anfangen sollte. Ein *all you can eat d*er Lust, und er gedachte, jede einzelne Delikatesse zu genießen.

»Warte«, versuchte er es noch ein letztes Mal und fing ihre Hände ein. »Nicht so schnell. Meine Körperkerntemperatur ist schon um fünfzig Grad gestiegen.«

Ihr Lächeln war sexy und die pure Herausforderung. »Oh? Wie misst man die am besten?« Eves Stimme klang dunkel und aufregend und nicht mehr die Spur verwaschen.

Ach, was sollte es. »Oral«, sagte Mac.

Nachdem sie sich von der süßen Verführerin in eine zielstrebige Sirene verwandelt hatte und der erste Zwischenstopp bereits an der Treppe endete, ging alles ganz schnell.

Eine Spur aus Kleidungsstücken zog sich die Stufen hinauf und quer durch den großen Raum bis zu Macs Bett, einer mit dunkelblauer, glattgewebter Baumwolle bezogenen Kingsize-Spielwiese mit hohem, hölzernen Kopfteil. An dieses Kopfteil dirigierte Mac ihre Hände, bis sie vor ihm kniete und ihm den Rücken zuwandte. Schwer atmend strich er mit der Nase an ihrem Nacken entlang, den sie elegant streckte (eine Bewegung, die sie mit köstlichen kleinen Seufzern untermalte), arbeitete sich sorgsam zum Schlüsselbein vor und ließ seine Zunge in der kleinen Kuhle an ihrem Hals versinken. An ihrer Kehle spürte er den rasenden Puls. Sie trug noch ihre Corsage und das Höschen, und er strich mit einer Hand über die Schnürung im Rücken. Ausnehmend sexy sah das aus, aber er wollte sie nackt.

Später.

Er fuhr mit der Hand abwärts, übte dabei sanften Druck aus, glitt über ihren Po und legte die Finger in ihren Schritt. Sie spreizte unwillkürlich die Beine, wölbte sich seiner Berührung entgegen, und durch den Slip spürte er ihre köstliche Nässe. Mac zog den Stoff beiseite und kniete sich hinter sie. Die Art, wie sie den Rücken durchbog und ihren Hintern nach oben streckte, machte ihn völlig wahnsinnig.

Er packte ihre Hüften, strich mit den Daumen über ihre Beckenknochen und beugte sich vor, um eine Spur von Küssen von ihrem Rückgrat abwärts zu ziehen. Sie bewegte sich unruhig, behielt aber die unbequeme Stellung bei, und er fragte sich, ob sie die Wehrlosigkeit ihrer Position genoss.

Er nahm das Bild in sich auf. Wenn er das nächste Mal allein in irgendeinem Zelt schlafen musste, würde er sich daran erinnern. Aber jetzt sollte sie an seinen Fingern kommen. Er senkte den Kopf und hielt sie fest, bis ein konvulsivisches Zittern sie durchlief, sie den Kopf in den Nacken warf und seinen Namen flüsterte, stöhnte, rief. Er glaubte, aus ihrem Gemurmel schmutzige Wörter herauszuhören, und war begierig, mehr davon zu erfahren. »Sprich lauter«, murmelte er. Er richtete sich auf und entdeckte, dass ihre Fingerknöchel weiß waren, so fest hatte sie die Hände um das Betthaupt gekrampft. Dann sah sie ihn über die Schulter an. Ihr Blick war verhangen, verschleiert.

Er atmete scharf ein. *Das war's*, dachte er, Schluss jetzt mit dem Geplänkel.

Sein Schwanz war hart wie Eisen und pochte vor Verlangen. Das wäre mal was, das man auf dem Instagram-Feed unters Volk bringen sollte: eine Tabelle über Härtegrade. Eve vor sich zu haben, bedeutete *stahlhart*. Er stieß in ihr weiches, warmes Inneres und stöhnte vor Befriedigung, als er sich vor- und zurückbewegte und spürte, wie sie sich seinen Bewegungen anpasste, sich mit ihm bewegte, jedem seiner Stöße folgte und die Hüften hob, wie sie kraftvoller und schneller wurden, bis er hörte, wie die Worte, nach denen er sich den ganzen Abend lang gesehnt hatte, aus ihrem Mund taumelten: *mehr, härter, tiefer, schneller*. Als sie wimmerte, kam er, so überraschend und so gewaltig, dass ihm die Luft wegblieb und sich sein Schrei mit ihrem vereinigte.

»Sag mir, was du willst«, wisperte sie Minuten später, eine himmlische Zeitspanne, die er in einer exquisiten Leere verbrachte, mit ihren Lippen an seiner Schulter. Ihre Brustwarzen waren jetzt wie Rosenknospen, und feine Schweißtropfen rannen von ihrer Schläfe auf seine Haut.

Er küsste sie weg und labte sich an dem salzigen Geschmack.

»Unwichtig.« Er hatte schon fast alles bekommen, was er sich jemals hätte ersehnen können. »Wo hast du das gelernt?«, fragte er, wobei er in langen, zärtlichen Bahnen über ihren Rücken strich.

»Ich bin eine erwachsene Frau«, murmelte sie, »ich habe ein paar Erfahrungen.«

Er war erschüttert über die Woge der Eifersucht, die über ihn hinweg toste, aber seine Hand stockte nicht. Es war absoluter Blödsinn, auf ihre Erfahrungen eifersüchtig zu sein, insbesondere, wenn sie ihm zugutekamen. Und wenn die Erlangung dieser Expertise eindeutig in der Vergangenheit lag. Aber: Erfahrungen! *Himmel.* Schon, aber doch nicht solche!

»Was willst du denn?«, flüsterte er zurück.

»Dass diese Nacht niemals zu Ende geht. Dass das hier nicht aufhört.«

Er strich ihr das feuchte Haar aus dem Gesicht, aber sie wollte nicht, dass er sanft war. Er sollte heftig sein und leidenschaftlich, ungezügelt und unersättlich. Er sollte sich ihr unauslöschlich einprägen. Das hier war unglaublich, und sie konnte es nicht vorbeiziehen lassen. Ihn nicht gehen lassen.

»Sei nicht sanft«, sagte sie und in ihrer Stimme vibrierte etwas, das ihn fast explodieren ließ.

»Manchmal muss es sanft sein, sonst hält man nicht lange durch.«

Sie befreite sich aus seinem Arm, setzte sich auf und wandte ihm den Rücken zu. »Zieh mich aus«, sagte sie.

Er löste die Schleife und zog die Schnüre des Mieders auseinander. »Kleidungsstücke wie dieses sind bestimmt waffenscheinpflichtig«, murmelte er. Die Kunststoffstäbchen der Corsage hatten Abdrücke auf ihrer Haut hinterlassen, und er zeichnete die Spuren mit seinem Mund nach.

Sie kicherte. »Nein, du. Du bist so scharf. Du bräuchtest für dich selbst einen Waffenschein.« Sie legte das Bein über seinen Oberschenkel und strich mit den Fingerspitzen über seine Leiste. Er bewunderte den Schwung ihrer Wade und fuhr die Vertiefung der Sehnen mit zwei Fingern nach.

Er war zärtlich, und manchmal hatte sie sogar den Eindruck, als sei er verletzlich, und das war schlecht, denn es weckte in ihr den Wunsch, ihn behalten zu wollen. Und das wiederum war eine sichere Bank für Kummer, das wusste sie sogar, obwohl sie benebelt war vom Alkohol und der Reizüberflutung.

Sie wandte sich ihm zu, lächelte und strich durch sein Haar. Das war so ziemlich die unsexieste Berührung, die er sich in diesem Moment vorstellen konnte – sie hatte etwas Kameradschaftliches. Und Kameradschaft war das letzte, wonach ihm der Sinn stand. Wahrscheinlich las sie es in seinen Augen, denn sie stieß ihn gegen die Schulter, und er ließ sich nach hinten fallen und umfasste ihre Hüften. Er zog sie, hob sie, bis sie genau da war, wo er sie haben wollte, und aus dem sanften, süßen Geflüster an seinem Ohr wurde etwas anderes, etwas mit deutlich klareren Worten, die ihn große Augen machen ließen und seinen Schwanz um einiges härter machte, als er in dieser dritten Runde für möglich gehalten hätte. Er legte die Hand um ihre volle Brust, beugte sich vor und nahm die andere in den Mund, saugte an der Spitze, und als er die Finger zwischen ihre Körper schob und sie rieb, sie vorwärts trieb, stützte sie sich mit einem Arm hinter ihrem Körper ab und krallte sich in die Matratze, weil sie sonst vor Lust und Verzückung ohnmächtig geworden wäre. »Magst du das?«, flüsterte sie hinterher, als sie an seiner schweißnassen Brust lag und immer noch kleine Zuckungen durch ihren Leib liefen, weil ihre Synapsen immer noch unaufhörlich feuerten.

»So geritten werden?« Er lachte leise und schaffte es, ein bisschen verlegen zu klingen. »Mein absoluter Favorit. Also, neben der Sache von vorhin. Und der davor im Flur.« Er senkte den Kopf, um ihr ins Gesicht zu sehen, und zwinkerte. Dann küsste er sie, und sie schlang die Arme um ihn, weil sie sich festhalten musste. Und weil sie ihn nicht mehr loslassen wollte.

Natürlich war er zwischendurch sanft. So sanft, dass ihr die Kehle eng wurde. Aber er war auch alles, was sie wollte, und als sie atemlos zugestimmt hatte, zeigte er ihr, wie es war, wenn er sich nicht mehr zurückhielt.

Irgendwann waren ihrer beider Kräfte tatsächlich erschöpft. Ausgetobt und wund kuschelte sich Eve an seine Seite.»Das war schön mit dir«, sagte sie und lehnte sich vertrauensvoll an ihn. Sie musterte ihre Brandverletzung und war froh, dass die Beleuchtung in diesem Teil seiner Wohnung so zurückhaltend war, aber er bemerkte es trotzdem.

Er griff nach ihrem Arm, drehte ihn ins Licht und machte warnend *»mh-mh-mh«*, als sie Anstalten machte, ihn ihm reflexartig zu entziehen. »Okay, Rodeoqueen«, sagte er und grinste auf eine sehr unanständige Weise, als er sah, wie ihre

Wangen sich färbten. »Da muss was unternommen werden.«

Er stand auf, was ihr ein seltsames Gefühl des Entzugs vermittelte, und kehrte kurz darauf mit Brandsalbe und Heftpflaster zurück. »Das hättest du mir sagen müssen«, tadelte er, während sie ihm stumm bei der Versorgung der Wunde zusah und ihr Blick sich an seinem gesenkten Kopf festsaugte. Er sah auf, um zu überprüfen, ob sie okay war, und ohne nachzudenken fuhr sie mit der freien Hand über sein Jochbein. Das Hämatom um sein rechtes Auge war nur noch zu erahnen.

Er beendete seine Arbeit. »Du musst mir noch erzählen, wo das blaue Auge herkommt«, sagte sie. »Prügelt man sich gern in deiner Einheit, oder handelt es sich um das Resultat einer dieser typischen Kneipenschlägereien unter harten Kerlen?«

Er packte das Pflaster weg. »Du hast eine merkwürdige Fantasie«, brummte er, legte sich wieder neben sie und drapierte die Bettdecke um sie herum. »Weder das eine noch das andere.«

Sie stützte ihr Kinn auf seine Schulter und sah ihn neugierig an. »Interessant. Dann gibt es also noch einen geheimnisvolleren Grund für deinen maroden körperlichen Zustand?«

Er kniff sie in den Po und lachte über ihr erschrockenes Quietschen. »Ich glaube nicht, dass der Zustand meines Körpers marode ist. Oder hattest du in den letzten Stunden diesen Eindruck?«

Sie legte den Kopf schief und wurde ernst. Ihre Hand glitt vorsichtig über seinen Rippenbogen. »Erzählst du mir, was passiert ist?«

Wahrscheinlich vorsorglich, weil sie sah, wie sich sein Gesicht verschloss, schob sie eine Neckerei hinterher: »Oder musst du mich dann aufgrund deiner sensationellen Geheimhaltungsstufe erschießen?«

Auf diesen Ton konnte er sich einlassen. »Nicht, so lange du mir zu Willen bist.« Doch in den Winkeln seiner Gedanken wusste Mac, dass er langsam anfangen sollte, diesen Berg an Unwahrheiten und Unvollständigkeiten aufzuarbeiten, sonst würde er ihm mit Karacho ins Genick krachen und das, was zwischen ihnen aufkeimte, für immer zerstören.

Sie setzte sich auf, angelte nach der Wasserflasche neben dem Bett und trank einen großen Schluck. Sie sah Mac tief in die Augen und reichte ihm die Flasche weiter, ließ sie aber nicht los. »Ich werde nichts davon gegen dich verwenden, auch wenn ich eine klasse Ermittlerin bin, das schwöre ich. Außerdem habe ich mindestens zwei Promille im Blut und morgen garantiert alles vergessen.«

»Das hoffe ich nicht«, sagte er, nahm ihr die Flasche aus der Hand und seufzte übertrieben. »Also, Letzteres.«

Doch, er hätte sich gern mit ihr über ihre journalistische Arbeit unterhalten, zumal ihm plötzlich wieder in den Sinn kam, dass er mit einer Frau im Bett war, über die er so gut wie nichts wusste.

Ihn durchfuhr ein scharfer Pfeil der Angst. Sie würde es wirklich herausfinden. Dazu brauchte sie sich nicht mal anstrengen. Wenn sie aufmerksam die Zeitung gelesen hatte, wusste sie, wer er war. Lana hatte recht. Es wäre besser, er käme dem zuvor. »Es ist schon spät«, sagte er und schob Eve in seinem Arm zurecht, »willst du das wirklich noch hören?«

»Und ob«, sagte Eve und schmiegte sich an ihn.

Mac begann, weiträumig seine Story mit dem blauen Auge zu erzählen. Nach einem optimistischen Start verlor er sich auf den verschlungen Wegen einer Geschichte, wie er sich in die Schlägerei warf und warum es dazu gekommen war, und stellte mittendrin fest, dass es eine Grenze gab, die er noch nicht überschreiten konnte.

Er wusste: Eve erkannte an seiner Wortwahl und der Art, wie er fantasievolle Einzelheiten einfließen ließ, dass er sich vom Kern der Begebenheit entfernte. Sie nahm vermutlich an, es habe mit mangelndem Vertrauen zu tun, und würde sich entsprechend zurückhalten. »So, nun weißt du Bescheid«, schloss er.

Kurz vorm Wegdriften dachte Eve, dass sie nicht mal fünf Prozent von dem kannte, was ihn ausmachte. Das machte sie traurig. Sie kuschelte sich an seinem wundervollen, erregenden Körper zurecht und war dankbar für die Müdigkeit, die sie übermannte und mitnahm in den dringend benötigten Schlaf.

Mac lag trotz seiner umfassenden Erschöpfung noch eine Weile wach, wach an ihrer Seite, und beobachtete, wie ihre Brust sich gleichmäßig hob und senkte, wie ihr Mund sich im Schlaf leicht öffnete und die feine Brise ihres Atems eine Locke ihres Haares bewegte, die sich an ihre Wange schmiegte. Die Zeit mit ihr war ein Privileg, ein Geschenk, von dem er nicht genau wusste, ob es ihm zustand. Und ob er es behalten durfte.

Er dachte an ihren Blick, wie offen er war und verletzlich. Er würde alles erklären und ihr alles sagen, was er wusste. Und auch das, was er im Moment nicht wusste – noch war er auf der Suche nach irgendeinem Anhaltspunkt; doch dann würde sich alles klären und sie konnten unbelastet von vorne anfangen. So viele Beziehungen begannen so; es war alles genau so, wie man als Paar eben anfing, wenn man die Hoffnung hatte, dass es gut wird und sich alles richtig anfühlte.

Als ob er davon eine Ahnung hätte. Das Ding war: Er war noch nie verliebt gewesen. Bisher war alles oberflächlich gewesen, okay, abgesehen von der Sache mit Kelly. Mac wollte nichts Oberflächliches mehr, nicht, nachdem er Eve kennengelernt hatte. Doch diese Geschichte hier hatte ein Verfallsdatum: Alles, was sie hatten, würde an dem Tag in Fetzen fliegen, an dem sie es erfuhr, und diesen Zeitpunkt wollte er aufschieben.

Er hatte ohne Zögern getötet, wenn es um sein Land ging. Hatte unzählige Orden und war ein anerkannter Experte in militärischen Dingen, von denen keiner der Menschen in Cooper auch nur die geringste Vorstellung hatte. Er hatte mit seiner Einheit durch geschickte Intervention politische Stürme in einen sanften Lufthauch verwandelt und Konflikte verhindert, die zu weitaus Schlimmerem hätten führen können.

Aber er schaffte es nicht, Eve zu sagen, dass er wahrscheinlich schuld am Tod von fünf Menschen war, weil er sich hatte ablenken lassen.

Kapitel 19

Eve wachte mit einem Brummschädel auf. Sie war allein in dem großen Bett, und es war halb acht. *Verdammt!* Viel zu spät. Beim Aufstehen wurde ihr schwindelig. *Na toll.*

Mit einer vorsichtigen Drehung ihres Kopfes sah sie sich um und entdeckte ihre Kleidung, die zusammengefaltet als ordentlicher Stapel neben dem Bett lag. Daneben befand sich ein Tablett mit einer Bloody Mary, verziert mit einem Basilikumzweig, und zwei Aspirin.

Samstag. Heute war ein ungerades Datum. Ob das sein erster Hinweis auf die Challenge war? Eve verzog das Gesicht und kippte den Drink, entgegen den Nöten ihres rebellierenden Magens. Im Café würde sie sich jedenfalls als Erstes einen doppelten Espresso genehmigen.

Gott, war ihr schlecht. Auf unsicheren Beinen stakste sie in Macs Bad. Wo war er bloß schon wieder hin, um diese Uhrzeit? Gleich darauf hielt sie sich die Stirn und war dankbar, dass sie ihm nicht unter die Augen treten musste. Sie sah vermutlich aus wie die Hölle.

Du meine Güte. Was für eine Nacht! Was hatte sie getan! Er würde es garantiert nicht versäumen, sie auf die Auswirkungen von Alkohol bei ihr hinzuweisen. Sie musste unbedingt einen klaren Kopf kriegen.

Das Bad war genauso sensationell wie der Rest der Wohnung. Seine Freundin, die Innenarchitektin, hatte ganze Arbeit geleistet.

Eve verzog das Gesicht und lugte vorsichtig in den Spiegel. Ihre Wangen waren gerötet und ihre Lippen geschwollen. Unter ihren Augen waren Ringe, und ihr Haar ... *du meine Güte*. Sie sah aus wie eine Schlampe. *Oh Gott!* Hoffentlich hatte er das Zimmer im Dunkeln verlassen.

Auf der gläsernen Ablage über dem Waschbecken entdeckte Eve eine elektrische Zahnbürste und ein Glasgefäß mit dem Aufkleber einer Apotheke aus Tacoma. Ein Schmerzmittel. Ob es gegen mörderisches Kopfweh half? Eve nahm es in die Hand, schraubte den Verschluss auf und sah hinein: halbleer.

Sie betrat Macs Dusche und hatte das tröstliche Gefühl, ihm nahe zu sein. Vertraut war es, intim, und gleichzeitig sexy. Sie fühlte sich geschmeichelt, dass er sie hier allein ließ.

Wie aufregend. Womöglich gab es in so einer Männerwohnung brisante Geheimnisse zu entdecken, aber er war anscheinend völlig sorglos. Wahrscheinlich ging er einfach nicht davon aus, dass sie anfing, seine Sachen zu durchwühlen. Sie schämte sich ein bisschen. Immerhin konnte sie wieder klarer denken.

Sie lief nackt und mit von der Dusche glühender Haut durch seine Wohnung und überlegte, ob er sich wohl vorstellte, dass sie das tat – wo immer er auch sein mochte.

Dann überlegte sie, ob *er* vielleicht auf diese Weise durch diese Räume spazierte – und falls ja, ob sie ihn vielleicht eines Tages von ihren Fenstern aus dabei beobachten konnte.

Eve streifte durch das Loft, sah sich um und berührte den einen oder anderen Gegenstand. In einem deckenhohen Bücherregal stand Tolstoi neben Shakespeare. *Keine Fotos.* In seinem Kleiderschrank, dessen Schiebetür sie zaghaft öffnete, herrschte die penible Ordnung des Berufssoldaten. In der Küche schienen alle Gegenstände unbenutzt zu sein.

Die Kopfschmerzen ließen nicht nach.

Sie fuhr mit der Hand über das massive Holz seines Bettes. Dieses geschwungene Kopfteil war dazu geschaffen, in späteren Fantasien über diese Nacht eine wichtige Rolle zu spielen: Die Art, wie er sich mit den Schultern dagegen lehnte, wie er sich mit den Händen daran festhielt, so dass sich die Muskeln und Sehnen seiner Arme vorwölbten und anspannten, während er unter ihr stöhnte, würde sie niemals vergessen. Sie lächelte versonnen. Es gab auch ein Fußteil, aber dem war in der vergangenen Nacht nicht die Bedeutung zugekommen, die es möglicherweise verdiente.

Eve umfasste die Kante und machte probeweise ein paar Stretching-Übungen daran.

Vielleicht beim nächsten Mal.

Als Eve das Café betrat, hatten Inga und Justine schon mit den Vorbereitungen für das Tagesgeschäft angefangen und begrüßten sie bestens gelaunt. Eve schämte sich angemessen und gab sich Mühe, keinen allzu furchtbaren Eindruck auf ihre neuen Angestellten zu machen.
Bei einem schnellen Kaffee schrieb sie Mac auf dem Handy:
Guten Morgen. Was denkst du jetzt von mir?

Die blauen Häkchen erschienen fast sofort.

Dass du eine verteufelt sexy, superheiße Braut bist, Zuckerfee. Sag mir, wie es dir geht.

Im Moment echt beschissen, schrieb sie zurück und hatte Spaß daran, mit ihm zu kommunizieren.

Mac: *Welche Region deines Körpers meinst du?*

Die nicht, antwortete sie.

Mac: *Dann ist dein Durchhaltevermögen noch besser, als ich dachte.*

Was sollte das jetzt wieder heißen? Dass er sie in dieser Hinsicht für gut im Training hielt, wollte sie auch nicht. Denn das traf überhaupt nicht zu.

Tatsache war, dass sie mit dieser Art männlichen Interesses nicht umgehen konnte. Hatte sie noch nie gekonnt. Schon auf der Highschool hatten ihre Freundinnen deshalb über sie gelacht. Eve war ein hoffnungsloser Fall: immun gegen Annäherungsversuche. Sie bekam es nicht mit, wenn jemand sich für sie interessierte. Sie war völlig aus der Übung. Sie flirtete nie.

Eve war nach ihrem eigenen Dafürhalten schlimmer als mancher Teenie: Sie machte entweder zu viel – oder zu wenig. Der Mangel an Deutungsfähigkeit war ihr schon zwei Mal zum Verhängnis geworden, und sie hatte nicht die Absicht, dem ein drittes Mal hinzuzufügen.

Von daher war es sinnvoll, sich mit Mac von vornherein auf eine sexuelle Komponente zu beschränken. Sobald er eingesehen hatte, dass sie das Café behalten würde,

verschwand er vermutlich wieder für mehrere Monate, um irgendwo die Welt zu retten. Er nahm das hier nicht so ernst, wie sie es tat. Und deshalb musste sie auch nicht mehr über ihn wissen.
Auch, wenn sie sich noch so sehr danach verzehrte. Auch, wenn sie in ihn verliebt war, so sehr, dass ihr das Herz überfloss und schmerzte, weil er jetzt nicht da war.

Eve trat vor die Tür, in einen wunderschönen, spätherbstlichen Morgen mit strahlend blauem Himmel, um die drei Stufen ihrer gerundeten Außentreppe zu dekorieren, und kniff schmerzerfüllt die Augen zu.

Amy gesellte sich zu ihr und ließ sich auf der obersten Stufe träge seufzend auf die Seite fallen. Eve lachte über ihn und zuckte sofort gepeinigt zusammen. Sie hoffte wirklich, dass die bestialischen Kopfschmerzen irgendwann wieder verschwinden würden, und ärgerte sich über sich selbst. *Große Güte:* Wie konnte man sich als erwachsene Frau – als Geschäftsfrau! – so benehmen! Sie erinnerte sich an Details und rekapitulierte ein paar Szenen. Offensichtlich war sie doch nicht betrunken genug gewesen! *Schamlos. Enthemmt.* Und wie sie sich an ihn rangeschmissen hatte! *Verdammt. Da fühlte man sich gleich viel besser.* Sie stöhnte entsetzt auf, und Amy warf ihr einen schrägen Blick zu. Trotzdem zuckte bei dem Gedanken an Macs erigiertes Glied in ihrer Hand ein glühender Blitz durch Eves Zwerchfell. Sie wünschte sich gnädiges Vergessen und hegte doch jeden Moment mit ihm wie einen Schatz in ihrem Herzen.

Gegen neun Uhr fand sie das Foto ihres verräterischen Klamottenstapels inklusive Kornblumencorsage und Laurentius-Anhänger neben dem hohen, gefällig dekorierten Glas mit der Bloody Mary auf dem *Zuckerfee*-Account bei Instagram.

Dieser verfluchte Mistkerl.
»Hast du sie eigentlich noch alle?«, schrieb sie über WhatsApp und widerstand nur sehr knapp der Versuchung, eine ganze Reihe wütender Emoticons anzufügen.

Mac: *Wenn die letzte Nacht ein Beispiel für die Wirkung ist, die Alkohol auf dich hat, halte ich die Bar sogar für eine* besonders *gute Idee.*

Musst du das jetzt thematisieren?, schrieb sie. *Es ist mir unangenehm, du schlecht erzogener Mensch.*
Bloß gut, dass er nicht da war. Koketterie war nicht ihr Ding. Sie war befangen. Mac war der heißeste Typ, den sie je gesehen hatte, und im Moment schämte sie sich ein bisschen.

Ping, nach einer Sekunde.
Meine Erziehung war tadellos. An deiner habe ich Zweifel. Und ja: *Du hast es verdient.*

Eves Finger flogen über das Display.
Ich habe mich dir in betrunkenen Zustand quasi an den Hals geworfen. Willst du mir das jetzt mein Leben lang vorhalten?

Ping.
Wenn ich die Gelegenheit dazu bekomme, sehr gern.

Sie runzelte verwirrt die Stirn.
Ich trinke nur zu besonderen Anlässen, schrieb sie zurück, *und die Bar kannst du dir aus dem Kopf schlagen, denn du wirst verlieren.*

Mac schrieb: *Abwarten.*

Die lapidare Antwort weckte Eves Missbilligung. Um die Mittagszeit, als im Café vorübergehend Ruhe eingekehrt war, ging sie los, um nachzusehen, was genau sich eigentlich in dieser Scheune abspielte. Aber vorher musste sie noch ihre Sonnenbrille suchen. Der helle Tag machte sie wahnsinnig. Sie zog die breite Tür zur Scheune sorgfältig hinter sich zu und atmete auf, weil das Sonnenlicht sie nicht länger quälte.
Vorsichtig sah sie sich um, und seltsamerweise hatte sie hier größere Bedenken als vorhin in seiner Wohnung.
Albern.

Es hatte sich einiges getan in diesem vormals mit allem möglichen Gerümpel zugestellten, angenehm temperierten Raum. Der Betonboden war blitzblank gefegt. Die Destille kam ihr umfangreicher vor als vor ein paar Tagen, sie glänzte, etwas rauschte, und irgendwo zischte leise ein Ventil. Entlang der

Backsteinwände gab es neuerdings Regale aus hellem Holz. Die Böden hatten Einbuchtungen: Flaschenregale.

Weiter hinten standen einige Fässer in unterschiedlichen Größen und Plastikboxen mit allerlei unidentifizierbaren Gerätschaften. Das Geheimnisvollste war ein hoher, zweitüriger Schrank. Eve rüttelte an den Griffen. *Verschlossen. Mist.*

Weil sie sonst nichts tun konnte, umrundete sie noch die breite, blankgescheuerte Werkbank, die sich ihrer Erinnerung nach schon ewig hier befand. Weiter gab es nichts zu entdecken. Eve verließ die Scheune. Sie fühlte sich unzufrieden, wie ein Kind, dass die Weihnachtsgeschenke in ihren Verstecken nicht hatte aufspüren können.

Mac konnte doch unmöglich eine Brennerei einrichten. Woher sollte er das Wissen und das Handwerk dazu haben? Sowas brauchte doch bestimmt jahrelange Expertise, bis etwas Vernünftiges dabei herauskam!

Dass sie ihn unterschätzt hatte, merkte Eve schon nach einer Woche. Mac spielte keineswegs nach irgendwelchen Regeln. Er bootete sie gnadenlos aus.

In den ersten Tagen war alles moderat. Der Cafébetrieb spielte sich ein, die Gäste kamen zahlreich. Eve buk an jedem Abend, der einem geraden Datum vorausging, einen fantastischen Kuchen, manchmal mit Mos Hilfe, manchmal ohne; jedes Mal ein aufwendiger, optischer und kulinarischer Hochgenuss und am folgenden Tag meist innerhalb einer Stunde in hübsch angerichteten Stücken verkauft.

Mac hatte diesen Stress nicht. Er kreierte einfach einen neuen Drink, fotografierte ihn mit seinem iPhone und veröffentlichte das Bild.

Doch er lief sich langsam warm. Bereits am *Veterans Day* postete er eine einfache Flasche Budweiser, indem er diese amerikanische Ikone in seiner gebräunten, sehnigen Hand hielt, den beschlagenen Flaschenboden auf die Knopfleiste

seiner Camouflage-Hose gestützt, einen glänzenden, nicht näher erkennbaren Orden am Hosenbund. Die Frauen flippten aus und belohnten das durch und durch männliche Foto mit hunderten von Herzchen.
Eves großartige Sahnetorte mit *Stars & Stripes*-Dekor vom Tag zuvor wirkte dagegen zugegebenermaßen ein bisschen öde.

Mac hatte alles genau im Blick.
Während Eve zum Abschluss der Herbstsaison frischen Apfelstrudel nach deutschem Rezept, komplett mit Schlagsahne und Vanillesauce, servierte, dachte Mac sich für einen der nächsten Tage ein Hoffest aus, briet Stockbrot am offenen Feuer, kredenzte Bratäpfel und – vor allem – eine Art Calvados. Den hatte er von einer der besten Brennereien des Staates Washington in einem hübschen Eichenholzfässchen erstanden und auf eigene Flaschen gezogen, wobei ihm ein bärtiger Typ half, derjenige, der mit seinem riesigen Pick-up alles zuparkte und eine Statur hatte wie ein Bär, aber filigrane Dinge mit seinen riesigen Händen zustande brachte. Jedenfalls sah es im Umgang mit den schlanken, zarten Glasflaschen so aus.

Am mildesten Novemberabend aller Zeiten spannten sich bei Einbruch der Dunkelheit, von den Ästen der Kastanie ausgehend, lange Lichterketten mit unzähligen LED-Lämpchen über den gesamten Hof. Der füllte sich bald mit Unmengen zahlender Gäste. Amy war begeistert und sprang als Maskottchen zwischen den Leuten herum, bis er auf Macs Füßen einschlief und die Nase zwischen den Pfoten barg.

Das entsprechende Foto bei Instagram zeigte am nächsten Morgen ihren Hund vor einem Himmel aus winzigen Lichtern. Neben den dicken Pfoten standen dekorativ eine Flasche Apfelschnaps und ein kurzes, breites Glas mit einem golden schimmernden Drink.
Die Zahl der anerkennenden Herzchen kletterte in schwindelnde Höhen, und die Kommentare überschlugen sich vor Dankesbezeugungen für den wunderbaren Abend. Außerdem waren jede Menge Komplimente für den Gastgeber dabei.
Und alle, alle liebten Amy.

Eve war angepisst und ignorierte Mac für den Rest des Tages, was dieser grinsend und mit lässigem Schulterzucken hinnahm.

»Mein Hund ist so einen Trubel nicht gewohnt«, informierte sie ihn missgelaunt, »es gefällt ihm nicht.«

»Klar, Frau Doktor Doolittle«, konterte er, »aber es gefällt ihm unfassbar gut.« Er streckte die Hand aus und zog spielerisch an ihrem Pferdeschwanz, und für einen winzigen Augenblick war die Wildheit wieder in seinen Augen. Ein Schauer durchlief sie, und sie dachte daran, wie lange sie ihn nach dieser Nacht noch gespürt hatte. Ein weiterer Schauer rieselte über ihren Rücken und machte ihr eine Gänsehaut.

Verdammt, sie konnte doch nicht in ihrem Laden stehen und daran denken, wie sich sein Ständer zwischen ihren Beinen angefühlt hatte! Obwohl sie im Moment wirklich nichts lieber tun würde. *Na ja, doch:* Die Sache wiederholen. »Du verhältst dich völlig unangemessen«, sagt sie und klang verschnupft.

Mac fing an zu lachen. »Ich? Ich verhalte mich unangemessen? Darf ich dich daran erinnern, dass ...«

Er sah sie eigenartig an, oder nicht? Blitzschnell fuhr sie ihm in die Parade. »Nein, darfst du nicht.«

Sie sah sich genötigt, eine Erklärung abzugeben. »Ich bin normalerweise eher reserviert.« Sie verschränkte die Arme. Dann kreuzte sie die Knie. Sicher war sicher.

In seinem Gesicht begann es erneut zu zucken. »Reserviert«, japste er, »*aha*. Was du nicht sagst.«

Er ließ sie stehen.

Sie machte sich verletzlich, und das war der Teil der Abmachung, der ihr so richtig gegen den Strich ging.

Eve buk nach dem Backbuch ihrer Mutter, baute in stundenlanger Kleinarbeit Torten und erschuf sich damit eine beachtliche Fangemeinde, die alles, was sie tat, virtuell bejubelte und aus Tacoma anreiste, um ihr Café zu besuchen. Das machte sie glücklich und brachte den nötigen Wind unter ihre Schwingen. Sie postete ein paar Backtricks, Küchengeheimnisse und einige Rezepte für Geschenke aus der Küche, nicht nur bei Instagram (das war neuerdings ein reines Challenge-Ding), sondern auch auf ihrer Homepage. Vielleicht sollte sie einen Newsletter machen? Sie verschob das auf später. Sie hatte zu wenig Zeit.

Mac stellte ein kurzes Video ins Internet, auf dem nichts weiter zu sehen war als seine Arme und Hände, die einen chromblitzenden Cocktailshaker hielten. Am unteren Rand des Fotos war der Bund seiner Jeans zu sehen. Der obere Knopf war offen.

Eve fand diese Art von Werbung etwas plump. Offenbar im Gegensatz zu den Legionen von Frauen (und Männern), die in hoher Frequenz das rote Herzchen unter dem Foto anklickten. Die Schwarzwälder Kirschtorte mit selbstgemachten Schokoladenspänen riss das Ruder kurzfristig zu Eves Gunsten herum, aber Mac legte mit einem ergreifend schlichten, superleckeren Kirsch-Banane-Mixgetränk *(ohne Alkohol, aber mit einem blöden Spruch an Eves Adresse unter dem Bild)* problemlos nach.

Eve betrachtete die Bilder jeweils von allen Seiten und versuchte, darin irgendeine versteckte Botschaft zu erkennen, irgendein Geheimnis, zum Beispiel das seines Erfolges. Wie konnte er mit so leichter Hand so sensationelle Posts schaffen? Die Gäste nahmen regen Anteil. Befeuert durch ein, zwei weitere kleine Zeitungsartikel und einem Radiospot, den Lana initiierte (wofür Eve ihr wirklich dankbar war), war die Challenge in aller Munde. Eins musste Eve Mac daher lassen: Im Hinblick auf Werbung konnte es nicht besser laufen. Und das auch noch kostenlos.

Es war zum Verzweifeln.

In der dritten Woche sah sie in der mittlerweile schon früh hereinbrechenden Abenddämmerung aus ihrem Bürofenster und entdeckte Mac, wie er einen gebrochenen Riegel am Haupttor reparierte. Er hatte eine Schweißermaske auf. Rote Funken stoben. Bei ihm war eine hübsche Frau mit blauschwarzem Pixie und einer Spiegelreflexkamera. So fand Eve heraus, dass Mac eine Grafikdesignerin zu seinen Freunden zählte, die ihm instagramtechnisch ein wenig auf die Sprünge half. Offenbar hatte er viele Freundinnen in allen möglichen Jobs, die ihm jeden nur denkbaren Gefallen erwiesen. Wenn sie noch einmal einen derartigen Satz von ihm hörte, würde sie komplett ausrasten, sich einfach auf den

Boden schmeißen und wie ein bockiges Kind mit den Fäusten auf die Dielen trommeln.

Und das mit den geraden Tagen war eine schlechte Wahl gewesen. Sie hätte ihn anfangen lassen sollen. So, wie es jetzt lief, schien er ihr immer den entscheidenden Schritt voraus zu sein.

Sie warf ihm mangelnde Fairness vor und ließ dabei völlig außer Acht, dass sie ja Mo hatte, der ihr mit den grandiosen Tortenkreationen half.

»Das ist ein Wettbewerb«, belehrte er sie, »das darfst du nicht unterschätzen. Du musst dir schon was einfallen lassen.« In seiner Stimme lag ein frecher, unverschämter Unterton, der sie zusätzlich aufbrachte.

Sie unterstellte ihm unlautere Mittel. »Ach, so wie du? Waschbrettbauchfotos und eindeutige Anspielungen?«

»Ziemlich geil, oder? Überleg dir das noch mal mit dem *table dancing*.«

Er machte sich über sie lustig. »Spinnst du? Kommt nicht in Frage! Ich stehe jeden Tag bis Mitternacht in der Küche!«

»Ja«, sagte Mac und sah ein bisschen bekümmert aus, »das ist das Problem. Bestrafst du meine großartigen Ideen eigentlich mit Sexentzug?«

Es klang scherzhaft. Und er machte keine Anstalten, etwas daran zu ändern.

Aus der Reparatur am Tor wurde ein Aufsehen erregendes Foto von Mac mit Schweißermaske, Halbprofil im sprühenden Funkenregen. Die Designerfreundin photoshoppte den Link für einen Cocktail mit dem Namen *»Hot Stuff«* in das Bild.

Eve vermisste Mac. Sehr. Und redete sich ein, sich zu heftig über ihn zu ärgern, um ihn sehen zu wollen. Was kam als Nächstes? Ein Kalender? Ihr wurde ganz heiß bei dem Gedanken, dass das weibliche Publikum ihn zum Gegenstand eindeutiger Fantasien machte. Sie wollte nicht, dass jemand ihn so ansah.

Bei nächstbester Gelegenheit hielt sie es ihm vor. »Drinks mit wenig einfallslosen Namen? Musst du mein Café eigentlich zu einer Sex-Location degradieren?«

Er zog, so wie sie es erwartet hatte, die Brauen nach oben. »Aber Eve. Ich war immer voll bekleidet und hab gar nichts gemacht. Im Übrigen steht noch nicht ganz fest, ob es wirklich dein Café ist.«

Dass er sie daran erinnerte, nahm sie ihm übel. »Ich möchte mir nicht vorstellen, dass hier Frauen sitzen und dich dabei anstarren, wie du Drinks mixt. Tinder mit Live-Darbietung, sozusagen.«

Er lachte. »Du weißt nichts von Tinder, und vermutlich auch nicht von einschlägigen Bars.«

Das stimmte, aber das würde sie ihm bestimmt nicht auf die Nase binden. »Ach ja? Vielleicht habe ich ja einen riesigen Erfahrungsschatz, was das betrifft.«

Mac hörte auf zu lachen. »Ich kenne einen Teil deines Erfahrungsschatzes und hoffe sehr, dass das nicht stimmt, was du da gerade andeutest.«

Sie wusste, sie sah verlegen aus. Sie wandte sich ab, bereit, empört aus seiner Nähe zu flüchten, die ihr offenbar jede Gehirnzelle lahmlegte.

Er hielt sie zurück. »Könntest du dir nicht lieber vorstellen, dass ich das nur für dich gemacht hab? Dass ich dabei nur daran gedacht hab, ob du es gut findest?«

Ha! Komische Art, das zu zeigen, indem er ihr gleichzeitig das Café abzuluchsen versuchte. »Das hoffst du? Dass ich es gut finde?«

»Ja.«

Zeit, den Spieß umzudrehen. »Ich finde dich gut«, sagte sie mit einem Unterton, der seine Körperspannung umgehend um hundert Prozent erhöhte. »Ganz abgesehen davon, dass du die Fitnessstrecke in einem Männermagazin moderieren könntest.«

Er lachte erneut. Sie liebte dieses Lachen, es klang fröhlich und frei heraus, mit einem dunklen, spöttischen Unterton. »Als was? Als *Drill Instructor*?«

Sie hob die Hand und strich über seinen Rückenmuskel, wobei sie merkte, dass sie das lieber unterlassen sollte, wenn sie den Tag noch einigermaßen souverän überstehen wollte. Er trug ein weiches, kariertes Flanellhemd und roch nach frischem Holz und Mac. Es machte ihr mehr zu schaffen, als ihr lieb war, und sie wollte die Berührung fortsetzen. Sie schaffte ein breites Lächeln und zog die Hand zurück. »Nein, du Witzbold, als *male model.*«

Es tat gut, zu hören, dass er ihr gefiel. Doch, er freute sich über das Kompliment. Er ließ nicht zu, dass sie sich zurückzog, und senkte den Kopf an ihre Wange. »Du arbeitest zu viel«, murmelte er, »mach eine Pause.«

»Mit dir?« Sie lehnte sich gegen ihn und drückte seine Handgelenke nach unten. Ihre Hüfte stieß gegen sein Becken.

Er sah hoffnungsvoll aus. »Ja?«

»Nein«, sagte Eve, schob ihn weg und aus der Tür, die sodann hinter ihm zufiel.

Sie rechnete damit, dass er wütend werden würde, ausflippen würde, gegen das Holz trommeln würde.

Aber durchs Fenster sah Eve, wie Mac sich einfach umdrehte und ging. In ihrer Brust wurde es plötzlich eng. Sie folgte ihm mit Blicken, bis er in seiner verdammten Scheune verschwunden war.

Eve wurde kreativ. Ab sofort würde es einmal im Monat einen Brunch geben, Voranmeldung erbeten. Sie erstellte einen Speiseplan und kündigte die erste Veranstaltung für Thanksgiving an.

Danach stand sie mit Mo und Inga fast rund um die Uhr in der Küche. Eve hatte schon mindestens zehn neue Spezialitäten für das Buffet im Sinn und nahm sich vor, im Sommer Marmelade zu kochen. Hatte ihre Mom auch getan. Irgendwo war noch ein handgeschriebenes Rezeptbuch mit einem Stoffeinband und Spitzenverzierung. Sie würde einen Teil seiner blöden Regale für ihr Marmeladenlager beanspruchen. *Jawohl.*

Das Foto des Feiertagsbuffets war so spektakulär, dass die Brunchtermine in kürzester Zeit bis Ostern ausgebucht waren.

Am *Black Friday* fotografierte Mac seine in Motorradstiefeln steckenden langen Beine auf einer chromblitzenden Harley, inklusive Bikerkutte und einem Gin-Mix.

Eve setzte einen Kontrast und postete am Samstag nur ein Bild mit ein paar Cookies auf einem karierten Küchentuch und etwas Tortenspitze.

Allerdings hatte sie mit Keksstempeln den »Zuckerfee«-Schriftzug in Szene gesetzt: eine Stunde Extra-Arbeit.

Allmählich ging ihr das Ganze an die Substanz.

Für den 1. Advent fuhr Mac schwere Geschütze auf und lud zum Winterfest: Grillen am Lagerfeuer (Mac hatte eine riesige Feuerschale und einen gigantischen Schwenkrost organisiert) nebst Bier-Tasting mit einer örtlichen Crafts-Brauerei. Am Sonntagvormittag erschienen noch mehr bärtige Männer mit Pick-ups und massenhaft Bierkisten auf der Ladefläche. Mac gab jedem *high fives* und verteilte Schulterklopfen und Männerumarmungen. Woher nahm er diese beeindruckenden Einfälle? Und woher kannte er all diese Leute, die ihm, offenbar neben ihren eigenen beruflichen Verpflichtungen, so begeistert unter die Arme griffen?

Nach diesem Abend dümpelte Eve im mittleren Like-Bereich herum, während Mac den Highscore schaffte: Mehr Jubel ging fast nicht mehr, und die Tacoma News berichtete über das Event.

»Ich hab eben gute Ideen«, sagte Mac und grinste, als er am Morgen darauf die aufgeschlagene Zeitung in die Küche brachte.

Mo sah ein bisschen verkniffen aus. Eve verdrehte die Augen. »Komm jetzt wieder dieser dämliche Spruch mit der Infanterie?«

Sein Alkohollager füllte sich allmählich mit äußerst interessanten Produkten: Obstbränden aus der Region, heimische Biere und Whiskys, Gin aus Kentucky und Tequila aus einer kleinen Privatdestille in Arizona. Ob er die Schnapsidee – *ha, ha* - mit dem Brennen aufgegeben hatte und sich stattdessen als eine Art Jäger und Sammler entpuppte? Eve stieg nicht dahinter, was er vorhatte, aber am nächsten Tag war an der Scheunentür ein fettes Vorhängeschloss.

Plötzlich war Halbzeit. Über einen Mangel an Gästen konnte Eve sich nicht beklagen. Die Wintersportsaison hatte begonnen, und die Touristen wurden zahlreicher. Die Leute lobten das Ambiente, die Kuchen und Torten, die Qualität der Produkte und den guten Service. Das machte Eve glücklich.

Trotzdem fragte sie sich, wie sie die restlichen vierundzwanzig Tage überstehen sollte.

Diese Challenge. Es war so anstrengend, neben der täglichen Arbeit noch derartige geistige Höchstleistungen vollbringen zu müssen in der Absicht, besser zu sein als er, was ihr mittlerweile nahezu unmöglich vorkam. Er war gut, das musste sie ihm zubilligen, und das kreative Kräftemessen machte sogar Spaß. Aufgeben war selbstverständlich keine Option.

Aber sie hatte keine Ahnung, was er dachte. Sie war niemals mit Mac allein. Um das zu bewirken, hätte sie sich schon wegstehlen müssen, und wann hätte sie das tun sollen, vielleicht in der Mittagspause? Die gehörte Amy, und es wäre auch fraglich gewesen, ob sie Mac überhaupt erwischt hätte. Er war unglaublich oft unterwegs, und ja, es störte sie, dass sie nicht wusste, wohin. Abends, wenn das Café schloss und es nach der Abrechnung ausnahmsweise nichts mehr in der Küche zu tun gab, kippte Eve einfach ins Bett.

Macs Instagram-Beiträgen konnte sie entnehmen, was er tat: Er ließ sich irgendwo in die Geheimnisse der Barmixer-Kunst einführen.

Mehrere Tage hintereinander erschien er nicht einmal in Cooper. Die Fotos für die ungeraden Tage kamen trotzdem pünktlich, und die Hände, die auf einigen der Bilder zu sehen waren, gehörten einer Frau: Schlank und mit fuchsiaroten Fingernägeln sortierten sie Barbesteck und tippten an Gläser mit Getränken, deren Namen einfallsreicher wurden. Drinks, mit denen Mac nach Eves Befürchtungen sehr bald eine neue Getränkekarte im *Georgina*'s zu zieren plante.

Am 4. Dezember vergaß Eve den Termin beim Anwalt.

Mac sagte nichts, aber Harry Anderson schickte ihr eine Kostennote in beachtlicher Höhe, nebst der Androhung eines Ordnungsgeldes: Der nächste Termin würde vor Gericht stattfinden.

Eve stellte sich Macs Version ihres Zuckerfee-Logos vor – Glas in der Hand statt Rührlöffel, beschwipste Sternchen statt süßer Kristalle – und fing hysterisch an zu lachen. Oh Gott, sie brauchte eine Pause!

Mac postete tags darauf ein Bild mit einem künstlerisch verschwommenen, offiziell aussehenden Schriftstück. Und schimmerndem, goldenen Whisky. *On the rocks.*

Eve fotografierte ein einzelnes Plätzchen zwischen Absatz und Sohle eines zwölf Zentimeter hohen Pumps.

Er lichtete einen Longdrink mit dem bezeichnenden Namen »*Wet Dreams*« auf der Ablage in seinem Badezimmer ab, mit Tropfen auf den Fliesen und einem beschlagenen Spiegel, und Eve glaubte, dass für die Bearbeitung solcher Fotos nur die Frau mit dem Designerdiplom in Betracht gekommen war. Für das nächste Bild, das mit dem schwungvoll eingeschenkten Getränk und den fotogenen Spritzern, brauchte man auf jeden Fall einen Profi.

Eve legte mit einem Frühstückstablett zwischen blütenweißer, aufgeschlagener Bettwäsche nach.

Mac zeigte eine Kleiderspur auf den Eichenholzdielen seiner Wohnung, an ihrem Ende zwei leere Gläser, auf einem davon den Abdruck eines Kussmundes.

Eine lange Reihe unterschiedlicher Kuchenstücke, die jedem Betrachter das Wasser im Mund zusammenlaufen ließen, quittierte er mit ebenso vielen Flaschen aus seiner famosen Sammlung.

Gelegentlich lieh er sich Amy aus, ein Motiv, dass die Leute regelmäßig ausflippen ließ vor Begeisterung. Tatsächlich schien es sich so zu verhalten, dass Amy heimlich zu Mac spazierte, sooft ihm langweilig war. Mac brachte seinem neuen *best buddy* Tricks bei, und Amy dankte es ihm, indem er Vanillestangen und Cocktaillöffel auf der Nase balancierte, unter Nikolausmützen hervor spähte und sich glitzernde Eiswürfel auf die Pfoten legen ließ. Mac hatte eben mehr Zeit als Eve.

Man kam ihm einfach nicht bei.

Kapitel 20

»Wie ich sehe, hast du schon einen Plan B«, sagte Josie und wischte auf dem Display ihres Mobiltelefons herum.

Mac reckte den Hals und schielte auf den Bildschirm in der Hand seiner Vorgesetzten.

»Eher ein zweites Standbein«, murmelte er und war wegen der Kommentare unter dem Bild, die er bereits vorhin auf dem Crosstrainer gelesen hatte, peinlich berührt.

Doch im Moment überraschte ihn eigentlich vor allem, dass Josie Clarke einen Instagram-Account besaß.

Sie scrollte durch die Fotos, rauf und runter, und amüsierte sich offenbar prächtig. »Es wundert mich, das du dich darauf einlässt. Ich dachte, du hasst diesen Social-Media-Quatsch aus tiefstem Herzen. Hast du denn nichts daraus gelernt?«

Doch. Hatte er.

Aber verdammt, Josie hatte recht: Er postete Bilder von Körperteilen, Nahrungsmitteln und (wenn auch rudimentären) Ansichten seiner Wohnung auf Instagram. Verflucht, Eve hatte ihn wirklich bei den Eiern.

Das Gute war, dass man niemals sein Gesicht sah. Und auch sonst nicht allzu viel. Mac hatte sogar Zweifel daran, dass irgendjemand von seiner Beteiligung an *Georgina's* wusste, aber er musste trotzdem vorsichtig sein.

Bei Josie brauchte er sich nicht zu verstellen. »Ich weiß nicht, was noch kommt. Kann sein, dass ich demnächst keinen gut dotierten Job mit allerlei Gefahrenzulagen mehr habe. Da dachte ich, ich beuge mal vor.«

»Mit einem Café?« Josie lachte.

»Bar«, sagte Mac und sah sie nicht an, weil er genau wusste, was sie dachte.

Sie waren auf dem Weg zum Kommandanten. Die Auswertungen der weitgehend zerstörten Body Cams ließen noch immer auf sich warten, und es war ein Gespräch anberaumt worden, um zu entscheiden, wie weiter vorzugehen war.

»Du rechnest mit schlechten Nachrichten.«

Mac sah starr geradeaus. Noch zweimal abbiegen, dann waren sie da. Er fürchtete sich vor Neuigkeiten und sehnte sie gleichzeitig dringend herbei, damit dieser ungute Schwebezustand, das untätige Abwarten, endlich ein Ende hatte.

»Es kommt nichts zurück, Josie«, sagte er.

Sie sah ihn vom Beifahrersitz her an und lehnte den Kopf an die Tür. »Doch. Du musst nur Geduld haben.« Sie kannte sich mittlerweile mit traumatisierten Untergebenen aus. *Partielle Amnesie,* lautete Macs Diagnose. Immer noch besser als das Ausmaß der posttraumatischen Belastungsstörung, die den anderen Jungen aus Macs Trupp erwischt hatte. »Martinez ist jetzt in Lakewood, wusstest du das?«

Macs Augen weiteten sich für einen Moment, dann verschloss sich sein Gesicht sofort wieder, und er sah betreten auf die digitalen Anzeigen der Armaturen, weil er Josies Blick nicht erwidern wollte. *Sie würde beunruhigt aussehen.*

»Bitte sag, dass ich das nicht auch noch auf mich nehmen muss.« Seinen Kameraden dauerhaft in der geschlossenen Abteilung zu sehen, würde ihm den Rest geben.

Josie berührte kurz seine Hand, die zu fest ums Lenkrad lag. »Mac. Wir wissen doch gar nicht, ob du dir überhaupt etwas vorzuwerfen hast. Solche Dinge passieren im Einsatz. Geh nicht vom Schlimmsten aus.«

Mac stieß den Atem aus. »Ich glaube, ich wüsste es, wenn ich mir nichts vorzuwerfen hätte, oder?«

Sie setzte ein optimistisches Gesicht auf und drückte seine Finger. »Warten wir's ab. Das Ergebnis ist sicher bald da.«

Die Unterredung mit dem Colonel war kurz und unbefriedigend. Mac brachte Josie zurück und stimmte zu, noch auf einen Kaffee zu bleiben. Er sah den Funken der Besorgnis in ihrem betont sachlichen Blick und hoffte, sie würde sich zu einigen halboffiziellen Bemerkungen hinreißen lassen. »Was sagt der Flurfunk?«, fragte er.

»Wir hoffen auf Beweise«, sagte sie und sah nachdenklich aus. »Was auch immer dabei herauskommt: Das ganze Bataillon steht hinter dir, das weißt du doch hoffentlich.«

Mac nickte.

Bevor er das Büro mit der Flagge in der Ecke verließ, wandte er sich noch einmal um. »Ein Teil der Leute hier sieht es anders.«

Er dachte an Lana und an die Familien seiner Kameraden, an die Beerdigungen, an denen er nicht hatte teilnehmen können, an die fehlenden Reaktionen auf seine Anrufe und Beileidsschreiben. Und an die Blicke, die ihn trafen, wenn er dann den fälligen Besuch machte.

»Das ist immer so. Warten wir die Ergebnisse ab. Ich muss dir nichts erzählen, du hast bei ähnlichen Ermittlungen schon oft genug auf der anderen Seite gestanden.«

Solche Verfahren konnten Jahre dauern. Das würde er niemals durchhalten. Er musste wissen, was auf dieser Schotterpiste in den Bergen wirklich passiert war, sonst würde er noch verrückt werden.

»Mach das ruhig weiter mit dem Café und der Bar und deiner Freundin da«, sagte Josie, »das ist gut für dich und lenkt dich ab.«

Erstaunt sah er auf »Von welcher Freundin sprichst du?«

Josies Lächeln bekam etwas Verschwörerisches. Plötzlich sah sie sehr weiblich aus, beinahe hübsch. »Ich hab sie gesehen, in der Zeitung.«

Mac war ehrlich überrascht. Er lachte, halb ertappt und halb bedrückt über diese waghalsige Einschätzung, und schüttelte den Kopf. »Ich hätte dich wirklich für gescheiter gehalten, Boss.«

Sie wedelte mit der Hand in Richtung Tür, damit er endlich abhaute. »Freu mich aufs nächste Foto!«, rief sie ihm nach.

Während der gesamten Rückfahrt dachte Mac nach. Martinez hatte noch nicht aussagen können, seine psychische Verfassung war, sieben Monate nach dem Unfall, noch immer zu schlecht.

Der *Unfall*. Es war kein Unfall gewesen, und vielleicht sollte der erste Schritt zur Wahrheit der sein, die richtigen Begriffe für das Geschehen zu finden. Was war denn der richtige Begriff? Fahrlässige Tötung, wahrscheinlich. Es war egal, wie man es nannte: Mac konnte damit nicht leben, und seine Schuldgefühle waren viel schlimmer als alles, was ihm die Disziplinarbehörde oder das Militärgericht vorwerfen konnte.

Er stützte den Ellbogen auf den Fensterfalz an der Fahrertür, kaute an den Knöcheln seiner Hand und dachte über Hypnose nach. Darüber müsste er mit dem Kriseninterventionsteam reden, und mit dem Psychologen, der ihm vorkam, als sei er schon längst mit seinem Latein am Ende.

Macs Gedanken wanderten zum Café. Und zu Eve, einem seiner gedanklichen Lieblingsplätze, obwohl er in letzter Zeit immer weniger durchblickte. Doch, es machte ihm Spaß, sich auf diese Weise mit ihr zu messen. Mac war ein Wettbewerbsjunkie, er liebte Herausforderungen. Aber jetzt hatte er langsam genug von der Sache. Weil er sah, dass Eve darunter litt. Auch wenn sie es nicht zeigte und sowieso niemals zugeben würde.

Er wollte mit ihr reden.

Im Café war noch Hochbetrieb. Es sah toll aus von draußen, die vielen Leute hinter den Sprossenfenstern, das angenehme Licht – eine einladende, gemütliche Atmosphäre.

Kein Wunder, dass beinahe jeder, der hier vorbei kam, zum Stammgast wurde.

Es zog ihn dort hin. Mac parkte den Tesla, ging in seine Wohnung und warf das Handy aufs Sideboard. Er wollte heute nichts mehr von sozialen Netzwerken und juvenilen Nachrichtendiensten hören. Stattdessen schrieb er, wie es sich für erwachsene Menschen gehörte, eine E-Mail.

Von: M. Lawrence
An: Eve Jackson
Am: Donnerstag, 17.34
Hast du Zeit für mich?
Gruß, Mac

Er dachte kurz nach. Gab es eine dümmere Frage? Was, wenn sie mit einem lapidaren *»nein«* antworten würde? Er löschte den Satz.

Nächster Versuch.

Von: M. Lawrence
An: Eve Jackson
Am: Donnerstag, 17.40
Hast du Lust, nachher was mit mir zu trinken? Du fehlst mir.
Gruß, Mac

Das war ja noch blöder. Genauso gut könnte er sie direkt fragen, ob sie mit ihm schlafen wollte. Die Reaktion auf eine solche Mail konnte er sich lebhaft vorstellen.

Okay. Aller guten Dinge waren bekanntlich drei.

Von: M. Lawrence
An: Eve Jackson
Am: Donnerstag, 17.52 Uhr
Hi Eve, ich vermisse dich und möchte dich gern sehen. Wann würde es dir passen?
Gruß, Mac

Mit einem Knall flog der Deckel des Laptops auf das Gehäuse. *Das wurde ja immer schlimmer.* Er würde erst mal duschen gehen. Vielleicht half eine Menge heißes Wasser seinem Kopf, wieder geradeaus zu denken.

Das war bedauerlicherweise nicht der Fall.

Statt wie-auch-immer lautende Mails zu schreiben, googelte Mac nach dem Stand der Ermittlungen in Sachen *Explosion bei Militärtransport wirft Fragen auf – GIs aus Umland getötet.* Nach einer Stunde war er in dieser Hinsicht ebenso schlau wie zuvor, aber die Stimmen aus der Bevölkerung, die die *GIs aus dem Umland* offenbar alle von Kindesbeinen an kannten, und der offene Hass, den man dem vermeintlich Schuldigen an dem Unglück entgegenbrachte, bescherte Mac ein unwillkommenes *Déjà-vu.*

Er brauchte einen Drink.

Oder Eve.

Beides.

Mac trat ans Fenster und sah zum hellerleuchteten Café hinüber, das wie ein heimeliger Hafen in der Dunkelheit schwamm und auf ihn wirkte wie ein Raumschiff in einer anderen Galaxie: warm, sicher, mit Menschen, die ihn nicht anklagten.
Und vor allem: fern. Denn das Letzte, was Mac sich in seiner momentanen Verfassung vorstellen konnte, war, einfach dort hinüber zu gehen und Eve unter die Augen zu treten. Er klappte den Computer auf und schrieb:

Von: M. Lawrence
An: Eve Jackson
Am: Donnerstag, 19.48 Uhr
Hi, Eve.
Gruß, Mac

Er drückte auf »abschicken« und legte stöhnend das Gesicht in beide Hände.

Ping.

Von: Eve Jackson
An: M. Lawrence
Am: Donnerstag, 19.52 Uhr
Mac :-) Hi. Mit dir alles in Ordnung? Hast du den Text vergessen?
Liebe Grüße, Eve.

Mac sah über den Hof. Der Parkplatz hatte sich geleert. Die letzten Gäste, ein Paar mittleren Alters, gingen gerade die Eingangsstufen hinab. Der Mann bot der Dame seinen Arm an und richtete ihren Mantelkragen.

Im Inneren des Cafés räumten Justine und das jüngere Mädchen, dessen Name Mac gerade entfallen war, das verbliebene Geschirr ab. Die Schwingtür zur Küche konnte er von seinem Platz nicht sehen, aber Eve betrat von rechts die Szenerie, wie auf einer Bühne, und begann, die Tische abzuwischen.

Er sah eine Weile zu, tatsächlich, genau wie in einem Bühnenstück, und konnte erkennen, dass die Frauen miteinander sprachen und lachten.

Nicht zum ersten Mal fragte er sich, wie Eve die langen Tage durchhielt.
Er schrieb einfach, was ihm als Erstes in den Sinn kam.

Von: M. Lawrence
An: Eve Jackson
Am: Donnerstag, 20.04 Uhr
Eve, kann ich kurz rüberkommen? Dauert nicht lange.
Gruß, Mac
P.S.: Hast du nie einen Ruhetag?

Er musste ein bisschen warten. Wahrscheinlich stand ihr Notebook nicht im Gastraum. Nach ein paar Minuten beobachtete er, wie sie aus seinem Sichtfeld verschwand, und wunderte sich kein bisschen über den Stich, den ihre plötzlich fehlende Präsenz in seinem Herzen auslöste.

Von: Eve Jackson
An: M. Lawrence
Am: Donnerstag, 20.22 Uhr
Nein. Also, »nein«, was die Frage nach dem Ruhetag betrifft.
Das geht jetzt noch nicht, obwohl mir wirklich sehr danach ist.
Nach Weihnachten vielleicht. Sogar ganz sicher ;-)
Komm ruhig rüber.
Liebe Grüße, Eve.

Mac ließ sich in seinem Swinger zurücksinken und verschränkte die Hände hinter dem Kopf. *Puuh.*
Es gelang ihm, noch ein bisschen herumzutrödeln. Sie sollte Zeit haben, sich zu sammeln. Sie sollte nicht das Gefühl haben, er würde sie drängen.

Mo war heute nicht da gewesen, und Inga hatte nachmittags mit einem ihrer Kinder einen Termin beim Zahnarzt gehabt.

Als Mac die unaufgeräumte Küche betrat, saß Eve am Tisch und zählte die Tageseinnahmen.

»Läuft gut, oder?«

Sie zählte lautlos mit sich bewegenden Lippen und nickte abwesend. Dann trug sie die Zahl in eine Excel-Tabelle ein, packte das Geld in eine kleine schwarze Tasche mit dem Aufdruck der örtlichen Bank und legte es in den Wandtresor. Georgina hatte ihn irgendwann einbauen lassen, um nicht abends noch mit dem Geld zur Bank fahren zu müssen. Eve war ihr von Herzen dankbar für die Weitsicht.

Als sie sich wieder hinter den Tisch schob, löste sie ihr Haar und fuhr sich müde mit beiden Händen hindurch. Trotz ihrer offenkundigen Erschöpfung lächelte sie Mac an. »Ich dachte nicht, dass es so anstrengend wird«, sagte sie. »Keine Ahnung, wie Georgina das geschafft hat.«

»Na ja, ich glaube, ganz so viel war zu ihren Zeiten hier nicht los«, entgegnete er trocken.

»Erstaunlich, nicht wahr? Dass so viele Leute kommen.« Sie klang ehrlich ehrfürchtig, und Mac glaubte, dass sie in diesem Moment nicht im mindesten an die Challenge dachte.

Er griff über den Tisch nach ihrer Hand.

Amy sprang herbei und blieb vereinbarungsgemäß vor der Schwingtür stehen. Er wedelte hektisch, und Mac stand auf, um den Hund zu begrüßen. Amy gebärdete sich, als habe er einen lang vermissten Freund wiedergefunden, und leckte Mac die Hand.

Eve stöhnte. »Ach, Amy, dich hätte ich ja fast vergessen.« Sie drückte ihre Hände ins Kreuz. »Ich liebe die Bewegung mit dem Hund, aber jetzt habe ich das Gefühl, als könnte ich mich nie mehr von dieser Eckbank erheben.«

»Amy«, sagte Mac, »komm mit!«

Er drückte Eve im Gehen einen Kuss aufs Haar, und sie wusste nicht genau, wofür sie ihm dankbarer war: Dafür – oder doch für die kostbare halbe Stunde, die sie durch seinen Spaziergang für sich hatte.

Gegen zehn war er wieder zurück. Amy schnüffelte suchend und rannte die Treppen hinauf zu Eve, stupste mit der breiten Nase begeistert gegen ihren Arm und schien über sein ganzes Gesicht zu grinsen.

»Danke, Mac«, sagte Eve, »du hast mir das Leben gerettet. Und Amy auch.«

Er war erschüttert darüber, wie müde sie war. Wenn sie so weitermachte, würde sie bald vor Erschöpfung schließen müssen. Er zog sie hoch, schloss sie in seine Arme und küsste sie. Eve ließ sich in diesen Kuss sinken, legte die Arme um seinen Nacken und seufzte tief. Zwischendurch gähnte sie verstohlen. »Ab ins Bett«, sagte Mac.

Sie war viel zu kaputt, um irgendetwas dagegenzusetzen. Dennoch beschwerte sie sich über seine Eigenmächtigkeit; gerade genug, um zu zeigen, dass es ihr etwas ausmachte. Das fand er tröstlich.

»Wovor hast du am meisten Angst?«, fragte sie mit schwerer Stimme, kurz vorm Einschlafen.

Dich zu verlieren, wollte er sagen, aber er hielt lieber den Mund – zu dünnes Eis – und quetschte eine Gegenfrage hervor: »Du?«

»Dass alles zerbricht. Dass ich das hier aufgeben muss.«

Als sie sich an ihn schmiegte und den Kopf an seiner Schulter barg, die Knie anzog und den Arm vertrauensvoll um seine Taille legte (und dabei daran dachte, die schmerzende Stelle unter seinem Rippenbogen zu umgehen), schmolz etwas in Mac. Fürsorglichkeit war ein Gefühl, das ihm nicht allzu vertraut war. Aber einfach neben ihr zu liegen, war schön.

Eve waren Fallenlassen und Hingabe auch nicht vertraut, und er wusste genau, dass sie ihre übliche Vorsicht nur vernachlässigte, weil sie körperlich am Ende war.

»Tut mir leid, Mac«, murmelte sie knapp unterhalb seines Ohres und hauchte einen winzigen, federleichten Kuss auf die Stelle.

»Muss es nicht«, flüsterte er zurück, und etwas war in seiner Kehle, dass seine Stimme rau machte. Ob sie glaubte, er wäre nur für wilde Nächte gut?

Innerhalb von Sekunden war Eve eingeschlafen. Als ihre Atemzüge tief und gleichmäßig wurden, schob Mac vorsichtig ihren Arm von seinem Bauch, zog die Decke um Eves Schultern und stand auf.

Er machte ein aufforderndes Geräusch in Richtung von Amys gespitzten Ohren und ging hinunter, um die chaotische Küche auf Vordermann zu bringen.

Langsam bekam er eine Ahnung davon, was Eve leistete. Und was er angerichtet hatte mit seiner Wahnsinnsidee, ihr auch noch einen Wettbewerb aufzulasten, ganz zu schweigen von dem blöden Gedanken an einen Barbetrieb.

Als er wieder hinaufging und sich neben sie legte, war es nach Mitternacht. Mac streichelte zart ihren Nacken und dachte, dass sie den ganzen Monat lang wahrscheinlich nicht einmal zu einer vernünftigen Uhrzeit ins Bett gekommen war. Während er entspannt herumplänkelte und Zeit totschlug, ging es bei Eve um alles.

Er brauchte einen neuen Plan. Und musste mit Harry reden.

Mac legte sich zurecht und weidete sich an dem Gefühl von Eves Körper an seinem. Ihr Atem traf auf seine Haut und verursachte ein winziges Prickeln. Zum ersten Mal seit Wochen fühlte er sich heil.

Amy wandte seinen speziellen Trick an und enterte völlig geräuschlos das Bett. Er streckte sich seufzend aus und schmiegte sich dicht an Macs Rücken. Als seine Atemzüge in leichtes Schnarchen übergingen, spürte Mac, dass ihm die Tränen kamen.

Aber dann jagte ein Gedanke durch seinen Kopf, ein Bild, eine Sequenz von Bildern, und das brachte die Tränen augenblicklich zum Versiegen. Er riss die Augen auf.

Die Erinnerung war wieder da, zumindest eine davon: Er hatte Sirius erschossen.

Kapitel 21

Mac erwachte gegen halb acht aus seinem unruhigen Schlaf. Er hatte Kopfschmerzen, und Eve war natürlich nicht mehr da.

Aus der Küche klang Mos Stimme herauf. Es war nicht zu verstehen, was er sagte, aber der französische Akzent trat klar hervor. Ledougard regte sich über irgendetwas auf.

Morgenappell beim Küchenbullen, dachte Mac, und schloss die Augen wieder. Aber der Disput – Mo laut, Eve leise, besänftigend – ließ sich nicht ignorieren.

Er ging langsam die Treppe hinab und blieb auf jeder dritten Stufe stehen, um zu lauschen. Mit heißem Herzen erkannte er, dass es um ihn ging. Mac war niemand, der sich drückte. Er stieß die Schwingtür auf.

Seine Haare waren feucht von der Dusche. In der unheilvollen Pause, die entstand, als Eve mitten im Satz abbrach, zählte Mo offenbar eins und eins zusammen. Seine grauen Augen verengten sich zu silbrigen Schlitzen. Eve senkte den Blick und starrte auf den Boden, wo sich hoffentlich demnächst ein Loch auftun würde, durch das sie hinabsinken konnte in die Hölle der unfassbaren Peinlichkeiten.

Man hätte die berühmte Stecknadel fallen hören können. So mussten sich Einbrecher fühlen, wenn sie auf frischer Tat ertappt wurden. Oder Exhibitionisten. Eve und Mo sahen sauer aus. Beide verschränkten die Arme, lehnten sich an den Küchenblock und starrten Mac finster ins Gesicht.

Er streckte die Arme aus, eine offene Geste, und fragte: »Was?«

Eve beugte sich mit einer eckigen Bewegung nach vorn und schob ein mehrmals gefaltetes Exemplar der heutigen Tageszeitung über die Arbeitsfläche.

Mac sah Eve für einen langen Moment nachdenklich in die Augen, dann richtete er seinen Blick auf den kleinen Klatschspalten-Artikel.

Das Bild zeigte ihn gut gekleidet in einem der besten Restaurants in Tacoma, in Begleitung von Josie, der er gerade, für alle Ewigkeit festgehalten von irgendeinem Möchtegern-Paparazzi, den Stuhl zurecht schob. Sie sah über ihre rechte Schulter, die nur der dünne Träger ihres Cocktailkleides zierte, und lächelte ihn liebevoll an. Der Text verwies darauf, dass *der in der hiesigen Gegend bestens bekannte* Mac Lawrence mit seiner augenscheinlich deutlich älteren, aber deshalb nicht minder anziehenden Begleiterin offenbar den Deal mit der *Hellside Brewery* feierte.
Die wiederum würde dem geschassten Elitesoldaten die Umgestaltung des gerade erst wiedereröffneten *Georgina's* in eine *it-Location* ermöglichen. Wie man hörte, wäre der Barbetrieb bereits genehmigt und, mutmaßlich mit Hilfe einer hohen, aber unrechtmäßig erlangten Abfindung im Anschluss an das bevorstehende Ausscheiden aus der Army, auch überraschend schnell eingerichtet.

Geschrieben hatte den kurzen Artikel Lana Everett. Es gehörte schon Talent dazu, sich Dinge aus den Fingern zu saugen, die so meilenweit an der Wahrheit vorbei zischten, aber ob Eve und Mo das klar war?

»Dieses verdammte Miststück«, zischte Mac und konnte sich gerade noch davon abhalten, einen Wutanfall zu bekommen. Doch ein einziger Blick in die anklagenden Gesichter vor ihm genügte, um ihn wieder auf den Boden der Tatsachen zu bringen.

Mo zählte an den Fingern ab: »Barbetrieb, ein Korruptionsvorwurf, Rausschmiss, Mauscheleien hinter unserem Rücken, und eine halbnackte vollbusige Frau im Zusammenhang mit Georginas ehrlicher Arbeit? Du bist wohl völlig verrückt geworden!«

Himmel, Josie würde ausrasten, wenn sie das sah. *Mauscheleien!* Mac war eine Sekunde lang lächerlich froh darüber, dass Mo nicht auch noch die Sache mit Instagram erwähnte. Und noch froher war er über die Tatsache, dass er das heutige Bild noch nicht veröffentlicht hatte: Eves navyblaue Spitzendessous mit einem klaren Gin-Mix. Hatte er heute Nacht erdacht. An Schlaf war ja nicht mehr zu denken gewesen.

Er hob die Hand. »Stopp. Augenblick mal. Dieser Artikel hier ist ein Haufen Scheiße. Gerüchte. Nichts davon stimmt.« Oder jedenfalls nur ganz wenig.

Das hatte auch Mo schon kapiert. Er sah hochnäsig und streng aus, als er sagte: »Ein Funken Wahrheit ist an jedem Gerücht.« Es klang belehrend.

Eve sagte nichts, und Mac glaubte ganz genau zu wissen, was hier los war: Mo war eifersüchtig.

Selten so geirrt, Lawrence. Mit seiner Wahrnehmung stimmte eindeutig etwas nicht. Was war hier los?

Sein Blick wanderte durch die Küche und fand Inga, die klein und rundlich an der Spüle stand und ganz offenbar versuchte, unsichtbar zu werden. Er lächelte ihr zu, und sie erwiderte sein Lächeln mit einer verschreckten Zaghaftigkeit. Sie sah aus, als wünschte sie sich an die entgegengesetzte Küste des Landes.

Mac drehte sich zu Eve und sprach ihren Namen aus. Es klang fragend.

Sie nickte wie auf Kommando. »Das ist mit Sicherheit übertrieben«, sagte sie überaus vernünftig, und er dachte, dass die penibel aufgeräumte Küche bei dieser, wenn auch lahmen, Verteidigung vielleicht eine nicht unwesentliche Rolle spielte.

Mo sah das offenbar anders. Er riss sich das Tuch vom Hals und machte sich an seiner schwarzen, stylishen Kochjacke zu schaffen.

Mit den Knöpfen an Kochjacken verhielt es sich früher so ähnlich wie mit den Symbolen von Dienstgraden. In Küchen gaben Farben den Rang an. Bei Mo, einem Küchenchef alter Schule, war alles in tiefe Schwärze getaucht, Ton und Ton: Schwarze Jacke, schwarze Knöpfe, die Insignien des Meisters; und auf der linken Brustseite waren zwei silberne Sterne und sein Name aufgestickt.

Er knallte das Halstuch auf den Tresen. Es klang wie ein Peitschenhieb. Mos glühender Blick richtete sich auf Eve, die hektisch zusammengezuckt war.

»Und du!« Er deutete mit seinem Zeigefinger auf sie. Der Finger zitterte. Mo war außer sich vor Empörung. »*Mon dieu!*

Du schläfst mit diesem Verbrecher?« Er machte eine Kunstpause und fügte hinzu: »Gott sei Dank muss Georgina das nicht mehr erleben.«

Mac hielt unwillkürlich die Luft an, wobei er kurz erwog, Ledougard mit einem gezielten rechten Haken einfach niederzuschlagen.

In Eves Haltung veränderte sich etwas. »Bei allem Respekt, Mo«, sagte sie gravitätisch, »*Maurice*.« Sie trat zwei Schritte zurück und stieß die Hände in die rückwärtigen Taschen ihrer Jeans, wo sie sie zu Fäusten ballte.

Noch nie hatte sie ihn bei seinem Taufnamen genannt. Im Blick des eleganten Kanadiers flackerte kurz so etwas wie Entsetzen auf, aber er war weit davon entfernt, einzulenken.

An Eves Unterarmen spannten sich die Sehnen, doch ihr Gesicht war völlig ausdruckslos. »Ich denke nicht, dass es notwendig ist, dass wir hier weiterhin auf Zwei-Sterne-Niveau arbeiten. Ich denke, es ist ausreichend, wenn wir ein normales Level bedienen. Mo – ein durchschnittlich ausgebildeter Koch würde mir, glaube ich, auch genügen. Und du hast ja sicherlich Wichtigeres zu tun.«

Mo knöpfte mit Grandezza seine Kochjacke auf und zog sie umständlich aus, wobei er die Knöpfe einzeln abnahm und in die Taschen seiner grauen Hose steckte. Er faltete die gestärkte Jacke zusammen, wobei ihn das Zittern seiner Hände behinderte, bis er das Kleidungsstück schließlich einfach zusammenknüllte. Erst sah er Eve an, dann Inga, die erschrocken ihre Hand vor den Mund gepresst hatte und alle mit weit aufgerissenen Augen anstarrte. Dann verließ er gemessenen Schrittes die Küche, mit einem letzten Blick auf Mac.

Nach einem deutlich vernehmlichen *merde* flog die Außentür hinter dem Spitzenkoch zu.

Eve war volle zehn Sekunden sprachlos, dann wandte sie sich an ihre Küchenhilfe. »Ich glaube, Inga, Liebes, du nimmst dir für den Rest des Tages besser frei.«

Das ließ die Frau sich nicht zweimal sagen. Sie band mit bebenden Fingern ihre Schürze auf, hängte sie an einen Haken, wozu sie drei Versuche brauchte, nahm ihre Jacke und ihre Tasche und rannte förmlich aus dem Raum.

Mac und Eve sahen sich betreten an. Eve zog die Lippen über ihre Zähne und machte ein zischendes Geräusch.

Verspätet setzte der Schock ein. Mit vor Schreck geweiteten Augen starrte sie Mac an.

Der beugte sich mit gekreuzten Armen nach vorn und sah fassungslos aus. »Hast du gerade Mo gefeuert?«

»Ich fürchte«, stotterte Eve.

»Wegen eines Zeitungsartikelchens in der Klatschspalte? Wen interessiert das?«

»Nicht deswegen.« *Nicht nur.*

»Weswegen denn dann?«

Sie fuhr mit einem Finger über die Kante des Herdes und weigerte sich, Mac anzusehen. »Wegen dem, was er vorher gesagt hat.«

Zur Hölle, er würde gleich laut werden. »Aha, und was war das?«

»Wegen Instagram und so.«

Klar, das hatte ja kommen müssen. Er holte tief Luft. »Eve, du musst mich nicht verteidigen wie eine Löwin ihr Junges.«

Sie sah ihn endlich an. »Das weiß ich. Aber ich kann auch nicht ... jedenfalls, dafür bist du mir was schuldig.«

Er grinste schief und hoffte auf Normalität. Die letzten zehn Minuten hatten in irgendeiner anderen Dimension stattgefunden. »Hoffentlich willst du mich nicht als Koch einstellen«, witzelte er.

Sie lachte nicht. »Ich sagte, durchschnittlich begabt, nicht völlig talentfrei.«

»Hey! Ich kann immerhin fantastische Nudeln mit Ketchup!«

Sie stieß sich von ihrem Platz an der Kante des Ofens ab. »Das ist mischen, nicht kochen.«

Der Schock ließ langsam nach, erkannte er. Die Nervosität war aus ihrer Stimme verschwunden, und sie wirkte kühl und todernst. »Du glaubst nicht, was da steht, oder?«, vergewisserte er sich.

»Nein«, ein Seufzen, »ich glaube nicht, was da steht.« Aber das war auch gar nicht das, was sie wirklich wissen wollte. Sie dachte an die merkwürdige Reaktion des Kameramanns bei dem Pressetermin. Und an die von Lana. Eve verglich sie mit dem, was sie eben in Mos Gesicht gesehen hatte. Sie dachte an das Getuschel unter den Gästen am Eröffnungstag. An Köpfe, die sich nach Mac umwanden, wenn er vom Hof fuhr oder am Café vorbei ging. Sie dachte daran, dass sie die wahnsinnigsten, perfektesten Nächte ihres Lebens mit diesem Mann verbracht hatte und nichts, gar nichts, über ihn wusste.

Sie machte einen Schritt auf ihn zu und fragte ihn sehr direkt. »Mac, warum bist du hier so unbeliebt?«

Er hatte schon Kreuzverhöre erlebt, bei denen er weniger Angst empfunden hatte als vor dem, was er jetzt in ihren Augen las: Vorsicht. Misstrauen.

Und sie hatte recht damit. »Wenn du alle rausschmeißen willst, die mich nicht leiden können, wirst du hier bald allein sein«, sagte er sanft und bestätigte damit ihre schlimmsten Befürchtungen.

Die Army hatte seinen Namen bisher aus der Presse herausgehalten, und sie konnte nicht wissen, was alle hier wussten. Sie war hier fremd.

»Warum ist das so?« Sie rechnete mit einer witzigen, vielleicht sarkastischen Antwort.

Die blieb aus. Er sah auf seine Armbanduhr. Um zehn öffnete das Café. »Um dir das zu erzählen, reicht deine Zeit nicht.«

Eve musterte ihn kurz und frostig, dann wandte sie sich um, kletterte auf eine dreistufige Leiter und holte etwas von einem der oberen Regale. Mit zornigen Bewegungen packte sie ein altmodisches Blechschild aus, das sie zur Eröffnung von Justine geschenkt bekommen hatte.

»Open« stand in hübsch geschwungenen, vanillegelben Lettern auf der Vorderseite, *»closed«* zierte die Rückseite.

Eve marschierte ins Foyer, riss die Eingangstür auf und befestigte das Schild an dem schmiedeeisernen Gitter, das den Glaseinsatz der oberen Hälfte schützte. Sie machte mit ihrem Handy ein Foto davon, stand dann zwei Minuten mitten in der Halle, vertippte sich achtmal beim Begleittext und postete das Foto auf ihrem Instagram-Account.

So. Heute blieb das *Georgina's* erstmals in seiner jüngeren, sehr erfolgreichen Geschichte geschlossen, und nun wusste die halbe Welt darüber Bescheid, wie an den im Sekundentakt eintrudelnden enttäuschten Kommentaren zu erkennen war.

Es war Eve für den Augenblick egal.

Sie kehrte zu Mac zurück, der sie erstaunt ansah, und sagte: »Ich habe den ganzen Tag Zeit. Leg los.« Offensichtlich hatte sie sich wieder gefangen.

Sie klang hart wie Stahl.

Sein Gesichtsausdruck veränderte sich, und es passierte etwas unvorstellbar Schreckliches: Er sah sich um, seine Blicke flogen durch den Raum, und an seiner Schläfe erschienen feine Schweißtröpfchen.

Er sah aus, als müsse er sich akribisch auf ein Plädoyer vorbereiten, wenn es vor Gericht um alles ging. Schlimmer: Es sah aus wie ein Schuldeingeständnis.

Eve fragte sich, wie wohl die Anklagepunkte lauteten. »Lass uns mit etwas Einfachem beginnen«, half sie ihm auf die Sprünge, »wer ist diese Frau?« Sie tippte auf das winzige Bild in der Zeitung.

»Meine Vorgesetzte«, sagte Mac.

»Oh! Hast du dich nach oben geschlafen?« Es sollte ein Scherz sein. Um die Verzweiflung aufzufangen, die sie durchzog wie ein Gewitter.

»Fang du auch noch an«, brummte Mac und wirkte kein bisschen amüsiert.

Wie konnte eine Frau mit einem solchen Namen einen derart hohen Posten beim Militär bekleiden? Bei *Josie* stellt man sich ein Mädchen mit Zöpfen vor, aber Eve hatte das Bild gesehen und fühlte sich sofort als Landpomeranze. *Die war auf jeden Fall eine Granate im Bett.* Bevor sie sich zurückhalten konnte, war die Frage heraus: »Schläfst du mit ihr?« Sie musste es wissen.

»Ich schlafe mit dir.«

»Das ist kein Nein.«

»Und ob es das ist«, sagte Mac. Er starrte auf das Bild. *Diese verdammte Lana.* An Josie durfte er gar nicht denken. Es sah so aus, als hätte er einen ganzen *Arsch* voll Probleme, und zwar mindestens doppelt so viele wie gestern.

Eve wurde ruhiger, nachdem diese Hürde genommen war. Seltsamerweise war es für sie am wichtigsten, zu erfahren, dass er nicht zweigleisig fuhr. Sie stellte zwei Tassen unter die Maschine und wartete schweigend, bis der Kaffee durchgelaufen war. Automatisch nahm sie ein Tablett und trug alles zum Tisch, setzte sich, ein Bein untergeschlagen, auf die Eckbank, und bedeutete Mac mit einer Handbewegung, Platz zu nehmen.

Er tat es.

Sie lächelte ein kleines Lächeln, das ihre Augen nicht erreichte.

»Was hat Mo gemeint, als er dich als Verbrecher bezeichnete? Hast du silberne Löffel geklaut? Oder deine Chefin angebaggert?«

Mac nahm sich zusammen. Er dachte einen Augenblick nach und fragte sich, ob er ihr nur das aktuelle Geschehen erzählen sollte, oder auch das von früher.

Er entschied sich, mit der Gegenwart zu beginnen. Der Rest würde sich finden. Vermutlich würde sie bald sowieso nur noch über den Anwalt mit ihm kommunizieren. Er rieb sich übers Gesicht, griff nach dem Kaffeebecher, stellte ihn wieder ab. Er biss sich auf die Lippen und senkte den Kopf. Dann sah er Eve in die Augen und sagte: »Es kann sein, dass ich für den Tod von fünf Menschen verantwortlich bin.«

Eve fuhr heftig zusammen. Er konnte sehen, dass sie schluckte. Sie leckte sich über die Lippen und strich nervös mit den Händen auf dem alten Tisch herum. »Nun, du bist Soldat, oder? In einer Spezialeinheit, nicht wahr? Da ... da bleibt sowas nicht aus, oder?«

Mac schüttelte langsam den Kopf und sagte: *»Nicht so.«*

In der Küche brannte kein Licht, bis auf die Arbeitsleuchte über dem Herd. Es war trübe in dem großen Raum. Die Edelstahlflächen glänzten matt. Eigentlich sollte hier Geschäftigkeit herrschen. Eine eigenartige Trostlosigkeit ergriff von Eve Besitz. Das Wetter war umgeschlagen: Nach den strahlenden, kalten Tagen der ersten Adventswoche begann diese neue Woche mit Sturm und Regenschauern.

Sie spürte Macs Blick. Sein Gesicht war ernst.

Eve besaß eine gute Ausbildung: Sie wusste, wie man solche Berichte behandelte. Wie man Interviews führte, mit

Betroffenen aller möglicher Krisen umging, mit Opfern von Straftaten, Unfällen, Bränden, und ihnen Fakten entlockte.

Eve hatte nicht die mindeste Vorstellung, was sie erwartete. Sie würde ihm Fragen stellen, gute alte W-Fragen. Sie würden sich daran entlangtasten, bis die Geschichte erzählt war, aber erzählen würde er sie, jetzt und hier, denn anders konnte sie nicht weitermachen.

»Im Frühjahr wurde ein hochrangiges Mitglied der irakischen Regierung durch einen Raketenangriff des US-Militärs getötet, erinnerst du dich daran?«

Eve nickte, obwohl sie sich nur schwach an die Schlagzeile erinnerte, und das auch nur, weil sie zu dieser Zeit für ein landesweites Nachrichtenmagazin gearbeitet hatte.

Er nahm es kaum zur Kenntnis.

»Meine Einheit war ein paar Wochen zuvor in die Region um Bagdad verlegt worden. Wir waren daran beteiligt. Es war eine gefährliche Eskalation, die heftig kritisiert wurde, aber Befehl ist Befehl. Danach kam es immer wieder zu Angriffen auf US-Stützpunkte und Verbündete, und es gab gewaltsame Proteste. Es sah so aus, als würde nie wieder Ruhe einkehren, und ich bekam ein paar Marines zur Unterstützung. Es wurden Kampfhubschrauber eingesetzt. Zwei davon wurden in den Bergen nördlich von Al Asad abgeschossen. Es gab Überlebende. Mein Trupp ist sowas wie die Feuerwehr, du weißt schon, retten, bergen, schützen und so. Nach einer Weile hatten wir die Männer lokalisiert und geborgen, und der Konvoi fuhr in einem wahren Schneckentempo zurück ins Camp.

Es waren Cougars, die Sechshunderttausend-Dollar-Version, schwere Fahrzeuge. Dann ... wir fuhren, es gab einen Knall, und alles flog in die Luft. Tja.«

Eve legte die Hand vor den Mund.

Mac umfasste den Kaffeebecher, so fest, dass seine Knöchel hell hervortraten. Er stellte den Becher vorsichtig zur Seite. »Es deutet vieles darauf hin, dass ich auf eine Sprengfalle gefahren bin.« Er holte tief Atem. »Ich glaube nicht, dass ich über eine Sprengfalle gefahren bin, aber – verdammt, ich weiß es nicht.«

Sein Blick war intensiv, die Augen dunkel vor Verzweiflung, und in seiner Stimme war ein rauer Ton.

Eves Hirn arbeitete wie unter einer Ladung Sirup. *Er war das.* Mit Mühe formulierte sie eine Frage. »Könnte es nicht ein Anschlag gewesen sein?«

»Du meinst, dass wir abgeschossen wurden? Es gibt keinen Hinweis darauf. Kein Geschoss, kein Bekennerschreiben. Und der Explosionsherd war genau unter der Vorderachse.«

»Mac«, flüsterte Eve, »ich glaube nicht, dass du auf eine Mine fahren würdest.«

Sie hatte vermutlich eine völlig naive Vorstellung davon, wie so was vor sich ging, aber er empfand ihre Worte als tröstlich. »Man sieht sie nicht. Das heißt, man sieht sie schon, aber man muss sehr genau hinsehen. Und das habe ich nicht.«

»Was willst du damit sagen?«

Er konnte nicht mehr stillsitzen. Er erhob sich vom Tisch, wobei er in einer reflexhaften Geste die Hand an seine Rippen legte, und begann eine ruhelose, langsame Wanderung durch die Küche. »Wir waren gut drauf. Der Stress war schon vorbei, wir mussten nur noch ins Camp zurück. Wir haben Blödsinn gemacht. Wir hatten die Besatzungsmitglieder des abgestürzten Helikopters an Bord, aber keiner war schlimm verletzt. Sie wollten nach Hause. Jemand hat gesungen, und wir haben gelacht und Witze gerissen. Einer hat Sirius ein Bandana um den Kopf gebunden, und Martinez versuchte, ihm seine Sonnenbrille aufzusetzen. Aber er schubste sie immer wieder weg. Der Hund hat ausgesehen wie Batman. Er hat verlegen geguckt, so, als ob er sich ein bisschen schämen müsste. Es war lustig. Ich sah zu Siri, nicht auf die Fahrbahn. Im nächsten Moment gab es nur noch Schreie und Rauschen und Feuer.«

Er hatte über seine rechte Schulter gesehen und gelacht. Er war zwei Sekunden unaufmerksam gewesen. Er hatte genau gewusst, was Unaufmerksamkeit in dieser Region für Folgen haben konnte.

»Siri«, wisperte Eve.

Mac blieb stehen, legte die Hände flach auf die Arbeitsfläche und beugte sich vor. »Mein Hund. Ein ausgebildeter Minensuchhund. Er war ...«

»Immer bei dir.«

Mac nickte. »Ja.«

»Was ist dann passiert?«

»Dann?« Mac sah zur Decke und setzte seine Wanderung fort. »Mein Beifahrer war tot. Sein halber Kopf war weg, und er lag unter einem großen Trümmerteil. Martinez schrie wie verrückt. Ich schlug ihm ins Gesicht, obwohl er verletzt war, damit er mir helfen konnte. Die anderen ... die Jungs aus dem Heli waren bewusstlos, und es brannte. Martinez und ich zogen sie raus. Einer starb später, er war zu schwer verletzt gewesen. Der Transporter hinter uns stand lichterloh in Flammen. Dyke hatte ... Martinez brach zusammen. Etwas war ... etwas war mit seiner Schulter. Kurz zuvor hatten wir zwei Frauen passiert, die am Rand der Piste entlanggingen, mit irgendwelchem Gepäck. Sie lagen mit abgerissenen Gliedmaßen auf der Straße. Ich suchte meinen Hund und ...«

Fassungslos hörte Eve zu und starrte Mac an, wie er seinerseits in die fremde Welt seiner Vergangenheit starrte und versuchte, die Einzelteile zusammenzukratzen, bis sie ein schlüssiges Gesamtbild ergaben.

Er wandte sich um und sah ihr direkt in die Augen. »Eve, ich weiß nicht, ob das so war. Ich kann mich nicht erinnern. Es ist nur das, was in den Berichten steht. Ich habe keine Ahnung, was ich getan habe. Es ist nur das, was die Ermittlungen bisher ergeben haben.«

Sie nickte. »Hast du Siri gefunden?«

Dass sie den Kosenamen übernahm, machte ihn fertig. Er nickte und wandte sich ab. »Er lag hinter dem Wrack auf der Seite. Er hechelte. Bei uns haben auch die Hunde schusssichere Westen an. Sie schützen Herz, Lunge und Leber und den Hals. Ich öffnete sie. Siri hatte ein großes Metallteil in der Flanke, und es war in seinen Bauch eingedrungen. Er blutete. Die Art Verletzung, an der man qualvoll stirbt. Er konnte nicht mehr aufstehen. Er leckte meine Hand. Ich konnte ihn nicht tragen. Er war ein schlanker, großer Malinois. Ich war auch verletzt und konnte ihn nicht ... Ich nahm ihn in die Arme. Seine Augen waren ... ich werde niemals vergessen, wie er mich ansah. Ich habe ihn erschossen, mit einem aufgesetzten Schuss ins Herz.«

Mac rieb sich mit beiden Händen über das Gesicht, und der Kloß in seiner Kehle war so groß, dass ihm die ganze Brust schmerzte.

Eve war sicher, dass er am liebsten geweint hätte. Und das war das Schlimmste daran. Sie schluckte mühsam. Ihre Augen brannten. »Stammt das auch aus einem Bericht?«

Mac schüttelte langsam den Kopf.

Eve wartete eine Weile. Sie starrte zu den Fenstern. Nässe tropfte von den Bäumen, aber die tiefhängenden Wolken würden Schnee bringen. Der Himmel war grau wie Schiefer.

An diesem Morgen war die Luft frisch, und eine Ahnung von Winter lag darin. Der Baldachin aus buntem Herbstlaub war unmerklich kahlen Ästen gewichen, und der strahlend blaue, sonnige Himmel der letzten Tage war mit einem Schlag Geschichte. Im Café waren die frischen Blumen längst durch aberhunderte von LED-Lämpchen ersetzt worden, und als es letzte Woche an der Zeit gewesen war, die Weihnachtsbeleuchtung aus den großen Kisten auf dem Dachboden zu holen, fiel der erste Schnee. Er bedeckte die Stufen vor dem Haus und das Pflaster auf dem Hof in einer zarten Schicht, und jeden Morgen war Eves erste Beschäftigung, ihn wegzukehren, damit niemand ausrutschte und fiel.

Mac sprach von Vernehmungen, die nicht das winzigste neue Licht auf den Hergang warfen, weil ihm jegliche Erinnerung an diese neun Minuten seines Lebens fehlte, von Selbstvorwürfen und Hass, dem man ihm entgegenbrachte, weil in Lewis jeder jeden kannte, und weil jeder diejenigen kannte, die in den verschweißten Särgen auf dem Gray Army Airfield eintrafen. Siri kam auch zurück. Er war auch ein Soldat gewesen.

Aber das war auf der anderen Seite der Welt passiert. Dazwischen lagen Blut, Angst und Schmerzen. Und ein posttraumatisches Stresssyndrom, das Corporal Freddy Martinez wie mit einem Knebel daran hinderte, zu sagen, was passiert war. Als Mac nach Monaten zurückkam, hatten die meisten bereits entschieden, dass man ihm die Schuld geben konnte. Menschen brauchten für ihre Trauer einen Platz, und sie brauchten zum Verstehen einen Grund. Den fanden sie in Mac. So war es am leichtesten.

Kapitel 22

Es war still in der Küche. Der Kühlschrank summte leise vor sich hin, etwas rauschte in den Leitungen, und die große Wanduhr tickte gleichmäßig – die zarte, verhaltene Hintergrundmusik eines herzzerreißenden Trauerspieles, einer Beichte, die Eve sich peinigender nicht vorstellen konnte. Ihre Küche, in der sie zur Musik von Pink tanzte, während sie Pläne machte, war zu einem dunklen, schrecklichen Ort geworden.

Sie fühlte sich hilflos. »Ich weiß nicht, was ich dazu sagen könnte. Ich habe keine Ahnung von solchen Dingen.«

Ein Nicken.

Er kam zurück an den Tisch und setzte sich. »Das dritte Fahrzeug war nicht so beschädigt. Sie setzen den Notruf ab, und die Überlebenden kamen in ein Krankenhaus.«

»Das, welches den Namen nicht verdiente?« Sie sah ihn vorsichtig an und war unendlich dankbar für das winzige Lächeln, das seinen Mundwinkel hob.

»Genau das. Du passt gut auf.«

Sie schob ihre Finger unter seine. »Mac«, fragte sie vorsichtig, »bist du in Ordnung?«

Er drückte ihre Hand. »Du meinst, im Sinne von: Gehöre ich auch in eine geschlossene Abteilung, so wie Martinez?«

Ihr Gesicht verschloss sich. »Nein. Im Sinne von: Kommst du damit klar. Kann ich dir helfen. Hast du Schmerzen. Kannst du nachts schlafen. Wie geht es dir. In diesem Sinne.«

Er sah auf, sah ihr in die Augen, und sein Blick war unverstellt und nackt. »Ich habe das schon hundertmal erzählt«, sagte er, »und jedes Mal habe ich das Gefühl, ich erzähle eine Geschichte, die einem anderen passiert ist. Ich weiß, was danach war. Aber ich weiß nicht, was vor dem Knall passierte, und was unmittelbar darauf folgte. Ich habe mich nach hinten umgedreht, und dann war alles weg. Alle Einzelheiten sind weg. Aber heute Nacht ...« Er verstummte.

»Was war heute Nacht?« Sie klang sanft. Sie hielt seine Hände. Sie sah ihm unter gesenkten Wimpern ins Gesicht. Ihre Augen waren matt vor Trauer und Mitgefühl.

Er konnte es ihr sagen.

Jeder erlebte die Hölle anders. Seine persönliche Hölle waren die Augen seines sterbenden Hundes, den er im Stich gelassen hatte, genauso wie die Augen der anderen Hunde, die er auch im Stich gelassen hatte, nur, dass das schon über ein Jahrzehnt zurücklag. Verwinden würde er es trotzdem nie.

Es hatte nichts mit dieser Wohnung, mit diesem Universum, mit diesem Bett und mit dem Körper neben ihm zu tun, und er hatte das getan, was er in letzter Zeit perfektioniert hatte: Er schob es weg. Manchmal funktionierte es nicht mit der Verdrängung, und dieser Moment war ihm gerade gefährlich nahe.

Es hatte genau bis zu dem Augenblick funktioniert, an dem Amy sich an sein Rückgrat schmiegte und ihm mit seinen dicken Pfoten in die Nieren trat und er gelächelt hatte in einer Erinnerung, die einem anderen Tier galt.

»Heute Nacht ... kam ein Teil davon zurück. Der Teil mit Sirius. Amy hat sich an meinen Rücken gekuschelt, und das war wie früher, weißt du. Sirius ... er hat bei mir im Zelt geschlafen, auf dem Feldbett, obwohl gar nicht genug Platz war und es knallheiß war in diesen verdammten Geröllwüsten. Amy hat mich daran erinnert.«

Sie flüsterte seinen Namen, beugte sich weit über den Tisch und legte ihre Hand an seine Wange. Das war nicht der Mann, der sie physisch in den Himmel trieb und auch nicht der, mit dem sie um Besitzurkunden stritt. Erst recht war er nicht derjenige, der die lockeren Sprüche riss und sich sexy Posen für ein Instagram-Post ausdachte. Dieser Mac war ein ganz anderer, und sie wusste nicht genau, ob sie diese Seite sehen durfte.

»Ich bin kein Verbrecher«, sagte er unvermittelt, und sie sah, wie es in seinem Gesicht arbeitete, »das heißt, zumindest glaube ich nicht, dass ich einer bin. Eve, meinst du nicht, ich müsste es wissen?«

Eve wusste vor allem eins, denn sonst würde sie hier vor ihm in Tränen ausbrechen und den ganzen Tag nicht mehr aufhören können zu weinen: Sie musste unbedingt auf eine sachliche Ebene zurück. Sie fragte: »Wie weit sind die Ermittlungen?«

»Noch nicht abgeschlossen.«

»Gibt es irgendeine Aufzeichnung? Eine Art Blackbox wie im Flugzeug? Kameras?«

Er lachte bitter. »Keine Blackbox. Der ganze verdammte Konvoi war voller Kameras. Aber alle, die etwas aufgezeichnet haben, sind bei der Explosion zerstört worden.«

Sie überlegte. »Gibt es nicht so etwas wie eine Cloud?«

»Ob man es glaubt oder nicht: Es gab ein Satellitenproblem. Das war die ungünstigste Gegend, die man sich für sowas vorstellen kann.«

»Wie kann das denn sein«, sagt sie und klang empört, »das ist die Army! Irgendetwas wird es da doch wohl geben!«

Mac lachte bitter und klang auf einmal anders. »Ich merke schon: Ich brauche keinen Anwalt. Ich brauche dich. Du haust mich da raus.« Der Teil mit dem *brauchen* stimmte, stellte er fest: Er würde nie mehr ohne sie leben können.

»Hast du einen Anwalt? Einen guten?«

»Ja, klar. Das ist immer so in solchen Fällen.«

»Nicht Harry Anderson, oder?«

»Nein. Jemand aus Virginia, vom Militär. Harry ist nur noch für die Kleinigkeiten zuständig.« Harry kannte er seit so vielen Jahren. Aber früher, in diesem anderen Leben, war Harry Anderson auch noch weitaus kampfbereiter gewesen. Anderson hatte einen knallharten Ruf, den er sorgsam wahrte. Aber er konnte ihm nicht mehr gerecht werden. Bei der Army wäre er sein Untergang. Trotzdem, für zivile Rechtsangelegenheiten reichte sein Biss allemal.

»Mac«, fragte sie, »glaubst du, sie ermitteln wirklich sorgfältig? Oder brauchen sie einen Sündenbock?«

Er drückte ihren Arm. »Sie werden sorgfältig ermitteln.«

Eve nickte und biss auf der Innenseite ihrer Wange herum, weil sie an der schwierigsten Frage herumlaborierte. »Wie schwer warst du verletzt?«

Er zog die Hand zurück und lehnte sich an das Rückenteil der Bank. »Paar Rippen gebrochen. Gehirnerschütterung.«

Ach was. Eve hob die Brauen. »So. Aha. Und das konnte man da nicht behandeln?«

»Doch.«

»Okay. Was noch?«

»Milzriss.«

»Kenne ich von Unfallopfern. Motorradfahrern zum Beispiel. Eine gerissene Milz wird meistens einfach entfernt.« Sie schnippte mit den Fingern und klang spitz. »Also?«

»Herrje, zum Teufel, Eve! Warum musst du das denn so genau wissen! Ich war halt verletzt.«

Eve streckte die Hand aus, schoss vor wie eine Kobra und bohrte ihm die Finger in den schmerzenden Muskel. Mac jaulte auf und starrte sie völlig schockiert an.

»Sag es mir einfach.«

Er atmete tief ein, wieder aus, und starrte ihr ins Gesicht. Dann blickte er weg. »Lungenriss. Und ein Teil meiner Leber wurde entfernt. Das regeneriert sich mit der Zeit. Lebergewebe wächst nach. Nur von den Folgen hat man noch ein bisschen länger.« Er klang trotzig.

Eve wusste, dass ihr in diesem Moment die Farbe aus dem Gesicht wich.

»Okay«, sagte sie. »Okay. Mac, du warst richtig schwer verletzt. Du hast deine Männer gerettet, soweit du konntest. Für mich hört sich das eher nach Heldentum an. Du bist an gar nichts schuld.«

Er hob den Kopf und sah sie mit einem wilden Brennen in den Augen an. »Ich war mal ein Held. Jetzt bin ich der Freak, der im entscheidenden Moment abgelenkt war. Verstehst du es nicht? Ich habe diese Scheiße verursacht!«

Wütend werden konnte sie auch, und es fühlte sich irgendwie gut an nach diesen entsetzlichen Schrecken. »Ich verstehe beim besten Willen nicht, warum du dir die Schuld an diesem

Unglück gibst! Es war doch ein Unglück. Ein Unfall, wenn man so will!«

Er stieß ein raues Lachen aus. »Auch bei einem Unfall trägt irgendjemand die Schuld. Ich war der Truppführer. Ich war der Fahrer. Und ich hab im entscheidenden Moment meine Augen nicht da gehabt, wo sie hätten sein müssen.«

Sie zwang sich zur Ruhe. Es kostete sie soviel Kraft, dass sie förmlich spürte, wie sich die Fasern ihrer Muskeln spannten. Sie verschränkte ihre Hände, fest, wie in einem Schraubstock, um das Beben zu beherrschen. *Beruhige dich. Komm auf den Teppich. Los, Eve, mach was.* »Mac«, sagte sie, »wie kannst du mit nur einer halben Leber Barbesitzer werden wollen?«

Er sah, dass sie ein winziges bisschen grinste, und stieß die Luft aus.

Die Anspannung fiel von ihm ab, und er fühlte sich wie ein Fesselballon, nachdem die tausend Yards Ballonseide über dem Korb im Gras zusammengefallen waren. »Klar. Ich kann ja auch Spareribs grillen und trotzdem Vegetarier sein.«

Jetzt lachte sie. Etwas zittrig klang es, nach halb überstandenem Grauen, aber sie lachte. Eine heiße Welle aus purer Dankbarkeit flutete sein Herz.

»Bist du das wirklich? Oder ist das nur so ein Trick, mit denen man heutzutage Frauen klarmacht?«

»Glaubst du mir denn gar nichts?«, brummte er.

Er rieb mit den Händen über sein Gesicht. »Verdammt. Da wir schon davon reden: Wenn ich nicht genau wüsste, dass es erst halb zehn am Morgen ist, würde ich sagen, ich brauch einen Drink.« Ein warnender Blick traf sie. »Und wenn du mir jetzt einen Vorwurf machst, dann weiß ich wieder ganz genau, warum ich dir nichts von dieser Lebersache erzählen wollte.«

Eve schlug die Augen nieder, weil plötzlich Angst wie eine heiße Pfeilspitze durch sie hindurchfuhr. *Daran hatte sie noch gar nicht gedacht.* »Du passt gut auf dich auf, oder?«

»Wäre das wichtig?«

»Ja«, sagte sie einfach, aber er sah, wie sie schluckte. Und dass sie sich auf die Wange biss.

»Okay«, sagt er, »dann kein Drink.« Er hatte das Bedürfnis nach einer Erklärung. »Ich trinke normalerweise nicht. Du trinkst.«

Sie lächelte schwach. »Das tue ich selbstverständlich nicht. Nur zur Vorbereitung auf ganz heiße Nächte.« Hatte sie ihn jemals mehr als dieses eine Glas Wein trinken sehen? Wahrscheinlich trübten ihr seine vielen Fotos leckerster Cocktails den Verstand. Gott, war das peinlich. Sie machte einen Scherz. »Du bist ja so langweilig wie ein Klosterschüler.«

Ein langer, angelegentlicher Blick. »Ich glaube nicht«, sagt er und meinte nicht die furchtbare Beichte, die er gerade abgelegt hatte.

Sie dachte unablässig über seine Geschichte nach. »Vielleicht wurde etwas übersehen.«

»Eve. Es sind fünf Menschen gestorben. Am Unglücksort wurde in einem Radius von hundert Yards der Erdboden durchgesiebt. Da wurde mit Sicherheit nichts übersehen. So läuft das nicht.«

Sie nickte verzagt. »Und wie geht es jetzt weiter?«

Er seufzte. »Wahrscheinlich werde ich demnächst unehrenhaft entlassen. Und wandere direkt in den Knast nach Leavenworth.«

Sie tat etwas völlig Unerwartetes: Glitt hinter dem Tisch hervor, stellte sich hinter ihn und legte für einen köstlichen Augenblick die Wange an seine Schläfe, so dass er den Kopf gegen ihren lehnen konnte. Wärme durchströmte Mac. Sie richtete sich wieder auf und zog ihn an sich. Sein Hinterkopf ruhte an ihrer Brust, und weil sie es nicht sehen konnte, schloss er die Augen und gab sich dem Moment der Ruhe hin. Aber als sie ihm durch die Haare strich, fühlte er sich wehrlos wie ein Kind.

»Das wird nicht passieren«, sagte sie sanft.

Die Erkenntnis traf ihn mit voller Wucht: Es war ihm vollkommen egal, was der Rest der Welt von ihm hielt – solange nur Eve an ihn glaubte.

Und deshalb waren sie auch noch nicht fertig.

Er fing ihre Hände ein. »Ich habe Georginas Briefe gelesen«, sagte er, »vor ein paar Tagen. Sie werden nach Fort L zurückgeschickt, wenn man sie nicht zustellen kann. Eve, Georgina hat sich auf mich verlassen, und ich war nicht da.«

»Du hattest einen guten Grund. Sie hat das sicher verstanden.«

»Aber sie wusste es doch nicht! Das ... Unglück war am zweiten Mai. Der erste Brief, mit dem sie mich um finanzielle Unterstützung bat, ist von Ende April. Es dauert ein paar Tage, bis die Post in den Camps ankommt. Ich habe nicht geantwortet. Sie hat den nächsten zwei Wochen später abgeschickt. Und den übernächsten nach vier Wochen. Im Juni schrieb sie mir, sie habe eine andere Lösung gefunden, und ich möge doch bitte bleiben, wo der Pfeffer wächst.«

Eve wurde einiges klar. »Ich kam im Juni nach Cooper.«

»Ja«, sagte Mac. Und dann: »Sie hat mir das nie verziehen.«

»Doch«, entgegnete Eve, »das hat sie.«

»Immerhin hat sie dich als Erbin eingesetzt.«

»Sie hat dir verziehen«, beharrte Eve.

Mac war sich sicher, dass sie ihn nur trösten wollte, aber er sparte sich den Einspruch.

»Bist du schockiert?«, fragte er stattdessen nach einer Weile, während der beide ihren Gedanken nachhingen und eisiger Regen an die Fenster schlug. Mac genoss das Gefühl ihres Körpers hinter sich, die Wärme, den Duft, der von ihr ausging, und die Geborgenheit, die ihm Trost vermittelte.

Ja. Ja, sie war schockiert. Zutiefst schockiert darüber, dass er das alles in sich verbarg, vor ihr verbarg, obwohl sie mittlerweile so viel miteinander geteilt hatten und sie neben ihm geschlafen hatte; sie war schockiert darüber, dass er das ertrug, und sie war gleichzeitig schockiert über seine Offenheit, obwohl sie ihn mit der Beleidigung, er sei schuld an ihrem Dilemma, hart getroffen hatte.

»Es tut mir so schrecklich leid, Mac«, sagte sie und hauchte einen Kuss auf seine Schläfe. Er quittierte es mit einem Nicken, und plötzlich wollte sie nur eines: Dass er sie in seine Welt ließ, weil er alles von ihr wusste.

Zu diesem Zeitpunkt dachte Eve das.

Sie brauchte dringend Bewegung.

Sie wollte mit Amy zu einem 3-D-Spaziergang durch den Wald aufbrechen. Sie hasste schnelles Bergaufgehen, aber das war offensichtlich im Moment die einzige Möglichkeit, den Kopf frei zu bekommen. Und sie musste unbedingt für eine Weile allein sein.

Sie sagte es ihm und sah die Enttäuschung durch sein Gesicht flackern, aber die hervorstechendste Eigenschaft von Mac war sein eiserner Wille, und Sekundenbruchteile später waren seine Züge ausdruckslos und ruhig.

Es war schon Nachmittag, als sie wieder zuhause war. Sie war erleichtert darüber, dem Regen und dem Wind zu entkommen; genauso dankbar, wie sie zuvor dafür gewesen war, sich mit den Elementen messen zu können.

Das mit den Textnachrichten funktionierte bei ihnen beiden ja anscheinend nicht besonders gut. Sie wünschte sich eine Portion heile Welt. Sie sehnte sich nach ihm, und sie wollte ihm eine Nachricht schreiben, die nur so leuchtete vor lauter küssenden Emoticons und herzchensprühender Flirterei, aber das war nicht die Art Nachricht, die sie mit ihm austauschte. Sie wollte albern sein und verliebt und ein bisschen verträumt klingen.

Völliger Quatsch. So lief das bei ihnen nicht. Sie schrieb ihm eine E-Mail.

Von: Eve Jackson
An: M. Lawrence
Am: Freitag, 13.58 Uhr
Hi ... bin wieder da. Tut mir leid. Weißt du, was ich gern tun würde?
Liebe Grüße, Eve.

Von: M. Lawrence
An: Eve Jackson
Am: Freitag, 13.59 Uhr
1) Gut.
2) Kein Grund, sich zu entschuldigen.
3) Keine Ahnung. Was?
Gruß, Mac.

Sie überlegte nur ganz kurz.

Von: Eve Jackson
An: M. Lawrence

Am: Freitag, 14.01 Uhr
Diesen Regentag mit dir im Bett verbringen. Und im Bad. Müsste allerdings dein Bad sein. Meines ist zu winzig.
LG, Eve

Zehn Minuten später erwartete er sie an der Tür zu seinem Haus. Er sagte ihr nicht, dass er von jetzt auf gleich auf hundertachtzig war und dass sein Herz raste vor Begehren und Vorfreude. Er sagte auch nichts davon, dass er erstmals die großen Glasflächen in seiner Wohnung verfluchte und – gleich morgen! – auch auf der Nordseite Jalousien anbringen lassen würde. Vor allem sagte er ihr nicht, dass er vor Dankbarkeit und Erleichterung darüber, dass sie da war, weiche Knie hatte.

Er sagte: »Hast du nichts zu tun? Ich dachte, du musst ein Café führen.« Ihr Aussehen erinnerte ihn an eine nasse Katze, und er musste jetzt unbedingt so tun, als ob er knallhart und cool wäre. So, als ob ihm dieser Vormittag nicht noch in den Knochen steckte. So, als ob er okay sei.

»Erst morgen wieder«, entgegnete Eve und schob ihre eiskalten Hände unter sein Shirt, lachte, als er zusammenfuhr und seinen entsetzten Aufschrei geistesgegenwärtig in ein unterdrücktes Stöhnen verwandelte. Sie kniff beglückt die Augen zu, obwohl sie bis auf die Knochen fror. »Aha« sagte sie, »wollen wir mal sehen, ob du dich gleich auch so gut im Griff hast.«

Es stellte sich heraus, dass auch ihre Lippen kühl waren. Aber das Innere ihres Mundes war umso wärmer, und der Klamottenpfad endete diesmal in Macs Badezimmer.

Amy packte mit seinem weichen Maul Macs Shirt und trug es zu dem breiten Sofa unterhalb des rückwärtigen Fensters, rollte sich darauf zusammen, wobei er es noch ein bisschen mit den Zähnen bearbeitete, und machte ein ausgiebiges Nickerchen.

Mac schob Eve unter die heiße Dusche. Er nahm sie fest in die Arme und stellte sich mit ihr unter den prasselnden Schauer, bis ihre Lebensgeister nach der Kälte und dem Regen wieder erwachten. Der Dampf hüllte sie ein und kondensierte auf den Fliesen.

Als Eve die Hüften gegen sein Becken drängte, wurde aus Geborgenheit und Schutz etwas anderes. Mac umfasste ihre nassen Wangen und küsste sie. Er hielt sie wie Glas, vorsichtig.

Er wollte eine Chance. Was sie wohl für Schlüsse gezogen hatte während der letzten zwei Stunden? Offensichtlich nicht die falschesten, denn immerhin standen sie nackt unter seiner Dusche, und aus dem großen, luxuriösen Duschkopf strömte das Wasser auf sie hinab, machte sie glitschig und bereit und so sexy, dass ihm die Luft wegblieb.

»Du riechst wie ich«, sagte er und stellte sein Duschgel zur Seite, »jetzt musst du auch meinen Job machen.«

»Kriege ich hin«, antwortete sie, ein bisschen großspurig, und drückte ihn an die nasse Wand. Als sie sich an seinem Körper bewegte, spannte er die Bauchmuskeln an. Sie kniete sich auf den Boden, und seine Lippen öffneten sich mit einem leisen Seufzer. Er lehnte den Kopf an die anthrazitfarbenen Fliesen und sah auf sie hinunter. Das Bild, wie sie die Wangen hohl machte, wollte er bis in alle Ewigkeit in seinen Träumen sehen.

»Also das ist es, was du hier tust?« Mac nickte, und sie lächelte, als sie sich danach aufrichtete, ihre Hand dort ließ und in sein Gesicht sah, in dem sie Befriedigung las. Und neue Erregung. »Bett«, quetschte er rau hervor, und dann: »Nimm mich wieder in den Mund. *Bitte.*« Sie würde ihm den Gefallen tun. Sie würde ihm jeden Gefallen tun.

Um halb fünf wurde es bereits wieder dunkel. Eve lag neben ihm, ermattet, lang ausgestreckt und eine Augenweide, mit geschlossenen Lidern und weichen, nachgiebigen Muskeln. Er ließ die Hand an ihrem Rücken entlanggleiten und berührte seitlich ihre Brust.

Sie reagierte sofort. »Triggerpunkt«, murmelte sie und bog den Kopf zurück, damit er ihre Kehle küssen konnte und vielleicht die Gelegenheit nutzte, um sich nach weiter unten vorzutasten, was er bereitwillig tat.

Was auch immer geschehen mochte: Dieser Nachmittag würde bleiben, ein goldener Funke in ihren Herzen, ein Juwel in ihrer Erinnerung.

Später erkundigte er sich nach der Misere mit dem Koch.

»Verdammt!« Sie fuhr auf. »Das habe ich völlig vergessen.«

»Ich mache das weltbeste Bananensplit«, sagte Mac, »falls das irgendwie hilft?«

Ihr schlechtes Gewissen dröhnte wie eine Glocke, aber Eve lachte und fuhr ihm durchs Haar. Es war gewachsen in diesen dienstfreien Wochen und begann sich an den Enden zu locken. Es fühlte sich wundervoll an. Sie konnte die Finger nicht davon lassen. Sie seufzte tief. »Nicht so richtig«, sagte sie. »Ich muss mir schnellstens etwas einfallen lassen.« Es war Wochenende. Wie hatte sie das mit Mo nur ausblenden können!

»Ich kenne jemanden, den ich fragen könnte.«

»Oh? Sicher wieder eine *Freundin*?« Eine ekelhafte kleine Spitze aus Eifersucht schoss durch ihr Herz, wobei diese kleine Spitze in etwa so war wie das, was man von einem Eisberg sieht: ein Bruchteil des tatsächlichen Ausmaßes.

Er nickte ganz locker. »Ja, Janet. Soll ich sie fragen?«

Hatte sie eine Wahl? Hoffentlich merkte er nicht, dass sie mit den Zähnen knirschte. »Ja.«

»Okay«, sagte er, angelte nach dem Handy, wobei er sich schwer auf Eve legte und ihr mutwillig in die Augen sah, bis er es endlich ergattert hatte, und öffnete seine Kontaktliste.

Sie kam Eve sehr umfangreich vor.

Er hatte sofort jemanden am anderen Ende. Eine fröhliche, helle Stimme drang an Eves Ohr. Sie konnte zwar nicht genau verstehen, was die Frau sagte, aber offenbar freute sie sich über alle Maßen, von Mac zu hören.

»Gut, dann bis morgen. Vielen Dank, du Liebe. Ich freu mich auch.«

Er warf das Handy hinter sich aufs Bett und kitzelte Eve unter den Rippen.

»Janet rockt das«, sagte er.

»Wie schön«, sagte Eve, schob seine Hand weg und dachte, dass sie sich wirklich besser im Griff haben müsste.

Der Raum war mittlerweile voller Schatten. Der Regen war zu Graupel geworden, und mit leisem Geklimper schlugen die winzigen Kristalle an die Fensterscheiben.

»Mac«, sagte Eve nach einer langen, nachdenklichen Pause, »darf ich dich was fragen?«

»Alles«, sagte er und fuhr mit den Fingerspitzen an ihrem Schlüsselbein entlang, über die Schulter, den Arm hinab. Ein Schauder überlief sie. Sie verglich seine Finger mit ihren. Kein Wunder, dass es nie so war wie mit ihm, wenn sie es sich selbst machte. Dabei war selber machen okay. Es war nur nicht das Gleiche. Es fehlte der köstliche Druck seiner Erektion an ihrem Bauch, und die Aufregung, die sie in seiner Nähe überkam. Es fehlte das Gefühl seiner Lippen. Die drängenden Bewegungen, die Laute. Das leise Zittern, das sich übertrug. Der köstliche Druck an ihrer Spalte, das köstliche Gewicht auf ihrem Körper, der Duft, die Wärme seiner Haut, seine Stimme, wenn er sie beruhigte oder antrieb.

Wenn Mac da war, funkelte die Welt so sehr, dass man damit glatt eine zweite Milchstraße an den Himmel werfen konnte. Welche Frage sollte sie stellen?

Wen gibt es noch in deinem Leben?
Mit wem außer mir schläfst du?
Kannst du dir vorstellen, bei mir zu bleiben?
Wie soll das hier weitergehen?
Liebst du mich?
So, wie ich dich?

»Mac, wo bist du gewesen, wenn du frühmorgens nachhause kommst?«

Wie oft hatte sie das schon beobachtet: Seine Wohnung war dunkel, wenn sie um halb sieben aufstand. Später kam er dann von irgendwoher angefahren, verschwand im Haus, und war den halben Vormittag nicht mehr zu sehen. Ob er dann schlief?

Sie spürte seinen Blick. Er betrachtete ihr Gesicht, dann beugte er sich über sie.

»Physio«, flüsterte er dicht an ihrem Ohr und legte vorsorglich eine Hand auf ihr Dekolleté, um sie im Falle eines Falles von sich abzuhalten, bis das geklärt war. Er täuschte sich nicht.

Sie starrte ihn an und wiederholte das Wort, als hätte sie es noch nie gehört.

Mac setzte sich auf und zog sie mit sich.

»Alle paar Tage, immer den frühesten Termin, weil ich eh nicht schlafen kann. Dann habe ich den Rest des Tages Zeit, mich davon zu erholen. Was dachtest du denn, wo ich bin?«

»Sowas in der Art«, stotterte sie.

»Falsch. Du dachtest, ich verbringe die Nacht woanders. In den Armen einer meiner vielen Freundinnen. Der Architektin vielleicht. Oder der Köchin. Richtig?«

Sie schlug ihm mit dem Handrücken gegen die Brust. »Natürlich nicht!«

Er hielt ihre Hand fest und hauchte einen Kuss auf die Handfläche. Es prickelte, so als ob ihre Lebenslinie Funken schlüge.

»Und ob du das dachtest.«

Er lachte sie aus! Sie befreite sich erbost aus seinem Arm und schwang ein Knie über seine Oberschenkel. »Ist es eine Frau? Die Therapeutin?«

Er hielt ihre Hüften fest und dirigierte sie dorthin, wo er sie haben wollte. »Du bist eifersüchtig.«

»Das hättest du wohl gern!«

»Ja«, sagte Mac, »das hätte ich gern.«

Er packte sie fester und fand Vergnügen daran, wie sie den Rücken dehnte und ihr Becken bewegte. Er beugte den Oberkörper nach vorn und umfing ihren Rücken, während sein Schwanz sich zwischen ihren Beinen aufrichtete und machte, was er wollte, wogegen sie offenbar nicht das Geringste einzuwenden hatte. »Gary ist sechzig und ein Kerl wie ein Bär, der in seiner Freizeit Holzscheite mit den Handkanten spaltet, wie ich vermute.«

»Ah«, sagte Eve, »gut. Bestimmt versteht er seinen Job.«

Mac lachte ein bisschen und zog sie an sich. Aus dem Lachen wurde ein langgezogenes Stöhnen, und wegen der plötzlichen Blutleere im Kopf ersparte er sich eine clevere Antwort. Er ächzte, als ihre Hand abwärts wanderte, und japste ein wenig einfallsreiches »ja«. Wichtiger war im Moment ohnehin, dass das ganze Blut seinen Weg woanders hingefunden hatte.

»Gut«, wiederholte sie leise, und ihre Stimme klang wie dunkler Samt. Sie drückte ihre Handfläche auf seinen Bauch, so dass sich die Fingerspitzen leicht nach oben bogen, ließ sie tiefer wandern und formte eine kleine Schale über seinem Penis, eine fast beschützende Geste, die ihn kurz die Luft anhalten ließ, weil er befürchtete, sie würde nicht weiter machen, denn das wäre das schlimmste Schicksal, das er sich im Moment vorstellen konnte.

Bitte hör nicht auf, flehte er in Gedanken.
Die Hand stockte. Und wanderte aufwärts.

Die Enttäuschung war so furchtbar, dass sie ihm wie ein Blitz in den Magen fuhr. Eve hielt schon wieder inne. Wechselte die Richtung. Sie beobachtete ihn genau und tat es mit einem feinen Lächeln: *dieses Biest.*

Sie beugte sich tiefer herab, so dass ihre Brust seine Haut berührte. Er sah in ihre strahlenden Augen. *Wie Sonnenflecken auf den Spitzen der Kiefern oben am Hang.* Ihr plötzliches scharfes Einatmen, als ihre Brustwarzen sich aufrichteten und hart wurden wie Murmeln, machte ihn rasend, und er bewegte sich unruhig. Die kleinen festen Dinger streiften über seine Haut, während sie den Hintern in die Luft streckte und dieses Hohlkreuz machte, das ihm vollkommen den Atem raubte.

Darüber vergaß er fast ihre Hand, die plötzlich zupackte. Neues Stöhnen entfuhr ihm, tiefer und dunkler diesmal.

»Alles okay?«, fragte sie und hörte sich an wie ein stimmliches Äquivalent zu flüssiger Schokolade.

»Klar«, presste er hervor, »abgesehen davon, dass ich gerade in Flammen aufgehe.«

»Ich wusste, dass du heiß bist«, sagte sie und nahm ihn in den Mund.

Er hatte Angst vor ihren Zähnen und sehnte sie herbei. Der Schauer, der über seinen Rücken rann, war fast so köstlich wie das Gefühl, in ihrem warmen Mund zu sein. »Nicht so heiß wie du«, flüsterte er, schlang ihr feuchtes Haar um seine Hand, wie eine seidige, kühle Fessel, und schloss die Augen.

In der Nacht fiel Schnee.

Am nächsten Morgen war Cooper tief verschneit, und binnen sechs Stunden mutierte der Ort zum Wintersportparadies. Das Glöckchen über der Tür zum Café würde den ganzen Tag nicht stillstehen.

Mac befreite den Hof und die Treppen vom Eis und kratzte wortlos die Scheiben von Eves Kombi frei, bevor er mit Amy zu einem lustigen Spaziergang durch den Neuschnee aufbrach. Eve würde sicherheitshalber noch einkaufen fahren wollen, das ahnte er.

Janet, eine ehemalige Kameradin von Mac, erschien pünktlich und übernahm nahtlos das Kommando. Sie war groß, schlank, rothaarig und Mutter von drei Kindern. Dass Janet mit ihrer einschlägigen Feldküchenerfahrung spielend jede Küche managen konnte, war Eve von der ersten Minute an klar. Es fegte ein ganz neuer Wind durch das *Georgina's*: Weniger Raffinesse, aber gutes, amerikanisches Soulfood hielt Einzug auf die tägliche Speisetafel. Janets *Huevos Rancheros* waren Weltklasse, und sie stapelte die Pancakes beinahe schneller, als die Gäste sie vertilgen konnten.

Eve stand weiterhin jeden Tag in ihrer Küche und fabrizierte die tollsten Kuchen der Welt. Sie und Mac posteten weiterhin jeden Tag ihre Fotos, und der Wettbewerb bekam etwas Persönliches, Vertrautes. Sie sprachen sich ab. Die Waage schlug mal in seine, mal in ihre Richtung aus, aber im Grunde lagen sie in der Gunst der Gäste gleichauf. Mac testete seine alkoholischen Kreationen an Eve, Justine und Janet. Sie probierten den jeweils neuesten Cocktail und leckten sich über die Lippen, und Mac wusste, wenn er Eve gleich einen Kuss stahl, schmeckte sie nach Irish Cream. Er hatte zweifellos eine Begabung für das Mixen genialer Drinks.

So hätte es weitergehen können.

Kapitel 23

Jae Tao Pak kannte Mac schon fast sein ganzes Leben. Sie hatten sich bei einer Prügelei auf dem Schulhof in der Highschool kennengelernt, wo Jae Mac daran hinderte, sich jeden Knochen brechen zu lassen.

Mac hatte in mindestens der Hälfte seiner Schulzeit die Nachmittage bei Jae verbracht, wo Mrs Pak ihm Manieren beibrachte und jeden Tag köstliche Sachen aus ihrem Wok auftischte. An den Wochenenden war Mac bei Georgina. Aber Georgina war beständig beschäftigt und hatte nicht Mrs Paks restriktive Vorstellungen von den Regeln, die Jungs im Teenageralter brauchten, um zu guten Männern heranzuwachsen, und für Schulzwist hatte Georgina keine Zeit. Ohne die Zuneigung der Flüchtlingsfrau aus Saigon hätte Mac seine Teenagerzeit vermutlich nicht überlebt. Nur als Jae mit Mac in die Army eintreten wollte, streikte sie, faltete ihn nach Strich und Faden zusammen und warf ihn aus dem Haus. Obwohl Jae sich mit seinen guten Noten dann eines Besseren besann und zur Polizei ging, dauerte es ein paar Jahre, bis Jaes Mutter Mac wieder an ihren Tisch bat. Wahrscheinlich hatte sie erst abwarten wollen, ob er den Grundkurs überlebte.

Mac war ein ziemlicher Spätzünder, was die Erkenntnis betraf, dass das eigene Verhalten wesentlich zur Akzeptanz von anderen beiträgt. Als Mac endlich kapiert hatte, dass eine große Klappe nicht in jeder Situation von Vorteil war, lief sein Leben endlich in den richtigen Bahnen.

Auch Jae ging für eine Weile ins Ausland. Sie verloren sich für ein paar Jahre aus den Augen. Das Wiedersehen feierten sie gebührend. Danach passierte dieses und jenes, Macs Leben änderte sich abermals grundlegend, und Jae heiratete und bekam zwei Töchter und einen guten Posten beim Tacoma Police Department.

Seine Telefonnummer auf dem Display des Handys erkannte Mac sofort, weil er sie schon ungefähr eine Million Mal angerufen hatte.

Nach ein bisschen Begrüßungsgefasel und ein paar schlechten Scherzen darüber, dass Jae ihn beim letzten Treffen spielend unter den Tisch getrunken hatte, fragte er: »Wie gut kennst du eigentlich Lana Everett?«

Mac schluckte den Kloß in seiner Kehle herunter und antwortete: »Ihr Bruder war in meiner Einheit. Kann sein, dass ich ihn auf dem Gewissen habe.«

»Das macht die Sache ja noch dubioser«, sagte Jae. »Hast du nachher Zeit?«

»Klar«, sagte Mac.

Am Nachmittag saß er Jae in dessen Mini-Büro gegenüber. Sie tranken Coke aus Glasflaschen, die Jae aus dem Automaten im Flur geholt hatte.

Jae Tao Pak war das, was man einen anständigen Kerl nannte. Seine Eröffnungsfrage war daher auch der oberste Gipfel privater Indiskretion, den Jae je erklommen hatte. »Hattest du mal was mit ihr?«

»Fast«, antwortete Mac und verzog das Gesicht. Die Erwähnung von Lana Everett sorgte bei ihm seit jeher für diffuses Unbehagen.

»Okay«, sagte Jay und behielt sein Pokergesicht bei, »wolltest du sehen, was sie unter der Haube hat, oder war es umgekehrt?« Die Mädchen waren schon immer hinter Mac her gewesen, eine Tatsache, die Jae manchmal bereuen ließ, mit ihm befreundet zu sein.

Mac beugte sich ruckartig nach vorn. »Was soll das, Mann? Spuck schon aus, um was es geht!«

»Miss Everett war heute hier.« Jae lehnte sich in seinem Bürostuhl zurück und fummelte an einem Stift herum.

Mac hätte ihn ihm am liebsten abgenommen. Sein unbehagliches Gefühl verstärkte sich und kam von den Wänden her drohend auf ihn zu. Er zwang sich zur Ruhe. »Und was wollte Miss Everett von der Polizei? Hat sie mich angezeigt?«

Jae legte endlich den verdammten Kuli weg. Er beugte sich vor und schlang auf der blitzblanken Lederunterlage

die Hände umeinander. Mac hatte noch nie einen so aufgeräumten Schreibtisch gesehen. Trotzdem hatte er Lust, alles, was darauf war, einfach zu Boden zu fegen.
»Nein«, sagte Jae, »gäbe es dafür einen Anlass?«.

Mac atmete langsam aus. »Ich habe keine Ahnung, was für Lana Everett ein Anlass wäre, jemanden anzuzeigen, aber bei mir liegt ihre Latte bestimmt sehr niedrig.« Er konnte nicht mehr stillsitzen, doch die Auslaufmöglichkeiten in diesem Hasenkäfig waren ziemlich begrenzt. Ans Fenster schaffte er es mit zwei Schritten.
»Sie ist ja beim Fernsehen, soviel ich weiß«, sagte Jae bedächtig.

Nach diesem Text nahm Macs nagendes Missbehagen einen prominenten Platz in der ersten Reihe ein.
Er setzte sich vorsichtshalber wieder auf seinen Stuhl. Wer wusste schon, was jetzt kam.
»Der Frau wurde ein Video zugespielt. Die Herkunft ist nicht so richtig bekannt. Komische Sache. Es hat etwas mit ihrem verstorbenen Bruder zu tun.«
Mac sah in dem Büro umher und gab sich Mühe, den Zusammenhang zu verstehen. Und den Anflug von Euphorie zu unterdrücken. »Aha. Und mit *mir* hat das nun genau was zu tun?«
Jae sah ihm direkt in die Augen. »Es ist die vierzehn Minuten lange Aufnahme einer Drohne, die über einer Mondlandschaft im Irak kreist. Das Band zeigt deinen Konvoi, Mac, und wie er explodiert.«

Mac stieß seinen Rücken gegen die hohe, gerade Lehne des gar nicht mal unbequemen Besucherstuhls. Er spürte seine Schulterblätter, die sich in die weiche Polsterung drückten, und hatte ein seltsames Gefühl in den Beinen. Würde er jetzt aufstehen, hätte er ein Problem mit seinen Knien, weil sie ihn nicht tragen würden. An der Wand hing ein großformatiges Foto – Jae Tao bei seiner letzten Beförderung, dunkelblaue Uniform, strahlende Gesichter, großes Stadtwappen im Hintergrund. Das Wappen von Tacoma hatte Mac schon immer gemocht: aufgehende Sonne hinter schneebedeckten Hängen des Mount Rainier, im Vordergrund der Hafen und die Brücke.

Ein Motiv, wie Jaes Töchter es malen könnten.

Das Band zeigt deinen Konvoi, wie er explodiert.
Mit einer Stimme, die sich in seinen eigenen Ohren sehr weit weg anhörte, fragte er: »Warum geht sie damit zur Polizei und nicht zum Militär?«

Lana hatte befürchtet, erpresst zu werden. »Der Typ, der das Video angeboten hat, verlangt eine Veröffentlichung im TV, am besten zur Primetime, und vor allem eine Menge Geld. Mit sowas geht man erst mal zur Polizei, oder nicht?«

Macs Blick wanderte aus meilenweiter Entfernung zu Jae Taos Gesicht. »Hast du es angesehen?«

Jae räusperte sich. »Sie hatte nur einen Teil dabei, als Kopie auf ihrem Handy. Sie wird es den Ermittlern umgehend zur Verfügung stellen. Wir treffen Maßnahmen in eigener Zuständigkeit. Aber Mac, das Video muss unbedingt zur Army. Setze deine Einheit davon in Kenntnis, damit sie es offiziell anfordern. Und, noch wichtiger: Triff dich mit ihr, sofort, und bitte sie, es herauszugeben. Ansonsten lass es beschlagnahmen.«

Mac beugte sich vor und ließ die Hände zwischen seinen Knien baumeln. »Verdammte Scheiße«, sagte er, »ich bin so blöd.«

»Weiß ich.« Jae grinste ein bisschen. »Aber wieso?«

»Vor ein paar Wochen, kurz nach meiner Entlassung aus dem Militärkrankenhaus, kam ein Kerl auf mich zu und bot mir wahrscheinlich genau dieses Video an. Er wollte fünfzigtausend Dollar dafür. Ich sagte ihm, ich könne ihm gern die Marines oder die Black Berets oder meinetwegen auch die Hells Angels auf den Hals hetzen, und er soll sich vom Acker machen.«

Jae feixte. »Du bist wirklich dämlich, Mann. Ich nehme an, das Geschäft ist geplatzt.«

Mac sah sehr ernst aus. »Jae, mein Freund. Selbst wenn es um mein Leben ginge: Solche Dinge müssen über die richtigen Wege laufen. Offiziell. Es muss gerichtsverwertbar sein, das weißt du doch viel besser als ich. Ich habe versucht, den Typen davon zu überzeugen. Daraufhin verpasste er mir ein paar rechte Haken, und ich ihm auch.« Unbewusst strich er mit den Fingern über die kaum noch sichtbare Läsion rund ums Auge. »Wenn ich plötzlich Material einer illegalen Drohnenkamera aus dem Hut gezaubert hätte: Glaubst du, das wäre besonders gut angekommen?«

Jae schüttelte auf seine bedachtsame Art den Kopf. »Eher nicht, schätze ich. Was hast du von dem Vogel? Name? Wohnort? Handynummer?«

»Gar nichts«, sagte Mac. Inzwischen bereute er seine Entscheidung ja selbst. Bereute, nicht zugegriffen zu haben. »Ich dachte, wenn da was dran ist, findet die Army es auch raus.«

»Na klar. Dauert halt bloß zehn Jahre länger.« Jae starrte ihn eine volle Minute lang an. Diesmal wirkte sein Kopfschütteln resigniert. »Was macht dein Gedächtnis?«

Mac zuckte mit der Schulter. »Funktioniert einfach nicht. Ab und zu liefert es ein paar Bilder, die mir vorkommen wie Zeug aus einem Kaugummiautomaten. Ich habe keine Ahnung, ob das nochmal was wird.« Über Sirius wollte er nicht schon wieder reden.

Amnesie. Jae nickte. »Tja«, sagte er.

Mac nickte auch und versuchte, irgendeinen klaren Gedanken zu fassen. Dann fiel ihm etwas ein. »Wenn wir schon mal dabei sind, was ist eigentlich aus meiner Abfrage geworden?«

In Jae kam Bewegung, und er zog einen Stapel Akten zu sich heran. »Richtig. Wo hab ich es denn ... ich wollte dich echt anrufen. Tut mir leid, Mann.«

Er blätterte tatsächlich bis ganz unten, zog dann ein Blatt Papier hervor und schob es über den Schreibtisch. »Über deine Eve gibt es nichts. Sie hat ein paar Jahre in Rosebud gewohnt und ging dann nach Portland und Idaho. Seit September ist sie wieder hier gemeldet, aber das weißt du ja schon.«

War ja klar. Mac warf einen flüchtigen Blick auf den Ausdruck und steckte ihn ein. »Komm mal zum Essen«, sagte Jae, bevor Mac sich verabschiedete, »Ellen und die Mädchen würden sich echt freuen.«

»Mach ich«, entgegnete Mac, »und ... hey, danke. Wirklich.«

»Tu, was ich dir gesagt habe«, sagte Jae mit ernsten Augen.

»Okay«, sagte Mac.

Als er das Polizeirevier im Norden Tacomas verließ, rief Lana an. »Hast du nachher Zeit?«, fragte sie ohne Umschweife. Genau wie Jae vorhin.

Janet sah besorgt aus, als sie das Café erneut betrat. Eve blickte erstaunt von ihrer Abrechnung auf. »Hey. Wolltest du nicht längst weg sein?«

»Diese verdammte Mistkarre! Das Auto springt nicht an. Wie oft hab ich Will schon gesagt, er soll sich um die Batterie kümmern! Der Mann repariert Panzer, kann er da nicht mal ... ach, verdammt. Ich warte hier, bis er mich abholt, okay?« Es war einfach zu kalt, um ewig im Auto zu sitzen.

Eve lachte. »Aber Janet. Komm, ich fahr dich nach Hause.«

Janet lotste sie auf den Besucherparkplatz vor dem Haupteingang von Fort Lewis. Sich von Eve bis zu ihrer *Housing Area* fahren zu lassen, die noch ein Stück weiter nördlich lag, hatte sie strikt abgelehnt. »Will ist noch beim Sport, wir können uns hier problemlos treffen. Du hast genug Zeit für mich geopfert, Evie.«

Eve lachte und ließ sich umarmen. »Du opferst drei Tage deiner Woche für mich, da ist das sicher nicht zu viel verlangt.«

»Danke dir, Liebes. Will kann die Klapperkiste morgen abholen.« Sie öffnete die Beifahrertür und stutzte. »Oh, sieh mal da! Ist das nicht Macs Auto? Da, vorm Verwaltungsgebäude? Tja, mit dem schicken Geschoss ist meins leider nicht zu vergleichen, aber das ist ja auch kein Wunder ...«

Sie nahm sich selbst noch ein bisschen auf die Schippe, dann ging sie winkend in Richtung Tor, um an der Wache auf ihren Mann zu warten. Zwei Minuten später plauderte sie mit den Wachhabenden.

Eve nahm sich einen Moment Zeit. Sie war noch nie hier gewesen und reckte den Hals. Das ehrwürdige rote

Backsteingebäude, georgianisch, war ein architektonisches Schmuckstück.

Tatsächlich, der Tesla. Parkte im Halteverbot, direkt vorm Haus. Das orangegelbe Licht der Natriumdampflampen ließ die matte Lackierung samtig schimmern.

Und, ach, da war ja auch Mac. Just aus der Tür gekommen. Stand auf den Stufen vor dem Eingang und nahm gerade Lana Everett in den Arm.

Es stimmte, was man sagte: *Reisen bildet.*

In der Tat.

Es wirkte so, als ob Lana die Arme um seinen Hals legte. Und den Kopf an seine Schulter. Oder küsste sie ihn sogar? Eve machte sich in ihrem Sitz klein und hoffte, dass Janet nicht auf die Idee kam, sich irgendwie bei ihm bemerkbar zu machen. Sie kniff die Augen zusammen, konnte aber trotzdem nicht genau erkennen, was da exakt vor sich ging. Vielleicht lag das ja daran, dass ihr Blick plötzlich so verschwommen war. Dass er die Blondine so nahe an sich zog, dass sie beinahe mit ihm verschmolz, sah sie trotzdem.

Eve wischte sich zornig die Tränen ab und fuhr langsam zurück nach Cooper.

Natürlich hatte sie sich wieder geirrt. *Eve und die Männer* war ein Thema, das höchstens für eine kurze Comedyeinlage taugte, nicht für einen abendfüllenden Spielfilm. Ganz besonders nicht für einen mit Happy End.

Was hatte sie sich nur dabei gedacht? Der Erbschaftsstreit hatte, was die rechtliche Seite anbelangte, noch nicht einmal richtig begonnen, und was tat sie? Tobte mit der gegnerischen Partei durch die Betten! Ging es noch dümmer?

Andererseits: Was war denn schon passiert! Sie war ein paar Mal mit ihm zusammengewesen, sonst nichts. Sex, einfach so. Weil man Spaß daran hatte. Etwas, das zigtausende Frauen überall auf der Welt jeden Tag taten.

Sie nahm das alles viel zu ernst. Sie interpretierte eine Wichtigkeit hinein, die es nicht gab. Zumindest nicht von seinem Standpunkt aus betrachtet.

Aber es tat so weh. Wie kam es nur, dass anderen sowas so leicht fiel? Sie taugte nicht für Oberflächliches.

Für Eve war das nichts Neues. Sie hatte schon öfters daneben gelegen, was die Einschätzung von Gefühlen anderer Menschen betraf. Sie sollte es einfach lassen. Georgina hatte es auch geschafft. Sie sollte sie sich wirklich zum Vorbild nehmen! Single, vielbeschäftigt und rundum zufrieden mit sich und der Welt. Okay, sie hatte sich sehr über Mac ärgern müssen, aber das immerhin war ja nun aufgeklärt.

Eve konnte das auch: sich selbst genug sein, allein glücklich sein, mit sich und ihrer Arbeit und ihrem Hund. Für alles andere war es schon seit Jahren zu spät, das musste sie sich nicht mehr schönreden. Sie könnte backen und schreiben und das Café führen, das genügte vollkommen. Sie war erfolgreich mit dem, was sie tat, und es gab eine Menge Frauen, die so lebten. *Klar konnte sie das.* Sie brauchte insbesondere nicht Mac dazu.

Langsam erwärmte sie sich für den Gedanken. Männer machten nur Probleme. Sie hätte viel mehr Zeit! Die könnte sie beispielsweise damit verbringen, noch mehr Tortenkreationen auf den Weg zu bringen.

Sie könnte ein Backbuch schreiben! Oder eins über diese Sache mit der Challenge. Rezepte. 24 Kuchen, 24 Drinks. *Nein,* dachte Eve, *das vergiss mal lieber gleich wieder* – viel zu dicht bei Mac, sie würde an dem Thema zugrunde gehen. *Zurück zum Backbuch.* Backen hatte schon immer ihre Nerven beruhigt. Backen war super. Wenn sie eine Foodstylistin hinzuzog, sogar mit eigenen Fotos. Oder sie könnte die Geschichte des Cafés aufschreiben. Georgina hatte unzählige tolle Geschichten auf Lager gehabt; viele davon hatte sie ihr im letzten Sommer erzählt. Oder: Träumte nicht jeder Journalist von einem Roman? Genau: Sie würde einen Roman schreiben.

Oder besser vielleicht erst einen Ratgeber. Was psychologisch Angehauchtes mit viel Ironie. Moderne Lebensberatung darüber, wie man sich mit einer hundertprozentigen Erfolgsquote in die falschen Männer verliebte. *Ein Werk mit Bestsellergarantie. Am besten etwas Witziges. Darüber, was die richtige Körbchengröße ausmachte. Und sie meinte bestimmt nicht die von Hunden.* Eve stellte fest, dass sie langsam hysterisch wurde. Nein, sie hatte keine Lust, zu leiden.

Deswegen war es besser, sie schlug sich Mac gleich wieder aus dem Kopf.

Im Prinzip hatte sie ein gutes Urteilsvermögen. Pragmatismus war ihr zweiter Vorname. Gesunder Menschenverstand war die Eigenschaft, auf die sie am meisten Wert legte. Ihre Menschenkenntnis verhalf ihr zu authentischen Artikeln, und wenn sie jemanden interviewte, wusste sie, ob derjenige log oder nicht. Sie erkannte es, wenn jemand versuchte, ihr einen Bären aufzubinden oder wenn die vermeintliche Story bloße Angeberei war. Sie checkte ziemlich schnell, wie jemand tickte.

Zu dumm, dass ausgerechnet Mac für sie ein Buch mit sieben Siegeln war.

Die Sache mit dem Erbe und dem Café würde sie irgendwie mit Anstand hinter sich bringen. Er war doch mit Sicherheit kein heimatverbundener Mensch. Mac war im Moment angeschlagen, aber Mo hatte ihr einiges erzählt und das Bild eines Abenteuers entworfen. Wie ein Seemann: in jedem Hafen ein Mädchen.

Was das wohl über sie aussagte? Zum ersten Mal dachte Eve darüber nach, ob die anderen – Janet, Inga, Justine und Martha – von ihrer Beziehung zu Mac etwas wussten. *Mo wusste es.* Das war eigentlich schon schlimm genug.

Mac wäre früher oder später ja ohnehin wieder verschwunden, und sie war erwachsen genug, um seine gelegentlichen Besuche hier auf dem Anwesen ertragen zu können. Wenn er den Rechtsstreit um das Anwesen verlor – wovon Eve noch immer fest ausging –, würde er sein Haus doch bestimmt verkaufen. Sie glaubte nicht daran, dass er sich täglich an eine Niederlage erinnern lassen wollte.

Mac war kein Follower. Er war ein Leader. Und auch, wenn er am Anfang den Eindruck erweckte, brav zu parieren, war das die gröbste Fehleinschätzung, der man unterliegen konnte. So wie der Blitz auf den Donner folgte, gab es immer eine Warnung. Man musste sie eben nur lesen können.

Und wenn es anders ausging: Eve hatte sogar zu ihrem Ex-Ehemann kein unfreundliches Verhältnis. Dann war das bei einer bloßen Bettgeschichte doch wohl genauso gut möglich.

Sie musste darüber nachdenken. Hinreichende Erfahrung mit Katastrophen dieser Art hatte sie, aber das lag schon eine Weile zurück.

Eve hatte beinahe vergessen, wie sehr es schmerzte. Sie war wohl so etwas wie ein Trostpreis. Ein Benzingutschein, wenn man eigentlich einen Sportwagen gewinnen wollte. Niederlagen und Rückschritte förderten nicht den Charakter oder lehrten einen wertvolle Erkenntnisse. Niederlagen und Rückschritte waren Niederlagen und Rückschritte und lehrten einen einfach nur, dass man ein Loser war.

Völlig unerwartet erfasste sie eine geradezu süße Sehnsucht nach Zuhause, wobei sie selbst nicht genau wusste, ob das Zuhause das in Portland war oder jenes in Idaho.

Idaho. Man konnte Äpfel frisch vom Baum essen und kilometerweit laufen, ohne eine einzige Steigung bewältigen zu müssen, und abends kehrte man nicht in ein leeres Haus zurück, weil Ryan da war.

Ryan. Du liebe Güte. Er war in Idaho Falls geblieben und hatte eine neue Frau. Und zwei Kinder. Eve kam wieder zu sich und dachte daran, wie es wirklich gewesen war. Außerdem war Georginas Haus nicht leer: Es waren Gäste da, die sie mochten, und Angestellte, die fast alles für sie taten. Und sie verwirklichte hier ihren Lebenstraum! Sie sah sich um und betrachtete das antike Mobiliar und die Art-Deco-Lampen mit den geschwungenen Glasschirmen, die wie Blüten aussahen – Erbstücke von Georgina, die sie in Ehren halten würde. Sie würde dafür sorgen, dass dieses Café wieder auf die Beine kam, besser als je zuvor; und wenn dazu gehörte, sich vor Lana Everett ein kleines bisschen lächerlich zu machen, dann sollte es eben so sein.

Es reichte ja wohl, das Mac Georgina im Stich gelassen hatte. Sie würde das nicht tun.

Auf jeden Fall musste sie mehr auf sich achten.

Eve traf eine spontane Entscheidung und legte einen Ruhetag fest. Das Café würde es verkraften, und den Angestellten täte es gut. Andere gastronomische Betriebe hier an den Ausläufern des Mount Rainer hatten auch Ruhetage. Die Gäste würden das akzeptierten. Bis alles vernünftig durchdacht war, musste man eben die Nerven behalten.

Verdammter Mac Lawrence.

Kapitel 24

Während Eve auf diese Weise zu dem Schluss kam, dass ihre wie auch immer geartete Beziehung zu Mac keine Zukunft hatte, zappelte Mac vor Ungeduld.

Er wollte Lana loswerden, um allein sein zu können, weil er bis unter die Haarspitzen aufgeladen war mit Adrenalin und einem seltsamen, latenten Zorn. Der baute sich seit dem Augenblick in dem Konferenzraum in ihm auf, als alle auf den Bildschirm gestarrt hatten und ihm alle Kraft aus dem Leib und alles Blut aus dem Kopf gewichen war, weil er die Tragweite dessen erkannt hatte, was die Aufnahme zeigte.

Er hatte keine Sprengfalle übersehen.

Er hätte nichts verhindern können, gar nichts, nicht mal, wenn sie alle zusammen in höchster Konzentration auf die holprige Fahrbahn gestarrt hätten.

Auf dem Video war ein entferntes Aufblitzen zu sehen. Die mit einer hochauflösenden Kamera bestückte Minidrohne, die in geringer Höhe über der Kashim-Senke flog und einen lukrativen Spionageauftrag erfüllte, hatte als Nebenprodukt einen Anschlag aufgezeichnet.

Sekunden nach dem Mündungsfeuer der panzerbrechenden Granate war das Geschoss in Macs Cougar eingeschlagen. Die Flugbahn war als horizontaler Blitz erkennbar, und auch vieles von dem, was danach geschah.

Mac verabschiedete Lana am Haupttor.

»Ich habe gar nicht an dich gedacht, Mac, entschuldige bitte.« Lana nahm nie ein Blatt vor den Mund. Sie stand vor ihm auf den hellen Treppenstufen und lächelte zerknirscht. Sie hatte aufgeregt die unverhoffte Gelegenheit ergriffen und nur daran gedacht, mit den Kamerabildern womöglich den Tod ihres Bruders aufklären zu können. Andere Aufzeichnungen gab es ja nicht. Wie sie Mac dabei hatte vergessen können, war ihr im Nachhinein schleierhaft, und sie warf ihm die Arme um den Nacken. »Es tut mir leid.«

In ihrer Stimme brach etwas, und er sah, dass sie weinte.

Lana weinte nicht. Lana war ein harter Brocken, eine Nachrichtenfrau, wie sie im Buche stand, mit allen Wassern gewaschen. Oder etwa nicht?

Er stand total unter Strom, aber – *ach, zum Teufel damit.* Er nahm sie fest in die Arme, und sie schmiegte ihr Gesicht an seine Schulter, ungeachtet der Tatsache, dass ihr Make-up litt. Das war ein weiteres Indiz für ihre Aufgewühltheit. Anständig war sie, aber das hatte er schon gewusst, weil er ihren Bruder kannte.

Gekannt hatte. Dyke Everett würde er sein Leben lang vermissen.

»Und verzeih mir bitte das von vor ein paar Jahren«, schluchzte sie.

Mac grinste ein bisschen, obwohl ihm ganz schwach war und er unversehens das Gefühl hatte, selbst bald in Tränen auszubrechen. »Ist verziehen«, sagte er und drückte sie an sich.

Sie nahm die Umarmung dankbar an. »Einfach so?«

»Nicht einfach so. Aber in Anbetracht der Umstände kann ich wohl großmütig sein.« Er drückte einen Kuss auf ihr exakt geföhntes Haar, weil ihn eine Woge der Erleichterung überrollte, die nichts mit Lana zu tun hatte, aber sie befand sich nun mal gerade in seinen Armen.

Dann war sie weg, und er ging zu seinem Wagen, fuhr quer über das Militärgelände zum Trainingsbereich und ärgerte sich, dass das Auto keinen Verbrennungsmotor hatte, den man schön laut aufheulen lassen konnte. Ersatzweise erhöhte er die Geschwindigkeit. Ein paar junge Privates, die auf dem Weg ins Diner waren, johlten und reckten die Fäuste.

Das Gym war fast leer. Mac stand der Sinn nach ein paar Runden Sparring, aber er hatte zu viel Angst vor Körpertreffern und sah zähneknirschend davon ab. Eine halbe Stunde auf dem Crosstrainer bei mehr Watt, als gut für ihn war, würde Abhilfe schaffen. Die Anspannung beseitigen.

Er wusste nicht genau, worüber er am meisten sauer war: Dass der einzige Spezialist, der die Kopie des Bandes auf

Echtheit überprüfen konnte, im Tauchurlaub auf den Malediven war und erst ein anderer gefunden werden musste, der im Laufe des morgigen Tages aus Fort Hood eintreffen würde? Dass er selbst so dusselig gewesen war, den Typen mit dem Video zurück in das Loch zu schicken, aus dem er zweifellos gekrochen war? Oder dass er solche irrational großen Hoffnungen darauf setzte, dass die Existenz dieser Bilder die ersehnte Wende bringen würde?

Lana hatte sich richtig verhalten. Sie hatte die Mail mit der .mpg-Datei über die Redaktion bekommen, hatte sofort zugegriffen, das Angebot des unbekannten Absenders akzeptiert und das Geld überwiesen, damit sie auch den Rest des Films erhielt. Damit war sie augenblicklich zu ihrem Vorgesetzten gegangen, der sie zwar zur Polizei schickte (ein Umweg, der unnötig war), aber Jae Tao hatte die Army umgehend informiert.

Mac erreichte Josie sofort. Bis alle zusammentraten und Lana endlich hinzu gebeten werden konnte, war es bereits dunkel. Mac wurde zunächst nicht gestattet, das Video, von dem möglicherweise sein ganzes weiteres Leben abhing, zu sichten. Und als es dann so weit war und alle mit ernsten Gesichtern das zukünftige Vorgehen besprachen, war es schon längst Abend. Langsam machte sich unter den Anwesenden vorsichtige Erleichterung breit, ein schwacher Schimmer von Hoffnung darauf, dass es vielleicht noch eine andere Lösung gab. Eine, die Captain Lawrence nicht brandmarkte.

Es wäre ein zu großer Verlust, zukünftig auf seine Fähigkeiten verzichten zu müssen.

Jetzt wollte Mac nach Hause, nach Cooper. Es würde noch nicht Mitternacht sein, wenn er dort ankäme, und er hoffte, dass hinter Eves Fenstern noch nicht alles dunkel wäre. Er wollte ihr sofort alles erzählen, brannte darauf, ihr die grandiosen Neuigkeiten zu berichten, und dachte, dass sie sicher sehr glücklich darüber sein würde. Er fuhr auf den Freeway und dann auf die Route 7, beschleunigte und war unterwegs in Richtung Süden, und nach zehn Meilen, in der Nähe von Elk Plain, erlitt Mac einen Flashback.

Der Psychologe, bei dem Mac in Behandlung war (eine Sache, die er für komplett sinnlos hielt), hatte ihn davor gewarnt: Eine Begleiterscheinung posttraumatischer Belastungsstörungen; häufig, aber neu für Mac. Das Echo war so stark, dass er nicht mehr wusste, wo er sich befand. Er blinzelte und war auf einmal woanders, in einem anderen Leben, in einer anderen Zeit.

Mac schaffte es mit seinen in vielen Fahrtrainings antrainierten Automatismen und einigem Geholper, das Auto auf den Seitenstreifen zu lenken. *Mit letzter Kraft,* und schon verwandelte sich der Niederschlag auf der Windschutzscheibe in grauen Staub, und aus dem schnittigen Tesla wurde das Führungsfahrzeug mit den gepanzerten Karosserieteilen, das der Wucht der Explosion trotzdem nicht gewachsen war und in tausend scharfe, kantige Teile zerbrach; und als er an sich herunter sah, trug er statt der Zivilkleidung seine Combat-Klamotten im beigegefleckten *desert marpat.*

Gruselig war das. Er war genau hier, und war es doch nicht; er hörte Geräusche, die nicht nach Washington passten, fühlte trockene Hitze auf seiner Haut und beißend heißen Wind, der über die Geröllpiste fegte und der Sandkörner enthielt und winzige, spitze Staubpartikel aus den Bergen, die sich unter seine Sonnenbrille fraßen und unangenehm in jede Öffnung der Uniform eindrangen.

Das, was ihm vorkam wie endlose Minuten, Stunden, Jahre, dauerte nur Sekunden. Als das Universum aufhörte, um ihn herum zu schwanken und zu toben, stieß Mac die Tür auf, stolperte aus dem Auto und übergab sich am Straßenrand.

Für einen langen Moment überlegte er allen Ernstes, sich selbst in die Klinik einzuweisen, ins Madigan Army Medical Center in der Nähe von Lakewood, wo Freddy Martinez in einem hilflosen Ausgeliefertsein aus psychodynamischen Terror lebte, weil der arme Teufel nicht Macs ausgeprägte Resilienz besaß und vermutlich sein Leben lang kognitive

Verhaltenstherapien absolvieren musste, um überhaupt wieder einigermaßen auf die Beine zu kommen.

Mac war entsetzt. Er zitterte und konnte nicht atmen und zwang sich dazu, die Stressbewältigungstechniken abzurufen, die ihm wahrscheinlich schon zigmal das Leben gerettet hatten, wenn man irgendwie den Kopf oben behalten musste und seinen überforderten Verstand dringend brauchte, um einfach nur die nächsten Atemzüge zu bewältigen.

Es kam wieder. Nächste Szene: Das steinige Grau färbte sich rot und orange und gelb, weil alles brannte.

Er duckte sich, denn er hörte ein scharfes Zischen, das nur in seinem Kopf existierte, dann ein Dröhnen, als befände er sich inmitten einer riesigen Glocke. Eine immense Kraft riss ihn herum und nach rechts und nach unten, und mit einem Teil seines Verstandes wusste er, dass nichts davon in diesem Moment geschah.

Mac kauerte sich auf dem Sitz zusammen und schloss halb weggetreten die Fahrertür, damit niemand auf den Gedanken kam, anzuhalten und die Ambulanz zu rufen, oder gleich die Polizei, die mit einem solchen fragwürdigen Zustand mitten in der Nacht sicher nicht besonders gut klar käme. Was im weiteren Verlauf der Ereignisse vermutlich die Männer mit den weißen Jacken auf den Plan rufen würde, und das konnte er sich alles einfach nicht leisten.

Er konnte praktisch fühlen, wie sein Gehirn kämpfte, all das zu verarbeiten, wie Räder in einem Uhrwerk, die hakten und ruckten, bis sie sich endlich weiterdrehten. Als sein rasender Herzschlag sich wieder beruhigte, war er in Schweiß gebadet und völlig fertig und wusste, dass Cooper im Moment unerreichbar für ihn war, andernfalls gäbe es womöglich den nächsten Unfall. Aus *retrograd* war *dissoziativ* geworden.

Mac hatte die bewusste Wahrnehmung verlassen. Er wusste nicht, wo er war, wie viel Zeit verging, und mit seinen Sinnen war irgendetwas ganz und gar nicht in Ordnung.

Dr. Greene hatte ihn davor gewarnt, ihn vorbereitet, dass das passieren konnte.

Mac hatte es abgetan: *Er doch nicht*. Seine psychische Widerstandskraft war legendär. Leider glaubt er im Moment selbst nicht daran.

Es gab eine Übung, die Aidan ihm mit auf den Weg gegeben hatte, nur für den Fall, dass es doch eines Tages so weit war. Also für genau jetzt. Mac versuchte, sich daran zu erinnern. Es ging nur darum, sich zu beweisen, dass *das hier* die Realität war. Ganz einfach also. Konzentration!

Fünf Dinge, die ich sehe.

Lenkrad. Blaue LED-Beleuchtung. Kaugummipapier. Handgelenk mit Armbanduhr. Leitpfosten. *Okay.*

Fünf Dinge, die ich höre.

Verkehrslärm. Langgezogenes Hupen. Musik von seiner Playlist: *Imagine Dragons,* Lieblingsband. Abgehackter Atem. Die Geräusche des Schneeregens auf dem Blech.

Fünf Dinge, die ich fühle.

Die Kälte. Wind. Nasse Knie. Schmerzen in der Nähe der Rippen. Schmerzen in der Hand?

Er sah nach: Seine Faust war so fest geballt, dass die Knöchel weiß waren. Mac öffnete die Finger und rieb sie.

Washington im Dezember. Schneeregen und kahle Zierkirschen am Rand einer Straße mit Vorgärten und Weihnachtsschmuck. Ganz, ganz anders als ein Nachmittag im Mai bei vierzig Grad und silbrigblauem Himmel über einer Ebene voller sandigem Geröll.

Wie oft musste man das durchspielen? Egal, es half ja schon.

Besser.

Er musste es allein durchstehen. Bis zu seinem Apartment in Allison waren es nur wenige Meilen.

Das konnte er schaffen.

In der Wohnung roch es stickig. Die zwei Zimmer kamen ihm trostlos vor und er wusste nicht, wann er überhaupt zuletzt hier gewesen war, aber er hatte ein Medikament hier, das er jetzt auf der Stelle brauchte.

Mac durchsuchte den Schrank über dem Waschbecken in dem kleinen Bad, hektisch und grobmotorisch, *verdammt,* irgendwo musste es doch sein! Etwas glitt ihm aus der Hand und zerschellte auf dem Boden. Glassplitter flogen in alle Richtungen und lösten eine neue Erinnerung aus. Mac starrte blicklos auf die glitzernden Fragmente und merkte, dass er in Panik geriet.

Da war das Zeug, dass ihm der Psychotherapeut verordnet hatte. *Gerade noch rechtzeitig*. Er drehte nämlich durch.

Orientierungslosigkeit. Oben war unten, nichts passte zusammen, er schlug hart auf den scharfkantigen Steinen auf, brach sich die ersten drei Rippen. Blut lief ihm in die Augen. Jemand schrie, aber der Druck auf seinen Ohren war so stark, dass er es wie durch Watte hörte. *Mehr Schreie*. Es roch nach brennendem Gummi und nach glühendem Metall. Der Himmel war blau, war weiß, war voller schwarzer Rauchschwaden.

Tunnelblick. Die Kakophonie nahm zu, das Pfeifen wurde unerträglich. Über ihm der Himmel. *Sirene*. Aufgeregtes Rufen, schnelle Schritte. Kies spritzte. Jemand beugte sich über ihn, drückte hart seine Schulter. Sprach mit ihm. Mac sah aus weitaufgerissenen Augen in das Gesicht unter dem Helm und verstand nicht, was der Soldat sagte.

Dann war es vorbei.

Mac lag auf dem Boden seiner Maisonette-Wohnung in Tacoma, flach auf dem Rücken, atmete wie ein Fisch auf dem Trockenen und konnte sich glasklar an alles erinnern, was an dem Nachmittag Anfang Mai in der weiten Senke nördlich von Al Asad geschehen war, bis auf ein paar Einzelheiten, die ihm bei der Flut, die über ihn hereingebrochen war, nicht mehr bedeutsam erschienen. Ob es etwas nützen würde? War es wirklich gut, wieder zu wissen, was passiert war? Zur Aufklärung würde es kaum beitragen. Vielleicht hatte er jetzt statt der vagen Erinnerungen klare Bilder, die nichts als eine Belastung waren.

Hilflosigkeit. Er hatte versucht, sie zu retten, aber es war ihm nicht gelungen. Seine Hände hatten gezittert. Schwarze Flecken tanzten vor seinen Augen. Die Flammen machte ihn blind, die Schreie bohrten sich in seinen Kopf, Siri sah mit seinen rauchquarzfarbenen Augen zu ihm auf, und das Herz von Dyke hatte aufgehört zu schlagen. Die Uniformen saugten sich voll mit Blut, und Martinez hatte geweint.

Sicherheit. Mac schüttelte den Kopf. Richtete sich auf, Vierfüßlerstand, tastete sich durch den dunklen Flur, sank mit zitternden Knien auf sein Bett. *Alles gut.* Er machte die Probe aufs Exempel, rappelte sich hoch und sah in dem Stapel Berichtskopien auf dem Schreibtisch nach. *Doch, er konnte es widerlegen.* Über sein Gesicht liefen Tränen, und sein Hirn kam ihm vor wie in Schaumstoff gehüllt. Vor Erleichterung war ihm ganz flau. Er trug nicht die Schuld, jedenfalls nicht diese, nicht die an der Tragödie, die fünf Menschen das Leben gekostet hatte, drei davon ihm anvertraut, und Sirius.

Katharsis. Die Welt schwamm davon in einem Meer von Erlösung und Dankbarkeit. Es gab noch viel zu tun, und von einer Aufklärung waren sie wahrscheinlich noch Wochen entfernt – aber bis hierhin hatte Mac es geschafft.

Er dachte, dass er damit durch war. Aber einige Aspekte fehlten doch, oder? Tatsächlich war Mac mitten im Chaos, und der einzige Fixpunkt, den er noch ausmachen konnte, war ihr Name: *Eve.*

Er musste sofort da hin.

Kam auf die Beine und knickte gleich wieder ein, weil sich alles drehte und grau wurde, grau mit schwarzen Schleiern. Tastete um sich herum, *Hosentasche,* griff unsicher nach dem Handy, um Eve zu schreiben, aber seine Hände zitterten zu stark und ihm war schlecht vor Erschöpfung, und so ließ er es bleiben.

Morgen war ein neuer Tag.

Kapitel 25

Das Medikament hatte ihn umgehauen, und die Erschöpfung nach dem grauenhaften Nachhall tat ihr übriges: Es war schon später Vormittag, als Mac endlich wieder klar im Kopf war. Doch bevor er nach Cooper fuhr, telefonierte Mac mit Dr. Greene. *Sicherheitshalber.* Um sich zu vergewissern, dass er nicht verrückt war. Dass er kein Fall für die Geschlossene im Madigan Army Hospital war. Dass man ihn noch auf die Menschheit loslassen konnte.

Unbegreiflicherweise war Aidan Greene guter Dinge. »Stell es dir so vor«, sagte er, »dein Gehirn übersteuert. Es wird geflutet von all diesen Erinnerungen, die weh tun. Es will sich nur schützen. Dich schützen. Mach dir keine Sorgen.«

»Leicht gesagt«, murmelte Mac, und: »Kommt der Rest auch noch zurück?«

»Das weiß kein Mensch«, sagte der Psychotherapeut, in dessen Büro eine gerahmte Auszeichnung neben der anderen hing, eine ganze *Wall of Fame* von Auszeichnungen. Zum Glück war er wirklich gut, und einen Termin bei ihm zu kriegen, war sowas wie ein Sechser im Lotto.

»Was machen die Schmerzen?«, fragte Aidan zum Schluss.

»Manchmal sind sie weg«, sagte Mac. *Wenn Eve da war.*

»Gut«, Greene klang begeistert, »das ist gut. Noch was?«

»Ja«, sagte Mac und überwand sich, »Freddy. Erlebt er sowas öfters?«

»Fast täglich«, antwortete Aidan und klang ohne jeden Übergang sehr ernst.

»Wird das bei mir auch so sein?« *Das würde er niemals aushalten.* Schon das erste solche Erlebnis ängstigte ihn zu Tode.

»Du bist eine völlig andere Persönlichkeit«, entgegnete Greene, »sei froh darüber.«

Als Mac nach Hause kam, stand das Tor offen. Eves Auto war nicht da, und im Café war alles dunkel. Am Eingang prangte ein neues Schild. *»Heute Ruhetag«* war darauf zu lesen. Darunter standen die neuen Öffnungszeiten. Er empfand Stolz auf Eve. *Gut gemacht, Baby.*

Er trödelte in der Wohnung herum und wusste nichts mit sich anzufangen. Alle paar Minuten sah er zum Hauptgebäude, bis er merkte, dass er sich lächerlich vorkam.

Er zog sich um, warf die Kleidung in die Waschmaschine, sah die Gras- -und Schmutzflecken auf den Khakis, schauderte bei der Erinnerung an die höllische Nacht und erkannte: Zuhause war hier.

Was er wollte und was er dringender als alles andere brauchte, war die Gewissheit, Eve auch morgen zu sehen. Und am Tag danach. Und an allen Tagen, die folgen mochten.

Er liebte den Gedanken an sie. Er liebte es, sie anzuschauen. Er liebte es, in dieser Weise an sie zu denken und überhaupt, das Wörtchen *Liebe* im Zusammenhang mit ihr auf seiner Zunge zu rollen und zu schmecken und sich vorzustellen, dass es ihr genauso ging. Himmel, er liebte es sogar, auf sie zu warten.

Er freute sich auf sie, besonders nach dem, was er gestern erlebt hatte. Was er herausgefunden hatte, auch wenn es Lana zu verdanken war. Er brannte darauf, es ihr zu sagen, wollte sehen, wie Eves Augen aufleuchteten, erst vor Unglauben, dann vor Mitgefühl, zuletzt aus purer Freude, dass er es überwinden konnte. Er sehnte sich danach, zu erfahren, was sie davon hielt.

Er verzehrte sich nach ihr. Weil an ihr alles echt war. Ihr Lächeln, ihr Busen, die Haarfarbe, die Fingernägel: Unlackierte Nägel, kurz geschnitten, Nägel für die Arbeit, die sie mit ihren Händen tat und die sich gut anfühlten, wenn sie ihn berührten. Echte Emotionen mit Gesten, die dazu passten, zu Wut, zu Freundschaft, zu Verspieltheit. Zu *Begierde.*

Sie drängte ihm nicht ihre Lebensgeschichte auf (obwohl er sie wirklich wissen wollte, aber das hatte noch Zeit) und quatschte ihn nicht voll, musste nicht über Gefühle reden oder warum *er-jetzt-in-diesem-Augenblick-genau-dieses-oder-jenes-gesagt* hatte. Oder nicht gesagt hatte, was manchmal noch viel wesentlicher dafür war, ob man jemanden mochte oder nicht. Sie raubte ihm den Atem. Umarmte, ohne zu klammern. Würde niemals schwammige Dinge sagen wie *das mag ich eigentlich recht gerne* oder *das finde ich eigentlich ganz gut*. Entweder Eve mochte etwas, oder sie mochte es nicht. Sie war geradlinig. Aufrichtig. War todsicher glücklich mit sich selbst, aber noch glücklicher, wenn er da war. Ihr Herz war größer als ihr Ego. Sie konnte streiten, ohne zu heulen. Und trösten, ohne einem das Gefühl zu geben, dass man schwach war. Oder doof. Sie konnte zuhören. Und ihm zeigen, dass sie ihn wollte, ohne Spielchen zu spielen. Sie war sie selbst.

Er rief Harry Anderson an und beauftragte ihn damit, die Wohnung in Tacoma zu verkaufen. Er hatte das Gefühl, dass Sirius ihm zunickte und sah sein Hundelächeln so intensiv vor sich, als ob er neben ihm stünde. Mac klappte das Notebook auf und scrollte durch sein Fotoarchiv. Dann machte er einen Termin beim Tätowierer. Siris Lefzen zogen sich in seiner Vorstellung noch ein Stück weiter zurück.

Mac ging in die Scheune und betrachtete die Gerätschaften. Ganz hinten, direkt neben den Gartenmöbeln, die auf ihren Einsatz im April warteten, standen ein paar Lichterschlauchfiguren. Die würden sich gut am Eingang machen, und außerdem brauchte er ein neues Bild. Eve hatte zuletzt eine sensationelle Auswahl von Weihnachtsplätzchen inmitten einer Armada von Kerzen gepostet.

Mac holte sein Werkzeug und baute die Rehe und Rentiere kurzerhand zu Hunden um, was nicht besonders schwierig war: Die Gehörne wurden zu Schlappohren, die Hinterteile bog er zu aufrechten Ruten. *Witzig*. Doch, sie würde entzückt sein. Den Schlitten ließ er, wie er war. Er freute sich auf Eves Gesicht, aber etwas fehlte noch.

Er experimentierte in seiner Küche mit Cidre und dem großartigen Apfelschnaps, versah ein Henkelglas mit einem glitzernden Zuckerrand und fotografierte den dampfenden Grog über den Kopf des Lichterschlauchhundes hinweg, bis es so aussah, als würde er daran schlabbern. Er machte noch ein paar Bilder mit dem Schlitten und ein paar Schaufeln Schnee und bereitete die Bilderserie vor.

Als er damit fertig war, hörte er endlich ihr Auto.

Es fing damit an, dass sie seinem Lichterschlauchrudel keinen Blick gönnte, obwohl es plakativ unter der Kastanie stand; zwar noch nicht beleuchtet, weil es noch nicht dämmerte, aber unübersehbar.

Amy entdeckte es sofort. Er hob das Bein und pinkelte an den linken vorderen Lichterschlauch-Kollegen.

Eve ging einfach daran vorbei, sperrte die Tür auf und verschwand im Haus. Sie sah sich nicht mal danach um, ob bei ihm Licht brannte.

Mac war perplex.

Er ließ ihr ein wenig Zeit, duschte, rasierte sich, putzte sich die Zähne, machte neuen Apfelgrog (den von vorhin hatte er weggeschüttet, denn er konnte ihn ja schlecht selbst trinken) und ging dann quer über den Hof. Mittlerweile strahlten die LEDs seiner sensationellen Elektrik-Kreation. *Sah klasse aus.*

Da war Eve. In der Halle, mit einem großen Karton, in den sie stirnrunzelnd hineinstarrte; in der einen Hand ein langes Lineal, mit dem sie in die andere Handfläche klopfte. In ihrem Hosenbund, unter dem Gürtel, steckte ein Hammer, ganz so, wie die Cops in den miesen Filmen immer ihre Revolver trugen.

Er blieb an der Tür stehen und sah ihr eine Weile zu, wie sie Markierungen an die Wand zeichnete und Nägel aus einer Packung schüttelte und dabei leise und nach seinem Dafürhalten ziemlich falsch vor sich hin sang. Sie trug ihre *AirPods* und hörte ihn nicht. Sie wirkte total konzentriert.

Mac stellte das Glas mit dem dampfenden Getränk auf die Fensterbank.

Dort würde es lange stehen bleiben, weil es übersehen und vergessen werden würde, aber das wussten weder Mac noch Eve zu diesem Zeitpunkt. Später würde Inga es finden, daran schnuppern, das Gesicht verziehen und es zum Ausguss tragen, weil sie jegliche Form von Alkohol wie die Pest hasste, seitdem sie mit einem Alkoholiker verheiratet gewesen war und der Mistkerl es bis heute nicht auf die Reihe bekam, den Unterhalt zu zahlen, der ihr und ihren Kindern zustand, obwohl er mittlerweile angeblich trocken war. Über den Zuckerrand an dem Glas, der mittlerweile diamanthart geworden war, würde sie sich auch ärgern, weil sie das Glas mit der Wurzelbürste bearbeiten musste, bevor sie sich traute, es in die Spülmaschine zu stellen.

Amy döste auf der Fußmatte und wedelte, nachdem er mühevoll ein Auge geöffnet und Mac erkannt hatte. Das Licht aus dem Café fiel durch die Tiffany-Verglasung und malte einen lila-blau-grünen Regenbogen auf sein helles Fell. Über seinem zerrissenen Ohr prangte eine Blume aus buntem Licht.

Mac grinste. Man könnte das Café ausrauben, sie würden es nicht merken. Mit ihrem Sicherheitsempfinden war jedenfalls alles in Ordnung.

Eve bückte sich, nahm einen Stapel gerahmter Fotos aus dem Karton, drehte sich um und entdeckte ihn endlich.

Sein Grinsen vertiefte sich, als sie zusammenfuhr. Der Bilderstapel, sechs oder acht Fotos in quadratischen, weißen Holzrahmen, kam gefährlich ins Wanken. Sie legte ihn auf die unterste Treppenstufe.

Sie war nicht davon überrascht, dass er so müde aussah, und sie sagte nichts von dem, was ihr als erstes in den Sinn kam.

Na, tolle Nacht gehabt?

Sieh zu, dass du Land gewinnst, blöder Mistkerl.

Ich bereue jede Sekunde mit dir.

Ich hasse dich.

Sie sagte nichts davon, weil es einfach nicht so war. Sie nahm langsam die Ohrhörer ab, steckte sie die Brusttasche ihres Cordhemdes und sagte: »*Oh. Mac.*«

Dann wandte sie sich wieder ihrer Arbeit zu.

Seine Ratlosigkeit kam ihr fast greifbar vor.

»Gute Idee, das mit dem Ruhetag«, sagte er schließlich.

Sie wollte nicht darauf eingehen. Sie wollte auf gar nichts eingehen, aber gleichzeitig wollte sie, dass er blieb. »Ja, ich dachte, ich müsste endlich mal anfangen, all diese Kisten auszupacken.«

Das war völliger Quatsch. Eigentlich wollte sie auf ihrem chintzbezogenen Sofa liegen und in die Kissen heulen. Oder sich in seine Arme werfen und ihm gestehen, dass es ihr vollkommen egal war, wie viele Frauen da noch waren. Aber der Gedanke, sich ausgerechnet mit Lana messen zu müssen, dieser Frau gewordenen Perfektion, hielt sie davon ab.

»Klar«, sagte Mac und nickte.

Er sah so kaputt aus. Jetzt runzelte er die Stirn, nahm sie ins Visier. Als er fragte, ob alles in Ordnung sei, antwortete sie viel zu schnell. »Ja! Ja, alles gut.«

Er machte zwei Schritte und wollte ihren Nacken umfassen und sie für einen Kuss an sich ziehen, aber strahlte sie nicht mit jeder Pore Reserviertheit aus? Was war das? Gleichgültigkeit?

Wenn sie die Arme hob, spannte ihre Bluse, und die Sehnen ihrer Unterarme bewegten sich. Das Haar fiel über ihren Rücken, und mit einer ungeduldigen Bewegung fegte sie eine lose Strähne aus der Stirn.

Mac sah ihr zu, wie sie die Position der Bilder an der Wand überprüfte und jeden Nagel mit einem einzigen Schlag mitten hinein in den Kreuzungspunkt hämmerte.

Wohl doch nicht so gleichgültig.

Nein, sie war sauer. Weil er sich seit gestern nicht gemeldet hatte. *Logisch.* Das verstand er. Aber sie würde ihn auch verstehen, er musste ihr nur erklären, was geschehen war.

Er betrachtete ihren schlanken Hals und gab sich der Fantasie hin, wie er von einem ihrer Ohren bis hinüber zum anderen träge Küsse auf ihre Haut hauchte, sie umdrehte, nach vorne wanderte, wo er die Spur fortsetzen würde, und er fragte sich, wie sie reagieren würde auf die Neuigkeiten und ob die schmerzhafte Dechiffrierung seiner Erinnerungen nun der Wegbereiter sein konnte für die Zerstörung anderer Geheimnisse. Geheimnisse für die Dunkelheit, solche, die nicht für helles Sonnenlicht taugten. Wunderbare Geheimnisse darüber, was sie antörnte und was sie wild machte; Sehnsüchte und verborgene, unaussprechliche Wünsche.

Die Art Wunsch, die man äußert, wenn man sich besser kennt. Sich fragt, welches Level man noch erreichen kann. Wenn man den Körper des anderen besser einschätzen konnte, wenn man sich mehr traute, man wagemutiger wurde und Dinge zuließ, die man tief im Innersten ersehnte, aber noch nicht laut auszusprechen gewagt hatte. Er würde sie dort hinführen.

Zumindest nahm er das an.

Mac streckte den Arm aus und strich mit der Hand über ihre Hüfte. Verdammter Adrenalinrausch. Verdammter Ausnahmezustand. Er brauchte sie nur anzusehen, und schon war er hart wie Granit.

»Also hast du frei. Keiner da. Wir könnten ein bisschen rummachen«, sagte er leise, klang verhalten und sexy.

Ein bisschen rummachen?! Ihr war mehr danach, ihm eine runterhauen. Sie wich ihm aus, wich vor ihm zurück, hob das Kinn und verschränkte die Arme vor der Brust, und es herrschte offensichtlich Krieg, wenn auch latent. Klar war: Hier gab es keinen Platz für Spielereien.

Er dachte an ihre Nachgiebigkeit in seinem Bad und den unvergleichlichen Anblick, als das Wasser sie umfloss, während er sie liebte und ihr Haar über die Fliesen wogte wie Seetang, ein Märchenwesen, von dem er nicht genug bekommen konnte. Jetzt war aus der Meerjungfrau eine Nixe geworden: Gleich würde sie ihre Zähne in ihn schlagen.

Sie sah zornig aus.

Er wusste wirklich nicht, was seit gestern mit ihr passiert war, aber sie musste dringend runterkommen von diesem Trip. Mac fand, sie starrte ihn an wie ein Insekt, das sich in ihre glänzende, perfekte Schoko-Ganache verirrt hatte. Das passte ihm nicht.

»Hey«, sagte Mac und fühlte sich absolut im falschen Film. Er fand sie zickig und reagierte allergisch darauf. *Mal sehen, ob sie auch einstecken konnte.* »Kriege ich dich nur ins Bett, wenn du betrunken bist?«

»Keineswegs. Ich kann das auch nüchtern.« Ihre Stimme klang wie Glas. Falls es einen Nobelpreis für die beste vorgetäuschte Coolness gab: Eve würde ihn gewinnen. Ihre Darbietung war meisterhaft.

Es war todsicher illegal, jemanden so hinters Licht zu führen.

Doch sie nahm es ihm übel, dass er einfach so zur Tür hereinspazierte, so, als ob es nicht die schreckliche letzte Nacht des Haderns und der Selbstvorwürfe gegeben hätte, und als ob sie nicht am liebsten trotzdem auf der Stelle in seine Arme kippen würde.

Er hob die Hand. *Mal sehen, wie lange sie das spröde Getue durchhielt.* »Das musst du mir beweisen.« Sie war kühl und abweisend, aber die Art, wie sie das Gesicht an seine Hand schmiegte, sagte ihm etwas anderes. Er strich mit einer federleichten Berührung über ihre Wange, ihren Hals, das Schlüsselbein. Er *trank* förmlich das Gefühl ihrer Haut an seiner Hand und erinnerte sich an die dunkelgrünen Teiche ihrer Augen, wenn er über ihr war und sie ihre Fingernägel in seinen Bizeps stieß, um den Horizont gerade zu halten, während sie *kam, kam, kam.* Und die einzigen Worte murmelte, die er in diesem Moment ertragen konnte, sein Lieblingsvokabular: *Mehr. Schneller. Tiefer. Ja, ja, ja,* und *bitte,* und dann die Art, wie sie seinen Namen aussprach.

Nicht so wie jetzt.

Hier ging es ums Überleben. Für sie. Und je deutlicher sie ihm das klarmachte, umso besser. Umso weniger schmerzhaft. »Mac. Nein.«

Jetzt klang es wie ein Gewehrschuss. Und auch das *Nein* stand eindeutig nicht auf seiner Liste.

Er trat von ihr weg und hob die Hände. »Eve. Warte. Weißt du nicht mehr? Wir beide. Im Bett. Idealzustand.«

Das war von allen unzähligen Möglichkeiten das Falscheste, was er hätte sagen können.

Geh zu ihr, dachte Eve, und im nächsten Moment, gegen ihren Willen, stieß sie ihn mit beiden Händen gegen die Brust, und noch schlimmer: Sie sprach den Gedanken aus. »Geh wieder zu ihr. Zu Lana. Da bist du doch gewesen. Also los. Hau ab.«

In diesem Augenblick begriff Mac schlagartig, was passiert war. Gestern Abend? Er hatte Janets Ehemann in Lewis gesehen; beiläufig wahrgenommen, aus dem Augenwinkel. Wie Will am Wachgebäude die Beifahrertür seines riesigen Ford Maverick mit einer übertrieben galanten Geste schloss und lachend um den Wagen herumging, während Janet das Fenster hinunterließ und Will den ausgestreckten Mittelfinger zeigte.

Janets Auto war hier, es stand vor dem Café. Eve war da gewesen. Und hatte ihn mit Lana gesehen. Sie zog die falschen Schlüsse.

Ja.

Lana wäre perfekt. Für fast jeden Mann. Nur nicht für ihn. Ihre Hände würden zu weich sein und ihre Begierde zu flach. Ihre Beine wären nicht so lang wie Eves und ihr Hintern nicht durchtrainiert genug, ihre Brüste zu klein und ihr Haar zu kurz, aber ficken konnte sie todsicher, oder wie sonst war sie in die Position gekommen, in der sie jetzt war? Mac kannte keinen Kerl, der nicht anfing zu sabbern, wenn Lana vor ihm auftauchte. Er hatte sie schon vor Jahren abblitzen lassen, weil er nicht einer von vielen hatte sein wollen und auch, weil sie für ihn niemals in Frage gekommen wäre, aber wie er das Eve jetzt klarmachen sollte, wusste er beim besten Willen nicht.

Er zog an Eves Arm, bis sie widerwillig nachgab und sich neben ihn auf die Treppenstufen fallen ließ.

Es könnte so einfach sein. Warum ging man nicht einfach her, sagte: *Ich will dich für den Rest meines Lebens,* in jeder erdenklichem Hinsicht, und alles wäre gut?

Das verdammte L-Wort schoss ihm durch den Sinn. Himmel, das ging jetzt gar nicht. Er hatte jeden in seinem Leben, den er liebte, verloren, und ein abergläubischer Funke setzte sein ganzes Denken in Brand: Er würde den Rest auch noch verlieren, sobald er es eingestand.

Er musste eine andere Lösung finden.

»Eve«, begann er und klang angestrengt, so als ob er zehn Meilen gelaufen sei, und wusste schon jetzt nicht mehr weiter. *Als Kommunikationsspezialist hättest du jedenfalls keine Zukunft, Mann,* dachte er.

Und wenn er es ihr jetzt sagte? Das mit dem Video? Sie sah ihn abwartend an. Zweifelnd. Sie würde glauben, es sei ein Ablenkungsmanöver. Nein. Dazu war es zu wertvoll.

Er hatte keine Ahnung, wo das hier hinführen würde; die richtige Richtung war es jedenfalls nicht. Die Orientierungslosigkeit war wieder da, nur in anderer Hinsicht. Er schüttelte den Kopf. »Was hattest du in Lewis zu suchen?«

Eve schilderte Janets Pech und bestätigte damit seine Mutmaßung. »Und du?« *Was für eine blöde Frage!* Er war dort stationiert, dachte sie, und auch wenn er gerade nicht aktiv war, so gab es doch sicherlich das eine oder andere, was in einer solchen Situation dort zu erledigen war. *Nahm sie jedenfalls an.*

»Es ging um Lanas Bruder.« *Mehr oder weniger, jedenfalls.* Mac erklärte nichts.

Ein Teil von Eve genoss es einfach, neben ihm zu sitzen. Wenn sie sich eine Winzigkeit bewegen würde, würde sie sein Knie mit dem ihren berühren. Die Erinnerung daran, was sie geteilt hatten, entfachte ein kleines goldenes Funkeln in ihrer Magengegend.

Als ob gerade dieser Gedanke nicht das Allerletzte war, was sie jetzt gebrauchen konnte.

Genau deshalb wollte der weitaus größere Teil von ihr Mac schlagen und kratzen und beißen, bis Blut lief. Schreien und schäumen wollte sie und die Bilder auf die Fliesen schleudern, bis alles zerbrochen wäre, und eigentlich wollte sie sogar, dass er zurückschlug.

Sie atmete tief und langsam und zwang sich zur Ruhe und dachte zwei Minuten lang über seine seltsame Reaktion nach. Es kam nichts. *Schade.*

Nerven behalten, Jackson.

Sie legte eine Hand auf sein Knie, stützte sich darauf ab und erhob sich. Sie musste hier raus, bevor in ihrer Stimme dieser schrille Unterton auftauchen würde, der einen absolut lächerlich aussehen ließ, besonders als Frau, weil Frauen dazu neigten, hysterisch zu werden, wenn der Mann, auf den sie scharf waren, sich nicht ganz deutlich von einer anderen distanzierte.

Er sah sie fragend an.

Sie wischte ihre Hände an der Jeans ab und richtete sich auf. »Sagen wir doch einfach, wir sollten das Geschäftliche nicht mit dem Privaten vermischen. Oder einfacher ausgedrückt: Lass mich in Ruhe, Mac.«

Kapitel 26

Mac sah auf. Ein Geräusch ließ ihn die Ohren spitzen. Oben öffnete sich die Tür. *Manchmal lohnte sich Sturheit und Warten.*

Eve kam zurück. Langsam, Schritt für Schritt und Stufe für Stufe, ging sie die geschwungene Treppe hinab, die Hände in den hinteren Hosentaschen, verlegen.

Am unteren Absatz blieb sie stehen. »Hast du sie geküsst?«

»Nein.« Lana interessierte ihn doch gar nicht.

»Es sah aber so aus«, beharrte Eve.

»Sie hat geweint und den Kopf an meine Schulter gelegt.«

»Ach ja?« Jetzt klang sie rebellisch, und das war um Klassen besser als alles, was er bisher von ihr gehört hatte.

Mac seufzte tief und klopfte mit der Hand neben sich auf den antiken Fußboden. Amy hob den Kopf (nur ein paar Zentimeter), wischte mit seiner Rute über die gemusterten Betonfliesen und seufzte ebenfalls, wahrscheinlich aus Solidarität.

Eve durchquerte mit steifen Bewegungen die Halle und setzte sich neben Mac. Dabei achtete sie darauf, ihn nicht zu berühren. Sie legte die Hände flach auf ihre Oberschenkel.

»Es tut mir leid«, sagte sie.

Er sah sie intensiv an, streckte seine langen Beine aus und überkreuzte die Knöchel. »Mir auch«, sagte er, und jetzt tat er, was er vorhin schon gewollt hatte: Umfasste ihren Nacken und zog sie zu einem Kuss zu sich heran.

Eve kletterte über ihn und saß rittlings auf seinen Beinen. Sie beugte sich ein bisschen vor, und er spürte den Druck ihres Oberkörpers an seiner Brust.

Er strich ihr mit beiden Händen das Haar nach hinten und sah dabei den Lichtreflexen zu, die über die glänzende Fülle huschten. Sie lehnte die Stirn gegen seine und probierte ein Lächeln.

Mac packte sie um die Taille und schob sie blitzschnell nach hinten, bis sie Stirn an Stirn auf dem kalten Boden lagen. Sie lachte überrascht und grub die Hände in sein Haar. Er spürte ihre Fingernägel auf der Kopfhaut und liebte den Druck, den sie ausübte. »Schön«, murmelte er.

Ihr Blick wurde zärtlich. »Mehr davon?«

»Ja, bitte.«

Intimität war das Zauberwort. Doch, er wollte mit ihr schlafen. Aber eigentlich wollte er Nähe und Vertrauen. Und mehr als alles andere wollte er, dass sie ihm glaubte.

Er hatte ihr etwas Wichtiges zu berichten. Er wollte mit ihr feiern. Verdammt, er wollte zum Schuss kommen und sich in ihr verlieren. Bei Null anfangen und sich von ihr sagen lassen, dass alles gut werden würde. Sie würde sich sicherlich über die positive Entwicklung freuen, und die Freude würde ihm Kraft geben für das, was ihm noch bevorstand, denn ausgestanden war das alles noch lange nicht.

Sich mit ihr wegen Lana streiten wollte er definitiv nicht.

»Eve«, fing er an, »ich halte nichts von Unwahrheiten. Und noch weniger davon, jemanden zu hintergehen. Ich möchte, dass du mir glaubst. Ich will dir keinen Schaden zufügen, weder mit dem Café, noch, indem ich dich gefühlsmäßig verletze. Ich will nur mit dir zusammen sein. Mit niemandem sonst.«

Er drückte ihre Hände, dann richtete er sich auf und zog sie mit sich. »Und jetzt häng deine Bilder auf, Weib, damit wir endlich nach oben gehen können.«

Dass es so einfach nicht war, schwelenden Groll beiseitezuschieben, erkannten sie erst später.

Mac angelte die Kiste aus der Ecke und klappte den Deckel auf, griff hinein und reichte Eve das erste der gerahmten Fotos. Ein flüchtiger Blick, und die Alarmglocke in seinem Kopf meldete sich mit einem sanften *Ping*, das sich in seiner

Vorstellung genauso anhörte wie der Signalton seines Handys, wenn eine E-Mail kam.

Das nächste Foto wanderte durch seine Hände. Macs Instinkte waren hochtrainiert. In ihm kämpfte Wehmut mit Sehnsucht, und ein Lächeln huschte über sein Gesicht, und er musste sie fragen und hoffte auf nichts so sehr wie auf eine verneinende Antwort. Er atmete ein. »Hast du die gemacht?«

Eve nahm das Bild entgegen, um es an den Haken zu hängen, und strahlte Mac an, glücklich darüber, wieder versöhnt zu sein und sich einem anderen Thema zuwenden zu können, wieder zur Normalität zurückfinden zu können. »Ja, aber es ist schon eine Weile her. Hunde sind mein absolutes Lieblingsthema. Vielleicht mache ich nochmal einen Bildband.«

Die Alarmglocke vibrierte. »Bestimmt eine gute Idee«, sagte Mac und klang abgelenkt.

Eve warf einen Blick über die Schulter, während sie das zweite Bild an der Wand geraderückte, und sah, wie er den Rahmen in den Händen hielt. Mit dem Daumen strich er über eines der Hundefotos. Sein Gesichtsausdruck war nicht zu deuten, aber vielleicht passte sie auch einfach nicht mehr so genau auf, weil es einfach zu viel war, weil ihr Gefühlsleben seit gestern wie ein lautes, lärmendes Kettenkarussell war und es höchste Zeit wurde, in seinen Armen zu liegen und sich wieder zu finden. *Schnell hiermit fertig werden, hinauf gehen, Eve und Mac sein.* Sie drehte sich zu ihm um und beugte sich über den Karton. »Die sind hier ganz in der Nähe entstanden, übrigens.«

Das nächste Bild. In seinen Händen spürte er das glatte, weißlackierte Holz. Die Kälte des Glases. Die Schwere des Rahmens und die Schwere dessen, was mit seinem Herzen passierte, weil sein Verstand sich einfach weigerte. Er drehte das Bild um. Unten links in der Ecke standen ein paar Daten.

Die Alarmglocke schrillte los. »Das hier ist ...«

Eve wog zwei Fotos in ihren Händen, um zu entscheiden, welches als Nächstes dran war.

Ihre Augen leuchteten auf, weil sein Interesse sie freute, sie plauderte fröhlich, und Mac merkte ihr an, wie begeistert sie von ihrer Arbeit war, was sie sicherlich zu Recht war, denn die Fotos waren fantastisch.

Er wollte sie schlagen.

»Sie sind wunderschön, nicht wahr? Ich liebe Jagdhunde.«

Die Alarmglocke verbreitete ein infernalisches Heulen. Er nickte stumm, weil er schreien würde, wenn er den Mund aufmachte. Weil er sie anschreien würde, und mehr.

Es dauerte einen Moment, bis die Erkenntnis sich durch seine Hirnwindungen gearbeitet hatte. Aber nun hätte er sich für die Arglosigkeit und den unterschwelligen Stolz in ihrem Ton auf sie stürzen können. Er sah es vor sich, wie er sie packte und gegen die Wand drückte und die Wahrheit aus ihr herausprügelte, weil er so schockiert war, dass er unfähig war, die Einzelteile zu einer verständlichen Summe zusammenzusetzen. Er senkte den Kopf und realisierte, dass er die Hände zu Fäusten geballt hatte.

Er trat einen Schritt zurück.

Bild Nummer sechs, und sie sprach weiter, in einem leichten Tonfall, der ihm die Wirbelsäule hinauf und hinunter lief wie Ameisen. Langsam dämmerte ihm die ganze Tragweite dessen, was sich hier auftat. Er musste die nächste Frage stellen. »Hast du außer den Bildern ...« Er brach ab. *Das war zu schwer.*

Sie sah auf, sah ihn an. »Es ging um einen Artikel, den ich geschrieben habe. Über eine Hundezucht. Mein erster großer Artikel, er erschien erst in der Tageszeitung und dann in mehreren Magazinen. Ich habe ihn heute noch. Möchtest du ihn lesen? Das ist aber bestimmt schon zehn Jahre her.«

Zwölf, dachte Mac, *es ist zwölf Jahre her*. Seine Augen waren für einen Augenblick ganz blank. Dann legte sich ein Schleier darüber, wie ein Rollo, das vor dem Fenster eines hell erleuchteten Raumes herabgelassen wird, und die jaulende Alarmglocke wurde begleitet von einer roten Rundumleuchte, die endgültig die ganze Nachbarschaft aufweckte.

Vor seinem geistigen Auge sah Mac den Ausdruck. Das Stück Papier, das Jae Tao ihm in die Hand gedrückt hatte und das er nur halb angesehen hatte, aber er hatte ein fotografisches Gedächtnis, und wie konnte das passieren? Er war wohl doch zu sehr mit sich selbst beschäftigt gewesen, oder vielleicht hatte sein Kopf doch mehr Schaden genommen als gedacht, und vielleicht arbeitete sein Hirn ja tatsächlich nicht mehr so präzise wie früher.

Bei der bildhaften Erinnerung an den Ausdruck und die verspätete Schlussfolgerung zu dem, was er darauf gelesen hatte, kam die Flut der Gedanken in seinem Kopf mit blockierenden Rädern zum Stehen.

So ähnlich mussten sich Tiere fühlen, wenn sie in Fallen gefangen wurde: Hier war Ende.

Er wandte den Blick von den Fotos ab.

Von all den schrägen Momenten der letzten vierundzwanzig Stunden kam ihm dieser hier am bizarrsten vor.

Kapitel 27

»Das ist Bailey«, sagte er, und wenn Eve nicht so erschöpft von der vorangegangenen Emotionsflut gewesen wäre und so in Anspruch genommen von der Notwendigkeit, noch all diese Dinge auf ihrer endlosen Liste zu tun, hätte sie vielleicht auf den veränderten Klang seiner Stimme geachtet und rechtzeitig bemerkt, dass er bleich geworden war und seine Augen seltsam flach wirkten.

Sie sah ihn mit einem Lächeln auf dem Gesicht an. »Bailey?«, fragte sie und klang verständnislos. Von seiner Haut ging ein schwacher Duft nach Rasierwasser aus. Sie atmete ein.

»Zeig mir den Artikel.«

Ihr Lächeln vertiefte sich. »Gern. Komm mit.«

Sie klappte den Karton zusammen und stellte ihn neben die Tür, damit sie ihn nicht vergaß, wenn sie zum Mülleimer ginge, nahm ihr Werkzeug und wandte sich zur Treppe.

Mac sah ihr zu und folgte ihr wie in Trance: Die Stufen hinauf und den Gang entlang, ins Büro, hinten links, gegenüber vom Schlafzimmer. Eve hatte die Aufteilung der Wohnung beibehalten, wie sie bei Georgina gewesen war.

Amy schlich hinter ihnen her, die Treppe empor, und verkroch sich mit eingezogenem Schwanz unter dem Schreibtisch. Hunde hatten ein gutes Gespür für Stimmungen.

Achtzehn Stufen und fünfzehn Yards Flur, und es fühlte sich an wie der Aufstieg zum Kilimandscharo, wie Apnoe-Tauchen vor Madagaskar, nein, schlimmer: Wie eine verdammte außerkörperliche Erfahrung, und *das hier* würde ihn umbringen. Mac war ein Alphatier. Er war es gewohnt, Menschen zu befehligen und weitreichende Entscheidungen zu treffen, Ruhe zu bewahren, Ruhe zu vermitteln, andere in schwierigen Situationen anzuleiten, zu führen. Im Moment fühlte er sich wie ein kleiner Junge.

Dabei kannte er jedes Wort, das in dem Bericht stand. Eine Reportage, viel Text, viele Fotos, über mehrere Farbseiten, plus Infoteil. Aber er musste es sehen. Er musste es bei ihr sehen, weil er sonst niemals auf die Reihe bekäme, dass sie es war.

Er merkte, dass er noch immer das gerahmte Foto in der Hand hielt, und legte es vorsichtig, als könne es zerspringen, auf die breite Fensterbank. Er konnte kaum die Augen davon abwenden.

»Mac?« Sie berührte seine Hand, und er zuckte zurück. Ihr Gesichtsausdruck veränderte sich, wurde zu Erschrecken, dann zu Unbehagen. Sie beugte sich vor. Mac dachte, dass sie ihn angesichts seines Benehmens über kurz oder lang für verrückt halten musste.

Sie nahm einen Ordner aus dem Regal und zog vier in Sichthüllen gefasste Seiten hervor. In ihren Blick war Vorsicht getreten. Bebte ihre Hand? Von den Fotos starrten ihn die Hunde an. Er kannte jeden einzelnen von ihnen mit Namen, wusste jedes einzelne Wurfdatum. Er konnte sagen, was sie am liebsten fraßen und welchen Ausbildungsschritt sie am leichtesten umgesetzt hatten. Keiner von ihnen war mehr am Leben. Die Gefühlsaufwallung, die ihn durchfuhr, war so heiß und so mächtig wie ein Lavastrom. Er holte scharf Luft.

Und da war er, ihr Name: Unter dem Titel stand er in einer hübschen Schreibschrift mit gewundenen Serifen, harmlos, nett. Eve Jackson, zum Zeitpunkt des Presseartikels Eve Darling. So ein Witz: Er hätte nur nach ihrem Mädchennamen suchen müssen. »Verheiratet bist du also auch.«

Mit einer heftigen Bewegung drückte er ihr die Seiten in die Finger. Sie griff automatisch zu und legte alles auf den Schreibtisch. Sie brachte den Stuhl zwischen sich und ihn, und Eves Haar schwang vor ihr Gesicht, als sie irritiert zu Boden sah. Er wollte mit der Hand hineingreifen, doch was noch zehn Minuten zuvor eine leidenschaftliche, erotische Geste gewesen wäre, drohte nun in rohe Gewalt umzuschlagen. Langsam kroch die Erkenntnis unter seine Haut und bahnte sich einen Weg wie irgendein biochemischer Vorgang, Osmose vielleicht, bis sie in seinem Herzen explodierte.

Sie hatte sein Leben zerstört.

Eve war die Frau, auf die sich jahrelang sein gesamter Hass konzentriert hatte. Die Frau, die er, wäre er ihr jemals von Angesicht zu Angesicht begegnet, unangespitzt in den Boden gerammt hätte. Wenn er ihr habhaft geworden wäre. Aber sie hatte sich allem entzogen. Und dann waren andere Dinge passiert, und er hatte Wege finden müssen, um seinen Zorn zu kanalisieren. Bis das Feuer irgendwann nur noch schwelte, aber ihm nicht mehr mit lodernden Flammen die Haut vom Körper riss.

Hinterher, wenn das alles vorbei wäre, würde er sich zugutehalten, dass er aufgewühlt war von den Geschehnissen gestern und kein genaues Urteilsvermögen mehr hatte.

Aber jetzt packte ihn die Wut.

Eine Klarsicht, die ihm nicht willkommen war, ergriff ihn. Er verstand auf einmal alles: Er verstand plötzlich, wie Männer Frauen Gewalt antun konnten und wie es Menschen gelang, Untergebene und Schutzbefohlene bis aufs Blut zu misshandeln. Wie man Knochen brechen und foltern konnte. Wie es dazu kam, dass man einen Mord beging, und was Menschen dazu brachte, GPS-gesteuerte Geschosse in Militärkonvois zu jagen, die weiße Flaggen an den Holmen hatten, weil sie Soldaten transportieren, die bei einem Helikopterunglück gerade so dem Tod von der Schippe gesprungen waren.

Mit einem Schlag verstand er das alles.

Genau dasselbe war passiert, als er sich vor vielen Jahren mit Lana Everett angelegt hatte, und witzigerweise war sogar der Anlass der Gleiche. Abgesehen davon natürlich, dass Eve ganz andere Absichten hatte.

Natürlich tat er nichts davon. Aber doch, und mochte Gott ihm helfen, er sah es vor sich. Wie er sie stieß, trat und schlug und Schlimmeres. Er sah es vor sich, wie sie vor ihm zu Boden brach, blutend, geschändet und verletzt. Beispielloser Exzess, wie auf einer Kinoleinwand, 3D, Technicolor, Dolby Surround:

Ein Videospiel, und er war der Terminator, der Cleaner, der, der alles niederschmetterte. Und vermutlich sah Eve es in seinen Augen.

Zu seiner Verwunderung ergriff sie nicht Hals über Kopf die Flucht. Sie schrie nicht mal um Hilfe.

Er hatte sich im Griff. Er würde nicht ausrasten. Wie hatte das passieren können? Wie hatte er mit ihr ins Bett gehen können, ohne zu wissen, um wen es sich handelte? War sowieso die dümmste Idee gewesen, die er je gehabt hatte: Sie war seine Konkurrentin. Sie war keine Kollegin, keine Freundin, nicht seine Geschäftspartnerin. Sie war auch keines der Mädchen, das man nachts mit ins Bett nahm und am anderen Morgen nach Hause schickte. Ja, so ein Typ war er: keine Gefangenen.

Das hier tat *weh*. Bis ins Mark. Es fräste das Innere seiner Knochen weg und riss ihm die Wirbelsäule heraus, so fühlte es sich an, aber vielleicht war es auch sein Herz. Vorwiegend war es Enttäuschung. Und Überforderung. Aber er war nie überfordert, oder? Doch. Neuerdings schon. Seit gestern Abend, um genau zu sein.

Das war's, stand in seinem Gesicht, und sie konnte die Botschaft ganz deutlich lesen.

Sie sah das Echo ihrer eigenen Wunschvorstellung von vorhin in seinen Augen, den Wunsch, um sich zu schlagen, so wie sie ihn hatte angreifen wollen. Aber seine Gründe waren offensichtlich andere. Eve begriff nichts, *nada, niente,* nicht das Geringste. Was war hier los? »Mac, was hast du damit zu tun?« *Geflüstert. Entsetzt.*

»Ich? Hast du sie noch alle? Die Frage ist, was *du* damit zu tun hast, *Darling*!« Er betonte ihren früheren Namen auf eine Art und Weise, die sie an das Getuschel in der Highschool erinnerte; an unangenehmes Gewisper, wenn der Englischlehrer den Mund zu einem fiesen Grinsen verzog, weil es ihm diebische Freude machte, sie aufzurufen. Damit die anderen Mädchen affektiert kichern konnten, bis Eve genervt die Klappe hielt und aus dem *A* ein *C* geworden war, das sie erst im College wieder revidieren konnte, durch ihre schriftlichen Leistungen; und auf das College ihrer Träume konnte sie ohnehin nicht, dazu fehlte in ihrer Familie das Geld.

Der Artikel über die Hundezuchtanlage in der wundervollen Landschaft am Mount Rainier war ihre erste große Chance gewesen, endlich etwas Richtiges nach dutzenden von Berichten über glimpflich verlaufene Verkehrsunfälle, kleinstädtisches Politikgerangel und Verschönerungsaktionen im Stadtpark. Der verantwortliche Redakteur wollte etwas Überregionales und hatte ihr den Auftrag auf den Schreibtisch geknallt mit den Worten: »Okay, *Darling*, das Thema ist cool, und der Typ da ist ein echter Knaller.«

»Aber das ist in Washington!«, hatte sie es versucht.

»Na und? Hast du da nicht mal gewohnt? Fahr hin. Ist ja nicht so, dass du keine Spesen kriegst. Sehen wir mal, ob du Biss hast. Wenn nicht, schreibst du ab nächste Woche nur noch Beziehungstipps.«

Es waren besondere Hunde, und der Züchter wollte sich nicht in die Karten blicken lassen.

Aber Eve fand sofort einen Draht zu Connor, einer wahren Koryphäe, was Hundezucht anbetraf, und ein sympathischer, gut aussehender Mann obendrein: ein Raubein, ein Typ wie Paul Newman. Eve mochte ihn, und er mochte sie, und daher kam es wahrscheinlich, dass er ihr mehr gab. Eve hatte zwei ganze Tage auf dem etwas versteckt gelegenen Gelände am Redwood Plain verbracht, einer waldigen Senke an der Peripherie von Cooper. Sie hatte Interviews geführt, einen neuen Wurf geherzt und geknuddelt, beim Training zugesehen und den Tierarzt begleitet, der die Zwingeranlage inspizierte und Häkchen auf Listen setzte.

Der Artikel war klasse, mit Herz und Verstand geschrieben, und der Ressortleiter war beeindruckt. Er verkaufte ihn weiter, an die größeren Magazine.

Es folgten ein paar weitere Reportagen dieser Art, und Eve machte sich in Portland einen guten Namen.

Aber das Glück über den beruflichen Erfolg hatte nicht lange angehalten. Es wurde von anderen Ereignissen abgelöst, von Dingen, die viel wichtiger waren als die Freude und der Stolz darüber, den eigenen Namen unter der Titelzeile in einem Zeitungsbericht zu sehen.

»Also bist du dafür verantwortlich«, sagte Mac leise, und sie hatte das seltsame Gefühl, dass er nicht den Artikel meinte, sondern irgendetwas anderes.

»Was?«, fragte sie und runzelte die Stirn im Bemühen, zu verstehen, was vor sich ging, »wofür denn?«

»Ich fasse es nicht!«, brüllte Mac und schlug mit der flachen Hand auf den Schreibtisch. Eine Vase kippte um.

Amy kam geduckt hervor und huschte lautlos und mit unter den Bauch geklemmter Rute aus dem Raum.

Jetzt reichte es aber. Eve begehrte auf. »Das ist ein Artikel über ein Familienunternehmen hier aus der Gegend, weiter nichts. Es ist ein guter Artikel. Sie mussten dann aber, glaube ich, aufgeben. Jetzt sind sie jedenfalls nicht mehr da. Es ist Ewigkeiten her.«

Es entstand eine Stille, die so tief und unangenehm war, dass Eve ein Kribbeln über das Rückgrat lief.

»Sie mussten aufgeben, ja. Was hast du dir dabei nur gedacht?«

»Bitte? Was hab ich mir wobei gedacht? Es ist eine meiner besten Reportagen. Es war toll da, und das, was darin steht, ist alles wahr. Mac, das ist ein Zeitungsartikel, mehr nicht!«

Mehr nicht. Er konnte es nicht glauben. Er konnte nicht glauben, dass sie das alles nichts anging, und sah sie vollkommen ungläubig an. »Darum geht es doch gar nicht. Es geht um das, was dieser Artikel ausgelöst hat.«

»Um Himmels willen, was denn?« Ja, vielleicht war es ein Versäumnis, sich um die Schicksale, über die man schrieb, nicht mehr zu kümmern. Vielleicht war es falsch, Klickzahlen und Bewertungen nicht im Auge zu behalten und nicht jeden Kommentar, der online abgegeben wurde, zu lesen. Es gab genug Journalisten, die einfach alles abhakten, kaum dass es veröffentlicht war, die sich nicht dafür interessierten, was aus den Menschen wurde. Aber so war Eve nicht. Doch man konnte sich nicht um alles kümmern.

Sie hatte es einfach nicht mehr verfolgt.

Weil Mac plötzlich so ruhig war und seine Stimme so flach klang, machte sie sich Sorgen.

Ein Familienunternehmen.

Die Pokale in seiner Wohnung.

Best of Breed.

Die Puzzleteile fielen an ihren Platz. Sie atmete scharf ein.

»Mac«, sagte Eve und griff nach seiner Hand, die eiskalt war, »wessen Hunde waren das?«

Er blickte auf seine Hand, als ob sie nicht zu ihm gehörte, und entzog sie ihren Fingern mit einem Ruck.

»Meine. Unsere. Die meines Vaters. Es ist meine Familie gewesen, und dein Artikel hat alles zerstört.«

»Jetzt tu doch nicht so, als ob du nichts davon wüsstest«, sagte er, und seine Stimme klang schneidend und kalt. Aber fast war er geneigt, ihr zu glauben – die Verwirrung auf ihrem Gesicht sah so echt aus. Wie konnte ihr das entgangen sein? »Wo bist du seitdem gewesen? Auf dem Mond?«

Sie hob den Kopf und sah ihn an. Besondere Hunde für eine besondere Verwendung, hochtrainiert, für besondere Aufgaben, wertvoll. Eve war Feuer und Flamme für diesen exklusiven Einblick gewesen. »Ich ... Mac. Ich wollte doch nicht – Mac, ich weiß nicht, wovon du eigentlich sprichst!« Was hatte sie übersehen? Und es passte ihr nicht, dass er sie so anklagend ansah.

Er wandte sich ab und durchquerte den Raum, und deutlicher hätte er nicht signalisieren können, dass er so viel Distanz wie möglich zwischen sich und Eve bringen wollte. Er sah aus, als wünschte er sich ein ganzes Footballfeld herbei. »Tu mir bitte einen Gefallen und mach mir nichts vor. Oder hat die Tatsache, dass ich mit dir im Bett war, etwas mit deinem plötzlichen Zartgefühl zu tun?«

Sie wusste gar nicht, wie ihr geschah. »Mac, nichts davon! Ich habe doch nur ...«

»Ach, zum Teufel mit dir! Es gibt doch dieses Sprichwort, das mit dem Weg zur Hölle, der mit guten Vorsätzen gepflastert ist. Du wirst deine Gründe gehabt haben, dich nachher nicht mehr zu melden. Du hättest es korrigieren müssen. Wahrscheinlich hast du deinen Ruhm genossen und aus der Entfernung zugesehen, gemütlich in deinen Schreibtischsessel zurückgelehnt, wie sich alle auf uns stürzten. Ich verstehe nur nicht, warum du nicht mehr Kapital daraus geschlagen hast.«

Eve japste entsetzt auf. »Kapital?«

»Ja, was weiß ich, Talkshows, Hetzkampagnen, Petitionen, Facebookgruppen, sowas. Am Ende schreibt immer jemand ein Buch drüber. Gab es alles. Aber ohne dich. Warum?«

Ihre Beine schienen sich in Pudding verwandelt zu haben. Sie lehnte sich schwer gegen den Schreibtisch. Die Klarsichthüllen mit dem Artikel verschoben sich und gerieten ins Rutschen und glitten mit einem wispernden Geräusch zu Boden, wo sie liegen blieben.

Eve starrte sie an. Mac starrte sie an.

»Also, Eve Darling, was ist passiert? Hat man die Volontärin gezwungen, die unangenehmen Sachen zu schreiben? Kanntest du die Hintergründe nicht? Hat jemand deine Worte verdreht? Die wichtigsten Punkte umgeschrieben? Sagen sie das nicht immer, als fadenscheinige Entschuldigung? Also los, wie lautet deine?«

Eve verstand kein einziges Wort. Aber sie sah seine Augen, die Unversöhnlichkeit darin und die starre Maske seines Gesichts. Ihr Herz stockte, stolperte und raste auf einmal los.

Der Schock verschloss ihre Kehle und saß darin fest wie ein verschlucktes Insekt, und ihr Mund war trocken. In ihrem Kopf ging alles durcheinander, und auf ihrer Brust lastete bleierner Druck. Sie konnte kaum atmen und schluckte sichtbar, und als sie sah, wie sich sein Blick veränderte, wurde der Stein in ihrem Magen zu einem bitteren Gefühl des Ertapptseins. Das hier war eine der schlimmsten Situationen ihres Lebens.

»Ich hab nicht...«, stammelt sie, »ich wollte nicht...« *Oh Gott, das wurde ja immer furchtbarer.* Sie riss sich am Riemen. »Es ist nichts verdreht. Das sind meine Worte.«

»Dann ist es ja noch schlimmer«, sagte Mac.

»Aber was denn! Er hatte jede Menge Pokale für seine Hunde bekommen, der Zoll hat sie gekauft, und mit einigen dieser Hunde wurde die Beagle Brigade gegründet! Andere wurden für die Jagd verwendet, und sogar Therapiehunde –«.

»Ja. Wem erzählst du das«, unterbrach er sie. Er winkte ab. Resigniert. *Sie hatte keine Ahnung.*

Er machte sich bereit zum Gehen. Es hatte keinen Sinn. Das hier war vorbei. Unnötig, sich noch lange darüber aufzuregen.

»Mac«, sie klang bittend, und das brachte ihn von neuem auf.

Er drehte sich mit einer heftigen Bewegung um. »Diese Zucht war die Beste des Landes, aber sie war klein und nicht für die Öffentlichkeit bestimmt. Wir hatten immer Anfragen für ganz besondere Anliegen, besondere Zuchtziele. Mein Vater war einer der besten Kynologen der Welt, und nichts war ihm wichtiger als die Gesundheit und das Wohlergehen seiner Hunde. Er hat sich jahrelang gegen jegliche Berichterstattung gewehrt, er wollte keine Aufmerksamkeit und brauchte auch keine, es lief alles hervorragend, und auch den Kunden war es so am liebsten.«

Das hatte die Presse Connor übelgenommen und einen Nimbus der Geheimniskrämerei darübergelegt.

»Dann kamst du, und ich habe keine Ahnung, wie du das geschafft hast, aber Dad hat mehr ausgeplaudert als in den fünfundzwanzig Jahren zuvor! Dieser Artikel hat etwas ins Rollen gebracht. Tierschützer stürzten sich auf uns, Fanatiker, die alles umgedreht und in den Dreck gezogen haben. Mein Vater hat noch nie in seinem Leben einen Hund misshandelt oder unlautere Mittel angewandt. Aber nun glaubten alle, wir würden mit zweifelhaften Methoden arbeiten, Zuchtergebnisse fälschen, die Veterinäre bestechen, Zwang anwenden. Er hat nichts falsch gemacht. Aber alle dachten es. Weil du nicht nachgedacht hast.«

Eve schielte zu dem Artikel auf dem Vinylboden ihres Büros. Sie kannte nach all der Zeit nicht mehr die Einzelheiten, aber sie würde nachher Wort für Wort durchgehen, um dem auf die Spur zu kommen, was er ihr vorwarf.

Der Kloß in ihrem Hals fühlte sich an, als ob die Muskeln unter ihrem Kinn sich zu straffen Bändern zusammenzögen. Ihr Mund zitterte, und sie biss sich fest auf die Lippen. Sie räusperte sich, weil sie den Eindruck hatte, als ob ihre Zunge beim Sprechen im Weg sei. In ihren Ohren rauschte es.

Eve blickte auf ihre Hände und stellte fest, dass sie zitterten. »Das wusste ich nicht«, sagte sie mit schmerzendem Kehlkopf, der sich wund anfühlte und zu groß, so, dass ein Daranvorbeischlucken fast unmöglich war, »ich habe es geschrieben, aber bitte glaub mir, dass ich für das, was danach passierte, nicht verantwortlich bin.«

Aber das war sie.

Connor hatte sie gewarnt.

Kalt rauschte es ihr in den Magen und verwandelte sich dort in lodernde Angst. Das Zittern erfasste ihren ganzen Körper, so dass sie das Gefühl hatte, kaum noch stehen zu können und beinahe dankbar war für die harte Kante des Schreibtisches, die sich schmerzhaft an ihrer Hüfte bemerkbar machte. Ihre Augen fühlten sich heiß an. Sie wusste, wenn sie jetzt in Tränen ausbrach, würde Mac ihr eine knallen.

Mac hatte sich jahrelang vorgestellt, was wohl passierte, wenn er dieser Frau gegenüberstehen würde; die Frau, die diesen monströsen Stein ins Rollen gebracht hatte und ihn alles gekostet hatte, was für ihn von Bedeutung gewesen war.

Zu seiner Überraschung fühlte er jetzt vor allen Dingen leer.

Das war gut so, denn er musste dringend aufhören, daran zu denken.

Weil er als Nächstes nämlich an die Sache mit Silvia Hamilton denken würde, was unweigerlich eine Kette von Assoziation auslösen würde, die ihn zu den ganzen anderen Dingen bringen würden. Zu der selbsternannten Tierschutzgruppe und an das Ergebnis ihrer fanatischen Bemühungen, und zu Lana, die ihren eigenen Anteil dazu beigetragen hatte. Man konnte sagen, dass sie reichlich davon profitiert hatte.

Er hatte offenbar einen fatalen Hang zu Journalistinnen, der ihm nicht bekam.

»Du bist sowas von verantwortlich«, sagte Mac.

Als die Tür mit ihrem weichen Schnappen hinter ihm ins Schloss fiel und er auf den schneebestäubten Stufen der Außentreppe stand, wurde ihm bewusst, dass er es ihr ja gar nicht gesagt hatte.

Aber das war jetzt wahrscheinlich auch egal.

Er würde nichts finden, das geeignet wäre, ihm den vernichtenden Schmerz zu nehmen. Das Einzige, was Linderung verschaffen würde, wäre Abstand. Flüchtig erwog er andere Frauen, um sich das Hirn aus dem Schädel zu vögeln und eine dicke Schicht des Vergessens über Eve zu legen, aber selbst das würde nicht helfen. Das würde nie mehr funktionieren. Er war für alle verdorben.

Dieser Gedanke setzte ihm noch mehr zu. *Betrinken wäre gut.* Er würde auf der Stelle damit anfangen, bevor ihm wieder in den Sinn käme, was ein Leben wert war. Früher hätte er sich beim Sport, einem Motorradrennen oder dergleichen verausgabt, aber das kam neuerdings auch nicht mehr in Frage. Er war der Verzweiflung nahe. Man trieb keinen Raubbau mit seinem Körper, so viel hatte er immerhin inzwischen gelernt.

Er war wie taub, empfindungslos von Kopf bis Fuß. Und das war vermutlich genauso egal.

Alles war egal.

Kapitel 28

Mac hatte den Raum, die Wohnung, das Haus und vermutlich auch ihr Leben verlassen. Volle drei Minuten stand Eve da wie erstarrt. Der Pudding in ihren Beinen hatte sich in Blei verwandelt. Schließlich ließ sie sich zu Boden sinken und angelte nach den Seiten ihres Berichts, auf den sie so stolz gewesen war und der den Anfang einer Karriere markiert hatte, die zwar nicht außergewöhnlich, aber auch nicht unbedeutend verlaufen war. Niemand hatte je mit dem Finger auf sie gezeigt und *ach, Sie sind das also gewesen* gemurmelt. Niemals hatte sie das Gefühl gehabt, einen nicht wiedergutzumachenden Fehler begangen zu haben.

Trotzdem: Noch nie in ihrem Leben hatte Eve sich so geschämt. Sie gehörte nicht zu denen, die sich nicht um die Folgen ihrer Arbeit scherten. Wie konnte es sein, dass Mac diese schrecklichen Dinge behauptete? Wie konnte es sein, dass das völlig an ihr vorbeigerauscht war?

Die Antwort war leicht: Weil sie das Pierce County komplett vergessen hatte. Abgehakt. Verdrängt. Aus ihrer Erinnerung gestrichen. Sie hatte anderes zu tun gehabt, weil ihr Vater nämlich im OHSU lag und sterben würde, und ihre Mutter sich über den Verlust des Mannes, mit dem sie ihr ganzes Leben verbracht hatte, so grämte, dass sie ihm wenige Wochen später nachfolgte.

Eve hatte getrauert. Und nicht darauf geachtet, was die Zeitungsleser und die Internetgemeinde mit dem Hundezüchter machte, dessen Gesellschaft sie geschätzt hatte, weil er so alt wie ihr Dad war, aber vital und gesund. Und weil er liebte, was er tat und sie sich davon begeistern ließ. Sie war in Portland gewesen und dann in Idaho, und Cooper war nur ein Fleck am Mount Rainier, der ihr erst wieder in den Sinn kam, als sie sich an Georgina erinnerte und nach Westen reiste.

Sie wischte die Tränen weg und rappelte sich auf, öffnete ihr Laptop und begann zu suchen. Was sie fand, ließ den Stein in ihrem Magen zu einem Felsbrocken anwachsen. Sie nahm ihren Bericht und las ihn Wort für Wort durch, bis sie gefunden hatte, was die Leute so in Rage versetzte.

Ja, Connor hatte sie gewarnt: Dass die Zucht einigen Leuten ein Dorn im Auge war. Dass es Menschen gab, die sich nicht damit abfinden konnten, wenn Hunde zu einem bestimmten Zweck trainiert wurden. Dass es Gruppen gab, die gegen eine Spezialisierung der Hunde waren und dass bestimmte Personen seit Jahren versuchten, Connor Unregelmäßigkeiten nachzuweisen.

Eve hatte das nicht glauben können. »Achten Sie auf jedes Wort, Mädchen«, hatte er sie gebeten, und das hatte sie getan. Aber in den Teil des Textes, in welchem Connor über Trainingseinheiten sprach, hatte Eve sich geradezu verliebt, weil sie es grandios fand, dass Menschen mit Hunden derart zusammenarbeiten konnten, und sie hatte die Vorführung Monroes geschildert. Genau das hatten manche zum Anlass genommen, alles in Frage zu stellen. Im Internet gab ein Wort das andere, und am Ende ging es nicht mehr um eine herausragende Leistung, sondern um Verdächtigungen, Folter und Qual.

Es folgten Anzeigen, bei der Polizei, beim Veterinäramt, bei der Ordnungsbehörde der Stadt. Nachbarn, von denen man niemals einen Ton gehört hatte, beschwerten sich plötzlich über Lärm und Geruchsbelästigung, die es nicht gab. Dubiose Berichte tauchten auf, Trainingsmethoden wurden angeprangert, weitreichende Konsequenzen gefordert. Tierschutzverbände schalteten sich ein, und im Internet wurden Initiativen gegründet. Es gab eine Demonstration vor dem Sitz der Verwaltungsbehörde in Tacoma.

Am Ende wurde die Zucht aufgelöst. Das letzte, was Eve im Internet über Connor fand, war seine Todesanzeige in der Tacoma News.

Sie war unauffällig und klein, und Macs Name stand darunter.

Eve drückte erschrocken beide Hände auf ihren Mund.

Ihre Gedanken wanderten zwölf Jahre zurück, und sie fragte sich, wie schlimm etwas sein musste, um einen Mann wie Connor in die Knie zu zwingen. Sie wollte herausfinden, wo

Mac zu dieser Zeit gewesen war und welche Rolle er in dieser Tragödie gespielt hatte, und suchte weiter, und je mehr sie fand, je mehr sie las, umso schwerer wurde ihr das Herz.

Ein Zeitungsbericht über eine Hundezucht auf dem Land, der ihr noch nicht mal dreihundert Dollar eingebracht hatte. Großer Gott.

Und verheiratet bist du also auch.
Oh du großer, großer Gott!

»Du weißt aber schon, dass es fast zwei Uhr nachts ist?«, sagte Mac, als er ihr die Tür öffnete.

Sie ging nicht darauf ein.
Er war kompromisslos. Und wenn sie noch irgendetwas retten wollte, musste sie sich entschuldigen. Nicht, dass eine Entschuldigung für das alles ausreichend gewesen wäre. Und wenn sie hundertmal nichts dafür konnte, was daraus geworden war: Sie hatte den Auslöser dafür gesetzt. Wie er gesagt hatte: Der Weg zu Hölle war mit guten Vorsätzen gepflastert, und genau dort, in ihrer ganz persönlichen Hölle, würde sie unter Garantie landen, wenn sie ihn einfach so gehen ließe.

Sie hatte eine ganze Stunde gebraucht, um zu beobachten, welches Licht in seiner Wohnung an- oder ausging, und noch dreißig Minuten mehr, um genug Mut zu fassen, über den Hof zu gehen und zu klopfen. Selbst wenn es vier Uhr morgens gewesen wäre, es war ihr egal.
»Kann ich dir was erklären?«, fragte sie.

Er winkte sie mit einer Kopfbewegung ins Haus, ließ sie voran gehen, *mi casa es su casa*, und sagte: »Du kannst mir erklären, was du willst, aber ich sollte dich wohl darauf hinweisen, dass ich schon ziemlich betrunken bin.« Damit streckte er ihr eine Flasche Scotch entgegen und sah sie warnend an. Wenn sie jetzt etwas über Leute mit fehlenden oder nur noch teilweise vorhandenen inneren Organen sagte, würde sie die längst fällige Ohrfeige kassieren.

Sie nahm ihm die Flasche aus der Hand und kippte den Whisky hinunter, nahm große Schlucke, die Löcher in ihre Kehle und in ihren Magen brannten, bis sie husten musste. Sie wischte sich mit dem Handrücken über die Lippen und erwiderte seinen Blick, fast trotzig.

Er nahm ihr die Flasche ab. »Muss ich jetzt mit etwas wie *oh Mac, ich wusste nicht was passiert* oder *ich war so jung und naiv* rechnen? Oder, oh, ich weiß es: Der Redakteur wollte es so.«

Mac hob die Flasche und trank, bildete sich ein, ihren Mund zu schmecken, und fragte sich, wo das Leichte, Lockere, Spielerische hin verschwunden war.

Hier war nichts mehr leicht, nicht mal mehr sexy. Hier war ein Berg massiver Probleme, die noch nicht mal was mit dem verdammten Café zu tun hatten.

Er war hier gelandet, verletzt und begraben unter einer Tonne Schuldgefühle, und hatte geglaubt, er könne sich in Georginas Arme werfen und sich trösten lassen und alles würde wieder gut. *So wie früher.*

Er unterdrückte den Impuls, die Flasche durch eines der Fenster zu schleudern. »Bitte. Erkläre es. Und wenn wir schon dabei sind: Welche Art Geschichte über deine Ehe wirst du mir auftischen?«

Sie hatte es gewusst: alle Ampeln auf Rot.

War er wirklich betrunken? Kalt wirkte er, unversöhnlich. Nur nicht mehr wütend. *Seltsam.*

Tief durchatmen. Hände in die Hosentaschen. Die Treppe hinauf, sich seines bohrenden Blickes in ihrem Rücken beklemmend bewusst sein. In den Raum treten, tausend Quadratfuß, jeder einzelne davon gefüllt mit Erinnerungen, obwohl es gar nicht so viele Nächte gewesen waren. Klar hatte er gesehen, dass sie geweint hatte, aber das war jetzt auch egal, über Scham war sie längst hinaus.

Eve drehte sich um. »Es tut mir leid, Mac.«

Er hob lediglich eine Augenbraue. »Oh? Was denn genau? Verzeih bitte, wenn ich nicht mehr viel auf dein Wort gebe.«

»Ich hätte mich darum kümmern müssen. Den Leuten ihren Irrtum zeigen müssen. Die Wahrheit über...«

Er unterbrach sie. »Verschon mich damit. Hätte sowieso nicht funktioniert. Ich hab schnell gemerkt, dass deren Wahrheit nicht meine Wahrheit ist.« Harry Anderson hatte eine Gegendarstellung erwirken wollen, aber es war zu spät gewesen. »Tja, du hattest wohl kein Interesse. Keine Zeit. Beides. Was weiß ich.« Er knallte die Flasche auf einen Tisch und sah Eve mit einem rebellischen Ausdruck an, aber hinter dem Zorn war etwas anderes: Kummer.

Sie wollte ihn berühren, zog die Hand aber wieder zurück. Er sah aus, als ob er sie beißen würde. »Was ist mit deinem Dad passiert?«

Er tat ihr den Gefallen nicht. »Du bist die Journalistin. Finde es selbst heraus.« Diesen Teil des Dramas würde er für sich behalten. Sollte sie doch sehen, wo sie ihre fehlenden Puzzlestückchen herbekam. Als sie einatmete, sah er, dass ihre Lippen bebten.

»Ich mochte deinen Dad. Ich fand es toll, was er tat. Ich stand vollkommen hinter dem Artikel, aber jetzt wünschte ich, ich hätte niemals davon gehört. Ich fuhr zurück nach Portland, und dann war auf einmal alles anders. Es tut mir leid, Mac, bitte glaub mir das.«

Er beugte sich vor, mit schmalen Augen. »Was war anders? Was hat sich innerhalb dieser zwei, drei Tage für dich geändert, während derer du mit deiner miesen Wortwahl alles zunichte gemacht hast, wofür mein Vater gelebt hat?«

Sie wollte es ihm sagen: Dass es die letzten klaren Tage ihres eigenen Vaters waren, die sie versäumt hatte, während sie im Pierce County auf Nachrichtenjagd ging. Dass sie eine Pause gebraucht hatte von den Tagen auf der Palliativstation mit dem Krebs und der düsteren Zukunft. Dass sie angenommen hatte, sie hätten noch Zeit, und dass sie den stummen Vorwurf in den Augen ihrer Mutter kaum ertragen konnte. Dass sie überstürzt heiratete, als alles vorbei war. Sie hatte kaum noch einen Gedanken für ihre Arbeit gehabt.

Doch selbst wenn sie nicht mit Ryan nach Idaho gegangen wäre: Am Redwood Plain war schon nach wenigen Wochen alles gelaufen, und genau wie ihre eigene Trauer wurde auch diese Episode der Geschichte von der Zeit zugedeckt, bis sich nur noch die Betroffenen daran erinnerten.

Mac, Lana, und sie. Was für eine Fügung des Schicksals, ausgerechnet hier aufeinanderzutreffen, bei Georgina.

Sie sagte Mac nichts davon, weil es nach Rechtfertigung geklungen hätte.

Aber er legte offenbar auch gar keinen besonderen Wert darauf. »Und jetzt glaubst du, ich geh mit dir ins Bett«, sagte er, »und alles ist wieder gut, oder was?« Das war der Mac von ihrer ersten Begegnung.

Der, den sie hassen wollte. Als ob das noch möglich wäre. »Es tut mir leid«, wiederholte sie. Nun war es ein ganzes Triumvirat an Entschuldigungen, eine Entschuldigungs-Troika, und Eve hatte das Gefühl, dass auch fünf weitere Wiederholungen nichts bewirken würden.

»Ja«, sagte Mac, »das glaube ich dir sogar.« Er klang bitter.

»Was meine Ehe betrifft ...«

Er hob die Hand. »Lass es. Es spielt keine Rolle.«

Sie sah ihn an, mit glänzenden Augen. »Wo bist du gewesen, als das alles passierte?«

Hilflosigkeit und Selbstvorwürfe fluteten sein Denken, weil er natürlich viel zu spät davon erfahren hatte und erst eingreifen konnte, als Harry Anderson ihn in Arizona anrief, weil sein Vater dazu zu stolz war. Oder vielleicht auch zu verängstigt, zu einem Zeitpunkt, als in Cooper bereits die Hölle los gewesen war und Mac alles nur noch verschlimmert hatte, indem er sich Lana zur Brust nahm, die vor den Toren der Farm einen Fernsehbericht nach dem anderen drehte. Und dann war da auch noch die Sache mit Silvia Hamilton.

Er dachte an Georgina. »Es hat den Anschein, als ob ich nie rechtzeitig da wäre.«

»Du kannst mir das nicht verzeihen.« Ihre Stimme klang rau und leise, weil hinter dieser Wahrheit, wie so oft, noch eine andere steckte, die sich ihr nicht erschloss, weil er sie nicht mit ihr teilte.

Er klang genauso. »Nein. Das war mein Leben. Und am Ende war alles kaputt.«

»Aber ich –«

Er winkte ab, mit einer müden Geste, die sie bis auf die Knochen frieren ließ. »Lass, Eve. Das kann ich nicht.«

Es blieb eine Weile still. Am nördlichen Himmel zog ein Flugzeug seine Bahn. *Sea-Tac*, dachte Eve, und: *Nachts flogen doch sicher nur Transportmaschinen, Frachtflugzeuge, Post.* Sie sah dem silbrigen Abgasstrahl nach und wartete, bis sich am Neumondhimmel kleine Wölkchen bildeten.

Sie schöpfte Mut, bevor sie sich Mac zuwandte. »Was ist mit uns?«, fragte sie ihn, weil sie das fragen musste.

»Nichts«, sagte er, sah sie zusammenfahren, und Eve dachte, dass er zufrieden darüber war.

Sie wartete einen Moment, ob er es zurücknahm, es abschwächte. Er könnte ein kleines Lachen anfügen und dem Wort die Schärfe nehmen, aber er zuckte mit keiner Wimper.

»Ich formuliere die Frage anders«, erwiderte sie mühsam, wobei sie am liebsten beide Hände auf ihre Brust gelegt hätte, um ihr rasendes Herz zu beruhigen, sich diese verräterische Geste aber nicht traute. Nicht, wenn er sie so ansah. Sie rang nach Atem. »Mac, was wird aus unserer Challenge?« Was wurde aus dem Café? *Dämliche Frage. Egoistische Frage.*

»Gib dich nicht naiv, denn das bist du nicht«, sagte Mac, »du hast gewonnen.«

Gewonnen? Fühlte sich nicht so an. »Aber wir hatten doch Pläne!« *Jetzt wurde sie kindisch, oder?* Aber es ging um so viel.

»Pläne können sich ändern.«

»Was hast du jetzt vor?«

»Ich wusste nicht, dass du bereits das Recht hast, alles über mich zu erfahren.«

Eine größere Kränkung hätte sie sich nicht vorstellen können. Sie schlug für einen sehr langen Moment die Augen nieder und zwang sich mit dem letzten Rest Selbstbeherrschung, nicht auszuflippen.

»Mac, bitte: Was willst du jetzt tun?«

»Was wohl. Glaubst du wirklich, ich will das hier? Ich muss nicht bleiben. Was soll ich in Cooper? Betrachten wir es als Intermezzo, okay? Ich würde mich schnell langweilen.« Mac war ein Meister der Exit-Strategien und hatte die Chance erkannt: *Das war der Ausweg*. Er wollte ihr wehtun, um zu erreichen, dass sie ihn leichten Herzens gehen ließ. Er hätte überhaupt nie zurückkommen sollen, aber so war das eben mit den falschen Entscheidungen: Sie stellten sich erst als falsch heraus, wenn schon alles zu spät war. »Du kannst das hier alles haben. Das wolltest du doch? Es bedeutet mir nichts mehr. Ich lasse Harry die Papiere fertig machen.«

»Aber wo gehst du denn hin?« Jetzt schrie sie.

»Ist doch egal. Eve ...« *Verdammt.* Er konnte es nicht zurückhalten, musste seinen Schmerz teilen, seine Enttäuschung, und was er dann sagte, würde ihr das Herz zu Eis gefrieren lassen. »Ich dachte, das könnte klappen mit uns.«

Sie flüsterte seinen Namen, völlig fassungslos.

Er schüttelte den Kopf und musterte sie, eingehend und von Kopf bis Fuß, so, als versuchte er, sie sich einzuprägen. »Nein. Vergiss es einfach. Ich dachte, es würde gut mit uns. Himmel, ich war drauf und dran, mich in dich zu verlieben. So richtig.« *Doch über diesen Schatten konnte er nicht springen.* »Geh jetzt bitte.«

Die Verzweiflung überflutete sie förmlich, stieg in ihr auf wie Hitze. *Oh nein,* dachte Eve, *oh nein.* Und dann: *Kämpfe!*

Sie sprudelte hervor: »Ich hab's gegoogelt. Ich weiß jetzt, was danach passiert ist. Ich bin nicht dafür verantwortlich, was andere daraus gemacht haben, unter anderem Lana!« Würde er denken, sie wolle die Schuld abwälzen?

Er zuckte zusammen. »Du musst kein Plädoyer halten. Fakt ist, dass es niemals passiert wäre, wenn du nicht damit angefangen hättest.«

Wie konnte er ihr solche Vorwürfe machen? »Das ist unfair, und das weißt du auch.«

»Ja«, entgegnete er, »aber irgend jemanden muss ich die Schuld geben können. Denn danach wurde alles anders. Das war der Wendepunkt, und man kann nicht sagen, dass es danach besser wurde.«

Er wollte nicht mehr reden und dachte, dass er zusehen sollte, dass er wenigstens diesmal sein Leben rettete. Damals war es ihm genommen worden, aber dieses Mal hatte er noch eine Chance, und darum sollte er sich kümmern. Was mit dem Café passierte, konnte ihm egal sein. Er sollte damit abschließen. Es hinter sich lassen.

Verdammtes Cooper.

Nur weil sie ihn kannte, war sie in der Lage, all diese Nuancen unterschiedlicher Stimmungen, die über sein Gesicht jagten, überhaupt auseinanderzuhalten. Als es sich zu einer undurchdringlichen Maske verschloss, wusste Eve, dass sie verloren hatte. »Mach's gut, Mac«, flüsterte sie und tat, was er verlangt hatte: Sie ging.

Neumond war vorbei. Ab morgen würde der Mond zunehmen, am Nachthimmel ahnte man schon die Andeutung einer grazilen Sichel. In den Fenstern des Cafés verbreiteten die Lichterketten süße, zärtliche Vorweihnachtsstimmung. Tröstlich sah es aus. Ein sicherer, heimeliger Ort, an dem man sein wollte. Zu dem man sich flüchten wollte.

Schnee fiel in großen, weichen Flocken herab und deckte lautlos alles zu. Kaum hatten Eve und Amy die Tür erreicht, lag in ihren frischen Trittspuren bereits wieder eine zarte Schneeschicht. Die Kanten der Treppenstufen und Fenstersimse glitzerten. Sie würden einen Weihnachtsbaum beschaffen müssen.

Mit den Lichterschlauchfiguren unter der kahlen Kastanie stimmte irgendetwas nicht, das erkannte sie im Vorbeigehen, aber ihr Blick war zu verschwommen, um den Eindruck vertiefen zu können.

Am nächsten Morgen, als Eve aus dem Fenster sah und übermüdet die Stirn an das kalte Glas legte, führten Macs Reifenspuren vom Hof, rechts herum, in Richtung Highway.

Aber von links, aus der Gegenrichtung, schlängelten sich zwei neue zurück aufs Grundstück. Bevor sie voller irrationaler Hoffnung die Treppen hinunterrannte, machte sie am Küchenfenster halt.

Vor dem Café stand der Bully: Mo war wieder da. Eve rang den scharfen Stich der Enttäuschung nieder.

Mac musste zurückkommen, nicht wahr? Er hatte das Haus. Das würde er nicht aufgeben. Er war an diesen Ort gebunden, war an sie gebunden, wegen der Remise. Dieser Gedanke gab ihr Kraft. Nur ein wenig; aber genug, um hinunterzugehen und Mo gegenüberzutreten.

»Mo«, sagte sie und wusste nicht, ob sie sich freuen oder irritiert sein sollte, »was machst du denn hier?«

Zu ihrer Überraschung erwiderte Mo ihre Umarmung mit auffallender Zurückhaltung und verzichtete auf seine üblichen Wangenküsschen.

Er stellte ihr einen Stuhl zurecht, platzierte Kaffee und geschäumte Milch auf dem Tisch und bedeutete Eve, sich zu setzen.

Weil sie fürchtete, dass er ihr die Leviten las, überfiel sie ihn mit dem, was sie sich selbst so sehr zum Vorwurf machte, dass ihr ganzer Körper vor Anspannung schmerzte.

»Mo, ich habe einen schrecklichen Fehler begangen. Ich habe einen Artikel geschrieben, es ist schon eine Weile her. Es hat etwas mit seiner Familie zu tun, aber das wusste ich nicht. Mac ist unendlich sauer. Ich glaube, er – ich glaube, er ist fort, und ich bin schuld daran.« Ihre Stimme kippte.

»Ach«, sagte er mit einem seltsamen Mangel an Interesse, »worum geht es?«

Eve erhob sich, verließ den Raum und kehrte in Rekordzeit mit den Kopien an den Tisch zurück. Sie verschränkte die Arme, zog die Ärmel ihres Sweatshirts bis über die Fingerspitzen und drängte Mo zum Lesen,

»Moment.« Mo angelte nach seiner Lesebrille, die er neuerdings immer in der Tasche seiner Jacke mit sich trug. Es wäre fatal, beim Rezepte lesen nicht ganz genau zu sein. Sofern er überhaupt ein Rezept brauchte, für was auch immer. »Ich bin Franzose. Ich kann nicht so schnell lesen wie du. Zudem bin ich in der Schweiz geboren. Ja, das hast du nicht gewusst, *n'est-ce pas?*«

Er las den Zeitungsbericht, der ihm neu war, langsam und gründlich durch. Dabei hielt er mit zwei Fingern den Bügel seiner Brille fest, um sie gelegentlich zurechtzurücken.

Eve war schon ganz zappelig vor Ungeduld, aber als er endlich den Artikel weglegte und die Brille auf seine Nasenspitze rutschen ließ, wurde ihr ganz flau.

»*Evangeline*«, begann er und klang so ernst, dass sie halb erstaunt, halb ängstlich zu ihm aufsah, »*ma chère*. Ich muss dir etwas sagen.«

Sie nickte stumm und beklommen.

»Mac hat mich in aller Herrgottsfrühe angerufen. Ich soll die Aufgabe übernehmen, dir den anderen Teil der Geschichte zu erzählen.« Dass es sich um den weitaus traurigeren handeln würde, brauchte er nicht extra zu erwähnen: Das stand in jeder einzelnen Linie seines bekümmerten Gesichtes geschrieben.

Eve gab sich zunächst verwundert. »Ihr beide telefoniert miteinander?«

Mo nickte, aber er ging nicht darauf ein. Er sprach, und Eves Herz wurde beständig schwerer, bis sie die Hände von ihrem wärmenden Kaffeebecher nahm und vors Gesicht hob.

»Als ich mich vor über zehn Jahren in dieses Nest verirrte, legten sich die Wogen um die Redwood-Farm gerade. An jeder Straßenecke wurde darüber gesprochen, Connor war Stadtgespräch, *bien sur*, weit über die Grenzen von Pierce County hinaus das ganz große Thema.

Jemand hatte ihn angeschwärzt, wegen ein paar Dingen, die ganz falsch ausgelegt wurden. Hatten ihm den Laden dichtgemacht, wie man so sagt, *fermé, rien ne va plus.* Es gab jede Menge Durchsuchungen und Prüfungen. Auch Probleme mit dem Zoll und mit der Steuer, und plötzlich war ihnen jede Behörde auf den Fersen. Ein Albtraum.

Im Internet waren die sozialen Medien im Kommen, und einige sogenannte Tierschützer machten Monroe nach Strich und Faden fertig. Es wurden Lügen verbreitet, aber es wurden auch Strafen verhängt, auf beiden Seiten, und ich glaube, Connor wäre beinahe ins Gefängnis gekommen.

Bis die Untersuchungen abgeschlossen waren, wurden die Hunde beschlagnahmt. Sie kamen ins Tierheim und wurden später verkauft. Einer nach dem anderen starb, in ungeeigneten Händen. Das mitzuerleben, hat Macs Vater besiegt. Er würde sich heute noch im Grabe herumdrehen, wenn er wüsste, wo die Hunde überall gelandet sind. Der Anwalt – Harry Anderson – hat alles versucht, um noch etwas zu retten, aber vergeblich. Auch seinem Ruf hat die Angelegenheit nur geschadet, und aus der ehemals besten Kanzlei in Tacoma ist ein Büro unter vielen geworden.

Connors Frau hatte ihn verlassen, denn sie kam mit diesen Vorwürfen wegen der armen Tiere nicht zurecht. Sie ... führte ein Geschäft und wollte ihren guten Namen hier im Ort behalten.

Mac war zu dieser Zeit auf der Militärakademie, irgendein Kurs für eine Zusatzqualifikation. Connor hielt die ganze Entwicklung vor ihm geheim. So war er einfach. Er wollte seinen Sohn schützen, aber Mac bekam es bald spitz – wie wollte man das verhindern, *mon dieu,* was hatte er sich gedacht? Mac kam sofort her und legte sich mit allen an, denen er habhaft werden konnte, und er hat damit sicherlich auch einiges verdorben. Ein paar einflussreiche Frauen aus der Gegend hatten ihn bald, wie sagt man, auf dem Kieker. Aber er blieb die ganze Zeit hier. Ich glaube, es machte ihm ziemliche Probleme, so lange beurlaubt zu sein.

Connor wurde in allen Anklagepunkten freigesprochen. Er musste ein paar Ordnungsgelder und Strafen wegen Beleidigung bezahlen, alles andere wurde restlos widerlegt. Doch als die Sache vorbei war, waren die Hunde weg, die Firma dicht, sie hatten einen Haufen Verfahren am Hals und Mac dazu noch ein paar Stalker, von denen er wahrscheinlich bis heute nicht sicher sein kann, ob er sie wirklich losgeworden ist.

Sie haben versucht, ihre Tiere zu finden, aber es gelang nicht. Der Verlust der Hunde hat Connor das Herz gebrochen, aber umgebracht hat ihn die Tatsache, dass ihn die Liebe seines Lebens wegen der falschen Gerüchte verließ. Ein paar Monate später hat er sich erschossen. Mac fand ihn. Und den Brief, den er zuvor geschrieben hatte. Der Junge hat den Namen seiner Mutter angenommen, weil die Leute ihn nicht mehr in Ruhe ließen. Vielleicht auch, weil diese Weiber ihm reihenweise nachgestellt haben.« Mo wischte sich über die Augen.

»Was ist aus Macs Mutter geworden?«

Mo sah auf. »Oh? Ah, du denkst ... *Mais non,* Connors große Liebe war nicht Macs Mutter. Seine leibliche Mutter starb bei einem Autounfall, als er fünf Jahre alt war. Connor kam von Vancouver Island und hat seine zweite Frau hier in Cooper kennengelernt, bei einem Wintersportaufenthalt in den 1980er Jahren, und sich sofort unsterblich in sie verliebt. Genau wie Mac. Er war damals noch ein Kind, ein Lausebengel, und beide brauchten dringend die Zuneigung einer neuen Frau.«

Etwas in seiner Stimme warnte Eve. »Mo? Woher weißt du das alles so genau? Kanntest du sie?«

Er lächelte auf eine unfassbar traurige Weise. »Ja, ich kannte sie. Viele Jahre lang, und sie fehlt mir so sehr. Letztendlich starb sie an gebrochenem Herzen. Wegen Mac. Ja, seinetwegen, weil er sie im Stich gelassen hat. So wie sein Vater ihretwegen an gebrochenem Herzen starb, weil sie ihn im Stich gelassen hatte. Es ist eine furchtbare Tragödie.«

Bei Eve klickte es endlich, und die Wucht der Erkenntnis trieb ihr die Luft aus den Lungen. Sie keuchte auf und sah Mo schockiert ins Gesicht.

Kapitel 29

Connor und Georgina.

Zum Teufel, wie dumm war sie denn eigentlich? *Georgina Susanna Muller Monroe.* Sie hatte doch den Namen auf der Sterbeurkunde gelesen, auf den Papieren vom Anwalt, auf den Verträgen, die die Übergabe des Cafés regelten. Sie hatte Georginas Unterschrift eigenhändig gezeichnet, damit der Steinmetz aus Eatonville sie auf ihrem Grabstein verewigte. Es war kein seltener Name, nicht in dieser Gegend, aber ein bisschen mehr Grips und Kombinationsgabe hatte Eve normalerweise schon!

Sie hatte unzählige Male mit Mr. Monroe telefoniert, Connor Monroe von Monroe Breeding in Redwood Plain. Hatte unzählige Male den Namen getippt. »Georgina war mit Macs Vater verheiratet?«

Mo nickte nur.

Sie war seine Stiefmutter gewesen. Warum hatte er das nicht erwähnt? Er war im Recht, und Eve hatte hier nichts zu suchen, und er hätte sie einfach hochkant rausschmeißen können. »Und sie hat ihn verlassen?«

»Ja. Und sie hat es bitterlich bereut.«

»Sie sagte mir, das Café sei ihr großer Traum gewesen.«

»Nein, Eve. Ihr großer Traum war, mit Connor alt zu werden. Ihre erste Liebe war dieser Mann, nicht das Café. Aber sie fanden nicht mehr zusammen. Sie hat sich geschämt, aber sie war eine sture, bockige Frau, und sie hat es nicht geschafft, über ihren Schatten zu springen, und das war es, warum sie des Lebens am Ende müde war.«

»Und du hast sie geliebt.«

Über Mos Gesicht glitt ein seltsamer Ausdruck – Trauer? Zorn? »Ja, das habe ich. Sie war fast fünfzehn Jahre älter als ich, aber ich habe sie über alle Maßen geliebt. Nicht körperlich, versteht sich, aber es gibt verschiedene Arten von Liebe. Sie war meine Seelenverwandte. Offenbar beruhte das nicht auf Gegenseitigkeit, denn ihre finanziellen Nöte hat sie mir nicht anvertraut. Es war furchtbar, im letzten Sommer mit ansehen zu müssen, wie Mac sich für seinen Vater rächte: Er hat sie in ihrer größten Not allein gelassen. Deshalb gehört das Café nun dir, *Evangeline, ma belle.*«

Georgina war eine verschwiegene Frau gewesen.
Der scharfe Funke der Enttäuschung darüber, eigentlich nichts über sie gewusst zu haben, wurde überlagert von einem Gefühl der Hilflosigkeit, als Eve sich eingestehen musste, dass sie die Zusammenhänge nicht erkannt hatte. Sie starrte auf ihre Finger und dachte daran, wie Georgina gewesen war: Gastfreundlich, mütterlich, fürsorglich. Eine charismatische Frau, gewohnt, den Ton anzugeben, pragmatisch, patent; jemand, der mit seiner Meinung nicht hinter dem Berg hielt.

Doch jenseits dieser Verklärung handelte es sich bei Georgina um eine stolze, selbstbezogene Person, die ihre Fehler nicht eingestehen konnte. Vielleicht war dies den vielen Jahren geschuldet, in denen sie sich allein durchgekämpft hatte in einem fremden Land der sechziger Jahre, und damit bei der herrschenden Idealisierung eines bestimmten Frauentyps vermutlich reichlich Widerstand auf sich gezogen hatte. Eine Frau, der die Freiheit stets mehr bedeutete als die Liebe – bis Connor erschien, mit einem Sohn, den sie selbst nicht hatte haben können. Georgina war clever: Sie erkannte Gelegenheiten, wenn sie sich ihr boten, geschäftlich und privat. Mit Kusshand nahm sie das Geschenk des Schicksals an. Je mehr eine Situation Parallelen zur eigenen aufweist, umso stärker ist unsere Betroffenheit darüber.

Moment mal. »Mac hat sich nicht gerächt.«
Mos dunkle Augen schossen Blitze. »Ach nein? Wie würdest du sein schäbiges Verhalten denn sonst bezeichnen?«
Eve stand so schnell auf, dass sie heftig gegen die Tischkante prallte. Seine Selbstgerechtigkeit machte sie wütend, wütender, als sie es je für möglich gehalten hatte.

Es war einfach zu viel. »Offensichtlich ist dir da etwas Wesentliches entgangen.«
Sie klärte ihn auf, mit lauten, schnellen Sätzen, redete sich in Rage und ließ sich von ihrem Frust und dem Schock über die Ereignisse der letzten Stunden davontragen; ließ es an Mo aus, der sich alles anhörte und um drei Schattierungen blasser würde. Davon hatte Mac heute früh nichts gesagt. Er hatte auch sonst nicht viel gesagt, wann auch: Mo hatte jeden Kontakt zu Mac vermieden, verweigert sogar. Zu tief war sein Groll.

Jetzt konnte er es nicht fassen: So viele Missverständnisse. So wenig Kommunikation. So viel Leid.

Mo spreizte seine eleganten Hände, eine bedauernde Geste, die alles sagte. Als Franzose wusste Mo eine solch komplexe Niederlage elegant auszudrücken: *Perdu.*

Verloren.

»Und du?«, sagte Mo, als Eve am Ende ihrer Tirade angekommen war und sich ein Schweigen zwischen ihnen ausbreitete, das so tief und so weit war wie der Eriesee. Ein Schweigen mit kalten Untiefen, so beklemmend, dass niemand von ihnen mehr wusste, wie hier noch eine Brücke zueinander zu schlagen sei. »Machst du jetzt den gleichen Fehler?«

Sie starrte ihn fassungslos an.

Nur weil die Tür mit Karacho zuschlug und Justine in den Gastraum wirbelte, merkte Eve, dass es Zeit wurde, das Café zu öffnen.

Das Mädchen klopfte fröhlich den Schnee von ihren Stiefeln und sah voller Tatendrang in die Runde, wobei sie die betretene Stimmung schlichtweg ignorierte.

Martha folgte Justine auf dem Fuße und schüttelte sich theatralisch, froh, der Kälte entkommen zu sein.

»Nanu? Habt ihr noch nichts vorbereitet? Mo! Wie schön, dass du wieder da bist!«

Sie umarmten ihn. Reagierten normal. Taten das, was Eve hätte tun sollen.

»Nein«, sagte Eve und verließ die Küche. Justine und Mo tauschten Blicke.

Heute ging eben alles mal einen Schritt langsamer. Bei dem vielen Neuschnee, dachte Eve, würden die Gäste wohl nicht so zahlreich erscheinen. Doch sobald der Schneepflug die Straßen geräumt hatte, strömten die Besucher wie an jedem anderen Tag.

Als Gastronom wusste man nie, ob es klappte. Ob das Konzept aufging, ob das Publikum mitzog, ob das, was man bot, ausreichend sein würde. Man musste arbeiten wie verrückt und mit den schauspielerischen Qualitäten eines Entertainers alle möglichen Pannen überspielen.

Persönliche Unpässlichkeiten hatten hier keinen Raum.

Eve nahm ihren Reservierungsplan zur Hand und stand für einen Moment einfach nur da, sah durch die blanken Fenster nach draußen, wo der Schnee die hohen Äste der Kastanie bedeckte und ein paar vorwitzige Sonnenstrahlen die Welt zum Strahlen brachte.

Am Nachmittag dieses Adventssamstages hatte sie ihre erste Gesellschaft, eine etwas spät terminierte Weihnachtsfeier mit lauter reizenden Geschäftsfrauen aus der Gegend, die ihre ganze Aufmerksamkeit fordern würden, weil Mundpropaganda wichtig war. Sie schob den Gedanken an die Katastrophe mit Mac beiseite, weil sie anders nicht funktionieren konnte, und funktionieren hatte jetzt nun mal Vorrang.

Die Damen waren bezaubernd, aber anspruchsvoll. Eve übernahm den großen, ovalen Tisch auf der Empore. Die Frauenrunde summte, lachte und plauderte. Eve wappnete sich mit Liebenswürdigkeit und einem strahlenden Lächeln und klemmte das Kellnerportemonnaie in den Bund ihrer langen Schürze. Sie hatte Schürzen in Beerentönen, in Himmelblau und in Flieder. Heute hatte sie eine schwarze gewählt.

Passte gut zu ihrer Stimmung. Auch wenn niemand davon etwas merkte. Eve war eine gute Entertainerin.

Sie platzierte sich schräg hinter der Bienenkönigin und nahm die letzten Bestellungen entgegen. Mrs Richards führte den einzigen Friseursalon in der Gegend und war selbst das beste Aushängeschild für ihr Geschäft.

Sie wandte sich halb zu ihr um und tätschelte Eves Hand, wobei sie sie wohlwollend musterte. »Kindchen, ich sagte gerade, dass Sie hier unbedingt Hochzeiten feiern müssen. Eine schönere Atmosphäre gibt es ja gar nicht, und sehen Sie nur Ihren Hof mit diesem riesigen, entzückenden Baum! Meine Nichte heiratet im April, nun ja, sie war etwas kurz entschlossen, und sie sucht noch immer nach der richtigen Location. Bitte sagen Sie mir, dass Sie das machen wollen!«

Eve lachte. *Hochzeiten. Ja, das fehlte gerade noch zu ihrem Glück.* »Ihr Vertrauen in unsere Fähigkeiten ehrt mich, aber ich denke nicht, dass ...«

»Ach, papperlapapp, keine Ausreden! Sie werden sich vor Aufträgen nicht mehr retten können!« Ein paar der anderen Damen pflichteten ihr bei. »Übrigens habe ich Sie doch neulich mit dem jungen Mr. Lawrence hier gesehen?«

Eve fuhr zusammen, was Mrs Richards zum Glück entging, weil sie sich suchend umsah, als hätte Eve ihn irgendwo hinter einer Schranktür versteckt. Schon sprach sie weiter. »Meine Tochter ist übrigens eine gute Freundin von ihm. Valerie hat einen Hochzeitsservice. Vielleicht sprechen Sie mal mit ihm, das wäre doch sicher eine gute ...«

Der Rest der guten Idee ging in der frenetischen Zustimmung von Mrs Richards Freundinnen unter.

Das Letzte, worüber Eve mit Mac sprechen würde, wären Hochzeiten. Ganz besonders dann nicht, wenn wieder eine seiner ominösen Freundinnen mit im Spiel wäre, von denen er offenbar einen unerschöpflichen Vorrat in jeglicher Berufsgruppe vorweisen konnte. *Freundin.* Wenn sie diesen Terminus noch mal hörte, würde sie sicher jemandem ins Gesicht springen.

Die Damenrunde war zum Glück von den sich bietenden Möglichkeiten völlig in Anspruch genommen.

Eve lächelte liebenswürdig, wobei sie den Eindruck hatte, dass ihre Mundwinkel an den Rändern allmählich Lähmungserscheinungen zeigten, und entfernte sich.

An der Theke brach sich das Deckenlicht in den Glashauben der Kuchen. Martha polierte mit einem blütenweißen Tuch einen winzigen Fleck weg. Die Granitplatte auf dem Tresen glänzte und war blank wie das Eis auf dem Cooper Pond, auf dem Eve als Schulkind Schlittschuhlaufen gelernt hatte. Ob Mac das auch konnte? Schlittschuhlaufen? *Schon wieder Mac.*

Eve stand mitten im Raum. Sie trug ein mit Geschirr beladenes Tablett, das ihr allmählich die Arme schmerzen ließ. Um sie herum herrschte die behagliche Geräuschkulisse aus Besteckgeklapper, leisen Unterhaltungen und dem flüsternden Blubbern und Zischen der Kaffeemaschine; ein sanfter akustischer Teppich, den sie schon als Fünfjährige geliebt hatte.

Sie richtete ihren Blick nachdenklich hinaus auf den Hof, wo zu dieser Tageszeit bereits die beginnende Winterdämmerung herankroch, und stellte sich die Szenerie im Sommer vor – Lichterketten in belaubten Bäumen, eine lange Tafel, Gestecke aus hellen Blüten, strahlende Lichtreflexe auf Silber –, und dachte: *warum nicht.*

Eve hegte große Sympathien für Georgina, die gewusst hatte, worauf es ankam. Doch, was sie betraf, so war das Café ihre erste Liebe.

Trotzdem war diese letzte Woche vor Weihnachten eine der schlimmsten ihres Lebens.

Amy lag vor der Waschmaschine, den Kopf auf den dicken Pfoten. Den nach oben gewandten Blick auf die gewölbte Tür gerichtet, behielt der Hund seine Kuscheldecke im Auge, die, umrahmt von Seifenschaum, hinter dem dicken Glas noch mindestens dreißig Minuten rotieren würde. Neben ihm lag ein angetrocknetes Brötchen, zum Trost.

»Mensch, Amy«, seufzte Eve und stieg mit einem Arm voller duftender Handtücher über den Hund hinweg, »hältst du mich für Mary Poppins?«

Es war einer der schlechten Tage. Am Morgen hatte sie ein ganzes Blech Baisers ruiniert. Was war an diesen blöden Dingern so kompliziert? Nur Mo bekam das Zeug so hin, dass man das Eiweißgebäck nachher nicht höchstens noch als Wurfgeschoss verwenden konnte.

Zuckerbäckerei war Beruhigung. Backen war Therapie! Backen war der beste Seelenklempner, den man haben konnte, denn beim Teigkneten und Zutaten abmessen konnte man nicht darüber nachdenken, wie es wäre, wenn *Mac dies* oder *Eve jenes* gesagt (oder getan) hätte, oder vielleicht auch nicht gesagt (oder getan) hätte. Eve war eine konzentrierte Bäckerin. Sie hielt nichts von *Pi mal Daumen,* sie war ein Messbecher-und Waage-Junkie, denn wenn man nicht aufpasste und es doch tat und über was-wäre-wenn im Zusammenhang mit Mac nachdachte, statt genau zu messen und zu wiegen, passierte das: Eine ganze Schüssel Teig war reif für die Mülltonne.

Das wäre doch mal was für Instagram, dachte Eve voll Selbstironie.

Sie machte weiter damit, weil sie von Abbrechen und Aufgeben nichts hielt. Mac hätte die Challenge längst gewonnen, doch seit fast einer Woche fehlten seine Bilder, was die Klickrate stark abfallen ließ. Die Herzchenflut ging zurück.

Geschieht ihm recht, dachte Eve in einem Anfall von Garstigkeit. Doch dann stellte sie fest, dass sie nicht nur ihn vermisste, sondern auch seine Fotos und den täglichen Nervenkitzel latenten Ärgers, den sie bei ihr auslösten. Nun lag sie vorn. Sie hätte sich darüber freuen können.

Tat sie aber nicht.

Nachts dachte sie an Mac. Sie sehnte sich nach seinem Körper und dem Duft seiner Haut. Tagsüber war in ihrem Kopf kaum Platz für ihn, aber unterschwellig rumorte stets die Frage, was sie anstellen konnte, damit alles wieder gut würde. Ungefähr zweiundneunzig Mal nahm sie ihr Handy zur Hand, um ihn anzurufen. Sie tat auch das nicht. Etwa genauso oft saß sie vor dem Laptop und starrte im E-Mail-Programm den blinkenden Cursor an. Weiter als bis *»hallo Mac«* kam sie nie.

Sie war absolut genervt. Um ehrlich zu sein, war sie von jeder Kleinigkeit absolut genervt: Von jeder Haarsträhne, die ihr ins Gesicht fiel und von jeder Gabel, die Martha aus der Hand rutschte. Martha war lieb, aber tollpatschig. Ihr fehlte Justines Geschick, aber sie war besser im Umgang mit den Gästen und konnte besser rechnen. Trotzdem: Eve konnte schon froh sein, wenn am Tag nicht mehr als drei Teller zu Bruch gingen. Wohlweislich hatte sie den Einsatz von Georginas

Sammeltassen, die ein Blickfang in der Vitrine vor dem Podest waren, bis jetzt noch nicht in die Tat umgesetzt. Mrs Richards hatte ihr bereits ihre eigenen angeboten, nachdem sie im Hinausgehen andächtig vor der Sammlung stehengeblieben war und sie mit nostalgischen Blicken betrachtet hatte. Dann hatte sie gesagt: »Liebes, ich habe noch einen ganzen Karton davon. Möchten Sie sie haben?« So war das in Cooper. Trotzdem: Die Mädchen sollten noch ein bisschen üben.

Aber die Zeit gerann, wie Milch. Schale Tage, unbedeutend und banal.

Heute war Wintersonnenwende, der kürzeste Tag des Jahres. Eve rüstete sich für den üblichen Ansturm am Nachmittag, der immer dann einsetzte, wenn das Tageslicht von den Loipen und Wanderwegen, die Cooper umgaben, verschwand.

Zum ersten Mal streikte die Kaffeemaschine. Eve wälzte die dicke Bedienungsanleitung und probierte alles: vergeblich. Sie tröstete sich leidlich damit, dass ihr das gestern, am 4. Advent, erspart geblieben war. Mo hatte keine Ahnung von dem italienischen Monster, wieso auch; er war für die Küche zuständig, und Justine würde heute nicht kommen: freier Tag.

Eve würde wohl den Service anrufen müssen. Aber wie schnell konnte der da sein? Sie sah auf die Uhr. *Verdammter Mist.*

Unentschlossen ruckelte sie probeweise an einem der Siebträger herum. Natürlich tat sich nichts. Eve fluchte. Montags war der schlechteste Tag in der Gastronomie, das war allgemein bekannt. Allerdings wurde dieser allgemein bekannte Grundsatz durch die Tatsache ausgehebelt, dass es kurz vor Weihnachten und die Wintersportsaison in vollem Gange war. Montag war demnach so gut wie jeder andere Tag. Eve brach der Schweiß aus.

Hinter ihr lachte jemand unterdrückt. Sie wirbelte herum, die nächste unfreundliche Bemerkung auf den Lippen, völlig untypisch für sie, aber zum Teufel, sie war ein bisschen im Stress, und wie hatte sie denn die Tür überhören können?

Es war ein junger Kerl im FedEx-Shirt, und vor dem Fenster tuckerte der Lieferwagen im Leerlauf. »Wenn Sie sich hier schon anschleichen müssen wie Tom der Kater, könnten Sie an Ihrer Kiste vielleicht wenigstens den Motor ausmachen?«, blaffte sie ihn an.

Er grinste, wuchtete ein Paket auf den Tresen und hielt ihr ungerührt das Quittiergerät entgegen.

Eve kritzelte ein paar Hieroglyphen auf das Display und wandte sich wieder der riesigen Maschine zu. Herrje, sie hatte eine vierstündige Einweisung an dem bockigen Ding gemacht!

Sie spürte seinen Blick, während sie versuchte, das Profiteil zum Arbeiten zu bewegen, und drehte sich schwungvoll zu ihm um. »Was denn!« Er war offenbar der einzige Lieferant ohne Zeitdruck. Zudem grinste er schon wieder. Dieses Lächeln war absolut sehenswert. Es teilte die ebenmäßigen Züge seines dunklen Gesichtes wie eine Leuchtreklame. Gut, dass Eve neuerdings gegen männliche Schönheit immun war.

»Hey, super genervte Lady, kann ich Ihnen helfen?«

»Wobei denn«, knurrte Eve, »das Ding aus dem Fenster zu werfen?«

Der Typ trat um den Tresen herum, zauberte aus den Tiefen seiner Hosentaschen ein Schweizer Messer hervor und begann ohne Umschweife, an der seitlichen Klappe des Kaffeemaschinen-Ungetüms herumzuschrauben.

»Augenblick«, empörte sich Eve, »was glauben Sie eigentlich, was Sie da tun?«

»Warten Sie doch mal. Wenn alles klappt, repariere ich gerade Ihre megaluxuriöse Angebermaschine.«

Hallo? Eve verschränkte die Arme. »Ach was! Und wenn es nicht klappt?«

»Gibt es heute nur Kaltgetränke.« Er hatte einen deutlich hörbaren texanischen Akzent und dehnte die Vokale, eine Sprechweise, bei der man die Augen schließen und sich Hängematten und kaltes Bier an heißen Sommertagen vorstellen wollte.

Sie konnte sich gerade noch davon abhalten, ihm in den Arm zu fallen, aber da fuhr das Seitenteil schon nach oben, wie die Motorhaube eines teuren Wagens. Der FedEx-Held warf einen kurzen Blick in das verwirrende Innenleben und murmelte etwas, das sich anhörte wie: »Aha. Kleinigkeit.«

Eve beugte sich vor. »Wie bitte?«

Er ließ sich nicht aus der Ruhe bringen und rüttelte an ein paar Schläuchen und Steckverbindungen. Nach zwei Minuten ertönte ein willkommenes, sonores Brummen aus den Tiefen des Gerätes. »Na bitte«, sagte der junge Mann, richtete sich auf und strahlte.

»Kaum zu glauben«, sagte Eve steif, »was haben Sie gemacht? Egal. Vielen Dank. Sie schickt der Himmel. Ich bin sehr froh darüber.«

Er ließ das Edelstahlblech wieder herab und drehte die Schrauben in ihre Vertiefungen. Er blickte über seine Schulter. »Wirklich? Sie sehen nicht froh aus.«

Er war ein vollkommen Fremder! Eve straffte sich. War es etwa so offensichtlich? »Es tut mir leid. Ich hatte einen schrecklichen Tag und bin ein wenig überlastet. Außerdem ... ach, ist ja auch egal.« Dem Jungen ihr Herz auszuschütten? Nichts lag ihr ferner. So weit kam es noch.

»Na ja«, sagte er langsam und beendete seine Arbeit, nachdem er der Maschine auf den Deckel geklopft hatte, so, wie man einem Pferd die Flanke tätschelt, »es ist erst halb zehn.«

Eve seufzte. »Da haben Sie leider recht.« Sie streckte ihm die Hand entgegen. »Eve Jackson. Es ist meine Angebermaschine. Vielen Dank.«

Er schlug ein und schüttelte herzlich ihren ganzen Arm. »Dachte ich mir. Anthony Sterling. Nennen Sie mich Tony.«

Eve ignorierte den Vorschlag. »Und diese besonderen technischen Fähigkeiten hat man heutzutage als Lieferjunge?«

»Der Dad dieses *Lieferjungen* besitzt eine Kaffeerösterei. Ich habe zufällig eine Barista-Ausbildung. Und studiere Elektrotechnik an der Washington in Tacoma. Das Ausliefern ist nur ein Nebenjob. Mein Dad sagt, ich studiere schon zu lange, und droht damit, mir die Unterstützung zu kürzen. Aber das macht er sowieso nicht.«

»Du lieber Himmel.« Eve verdrehte die Augen. Offensichtlich hatte kein Mensch auf dieser Welt finanzielle Sorgen, außer ihr. »Noch so ein Alleskönner. Bei der Armee sind Sie aber zufällig nicht?«

Er wirkte irritiert. »Nein. Sollte ich?«

»Bloß nicht«, sagte Eve und bot ihm einen Kaffee aus der erfolgreich reanimierten Maschine an. »Aber vorher machen Sie Ihren Transporter aus. Ich habe nicht die Zeit, Ihre stinkenden Dieselabgase von meiner Fassade zu schrubben.«

Martha (und später auch Justine) verliebte sich auf der Stelle in Anthony, obwohl sie verlobt war.

Sie hing an seinen Lippen, als er ihr und Eve ausführlich erklärte, was zu tun war, wenn dieses oder jenes Problem auftreten sollte. Dann trank er seinen Kaffee aus, wobei er fachmännisch die Tasse schwenkte, und teilte augenzwinkernd mit, dass er sich auf den Weg machen müsse, um keinen Ärger mit seinem Chef zu bekommen.

Eve folgte einer plötzlichen Eingebung: »Wenn Sie eines Tages mal lieber hinter einem Tresen stehen möchten, hätte ich einen Job für Sie.«

»Okay«, sagte Tony und ließ seine schönen Augen leuchten, »ab morgen?«

Tags darauf postete Eve einfach ein Gruppenfoto bei Instagram. Das Team war komplett.

Die weiblichen Gäste liebten Tony sofort. Er war ein Meister des unverbindlichen Flirts und hatte ein naturgegebenes Talent, Komplimente zu machen. Tony fand in allem etwas Gutes und bildete damit einen sonnenscheingleichen Kontrapunkt zu Mo, der den Jungen wundersamerweise sofort in sein Herz schloss und ihn behandelte wie einen langvermissten Sohn. Tony war respektlos, hatte ein lockeres Mundwerk und flirtete ständig und völlig unabhängig von Aussehen oder Alter seines Gegenübers. Diese Art Mann würde Eve völlig wahnsinnig machen, aber hinter der Theke war er sensationell. Sie war glücklich darüber, dass er da war, soweit sich in diesen Tagen überhaupt irgendetwas *glücklich* für sie anfühlte.

Kurz vor Weihnachten war der Gerichtstermin zur Güteverhandlung wegen Macs Einspruch.

Eve machte sich völlig verrückt deswegen, sortierte Papiere und mögliche Outfits und legte sich halbe Reden zurecht, mit denen sie ihren Anspruch begründen könnte. Ob Mac da war? Sie hatte nichts von ihm gehört.

Weil sie Angst hatte vor Harry Anderson und nicht länger daran glaubte, diese komplexe Sache allein bewältigen zu können, hatte Eve nach reiflicher Überlegung ebenfalls einen Anwalt beauftragt.

»Wow!«, entfuhr es Tony, als Eve vor der Fahrt nach Tacoma das Café betrat, um sich zu verabschieden und letzte Instruktionen zu hinterlassen. Sie würde zwei Stunden abwesend sein. *Wäre ja möglich, dass sie währenddessen ohne sie nicht klarkamen.*

»*Wow?*« Sie bedachte ihn mit einem finsteren Stirnrunzeln. Er musterte völlig ungeniert ihre Waden unter dem knielangen Rock und hob dann den Blick zu ihrem Blusenausschnitt. »Genau. *Wow*. Das ist meine kreative Art, dir zu sagen, dass du toll aussiehst.«

Eve griff nach der Tasse, die er vor ihr platzierte, und betrachtete seine Lederjeans und das T-Shirt mit dem Metallica-Motiv. *Passte gut zu dem ganzen Katalog an Tattoos auf seinen Armen.* »Zu deiner Information: Bei einer Ladung vors Bezirksgericht ist ordentliche bürgerliche Kleidung erwünscht. Und wenn du möchtest, lernst du meine kreative Art kennen, dir unbezahlte Überstunden zu bescheren oder zusätzliche Arbeit aufzuhalsen.«

»Ich hab recht«, sagte Tony, »und du schon wieder miese Laune. Aber gib's mir ruhig! Lass die Chefin raushängen!«

Sie kannten sich gerade mal zwei Tage. Der Kerl war unmöglich. »Hab ich nicht«, widersprach Eve.

»Doch«, beharrte er. Es klang wie *do-hoch* und brachte Eve gegen ihren Willen zum Lächeln.

Das Gerichtsgebäude befand sich in der Nähe der Tacoma Amory. Der Plan sah vor, dass Eve sich mit ihrem Anwalt vor dem Eingang traf, was wegen akuter Überfüllung sämtlicher Parkmöglichkeiten nahezu unmöglich schien. Mit Mühe ergatterte Eve einen Parkplatz gegenüber der öffentlichen Bibliothek, was bedeutete, dass sie auf ihren hohen Schuhen um das ganze Gebäude herumgehen musste. Zur Minderung ihrer Aufgeregtheit trug der unbequeme Fußmarsch nicht bei.

Das County-City-Gebäude zeichnete sich durch unzählige Stockwerke, eine Lobby voll hässlichem roten Marmor und akribische Sicherheitsbestimmungen aus.

Als Eve mit ihrem Rechtsbeistand über die hochglänzenden Böden in der zweiten Etage eilte – Abteilung für Zivilverfahren und Vertragsstreitigkeiten – war ihr Zeitpuffer auf ein unbedeutendes Nichts zusammengeschmolzen.

Genauso wie ihr Selbstvertrauen. Eve fürchtete sich vor einem Wiedersehen mit Mac. Noch mehr sehnte sie es herbei.
Dass er überhaupt nicht erscheinen könnte, kam ihr gar nicht in den Sinn.

Sie gingen am Büro des Bezirksrichters (*dem ehemaligen Staatsanwalt, einem Oberst der Reserve, der zugleich auch Generalanwalt des Corps war und seinen Offiziersdienst bei der Infanterie geleistet hatte, aber das hätte höchstens Mac ihr so detailliert erzählen können)* vorbei und betraten einen hamsterkäfiggroßen Besprechungsraum. Harry Anderson war bereits da, und er war allein.

Eve empfand plötzlich eine schreckliche Enttäuschung.

Sam Koenig hätte Mac allein durch sein Äußeres umgehend auf die nächstbeste Palme gejagt: Harry fand, dass der junge Kollege eine Fresse zum Hineinschlagen hatte. Wenn er nur schon Männer sah, deren Schuhe bis auf die exakte Nuance zum Gürtel passten – als ob das die Chancen vor dem Bezirksgericht verbesserte! Anderson kannte man nur in Poloshirt und Karojackett, und so würde es auch bleiben. Den Fall gewinnen würde er trotzdem. Nur hatte er diesbezüglich leider exakte Anweisungen von Mac. Über die ärgerte er sich. Nun, man würde sehen.

Justitia in Gestalt der zuständigen Richterin, einer kleinen, drahtigen Frau mit Hornbrille, war nicht nur blind – was Eves Anliegen anbelangte –, sondern auch genervt. »Mr. Anderson«, richtete sie das Wort ausschließlich an den Älteren, »haben Sie irgendeine Vorstellung davon, wie viele Verfahren wir hier zu bearbeiten haben? Können Sie solche Bagatellen nicht in eigener Zuständigkeit lösen? Ich denke nicht, dass Sie damit die Gerichte beschäftigen müssen.« Ihr ungnädiger Blick traf allerdings nicht Harry, sondern Eve.

»Natürlich, Ma'am«, schnarrte Harry und verschwieg tunlichst, dass die Inanspruchnahme des Bezirksgerichtes nur ein einziges Ziel hatte: seinem Mandanten zu helfen, die Gegnerin einzuschüchtern.
Soweit es Eve betraf, war diese Mission voll und ganz geglückt. Sie saß auf der Kante ihres Stuhles, als habe sie einen Besenstiel verschluckt, und hörte den beiden Männern zu, die sachlich und effektiv den Erbvertrag miteinander durchgingen.

Ungefähr bei Punkt 3, Absatz 2, vierte Seite des Vertrages senkte Harry plötzlich angriffslustig das Kinn und linste über den Rand seiner Lesebrille. Eve fuhr zurück und presste ihren Rücken an die Lehne des Stuhls, um nicht verschreckt in sich zusammenzusinken. *Diesen Gefallen würde sie dem Ekelpaket nicht tun.*

»Mac hätte das Testament anfechten können. Und hätte Recht bekommen.«
»Unterstellen Sie etwa, dass Georgina geistig nicht mehr bei sich war?«
»Wer weiß das schon, außer Ihnen.«
Das war ja wohl die bodenloseste Frechheit, die ihr je untergekommen war. Sie schoß einen empörten Blick zu Koenig, der sich völlig ungerührt gab.
Eve ließ sich Zeit, um möglichst nicht ausfallend zu werden, und beschloss, die Anschuldigung zu ignorieren. Sie sagte: »Aha. Und, was glauben Sie, warum hat Mac das nicht getan?« Schon seinen Namen auszusprechen, verursachte ihr ein Ziehen in der Brust.
»Ja«, sagte Harry gedehnt und ließ sich so heftig in dem Schwingstuhl zurückfallen, dass die Lehne protestierende Geräusche von sich gab, »genau das ist eben die Frage. Warum hat er Ihnen nicht die Hölle heiß gemacht? Übrigens, Mädchen, fällt mir auf, dass Sie nicht auf meine Andeutung eingehen.«
»Wenn ich das täte, würden Sie mir doch umgehend einen Strick daraus drehen«, parierte sie. *Und wenn er sie noch einmal* Mädchen *nannte, würde sie ihm an die Kehle gehen.*
»Harry«, mahnte Koenig. Er klang genervt.
Anderson warf seinen teuren Füller auf den Tisch. Das Schreibgerät drehte sich zweimal um die eigene Achse und blieb dann mit der Spitze zu Eve liegen.

Ihn austricksen, ihn aufs Kreuz legen mit weiblicher List und Tücke, das hatten schon ganz andere versucht. »Ach was«, blaffte er und schlug mit der Handfläche auf den Tisch. Der kleine Stapel Papiere in der aufgeschlagenen Laufmappe vor ihm wurde ein paar Millimeter nach hinten katapultiert.

Unverschämtes Weib. Aus genau diesem Grund war er sein Leben lang unverheiratet geblieben.

Eve zuckte zusammen, worüber sie sich ärgerte, denn genau dieses Macho-Gehabe war es, mit dem Typen wie er seine Gegenüber einschüchterte.

»*Mac.* Ist genauso dumm wie sein Vater. Romantik. Was für ein Quatsch.«

Romantik war der letzte Begriff, den Eve mit Mac in Verbindung brachte, aber natürlich war auch das bei genauerem Nachdenken ein Irrtum.

Anderson zog verärgert die dichten Augenbrauen zusammen. Macs Vater war ein verliebter Esel gewesen, der sich weigerte, sein gutgehendes Geschäft auszubauen und den Erfordernissen des Marktes anzupassen.

Stattdessen hatte er es in einem fast privaten Rahmen gehalten, ohne Werbung, ohne Lobby und vor allem: ohne Schutz. Ein altmodischer, beratungsresistenter Kerl, dem sein persönliches Glück wichtiger war. Der erst zum Kämpfer wurde, als es zu spät war. Als nichts mehr zu retten war.

Diese Sache mit Georginas Café fuchste Harry über alle Maßen. Er mochte Mac. Er hatte auch seinen Vater gemocht, ein fairer, guter Mann war er gewesen, einer, der niemals jemandem Schaden zugefügt hatte; jemand, der für seine Überzeugungen eingetreten war.

Aber gegen die ganzen Weiber war er chancenlos gewesen, sie hatten ihn ausgetrickst und über den Tisch gezogen mit ihrem Tierschutzgezeter, und er würde den Teufel tun, wenn er duldete, dass Mac nun das gleiche passierte. Den Jungen verstand er einfach nicht. Er hatte klare Anweisungen, aber bevor er die ausführte, wollte er wissen, was hier los war. Dafür würde er notfalls auch unter die Gürtellinie gehen. Er hatte von Mac unterzeichnete Papiere, mit denen er alles an sie übergab. Woher kam denn diese Frau? Bevor er zuließ, dass Mac alles verlor, würde er ganz andere Geschütze auffahren.

»*Mädchen*. Er überlässt Ihnen die Zügel und beglückt Sie als kleines Extra mit seinem Haus? Das ist doch komplett irre. Was war die Gegenleistung? Sie müssen verdammt gut sein. Wie kommt es, Miss Jackson, dass Ihnen die Herzen nur so zufliegen? Aus unerfindlichen Gründen will Ihnen jeder etwas schenken. Offenbar haben Sie verborgene Talente. Ist Prostitution nicht illegal?«

Sie war zu sehr mit dem lauernden Unterton beschäftigt. »Erzählen Sie das mal meinen Lieferanten«, murmelt sie, »und es heißt Mistress, nicht Miss.« Dann ging ihr auf, was er gesagt hatte.

Eve wurde heiß und kalt, ihre Haut begann zu prickeln, und von ihrem Nacken stieg Hitze empor. Sie erhob sich. »Sie glauben, das ist eine Art Bezahlung für geleistete Dienste? Mr. Anderson, werden Sie ja nicht unverschämt. Vielleicht gibt es in Ihrer verkorksten Welt ja Frauen, die bei sowas einfach danke sagen. Ich gehöre nicht dazu, und Ihre Andeutung gefällt mir nicht. Sie werden mir auf der Stelle sagen, wie ich das zurückzahlen kann, und ich erwarte, dass Sie sich entschuldigen. Und nennen Sie mich bloß nicht noch mal *Mädchen.*«

Ihr Herz schlug bis zum Hals, und in ihrem Magen loderte eine heiße Kugel aus Wut, Sorge und Kummer. Sie stand in Macs Schuld, knietief, und das war das absolut Letzte, was sie wollte. Sie würde diese Dokumente ändern lassen, und wenn sie ihn das nächste Mal sähe, würde sie ihn zwingen, alles zu unterschreiben, und bis dahin würden sämtliche Verträge eben ruhen, und niemandem gehörte irgendetwas. Sie hatte die ganze Zeit befürchtet, dass die dicke Rechnung bei dieser unverhofften Erbschaft noch nachkam – sie fiel nur anders aus, als angenommen. Aber deshalb war die Entwicklung nicht weniger schlimm.

Zu ihrer eigenen Überraschung zitterte ihre Stimme kaum.

»Und Sie«, Eve deutete auf Koenig, der die Hände auf die Lehnen des Stuhls gelegt hatte, sanft nach hinten wippte und leider völlig unbeteiligt aussah, »kümmern sich jetzt endlich darum, dass die Eigentumsverhältnisse geklärt werden. Wenn dieser obskure Anwalt hier mir vorwirft, ich hätte entweder eine alte, kranke Frau betrogen oder aber ihren Stiefsohn so bezirzt, dass ich für gewisse Gefälligkeiten gleich noch den Rest des Besitzes nachgeworfen bekomme, dann kennen Sie mich schlecht.«

Sam sah schockiert aus, setzte sich aber aufrechter hin.

»Ich fasse es nicht!« Anderson pfiff durch die Zähne und lief rot an. »Glauben Sie jetzt etwa, Mac hätte Sie bezahlt?«

»Sie haben das behauptet, nicht ich.«

»Sie sind verrückter, als ich dachte!« Normalerweise boten Frauen ihm nicht die Stirn.

»Und Sie sind einfach schrecklich, und ich kann Sie noch viel weniger leiden, als *ich* dachte.« Eve blitzte ihn an.

Sie sah aus, als würde sie bei der nächsten Bemerkung, die ihr nicht in den Kram passte, über den Konferenztisch springen. Vielleicht hatte er sich geirrt. Oder zumindest leicht danebengelegen.

Ein bisschen.

Minimal.

Nun gut. Es schadete schließlich nichts, seine Möglichkeiten auszuloten, und seine Aufgabe war es, Macs Interessen zu schützen. Dass Mac ihm eindeutige Weisungen gegeben hatte, ignorierte er für den Moment. »Komisch«, murmelte er, »ich kann Sie immer besser leiden. Georgina war auch so.« Doch, er fand allmählich Gefallen an der Sache. Damit hatte er nun wirklich nicht gerechnet. Er lächelte, wobei er fast akzeptabel aussah.

Koenig warf erst Anderson, dann Eve einen verwirrten Blick zu. Himmel, er sollte langsam auch mal was sagen, aber er war mit der Rasanz der Entwicklung überfordert. Das sollte nur eine Anhörung zu einer Gerichtsverfügung sein! Zivilrecht war eindeutig nicht sein Metier.

Harry räusperte sich. *Weiter im Text.*

Der Kerl besaß die Unverfrorenheit, Macs Erfolg bei der Challenge zur Beurteilung heranzuziehen. Er beantragte, die Entscheidung bis zur Erzielung eines Endergebnisses auszusetzen.

Endlich weg von diesen seltsamen, privaten Unterströmungen. Endlich ein juristischer Begriff! Das war schon eher was für Sam. Koenig grinste sardonisch. »Das könnte Ihnen so passen.«

Eve war froh, dass er offenbar doch noch beschlossen hatte, seinen Job zu machen, und überließ ihm die Verhandlung. Sie war plötzlich abgelenkt durch eine furchtbare Eingebung, hinter der Harrys grottenschlechte Umgangsformen zur Bedeutungslosigkeit verblassten. Dass Mac ihr das Haus überschreiben wollte, konnte nur eins bedeuten: Dass er nie wieder zurückkommen würde. Sie setzte sich wieder hin, weil ihre Beine plötzlich aus Gummi zu sein schienen.

Das war der Moment, in dem Eve beschloss, um ihn zu kämpfen. Sie hatte bereits einmal aufgegeben und sich am Ende in einem Gerichtssaal wiedergefunden, aber das hier war von hundertmal größerem Belang..

Sie fiel den beiden Männern ins Wort. »Harry«, fragte sie und sah dem Anwalt direkt in die silbergrauen Augen, »wissen Sie, wo er ist?«

Anderson beugte sich gespannt vor. Er fixierte Eve und wirkte kein bisschen mehr wie ein debiler, listiger Biber. Er sah ernst und kompetent aus.

Das entsetzte Eve beinahe noch mehr als seine Worte. »Er ist nach Bagdad geflogen. Wussten Sie das nicht?«

Eve fragte sich einen seltsamen, schwebenden Moment lang, ob sie vor Wut über die Verschlagenheit dieses Kerls auf den Boden stampfen oder weinend zusammenbrechen sollte.

Sie war davon ausgegangen, dass eine Einigung möglich war, ein Gespräch – irgendetwas, dass ihr nicht vollkommen die Hoffnung nahm. Das war jetzt anders.

Sie sprang wieder auf, stützte sich mit den Händen auf dem Tisch ab und lehnte sich zu Harry hinüber. Vage spürte sie Sammy Koenigs Hand an ihrem Arm, den die Sorge umtrieb, im nächsten Augenblick Zeuge eines Körperverletzungsdeliktes zu werden.

Eve schüttelte seine Hand ab. »Und dieses winzige Detail hielten Sie für nicht erwähnenswert?«

Harry hatte keine Angst vor zornigen Frauen. Er beugte sich Eve entgegen. »Aber Sie sind völlig geradlinig und ehrlich, was?«

Mac hatte es ihm erzählt.

Eve fuhr zurück. »Ja«, sagte sie und nickte langsam. »Ja. Ich denke schon.« Sie nahm wieder Platz und überlegte sorgfältig, was schwierig war in all dieser Verwirrung, aber *Herrgott, das hier war wichtig*.

Aber Mac war weg. Und die einzige Frage, die wirklich von Bedeutung war, lautete: Würde er wieder zurückkommen?

Sie hatte Angst, aber sie hatte keine Angst mehr vor Harry oder seinen rechtlichen Finessen. Sie hatte Angst, dass sie etwas nicht Wiedergutzumachendes getan hatte. In Anderson hatte sie jedenfalls keinen Verbündeten. Eve nahm sich zusammen. »Harry, hören Sie.«

»Na, ich sterbe vor Neugier«, murmelte der Anwalt und drehte die Augen zur Decke.

Eve musste sich beherrschen, um nicht laut zu werden. »Georginas Café ist mir mehr als wichtig. Noch nie hat mir etwas so viel bedeutet, und ich hab noch nie für etwas so gebrannt. Ich würde alles dafür tun, um dieses Café zu behalten. Aber ich würde noch viel mehr dafür tun, um Mac zu behalten. Ich habe keine Ahnung, was er Ihnen erzählt hat und wie viel Sie über mich wissen. Ich weiß noch nicht, wie ich das, was vor zwölf Jahren passiert ist, wiedergutmachen kann. Aber irgendeinen Weg muss es geben, denn ich liebe Mac, und ich habe schon genug verloren, genau wie er. Und deshalb gibt es jetzt nur noch ihn, und ich bete zu Gott, dass ich ihn davon überzeugen kann.«

Ihre Stimme drohte zu brechen. Sie setzte sich wieder hin. Ihre Knie zitterten.

Sammy, der sich in seiner Statistenrolle sicherlich etwas seltsam fühlte, sah sie von unten herauf an, als sei sie verrückt geworden, aber irgendwo in seinem Gesicht war eine Spur von Respekt.

Harry sagte nichts. Er betrachtete sie intensiv über seine Brille hinweg, und sie starrte zurück, obwohl sie merkte, dass Tränen am Rand ihres Blickfeldes lauerten. *Das fehlte gerade noch.*

»Und Sie glauben, das beruht auf Gegenseitigkeit?« Harry fand sich selbst über alle Maßen gemein, aber da er die andere Seite der Medaille kannte, musste er ihr diese Frage zumuten.

Seine Augen haben eine seltsame Farbe, dachte Eve mit einem eigenartigen Gefühl des Überdrusses, *wie ein Gewitterhimmel im Frühling.* »Ich habe keine Ahnung. Aber falls nicht, verzichte ich auf das Café und gehe zurück nach Idaho. Bis dahin können Sie gern weiter versuchen, mir das Leben schwer zu machen, aber vielleicht wäre es besser, wenn Sie stattdessen alles daransetzen, Mac von irgendwelchen Dummheiten abzuhalten.«

»Genau meine Rede!« Der Anwalt nickte. Auf Mac einzuwirken, hatte sich erwartungsgemäß als völlig sinnlos erwiesen.

Eve erinnerte ihn mit ihrer mutigen Entschlossenheit an eine der Pionierfrauen, und zu seiner Überraschung stellte er fest – widerwillig –, dass seine Abneigung schmolz. Georgina war kein Dummkopf gewesen. Sie hatte eine gute Menschenkenntnis besessen, und Harry wusste genau, dass die letzten Monate für sie schwer gewesen waren. Eigentlich sollte er dem Mädchen dankbar sein. Connor war sein Freund gewesen, er hatte ihn sein ganzes Leben lang gekannt. Harry hatte sich aufgerieben am Versuch, die Zucht zu retten, oder wenigstens Connors Verbindung zu Georgina. Beide Schlachten hatte er verloren.

Aber irgendwann wendete sich das Blatt wieder. Vielleicht konnte man mehrere Fliegen mit einer Klappe schlagen. Er lehnte sich zurück. »Wissen Sie, was Macs Vater immer gesagt hat?«

Sie sah ihn abwartend an. Harry wusste genau, dass sie ihm keine halbe Elle weit traute.

»*Zielen Sie auf den Mond. Wenn Sie ihn nicht treffen, landen Sie immer noch bei den Sternen.*«

Eves Mundwinkel hoben sich, mit leiser Ironie. »Ich dachte, das hätte Henry Ford gesagt.«

»Ja. Und Connor Monroe.«

Kapitel 30

Ausgerechnet zu den Feiertagen wurde es wärmer. Der Schneefall wurde zu Regen, und in kürzester Zeit war alles matschig und grau. Der Schnee schmolz wie die Butter auf Eves gusseiserner Herdplatte. Wintersport war nur noch in den höheren Regionen möglich, und bis auf ein paar Hartgesottene ging keiner mehr vor die Tür. Außer, um Georginas Café zu besuchen, das jetzt irgendwie Eves Café war, aber irgendwie auch nicht.

Der Laden war immer voll. Inga und Eve backten Kuchen am laufenden Band, und Mo, der stillschweigend wieder integriert wurde, kam abends und half Janet bei der Vorbereitung für den nächsten Ansturm.

Am Tag vor Weihnachten, als die Felder rund um Cooper aussahen, als könne man darauf demnächst Reis anbauen, vermeldete die Tacoma News – unter Berufung auf Lieutenant Colonel Josie Clarke und in einer riesigen Schlagzeile – die *überraschende Wende im Fall des der fünffachen fahrlässigen Tötung beschuldigten Captain Michael »Mac« Lawrence.*

Ein kleiner Kasten am Fuße des halbseitigen Artikels stellte den Lebenslauf des Captains dar und erwähnte, dass Lawrence bereits vor Jahren, wegen des Hundezuchtskandals am Redwood Plain, in Ungnade gefallen sei. Jeder hier kannte sein Gesicht, und mancher erinnerte sich an die Sache von damals. Das war ein Teil des Problems.

Nur Eve hatte keine Ahnung gehabt.

Die Art der Berichterstattung regte sie maßlos auf. Es war *das* Gesprächsthema in Cooper und Umgebung, und in den leisen Unterhaltungen an ihren Tischen schnappte Eve ständig Macs Namen auf.

Reinste Folter.

»Du bist aber geladen«, sagte Tony.

»Und wenn es so wäre: Was geht es dich an?« Mit Tony durfte man so reden. Mit den Gästen nicht. Sie warf die Zeitung in den Müll: Hier war das Thema nicht erwünscht.

Tony beobachtete sie. »Bei uns zu Hause sagen wir dazu – Achtung, jetzt kommt's – *sexuelle Frustration.*«

Justine lachte hinter vorgehaltener Hand. Sie fand Mac umwerfend. *Wenn man auf so raue Typen stand.* Ein richtiger Mann. Er war bestimmt eine Wucht im Bett. Welches Problem hatte Eve eigentlich mit ihm? Was für Probleme gab es *überhaupt,* die sich nicht zwischen zerwühlten Laken lösen ließen?

Eve warf ihren Lappen ins Gläserbecken, so heftig, dass eine Wasserkaskade aufstob. Am liebsten hätte sie Tony das Tuch ins Gesicht geklatscht. Oder ihn damit erwürgt.

Himmel, sie musste irgendetwas unternehmen.

Kurz vor Feierabend, als das Café sich geleert hatte und die übliche Putzrunde begann, spürte Eve Tonys Blick auf sich.

»Was«, brummte sie, obwohl sie sich ihrer schlechten Laune schämte, aber sie brauchte ihre Kraft für die Gäste. »Spuck's schon aus. Willst du kündigen?« Verdenken könnte sie es ihm nicht.

»Das würde dir so passen. Dieser Laden ist mein Leben.« Tony breitete die Arme aus, als ob er das Café umarmen wollte.

Eve musste gegen ihren Willen lachen. »Du bist der größte Lügner, der mir je begegnet ist.«

Anthony Sterling war ein Meister der Wendungen. Er erzählte wohldosierte Fakten über sich, setzte ansonsten seinen grandiosen Charme ein und lenkte, von den meisten unbemerkt, sofort ab, wenn das Gespräch persönlich wurde.

Noch so ein Geheimnistuer. Ach, sie war es wirklich leid.

Tony nahm ihr das Tablett mit dem schmutzigen Geschirr ab und stellte es auf den Tresen. Er holte die Zeitung hervor, die er aus dem Müll gerettet hatte, und tippte auf den Titel. »Wer ist das? Ich meine, was bedeutet das alles für dich? Warum setzt es dir so zu?«

Mo hatte gelauscht. Er kam aus der Küche, ein Geschirrtuch über der Schulter, und nahm die Zeitung an sich. Angewidert verzog er das Gesicht, kaum dass er das Titelblatt überflogen hatte. »Sie liebt ihn. Leider begreift keiner, warum sie es nicht zugibt.«

Justine wurde hellhörig und wand sich betont unauffällig zwischen den Stühlen hindurch. Martha, mit ihrem siebten Sinn für Unterströmungen und Klatsch, tauchte wie aus dem Nichts hinter der Kuchenvitrine auf. Sie faltete sehr sorgfältig eine Tischdecke zusammen.

»Mo!«, empörte sich Eve und sah von einem zum anderen. Dann setzte sie sich auf einen ihrer deutschen Kaffeehausstühle, stützte die Ellbogen auf die Schenkel, legte die Hände vors Gesicht und begann zu weinen.

Justine war mit zwei Schritten bei ihr, ging vor ihr auf die Knie und nahm sie mit einem erschrockenen Laut in die Arme. Mo stellte sich zu ihrer Rechten auf und strich ihr unbeholfen über das Haar, ungefähr so, wie man einen Hund streichelt; und Tony flankierte sie von links.

Martha rannte in die Küche und holte Inga herbei, die Eves Hand nahm, sie tätschelte und halb besorgt, halb beruhigend in einem schwedisch-amerikanischen Mischmasch auf sie einredete. Sie standen um sie herum wie eine Gruppe Elefantenkühe um ihr Junges.

Janet war zum Glück nicht da. Sie hätte sich mit ihrem mütterlichen Faible für Organisatorisches sicher direkt zum Oberelefanten aufgeschwungen.

Eve weinte und lachte gleichzeitig. Diese Situation war so absurd, dass sie sich dumm vorkam. Sie fischte nach einem Geschirrtuch und wischte sich über die Augen, und Inga strich ihr das Haar zurück, ganz so, wie ihre Mutter es getan hatte, wenn Eve sich als Fünfjährige das Knie aufgeschlagen hatte. Sie atmete tief durch, sich dessen bewusst, dass mindestens die Hälfte ihrer sorgsamen Fassade gerade den Bach heruntergegangen war.

Tony lehnte sich alarmiert vor. »Hat er etwas gemacht? Ist was vorgefallen?«

Seine Stimme senkte sich zu einem bedrohlichen Knurren, und Eve wischte mit zitternden Händen die restlichen Tränen von den Wangen. Sie lachte unbeholfen. Sie sollte wirklich mal versuchen, einen normalen Eindruck zu erwecken. »Es ist ein bisschen spät, um für meine Unschuld zu kämpfen, aber nein, es ist nichts vorgefallen. Er hat nichts gemacht. Ich hab was gemacht.« Sie schluchzte erneut auf. »Und ich vermisse ihn so schrecklich.«

»Dann erzähl mal«, sagte Tony in seiner unnachahmlichen Art.

Zehn Minuten später blickte Eve in fünf Augenpaare, die sie betroffen anstarrten. Tony fasste sich als Erster. Für ihn war die Sache klar. »Männer brauchen Hilfe, selbst wenn es sich um ganz einfache Dinge handelt«, sagte er, nachdem Eve ihre Geschichte im Zeitraffer erzählt hatte, wobei sie einige Details wohlweislich ausließ, um sich nicht noch lächerlicher vorkommen zu müssen.

»Dieser nicht«, sagte sie, »der kann alles.«

»Doch«, beharrte Tony, verschränkte seine grandiosen Arme und hob mit einer absolut chefmäßigen Attitüde das Kinn. *Do-hoch.* Eve lächelte. Erneut fühlte sie sich wie ein Küken im Schutz eines Kreises überbesorgter Glucken.

»Dieser auch.« Tony beugte sich vor. »Und wenn ich mir dich so ansehe, glaube ich, er kann gar nichts. Du magst den Stein vielleicht ins Rollen gebracht haben, aber Schuld an der Sache sind andere.«

Mo nickte beipflichtend, und Inga überzog Eve mit einem vor Emotionen triefenden Wortschwall, in welchem mehrmals die Begriffe *»typisch Mann«* und *»nicht verdient«* vorkamen.

Die Tür zum Gastraum öffnete sich, weil in der Aufregung niemand daran gedacht hatte, abzuschließen. Lana stand plötzlich mitten im Raum.

Amy bellte wachsam, aber zu spät, und ansonsten herrschte schlagartig Stille. Selbst Ingas gelegentliches Schluchzen, zu dem sie sich aus Mitgefühl und Sympathie zu Eve hatte hinreißen lassen, war verstummt.

»Was stimmt denn mit Ihnen eigentlich nicht«, sagte Lana und sah Eve unter ihren zusammengezogenen, sorgfältig nachgezeichneten Brauen an, »holen Sie ihn sich zurück!«

»Lauschen ist unhöflich«, stellte Mo verschnupft fest.

»Aber effektiv«, entgegnete Lana ungerührt.

Eve kämpfte sich aus ihrer beschützenden Runde frei und rappelte sich auf. In Lanas Gesellschaft fühlte sie sich bereits minderwertig genug, auch ohne vor ihr zu kauern wie ein Häufchen Elend.

Lana. Eve nahm sie näher in Augenschein. Hatte Mac etwas mit ihr gehabt? Wusste sie, wie sein Körper sich anfühlte? Wusste sie, wie er klang, wenn er auf dem Gipfel der Lust war? Wusste sie, wie verletzlich er aussah, wenn er schlief? Hatte sie besondere Sachen für ihn getan, oder, noch wichtiger: Hatte er die für sie getan?

Der Gedanke war unerträglich. Ob sie sich für ihn so sorgfältig zurechtgemacht hatte? Bevor ihre Eifersucht zu einem tobenden Monster mit grün glühenden Augen wurde, die Löcher in Lanas Haut brannten, drehte Eve sich brüsk um und gab vor, das Geschirr wegräumen zu müssen.

Dabei neigte sie nicht zur Eifersucht. Im Gegenteil. Als Ryan sie betrog, hatte sie das relativ locker weggesteckt. Aber vielleicht lag das auch daran, weil sie relativ froh war, Ryan auf diese Weise losgeworden zu sein. Und relativ froh war über einen Neustart. Sie wäre *keineswegs* froh darüber, Mac aufgeben zu müssen, weder relativ noch nicht-relativ: Sie wäre am Boden zerstört.

Plötzlich kam ihr eine Erkenntnis, die so neu und erstaunlich war, dass es Eve fast von den Füßen holte: Ryan war ihr vollkommen egal. Du meine Güte: Sie war frei!

»Wenn ich mich recht erinnere, wollten Sie ihn für sich.« Eve gab sich alle Mühe, den Kopf auf den Schultern zu behalten.

»Zu Ihnen passt er besser«, sagte Lana mit einem Seufzer, der ihre geballte Kampferfahrung auf dem Dating-Markt zusammenfasste, »das ist doch wohl eindeutig.« Man musste wissen, wann man verloren hatte.

Eve fasste sie erneut ins Auge. Lana wirkte seltsam verhalten.

»Was machen Sie eigentlich hier?«

»Das fragen Sie noch? Ist Mac nicht da?«

»Natürlich nicht«, sagte Mo an Eves Stelle, »was glauben Sie denn?«

Lana sah von einem zum anderen. Sie wirkte irritiert. Mit langsamen Schritten kam sie näher und stellte ihre

Designertasche auf dem Tresen ab. Dann ließ sie sich schwer auf einen der Stühle fallen.

Lana Everett war im Pierce County eine Institution. Sie war schön, klug und clever und versammelte die Art unterforderter Frauen hinter sich, die jede Chance nutzten, gegen alles Mögliche anzutreten und ihre Meinung heraus zu posaunen, ganz egal, wer oder was dabei auf der Strecke blieb. In Bezug auf Connor Monroe war Lana mit ihren Anhängerinnen zu ganz großer Form aufgelaufen. Als Mac auf der Bildfläche erschienen war, wurde es für Lana erst richtig interessant. Mit den Jahren war sie zahmer geworden, aber wie man kratzte und biss, wusste sie noch immer.

Eve mahnte sich zur Vorsicht, doch nach dem Gefühlssturm der vergangenen Minuten lief ihr Denkapparat auf Sparflamme.

»Ich kann Ihnen helfen«, sagte Lana. Sie klang müde.

»Ach?« Eve hob die Brauen. »Wobei denn? Noch mehr Durcheinander anzurichten?« Lana wusste bestimmt eine Menge Geschichten über Mac zu erzählen.

»Haben Sie die Nachrichten nicht gesehen? Es wird nicht lange dauern, bis man Sie mit ihm in Verbindung bringt. Die Leute werden Sie auseinandernehmen.«

Justine und Martha schnappten panisch nach Luft. Tony gab ein Geräusch von sich, das an das Knurren eines Raubtieres erinnerte. Mo rang die Hände, und Inga hielt zur Abwechslung einfach nur die Luft an.

Eve stand auf und ging zur Theke, um Zeit zu gewinnen für eine Antwort, die halbwegs passend erschien. »Wie soll Ihre Hilfe denn aussehen? Sie hauen ihn doch höchstens nochmal in die Pfanne. Oder machen ihn zum Buhmann.« Eve fand selbst, dass sie sich anhörte wie eine fauchende Kätzin, die ihr Terrain verteidigt. Ihre Hoffnung, Everett mit ins Boot zu holen, hatte sich gerade zerschlagen.

Lana lehnte sich in ihrem Stuhl zurück, und Eve dachte, dass sie traurig aussah.

»Es gibt ein Video. Er wird rehabilitiert werden, und ich kann mir seine Erleichterung über diese Aufnahme kaum vorstellen. Aber ich fürchte, es wird genauso scheußlich wie vor zwölf

Jahren. Weil dieser verdammte Landstrich hier einfach nichts vergisst. Trotzdem ein tolles Weihnachtsgeschenk.«

»Das beste«, sagte Eve mechanisch. Ihr Gehirn arbeitete auf Hochtouren. »Wieso kommen Sie damit eigentlich zu mir?«

»Er wohnt hier.«

»Da bin ich mir nicht sicher.« In Eves Stimme kam wieder der verräterische Knick zum Vorschein. *Verdammt.* Lana war zu gut gebrieft in solchen Dingen. Sie hatte es bemerkt.

»Er wird trotzdem zu Ihnen kommen«, behauptete Lana.

»Ich hoffe, Sie behalten recht.«

Die beiden Frauen sahen sich stumm an, musterten sich, schätzten ab und schätzten ein. Bei Lanas Killerinstinkt musste Eve passen – das war der Grund, warum die andere so erfolgreich war. Außerdem fehlte Eve eindeutig das Diva-Gen. Lana gelangte als Erste zu einem Entschluss.

»Ist er gut im Bett?«, fragte sie und sah Eve direkt in die Augen.

Fünf Menschen um sie herum schnappten nach Luft.

Zunächst war Eve sprachlos über die Taktlosigkeit. Dann lachte sie. Sonderlich fröhlich klang es nicht. »Oh ja, das ist er.«

Lana tat etwas, das Eve nie erwartet hätte: Sie kam zu ihr und umarmte sie. »Es tut mir leid«, sagte sie, »ich wollte ihn unbedingt hassen. Eve, ich wollte Sie unbedingt hassen. Mein Bruder ist bei diesem schrecklichen Transport gestorben. Ich habe mich mein Leben lang nur mit Dyke gestritten, aber ich vermisse ihn unendlich. Und Mac war schon vor Jahren nicht bereit, mit mir zu flirten. Ich werde sehen, was ich tun kann.«

»Tun Sie am besten gar nichts«, rief Eve ihr hinterher, aber Lana hatte schon ihre teure Tasche geschnappt und war zur Tür hinaus.

Kapitel 31

Eve zerbrach sich den Kopf. Dass er sich nicht meldete, bereitete ihr Sorgen. Ob er schon wieder im Land war? Würde Harry sie wirklich darüber informieren, so wie er es versprochen hatte? Und wenn nicht? Eve konnte sich gut vorstellen, dass Mac zu den Männern gehörte, die nur gefunden werden konnten, wenn sie gefunden werden wollten.

Das wäre jetzt eigentlich der richtige Zeitpunkt, um in Tränen auszubrechen. Sie sollte den ersten Schritt machen, sonst wäre bis Neujahr noch nichts passiert. Aber sie wollte nicht den Eindruck erwecken, dass sie nur anrief, weil seine Unschuld nun so gut wie bewiesen war. Eve schlug mit der flachen Hand auf ihren Arbeitstisch. Sie würde vor lauter Grübeleien noch umkommen. Ach, *scheiß drauf*!

Von: Eve Jackson
An: M. Lawrence
Am: Mittwoch, 14.24 Uhr
Hi, Mac. Ich habe die Nachrichten gehört und bin froh, dass dieses Video aufgetaucht ist. Hier ist die Hölle los deswegen. Bitte sag mir, wo du bist. Und ob du okay bist.
Bist du okay?
Liebe Grüße, Eve.

Es dauerte eine Weile, bis die Antwort eintraf, und Eve hatte beim Warten richtig Stress, aber seltsamerweise ging sie von Anfang an davon aus, dass er ihr eine Antwort nicht vorenthalten würde.

Von: M. Lawrence
An: Eve Jackson
Am: Donnerstag, 05.01 Uhr (UTC+3)

Hi, Eve. Ich bin okay. Und du?
Gruß, Mac

Sie stand in ihrer Küche, sang *Silent Night*, bereitete Teig für sagenhafte Weihnachtstorten zu und hatte plötzlich das Gefühl, dass der Raum um sie herum heller geworden war.

Aber das erste, was sie sah, war das Zeitzonenkürzel. Ihr Herz wurde zu einem Felsbrocken, der schwer in ihrer Brust lag und ihr das Atmen mühsam machte. Er war nicht zurück. Sie nahm sich zusammen.

Bagdad war locker zehn Stunden vor Tacoma-Zeit. Als sie ihre Nachricht getippt hatte, nach langer, intensiver Überlegung, war es dort mitten in der Nacht gewesen. Ob er geschlafen hatte? So, wie er eben schlief, den Arm unter dem Kopf? Eve wurde heiß vor Sehnsucht, und sie dachte daran, wie es sich anfühlte, wenn er neben ihr lag, tief und gleichmäßig atmend, wehrlos. Sie stellte sich vor, wie sie zu ihm ins Bett kriechen würde, an diesem kalten Morgen, wenn die Welt noch still und die Farben diffus waren. Wie sie den Schwung seiner Wimpern betrachten würde oder seinen im Schlaf weichen Gesichtsausdruck bewunderte, oder wie es war, gemeinsam mit ihm aufzuwachen. Seine Hand, die über ihre Taille tastete und sie an sich zog und über ihre Haut rieb, um sie wieder zu wärmen. Sein Mund, der weich und zärtlich über ihre Schläfe glitt, bis die Anspannung in seinen Körper zurückkehrte, weil er sie wollte, wollte, wollte.

Eve schüttelte den Gedanken ab. Wo er wohl war? In einem Camp vielleicht, oder unter freiem Himmel? Wie sahen die Sterne dort aus? War es kalt dort, oder warm? Noch dunkel, oder ging die Sonne auf? Eve dachte über ihr begrenztes Wissen zur Tag-Nacht-Grenze nach, sinnierte vergeblich über die Dämmerungsphasen und googelte im nächsten Moment die Daten über dem Persischen Golf. Eve liebte die frühen Morgenstunden und stellte sich vor, wie das Morgenlicht über den Horizont kroch, erste Sonnenstrahlen auf die Welt trafen, lila Wolkenstreifen den Horizont markierten und wie die Vögel nacheinander begannen, zu singen.

Ob er gefunden hatte, was er brauchte? In diesem Moment hätte sie ihr Leben dafür gegeben, mit ihm sprechen zu können, ihn von Angesicht zu Angesicht sehen zu können. Ihn berühren zu können, zu erfahren, wie er dort lebte. Sie hatte sich die Region auf der Karte angesehen und jeden Wikipedia-Eintrag, den sie finden konnte, zu den Ereignissen des vergangenen Jahres gelesen.

Mac war fast siebentausend Meilen von ihr entfernt.

Eve biss sich auf die Lippen.

Von: Eve Jackson
An: M. Lawrence
Am: Mittwoch, 19.04 Uhr
Ist es noch dunkel bei dir?
Liebe Grüße, Eve.

Nach kurzer Überlegung setzte sie das Zeitzonenkürzel der Westküste hinter die Uhrzeit.

Von: M. Lawrence
An: Eve Jackson
Am: Donnerstag, 05.06 Uhr
Solche Fragen fallen auch nur dir ein. Ja, die Sonne geht erst später auf. Beantworte meine Frage, bitte.
Gruß, Mac

Eve lächelte. Im nächsten Moment sprangen ihr die Tränen aus den Augen.

Von: Eve Jackson
An: M. Lawrence
Am: Mittwoch, 19.09 Uhr
Auch okay. Mac?
Liebe Grüße, Eve.

Das nächste, was passierte, war, dass Eves Handy summte: WhatsApp.

Schreib doch bitte keine Mails mit Drei-Wort-Texten.

Vor ihren Augen verschwamm die Tastatur, aber ihr Herz sang. Sie textete:

Musstest du lange mit dir kämpfen,
bevor du auf meine Nummer getippt hast?

Seine Antwort kam sofort:
Ja.

Es tut mir leid, Mac. Alles.

Das müssen wir nicht auf diese Weise besprechen.

Wie denn sonst?

Mac war sich fast sicher, dass er das nicht tun sollte, aber er berührte beinahe traumwandlerisch das Hörersymbol oben rechts in der Ecke des Displays. Nachdem er die epische Schlacht gegen seine Vernunft verloren hatte, dauerte es einen Moment, bis die Verbindung hergestellt war, und Mac reiste in Gedanken mit dem Signal in den Orbit und zurück, von Satellit zu Satellit, durch die halbe Welt.

»Hi, Mac«, hörte er sie sagen und schloss die Augen vor der anbrandenden Welle reinsten Glücks.

Diesem mächtigen Gefühl konnte er nur auf eine Art begegnen. »Wem gehören die braunen Pfoten an deiner Kaffeemaschine?«

Sie hatte, als eines der letzten Bilder, Tony bei der Arbeit fotografiert. Die optische Wirkung seiner dunklen Haut in Verbindung mit Chrom und frischem Milchschaum war wirklich genial.

Eve lachte. »Tony. Wir haben einen Barista, seit neuestem.«

»Braucht man nicht«, parierte Mac streng.

Während Eves Herz vor törichter Freude einen Satz machte, fragte Mac sie aus.

»Der Typ auf dem Gruppenfoto? Mit Kinnbart?«

»Und großer Klappe.« Macs Stimme an ihrem Ohr bewirkte, dass es ihr heiß und kalt den Rücken hinunter lief.

»Der fehlte noch«, murmelte Mac. »Wie alt?«

»Achtundzwanzig«, sagte Eve gehorsam.

»Ach Gott.« *So viele Jahre jünger als er!* »Ist er schwul?«

»Nein, garantiert nicht.«

Die Antwort gefiel ihm ganz und gar nicht. »Verheiratet? Sonst wie tabu?«

»Wie kann denn jemand *›sonst wie tabu‹* sein?« Das Wortgefecht machte ihr Spaß. Sie brauchte die Atempause von all den Empfindungen, um sich von ihren Tränen zu erholen. Das komische Gefühl in ihrer Kehle verschwand, und sie konnte wieder normal sprechen.

Mac zuckte mit den Schultern. Eve konnte es natürlich nicht sehen, aber sie stand mitten in der stillen Küche, hatte die Augen geschlossen, und stellte es sich vor. Neue Tränen lauerten hinter ihren Lidern. Allein seine Stimme zu hören, brachte sie an den Rand eines Kollapses. Sie wollte ihn hier.

»Keine Ahnung. Religiöse Gründe vielleicht?«

»Nichts davon. Er ist Single. Und sehr begehrt.«

»Wie schön für ihn«, brummte Mac.

»Ich kann ihn wirklich gut leiden, und er passt genau hier hin. Ich hoffe nur, er wird sein Studium noch ein bisschen in die Länge ziehen.«

Ach, *die* Art Kerl war das. »Oh? Was studiert der denn mit knapp dreißig noch?« Raumfahrttechnik? Astrophysik? In dem Alter hatte Mac bereits ein Kommando in Afghanistan geführt! Mac beschloss, alles, was der Typ tat, höchstens *okay* zu finden. Keineswegs herausragend, außergewöhnlich oder auch nur gut. Ein einfaches *okay* musste reichen.

»Er spielt übrigens Saxophon«, verriet sie ihm und setzte damit der Sache die Krone auf.

»*Ist klar.* Nicht Schlagzeug? Sicher?« Wie Eve wohl darauf reagieren würde, wenn er ihr untersagte, jemals wieder mit dem Typen zu sprechen? Er betrachtete das Foto mit dem *Georgina's*-Team. Verdammt, wenn es eine Arm-Challenge gäbe, würde der Kerl am Ende noch gewinnen, allein schon wegen der Tattoos. *Bon Jovi!* Also wirklich. Er vergrößerte das Foto auf seinem Display und hielt Ausschau nach weiteren Anachronismen, fand aber nur ein paar Tribals, einige komische Weisheiten und einen Wolfskopf. *War klar. Ohne Wölfe ging bei diesen Typen natürlich gar nichts.*

Er musste Eve fragen, ob sie auf Tattoos stand. Der Termin, den er kurz vor seiner Abreise noch wahrgenommen hatte... Vielleicht hasste sie es. Er legte seine Hand auf die Stelle, in einer fast beschützenden Geste, und bezwang die rote, rasende Aufwallung von Eifersucht, was nicht einfach war. Er stichelte weiter. »Der Typ macht bestimmt völlig aus der Luft gegriffene Komplimente.«

»Vielleicht denkt er auch einfach, dass an jeder Person etwas ist, das man würdigen kann.«

»Du meinst, auch an Omas mit lila gefärbter Dauerwelle? Denen man sicherheitshalber eine Lanzette und einen Blutzucker-Messstreifen neben die Kuchengabel legen müsste?«

»Mac!« Sie lachte hell auf und bemühte sich um angemessene Empörung. »Ich ahne, warum die Bar dir mehr liegt. Da kannst du mit deinen Macho-Freunden Macho-Sprüche machen, während ihr die Chicks taxiert, die bei mir Cupcakes kaufen.«

Er lachte mit, und es hörte sich toll an, warm und vertraut und zwerchfellkitzelnd. Es verstärkte die Sehnsucht.

Eve setzte ihr Loblied auf Tony fort »...und versteht sich prächtig mit Mo. Er hat auch diese komische Affinität zu Schutzheiligen, kannst du dir das vorstellen? Tonys Mutter ist Mexikanerin. Wusstest du, dass der Schutzheilige der Reisenden der heilige Valentin ist? Bei den Soldaten ist es sogar einer der Erzengel.«

Himmel, dachte Eve, *sie plapperte.* Gestern hatte sie vor anderen Menschen geheult, und nun plapperte sie.

»Kaum zu glauben«, sagte Mac. Und dann: »Frag ihn, ob es auch einen für Idioten gibt. Vielleicht hat dein Tony ja ein passendes Amulett für mich.«

Es blieb eine Weile still auf Eves Seite der Verbindung. »Er ist nicht *mein* Tony.«

»Das hoffe ich«, sagte Mac.

Er trat in Boxershorts und T-Shirt vor die Tür seiner Unterkunft und suchte, wie an jedem Morgen, zuerst das Firmament am Randes des künstlichen Korridors ab, der zwischen den *Housings* entstanden war. Der Himmel war hier dunkler und samtiger als anderswo, und näher. Mac musste sich um die eigene Achse drehen, um Orion zu finden. Ein ungewöhnlich kalter Morgen war es, fiel ihm auf, mit Temperaturen im einstelligen Bereich. Nicht mal die Zikaden waren zu hören.

Mac fröstelte. *Beinahe Washington-Temperatur.* Es war bereits kurz vor der astronomischen Dämmerung, und Beteigeuze und sein Kumpel aus dem benachbarten Großen Hund, Sirius, sanken im Westen unaufhaltsam dem Horizont entgegen. Wenn Eve genau jetzt an den östlichen Himmel blickte, könnte sie Orion bereits in seiner vollen Pracht sehen, und Rigel würde ihr den Sirius, der in Washington noch auf sich warten ließe, *Moment, wie lange?, eine Stunde?,* ersetzen. Mac senkte die Lider und spürte, wie plötzliche Tränen das Nachbild des vorderasiatischen Sternenhimmels auf seiner Netzhaut überschwemmten.

Er merkte, dass sich die Pause im Gespräch dehnte und konnte sich doch nicht davon abhalten, jede feine Nuance zu sezieren. Er war ziemlich sicher, dass nicht die atmosphärischen Störungen der Handyverbindung daran schuld waren, dass sie manchmal zittrig klang. Deshalb stellte er diese seltsamen Fragen, die er gar nicht fragen wollte.

Gott. Wenn er sie schon nicht bei sich haben konnte, war alles, was er auf der Welt wollte, dass es ihr gut ging.

Allerdings schloss dies keinen schlagzeugspielenden Frauenschwarm hinter ihrem Tresen ein. Er sagte ihr das.

Sie lachte und klang wackelig. »Saxophon. Er spielt Saxophon.«

Er lauschte dem Laut hinterher und wünschte sich, die Vibrationen dieses Lachens an seiner Haut zu spüren.

Das Camp kam auf die Beine. Er sah sich um. Bald würde er wieder im Dienst sein, *bis auf Weiteres* und *unter Vorbehalt*, und er war über diese Situation halb glücklich und halb wehmütig; und das, obwohl er nicht mal hätte sagen können, was er eigentlich an dem Status quo auszusetzen hatte. Er war fast vollständig rehabilitiert, nur das Urteil der Kommission stand noch aus, aber es würde ohnehin Januar werden, bis die wieder zusammentrat. Im Moment herrschte Weihnachtsfriede.

»Mac?«

»Hmm?«

»Ich bin froh, dass du mit mir sprichst.«

Sie hörte, wie er einatmete.

»Vielleicht habe ich neulich ... überreagiert.«

Eine volle Minute lang war es Eve nicht möglich, etwas zu entgegnen. Dann: »Du hast die Challenge gewonnen, übrigens.«

»Schön«, sagte Mac. Nicht: *»war doch klar«*, oder *»hast du etwas anderes erwartet«*, oder *»yeah!«*, sondern ein fast gleichgültiges *schön,* das irgendwie danach klang, als würde er sich müde über die Stirn reiben.

»Mac.«

»Hm?«

»Wirst du zurückkommen? Nach Cooper?« *Zu mir?* Eine Frage, die sie nur mit geschlossenen Augen und Händen, die sie um ihre Arbeitsplatte krampfen konnte, am Telefon zu stellen wagte.

Aber Mac wartete auf genau diesen Halbsatz, und plötzlich kam es ihm vor, als sei er kurz vor dem Erreichen der Tür zum Paradies abgeschmiert. *Bye, bye, goldene Zukunft.* Verdammt. Wann hatte das angefangen?

Er blieb die Antwort schuldig. Er konnte das nicht. Jedenfalls nicht jetzt. Alles war offen. Plötzlich hatte er das Gefühl, ihre Beziehung sei soeben umetikettiert worden. Er hasste es, dass sie sich so unverbindlich gab.

Es fühlte sich an wie ein Stein im Schuh.

Mac stieg in seine Hose und warf sich eine Jacke über. »Komm, ich zeig dir das Camp.«

Eve lachte, halb unsicher, halb entzückt. »Was? Wie denn?«

»Warte.« Er verstellte den Kameramodus und legte das Handy ab, um sich die Stiefel zu binden. Kein Mensch, der halbwegs bei Verstand war, lief hier ohne festes Schuhwerk herum.

Eve versuchte, durch Macs Kameralinse möglichst viele Eindrücke zu erhaschen. Seine Unterkunft war ordentlich, spartanisch. Viel mehr als einen verbeulten Spind, einen Kühlschrank und die Mikrowelle sah sie nicht. Mac saß auf dem Rand eines Stockbettes. Offenbar war er allein dort.

Sie empfand einen leichten Schwindel, als er das Handy aufnahm. Eine Tür quietschte, und im nächsten Moment sah sie eine gigantische Zeltplane, die offenbar die Eingänge der Housings vor dem allgegenwärtigen Sand schützen sollte. Am Rand der Plane erschien ein orangeblauer Himmel, leuchtend von den Strahlen der aufgehenden Sonne.

Kein Mensch war zu sehen, aber im Hintergrund tuckerte ein Generator. Die erdfarbene Szenerie wirkte seltsam unbelebt, wie nach einer stürmischen Nacht, wenn der Staub sich legte und die Wolken weiterzogen und man anfangen konnte, die Verwüstungen zu beseitigen.

Mac warf einen langen Schatten, als er, das Mobiltelefon in der Hand, Richtung Westen spazierte. Eve sah rötlichen Sand, der vom Weg aufstob, und helle, tarnfarbene Gebäude.

Er zeigte auf ein grün-gelbes Subway-Schild, und Eve wollte gerade eine spöttische Bemerkung über wichtige westliche Errungenschaften machen, als Mac weitersprach. »Offiziell wurde das Camp nach Ende des Krieges geschlossen. Leider nahmen die Marines auch alle hart erkämpften Extras mit. Kannst du dir vorstellen, dass wir eine Minigolfbahn hier hatten? Ein 20-Meter-Schwimmbecken und ein Kino? Alles weg«, dozierte Mac.

»Und was jetzt?«, zog sie ihn auf, »sitzt ihr abends ums Lagerfeuer herum und singt *Kumbayah*?«

Er hielt das Handy hoch, ging an einem PX vorbei und lachte. »Nicht ganz.« *Witzig war sie.* »Es gibt Videospiele, Billard und Poker.«

»Immerhin«, murmelte Eve. Sie hörte ihm zu, als er erklärte, dass zurzeit eine Task Force hier stationiert war. Irakische Einheiten wurden ausgebildet, um eines Tages die Lage in eigener Regie im Griff zu behalten. Wie zum Beweis trabte eine schwerbewaffnete Einheit in voller Montur vorbei. Mac wich respektvoll aus. Die Männer grüßten militärisch. Das Handy wackelte, als Mac den Gruß erwiderte.

Er drehte die Kamera auf sein Gesicht und grinste breit. Die Sonne schien ihm in die Augen, und er blinzelte. In Eve schmolz etwas.

»Moment«, murmelte er und tastete nach seiner Hemdtasche, »Sonnenbrille. Wenn die Sonne so über den Horizont steigt, wird man fast blind.«

Er setzte seine Tour fort. Eve sah, wie er eine lange Außentreppe hinaufstieg und mit großer Geste eine Glastür öffnete. »Das Gym«, präsentierte er. »Nur noch halb so groß wie früher, aber man muss sich auch über Kleinigkeiten freuen.« Eve lächelte. Es machte den Eindruck, als ob er Freude an der ungewöhnlichen Führung hatte.

In der riesigen Halle erkannte Eve Laufbänder und Fitnessgeräte aller Art. Trotz der frühen Stunde war das improvisierte Studio gut besucht. Fast jeder trug ein Handy in einem Sportarmband am Oberarm, erspähte Eve. *Allzeit bereit.*

Mac legte den Finger auf die Lippen, eine verschwörerische Geste. Das iPhone senkte sich, und sie sah seine Hand, wie er eine Hantelscheibe ergriff und sie auf die Stange schob, die einer der Soldaten zu Füßen liegen hatte. Mac hatte fantastische Hände, Hände, die aussahen wie mit Photoshop bearbeitet, hart und weich zugleich, männlich und sexy. Hände waren wichtig. Eve träumte von diesen Händen.

»Hey«, protestierte der GI, dann erkannte er Mac offenbar, denn er schlug ihm kameradschaftlich auf die Schulter, dass es nur so krachte.

Mac lachte und stellte den anderen vor. Eve grüßte in die Kamera und stellte ihr breitestes Lächeln zur Schau. *Dort war er richtig,* erkannte sie. Er war in dieser Welt zu Hause. Er hatte dort Gefolgsleute, die zu ihm standen und ihn mit ihrem Leben beschützen würden, und auf dieser Airbase war Mac die Art Mensch, die Löwen zähmte und wilde Tiere dazu brachte, allen aus der Hand zu fressen. Oder durch Reifen zu springen. Er war dort in seinem Element, akzeptiert, anerkannt, während er in seiner Heimat gerade zu so etwas wie dem Antichristen wurde. *Kein Wunder, dass es ihn dorthin zurückzog.*

Wenn sie länger darüber nachdachte, würde sie sich unglücklich machen.

Sie wollte bei ihm sein, verdammt.

Er trat wieder in die Sonne und in die Aromen dieser Landschaft: Staub, Aprikosen und Mandeln; Gott wusste, wieso das so war. Inzwischen war der Himmel blau, und die Schatten hatten sich verkürzt.

Etwas huschte durch den Sand. Eve entfuhr ein erschrockener Laut, und sie wollte nicht wirklich wissen, worum es sich handelte, aber Mac klärte sie auf. »Skorpione. Oder Sandspinnen. Grässliche Dinger. Für die Schlangen ist es noch zu kalt.«

»Danke«, grummelte Eve, »hoffentlich kann ich je wieder an was anderes denken.«

Er lachte.

Mac wandte sich nach links und ging an ein paar Gebäuden vorbei, alle beigebraun, alle mit fünfstelligen, schablonierten

Zahlen versehen. *Army-Style.* In den Fenstern spiegelte sich die Sonne.

Eine uniformierte Soldatin näherte sich mit schnellen Schritten und lächelte Mac strahlend entgegen. Er wechselte ein paar Worte mit ihr, und bevor sie weiterging, berührte die Frau Mac am Arm. »Auf einer Skala von eins bis zehn ist sie locker eine fünfzehneinhalb«, murmelte Eve gedämpft.

Mac hatte feine Ohren. »Locker«, bestätigte er und sagte nichts weiter dazu.

»Sind viele Frauen da?«, wollte sie wissen.

»Nein«, war die lapidare Antwort. »Das war hier früher auch anders.« Es klang bedauernd.

Herrgott, sie musste ihn fragen! Aber sie war plötzlich ziemlich verhalten und gestand ihm stattdessen, dass sie Muffensausen hatte vor Soldaten und Polizisten; einer Welt, die sie einschüchterte.

Er war sofort bei der Sache. »Oh? Gab es diese Obrigkeitshörigkeit bei dir schon immer?«

»Ja. Ich bin ein Mädchen vom Land und leicht zu beeindrucken. Wahrscheinlich bin ich einfach altmodisch.«

Mac lachte laut auf. »Mir reicht es, wenn du meine Befehle befolgst.«

»Befehle welcher Art, Captain?«

Oh, kokett. Gut. »Die Art, die zählt, wenn ich mir dich nackt vorstelle.«

Jetzt lachte sie. Und freute sich an dem Geplänkel, das ihr den Tag rettete. »Du hast eine beeindruckende Fantasie.«

»Seit ich volljährig bin und auf Cindy Crawford stand, habe ich die in verschiedenen Camps dieser Welt zur Perfektion trainiert. Was soll man sonst machen?« Er konnte Eves Bild in seiner Vorstellung abrufen wie eine Art Vektorgrafik. »Kennst du diese Ankleidepuppen aus Pappe? Sowas, nur in 3D.«

»Interessant. Und was fängst du damit an?«

»Das willst du nicht wissen.«

»Doch. Will ich.«

Er drehte das Handy wieder um.

Als sie sein Gesicht sah, merkte Eve, wie sehr sie diesem Anblick entgegengehungert hatte. Er hatte die Sonnenbrille hochgeschoben. Die Haut um seine Augen legte sich in feine

Falten. Lachfalten. Männer mit Lachfalten hatten bei ihr leichtes Spiel. Sie machten alles einfacher. Sie wollte sie mit den Fingern nachzeichnen, jede einzelne, und sehnte den Tag herbei, an dem sie das tun konnte.

»Was denkst du eigentlich von mir? Glaubst du, ich habe nichts anderes im Sinn, als Frauen weltbewegende Orgasmen zu bescheren? Ich habe eine Mission, Zuckerfee. Das solltest du doch wissen.«

Sein schiefes Grinsen war die Kategorie von Grinsen, das schon quer durch die Geschichte Frauen bezaubert hatte. Schon in der Steinzeit saßen Frauen am Lagerfeuer und sanken Männern an die Brust, die auf diese Weise grinsen konnte. Wahrscheinlich wurden Kriege gewonnen wegen solcher mimischer Weltwunder. Oder verloren.

»Also, mir würde das schon reichen«, quetschte Eve durch die Zähne, »weltbewegende Orgasmen.«

»Wir werden sehen«, sagte er.

»Du bist echt cool.« Sie wollte ihn aufziehen, vielleicht aus der Reserve locken, oder vielleicht wollte sie ihn auch strafen für die Begegnung mit der aufsehenerregenden Brünetten, die hundertmal mehr von seinem Leben dort wusste, als sie jemals wissen würde. Sie war überrascht von der plötzlichen Heftigkeit seiner Antwort, die die ganze entspannte Lockerheit der letzten halben Stunde Lügen strafte.

»Nein, bin ich nicht. Ich bin sowas von uncool, das gibt's gar nicht. Cool wäre es, wenn das hier endlich einen sinnvollen Abschluss fände. Cool wäre, wenn ich wüsste, was ich tun soll. Cool wäre, wenn ich einen Plan hätte, wie ich aus dieser gottverdammten Nummer wieder rauskomme. Das wäre cool, Eve.« Und dabei wusste er nicht mal, wovon genau er sprach. Er verschwendete seine Zeit. Er kam in keiner Hinsicht weiter. *All diese Probleme.* Und dass er über vierzehn verfluchte Breitengrade hinweg, über Zeitzonen und Wetterzonen hinweg, über tausende Meilen hinweg mit ihr einen virtuellen Rundgang durch das verdammte Camp machen musste, weil er es nicht über sich brachte, die Verbindung zu trennen, brachte ihn um.

Mach es nicht kaputt.

Er atmete die knalltrockene Luft ein und zwang sich zur Ruhe. Er hörte, dass sie das Gleiche tat.

Okay.
Okay.
»Wo bist du, Eve?«, fragte er. *Okay. Die Kurve mit quietschenden Reifen gerade noch so gekriegt, Junge. Verfluchte Scheiße.*

»In meiner Küche«, hauchte Eve. Sie verließ die Wüstenbasis vor ihren Augen und sah sich um und musterte die Wände und Schränke und kam sich vor wie auf einem anderen Planeten. *Mach weiter. Mach weiter mit dieser eigenartigen Art von Kontakt.*

Eve lauschte seiner Stimme, und ihre Gedanken flogen an seine Seite, sie sah durch seine Augen und roch die Sonne auf dem warmen Canvas seiner Uniform und stellte sich vor, wie sich die Muskeln unter dem Stoff anfühlten. »Wie warm ist es bei dir?«, wagte sie zu fragen.

»Oh, kühl«, sagte Mac, und befahl sich, die Nerven zu behalten. *Das hier war nicht ihre Idee gewesen. Komm wieder auf den Teppich.* »Um die fünf Grad.« Zur Verdeutlichung hob er den nackten Unterarm vor die Linse und zeigte eine leichte Gänsehaut.

Eve schluckte hart.

»Im Juli sind es um die Uhrzeit locker 40 Grad«, fuhr er fort.

»Oh Gott«, sagte Eve, »deshalb liebe ich Washington.«

»Ich auch«, sagte Mac und versuchte, locker zu klingen. »Wie ist es in Cooper? Schneit es? Ist schließlich Weihnachten. Für die Männer hier ist das schwierig. Sie träumen vom Schnee.«

Sie hörte eine seltsame Sehnsucht in seiner Stimme. *Nein,* wollte sie sagen, *es regnet, wie üblich.*

Aber weil ihr Blick plötzlich zum Laptop wanderte, das draußen im Gastraum auf der Theke lag und ihr ein mulmiges Gefühl machte, so sehr, dass ihre Kehle plötzlich wie zugeschnürt war, entschied sie sich anders.

»Ich liebe Feiertage«, sagte sie, »Feiertage sind etwas ganz anderes als Sonntage.«

»Ja, schlimmer.« Wieder ein Lachen.

»Nein, Feiertage sind etwas ganz, ganz Besonderes, das man genießen muss. Und Weihnachten ist der allerschönste Feiertag überhaupt. Und ja, es schneit.«

Sie sah durch ihr Küchenfenster auf den Hof, auf dessen Kopfsteinpflaster der Regen in Bächen jedes weihnachtliche Gefühl fort wusch. Das schmiedeeiserne Tor glänzte vor Nässe, und die Autos auf der Mountain View Road fuhren spritzend durch Pfützen.

»Es schneit«, sagte sie mit einem träumerischen, weichen Ton in der Stimme, »keine dicken Flocken, aber stetig, wie ein zarter Vorhang. Es geht kein Wind, und der Schnee bleibt liegen. Es ist zauberhaft, Mac, der schönste Weihnachtstag, den man sich vorstellen kann. Die Spitzen am Tor tragen Häubchen, und auf den Fensterbänken liegt eine Schneeschicht. In meiner Küche ist es warm und gemütlich, und im Café sind nachmittags lauter Wintersportler. Draußen riecht es nach Ozon und klarer Luft, und drinnen duftet es nach Zimt und den Tannengestecken. Nachher gehen wir raus und stapfen durch den Neuschnee. Amy liebt es, danach zu schnappen.«

»Er wird sich den Magen verderben«, sagte Mac. Er klang rau. Eine Pause entstand. Dann sagte er: »Man kann in Seattle Polarlichter sehen, oben am Leuchtturm von West Point, wusstest du das?«

»Nein«, sagte sie und war erstaunt, »wirklich?« *Zeig sie mir.*

Als Eve die Augen wieder öffnete, sah sie durch Macs Kamera die Farben der Wüste, roten Sand und gelben Staub, der sich in jede Ritze legte. Mac war stehen geblieben.

Sie wandte sich vom Fenster ab, aber sie wollte noch nicht aufgeben. »Gibt es einen Weihnachtsbaum bei euch?«

»Und ob. Ein scheußliches Krüppelding mit blinkenden Lichtern in der Futterhalle. Macht einem das Bier sauer.«

Eve musste lachen. »Was ist die Futterhalle?«

Er erklärte die *Chow Hall*, das traurige Überbleibsel der Annehmlichkeiten, die mit der Zeit im Zuge der Truppenverschiebungen zusammengestrichen wurden. »Eine Art Flugzeughangar mit Kantine. Wie sieht dein Baum aus?«

»Wie ein Baum für Kinder. Rot-weiße Zuckerstangen und Holzspielzeug. Er ist wunderschön, du solltest ihn sehen –« Sie biss sich auf die Lippen. »Früher haben wir Wunschzettel an den Baum gehängt.«

Er ging darauf ein, und sie war ihm dankbar. »Oh, so eine Art Liste, die man dem Weihnachtsmann schickt? Oder lieber gleich an *Toys'R'Us*?« Sie hörte den neckenden Tonfall. Er mochte wetten, sie hatten auch einen Mistelzweig über der Tür.

»Nein, richtige Herzenswünsche. Also das, was einem wichtig ist. Vielleicht, dass die Katze wieder gesund wird oder sowas.« *Vielleicht, dass dem Mann, den man liebt, nichts zustößt. Oder dass er nach Hause kommt und man eine zweite Chance bekommt, trotz des grauenhaften Mists, den man ununterbrochen von sich gibt.*

»Ach so. Ethisch korrekte Wünsche also, kein schnöder Mammon.«

Sie sprach schnell weiter. »Wir haben Weihnachtsmützen auf und spielen *Little Drummer Boy* rauf und runter.«

Er gab einen verachtungsvollen Mac-Laut von sich. »Vielen Dank, jetzt habe ich das dämliche Lied im Kopf!«

»Es ist nicht dämlich«, widersprach sie sofort, »sondern eins meiner Lieblingsweihnachtslieder.«

Er unterdrückte, was ihm auf der Zunge lag, aber das Lied, was ihm noch Stunden später als Endlosschleife durch den Kopf ging, war ein anderes.

»Eve ...«

»Ja?« Die wichtigste Frage der Welt – *wann kommst du nach Hause* – war immer noch nicht beantwortet, und Resignation kroch durch ihre Adern. Hier stand sie, in ihrer Küche, ganz still und wie festgeklebt, um keinen einzigen Laut und kein einziges Wort zu verpassen, und das Blut rauschte durch ihre Adern, weil es aufregend und besonders war, was er mit ihr teilte.

Ich liebe diesen Mann.

»Ich muss langsam zurück«, sagte er, denn die MP hatte ein Briefing einberufen, damit es endlich weitergehen konnte. Damit sie nicht noch an Neujahr hier herumhängen mussten. Er setzte sich in Bewegung, wobei er sich sein Halstuch vors Gesicht zog. Dieser verdammte Staub.

Es war nicht so, dass er dieses Land toll fand, auch wenn es eine gewisse Schönheit barg, aber er hatte bedeutend mehr von dieser verfluchten Landschaft gesehen, als er je gewollt hatte. Es war eine Art Symbiose, die man eingehen musste.

Mac liebte die Felder hinter seinem Haus und den Blick auf die Linie des Waldrandes, er liebte das stürmische Wasser des Eagle River und den Schnee. Er liebte sogar den ewigen Regen, und das einzugestehen, half irgendwie. Seine Tage hier waren vorbei, und der Anker, den er brauchte, war in Cooper. Er fühlte sich nicht mehr losgelöst, er fühlte sich fest verbunden. Geerdet. Er musste jetzt nur noch einen Weg finden, dorthin zurückzukehren und angenommen zu werden. Hier war seit Jahren Krieg, und er war lange genug hier stationiert, um zu wissen, dass es in diesem Teil der Erde niemals Frieden geben würde. Hier starben jeden Tag Menschen; sie flohen, um ihr Leben zu retten. Es ging um Freiheit.

Unabsichtlich sprach er den Satz aus, vielleicht, um zu erklären, warum er das hier tat. Auslandseinsätze waren nicht nur humanitäre Hilfe. Sie bedeuteten Einmischung, Druck, Machtdemonstration. Und manchen passte das eben nicht. Es ging immer um Freiheit. Freiheit war das Wichtigste, und durch einen fatalen Dreh des Schicksals ging es neuerdings auch um Macs Freiheit, denn wenn sich das Unglück nicht aufklären ließe, war sein Leben verwirkt. Darum ging es. Alles andere war ein Bonus, auch Eve. Und deshalb sollte er sich schleunigst darum kümmern, die Prioritäten richtig zu setzen.

Mit einem Herzschlag, der ihm vorkam wie donnernder Hufschlag, atmete er tief durch.

»Hörst du meine Schritte?«, fragte Mac und richtete das Handy auf den Boden, auf den Sand und das Geröll, und er machte einen Witz darüber, dass man sich fühlte wie in einer verflixten Sandkiste und dass der verdammte Sand zwischen den Zähnen knirschte; und dann machten sie beide einen Witz über die Wunderwerke der Technik, die es ermöglichte, quasi in Echtzeit Stimmen und Bilder zu übertragen, und der Moment, in dem Eve ihm die Wahrheit hätte sagen können, war vorüber.

Pflicht. Ehre. Vaterland. Mit der Ehre war das auf einmal so eine Sache. Mac hing an seinem Job. Die Truppe war seine Heimat. Was sollte er machen, wenn sich nicht beweisen ließ, was unbedingt bewiesen werden musste?

Die Army war schon immer auch Auffanglager für gebrochene Existenzen gewesen; da war er genau richtig. Er konnte kaum leugnen, dass die Probleme zuhause ein gewichtiger Antrieb gewesen waren, sich um jeden Auslandseinsatz zu reißen. Er hatte weg gewollt aus der Gegend; er hatte gewollt, dass man ihn vergaß; und was hatte er dort auch schon zu tun.

Doch das Band zu Georgina war stärker. Er konnte woanders noch so viele Abenteuer bestehen – sie ließ ihn nicht los. Seltsam, dass man Menschen so lieben konnte. Und jetzt sah es so aus, als ob die Geschichte sich wiederholte.

»Beantworte meine Frage«, erinnerte Eve ihn sanft und änderte damit alles.

Wirst du zurückkommen? Mac überlegte ziemlich lange. *Zu lange,* dachte sie. Und dann antwortete er eigentlich gar nicht so richtig. »Warum hast du die Papiere nicht unterschrieben?«

Selbstverständlich stand er mit Harry in Kontakt, was hatte sie denn erwartet? Was sollte sie antworten? *Ich kann das hier nicht ohne dich,* lag ihr auf der Zunge. »Warum hast du das getan, Mac? Mir alles zu überlassen ist das Gegenteil von dem, was du wolltest.«

Was für eine extrem dumme Frage, dachte sie im gleichen Augenblick: *Weil er mit ihr Schluss gemacht hatte.* Er wollte das hier nicht mehr, und sie wollte er schon gar nicht, denn sie war die Personifizierung der schlimmsten Ereignisse, die er je erlebt hatte.

Und dann durfte man ja eines nicht vergessen: Sie stand mit 24000 Dollar bei ihm in der Kreide. Ob der Anwalt überhaupt davon wusste?

Er ging nicht darauf ein.

Sie drückte ihre Stirn auf die geballten Fäuste. Die Distanz in diesem Gespräch, seitdem es die Tony-Ebene verlassen hatte, machte ihr zu schaffen. »Neue Frage: Warst du sauer auf Georgina, weil sie getan hat, was sie getan hat?«

Es folgte ein ausgedehnter Moment der Stille. Dann: »Meinen Vater zu verlassen, meinst du? Das weißt du also auch. Dieser Anderson ist wirklich eine Tratschtante. Oder war es Mo?«

»Warst du? Sauer? «

»Ich war enttäuscht. Dann starb mein Vater. Und dann konnte mich nicht entscheiden, ob ich sie lieben oder hassen sollte, aber ich entschied mich gegen den Hass. Sie war mir zu wichtig, und sie hatte es längst bereut.«

Ob wohl die Winzigkeit einer Chance bestand, dass er nochmal so weit über seinen Schatten sprang? Etwas zog an ihrem Herzen. »Machst du ihr Vorwürfe?«

Mac wusste, dass die wahre Frage anders lautete, aber er spielte mit. »Hab ich getan. Aber dann, mit etwas Abstand ... nein. Die Sache ist leider zu komplex, um sich die leichteste aller Lösungen herauszupicken. Und, Eve...«

»Ja?«

»Frohe Weihnachten für dich.«

Sie bedankte sich für den Rundgang. »Dank dieser Führung stelle ich mir nun nicht länger vor, dass du in einer romantischen Beduinenzeltstadt lebst. Oder in Blechbaracken.« Sie lachten beide, kameradschaftlich. Das verdammte *»I'll be home for christmas«* klimperte hartnäckig hinter seiner Stirn. Er beendete das Gespräch.

Sie legte das Telefon behutsam zur Seite. *Er kommt zurück. Bald. Alles andere ergäbe doch überhaupt keinen Sinn.*

Sie redete es sich ein, sagte es vor sich hin, wie ein Mantra. Sie malte mit der Fingerspitze ein Herz in das Mehl auf der Arbeitsfläche. *Auch ein hübsches Fotomotiv.* Aber Eve behielt es für sich, nicht zuletzt deswegen, weil seltsame kleine Krater die Mehllandschaft unterbrachen; Vertiefungen, die daher rührten, dass die lang unterdrückten Tränen von ihren Wangen tropften und winzige Mehlstaubwölkchen aufwirbelten.

Kapitel 32

Weil sie fest daran glauben musste, dass er zurückkäme, machte Eve Pläne für den Umbau des Cafés. Bevor sie es sich anders überlegen konnte, rief sie direkt nach den Feiertagen die Handwerker an. Eve hatte Glück: Niemand vergab Aufträge zu dieser Jahreszeit, und sobald das Café abends geschlossen war, fing Eve schon mal an. Sie hatte kein unbegrenztes Budget, und was sollte sie auch sonst tun.

Das Konzept war glasklar. Eve hatte es geliebt, neben Mac zu liegen und sich auf seinem Tablet die Dinge zeigen zu lassen, die er im Sinn hatte. Seine räumliche Vorstellungskraft war das Echo ihrer eigenen Tatkraft. Und eines grundlegenden Optimismus.

»Wir könnten die Bar am nördlichen Ende bauen, auf dem Podest. Mir schwebt ein Regal mit einer Rückwand aus gläsernen Kuben vor, in denen sich die Flaschen spiegeln, und hohe Hocker mit quadratischen Sitzflächen«, hatte er ihr verraten und die entsprechenden Suchmaschinentreffer auf dem Tablet als Screenshots abgespeichert.

»Ah ja?«, hatte Eve geantwortet, *»weißt du, was mir vorschwebt? Kaffeekränzchen und Geburtstagspartys alter, grauhaariger Damen und netter Mütter, aber ohne ihre Kinder. Ich weiß also leider nicht, wie sich das vereinbaren ließe.«*

»Du bist wirklich kein bisschen geschäftstüchtig«, hatte er gekränkt getan, und Eve hatte protestiert, dass das wohl ein Witz sein sollte – schließlich hatte sie einen Jahresplan ausgearbeitet, mit Tortenrezepten bis weit über die Erdbeersaison hinaus. Vor wie langer Zeit hatten sie diese Unterhaltung geführt? Äonen schienen seitdem vergangen zu sein, dabei war es nicht mal zwei Wochen her.

Der Bereich um das Podest herum wurde dunkelblau. Die Samtcouch rückte in die Ecke. Sie ließ Glasregale einbauen und strich das Deckenrondell mit Goldfarbe. Tony mit seinem Händchen für Elektrik hängte den frisch aufgearbeiteten Lüster auf, der in einer Ecke der Scheune ein trauriges Dasein gefristet hatte, und Justine polierte mit Feuereifer die vielen neuen Gläser. Die Theke würde erst im Januar geliefert, aber es sah jetzt schon toll aus.

Georginas Café würde im neuen Jahr *»Georginas Café & Lounge Bar«* sein. Eve fragte sich, wie es dann um sie selbst bestellt sein mochte. Konnte sein, dass sie täglich mit wehem Herzen in Richtung dieser dunkelblauen Lounge blicken würde.

Dann würde sie den ganzen Umbau bereuen.

Eves Spezialität zum Jahresende war eine Kreation aus edler Schokolade, Sahne und Champagner.

Sie tauchte Ahornblätter in flüssige Schokolade und legte sie zum Trocknen auf ein Gitter. Wenn sie ausgehärtet waren, würde sie sie mit essbarem Goldpuder bestäuben und auf den Schokoladenkuchen häufen. Seitdem Mac weg war, war solcher Schnickschnack für Eve überlebenswichtig – je komplizierter und filigraner, desto besser. Stundenlange Beschäftigung in der Küche führte wenigstens zu brauchbaren Ergebnissen in Form fabelhafter Backwerke. Sie konnte ein hübsches Foto davon machen und es in den sozialen Netzwerken posten. Die Fans des Cafés würden überschwängliche Kommentare unter das Bild schreiben und auf diese Weise dafür sorgen, dass der Besucherstrom anhielt. Auch das trug zur Ablenkung bei.

Ja, sie mochte ihre Aufgabe; ihren Auftrag, der darin bestand, das Café am Laufen zu halten. Die Interaktion mit den Gästen und die ständige Bewältigung der logistischen Herausforderungen waren sogar die ideale Zerstreuung von allem, was sie in ihrem Herzen bewegte. Aber mittlerweile wurde die tägliche Vorstellung im Café zu einer Leistung, die reif für einen Emmy, *ach was,* den Oscar, war. Gab es eigentlich einen Nobelpreis für Schauspiel? Wohl nicht. Falls so etwas jemals angedacht würde: Eve würde bestimmt nominiert werden.

Sie hing ihren Gedanken nach. Die Unfähigkeit, das Problem mit Mac zu lösen, machte sie unglücklich und drückte ihre Begeisterung über das Café zu Boden wie Nordwind, der über die Plateaus des Kaskadengebirges pfiff. Über kurz oder lang würde ihre Tätigkeit unter der schlechten Stimmung leiden. Dagegen musste sie unbedingt angehen. Sie wusste nur noch nicht, wie.

Mo kam, sah ihr ein paar Augenblicke zu und nickte anerkennend. »Das ist *göttlich*. Du hast viel von deiner Mutter gelernt. Und von mir.« Eve lächelte abwesend.

In den letzten Tagen war der Ton in den Zeitungen schärfer geworden. Die Army weigerte sich, halbfertige Ergebnisse zu veröffentlichen, was in Eves Augen zwar nachvollziehbar, der Stimmung in der Stadt aber abträglich war. Wie kam es nur, dass Mac noch immer nicht aus der Schusslinie war, obwohl er alles für seine Leute getan hatte?

Ob er eine Ahnung davon hatte, was hier los war? Drei der fünf Toten kamen aus dem County, und jeder nahm daran Anteil. Jeder hier kannte das Fort, und jeder trauerte mit den Angehörigen. Und niemand vergaß, dass Mac bereits einmal für Aufsehen gesorgt hatte.

Die Spekulationen rissen nicht ab. Was war auf dem Video zu sehen? Aus welcher Quelle stammte es? Wer war für den Anschlag, sofern es wirklich einer war, verantwortlich und welche Auswirkungen hatte das auf den geplanten Truppenabzug? Und was würde mit Captain Lawrence geschehen – Freispruch und Wiedereinsetzung in den Dienst? Ehrenhafte Entlassung? Das war doch alles irgendwie dubios, so wie damals bei dieser Hundesache, bei der sich dann die Vorwürfe als nicht haltbar erwiesen, die Konsequenzen aber trotzdem erheblich waren? Die Organisatorin der Tierschutzproteste hatte Mac verklagt, und was genau war nochmal mit dem Senior passiert? Stoff für jede Menge wilder Spekulationen, und Mac war mindestens genauso interessant wie unbeliebt. Die Tatsache, dass er sich niemals zu irgendetwas äußerte, verbesserte seine Position nicht gerade; die Leute hielten ihn für arrogant und irgendwie wohl doch für schuldig.

Dank Lanas beiläufiger Bemerkungen kamen die Leute allmählich darauf, dass Mac offenbar Pläne für Georginas Café hatte. Seine Verbindung dorthin wurde nicht näher erläutert, aber das Café und die grandiose Rückseite der Remise erschienen auf dem Studiobildschirm. *Wieso denn das jetzt?* Eve grübelte über die Strategie hinter dieser seltsamen Art von Schleichwerbung, kam aber zu keinem Ergebnis. Es wäre ihr lieber gewesen, wenn solche Andeutungen unterbleiben würden. Sie wusste ja selbst nicht, wie es weitergehen sollte.

Tatsächlich hielt Eve es kaum noch aus. Die Sehnsucht nach Mac zerriss ihr Herz, und die Gewissensbisse, mit ihrem Artikel damals eine Lawine losgetreten zu haben, lähmten sie. Der Gedanke, dass er ihr keinen Glauben schenkte, machte sie fertig, und nach seinem Verhalten am Tag vor Weihnachten mangelte es ihr am nötigen Mut, den nächsten Schritt zu machen.

Ganz abgesehen davon, dass er einen solchen Kontakt nicht gerade herbeizusehnen schien.

Silvia Burgess Hamilton hatte mittlerweile einen Doktortitel in Kulturwissenschaften, ein großes, seelenloses Haus am Puyallup Pond und einen Mann, den sie nicht liebte.

Silvia hatte viel Zeit und eine große Leidenschaft: Hunde. Nichts auf der Welt lag ihr so sehr am Herzen wie der Kampf gegen jegliche Ungerechtigkeit zum Nachteil von Vierbeinern, oder das, was sie für ungerecht hielt. Sie beschäftigte sich akribisch mit allen Einzelheiten und übersah dabei gelegentlich die Zusammenhänge. Die Wände ihres Büros waren mit Fotos gepflastert, die Tiere in allen Stadien der Quälerei zeigten, direkt neben Bildern von sich selbst bei Aktivitäten im ganzen Land. Die Regale waren mit Aktenordnern gefüllt, die Berichte, Gerichtsurteile und Präzedenzfälle enthielten.

Silvia war ein emotionaler, aber penibler Mensch. Sie hasste mit leidenschaftlicher Inbrunst alles, was nicht in ihr Weltbild passte, ernährte sich und ihren Gatten vegan, nahm jährlich an allen möglichen Aktionen zugunsten der Umwelt teil und scheute sich nicht, ihre Meinung laut und vernehmlich kundzutun. Sie war hochintelligent, attraktiv und hatte genug Geld, um sich mittels geschickt eingesetzter Spendenbereitschaft viele Anhänger zu sichern. Und sie nutzte jede Schwäche anderer und jegliche Unklarheit gnadenlos aus.

Connor Monroe hatte sie höchstpersönlich in die Knie gezwungen. Sein Sohn hatte ihr, in jeder möglichen Hinsicht, widerstanden.

Das nahm sie ihm übel.

Sie hätte darüber wegsehen können, dass er bei der Army war, diesem Verein zur legitimierten Vernichtung von Leben. Auch die schmerzliche Tatsache, dass Monroes Hunde neben anderen menschengemachten Dummheiten auch zur Jagd gezüchtet wurden, hätte sie irgendwie verkraften können, obwohl sie nichts in diesem Universum so sehr verabscheute wie Jäger, ausgenommen Frauenfeindlichkeit. Sogar, dass Mac damals eine Weile mit dieser kleinen Journalistin herumpoussierte, hätte sie ertragen, wenn – ja, wenn er sich zur rechten Zeit ihr, Silvia, zugewandt hätte. Er hätte ihr Entgegenkommen nur erwidern müssen.

Hatte er aber nicht. Im Gegenteil: Er hatte sie wegen Nachstellung verklagt. Und Recht bekommen. Sie hatte sich ihm jahrelang nicht bis auf zweihundert Fuß nähern dürfen.

Jetzt war sein Bild in der Tacoma News, auf Seite drei, und es zeigte ihn in voller Montur und mit dem Gewehr diagonal über der Brust bei irgendeinem Kampfeinsatz irgendwo im gottverdammten Mittleren Osten. Fünf Menschen hatte er auf dem Gewissen, einer davon der Neffe einer entfernten Freundin, die untröstlich war.

»Vorwürfe gegen Fort-Lewis-Offizier nichtig?«, titelte das Blatt. *»Beweist geheimes Video Anschlag auf Militärkonvoi?«*

Im Text stand nicht nur, dass das Verfahren gegen Captain Lewis möglicherweise fallengelassen würde, sondern dass er vielleicht sogar einer Auszeichnung entgegensehen konnte.

Das war ja wohl der Gipfel.

In was für einer Bananenrepublik leben wir denn hier, brüllte Silvia ihren Ehegatten an, der gleichmütig in seinem Frühstückskaffee rührte und glücklich darüber war, gleich das Haus in Richtung Büro verlassen zu dürfen. Der zum tausendsten Mal darüber nachdachte, die zeternde Hexe mit den Scheidungspapieren zu konfrontieren. Der den Tag, an dem er nach einem Kirchenfest mit dem hübschen Rotfuchs ins Bett gegangen war, bitterlich bereute, weil er sie prompt schwängerte und mit nicht mal Mitte Zwanzig von ihrem Alten (dem ehemaligen Kurator eines Museums und aktuell Bürgermeister einer mittelgroßen Gemeinde im Westen Seattles und damals leider sein Boss), die sprichwörtliche Pistole auf die Brust gesetzt bekam. Er heiratete sie. An diesem Tag begann das Fegefeuer.

Deshalb hatte er sich angewöhnt, möglichst wenig Widerworte zu geben. Zum Glück hatte er eine sehr nette Freundin. Was Silvia tat oder nicht tat, tangierte ihn derweilen nicht mal mehr peripher, aber er liebte seine Kinder und seinen hohen Lebensstandard und wollte weder das eine noch das andere verlieren. Wenn die Hexe nun ein neues Betätigungsfeld zum Nachteil irgendeines armen Idioten gefunden hatte, sollte es ihm recht sein. Irgendwann würde sie ihr ganzes Gehalt, dass sie an der Washington State mit Übersetzungen verdiente, für Ordnungsstrafen und Bußgelder ausgeben müssen, aber das war ganz sicher nicht sein Problem, weil er beim nächsten öffentlichen Skandal, den seine Frau verursachte, nämlich ausziehen würde, *scheiß auf die Kinder, waren ohnehin bald erwachsen,* und scheiß auf Pool, Dreifachgarage und Luxus. In Richtung Kanada würde er ziehen. Oder nach Alaska. Feuerland. Antarktis. Egal, Hauptsache weg.

Kaum hatte der Göttergatte, grußlos wie immer, die Villa verlassen, legte Silvia los. Organisieren war ihr Spezialtalent. Leute aufhetzen konnte sie wie keine Zweite. Und Kampagnen, im Internet und anderswo, schüttelte sie aus dem Ärmel wie andere Leute Slogans für eine Hamburger-Werbung.

Mac Lawrence würde sich nur so die Augen reiben.

Charlene Richards hatte einen Narren am *Georgina's* gefressen. Oder vielleicht auch an Eve. Sie kam zweimal wöchentlich, in wechselnder Begleitung. Immer fragte sie nach dem Gedeih der Pläne für das neue Jahr. Die Frau ging bereits fest davon aus, dass Eve ihren Vorstellungen betreffs der Feier für ihre Nichte nicht im Weg zu stehen wagte. »Innovativ sind Sie ja«, bemerkte sie mit einem neugierigen Blick zur Baustelle, die mit einer provisorischen Wand vom Rest des Geschehens abgetrennt war. Eve war sehr glücklich darüber, dass das Ding bald Geschichte war. Dahinter sah es schon fast genauso aus wie in Macs Vorstellungen von seiner Traumbar.

Mac war Thema des Tages. »Haben Sie gelesen, was diese Frau auf ihrem abstoßenden Blog schreibt?« Mrs Richards sah Eve streng an. »Meine Liebe, Sie kennen ihn doch. Ist er wirklich so?«

Eve seufzte, sank auf den freien Stuhl und ließ sich den Bildschirm von Charlenes Handy aufzoomen. »Aber das ist doch völliger Blödsinn.« Eve sah Charlene an. »Wieso sollte die Army ihn denn nicht entlasten?«

»Unterschätzen Sie diese schreckliche Person nicht. Silvia Hamilton kennt eine Menge Leute. Sie streut vielleicht einfach gern ein paar Gerüchte.«

»Das ergibt doch keinen Sinn. Mac ist ein Offizier, einer der ihren. Und sie haben Männer verloren.«

Mrs Richards ließ ihren scharfen Blick auf Eve ruhen. »Sie stellt es aber so dar, dass Mac der Bauer ist, der geopfert werden soll.«

»Wieso denn? Sie glaubt doch wohl nicht, dass die Army vorhat, sich die Untersuchung zu sparen?«

»Da möge Gott vor sein. Die armen Angehörigen! Schätze, sie will zeigen, dass er schon vor Jahren den Hut hätte nehmen sollen. Sie macht es Mac schwer, und die Leute folgen ihr.«

Tatsächlich erwärmte sich die Presse allmählich für Silvias Sichtweise. Und die Armee unternahm nichts – weder wurde der entlastende Inhalt des Videos bestätigt, noch dementiert.

So ging es noch eine Weile weiter.

Eve wurde von Tag zu Tag nervöser, und als sie erstmals ihren Namen in einem dieser Blogposts las, überlief es sie erst heiß, dann kalt. Ihr Puls fing an zu rasen, und sie spürte ihren Herzschlag in der Kehle.

Doch im Gegensatz zu der Aggression, die man Mac entgegenbrachte, nahm das Interesse am Café zu. Die Leute kamen zum Tratschen.

Charlene, ausgewiesene Expertin für Klatsch im Radius von mindestens zwanzig Meilen, hielt aufgeregt die Hände vor den Mund. »Dieser Artikel! Ja, ich erinnere mich. Das ist der Vorteil von Leuten in meinem Alter. Sie sind das gewesen!«

»Ja«, sagte Eve und verzog das Gesicht, »ich war das.«

»Aber das war nicht der Auslöser für diesen schrecklichen Skandal«, sagte Charlene in einem ungewöhnlich bedächtigen Ton. Sie zog mit der Kuchengabel ein Muster in die üppige Sahneschicht ihrer Kirschtorte. »Das mit Ihrem Bericht war guter Journalismus. Ich bin sicher, der alte Monroe war stolz auf diesen Artikel.«

»Dann nicht mehr«, sagte Eve trocken.

Charlene erinnerte sich genau, denn ihr Sohn war Kunde bei Connor Monroe und hatte sich endlos über die Sache aufgeregt. »Das Problem war, was dann daraus wurde. Aber was sollte man auch von Kip Jones erwarten. Er war damals Leiter der Ordnungsbehörde, und das Veterinäramt hat sowas von den Schwanz eingezogen, das glauben Sie ja nicht. Der arme Monroe! Das grenzte schon an Behördenwillkür. Doch das Schlimmste war, was diese fürchterliche Hamilton daraus gemacht hat. Und wie sie diese junge Fernsehjournalistin vor ihren Karren gespannt hat! Die war noch ganz am Anfang ihrer Karriere. Und die ganzen unterbeschäftigten, dummen Hausfrauen sprangen darauf an. Man schämte sich wirklich für sein Umfeld. Schlimm, was alles passiert ist, wirklich schlimm.«

Tony hörte mit einem Ohr zu. Er zauberte mit einem Holzstäbchen ein kompliziertes Muster in den Schaum des Cappuccino, den er mit seinem Millionen-Dollar-Lächeln an Justine übergab. Dann wandte er sich Eve zu. Das Lächeln hatte er einfach ausgeknipst. »Bald können wir Touren veranstalten. *Hier* hat er gewohnt. *Hier* parkte sein Auto, ein Tesla Model S, nebenbei bemerkt, oh Mann, wie sehr ich so ein Auto ... okay, egal. Hinter *diesem Fenster* steht sein Bett. Hast du einen Schlüssel zur Remise? Wir könnten nachsehen, wo es tatsächlich steht. Und Eintrittskarten verkaufen!«

Wann war Tony jemals so sauer gewesen? Das Blöde war, dass Mac vollkommen polarisierte: Die eine Hälfte stand auf ihn, die andere Hälfte hasste ihn.

Eve wusste zu genau, wo das verdammte Bett stand, aber das würde sie diesem Plappermaul bestimmt nicht auf die Nase binden. Sie stoppte ihn mit mahnendem Unterton, bevor er wieder über Merchandising sinnierte oder das neue Geschäftsmodell bis in die letzten Einzelheiten entwickelte und Justines hübsche Ohren noch größer würden.

Bei Eves Mitarbeitern war die Front klar nach Geschlecht verteilt – obwohl Mo neuerdings bestrebt schien, sich neutral zu verhalten. Eve kannte ihn inzwischen gut genug, um dem Neutralitätspakt nicht zu trauen. Sie sah schon kommen, dass sie einen Mediator brauchte.

Tony klapperte lauter als nötig mit dem Geschirr. Er wirkte gereizt, aber er wandte sich Justine zu und setzte seine Diskussion in leiserem Ton fort. Dass Tony sich mit Mac anlegte, war das Letzte, was sie gebrauchen konnte. Wenn sie nicht aufpasste, hätte sie die nächste Challenge zwischen den beiden Männern. Wieso musste bei Kerlen eigentlich alles in einem Wettbewerb enden? Um was ging es hier überhaupt? Ganz sicher nicht um ihre Gunst. Die war eindeutig verteilt.

Doch wozu sollte das gut sein? Mac war vom Radar verschwunden. An ihr lag es bestimmt nicht: Nie war ein Mobiltelefon zuverlässiger aufgeladen gewesen, es hing quasi den ganzen Tag an seinem Ladekabel. Als Eve dabei war, eine Powerbank einzustecken, sobald sie das Haus verließ, stellte sie fest, dass sie genug hatte. Das verdammte Telefon hätte schon tausendmal klingeln können, aber es hatte es eben tausendmal nicht getan.

Mac rief nicht an.

Kapitel 33

»Es ist einer von euch«, sagte Amir.

Seine kohlrabenschwarzen, dichtbewimperten Augen blickten sorgenvoll, und die feinen Löckchen über seiner Stirn bebten. Verdammt, der Kerl war so hübsch, dass es sogar Mac immer wieder auffiel. Aber schließlich wurde der Verbindungsoffizier für sein Aussehen auch immer wieder aufgezogen. Er trug es mit salomonischer Gelassenheit. Trotz seiner westlichen Erziehung: Er war Moslem. Nach dem Koran hatte er, zumindest theoretisch, das Recht auf Polygamie. *Wer zuletzt lachte* ... konnte mehr Frauen haben.

Diese Amerikaner. Amir mochte sie, auch wenn sie in vielen Dingen so naiv waren.

Mac mochte er besonders. Amir hatte ihn in Syrien bei der Ausbildung einheimischer Truppen kennengelernt und anfangs leidenschaftlich gehasst, weil er ihn verdächtigte, ein Auge auf eine seiner Schwestern geworfen zu haben, die als zivile Mitarbeiterin vom Hauptquartier Ost für genau drei Tage in das Camp bei Manbij geschickt worden war. Erst als Anisa gestand, sich in einen Jetpiloten aus Italien verknallt zu haben, normalisierte sich die Lage.

Amir sprach sechs Sprachen (unter anderem Italienisch, was den Rüffel an die Adresse des Piloten zu einem Kinderspiel machte) fließend, hatte eine besonnene, diplomatische Art und war blitzgescheit – der Typ, der philosophische Filme in holländischer Originalfassung guckte, mit schwedischen Untertiteln. Der Leutnant des irakischen Heeres hieß mit vollem Namen *Amir bin Akka bin Faraj Al-Salah* und war einer seiner besten Freunde.

»Was soll das heißen?« Mac sah von einem internen Papier auf. Er beschattete die Augen gegen die tiefstehende Sonne, um Amir, der in das Büro des Majors spaziert war und die brisante

Feststellung mit eindeutig bestürztem Unterton ausgesprochen hatte, ins Gesicht sehen zu können.

»Es gibt eine Festnahme in Chan al-Baghdadi. Vielleicht wäre es gut, wenn wir dorthin fahren würden.«

»*Amir*. Ich bin Beschuldigter in einem Disziplinarverfahren. Demnächst womöglich sogar in einem Strafverfahren vor dem Militärgericht, und mit ein bisschen Pech heißt es bald *die Vereinigten Staaten gegen Mac Lawrence*. Du darfst mir das gar nicht sagen, Mann.«

»Wo soll dabei der Clou sein, wenn du die Ergebnisse der Ermittlungen nicht erfährst? Du bist ein guter Mann. Im Moment, soviel ich weiß, bist du privat hier. Außerdem glaube ich eher, dass du demnächst Begünstigter in einem Belobigungsverfahren sein wirst. Und eine fette Beförderung erwarten kannst.«

»Wie kommst du denn auf den schmalen Ast?«, knurrte Mac und legte die Füße auf den metallenen Schreibtisch, um zu verdeutlichen, wie lässig er die von Amir angedeutete Möglichkeit als vollkommenen Unsinn abtat.

Seit acht Tagen war er hier. *Glaubte er jedenfalls.* Verdammter Jetlag, er musste nachrechnen. *Kam ungefähr hin.* Seit acht Tagen jagte er mit ein paar Militärpolizisten und Amirs Hilfe dem Video nach. Josie Clarke riskierte ihren Job, um ihn zu decken. Wenn der Colonel herausfand, dass er hier war, konnte er demnächst in der Antarktis Latrinen putzen, falls es dort welche gab. *Zusammen mit Josie.*

Der Captain der MP hatte nach umfangreichen Durchsuchungsmaßnahmen ein Resultat. Macs Erleichterung war noch größer als in Fort Lewis nach der Nachricht von Lana.

Beweise.

Gott sei Dank.

Ein bereits wegen anderer Vergehen unehrenhaft entlassener Sergeant aus dem AMC, einem Truppenteil, der verantwortlich für Beschaffung und Bereitstellung jeglichen bei der Armee benötigten Materials war, hatte im Westirak einen schwungvollen Handel mit Informationen aufgebaut. Die Flotte an Drohnen, die er betrieb, diente dem Verkauf militärischer Geheimnisse. Die Aufzeichnung des Anschlags auf Macs

Konvoi war ein rein zufälliges Nebenprodukt bei seiner illegalen Überwachung von Truppenbewegungen.
»Hören wir mal, was das Arschloch zu sagen hat«, sagte Amir und grinste. Verrückte gab es eben überall, auch in den eigenen Reihen.

Freiwillig sagte der Mann überhaupt nichts, aber die Militärpolizisten schafften in dieser Hinsicht Abhilfe.
Mac hielt sich zurück, auch wenn das Blut mit Lichtgeschwindigkeit durch seinen Körper rauschte und jeder Quadratzoll seiner Haut sich anfühlte, als ob er lichterloh in Flammen stünde.

Sein erster Gedanke war: *Das muss ich unbedingt Eve erzählen.* Der zweite: *Sie wird überglücklich sein.* Gedanke Nummer drei lautete: *Wie soll das gehen?*

Silvia Hamilton ärgerte sich schon wieder. Sie hatte wirklich Pech: Über Mac war im Netz kaum etwas zu holen.

Einen Ehrenkodex hatte Silvia nicht, und wenn nichts zu finden war, musste man sich eben etwas ausdenken. Als Quelle nahm sie die alten Berichte, reicherte sie mediengerecht an und mischte alles mit den aktuellen, spärlichen Neuigkeiten. Damit kochte auch das, was die Leute längst vergessen hatten, wieder hoch.
Insofern war es vielleicht ganz gut, dass Mac so weit weg war.

Harry rief über Skype an und sagte mit finsterstem Gesichtsausdruck: »Wir haben ein Problem.«

Mac lachte, weil es ihm gut ging und er einen Plan hatte und er am Ende der Woche nach Hause fliegen würde. *Und dann würde endlich alles in Ordnung kommen.* »Du hast ›Houston‹ zu erwähnen vergessen.«

»Ich habe gar nichts vergessen«, blaffte Harry, wobei sein Konterfei auf Macs iPad von atmosphärischen Störungen verzerrt wurde, »und die verdammte Mrs Hamilton auch nicht.«

Mac stöhnte entsetzt auf. Würde das denn nie aufhören?

Cooper war ein kleiner Ort. Das Internet hatte echten Dingen, die man anfassen konnte – wie zum Beispiel Zeitungen aus richtigem Papier und tatsächlicher Druckerschwärze – noch nicht völlig den Rang abgelaufen. Deswegen war der Stoß Tageszeitungen, der morgens auf der Ladentheke der Tankstelle lag, auch ziemlich dick. Neuerdings war der Stapel bereits am frühen Vormittag dramatisch geschrumpft. Mac war eine Person von großem lokalen Interesse. Und Eve hing irgendwie auch mit drin.

Am Samstagabend entdeckte Eve Farbschmierereien an der Fassade, direkt neben dem Tor. *Konnte ein Zufall sein.* Eve verriegelte das Tor.

Sonntagmittag legte Silvia in ihrem Blog denen, die es bisher noch nicht gewusst hatten, haarklein dar, dass Eve als junge Reporterin am Redwood Plain gewesen war. Außerdem plauderte sie über die unklaren Besitzverhältnisse von Georginas Anwesen. Darauf, Eve ganz direkt eine Affäre mit Mac anzuhängen, verzichtete sie seltsamerweise.

Am Montagmorgen waren aus den Graffitis Obszönitäten geworden, die sich über die halbe Remise zogen. Eve schossen Tränen der Wut in die Augen. Mit Justine und Inga machte sie sich daran, den Putz sauber zu schrubben, hatte aber nur wenig Erfolg.

Als die neugierigen Blicke zunahmen, nach und nach missbilligend wurden und es nach einer Weile so aussah, als würde sogar Georgina – sozusagen posthum – davon beeinträchtigt, platzte Mo der Kragen.

»Du gefährdest nicht nur deine Existenz, sondern auch die deiner Leute«, schimpfte er. »Ich will nicht, dass er hier her kommt.«

»*Du* willst das nicht? Du bist starrköpfig, Maurice Ledougard. Aber ich bin noch starrköpfiger als du. Fast so starrköpfig wie Mac, falls du es genau wissen willst.«

Mo rang die Hände. Er hatte andere Prioritäten. »Du zerstörst Georginas Andenken!«

»Das würde ich auf keinen Fall zulassen!«, empörte sie sich. Aber es traf sie mehr, als sie zugeben mochte. Sie berief eine Krisensitzung mit ihren Mitarbeitern ein und bat Lana dazu, weil sie sich Unterstützung bei der Medienpräsenz erhoffte. Silvia Hamilton hatte einen Krieg angezettelt, und Eve wollte verdammt sein, wenn sie hinnahm, dass das *Georgina's* dabei auf der Strecke blieb.

Lana überraschte sie, indem sie den Vertreter des Polizeichefs mitbrachte. Verdammt, der Typ sah aus wie eine ältere Ausgabe von Chin Ho Kelly aus *Hawaii Five-0.* Eve war befangen, dabei entpuppte Jae Tao Pak sich als der wahrscheinlich netteste Mann, den sie je kennengelernt hatte. Abgesehen von Tony, vielleicht. Obwohl Tony in puncto Höflichkeit und gutem Benehmen noch eine Menge lernen konnte, was erstaunlich war im Hinblick auf seine extravagante Herkunft und dem Zusatz *»der Dritte«* in seinem Namen, von dem Eve übrigens nur erfahren hatte, weil ihm sein Führerschein aus der Brieftasche gefallen war.

Jae Tao machte sich sicherlich des Verrates von Interna schuldig, aber offenbar hatte Lana ihn genauestens gebrieft, denn er wandte sich direkt an Eve.

»Mac ist der beste Freund, den ich je hatte«, sagte er, »und das, was wir bis jetzt wissen, entlastet ihn komplett. Die Untersuchung ist noch nicht abgeschlossen, aber bitte überlegen Sie, Eve, ob Sie diese Hetzkampagne aushalten. Sie sollten Strafanzeige erstatten.«

»Und dir vielleicht mal genau überlegen, ob du genug getan hast, um Mac davon zu überzeugen, dass du auf seiner Seite stehst«, meldete sich Mo aus dem Durchgang zur Küche, wo er lauerte wie eine Spinne in ihrem Netz, auf dass ihm ja nichts entginge. Von Jae kam ein überraschter Laut.

Eves Überraschung war kaum geringer. *Hatte er nicht eben noch...?* »Ich glaube nicht, dass er diese Art Hilfe von mir will.«

»Aber er braucht diese Art von Hilfe. Dich lieben hier alle, und der Graffiti-Scheiß richtet sich nicht gegen dich, das weißt du ganz genau. Außerdem hast du ihn weggeekelt.«

»Mo«, sagte Tony warnend.

»Oh Gott«, japste Lana.

Eve wurde blass. Sie nickte. Sie sah in die Runde. »Also weiß das hier jeder?«

»Ja«, sagten Justine und Martha.

»Klaro«, kam es von Eve.

»Was denn?«, frage Inga. Alle lachten.

Nur Tony tat so, als sei ihm das vollkommen neu.

»Mon dieu!« Mo warf die Hände in die Luft und verdrehte die Augen. »Ihr habt eine Verbindung zueinander, du und Mac. Du machst denselben Fehler wie Georgina. Du vertrödelst deine Zeit. Willst du etwa bis zum nächsten Weihnachten warten?«

»Ja«, sagte Eve und nickte, weil er natürlich recht hatte, »ich meine natürlich, nein.«

Danach schickte sie ihre Leute über den Jahreswechsel in den Kurzurlaub und schloss das Café für ein paar Tage – vordergründig, um die Arbeiten an der Bar zu beenden.

Tatsächlich musste sie sich mit voller Kraft um etwas viel Wichtigeres kümmern: das mit Mac bereinigen.

Sie musste Stellung beziehen.

Sie könnte ihre neue Freundin Lana um Hilfe bitten. Oder sie könnte es selbst machen. Weil sie weit davon entfernt war, Lana mit Arglosigkeit zu begegnen, entschloss sie sich zur Eigeninitiative.

Entscheidungen zu treffen hatte schon immer eine beflügelnde Wirkung auf sie gehabt. Plötzlich stand sie völlig unter Strom. Ihre Fingerspitzen kribbelten, und sie wusste ganz genau, was sie tun würde.

Sie kramte ihren Presseausweis hervor – noch immer war sie freiberufliche Mitarbeiterin der Agentur –, scannte ihn ein und stellte eine offizielle Anfrage an das Verteidigungsministerium.

Wenn schon Macs Notfallkontakt zu Georgina nicht funktioniert hatte – niemand hatte sich die Mühe gemacht, sie von dem Unglück in Kenntnis zu setzen – gab es vielleicht noch andere Dinge, die nicht mit der nötigen Sorgfalt getan worden waren. Und vielleicht war man ja ganz froh, dass sich jemand diesen Schuh anzog.

Während sie wartete, fing Eve an zu graben und gab erst Ruhe, als sie jeden Schritt, der auf ihren Artikel vor zwölf Jahren gefolgt war, nachvollzogen hatte.

Zu ihrer Überraschung erhielt sie nach ein paar Stunden tatsächlich eine Antwort, in welcher man sie an eine Stelle in Fort Lewis verwies.

So kam Eve in den Genuss, Josie Clarke persönlich kennenzulernen.

Kapitel 34

Von: M. Lawrence
An: Eve Jackson
Am: Mittwoch, 6.22 Uhr (UTC+3)
Du hast geschlossen? Warum? Es ist Feiertag.
Gruß, Mac

Er hatte das Foto im Instagram-Feed entdeckt: Amy mit betretenem Blick, vor sich einen bis auf ein paar Krümel leeren Kuchenteller, das »*Closed*«-Schild auf den Pfoten.

Sie liebte die heiße Flamme der freudigen Überraschung, die an ihrem Rückgrat hinaufschoss. Eine Flamme, die nur deshalb existierte, weil er ihr eine nichtssagende Mail schrieb. *Gott, sie brauchte wirklich Hilfe.*

Von: Eve Jackson
An: M. Lawrence
Am: Mittwoch, 20.44 Uhr.
Ich habe Wichtigeres zu tun, Mr. Kontrolletti.
Eve

Mac rekapitulierte die Unterhaltung über Tony, den Frauenmagneten und Wunder-Barista, und ihm jagte auch etwas die Nervenbahnen hinauf: Eine kreischende, scharfgezackte Welle der Eifersucht.

Von: M. Lawrence
An: Eve Jackson
Am: Mittwoch, 6.46 Uhr (UTC+3)
Aha. Wie willst du jemals deine Schulden zurückzahlen?
Gruß, Mac

Eve überlegte nur kurz.

Von: Eve Jackson
An: M. Lawrence
Am: Mittwoch, 20.48 Uhr.
Wie wäre es mit Naturalien?
LG, Eve

Von: M. Lawrence
An: Eve Jackson
Am: Mittwoch, 6.49 Uhr (UTC+3)
Welcher Art? Alles, was du in dieser Küche erschaffst, ist köstlich, aber…
Gruß, Mac

Sie war entzückt über das Kompliment, aber diesmal dachte sie etwas länger nach und formulierte ihre Antwort sorgfältig.

Von: Eve Jackson
An: M. Lawrence
Am: Mittwoch, 20.54 Uhr.
Ich könnte damit anfangen, dich zu küssen. So richtig. Und meine Hände über deinen sexy Körper wandern lassen. Wenn ich an deinem Hosenbund angekommen bin, geh ich vor dir auf die Knie. Ich könnte dich auch da küssen und dir zeigen, was meine Zunge alles kann. Und erinnerst du dich an meine Lippen? Ich würde reiben und lecken und lutschen und saugen, bis … *hmm… oh ja…* Ja, ich würde das wirklich gern tun, genau jetzt. Je schneller Schulden bezahlt sind, desto besser.
Gruß & Kuss
Eve
P.S.: Außerdem bist du es, der die Challenge nicht beendet hat. Du schuldest dem Georgina's *ein paar Fotos.*

Nachdem sie die Mail abgeschickt hatte, faltete Eve ihre Hände zum Gebet, legte ihre Stirn darauf, kniff die Augen zusammen, und wartete. *Was für ein Risiko.* Wenn er sie abblitzen ließe, brauchte sie sich nicht zu wundern. Sie hatte keine Ahnung, warum er sich überhaupt noch bei ihr meldete. Er fühlte sich

von ihr verraten. Sie hatte ihn verletzt, mehr, als sie sich überhaupt vorstellen konnte.
Wie konnte sie die Dreistigkeit besitzen, ihn auf diese Weise anzumachen? Wieso zur Hölle hatte sie auf den Senden-Button gedrückt? Und wieso zur Hölle konnte dieses Programm die E-Mails nicht zurückholen? Er würde ihr etwas Sanftes zurückschreiben, etwas à la:

Eve, hatten wir nicht abgemacht, dass es mit uns nichts wird?

Eve, hast du vergessen, was du mir angetan hast?

Eve, kannst du nicht zwischen »geschäftlich« und »privat« unterscheiden?

Vielleicht auch einfach: *Eve, glaubst du eigentlich, ich bin ein Idiot?*

Ping.

Von: M. Lawrence
An: Eve Jackson
Am: Mittwoch, 6.56 Uhr (UTC+3)
EVE! ZUR HÖLLE!
Gruß, Mac

Sie hielt eine volle Minute lang die Luft an.
Ping.

Von: M. Lawrence
An: Eve Jackson
Am: Mittwoch, 6.57 Uhr (UTC+3)
Okay, du bist eine Meisterin der Verbalerotik. Ich erinnere mich an alles. Aber Taten ziehe ich vor.
Gruß, Mac

Eve stellte fest, dass ihr schwindlig war. Sie stieß den Atem aus.

Von: Eve Jackson
An: M. Lawrence
Am: Mittwoch, 21.02 Uhr
Das würde ich auch gern, aber du bist ja nie da.
Eve

Als Antwort schickte er ihr das Foto eines Flugtickets. Singapore Airlines, Business Class, datiert auf das kommende Wochenende. Der Text dazu lautete: »Frühstück bei Georgina?«

Das Jahr fing gut an.

Ja, schrieb sie zurück, *ich mach Pancakes.*

Wegen der Weihnachtsferien waren alle Direktflüge überbucht. Mac konnte in einer Transportmaschine mit nach Dubai fliegen, stieg dort in die Linienmaschine nach Singapur und zerbrach sich mindestens bis zum Erreichen des Luftraumes über dem indischen Subkontinent den Kopf darüber, wie er Eve um Verzeihung bitten sollte. Der gelegentliche Blick durch die Wolken auf die Welt bei Nacht machte ihn sentimental und wehrlos *(all diese Länder, all diese Menschen, und man sah darauf hinunter, ein Blick wie Gott selbst)*, und als über dem Golf von Bengalen die Sonne aufging, wunderte er sich nur noch darüber, dass sie nicht längst jeden Kontakt zu ihm verweigerte.

Er hasste WLAN in Flugzeugen und nutzte die zwei Stunden Aufenthalt im Transitbereich des Changi-Flughafens dazu, jeden Artikel zu lesen, den Eve Darling (*aka* Eve Jackson) je veröffentlicht hatte. Er machte sich ein Bild von den Dingen, die sie richtig oder falsch fand.

Er vermisste sie. Er wollte sie wiederhaben. Dringend. Seine Kopfhaut kribbelte vor lauter Vorfreude. Er hatte ihr so viel zu erzählen!

Aber er war nicht sicher, ob das auf Gegenseitigkeit beruhte. *Doch, er war ein Trottel.* Wie hatte er das riskieren können? Und wenn sie inzwischen zu dem Schluss gelangte, dass es ihr egal war?

Bevor der Anschlussflug nach Sea-Tac planmäßig abhob, schrieb er Eve per WhatsApp seine Ankunftszeit. Er dachte über die Mails nach und darüber, was er gelesen hatte, und darüber, ob es möglich sein konnte, dass sie ihn wollte, und darüber, ob er auf dem Seattle-Tacoma-Airport einen Ort finden könnte, wo er sie an irgendeine Wand drücken und nehmen konnte, ohne doch noch im Militärgefängnis zu landen. Ob sie es bis zum Auto schaffen würden? Das Parkhaus war selbstverständlich kameraüberwacht, aber die

Sicherheitsleute hatten bestimmt schon ganz andere Dinge gesehen. Mac grinste, aber er tat es hinter vorgehaltener Hand, damit die hübsche Flugbegleiterin nicht irritiert war.

Er gierte nach Sympathie. Jede Freundlichkeit saugte er auf wie ein Schwamm. Mindestens die Hälfte der Bevölkerung hasste ihn, und er brauchte jeden Freund, den er kriegen konnte. Wenn das Ding mit dem Video nicht bewiesen werden konnte, würde man ihn garantiert lynchen.

Vierzehn Stunden bis Seattle. Der Airbus war irgendwo über dem ostchinesischen Meer, aber allmählich kam ihm der Flug vor wie eine Fahrt im Heißluftballon. *Sonst hatten die Flüge nicht so lange gedauert, egal, in welche Richtung.*

In der Kabine herrschte angenehme Stille. Die Flugbegleiterinnen in ihrer an edle Sarongs erinnernden Dienstkleidung patrouillierten lautlos durch den Gang, als ob sie schwebten. Die Turbinen der Maschine brummten gleichmäßig und beruhigend, 35000 Fuß über der Erde.

Mac versuchte, ein bisschen zu schlafen.

Irgendwo über der Beringsee erlebte er einen Flashback. Vielleicht auch nur einen Albtraum.

Aber als er mit weitaufgerissenen Augen hochfuhr, die Finger so fest um die breiten Armlehnen geklammert, dass die Knöchel schneeweiß waren, beugte sich die attraktive malayische Stewardess über ihn, Besorgnis in den mandelförmigen Augen. »Sir«, sagte sie behutsam, und drückte seine Schulter, »*Sir*. Soll ich einen Arzt ausfindig machen?«

Mac winkte ab und probierte ein Lächeln, das sogar ihm selbst reichlich verunglückt vorkam. »Nein, schon gut, vielen Dank. Nur ein schlechter Traum. Alles gut.«

Die asiatische Schönheit sah ihn mitfühlend an. Ihr Puppengesicht trug einen aufrichtigen Ausdruck. »Kann ich Ihnen etwas bringen, Sir?« *Was war das denn dauernd mit dieser Heulerei? Neuerdings hatte er ständig feuchte Augen. Was war er eigentlich für ein Weichei?*

In diesem Moment wurde Mac klar, dass er nicht mehr zurück konnte in diesen Job. Dass Schluss war mit den Auslandseinsätzen.

Es ging um den Anschlag, erkannte er plötzlich, aber dass Georgina und das Café zum Kollateralschaden geworden waren, machte ihn fertig. Er musste das alles in den Griff bekommen, und dabei konnte ihm nur Eve helfen.

Er malte sich aus, wie es sein würde, wenn er es ihr erzählte; die gute Nachricht. Er konnte es kaum erwarten und lächelte in dem Wissen, dass er sie in wenigen Stunden sehen würde, und dann würde sich alles ändern, dafür würde er sorgen.

Das war alles Bullshit mit der Vergangenheit. Es gab ein paar Dinge im Leben, die wirklich wichtig waren, und das würde er ihr umgehend klarmachen. Aber wahrscheinlich wusste sie das schon, weil sie viel klüger war als er und die Dinge richtig einordnen konnte.

Bleib jetzt wach, Mann, ermahnte er sich. Ausflippen in Verkehrsflugzeugen war eine ganz, ganz schlechte Idee.

Er bat die Flugbegleiterin um einen Kaffee.

Der Sonne entgegen. Golf von Alaska. Kodiak Island, funkelnd im Meer. Schneebedeckte Berge. Britisch Columbia, Vancouver Island, kanadisch-amerikanische Grenze. Seattle. Der Flug hatte etwas Verspätung. Sie kamen aus Richtung Norden, und deshalb erhob sich der Mount Rainier jetzt im Osten, und am Fuße des Mount Rainier war Eve.

Mac war zuhause.

Dann: Einwanderungsprozedur. Gepäckband. Zoll. Shuttle zum Hauptterminal.

Er trug Räuberzivil: Seine Uniform war nicht komplett. Jemand musterte ihn mit missbilligenden Blicken. Vielleicht hatte er kurz gehofft, sie sei gekommen, um ihn abzuholen, aber da war er wohl zu optimistisch gewesen. Er gab sich Mühe, den Anflug von Enttäuschung zu unterdrücken. *Denk an was anderes, Mann.* Auf dem Weg durch die Halle kam Mac an etlichen Kiosken vorbei. Etwas zog sein Interesse auf sich: Die Schlagzeile der Tacoma News war ein Ausspruch, den Macs Vater gerne verwendet hatte. *Witzig.*

Der Artikel, der auf das Zitat folgte, hätte Mac mit Sicherheit sehr interessiert, aber er gönnte den Zeitungen an den Ständen keinen zweiten Blick. *Keine Zeit.* Der Jetlag war nach Flügen in östlicher Richtung schlimmer. Zwölf Zeitzonen zu durchfliegen war wie vierundzwanzig Stunden länger wach. Aber um in westliche Richtung fliegen zu können, hätte er bis Montag warten müssen, und das kam nicht in Frage. Die paar Stunden Schlaf im Flugzeug minderten die Auswirkungen. Mac fühlte sich wach, hellwach, mehr als wach: *high*.

Endlich: Parkhaus. Aufzug. Das Parkplatz-Kontingent, das für die Army reserviert war. Der Tesla neben den Buicks und Pick-ups. Am Steuer sitzen. Aufatmen. *Wieder Herr der Dinge sein. Oh, und Handy einschalten.*

Die unzähligen Signaltöne, die den Eingang von Nachrichten auf allen möglichen Kanälen ankündigten, verursachten einen Dauerton, der ihm in den Ohren klingelte. Ungläubig schaltete Mac das Auto erneut auf Parkposition und nahm sein iPhone zur Hand.

Jae Tao Pak war immer die Ruhe selbst. Er war immer besonnen. Er klang nicht panisch. Niemals schrie er.

»Mac, in drei Teufels Namen, wo steckst du eigentlich? Melde dich, schwing deinen verdammten weißen Arsch sofort nach Cooper, und bitte, beeil dich«, war noch die sachlichste Nachricht von den ungefähr zwanzig seit sechs Uhr morgens. Und nur der erste Nagel zu seinem Sarg, dem er mit Ablauf dieses Tages garantiert mit Siebenmeilenstiefeln näherkommen würde.

Mac drückte auf die Kurzwahltaste. Jae ging nicht ans Telefon.

Er versuchte es nacheinander bei Eve, bei Mo, bei Josie und sogar bei Harry.

Niemand ging ran. Er fuhr aus dem Parkhaus und auf die Auffahrt zum Highway. Er musste sich zwingen, nicht rücksichtslos das Gas durchzutreten.

Um kurz vor neun erreichte er Lana, die absolut letzte Möglichkeit, die ihm noch einfiel.

»Mac! Wo bist du gewesen? Auf dem Mond? Es ist etwas passiert. Es gab ein Feuer. Ich weiß noch nichts, aber du solltest ... du solltest wohl besser herkommen.«

Mac schaffte die Strecke von Sea-Tac bis Cooper in weltrekordverdächtigen fünfundvierzig Minuten, aber noch nie war ihm eine Zeitspanne länger vorgekommen. Er war nicht paranoid, aber er hatte ein Gespür für Gefahren und erkannte plötzlich, dass es für seine Unruhe einen schrecklichen Grund gab.

Er wollte zum Haus, aber zwei Rettungswagen versperrten die Zufahrt. Einsatzfahrzeuge der Feuerwehr standen im Hof. Schläuche wurden eingerollt, Helme verstaut, Werkzeug weggepackt. Männer wischten sich erschöpft über rußige Gesichter. Mac sah drei Polizeiautos: Eine Streife, ein Fahrzeug der Kriminaltechnik (das er nur erkannte, weil er die Fahrerin kannte, die die Frau eines Kameraden war und die gerade am Kofferraum hantierte, wo sie sich in ihren weißen Ganzkörperanzug zwängte) und Jaes Zivilwagen.

Er hielt am Straßenrand an. In seinen Ohren rauschte es, ein hohes Sirren war da, und plötzlich verlangsamte sich alles. Kalter Schweiß stand auf seiner Stirn. Seine Hände zitterten. *Es war schon wieder passiert.*

Er kam schon wieder zu spät.

Kapitel 35

Mac spürte, wie seine Muskulatur sich vom Kopf bis zu den Füßen verspannte. In irgendeiner Star-Wars-Folge hatte er gesehen, wie jemand, schwebend in den Weiten des leeren Weltraumes, binnen Sekunden zu einem Eisklotz wurde. Exakt so fühlte es sich an. Bevor seine Füße sich verhalten würden wie in Beton gegossen, musste er irgendetwas tun. Er machte einen Schritt nach vorn.

In die Feuerwehrleute vorne am Eingang zum Café kam Bewegung. Schläuche wurden verstaut, Rollläden am Rüstfahrzeug zugeknallt. Das Lüftungsaggregat lärmte und brummte. Jemand schaltete das stumm rotierende Blaulicht am Mannschaftswagen aus und zerrte unter Getöse eine riesige Edelstahlkiste mit Einsatzmaterial hervor.

Jae kam aus dem Haus. Er sprach mit gesenktem Kopf in sein Funkgerät und hatte den Arm um jemanden gelegt. Ein weiß-schwarzes Etwas schoß die Treppenstufen hinab und raste bellend in Macs Richtung, und die Frau in Jaes Armen sah auf.

Im Morgenlicht blickte Mac direkt in Eves Augen, über eine Distanz von einer halben Hoflänge, und er konnte sehen, wie ihre Lippen sich bewegten, als sie seinen Namen sagte. Über ihr Gesicht breitete sich ein zaghaftes, ungläubiges Lächeln aus.

Erlösung.

Nässe schoss ihm in die Augen, und als ob ihm diese Reaktion nicht schon fremd genug war, wurden auch noch seine Knie weich. Weil es sich gerade anbot, hockte er sich nieder und begrüßte Amy, indem er den Hund umarmte und drückte und dumme, nichtige Sätze sagte, die zum Glück kein menschliches Ohr hörte, und sich das Gesicht lecken ließ.

»Ames, verdammt«, murmelte er heiser in das Hundefell und rang um einen winzigen Rest Fassung.

Als er endlich bei Eve angelangt war, nahm er sie in die Arme und drückte ihr einen festen, harten Kuss auf den Haaransatz, dann auf die Lippen, und wieder auf die Stirn.
Wenn sie es nicht besser wüsste, hätte sie gesagt, dass er grenzenlos erleichtert war, sie hier so schnell zu finden. »Da bist du ja«, murmelte sie, und er sagte: »Gott, Eve«, und sie legte ihr Gesicht an seine Halsbeuge und schloss die Augen.

»Geht es dir gut?«, wollte er wissen und klang heiser und ließ die Hände über ihre Arme und ihren Rücken gleiten, so, wie man Menschen nach einem schweren Sturz abtastet, um sich zu vergewissern, dass sie noch an einem Stück sind.

»Ja«, sie nickte und legte ihre Hände um sein Gesicht und fühlte seine unrasierten Wangen an ihrer Haut, »nur Sachschaden. Alles in Ordnung.«

Dass alles in Ordnung war, konnte man selbstverständlich wirklich nicht sagen, aber für den Moment war sie von Sinnen vor Glück: Er war wieder da.

Er wollte sie schwindlig küssen. Er wollte sie festhalten und nie mehr loslassen, und reden wollte er auch, aber das musste erst mal warten. Mac nickte zum Café hinüber. »Ist es sehr schlimm? Was ist passiert?«

Ihr Gesichtsausdruck veränderte sich. »Ich weiß nicht. Ich war noch nicht wieder drin.« Sie war durch einen Knall geweckt worden und in ihrem Bett hochgefahren, und im gleichen Moment hatte Amy angefangen, wie irre zu bellen. Eve hörte ein Fahrzeug mit durchdrehenden Rädern auf der Straße, und bevor sie noch wusste, was los war, sprang sie in die Kleider, suchte nach dem Telefon und rannte die Treppe hinab. Es stank nach Benzin, es brannte, und auf dem Boden der Halle lag Glas.

Eve lehnte sich in seinem Arm zurück, der fest und sicher in ihrem Rücken lag, und spähte durch die offene Tür. Sie kannte Brandorte aus ihrer Arbeit in der Nachrichtenredaktion und hatte Angst vor dem Ruß, dem Löschwasser, dem alles durchdringenden Gestank nach Rauch. Sie wandte sich Mac zu. »Kannst du mitkommen? Bitte?«

Er wollte sich seiner Erleichterung hingeben und gleichzeitig einen Wutanfall bekommen. Er wollte sie wiegen und streicheln und trösten, und gleichzeitig wollte er sie in Grund und Boden brüllen. Er wollte sich, wie es seine Art war, der Anführerrolle bemächtigen und Befehle bellen, und es war ihm herzlich egal, dass nicht er es war, der hier das Sagen hatte.

Aber eigentlich wollte er der plötzlichen, bleischweren Erschöpfung nachgeben, auf das kalte Pflaster sacken und den Kopf in den Armen vergraben. Eigentlich war ihm danach, zügellos auszurasten und die Nerven aus Stahl in die Ferien zu schicken.

Nichts von all dem tat er. Natürlich nicht.

Er war gut in Krisenmanagement. Mac ignorierte seinen immer noch galoppierenden Puls, nahm Eves Hand, und sie besichtigten das Erdgeschoß, zusammen mit dem Einsatzleiter der Feuerwehr.

Stärke war manchmal grausam: Alle dachten, man packt das. Ohne davon zu wissen, ging es Eve wie ihm: Sie wollte sich auf die Treppe sinken lassen, die schwarz und nass war, wollte die Hände vors Gesicht schlagen und sich ihrem Kummer hingeben. Aber langsam begann ihr Gehirn wieder mitzuarbeiten. »Gut, das Georgina das nicht sehen muss«, murmelte sie.

Die Halle war verwüstet. Dicker, schmieriger Ruß hatte sich auf Wände und Fliesen niedergeschlagen. Die Flügeltür zum Café war ein Fall für den Sperrmüll. Eve bückte sich nach einer Scherbe des wunderschön geätzten Glases. Sie rieb es an ihrer Jeans ab und steckte das Fragment verstohlen in die Jackentasche. Mac sah, dass ihre Lippen zitterten und legte den Arm um ihre Schultern. Er wurde überrascht davon, dass sie sich an ihn lehnte. Sie fürchtete sich vor dem, was sie erwartete, und er fühlte mit ihr. Sein eigenes Herz schlug irgendwo oben in der Kehle. Mac hatte neuerdings ein Problem mit Feuer, aber er wäre auch durch ein Waldbrandgebiet gelaufen, wenn es Eve irgendwie half.

Die Sitzplätze in der Nähe des Eingangs waren hinüber, aber je weiter man in den Raum vordrang, desto geringer wurden die Schäden. Am schlimmsten war die Küche betroffen. Sie stiegen über Trümmer und Schutt, und Eve war Georgina posthum dankbar, dass sie so clever gewesen war, einen Bodenabfluss einzubauen. Vielleicht ließ sich das Parkett im

Gastraum retten, wenn man die Wasserpfützen rechtzeitig in die Küche schob. Sie machte in Gedanken eine Bestandsaufnahme, und als ihr einfiel, dass sie eine Versicherung besaß, wäre sie vor Erleichterung am liebsten auf die Knie gefallen. Alles roch verkohlt, und der Ruß biss in den Augen, aber irgendwie überlebte Eve diese schreckliche Tour durch die Ruine.

Mo, Justine und die anderen waren eingetroffen. Mit schreckverzerrten Gesichtern standen sie als kleines Grüppchen vor dem Haus. Eve schickte alle wieder nach Hause und bat darum, sich zu einer vereinbarten Zeit wieder einzufinden – als Aufräumkommando.

Dass es sich um einen Brandanschlag handelte, stand für Jae Tao Pak längst fest. Er setzte sich mit der zuständigen Dienststelle in Verbindung, gestattete Eve, einige Dinge aus der Wohnung über dem Café zu holen, und sperrte dann alles ab. Eve protestierte. »Aber ich muss ...«

Retten, was noch zu retten ist, wollte sie sagen, aber der Cop schnitt ihr das Wort ab. »Eve, das ist ein Tatort. Jemand hat einen Brandsatz durch Ihr Fenster geworfen.«

Ihre Augen wurden groß. Mac spürte, wie Eve sich unter seinem Arm straffte. Leider hatte er eine Idee, wer für die Tat in Frage kam. Mit diesem Gedanken war er nicht allein, denn Jae meldete sich zu Wort. »Ist echt aufregend mit dir, das Leben, Kumpel«, knurrte er, »Eve weiß das sicher zu schätzen.«

Widerwillig hob Mac den Kopf und wandte ihm seine Aufmerksamkeit zu.

Natürlich hoffte er vergeblich, dass das hier nichts mit ihm zu tun hatte.

Die Feuerwehr schaltete den riesigen Lüfter aus, verfrachtete das Gerät ins Auto, und dann rückten alle ab. Plötzlich war Eve mit Mac allein.

Die besondere Stille, die sich einstellte, glich der an einem verschneiten Neujahrsmorgen – nur, dass um sie herum nichts mehr rein und friedlich war.

Eve drehte sich um und stapfte zu der Sitzgruppe unter der Kastanie. Sie sah sich um. Nicht auszudenken, wenn das Feuer auf die anderen Gebäude übergegriffen hätte! Die Tatsache, dass sie es war, die in höchster Gefahr geschwebt hatte, ließ sie nicht an sich heran. Tränen brannten in ihren Augen. Sie sah Jae nach, der vom Hof fuhr, und dachte, dass es gut war, dass er das nicht gesehen hatte. *Hier wurde nicht geheult.* Polizisten schätzten es ihrer Erfahrung nach, wenn man den Kopf oben behielt.

Sie begegnete Macs Blick. Es reichte schon, dass er es gesehen hatte.

Verdammt.

Sie machte eine Handbewegung zu der Bank, deren Eisengestell sich maßgeschmiedet um den beachtlichen Stamm krümmte.

»Setz dich.« Sie ließ sich auf die Sitzfläche sinken. *Kalt.* Sie schob die Hände unter den Po. Dankenswerterweise hockte sich Amy halb auf ihre Füße. Er schaute betrübt in die Gegend und schien die Fenster im oberen Stockwerk zu mustern. Bestimmt machte er sich Sorgen und zweifelte das zukünftige Vorhandensein von gemütlichen Ruheplätzchen und abendlichen Hundekeksen an.

Mac blieb stehen und ließ den Blick auf Eve ruhen. Er sagte: »Nur, wenn es die Außenseiterbank ist.«

Eve nickte und sah zu Boden. Bis hierher wanden sich die rußigen, fettigen Schlieren. »Ist es.«

Er ließ sich neben ihr nieder. Eve zog ihre Finger unter den Schenkeln hervor und griff nach seiner Hand, erst zaghaft, aber dann drückte sie sie fest. Eine einzelne Träne lief über ihre Wange.

»Das Wichtigste zuerst, Mac: Ich bin nicht verheiratet. Ich war es, bis vor zwei Jahren. Ich konnte keine Kinder bekommen, und das war für meinen Mann der Scheidungsgrund. Und jetzt sag ja nichts über Frauen mit Hunden.«

»Okay«, sagte Mac und wunderte sich darüber, wie sie Prioritäten setzte.

Er sah auf ihre Hand, die vor Dreck und Brandrückständen starrte. *Nicht schlimm.* Bald würden ihre Hände wieder nach Zitrone und Verbene riechen. Über seinen Rücken jagte ein Schauer, jeder einzelne Wirbel kribbelte plötzlich, und er wollte diese Hände da haben, und prompt schickte sein Gehirn Bilder, an welchen Stellen sonst noch.

Ruhig, Brauner.

»Wir sollten mal reden. Über die ganzen ... Sachen«, sagte sie.

Klang sie etwa atemlos? Wenn ja, warum?

»Über die ganzen Sachen«, wiederholt er bedächtig. »Ich hoffe, es sind ganze Sachen. Auf halbe stehe ich nicht so.« Er wandte den Kopf und sah ihr in die Augen.

Sie nickte.

Dann entzog sie ihm ihre Hand und legte sie für Sekunden auf seinen Oberschenkel. »Ich bin gerade obdachlos geworden. Kann ich dich um Asyl bitten?«

»Eve«, sagte Mac, »ich fürchte, ich weiß, wer das getan hat.« Er machte eine Kopfbewegung zum Café.

Zu seiner Überraschung nickte sie erneut. »Neuerdings ist es so: Wenn du hier bist, ist das geschäftsschädigend, und ich kassiere schlechte Bewertungen. Oder Schlimmeres. Sieht man ja. Also werfe ich dich besser vom Hof.«

»Tja. Du brauchst einen Beschützer.«

»Nein, sicher nicht.«

Er musterte sie mit seinen dunkelblauen Augen, die verhangen waren vor Erschöpfung. »Du hast recht. Das Einzige, was du brauchst, ist ...«

Sie unterbrach ihn mit einer heftigen Bewegung. »Pass auf, ich sag dir was: Ich kann alles tun, was ich will, und ich werde mich nicht von einer Gruppe durchgedrehter, frustrierter Mac-Lawrence-Stalker einschüchtern lassen. Klar?«

Sie wusste mehr, als er angenommen hatte. »Klar.« Beeindruckt von ihrem wiedererwachten Kampfgeist war er trotzdem.

Leider übernahm sie sich gerade, weil sie nicht die leiseste Ahnung hatte, wie das hier weitergehen sollte – mit dem Café, und mit ihm. »Waffenstillstand?«

Mac schlug ein. Dann griff er nach dem Karton, in den sie ein paar Gegenstände aus ihrer Wohnung geworfen hatte. Alles roch nach Rauch. »Duschen, aufwärmen, Frühstück, Bett«, befahl er.

Sie hob die Augenbrauen. »Bett?«

Mac lachte. »Du überschätzt mich. Ich bin einfach zu kaputt.«

Eve rechnete nach: Er musste hoffnungslos übermüdet sein. Ein seltsames Gefühl kroch ihren Nacken entlang. *Wer hier einen Beschützer brauchte, war noch gar nicht raus.* Sie blinzelte ihre Augen trocken. Laut sagte sie: »Das spricht nicht gerade für meine Anziehungskraft.«

Mac verzog das Gesicht. »Das spricht vor allen Dingen gegen meine Kondition.«

»Ich denke, mit deiner Kondition steht alles zum Besten.«

In ihre Stimme hatte sich ein warmes Timbre geschlichen, das ihn elektrisierte. Würde man Honig in warmem Whisky auflösen: Genau so würde es klingen. »Mit deiner Anziehungskraft auch.« Aber er fühlte sich innerlich wund, anfällig, nicht belastbar. Er nahm an, dass es ihr nach diesen verstörenden Morgenstunden ähnlich ging. Deshalb hatte dieses Geplänkel einen Sinn: Es lenkte ab, von Angst und Schrecken und Unsicherheit. Er schob sie zur Tür. *Bevor sie hier draußen noch festfroren.*

Sie kamen bis zum ersten belebenden Kaffee, danach folgte der Plan irgendwelchen anderen Regeln. Kaum waren die Rettungskräfte fort, fing Eves Handy an zu klingeln und hörte bis zum Nachmittag nicht mehr auf. Ein Vorauskommando der Versicherung erschien und machte Fotos und verteilte matschigen Dreck auch dorthin, wo bisher wie durch ein Wunder noch keiner gewesen war.

Die Presse schickte Leute, und Lana, die verhindert war, flippte am Telefon völlig aus. Nachbarn kamen und boten ihre Hilfe an. Mrs Richards ließ Eve telefonisch Zeuge eines halben Nervenzusammenbruchs werden, und Touristen auf dem Weg ins Skigebiet hielten an und trafen Anstalten, das Tohuwabohu zu besichtigen. Mac blockierte mit dem quergestellten Tesla die Zufahrt zum Parkplatz, schloss das Hoftor und hängte ein »Betreten verboten«-Schild auf. Wer Eve sprechen wollte, musste erstmal an ihm vorbei. Leider interessierte das niemanden.

Es war schlimmer als im Zoo.

Kapitel 36

Gab es etwas Nervigeres als all diese Leute, die einem einen *schönen Tag* wünschten?

Die beiden Brandermittler hatten es gesagt, nachdem sie den Schutt nach Beweisen durchkämmt hatten und mit etlichen Fundstücken zurück nach Tacoma gefahren waren.

Der Versicherungsvertreter hatte es gesagt, nachdem er den Schaden zusammen mit einem Gutachter aufgenommen hatte.

Der Malermeister hatte es gesagt, nachdem er mit kenntnisreichem Blick die Verwüstungen in Augenschein genommen und den Arbeitsaufwand eingeschätzt hatte.

Der Elektriker ebenso.

Und der Trockenbauer auch.

Der einzige, der den überstrapazierten Spruch nicht anwandte, war Jae Tao Pak, der nach dem Defilee der Handwerker erschienen war, um mit Mac zu sprechen.

Eve empfahl sich. Sie würde *genau jetzt* mit dem Aufräumen anfangen.

Mac konnte ja später hinzukommen. Falls er wollte.

Eve hatte keine Ahnung, was er wollte.

Nachdem sie sich mehr oder minder ungebeten in seiner Wohnung einquartiert hatte, hatte sie ihn kaum noch gesehen. Sie war zu sehr in Anspruch genommen von den vielen Entscheidungen, die getroffen werden mussten, und den vielen Fragen, die auf sie einstürmten. Es gab an diesem Tag mit Sicherheit Zeiten, an denen sie vergaß, dass Mac da war.

Aber da war dieses nagende Gefühl. Es machte alles nur noch unerträglicher und bewirkte, dass jeder Schritt an diesem endlosen Tag sich anfühlte, als müsste man durch knietiefen Matsch waten.

Am Nachmittag fuhr Mac nach Fort Lewis, ohne sein Schlafdefizit aufgeholt zu haben.

Eve fing mit dem Treppenhaus an und arbeitete sich bis in die Halle vor. Sie würde schnellstmöglich die kaputten Scheiben ersetzen lassen müssen, denn dann könnte sie wieder ihre eigene Wohnung benutzen. Nicht die von Mac. Denn das führte ja zu nichts.

Nach zwei Stunden fühlten sich Knie und Rücken an wie knirschender Kies.

Sie war am Durchgang zur Küche angelangt. Beim Gedanken an die vier fertigen Spitzenprodukte ihrer Tortenproduktion, die im Kühlschrank den entzückten Gästen entgegengewartet hatten, kamen ihr schon wieder die Tränen. Es half nichts: Die Küche würde sie niemals wieder sauber bekommen. Alles musste raus, sonst würde sich das Ordnungsamt schön bedanken. Hygiene ging vor. Sie suchte im Internet nach einer Entsorgungsfirma und sprach eine Nachricht auf deren Mailbox.

Als Mac gegen Abend aus Lewis zurückkehrte, war er so müde, dass er das Gefühl hatte, seine Augen seien ganz hinten im Schädel aufgehängt. Ihm war schwindlig vor Erschöpfung, und über den Tag glich sein Verhalten mehr und mehr dem eines angeschossenen Bären.

Eve hatte nasse Knie von ihrem Putzmarathon, und sie sprach mit einem Mann, von dem er nicht wusste, wer er war. Sie neigte den Kopf und schenkte dem Fremden ein Lächeln.

Mac versuchte vergeblich, dieses neue Rätsel in die lange Reihe der Mysterien dieses Tages einzugliedern. Eve entdeckte ihn und gab dem fremden Kerl die Hand, um sich zu verabschieden. »Mac«, rief sie, »kannst du mir kurz helfen?«

Als sie auf ihn zu kam, mit ramponierter Frisur und einigen Pflastern auf Brandwunden, die ihm bisher entgangen waren, durchfuhr ihn ein Schwall heißer Sehnsucht.

Er kniff sich in die Nasenwurzel und rieb sich mit der Hand über das Gesicht. »Klar«, sagte er und straffte die Schultern. Es gab Schlimmeres als Schlafentzug. Er half ihr, die größten Trümmer zu beseitigen.

Die Polizei hatte ihre Untersuchung beendet und alles mutmaßlich Beweiskräftige abtransportiert. Eve wirkte fahrig und getrieben, und ihm fiel auf, dass sie sich davor scheute, die Verwüstungen genauer zu betrachten. Er hatte den Eindruck, als fürchte sie sich vor der nächsten ruhigen Minute.

Ein Fragment der ruinierten Glastür löste sich aus dem Rahmen und zerschellte auf den steinernen Stufen der Treppe. Das Geräusch wurde zur Kakophonie, als mehr Glas nachrutschte und in blinkenden Scherben über den Boden prasselte. Macs Hand zuckte zu seinen schmerzenden Schläfen, und er verzog gepeinigt das Gesicht.

»Verdammte Scheiße«, entfuhr es Eve. Sie würde das beseitigen müssen, bevor Amy sich die Pfoten an den Scherben aufschnitt. Sie wandte sich ab, um Kehrblech und Besen zu holen, als ihr Blick auf Mac fiel. Unter seiner Sonnenbräune war er blass, nein, grau, und wie in einem Zeitraffer rauschte an Eve vorbei, wie viele endlose Stunden er sich schon auf den Beinen hielt, und das größtenteils ihretwegen.

Sein Blick durchbohrte sie förmlich. »Schluss jetzt«, presste er hervor, »für heute reicht es. Ich kann nicht mehr.«

Eve war plötzlich sicher, dass noch kein lebender Mensch je diese Worte aus seinem Mund gehört hatte.

»Oh Gott«, sagte sie und vergaß ihr Vorhaben auf der Stelle. Sie hörte das schuldige Beben in ihrer eigenen Stimme und hasste es.

Sie ließ die Gerätschaften fallen, und bei dem schrillen Klirren von Stahl auf Glas zuckte eine neue Schmerzempfindung über seine Züge. Er war am Ende, und sie war dafür verantwortlich. »Oh Gott, Mac! Es tut mir leid! Ich jage dich den ganzen Tag hier herum, und dabei bist du zum Umfallen müde!« Ihre Hände fuhren über seine Brust und sein Gesicht, und ihr Blick wurde suchend und besorgt. Dass sie sprach wie eine freundliche Kindergärtnerin, drang sogar durch den Nebel seiner Übermüdung. Ihr Tonfall war zerknirscht und mitfühlend, und er dachte, dass es dafür auch langsam Zeit wurde.

Im nächsten Moment nahm sie ihn am Arm und dirigierte ihn in Richtung Remise. »Ab ins Bett«, kommandierte sie. Jetzt klang sie wie der Drill Sergeant im ersten Monat seiner Grundausbildung, damals in Fort Benning, Gott bewahre ihn vor *den* Erinnerungen. Woher sie nach diesem Horrortag die Kraft dazu nahm, wusste er nicht, aber gegen seinen Willen musste er grinsen.

Sie aßen im Stehen Sandwiches und schwiegen dabei. Macs Augen waren wilde, stürmische Seen, und nach drei Minuten verschwand er unter die Dusche.

Eve drückte die Fäuste in ihr schmerzendes Kreuz und dachte darüber nach, ob es der seltsamen Situation zuträglich wäre, wenn sie ihm nachginge.

Sie verwarf den Gedanken. Ein heiseres Schluchzen drang ihre Kehle hinauf. Sie schluckte ein paar Mal, um es zurückzujagen in die lichtlose Tiefe, und dann noch ein paar Mal trocken hinterher, um es auch ja zu töten, dort unten in ihrem Bauch, in dem sich eine heiße Lache von Sehnsucht breitgemacht hatte. Genau dort war es zu Hause, dieses Schluchzen. *Geh weg.*

Sie sah ihn vor sich, wie er unter dem Wasserstrahl stand. Wie das Wasser über seine von der Wüstensonne gebräunte Haut lief und abperlte und Rinnsale bildete; stellte sich die Bewegung unter der Haut seines Bizeps vor und die Kuhle an seinem Brustbein, an die sie so gerne ihre Stirn gepresst hätte, um zu hören, wie sein Herz schlug. Sie blickte auf ihre Hände und malte sich aus, wie sie damit über seine Mitte fuhr, wobei sie genau wusste, wie sich die Haut unter ihren Fingerkuppen anfühlen würde – wie Samt und Seide zugleich – und wie es wäre, die Berge und Täler seiner Muskeln zu erspüren. Sie machte einen halben Schritt in Richtung des Bades, wo Mac gerade das Wasser aufgedreht hatte. Dann hielt sie inne und blieb stehen.

Eve krallte ihre Hände in die Arme.

Seit dem wunderbaren Augenblick, in dem er begriffen hatte, dass Eve am Leben war, hatte Mac das Gefühl gehabt, von einem dünnen, zerfaserten Fädchen aufrechterhalten zu werden.

In der endlosen Zeit, bis er das Café erreicht hatte, waren im Sekundentakt entsetzliche Szenarien durch sein Hirn gepeitscht. Und während er panisch zu ergründen versuchte, was passiert war, hatte er Eve unter Trümmern, verletzt und tot vor sich gesehen. Dass er sie den ganzen Tag über kaum erwischt hatte, machte ihn mutlos, und Mutlosigkeit und Resignation waren Dinge, mit denen Captain Mac Lawrence überhaupt nicht klar kam.

Das Gefühl warf sich in seiner Brust herum, irgendwo in der Nähe seines Herzens, wie ein monströser Parasit, damit es ihm die Zähne in die Kehle schlagen konnte. Er atmete ein, und verdammt, es klang sogar so, als würde ihm etwas die Luft abschnüren.

Mac stellte sich unter den Wasserstrahl, hob die Arme, verschränkte sie an der Wand, legte die Stirn dagegen und weinte.

In Boxershorts und mit einem Handtuch um den Nacken durchquerte er den großen Raum und steuerte direkt auf das Bett zu, einen Ausdruck der Trauer im Gesicht, in sich gekehrt. Aber vielleicht war es doch schon zu dunkel, um etwas zu erkennen, und sie konnte sich ebenso gut getäuscht haben.

Eve hatte den heißen Wunsch, zu erfahren, was in ihm vorging, und ihre Unsicherheit verstärkte sich. Sein Blick streifte flüchtig das Lager, das Eve sich auf der Couch bereitet hatte. Sie wagte es nicht, einfach sein Bett in Beschlag zu nehmen. Das wäre ihr, nach den letzten Ereignissen, unangemessen erschienen.

»Alles in Ordnung?«, fragte sie.

»Ja. Nichts, was ein bisschen Schlaf nicht heilen könnte.« Er ließ sich mit einem zutiefst erleichterten Laut auf die Matratze sinken und klopfte mit der Hand auf die Stelle neben sich. Die betäubende Erschöpfung wurde zu einem Gefühl schläfriger Zufriedenheit und dann zu einer Erlösung, die ihm die Knochen schmelzen ließ. »Kannst du bleiben, bis ich eingeschlafen bin?«

Wie an einem Seil gezogen kam sie und glitt an seine Seite. Als sie den Arm um seine Brust schob, entspannte er sich.

Er war schon im Halbschlaf, als sie die Decke über ihn zog, und sie spürte, wie er sich fallen ließ.

»Und kannst du da sein, wenn ich wieder aufwache?« Seine Stimme wurde rauer und leiser, aber ihre bestätigende Antwort hörte er, denn er nickte und schmiegte sich an sie.

Mac schlief schon, bevor sein Kopf ihre Schulter berührte. Eve wollte, dass er schlief, weil Schlaf war, was er am dringendsten brauchte, viel dringender als klärende Gespräche, und mit Sicherheit dringender als Sex. Prompt wurde ihre Kehle wieder eng, und sie musste flach atmen, um durchzuhalten.

Sie stand leise wieder auf. Sie war inzwischen selbst so müde, dass sie sich fühlte, als schwebte sie einen halben Meter über dem Boden, aber sie kam nicht zur Ruhe. Der elende Tag forderte seinen Tribut, jeder Knochen im Leib tat weh, doch sie konnte auf keinen Fall hier liegen bleiben, ohne zu heulen. So streunte sie durch die Wohnung und sah sich alles an, wie sie es schon einmal getan hatte, um ihn besser kennenzulernen.

Es war eine regnerische Nacht, und der große Raum war voller blauer Schatten. Die Fensterscheiben bildeten funkelnde Brücken in die Nacht, und das zarte Geräusch des gleichmäßig fallenden Regens vermittelte Eve das Gefühl, in einem warmen, sicheren Kokon zu sein. Im Westen erhob sich die dunkle Masse der bewaldeten Ausläufer des Berges, und wenn Eve das Fenster öffnen würde, könnte sie unter dem sanften Rauschen des Regens den Wind in den Bäumen hören.

Ab und zu hielt sie in ihrer Wanderung inne, um auf Macs Atemzüge zu lauschen. Hier und da blitzte ein Lichtreflex auf. Auf dem Boden lag Macs Seesack, schwer und prall und versehen mit den Anhängern der Flughäfen, deren Gepäckbänder er durchlaufen hatte. Eve sah sie sich an. Er hatte es eilig gehabt, nach Hause zu kommen, ging ihr auf. Er hätte auf einen bequemeren Flug warten können, aber das hatte er nicht getan. Und sie hatte noch nicht mal gefragt, warum das so war.

Sie betrachtete die Pinnwand über seinem Schreibtisch. Was hatte er erlebt? Er war nicht nur Soldat. Er war Offizier. Angst hatten alle, aber es waren die Offiziere, die die Verantwortung trugen, und als Vorgesetzter hatte er nur zwei Optionen: Sich an der Sorge um seine Untergebenen aufzureiben – oder sich abzuschotten, sich einzuschließen in einer harten Schale, die Gefühle außen vor ließ.

Dieser Job ist mein Leben, hatte er gesagt, und *ich habe keine Ahnung, was ich sonst tun sollte.* Würde er wieder zurückgehen, jetzt, wo seine Berufsehre bald wieder hergestellt war, denn das wäre sie doch, oder? Eve ging nicht davon aus, dass Georginas Café ihn hier halten konnte, ob mit oder ohne Bar. So war er nicht. Er war ein Nomade, er hatte kein Fundament mehr, außer der Armee. Mac hielt sich alle Wege offen und immer einen Fluchtweg parat. Er hatte eine Zweitwohnung in Tacoma. Typen, die es ernst meinten, hatten keine Wohnungen, in die man mal eben ausweichen konnte.

Doch sicher war Eve sich dieser Schlussfolgerungen nicht. Brauchten Männer, die sich im Kampf befanden (oder davon ausgingen, dass es jederzeit zum Kampf kommen konnte) nicht die Gewissheit, dass zuhause alles in bester Ordnung war? Eve wollte dieser Halt sein. Sie wollte diejenige sein, zu der er zurückkehrte.

Sie überlegte hin und her. Sie sah die Begriffe vor ihren Augen aufleuchten; sie kreisten vor ihrem inneren Auge wie ein Mobile, das über einem Kinderbett hängt und sich in einer zarten Brise dreht. Aber sie kam einfach nicht weiter.

Eve hatte keine Ahnung, wie es ihm ging. Sie hatte ja nicht mal eine Ahnung, was er dort am 33. Breitengrad erfahren hatte. *Am Ufer des Euphrat.* Eine andere Welt. Eine vollkommen *fremde* Welt. Eve hatte nicht die geringste Ahnung von dem Mann, der er war. Sie war ausgeschlossen. Und krank vor Sehnsucht.

Leise kehrte sie zum Bett zurück, setzte sich auf die Kante und betrachtete ihn eine Weile, folgte mit brennenden Augen Macs entspannten Zügen und unterdrückte den gewaltigen Wunsch, jede Linie seines Gesichtes mit ihren Fingern und Lippen nachzufahren. Aber das würde ihn aufwecken. Deswegen unterließ sie es und setzte ihre Betrachtung fort. Sie sah drei senkrechte Falten zwischen seinen Augenbrauen, jetzt fast unsichtbar, nur im wachen Zustand präsent, wenn er die Stirn runzelte, und dunkle Ringe unter den Augen.

Eve streckte sich an seinem Körper aus. Sie legte ihre Stirn zwischen seine Schulterblätter und tastete um ihn herum nach seiner Hand, fand sie und schob ihre Finger in seine. Das war tröstlich, und sie atmete zitternd ein.

Mac bewegte die Finger, umschloss die ihren fest und drückte sie. Eve stöhnte frustriert auf. »Es tut mir leid«, flüsterte sie, »ich wollte dich nicht wecken.«

»Ich schlaf ja schon fast wieder«, murmelte er, drehte sich um und rückte ein bisschen nach links, um ihr näher zu sein. Sie erwiderte die Bewegung mit einer Dankbarkeit, die ihr einen heißen Stich versetzte. »Ich bin froh, dass du wieder da bist«, wisperte sie.

»Ich auch«, entgegnete er und verzichtete auf den dummen Spruch, der ihm auf der Zunge lag: *dass man sie ja offenbar nicht allein lassen konnte.* Er kämmte mit den Fingern durch ihr Haar und genoss mit halbwachen Augen den Anblick der schimmernden Strähnen. Er strich mit dem Fuß über ihre kühle Wade. »Eve?«

»Hm?«

»Mach dir keine Sorgen. Das kommt alles wieder in Ordnung.«

»Ja«, sagte sie und nahm sich zusammen, »so schlimm ist es vielleicht gar nicht. Der Gutachter heute Abend sagte, es sei eigentlich nur die Küche, und das ...«

Er zog ihren Arm an seine Brust und sagte: »Ich meinte das andere.«

Eve schlief mit einem Gefühl verrückter Hoffnung ein, aber bevor sie das tat, hatte sie eine Erleuchtung. Es spielt keine Rolle, ob er sie liebte oder mochte oder einfach nur gern mit ihr zusammen war. *Er musste nur da sein.*

Sie wusste nicht, wie er darüber (und über einiges andere) dachte. Es gab aber auch kaum eine Möglichkeit, es herauszufinden, weil er am Sonntagmorgen bereits wieder verschwunden war, und sich Tag und Nacht in ähnlicher Weise wiederholten, nur ohne den Aspekt bleierner Müdigkeit. Die gereizte Erschöpfung blieb, und es war unmöglich, ein Gespräch zu führen, bei dem nicht mindestens fünf Ohrenpaare lauschten.

Am Montagmorgen kam die Polizei, um sich Eves Aussage unterschreiben zu lassen, und danach erschienen die Leute der Firmen, die Eve mit der Renovierung beauftragen wollte.

Einer der Handwerker, ein riesenhafter Mann in blütenweißer Malerkleidung, machte einen Scherz: »Zu Ostern können Sie sicher wieder eröffnen.«

Ostern war im April! »Toll, Sie Superoptimist. Dann suche ich wohl am besten schon mal Rezepte für Karottenkuchen und Rhabarber-Tartelettes raus.« *Schönen Dank auch. So ein Depp.*

»Positiv denken!«, sagte der Mann und musterte die Wände. Wahrscheinlich berechnete er gerade die Arbeitsstunden, die er der Versicherung hierfür in Rechnung stellen konnte.

Eve schob wütend ihre Fäuste in die Hosentaschen. Hey! *Positiv denken* war ihr Lebensmotto! Wenn sie je aufhörte, positiv zu denken, könnte sie gleich einpacken!

Das Café war weitgehend verschont geblieben, abgesehen davon, dass auch hier die schwarze Schmiere überall klebte. Sie warf einen ängstlichen Blick zu der provisorischen Wand auf der Empore. Die Goldfarbe im Deckenrondell würde sie nacharbeiten müssen. Ob Mac es gestern gesehen hatte? Bestimmt. Er nahm jede Kleinigkeit wahr, wie ein Scanner. Es konnte ihm nicht entgangen sein. Aber er hatte nichts dazu gesagt. Wahrscheinlich war es ihm völlig Latte. *Oh Gott,* das war ein Tony-Ausdruck. Sie sprach Tony-Slang! Der Tiefpunkt war erreicht.

Eve zerrte sich die Gummihandschuhe von den Händen und knallte sie auf den Schutthaufen zu ihren Füßen, den sie gerade eben zusammengefegt hatte. Wenn sie jemals einen Verantwortlichen für dieses Desaster in die Finger bekäme, würde sie ausrasten.

Als sie das Haus verließ, rempelte sie um ein Haar Mac an. In tadellos sauberen Klamotten und mit beneidenswert energiegeladenen Bewegungen kam er von Gott weiß wo her. Sie fing seinen betroffenen Blick auf.

Und stellte fest: Sie selbst war diejenige, die es kompliziert machte. Aber sie wollte nicht diejenige sein, die irgendetwas verkomplizierte. Niemand mochte Komplikationen, am wenigsten ein Typ wie er. Eves Laune sackte ins Bodenlose.

Wie jeden Tag seit seiner Rückkehr war Mac in Lewis gewesen, um sich mit dem Colonel, dem Anwalt und Josie zu besprechen, weil es besser war, das persönlich zu tun, und es ihm außerdem enorme Genugtuung bereitete. Er hatte vor, den

Rest des Tages damit zu verbringen, im Café beim Aufräumen zu helfen. Nachdem der Brandinspektor den Tatort abschließend inspiziert hatte, konnten sie endlich richtig loslegen und etwas tun, das über kosmetische Bemühungen hinausging.

Vielleicht brachte ihm die Plackerei ja ein paar Erkenntnisse. Es gab einiges, worüber er nachdenken musste. Eves unerwartete Rede zu ihrem Familienstand war eines davon. In Chan al-Baghdadi hatte er sich nächtelang mit dieser Namenssache beschäftigt und sich gefragt, wie um Himmels willen er auf die Idee gekommen war, ihr das vorzuwerfen. Seit Wochen war er mehr oder weniger mit ihr zusammen, und hatte sie ihm jemals Grund gegeben, zu vermuten, dass da noch ein anderer Typ war? Er hatte wirklich kein Recht, ihr Vorwürfe zu machen. Aber er war trotzdem so erleichtert, dass er gar keine Worte dafür fand.

»Sehr mutig übrigens, deine Eve«, hatte Josie heute Morgen gesagt, als sich alle voneinander verabschiedet und auf den nächsten Tag vertröstet hatten, und seinen Arm gedrückt. »Verlier sie nicht.«

Er hatte kurz gestutzt, weil er die persönliche Bemerkung auf den Brand bezog. Josie machte nur sehr selten persönliche Bemerkungen, besonders nicht, wenn Dritte dabei waren. »Sie ist nicht meine Eve«, hatte er gesagt, und da hatte Josie auf einmal so bestürzt ausgesehen und leise *»wie schade«* gesagt. Und Mac hatte gedacht, dass er wollte, dass es so wäre. Dass sie seine Eve wäre.

Er hatte das dumme Gefühl, dass ihm etwas Elementares entgangen war. Außerdem ärgerte er sich noch immer darüber, dass Eves Klamotten so plötzlich wieder aus seiner Wohnung verschwunden waren. All diese Unsicherheiten trugen nicht dazu bei, seine Laune zu verbessern.

Aber dann sah er Eves Gesichtsausdruck und schwor sich, dass hier baldmöglichst wieder der Normalzustand einkehren würde, und wenn er dazu die gesamte Instandsetzungsbrigade aus Fort Lewis ausleihen musste.

Zuerst würde er aber ein paar andere Leute anrufen. Die Baumaßnahmen an der Remise waren vor noch nicht mal zwei Jahren abgeschlossen worden, und ein paar der Helfer von damals hatte er nach wie vor in seinem Kontaktverzeichnis.

Justine hatte sich ein Kopftuch um den blonden Schopf gebunden. Sie sah aus wie eine der Trümmerfrauen im Nachkriegsberlin und widmete sich mit Hingabe einer der wunderschönen Tiffanylampen. Jedes einzelne Glasfragment putzte sie sorgfältig sauber, weil sie wusste, dass Eve die Lampen liebte. Tony stellte ein hohes Gefäß mit einer Kaffeekomposition vor sie hin, und sie unterbrach ihre Arbeit, umfasste den Becher und hob ihn an ihre Lippen. Mit einem wahrhaft hollywoodreifen Augenaufschlag dankte sie Tony und lobte das Getränk.

Lobte es über den grünen Klee. Aus unerfindlichen Gründen regte Mac sich darüber auf. *Es ist ein Caffè Latte, verdammt. Man braucht keine endlose Diskussion darüber zu führen. Man trinkt ihn, er schmeckt gut, vielleicht macht er ein bisschen wach. Ende der Veranstaltung.*

Es lag an Tony, dass er so angespannt war.

Er hatte den Laden kaum betreten, als ihm bereits die schlechten Schwingungen entgegenbrandeten: Der Typ hinter der Theke starrte ihn an. »Was?«, sagte Mac herausfordernd und hob fragend die Hände vor den Körper. Der Kerl trug eine Bomberjacke und einen Dreitagebart, und Mac konnte ihn spontan nicht leiden. Als er ihn auf diese Weise ansah, vorwurfsvoll und mit bernsteinfarbenen Augen, konnte er ihn noch weniger leiden. Als Tony die Ärmel hochschob (eine typisch männliche Großkotz-Geste, die für den Typen hinter der Theke wahrscheinlich etwas mit Reviergehabe zu tun hatte), und dabei seine Tattoos präsentierte, war Mac nahe daran, ihn zu hassen.

Blöder Angeber.

»Wie, *was*? Wir machen das hier schon. Kannst gern wieder abhauen«, erwiderte Tony, und als er die Arme vor der breiten Brust verschränkte, erkannte Mac den würdigen Gegner. Der würde nicht klein beigeben, und diese Tatsache war es, die Mac so richtig den Rest gab.

Ab hier wurde es albern, aber die goldenen Augen in Kombination mit dem Gesicht, das sogar ihm als Mann attraktiv vorkam, den Macho-Armen und der einfachen Tatsache, dass er offenbar eng mit Eve zusammenarbeitete, machten ihn völlig fertig. Wie lange war der Typ denn schon hier? Eine Woche? Was bildete er sich ein?

»Fast zwei«, sagte Tony steif auf Macs entsprechende Frage, und dabei sah er aus, als könne er nicht begreifen, was es ihn überhaupt anging.

Seltsamerweise war das für Mac die Initialzündung. Als hätte man auf einen Auslöser gedrückt (vielleicht so etwas Essentielles wie der Splint an einer Handgranate, oder vielleicht auch der Abzug einer Bazooka), rastete bei Mac irgendetwas ein. Oder aus. Er wusste es nicht genau.

Zwei Wochen, während denen er ohne Eve gewesen war, im Irak nämlich, wo er darum gekämpft hatte, die schlimmsten Minuten seines Lebens aufzuklären. Die ihm fehlten, weil die Sprengkraft eines M1A1-Geschosses seinen tonnenschweren Truck herumkatapultiert hatte wie ein Matchboxauto. Und weil er hatte wählen müssen, wen von seinen Leuten er aus dem Trümmerfeld rettete, denn alle konnte er nicht retten. Und diese Entscheidung war es, die ihm die Albträume und Flashbacks unerträglich machte, und jetzt stand *Tactical Tony* vor ihm und erklärte ihm mehr oder weniger, dass *er* hier der Chef im Ring war?

Über dem magnetischen Lächeln leuchteten die Rehaugen. Goldene Flecke funkelten darin. Dieser Typ war ein professioneller Auf-die-Palme-Bringer. Mac fantasierte weitere zwanzig Sekunden darüber, wie er Tony übel zurichten würde. Sah es bildlich vor sich, denn er hatte eine spitzenmäßige Nahkampfausbildung. Was hatte der Kerl hier verloren? Gab es in Texas eigentlich keine Unis? Garantiert stimmte mit dem was nicht. Er würde Jae auf ihn hetzen.

Was maßte sich der Schönling aus *Lah-raydo* eigentlich an? Und wieso hatte Mac das absolut beschissene Gefühl, nicht mal hier besonders beliebt zu sein? Als es in Redwood ganz schlimm wurde, hatte man seinen Vater bezichtigt, in den siebziger Jahren Hundekämpfe veranstaltet zu haben, was natürlich nicht im mindesten stimmte. Aber so fühlt er sich jetzt: wie der unterlegene Rüde in der Hundegrube.

Der andere Kämpfer fixierte ihn schon, umkreiste ihn. Mit einem bisschen Knurren würde der sich nicht lange aufhalten. Gleich würde er ihm an die Kehle springen.

Unversehens war Mac in der Defensive. Schlimmer noch: Er sah sich in der schrecklichen Situation, diesem halbgaren Texas-Typen zu beweisen, dass er anders war – und sich selbst zu beweisen, dass er Eve verdient hatte.

Nein, halt. Erstmal musste er das offenbar Mo beweisen, denn der schlenderte heran, wischte sich die Hände an seinem obligatorischen Küchentuch und sagte: »Na, auch mal da?« Es klang eher wie: *»Na, wieder mal zu spät?«* Mac fasste den kanadischen Sternechef scharf ins Auge. *Der fehlte ihm gerade noch.*

Diese Truppe von Spinnern. Allein schon die Sprechweise. Ein Franzose und ein Texaner. *Der Maître und das Alphamännchen.* Eve hatte echt ein Händchen für Personal. *Ganz toll.* Mac fielen auf Anhieb zehn Paare der Filmgeschichte ein, an die diese beiden hier sich nahtlos anschließen konnten, und *Dick & Doof* führten die Parade an.

»Ihr beiden Clowns haltet jetzt besser die Klappe«, sagte Mac. Er war voller Adrenalin, es machte ihn kopflos und ungerecht, und er konnte absolut verstehen, dass es Menschen gab, die Barhocker und schwere Gegenstände nahmen und gegen Köpfe von Angestellten donnerten.

Tony schien genau zu wissen, was Mac dachte. Er fletschte seine perfekten Zähne und grinste ihn unfroh an. Das war kein Problem, denn perfekte Zähne hat Mac selber, aber der andere hatte zum Beispiel keine Narben, jedenfalls keine, die er sehen konnte. Der Junge sah einfach verteufelt gut aus. Jeder Laden würde sich alle zehn Finger nach so einem Typen für den Tresen lecken, ein Süßholzraspler, einer, der zu Frauen im Alter von Sechzehn bis Hundert gleichermaßen charmant war. Wahrscheinlich waren die Kerben an seinem Bettpfosten über alle vier Ecken verteilt, inklusive der Seitenteile. Oder woraus ein Bett noch so bestand. Wie ihm wohl eine Gebissprothese stehen würde?

Mac schnupperte. Verdammt, roch der Typ nach Vanille? Standen Frauen auf Vanilleduft? Bei Männern? Das war ja krank. Mac drehte sich um und ging tiefer in den Raum hinein, wobei ihm spontan mindestens fünf Synonyme für *Höhlenmensch* durch den Kopf schossen; eines davon sein eigener Name. Er sah sich um. Wo war Eve?

Tony war angepisst. Er dachte an Eve, wie sie tagelang als Schatten ihrer selbst hier herumgeschlichen war. Bei jeder Bewegung der Glastür irrlichterte ihr Blick zu dem neuen Gast. Und erstarb jedes Mal, sobald sie erkannte, dass es sich nicht um Mac handelte.

Tony wusste zu wenig über die Beziehung zwischen Eve und Mac, aber er erkannte eine unglücklich verliebte Frau, wenn er eine sah. Und dass jemand am vergangenen Samstagmorgen über das, was Eve in der Tacoma News veröffentlicht hatte, so *gottverdammt* sauer gewesen war, dass er einen Molotowcocktail in ihr Café werfen musste, sprach ja wohl Bände.

Vor allem sprach es gegen Mac, und das würde er ihn wissen lassen.

Tony war beim technischen Zug in Fort Stewart, Georgia, gewesen. Nebenbei hatte er mit einem Stipendium an der Technischen Hochschule in Atlanta studiert, einer der besten Unis des Landes. Weil er eine Lungenentzündung entwickelt hatte, die einen bleibenden Schaden hinterließ, war er entlassen worden – und hatte das Stipendium verloren. Tony war über alles, was die Army verkörperte, erzürnt. Und der arrogante Zenturio hier, fit wie ein Turnschuh und trotz seiner offenkundigen *Schuld an absolut allem* von sich überzeugt bis zur Hutkrempe, kam ihm gerade recht. Er spürte förmlich, wie bei ihm die Sicherungen durchbrannten, Relais verschmorten und wichtige Kabel schmolzen.

Er fixierte Macs breite Schultern und sagte: »Du bist doch genau der Typ, der mit Herzen so umgeht wie andere Leute mit verdammten *Coffee-to-go*-Bechern.« Bei der Metapher musst er einen Augenblick überlegen, aber ein Blick auf die Theke half ihm ruckzuck weiter.

Er sah aus dem Augenwinkel, dass die Frauen sich ihnen interessiert zuwandten und ihre Beschäftigung mit den Putzeimern einstellten.

Die bildhübsche Justine hatte eine Zeitlang als Nummerngirl bei Schaukämpfen in einem Boxring gearbeitet. Erst letzte Woche hatte sie ihm davon haarklein und sehr anschaulich berichtet.

Genau so war das hier auch.

»Zehn Dollar auf Mac«, sagte Martha mit blitzenden Augen. Mo hörte ihr Bühnenflüstern. Und war dabei. »Zwanzig dagegen.«
Mac erstarrte. Er drehte um und kehrte zur Theke zurück. »Oh, das wird ja immer besser. Der Frauenversteher hier rückt mir auf den Pelz. Hör zu, Arschloch, ich sag dir was: Schließ gefälligst nicht von dir auf andere.«

Tony war meilenweit davon entfernt, sich einschüchtern zu lassen. Einschüchtern konnte ihn nur ein einziger Mensch auf diesem Planeten, und das war sein Vater. Außerhalb von Laredo gelang es niemandem, Anthony Montgomery Sterling den Schneid abzukaufen, was übrigens ein Grund dafür war, dass er es bei der Armee nur bis zum Specialist geschafft hatte. Tony genoss möglichst jeden Augenblick seines Lebens und hatte Spaß an, nun ja, allem, aber es gab auch noch eine andere Seite. »Ich sag dir was, Alter: Wenn du jetzt noch einen Fehler machst, nachdem sie das geschrieben hat, dann bist du noch bescheuerter, als ich dachte.« Er sorgte sich um Eve. Sie hätte mal einen Datenabgleich machen sollen. Ob sie nicht gewusst hatte, dass für so einen *Ü40-Second-Hand-Typen* andere Regeln galten? Wie auch immer, jetzt war sie unglücklich, und Mr. Unzuverlässig hier war daran schuld.

Verblüfft begriff Mac, dass der Wahnsinnige ihn soeben gezielt beleidigt hatte. Er setzte zu einem verbalen Rundumschlag an. Gerade noch rechtzeitig stellte er fest, dass er keine Ahnung hatte, wovon der Typ sprach. »Augenblick mal. Was geschrieben hat?«
Die Eifersucht schlug ihm ihre langen Krallen in den Rücken und zog sie langsam und quälend nach unten. Was wusste *der* denn? Als der Texaner ihren Namen aussprach, spürte Mac förmlich, wie an den Rändern der imaginären Kratzer heißes Blut hervorquoll.

»Oh Mann«, quetschte Tony durch die zusammengebissenen Zähne. *Was für ein Vollpfosten!* Was zog die besten Frauen nur immer zu solchen Affen? Er griff nach hinten und rupfte die Zeitung aus der Tasche seiner Jeans, klatschte sie vor Mac auf die Theke, schlug sie auf und bohrte seinen Zeigefinger auf den Text der Titelseite. »Du bist einer von den ganz harten

Hunden, was? Es geht immer nur um dich, ja? Hier, du Flachpfeife. Was soll sie denn noch tun? Dich auf Knien anflehen? «

Tony verschränkte die bunttätowierten Vorzeigearme und lehnte sich gegen den Geschirrschrank. Er wünschte sich, dass Eves Worte in eine Steinplatte gemeißelt wären, dann hätte er den *Captain* damit erschlagen können. Das Brett vor seinem Kopf war mindestens so dick wie diese schicken beleuchteten Glasbausteine hinter der neuen Bar, für die Eve sich *sowas von* den Arsch aufriss.

Die Show würde er genießen, das stand fest.

Mac wusste gar nicht, wie ihm geschah. Das Zitat seines Vaters sprang ihm in 64-Punkt-Lettern ins Auge. Okay, eigentlich war es ein Zitat Henry Fords, aber Mac war mit diesem Spruch groß geworden. Man konnte ihn nachts um drei wecken, er könnte ihn jederzeit vorbeten.

Boygroup-Tony textete ihn unbarmherzig zu. »Ich kannte sie zwar nicht, aber Georgina hatte völlig recht damit, dir das hier nicht zu überlassen. Du bist es nämlich nicht wert. Warum, glaubst du, schmeißt jemand einen Brandsatz in ein Café? Eve riskiert ihr Leben für dich, und wenn du das nicht erkennst, bist du noch blöder, als ich angenommen habe. Siehst du nicht, was hier los ist? Kapierst du nicht, was sie für dich tut? Sie hat ihr Geschäft riskiert und sogar ihr Leben, und wenn du einen Funken Anstand hast, haust du am besten ganz schnell wieder ab. Vielleicht kann man das bei euch im Irak ja machen, aber hier nicht.«

Tony sah nicht ein, warum er sich die Mühe machen sollte, seinen Hass auf diese Offiziere zu verbergen, die glaubten, so mit Menschen umgehen zu können. Und der hier musste wirklich dringend mal gesagt bekommen, dass er nicht alles haben konnte. Eve hatte ihm die Geschichte erzählt, an einem emotionalen Abend kurz nach Weihnachten, und er wusste Bescheid. Als der Freund, der er innerhalb der kurzen Zeit geworden war, war es geradezu seine Pflicht, ihr beizuspringen.

Mac war angemessen beeindruckt. Aber das wirklich Schlimme war, dass *Trendy Tony* recht hatte.

Auf Macs 100 Yards langer Fehlerliste, einer Liste, die demnach so lang war wie zehn Abschnitte des Footballfeldes im CenturyLink Field in Seattle, stand ganz oben auf dem Treppchen genau das: Selbstbezogenheit. Klar hatte er ein Strafverfahren am Hals, ja. Aber die Verfehlung mit der Goldmedaille war, dass er, der Super-Macho, sich natürlich unbedingt selbst um alles kümmern musste. Vielleicht glaubte er ja wirklich, alle anderen seien zu dämlich. Vielleicht neigte er zur grandiosesten Selbstüberschätzung aller Zeiten. Aber die Unverschämtheiten von Eves persönlichem *T-1000* brauchte er dazu nicht.

Himmel, auf diese Art Remmidemmi hatte er überhaupt keine Lust. Zurückhaltung war eine sehr erstrebenswerte Eigenschaft. Man konnte damit vielleicht den Rest seines Gesichts wahren, weil man die Idiotie besessen hatte, das einzige, was wichtig war, von sich wegzustoßen. Zurückhaltung half außerdem dabei, nicht alles auszuplaudern, was einem durch den Kopf schoss. Zum Beispiel, was für ein Mega-Schwachkopf man war. Und nicht zuletzt bewahrte Zurückhaltung einen auch vor diversen Gewaltdelikten, die darin gipfeln würden, *Terrible Tony* den Kopf an der Kante des Tresens einzuschlagen. Vor lauter Zurückhaltung verkrampften sich Macs Hände.

Das Gegenteil von Zurückhaltung war leider Verlangen, und das war hier sowieso das Grundproblem. Sein Verlangen nach einer Frau, von der er von Anfang an die Finger hätte lassen sollen, hatte ihn hierhin gebracht.

Macs Verlangen kämpfte mit seiner Zurückhaltung. Wie zwei griechische Helden, die miteinander rangen. Wie Superman und Lex Luthor, wie Batman gegen den Joker. Wie Captain America gegen den Wintersoldaten.

Unglücklicherweise drohte das Böse die Oberhand zu gewinnen.

Er hob die Hand und gebot Tony Einhalt. »Das war der letzte dumme Spruch, auf den du keine Antwort kriegst. Wenn du mir noch einen einzigen Vorwurf machst, verträgst du das Echo nicht, Junge.«

Er nahm die Zeitung an sich und steckte sie ein, was ihm ein aggressives Zischen von Tony eintrug, aber das war ihm wirklich komplett egal.

Zurückhaltung wurde absolut überbewertet.

Eve hätte auch unsichtbar sein können. Sie stand mit einem Putzeimer, der ihr allmählich den Arm lang zog, in der Tür. Sie hatte ihn vergessen. Zu unglaublich war das, was sich hier vor ihren Augen und Ohren abspielte.

Sie sah Tony warnend an. Der erstarrte übrigens gerade. Seine Körperhaltung erinnerte sie an Amy, wenn er dem Collie aus der Nachbarschaft begegnete. Collies konnte Amy nicht leiden. Wahrscheinlich machte ihm das viele Fell Angst. Oder es war einfach Neid. Sowas hatte sie doch schon mal gesehen, aber wo war das noch gleich gewesen? Genau, in diesem YouTube-Video, wo sich zwei Hähne umkreisten. Oder waren das Hunde? Egal. Auf jeden Fall war es eines dieser typischen Wer-hat-den-Längsten-Spielchen, und sie verzog angewidert das Gesicht in der Erinnerung an die grässlichen Bilder. Eve ging fest davon aus, dass Mac und Tony sich demnächst schlagen würden. Sie sollte Wetten dafür annehmen; das Geld könnte sie gut gebrauchen. Im hinteren Bereich des Raumes wechselten zwei Dollarnoten den Besitzer. Eves Augen wurden schmal.

Bevor sich die Ehre der Beteiligten nur noch durch ein Duell wiederherstellen ließe, knallte sie den Eimer auf die Fliesen, dass das Wasser nur so schwappte, baute sich in der Tür auf, stützte die Arme in die Hüften, obwohl sie am ganzen Körper zitterte, und fauchte: »Schluss jetzt. Sofort aufhören, alle beide.« Dabei sah sie Tony scharf an. Mac würdigte sie keines Blickes, aber sie hörte, dass er ein Mac-Geräusch von sich gab, das auf Hohn und Verachtung schließen ließ.

Anziehungskraft. Pah.

Und dann schickte Eve alle nach Hause. Sie warf sie förmlich hinaus. Sie ahnte, dass sie sich später dafür würde entschuldigen müssen, wenn sie überhaupt bereit wären, weiterhin hier zu arbeiten, aber im Moment zählte das nicht.

»*Merde!*« Mo stürmte aus der ruinierten Küche, wo er damit beschäftigt gewesen war, die noch weiter benutzbaren

Gerätschaften und Geschirrteile zu evakuieren – viel war es nicht –, »*incredebile!*« Es folgte noch eine Reihe weiterer muttersprachlicher Kostbarkeiten, aber Eve schenkte dem Wortschwall keine Beachtung – es überstieg einfach ihre momentanen geistigen Kapazitäten, herauszufinden, wen Mo mit welchem Schimpfwort titulierte, aber sie war sicher, dass sie auch ihren Teil abbekam.

Im Vorbeizischen raunte er: »Mac, ich gebe dir einen guten Rat. Wenn es nötig ist: *Bettle.*«

Er war beinahe geneigt, Mo beizupflichten, aber er ließ sich auch nicht gern vor der Frau, die ihm wichtig war, einen Trottel nennen. Besonders nicht von jemanden, der fast bessere Arme hatte als er selbst.

Wohlgemerkt: *fast.*

Allerdings war der Typ fünfzehn Jahre jünger als er. Das verlieh der Sache schon wieder eine beachtliche Brisanz. Er konnte beinahe zusehen, wie sie ihm entglitt, und das nach diesem Erlebnis. *Also stand sie auf den jungen Hengst.*

»Lass die Leute weitermachen«, sagte Mac gepresst und brüskierte Eve mit seinem freiwilligen Rückzug noch mehr, indem er ihre Autorität untergrub, »ich gehe.«

Er hatte den Artikel nur überfliegen können; nicht nur, weil Tony ja keinen Moment die Klappe hielt, sondern vor allem, weil er auf Anhieb ein paar Begriffe in dem Text ausfindig gemacht hatte, die bewirkten, dass das Rauschen in seinem Kopf zunahm. Um das zu lesen, brauchte er Ruhe.

Als Mac das Café verließ, herrschte Totenstille. Aber kaum knallte die Außentür hinter ihm zu, hörte er, wie hinter ihm das Geschnatter losging: Alle redeten durcheinander.

Eve hatte genug.

Sie schnappte sich eine Jacke, die Handschuhe und Amy. Drei Minuten später stapfte sie durchs Feld hinter dem Haus in Richtung Wald, in Richtung Berg, vielleicht in Richtung

Einen-klaren-Kopf-bekommen, ganz sicher aber in Richtung Den-Schreikrampf-ja-nicht-vor-den-anderen-kriegen, und während sie Höhenmeter um Höhenmeter überwand, vorbeistürmte an Rückepferden und Waldarbeitern und den grünen, dunklen Schleifen des Flusses (dessen Wasser so klar und rein war, dass man die kleinen Kiesel und die herumsausenden kleinen Fische darin vom Ufer aus sehen konnte), nahm das Chaos in ihrem Kopf und ihrem Herzen nur noch zu.

Aber das würde sich geben, das wusste sie aus Erfahrung.

Kapitel 37

Der Artikel richtete sich vordergründig an Leute wie Silvia. Eve fuhr nicht nur die Krallen aus, sondern sie fauchte, biss und kratzte. Sie zählte Mrs Hamilton exakt auf, wo sie sich geirrt hatte – sowohl früher, als auch aktuell, und die Liste war lang.

Eve erklärte den Lesern, warum alles, was Silvia getan hatte, falsch war, und lieferte auch noch gleich die entsprechenden Gesetzesgrundlagen dazu. Sie hielt den Leuten den Spiegel vor und rechnete sogar mit dem Amt ab. Sie beschuldigte die Leute der Feigheit, der Ignoranz und der Sensationsgier. Eve war es gelungen, die Namen aller Personen auszugraben, die damals beteiligt gewesen waren. Der Artikel setzte sich auf Seite drei fort; die, die normalerweise den Lokalnachrichten vorbehalten war, und er endete mit einem flammenden Appell und dem Tenor, dass Mac jahrelang den Kopf für sein Land hingehalten und niemals klein beigegeben hatte.

»...und wenn Sie glauben, solche Männer gibt es nicht oft, dann haben Sie recht: Sie sind so selten wie Schlappohren an diesen genormten Rudeln von Lichterschlauchrentieren, die Sie alle zur Weihnachtszeit in Ihre Vorgärten stellen.
Mac Lawrence kämpft. Er hat für sein Land gekämpft, in Konflikten, die Sie nachts nicht mehr ruhig schlafen lassen würden, und um seine Familie, die Hyänen wie Silvia Hamilton zerstört haben. Im Moment kämpft Mac um seinen Ruf und seine Ehre. Und ich kämpfe darum, ihm zu beweisen, dass nicht alle Frauen so sind wie Sie, Mrs Hamilton.

Nun fragen Sie sich sicher, warum ich das mache. Und ich muss gestehen, diese Frage habe ich erwartet, wenngleich sie mich erstaunt. Ich werde sie Ihnen gern beantworten, denn ich liebe Mac Lawrence, und ich werde alles und noch viel mehr tun, damit er glücklich und vor allem unbehelligt von solchen wahnwitzigen Anfeindungen leben kann. Ich kämpfe dafür, dass der Mann, der mir mehr bedeutet als alles andere, das an einem Ort tun kann, der ihm wichtiger ist als jeder andere Ort auf der Welt: hier, in Cooper. In seiner Heimat.«

Mac wartete.

Seit einer Stunde stand er am Fenster und starrte auf das Gelände hinter seinem Haus. Im Juni blühte überall an den Rändern des Grundstückes leuchtend roter Fingerhut, aber jetzt war es kalt. Es würde gleich dämmern. Gerade, als er begann, sich Sorgen zu machen, tauchte sie am nördlichen Rande des kahlen Feldes auf, mit Amy, der einen überdimensionierten Stock im Maul trug.

In Macs Bauch waren keine Schmetterlinge oder Hummeln oder sowas; das musste etwas Größeres sein. Kolibris mindestens, vielleicht Spatzen. Oder Greifvögel.

Weil er sie in Ruhe beobachten wollte, ihre Körperhaltung einschätzen wollte, ihren Gang; und weil er den Anblick in sich aufnehmen wollte, wie der kalte Wind mit ihrem Haar spielte, trat er einen Schritt von den bodentiefen Fenstern zurück.

Eve hatte die Hände tief in den Jackentaschen vergraben und die Schultern nach vorn gezogen. Sie stapfte über den unebenen Boden und wirkte völlig versunken. Und verloren. Einsam.

Sie sah nicht zum Haus. Ob sie wusste, dass er nach ihr Ausschau hielt? Mac wandte sich ab, zog sich Boots an, nahm seine Jacke und ging Eve entgegen.

Eve war mit Amy durch den Wald gewandert. Ihre Füße versanken im Matsch, denn der Boden war hier unten nicht mehr gefroren, und der Schlamm zog an ihren Sohlen. Die Pferde waren nicht mehr zu sehen. Es duftete nach frisch geschlagenem Holz, und große Mengen geschälter Nadelholzstämme lagerten entlang der Wege, die ausgefahren waren von den riesigen Reifen der Harvester. Zum Frühjahr hin würden sie wieder geebnet werden müssen, sonst würden sich die Touristen beklagen. Amy fand eine Spur und jagte dem unbekannten Tier nach. Eve war davon überzeugt, dass ihr Hund der einzige Staffordshire-Mix mit Jagdtrieb war, aber wenigstens sah er die Sinnlosigkeit seines Tuns schnell ein und kehrte nach wenigen Minuten wieder zu ihr zurück, mit strahlenden Augen und heraushängender Zunge. Es war nur eine Frage der Zeit, bis einer der Jäger sich bei ihr beschweren würde. Sie sollte daran arbeiten.

Eves Gedanken kamen und gingen, ohne Ziel und ohne Plan, wie die zarten Schleierwolken, die sich sehr weit oben am Himmel gebildet hatten. Sie wanderten vom Café zu Mac, von Mac zu Georgina, von Georgina in ihre eigene Vergangenheit, und schienen kein noch so banales Detail auslassen zu wollen. Sie war die einzige Spaziergängerin hier, und obwohl sie die Abwesenheit anderer Menschen schätzte, fühlte sie sich unversehens allein, ein fremdes, unwillkommenes Gefühl.

Wie sollte sie das alles bloß wieder hinkriegen? Das mit dem Café war die eine Sache, doch es grenzte schon an Größenwahn, dem meistgehassten Mann der Gegend öffentlich seine Liebe zu erklären, wohlgemerkt auf dem Titelblatt einer Zeitung mit fast vierzigtausendfacher Auflage. Da musste man sich wohl nicht wundern, wenn der auf diese Weise Angesprochene seltsam reagierte. Besonders nicht, wenn es ihn nicht die Bohne interessierte.

Eve legte den Kopf in den Nacken. Der Himmel färbt sich pastellfarben. Babyrosa und babyblau, fliederfarben in der Mitte. Die Wolken wurden silbern. Flugzeuge zogen glitzernde Bahnen, und wenn sie die Energie dazu hätte aufbringen können, hätte sie mit ihrer Flugzeugradar-App nachgesehen, welche exotischen Destinationen die Maschinen hatten.
Sie ließ das Handy in der Tasche. Es gäbe wieder so viele Nachrichten. Die vielen Nachfragen der Leute waren nett, aber im Moment wollte sie sich damit nicht befassen.

Amy vertrieb auf furchterregende Weise ein paar Mountainbiker, die aus Richtung Wonderland Trail kamen. *Nicht gerade die beste Jahreszeit dafür,* dachte Eve. Sie machten sich einen Spaß daraus, den Hund zu ärgern, und lachten.

In der Nähe des Hauses musste sie sich zwingen, nicht allzu auffällig Macs Fenster zu mustern. Sie glaubte, einen Schemen zu sehen, eine Silhouette, war sich aber unsicher.

Zeit, diesen Tag zu beenden. Die anderen würden sicher mittlerweile weg sein. *Ganz schön schäbig von ihr, die Leute allein zu lassen mit all der Schufterei.*

Amy entdeckte Mac und preschte ihm mit einem begeisterten Heulen, ein Klang wie von einer nahenden Ambulanz, entgegen.

»Ich wollte schon die Hubschrauber aufsteigen lassen«, sagte er. Direkt vor ihr tauchte er auf, und als sie den Kopf hob, hatte sie ihren Gesichtsausdruck für einen langen Moment nicht unter Kontrolle.

Sie beide verband ein Geheimnis, dass keines war. Es stand auf der Titelseite der Zeitung. Die Leute sprachen darüber und schrieben dutzendfach hingerissene Kommentare in ihren Instagram-Feed.

Nur Mac ging mit keinem Wort darauf ein. Es machte sie unendlich traurig, aber so war das wohl, wenn man alles auf eine Karte setzte: Entweder, man gewann – oder eben nicht.

Eve hatte das Herz einer Heldin. Er fragte sich, in welcher Verfassung sie gewesen war, als sie diesen leidenschaftlichen Artikel schrieb und stellte sich ihre Augen vor, wie sie Flammen sprühten. Grüne Flammen. Sie hatte sich mit der US Army angelegt! Und mit Silvia Hamilton.

Seinetwegen. Und dann war da noch dieser letzte Absatz, der ihm das Herz brach, weil er sie seit Samstagmorgen im Unklaren gelassen hatte, und das war der Grund gewesen, warum Tony ihn vermutlich am liebsten mit dem nächstbesten Gegenstand erschlagen hätte.

Wie sollte er das wiedergutmachen? »Ich hab dich vermisst«, sagte er. »Genau genommen hab ich es kaum ausgehalten.« Er sprach von den letzten Stunden.

Sie nicht. »Ach ja«, sagte sie, schärfer als erwartet, »dafür warst du ja ziemlich lange weg. Wie hast du das denn ausgehalten?«
»Hab ich ja nicht.«
»Verstehe.« Ihre Stimme kippte.
»Nicht das, was du denkst.«
»Was denke ich denn?«
»Es gibt dort keine Frauen. Und wenn es welche gäbe, wären sie für mich tabu.«
Sie dachte an die Dunkelhaarige mit den vielen Sternen auf den Schulterabzeichen. »So? Wieso das denn?«
»Ich war eine Zeit lang ein ziemlicher Draufgänger«, gab er zu, »man ist unverwundbar, wenn man jung ist. Aber mit der Zeit bekommt die Rüstung Risse und Löcher. Verletzungen entstehen, und irgendwie heilen sie nicht mehr richtig zu. Jedenfalls nicht, wenn sie groß genug sind.«

Diese Worte, die er sich bestimmt vorher schon zurechtgelegt hatte, prallten auf etwas in ihrem Inneren, vielleicht auf den Teil, wo die Wünsche und Sehnsüchte verborgen waren, und verursachten dort ein bitteres, beißendes Brennen.
Eve setzte sich in Bewegung.
Sie würde hier nicht mitten auf einer verfluchten matschigen Wiese stehen und sich anhören, wie er Begründungen dafür fand, ihr Leben in Stücke zu brechen.
Im Bogen ging sie um ihn herum. »Ich verstehe schon, Mac. Aber glaub ja nicht, dass ich es dir leicht mache. Wenn du willst, dass es zu Ende ist, musst du mir sagen, dass es zu Ende ist. Sonst ist es kein Ende.«
»Was für ein Ende?«, murmelte er, »wo war denn der Anfang?« Mac war selten verwirrt, aber das hier überstieg seine kognitiven Fähigkeiten.
»Ich hoffe, du kannst mir irgendwann verzeihen. Es tut mir leid. Das, und das vor zwölf Jahren auch.«
Jetzt reichte es aber. Er streckte den Arm aus, weil er sie zurückhalten wollte, und erwischte ihre Hand. Er zog sie zu sich heran, ruckartig und barscher, als er wollte. »Es gibt doch gar nichts zu verzeihen!«
»Und ob es das gibt. Mac, ich möchte, dass du weißt, wie es dazu gekommen ist. Die Wahrheit ist wichtig.«

»Die Wahrheit! Wen interessiert denn nach zwölf Jahren noch die Wahrheit!«

Es verursachte ihr einen scharfen Stich. »Dich. Und mich. Und hoffentlich die Leute, die damals nicht zuhören wollten, weil Hamilton alle irre gemacht hat.«

Er dachte an das, was sie geschrieben hatte, und machte eine wegwerfende Geste. »Stalker stehen auf mich.« Er warf ihr einen vorsichtigen Blick zu.

Sie rückte ein Stück von ihm ab und rechnete nach, wie viele Mails sie ihm schon geschrieben hatte. Eve war kurz davor, ihr Handy aus der Hosentasche zu ziehen und den Chat-Verlauf nachzuprüfen.

Er sah es ihr an. »Ich glaube nicht, dass du zu dieser Sorte Mensch gehörst«, sagte er milde.

Sein Lächeln brachte sie auf, aber Zorn war ein Gefühl, das ausreichend weit weg war von Eifersucht und Nervenzusammenbrüchen und somit ganz klar die bessere Option. Sie hatte ihn angebettelt! »Woher willst du das wissen? Vielleicht verwandele ich mich vom Kätzchen in einen Tiger.«

Gott sei Dank: eine Möglichkeit, auf anderes Terrain zu gelangen. »Erstens bist du schon jetzt viel mehr Raubkatze als Schmusetier, und zweitens hab ich's nicht so mit Katzen«, sagte er.

»Jeder mag Schnurren.«

»Du hast ein seltsames Bild von mir. Und irgendeinen komischen Wahrheitstick.« *Schluss jetzt mit dem Quatsch.*

Er starrte sie mit einem seltsam kühlen, stoischen Ausdruck an, und der strenge Zug um seinen Kiefer alarmierte sie. War er sauer? Er war *richtig* sauer, und es war alles hoffnungslos. Ihre Schultern sackten nach vorn.

Mac schwieg einen Moment. Er atmete tief durch. »Mein Vater war ein anerkannter Hundefachmann. Aber plötzlich wurde alles in Frage gestellt. Es gab dann noch eine Beißerei, und alle zweifelten seine Expertise öffentlich an. Danach wurden alle Gutachten, die er erstellt hatte, überprüft. Es gab keine einzige Beanstandung, aber sein Ruf war ruiniert, weil er verleumdet wurde. Mein Dad hätte höchstens noch auf einer einsamen Insel als Hundesachverständiger arbeiten können. Es war unfair, dich für diesen Rattenschwanz an Folgen verantwortlich zu machen.«

Er sah sie eindringlich an. »Eve, du bist nicht schuld an dem, was damals passiert ist. Du hast einfach einen Bericht geschrieben. Einen guten Bericht. Als ich endlich wieder bei Verstand war, hab sogar ich das kapiert. Ich muss dich um Verzeihung bitten. Die ganze Sache hatte viel mit Neid und Konkurrenz und mangelndem Geschäftssinn zu tun, und dazu kamen dann noch Dinge wie soziale Netzwerke und ein paar Frauen, die es auf mich abgesehen hatten.«

Sie fummelte nervös am Reißverschluss ihrer Jacke herum und stellte mit einer fast lächerlichen Dankbarkeit fest, dass nicht sie der Kern von Macs Zorns war. »Du hast deinen Vater sehr geliebt.«

»Ja. Wir waren sehr eng verbunden, besonders nach dem Tod meiner Mutter. Ich vermisse ihn jeden Tag.« Er atmete tief ein. »Und jetzt lass uns bitte über die Gegenwart reden.«

Zeit, zu handeln. Er ließ ihren Arm nicht los, weil er befürchtete, dass sie weglaufen würde. Deshalb hob er die andere Hand, berührte ihr Haar, das sich kalt und seidig anfühlte, drückte gegen ihre Stirn und bog ihren Kopf zurück. Er spürte, wie sie die Luft anhielt, und dann gingen sie mehr oder weniger aufeinander los, und sein Kuss rauschte durch sie hindurch und nahm alles mit.

Danach fühlte sie sich absolut leer. *Prima.* Wenn sie schon die Kontrolle verlor, dann brauchte sie sich mit halben Sachen auch nicht abzugeben. *Nur weiter so.*

Sie lehnte sich gegen ihn, damit er ihren Busen an seiner Brust und ihre Hüften an seinem Becken spüren konnte. Ihre Hände waren an seinem Gesicht, und es war das wundervollste Gefühl der Welt. Die Wärme seines Körpers spürte sie sogar durch ihre Jacke.

Er ließ sie los. Er vergrub die Hände in seinen Hosentaschen und drückte den Rücken durch.

Zurückhaltung war eine tolle Sache. Sie hielt einen davon ab, über jemanden herzufallen wie ein Verdurstender über das verdammte Wasserloch in einer Oase. »Komm mit«, sagte er, »ich muss dir etwas zeigen.«

Auf dem Esstisch lag die aufgeschlagene Tacoma News. Eve konnte das Blatt kaum ansehen und war heilfroh, dass Mac nichts dazu sagte. Stattdessen drückte er sie auf einen Stuhl und weckte den Laptop aus seinem Ruhemodus.

»Dauert nicht lange«, sagte er.

Das Video hatte eine Laufzeit von einer Viertelstunde, aber der Ausschnitt, den Mac anwählte, zeigte eine Sequenz von drei Minuten. Eve beobachtete den Rundflug einer Drohne im strahlend blauen Himmel über einer kahlen Landschaft voller Geröll. Bei Minute 1:21 sah man ein scharfes, helles Aufblitzen in der Nähe eines Gebirgszuges im Westen. Bei 1:29 spiegelte sich die Sonne auf etwas, das wie das vorbeihuschende Fragment eines Meteors aussah. Bei 1:32 hob sich der Truck, der an der Spitze des kleinen Konvois am unteren Bildrand über die sandige Piste fuhr, wie von Geisterhand. Teile flogen umher, flogen hoch bis in die Nähe der Kamera, so dass das Bild für einen Moment ins Schwanken geriet. Flammen schlugen empor, Staub wirbelte auf. Das erste Fahrzeug kippte auf die Seite. Die beiden nachfolgenden hielten an, zwei brannten, schwarzer Rauch; und dann sah man Menschen, winzig klein, so fragil wie die Plastikfiguren in dem Modelleisenbahn-Diorama, mit dem Eves Vater sich nach Feierabend oft beschäftigt hatte.

Mit einem Mausklick hielt Mac den Film an. Er stand neben ihr, an den Tisch gelehnt, Arme verschränkt, Beine überkreuzt, sah auf sie herab und sagte nichts. Sie war bis ins Mark schockiert, das konnte er ihr ansehen.

Eve ging erst nach langen Sekunden auf, dass er eine Reaktion von ihr erwartete. »Du wurdest abgeschossen«, flüsterte sie, »Ich wusste es. Und, oh Gott, Mac, du hast einen Beweis!«

Sie schlug die Hände vors Gesicht und begann, zu ihrem Entsetzen, zu weinen. Tränen tropften auf die Tastatur. Eve zuckte zurück und wischte erschrocken mit der Hand darüber.

Mac kniete sich vor ihr nieder und zog sie in seine Arme.

Eve schlang die Arme um seinen Hals und schluchzte.

Sie war *froh*. Zu ihrem eigenen Entsetzen war sie völlig unangemessen froh über die Tatsache, dass es sich um einen Anschlag handelte. Um ein schreckliches Verbrechen, das fünf Leben ausgelöscht hatte, mehrere Menschen lebensgefährlich verletzt und einen davon auf Dauer in die Psychiatrie gebracht hatte. *Froh* darüber, dass ein anderer die Schuld trug an diesem Unheil, dessen Folgen den Mann, den sie liebte, für den Rest seines Lebens begleiten würden und Dinge mit ihm machte, die sie sich niemals wirklich würde vorstellen können.

Sie sah ihn vor sich, wie er gewesen war, sein Bild auf dem Handybildschirm, mit der Sonne in den Augen, die blau und strahlend waren, und begriff, was er um ein Haar verloren hatte. *Ich habe eine Mission, das solltest du doch wissen.*

Es war ein furchtbares Gefühl, aber, ja, großer Gott im Himmel, sie war froh. Weil sie wusste, was Schuldgefühl war.

Dass sie vor ihm in Tränen ausbrach, machte ihn völlig fertig. Er konnte mit heulenden Frauen umgehen, *wirklich,* aber hier war der springende Punkt, dass sie seinetwegen weinte. Er spürte die Anteilnahme dahinter und leitete daraus ab, dass er ihr wichtig war. Vielleicht war er ihr sogar *besonders* wichtig, aber hey, ab hier wurde es wahrscheinlich aberwitzig.

Andererseits gab es den Zeitungsartikel. Schwarz auf weiß standen dort magische Worte, viele davon. »Hey«, sagte er und streichelte ihre Arme, »*hey*. Das sind doch meine Probleme.«

»Wenn du das wirklich glaubst«, schluchzte sie, »wenn du wirklich noch glaubst, dass es nur deine Probleme sind, dann hast du irgendwas nicht mitgekriegt.« Zitternd holte sie Atem. Sie nahm sich zusammen.

Er musste unbedingt wieder zur Vernunft kommen. Fürs Erste ließ er ihren Arm los und erhob sich wieder. Wandte sich der Zeitung zu und zog sie zu sich heran. Dabei fixierte er Eve auf eine Weise, die ihr die Röte in die Wangen trieb.

Mist. Eve sah weg.

»Wir müssen hierüber reden«, sagte er und klang sanft.

»Müssen wir nicht«, sagte Eve und rieb sich über die Augen. *Deshalb war er im Irak gewesen. Deshalb war er in Fort Lewis gewesen, am Samstag, gestern, und heute. Wegen des Videos. Er kämpfte um sein Leben.*

Er redete erst noch ein bisschen um den heißen Brei herum, weil er nicht wusste, wie er auf den Punkt kommen sollte – etwas, das ihm auch völlig neu war. Vieles war neu, dieser Tage.

»Wusstest du nicht, dass du dich damit in Gefahr bringst?« Ein Schauer lief ihm über den Rücken. Die Fahrt vom Flughafen hierher würde er nie vergessen. Es waren die längsten dreißig Meilen der Welt und die schlimmste Dreiviertelstunde seines Lebens gewesen, und in Anbetracht der Dinge, die er im letzten Jahr sonst so erlebt hatte, war das eine gewagte Behauptung. Er gedachte nicht, Eve je wieder aus den Augen zu lassen.

Sie hob den Kopf. »Welche Gefahr soll das denn sein?«

Am liebsten hätte er sie gepackt und geschüttelt, aber angesichts seines Ausbruchs am Nachmittag im Café mäßigte er sich. *Mit Mühe.* Er trat einen Schritt von ihr weg. »Eve, um Himmels willen! Ein Brandsatz ins Haus! Du hättest sterben können!«

Sie wischte sein Unbehagen mit einer Handbewegung zur Seite. »Das Klirren der Scheiben hätte Tote aufgeweckt. Ich hatte Zeit genug.« Sie machte eine Pause, blickte in sein fassungsloses Gesicht, erkannte, dass er sich gleich fürchterlich aufregen würde, und versuchte, sich Mut zu machen. »Mac. Die größte Gefahr für mich ist, dich zu verlieren.«

Er war eine Armlänge von ihr entfernt, hatte die Hände in den Hosentaschen vergraben, und sah ihr direkt in die Augen. »Eve«, sagte er, und allein seine Stimme machte ihr schon eine Gänsehaut, »das, was du geschrieben hast. Ist das dein Ernst? Stimmt das, was da steht?«

»Ja«, sagte Eve, »ich schreibe immer die Wahrheit.«

»Aber auch der letzte Absatz?«

Sie bildete sich ein, einen dringlichen Unterton zu hören. *Klar, Eve. Träum nur weiter.* »Ich dachte, den meintest du.«

Jäh überkam sie Wut. Sie wusste nicht genau, auf wen – sich, ihn, Tony vielleicht –, aber sie war auf einmal so sauer, dass ihr das Herz in der Kehle schlug und ihre Hände sich zu Fäusten ballten. Dann hatte sie es plötzlich: Er kam einfach nicht auf den Punkt. Es ging um den letzten Satz ihres Zeitungsartikels, und er hatte keinen blassen Schimmer davon, was es sie gekostet hatte und wie schwierig es gewesen war, diesen Text auf die Startseite der Samstagsausgabe zu bringen! Tony hatte das sofort kapiert und sie ausgiebig gelobt für ihre Hartnäckigkeit, und bewundert hatte er sie auch.

Tony.

»Was war das eigentlich mit Tony? Denkst du, sowas hilft? Was sollte dieses aggressive Machogehabe?«

Mac sah perplex aus. Allein bei der Erwähnung des Namens kam in ihm der sehnsüchtige Wunsch auf, den Kerl beim nächsten Mal einfach umzunieten. »*Dein Tony* war aggressiv. Ich bin nie aggressiv. Höchstens fokussiert.«

Der arrogante Militärslang brachte das Fass bei Eve zum Überlaufen. Was hatte sie schon zu verlieren! Mit der flachen Hand stieß sie ihn vor die Brust. Er wich tatsächlich ein Stück zurück. »Los, sag was. Sag was dazu. Ich habe mich in der Zeitung komplett zum Affen gemacht, und du wirst mir jetzt auf der Stelle erklären, was du darüber denkst.«

Sie schubste ihn nochmal, diesmal mit der geballten Faust, und es tat weh. Er rieb sich über das Brustbein und konnte es nicht fassen. Es war wie ein Funke, der übersprang. »Wieso ist es soweit gekommen? Du hast das doch angezettelt!« Wütend sein konnte er auch. »Das ist absolut typisch für dich! Du hättest es mir direkt sagen können!«

»So? Wann denn bitte? Du hast dich ins nächste Flugzeug gesetzt und warst verschwunden! Es ist unmöglich, mit dir zu sprechen!« Verflucht, sie würde einen Mord begehen, um seine Gedanken zu erfahren!

»Vielleicht hättest du dir die Mühe machen können, es zu versuchen! Aber vermutlich bin ich einfach einer von diesen Aus-den-Augen-aus-dem-Sinn-Typen«, sagte er lauernd. *Verdammt*, er war das *Gegenteil* davon!

Sie machte eine abwehrende Handbewegung. »Und außerdem ging es darum nur sekundär!« *Vielleicht könnte sie ihm ja vormachen, dass der Text auf der Titelseite eine korrigierte Version war. Oder dass der Redakteur einen Fehler gemacht hatte. Vielleicht die falsche Version in den Druck gegeben hatte. Dass man sie falsch zitiert hatte. Sowas passierte dauernd: Reporter führten ein Interview und interpretieren Dinge falsch.* Über all diese Alternativen dachte sie allen

Ernstes einen Moment lang nach. *Schlampige Arbeit, mangelnde Integrität.* Hatte er ihr nicht genau das schon vorgeworfen?

Mac hatte ihre Mimik beobachtet und sah es ihr an und konnte es nicht glauben. Sie suchte nach einem Ausweg. *Sie bereute es.*

Zur Hölle.

Er sah zur Seite.

Um ein Feuer zu entzünden, brauchte man drei Komponenten: Brennstoff, Hitze, Sauerstoff. Aus dem Funken wurde ein Flämmchen. »Sekundär! Das ist ja wohl die Höhe! Und primär ging es dann wohl um Silvia?«

»Primär ging es darum, den Leuten in diesem verfickten Landstrich zu zeigen, dass du kein Monster bist, weder ein Tierquäler, noch ein Mörder! Es ging darum, dass manche Menschen einen besseren Charakter als andere haben! Und darum, dass man die offenbar gern als Sündenbock drankriegt, weil sonst keiner den Arsch in der Hose hat, um die Verantwortung zu übernehmen! Darum ging es!«

Flammen schlugen hoch.

Sie standen voreinander, wie kämpfende Böcke. Es fehlte nicht viel, und Macs Nasenspitze hätte ihre berührt. Sie konnte die Hitze spüren, die von ihm ausging.

Seine Brust hob und senkte sich sichtbar. Außerdem war er über ihre Wortwahl schockiert. »Und da hast du dir gedacht, mach ich mal alle richtig schön sauer? Was glaubst du denn, wer das Café angesteckt hat? Silvia Hamilton war noch nie irgendwelchen Argumenten zugänglich!«

Das war zu viel für Eve. Sie hob die Hand.

Er fing ihren Arm ab, mit einer seiner hochtrainierten, blitzschnellen Reaktionen. »Jetzt bin ich wieder da. Sag es. Jetzt.«

Sie sagte nichts. Starrte ihn an, wütend, mit blitzend grünem Feuer im Blick. Er starrte zurück, und sie konnte sich ganz genau vorstellen, wie er eine ganze Kompanie lenkte. Sie wollte überhaupt nicht mehr mit ihm reden.

Brände entstehen, wenn Feuer sich unkontrolliert ausbreitet. Sie war so nahe an seinem Körper. Er konnte den Duft ihres Haares riechen und die leise Bewegung, die von ihr ausging, weil sie zitterte. Wie eine schwache Dünung, die sich an ihm brach. Die Hitze wanderte durch seinen Körper. Sein Schwanz wurde hart, richtete sich auf und presste sich an die Innenseite seiner Jeans. Seine Hände bewegten sich wie von allein und umfassten ihr Gesicht.

Eve trug das älteste Sweatshirt der Welt, ein dunkelblaues Ding mit einem reichlich verwaschenem *Seahawks*-Aufdruck. Genau genommen war es eins von Mac Sweatshirts, weil all ihre Klamotten in der Wäsche waren. Sie musste den Rauchgeruch in ihrer Wohnung loswerden, und dazu gehörte leider, sämtliche Textilien in die Waschmaschine zu werfen. Er hatte das Shirt gesehen, als sie sich aus ihrer Jacke geschält hatte. Nicht, dass er etwas dazu gesagt hätte. Sie schob die Ärmel nach oben, eine ärgerliche Geste, die Entschlossenheit vortäuschen sollte.

Auf dem Shirt, direkt über dem Logo, war ein winziges Loch, durch das ihre Haut schimmerte. Mac beugte sich vor und drückte einen Kuss auf die Stelle. Eves Lippen öffneten sich mit einem leisen Laut, der wie ein sehnsuchtsvolles Stöhnen klang.

Mac verlor die Beherrschung. Er schob sie grob weg. Etwas, das er bis jetzt immer unter Kontrolle gehabt hatte, rasselte mit den Ketten und machte Anstalten, sich loszureißen.

Sie fuhr mit den Lippen über seine Kehle, und eines der imaginären Kettenglieder begann sich an seiner Schweißnaht zu öffnen. Ihre Hand glitt zu seiner Hüfte, aber er hatte keine Lust auf Spielchen. Er wollte die Finger in ihr Haar schieben und daran zerren und raten, ob der Grund für ihr Stöhnen Schmerz oder Lust war. Er wollte rücksichtslosen, animalischen Sex. Er wollte sie einfach nur ficken.

Aber das konnte sie auch: Sie packte seinen Kopf und zog ihn zu sich. Sie drückte ihn an die Wand und stieß heftig gegen ihn. Wie hatte er ihr das alles antun können? Wie konnte sie ihm das antun? Und wie war es möglich, dass Silvia Hamilton ihnen das antat? Zorn und Hilflosigkeit rauschten über sie hinweg wie eine Welle, und sie wollte es tilgen, tilgen, tilgen.

Es war die Art und Weise, wie sie den Atem anhielt, die ihm alles sagte, was er wissen musste. Er griff an den Kragen des Shirts, spannte die Arme an und riss den Stoff entzwei.

Unter dem Sweatshirt kamen dunkelblaue Spitze und nackte Haut zum Vorschein. Eve griff zwischen seine Beine, und er wollte genau hier und sofort in ihr sein, wobei er seine sämtlichen Probleme auf einen Schlag vergessen würde. *Aber halt:* Welche Probleme denn? Sie war da, in seinen Armen, sie wollte ihn, und im Moment sah er nichts, was nicht zu schaffen wäre, und auf einmal war er high vor Glück.

Er stöhnte an ihrem Mund und legte die Hand in ihr Kreuz und presste Eve einfach auf den Fußboden. Soweit es ihn betraf: Er war startklar.

Aus der Flamme war ein Großbrand geworden.

Es war zu lange her. Wie Wasser in einem Wadi, der sich rasend schnell füllte und zu einer Flutwelle wurde, wenn der Regen kam, prallten sie aufeinander. Alles dauerte Ewigkeiten: die Jeans von den Beinen stoßen. Hautkontakt suchen, so viel wie möglich, *bitte komm* und *mach schneller*. Mac Hand fand die köstliche Vertiefung, wo Eves Oberschenkel ins Gesäß überging, umfasste eine wundervolle Pobacke und hob ihre Hüften an. Er glitt an ihr herab, saugte an ihr, küsste, leckte. Eves Hände tasteten umher, und weil sie das, was sie wollte, nicht erreichen konnte, klammerte sie sich an seine Schultern und hielt sich an ihnen fest. Sie atmete stoßweise, schob sich auf seine Finger, wollte ihn tiefer in sich spüren, intensiver, mehr Finger, alles.

Er legte seine freie Hand zwischen ihre Schulterblätter, und die Art, wie er sie hielt und stabilisierte, ihr nicht erlaubte, sich Erleichterung zu verschaffen, machte sie richtig heiß: Hitze, so intensiv wie der Schmelzpunkt von Karamell, und dann ging die Hitze über in Spannung. Rausch. Wonne. *Epiphanie.*

Wie sie sich wand. Es fühlte sich an, als hätte er Flitter im Bauch, winzige, flimmernde, kitzelnde Fragmente. Kurze Zeit später waren die Glitzerdinger in seinen Kopf gestiegen und richteten dort ein riesiges Tohuwabohu an. Er konnte nicht mehr denken, nicht mehr reden, gar nichts konnte er – nur noch fühlen.

Ihr Körper war wie eine Bogensehne gespannt. Er veränderte seine Position und drängte sich daran nach oben. Als er sich in sie schob, legte er den Arm in das delikate Hohlkreuz, das ihr Rücken bildete, um ihr noch näher zu sein. Sie hielt ihn fest und schlang die Beine um seine Taille, kreuzte die Knöchel und drückte mit den Knien zu.

Sein Aufstöhnen sprach von purer Lust. Sie war so verdammt sexy, wenn sie sich holte, was sie brauchte und sich hemmungslos ihrem Vergnügen hingab, einem Vergnügen, das aus Vertrauen geboren wurde, und sie sich nicht davor scheute, ihn zu dirigieren, ihn zu schieben und zu stoßen, mit Fingernägeln zu traktieren und sich nicht darum kümmerte, wenn er vor Schmerz aufstöhnte.

So schnell war er noch nie gekommen, außer vielleicht als Sechzehnjähriger. Kaum war er in ihr, vier, fünf Stöße, ihre Gegenbewegung, weißes Rauschen, schmelzende Knochen, *vorbei.*

Es dauerte eine Weile, bis das Flirren in seinem Kopf weg war. Eigentlich war es noch gar nicht weg, das Summen hielt ja immer noch an. Er stützte sich ab, ließ die Stirn auf ihre Schulter sinken und stöhnte. »Grob und schnell. Eve, tut mir leid.«

»Nein, genau richtig. Ich liebe es.« Sie lachte leise und atemlos und sah ihn mit weit offenen Augen an. Ihr Lachen verstummte nicht, aber es wurde zu etwas anderem, zu einem Glucksen, wurde leise und heiser, und dann zu einem Seufzer, der seine Nervenenden in einen Funkenregen verwandelte.

Er packte ihre Hüften. »Umdrehen«, kommandierte er, »Hände und Knie. Jetzt.« Er stieß sie in die richtige Richtung, hatte es eilig, und ihr gefiel es, weil sie sich bei ihm sicher fühlte und ihm vertraute und ihn brauchte.

»Hi, Zuckerfee«, begrüßte er sie mit schiefgelegtem Kopf, als sie wieder zu sich kam und die Augen öffnete, die verschleiert waren, »da bist du ja wieder.« Seine Stimme war rau. Er stützte sich auf den Ellenbogen und erzitterte leicht, weil ihn nach dem Orgasmus ein Beben durchlief. Sie genoss seine Hingabe. Sie genoss es, dass er sich verletzlich machte.

Die Art, wie er lächelte, bewirkte, dass ihr Herz zerfließen wollte. Er schob eine verschwitzte Strähne aus ihrer Stirn. Eve legte die Arme um ihn und strich über seine Schultern, mit einer Zärtlichkeit, die ihn schwach machte.

»Ich liebe dich, Mac«, sagte sie.

Sie klang ruhig und ernst. Er hob den Kopf und suchte in ihren Augen nach dem versteckten Schalk, der ihn normalerweise so faszinierte. Jetzt hätte er diesen belustigten Funken nicht ertragen, und er war froh, dass er ihn nicht fand.

»Ich liebe dich schon viel länger, als du mich«, sagte er und hörte sich erstickt an, weil er zusah, wie ihre Augen groß und dunkel wurden.

Er hatte sie bitten wollen. *Könntest du es jetzt sagen, damit ich wieder ein bisschen Boden unter die Füße kriege?,* hatte er sagen wollen, und er hätte es auch in der nächsten Sekunde getan, aber dann war sie ihm zuvorgekommen. Jemandem seine Liebe zu erklären war, wie mit dem Fallschirm abzuspringen: Sobald man den Schritt gemacht hatte, gab es kein Zurück mehr. Man hatte es gesagt, und entweder der Schirm öffnete sich, oder man rauschte im freien Fall in den Boden. Am liebsten hätte er die Augen zusammengekniffen, in Erwartung des Aufschlags.

Eve streichelte sein Gesicht. »Wie kommst du denn nur darauf?«, wisperte sie und fuhr mit den Fingerspitzen unter seinen Augen entlang, »das geht gar nicht.«

»Dann kann es sich aber nur um Millisekunden handeln«, sagt er. »Ich liebe dich, Eve.«

»Wirklich?«

»Oh ja.«

»Mac?«

»Hm?«

»Könnten wir die Location wechseln, bitte? Ich komme hier sonst nie mehr hoch.«

Er lachte. Zittrig. *Ach, Eve.* Auf dem Weg zum Bett versiegelten ihre Lippen die seinen, während sie sich umeinander herum wanden, um nicht gegen die Möbel zu stoßen, weil sie die Hände nicht voneinander lassen konnten. Ihre Hände verschwanden unter seinem T-Shirt und tasteten über seine Bauchmuskeln. Sofort hatte er eine Erektion. »Fass mich an«, befahl er, dicht an ihrem Mund. Ihr Kuss war wie ein Prolog, und als sie ihn aufs Bett stieß und ihn kostete, schaltete Macs Gehirn auf schnellen Vorlauf und präsentierte ihm gestochen scharfe Bilder von dem, was als Nächstes kommen würde.

Es war paradiesisch. Er berührte sie, spürte ihre köstliche Feuchte und erinnerte sich daran, wie schillernd ihr nasses Fleisch glänzte. Es kam ihm vor, als ob seine Knochen summten, so scharf war er. Er drückte gegen ihre Schultern, obwohl er es bedauerte, als ihre Lippen seinen Schaft freigaben. Aber er brauchte etwas anderes, und ahnte, dass es ihr genauso ging. Er irrte sich nicht. Sie sah ihm tief in die Augen und da war sie, die kleine Flamme, hell und lodernd. »Mach. Das Vorspiel hatten wir schon.«

Er drehte sie, schob seine Hände in ihr Haar, das als glänzende Kaskade um ihren Kopf ausgebreitet war, und liebte das Gefühl der weichen Masse in seinen Händen. Er ließ die Finger hindurchgleiten und ballte es zusammen, hob es an sein Gesicht und atmete tief ein. Dann senkte er den Kopf und widmete sich ihrem Nacken, der vor ihm lag, zart und frei, und konnte sich nicht satt daran sehen, wie sie den Kopf neigte und drehte, um jede seiner Berührungen auszukosten.

Er presste sein Becken gegen ihren Hintern. Sie erwiderte den Druck und spreizte die Beine, und Mac brachte sie in die richtige Position. Er zog ihren Kopf nach hinten, und Eve gab einen sinnlichen, leidenschaftlichen Laut von sich, der über seinen Rücken prickelte und direkt in seinen Schwanz fuhr. Als sie zu stöhnen begann, legte er die flache Hand auf ihre Lendenwirbelsäule. Er warf den Kopf in den Nacken, vermisste ihren Anblick, sah wieder auf sie hinab. Heiß. Eng. Nass. Seidig. Dann: Zucken. Ihre Muskeln, die sich fest um ihn schlossen, sich entspannten, sich zusammenzogen, in einem mit kehligen, unverständlichen Worten und inspirierenden Lustgeräuschen untermalten, magischen Rhythmus, der ihn vor Glück benommen machte. Das war bewusstseinsverändernd, unvergleichlich, himmlisch.

Er bewegte sich in ihr. *Von schnell nach langsam* und *von langsam nach schnell,* und der wahre Genuss war, zwischendurch innehalten zu können und sich an dem Gefühl zu berauschen, dass sie ihn so sehr wollte. Und ihre Laute zu hören, die alles noch so viel besser machten.

Guter Sex war Reibung plus Feuchtigkeit plus Geilheit – klang fast wie ein physikalischer Grundsatz. Richtig guter Sex war all das plus Liebe, und das machte es zu etwas Einzigartigem.

Mac legte die Hand auf ihren wilden Puls, der sichtbar an ihrem Hals pochte. Er legte den Kopf auf ihre Brust und hörte ihr heftig schlagendes Herz. Aus dem brutalen Flächenbrand wurde eine angenehme Wärme, die sich überall in seinem

Körper ausbreitete. Er hatte das gute Gefühl, dass sie nicht so bald wieder verschwinden würde.

Mac stand auf, weil er dringend etwas zu essen brauchte. Eve folgte ihm, musterte den malträtierten Pulli und zog eines seiner Shirts aus dem Fach im Schrank. Diesmal war das Logo der Huskies darauf gedruckt. »Du bist sportlich gesehen wohl eher indifferent?«

»Eine Art von Multitasking«, murmelte er, griff den Saum des Kleidungsstückes und schob es wieder nach oben, um ihre Brust zu küssen. Dann zog er es entschlossen wieder herab.

»Ist auch egal«, sagte Eve, »es könnte ebenso gut *ich hatte gerade den heißesten Sex meines Lebens* drauf stehen.«

Mac lachte. Er kam um vor Hunger und ging voraus in die Küche, um den Kühlschrank zu inspizieren. Viel war da nicht, wie auch: Einkaufen hatte für Mac keinen besonderen Stellenwert. Dafür hingen an der Seite des stählernen Ungetüms ja die Speisekarten der örtlichen Lieferdienste. Essen bestellen war etwas, das er ganz fantastisch konnte. Er blätterte ein wenig in dem Angebot herum und sah zu Eve, die am Tisch lehnte und ihn betrachtete. Er hielt zwei der Karten hoch. »Was möchtest du?«

Sie zögerte mit der Antwort.

»Eve?«

Sie stand ganz still. »Ich will dich«, sagte sie, »ich will uns.«

Kapitel 38

Sie meinte keine weitere Runde im Bett, das wusste er sofort. Er legte die Speisekarten neben sich auf die blütenreine Arbeitsplatte und blieb, wo er war, weil etwas in ihm hochkroch, das er mittlerweile gut kannte: Angst.

Deshalb wechselte er das Thema. Obwohl, nein – ging es nicht genau darum? *Besitz.* »Ich hab dich schon mal gefragt: Warum hast du die Papiere nicht unterschrieben? Es könnte alles dir gehören.«

Sie wusste die richtige Begründung offensichtlich noch immer nicht, denn sie antwortete wieder mit einer Gegenfrage. »Warum willst du mir das Café überlassen?«

Diese Sache war immer noch nicht aus der Welt geschafft. Wieso sie jetzt damit anfingen, wusste er allerdings nicht. War nicht eben noch alles wunderbar gewesen? *Ach was:* wunderbarer als wunderbar?

So kamen sie jedenfalls nicht weiter. Er entschied sich dafür, mit der Wahrheit rauszurücken. Sie stand auf Wahrheiten. *Also.* »Ich will, das du glücklich bist.«

»Glücklich? Wenn du abhaust? Und mich hier alleine lässt? Sag mal, was stimmt denn mit dir nicht?«

»Aber mit mir bist du doch auch nicht glücklich.«

Nein, da lag er falsch. Ihre Augen bekamen einen weichen Ausdruck. »Okay, vielleicht nicht im Moment. Weil das Café halb abgebrannt ist. Sonst aber schon. Eben war ich es. Nein, ich war im siebten Himmel, und du auch. Auch wenn ich dich am Anfang verdächtigt habe, dass du nur ein kurzes Abenteuer wolltest. Quasi als Bonus dafür, dass du mir das Café wegnimmst.«

»Allmächtiger! Das hast du von mir gedacht? Ein toller Hengst, der Frauen im Bett dazu bringt, ihm Anteile von

Geschäften zu überschreiben? Sag mal, für was für einen Kotzbrocken hältst du mich eigentlich?«

Sie hob die Hand. »Mac. So war es nicht. Bevor wir weitermachen: Überleg dir bitte, was du sagst. Und jemandem einfach so einen Anteil an einem Grundstück zu überlassen, ist nicht vernünftig.«

»Natürlich ist es das. Georgina hatte mich überhaupt nicht auf dem Schirm.«

»Deswegen verzichtet man nicht auf ein Haus.«

»Es ist egal, Eve, denn du nimmst es ja nicht an.« Er sah plötzlich angestrengt aus.

»So ist es: Das unterschreibe ich nicht.« Ein verzweifelter Ton stahl sich in ihre Stimme, denn sie wusste, warum er das tat. Er hatte es eine Weile interessant gefunden, weil er vor Langeweile umkam. Weil er seinen Job nicht ausüben konnte. Das würde sich bald wieder ändern. All das hier wäre nur ein Klotz an seinem Bein. »Willst du wirklich hier weg? Ich dachte, du liebst das alles! Mac, ich habe–« *mir das mit der Bar nochmal überlegt und schon damit angefangen.*

Er unterbrach sie. »Soll ich dir sagen, was ich will?«

Sie bejahte das. Und war plötzlich angespannt.

»Ich will der sein, den du am meisten liebst.«

Sie hielt den Atem an. »Das bist du, Mac.«

Er nickte. Ob sie wusste, wie groß der Fels war, der ihm bei solchen Worten vom Herzen rollte? Sicherlich nicht. Aber er musste ihr wichtige Dinge sagen, und deshalb behielt er den Abstand bei. »Neulich dachte ich, es sei Tony.«

»Wieso denn Tony?«

Na, weil er aussah wie eine Kreuzung zwischen Henry Cavill und Prinz Harry. »Du hast ja offensichtlich jede Menge Spaß. Kein Wunder, wenn man sich jeden Tag an der Expertise eines solchen Sonnenscheins erfreuen kann. Stehst du eigentlich auf Tattoos?«

»Nein! Was soll das? Mac!« Was passierte denn jetzt? Ging es um das Café? Warum war das alles so kompliziert? Wusste er denn nicht, dass ihr der Atem stockte, wann immer sie ihn sah? Ihr Problem war, dass er anscheinend wieder wegwollte. Und was war seins? Dass er dachte, Georgina hätte ihn hier nicht haben wollen? *Meine Güte.* Da war es doch bedeutend leichter, über das Offensichtliche zu schimpfen: »Gut. Reden wir doch mal über dich, Ex-Draufgänger. Wie viele Kerben hat denn dein Schwert? Fünfzig? Hundert?« Sie warf einen anzüglichen Blick auf seine Körpermitte, drückte sich in die Ecke und verschränkte die Hände hinter dem Rücken.

Größtmöglicher Abstand. *Toll.* Er machte ein Geräusch, halb Lachen, halb Abscheu. »Eve, du hast keine Ahnung.«

»Woher auch! Wann hast du mir je etwas über dich erzählt?« Sie sprach so leise, dass er sie auf die Distanz kaum hören konnte, aber er hatte den Eindruck, dass ihre Stimme zitterte. Sie hatte recht, ging ihm auf. »Was willst du denn wissen?«

»Alles«, sagte sie.

Er ging zum Fenster und lehnte die Schläfe gegen das Glas. »Ich habe eine Aversion gegen verheiratete Frauen.«

»Wie überlebst du im heutigen Amerika, bei einer Verheiratete-Frauen-Quote von wahrscheinlich 40 Prozent?«

»Indem ich mich möglichst nicht in sie verliebe.«

»Mac, ich habe dir erklärt –«.

»Ja. Liebst du ihn noch?«

»Nein.«

»Gut. Scheint ein ziemlicher Idiot zu sein.«

»Nein, ist er nicht. Er wollte einfach nur seine Träume verwirklichen.«

»Klingt schwer danach, als ob du noch an ihm hängst.«

»Ich habe ein paar Jahre gebraucht, um so viel Verständnis für ihn aufzubringen, aber bis eben dachte ich noch, es sei gut so, wie alles gekommen ist! Und wollten wir nicht über dich reden?«

»Tun wir ja. Die einzige Frau, von ich je glaubte, sie zu lieben, war verheiratet«, sagte er. »Leider habe ich davon erst erfahren, als ich mit ihr nach Lewis zurückkehren wollte.«

Eine Kollegin. »Ich dachte, sowas passiert nur Frauen.«

»Du bist wirklich wahnsinnig emanzipiert!«

Eve fiel etwas ein. »Daher also der kryptische Spruch von der Rüstung und den Rissen. Du hast Angst, verletzt zu werden.«

»Hat jeder, oder? Seit der Sache hab ich jedenfalls damit aufgehört.«

»Womit? Mit dem Zählen?«

»Mit dem Unverbindliche-Sachen-Machen.«

»Ich bin nicht verheiratet.«

»Das weiß ich mittlerweile!« *Menschenskinder!*

»Warum machst du dann so ein Theater?«
Er fuhr sich entnervt durchs Haar. »Meine Erfahrungen mit Frauen sind eher schlecht.«
»Aber zahlreich?«
»Ja, herrje, auch zahlreich. Aber *schlecht* ist doch wohl wichtiger?«
Eve ließ nicht locker. »Wie zahlreich?«
»Ich war früher viel unterwegs. Was erwartest du?« *Er hatte es gesagt. Sie hatte es gesagt.* Was sollte das jetzt?
»Also doch ein Mädchen in jedem Hafen.«
Verdammtes Mo-Gewäsch. »Nein, das stimmt nicht. Eve, ich glaube, du kannst gut verletzen. Zumindest mich. Ich glaube sogar, dass so eine Verletzung von dir mich umbringen würde. Ich will eine echte Beziehung, eine reife Beziehung, aber ich hatte noch nie was in der Art.«
Eve verzog das Gesicht. »Na toll«, sagte sie, »das kann ja was werden mit uns. Ich kann's auch nicht. Wir haben beide keine Ahnung von erfolgreichen Beziehungen, oder? Aber können wir es bitte nicht wenigstens versuchen?« *Gott, musste sie ihn etwa schon wieder anflehen?*
»Ich hab überhaupt keine Ahnung«, sagte er todernst, »aber Tatsache ist, dass ich unendlich scharf auf dich bin.«
»Das ist ein blödes Gespräch«, sagte sie und wischte sich zornig über die Augen. »Und was glaubst du, wie lange das anhält?«
»Es wird anhalten. Ich habe zu viel Angst, dich zu verlieren, aber das ist mir erst vorgestern so richtig klar geworden. Außerdem hab ich auch ein Tattoo.«
Ah, schon wieder Tony. Wieso machte er ihm bloß so zu schaffen? Sie konnte nicht anders: Sie lachte. »Du? Du hast nicht mal durchstochene Ohrläppchen.«
Er kam endlich näher. Nach drei Schritten blieb er stehen und zog an seinem Shirt. Nackt gesehen hatte sie in der ganzen Hektik heute nur Teile von ihm, und die waren vorher nicht von dem Shirt bedeckt gewesen. Sie liebte den Anblick seines Bauches, und über der OP-Narbe an seiner Seite befand sich neuerdings das Abbild von Sirius.
Eve fehlten die Worte. »Wow«, brachte sie hervor. Sie kam ihm entgegen, beugte sich herab und fuhr mit den Fingerspitzen über die leichten Erhebungen auf seiner seidigen

Haut. Das Kunstwerk war absolut gelungen und täuschend realistisch. Sie hatte keine Erfahrungen mit Tätowierungen, aber das stechen zu lassen hatte lange gedauert. Und weh getan. »Wow«, sagte sie nochmal. Andächtig.

»Ist noch nicht ganz verheilt«, sagte Mac. Seine Stimme hörte sich belegt an.

Was für ein wunderbarer Mann er war. »Du stehst auf Schmerzen, was?«

»Im Gegenteil«, erwiderte er, »eigentlich versuche ich, sie zu vermeiden.«

Er sprach nicht von dem Hundekopfbild auf seinen Rippen, und sie wusste es.

Mac saß am Frühstückstisch und las abermals den Presseartikel, Wort für Wort. Eigentlich kannte er ihn bereits auswendig, aber Eve war noch im Bad, und er wollte einfach hier sitzen, dem Rauschen des Wassers nebenan zuhören und auf sie warten. Und die Worte lesen, die so wichtig waren. Er würde sie auf Band aufnehmen und als Endlosschleife abspielen. Sie waren wie pures Gold. Er konnte nicht genug davon bekommen. Das war wirklich der Knaller. Woher nahm sie den Mut zu *sowas*? Tony hatte recht.

Eve kam leise heran. Er neigte den Kopf, um ihr ins Gesicht sehen zu können. *Hey. Oh nein.* »Hast du geweint?«

Weil er so sanft klang, wich sie seinem Blick aus. »Nein.« Sie rutschte auf den Stuhl zu seiner Linken.

Er seufzte, stand auf und hockte sich vor ihr nieder. Mit einem Finger hob er ihr Kinn. »Du bist Eve«, sagte er, »du schaffst das. Wir schaffen das.«

»Nein«, sagte sie wieder, »das ist es ja gar nicht. Ich hab Angst, dass es dir nicht gut geht. Ich hab Angst, dass dir was passiert. Mac – was ist, wenn dir nochmal etwas zustößt? Kannst du nicht hierbleiben? Andererseits sind hier verrückte Frauen, die dir das Leben zur Hölle machen, und –« Ihre

Stimme nahm einen komischen Klang an, und er erkannte plötzlich, dass ihre Sorgen weit über den Brandschaden hinausgingen. Er wollte die taffe, hungrige Eve zurück, weil es so leicht war, auf das Lachen und die Sprüche einzugehen, und noch leichter war es, dem körperlichen Verlangen zu folgen. Aber seltsamerweise fand er sie so, weich und verletzlich, noch schöner. Es bedurfte nur etwas mehr Zeit, sich daran zu gewöhnen.

Er tippte mit dem Finger auf die Zeitung, die noch genauso da lag wie gestern Abend. »Das hier. Sowas hat noch niemand für mich gemacht.«

Sie wischte sich über die Augen. *Keine Tränen. Gut.* Seine Zärtlichkeit machte sie hilflos. »Ich glaube, sowas wird überhaupt nicht oft gemacht. Es kommt wahrscheinlich gleich nach Heiratsanträgen mit Spruchbändern aus Flugzeugen oder sowas.« Am liebsten hätte sie sich die Hand vor den Mund geschlagen. *Um Gottes willen!* Am besten, sie sprach einfach weiter. Am besten viel. Und schnell.

»Weißt du eigentlich, wie sehr ich in der Redaktion betteln musste, um diesen Artikel auf die Titelseite zu bekommen? Lana hat mir geholfen. Ich kann Lana immer noch nicht leiden, aber sie hat jetzt ein lebenslanges Anrecht auf Gratis-Torte!«

Er lachte. Mac konnte ihr zwar kaum folgen, aber wenn das Lana zu verdanken war, würde er ihr zum Kuchen auch noch die Drinks ausgeben.

»Natürlich nur, falls es je wieder aufgebaut wird. Mac, ist dir klar, was das heißt? Sie kann jederzeit über jede meiner Torten einfach so herfallen! Und dazu musst du wissen, dass ich einen Plan aufgestellt hab. Das ganze Jahr ist durchgeplant, saisongerecht natürlich, von Erdbeeren über Kirschen und Johannisbeeren bis zu Äpfeln und Pflaumen im Herbst, und im Winter backen wir ...«

»Klingt nach einem Zehnjahresplan«, murmelte er. »Und natürlich wird es wieder eröffnet.« Es klang, als sei das Kuchenmachen für sie lebensnotwendig, und da wollte er nicht im Weg stehen. Er hatte auch Pläne: Ausgefeilte Pläne für Sex im Fahrstuhl, Sex im Auto, Sex in der Küche und Sex am Strand von Ruby Beach, mit Fünf-Sterne-Orgasmen, und wehe, es gäbe hinterher noch einen einzigen Quadratzoll ihres

Körpers, den er noch nicht gekostet hatte. Und wenn er damit fertig wäre, würde er wieder vorn anfangen. Soweit es ihn betraf, ging das in Richtung lebenslanger Plan.

Aber davon hatte sie ja ganz schön schnell wieder abgelenkt.

»Ich mach mal Frühstück«, murmelte er, stützte sich mit den Händen auf ihren Oberschenkeln ab und erhob sich.

Während er in der Küche rumorte, checkte Eve ihr Handy und versuchte, die Termine abzustimmen. Es klappte nicht besonders gut, offenbar hatte heute jeder etwas Dringenderes zu tun. Und der Mann von der Versicherung verschob gerade seinen Besuch auf nächste Woche. *Verdammt.* Ende Januar würde sie wieder aufmachen, und wenn sie bis dahin Tag und Nacht ackern müsste.

Mac stellte ein Tablett auf den Tisch. Eve beäugte den knallgrünen Shake misstrauisch. »*Igitt.* Was ist das?«

»Superhelden-Punsch. Trink das. Wir haben viel zu tun.«

»Ach so?« Sie probierte und riss die Augen auf: »Wow. Du hast es echt drauf.«

Das Lächeln, das er ihr schenkte, war wie eine schützende Blase aus Ermutigung und Einmütigkeit.

Sie fragte ihn, was er mit dem vorherigen Satz gemeint hatte. Der Gedanke, dass er ihr trotzdem mit dem Café half, ließ eine angenehme Wärme in ihrer Bauchgegend entstehen.

Er schlug vor, sich um die Renovierung zu kümmern. »Eine Freundin von mir hat ein Küchenstudio, und …«

»Ach, jetzt reicht es aber!« Eve knallte ihr Notizbuch auf die Tischplatte. »Du hältst mir Vorträge wegen Tony und kommst dann mit deinen vielen sogenannten Freundinnen an?« *Meine Güte,* ihre Nerven waren so dünn wie feingesponnene Seide.

Mac merkte, wie sein Schutzwall wieder hochfuhr. »Ich will dir helfen, was ist daran verkehrt?«

»Das ist süß von dir, aber ehe ich zulasse, dass du eine von deinen Bettgeschichten hierher einlädst, mache ich lieber jeden einzelnen Handgriff selbst! Ich hoffe nur, dass ich niemals in deine *Gute-Freundinnen*-Kaste aufsteige!«

Mac brach in Gelächter aus. »Hey! Beruhige dich. Dann halt nicht. War nur ein Vorschlag.«

Sie versuchte, ihn niederzustarren, verlor jedoch. Ein bisschen schämte sie sich. Natürlich kannte er eine Menge Leute. Aber Eve stellte sich diese Frauen vor wie die Endauswahl bei *America's Next Top Model,* und sie ging einfach davon aus, dass jede Frau ihn so sah wie sie. Sie sagte ihm das.

»Okay. Können wir jetzt bitte über was anderes sprechen?« Ganz zufrieden sah er nicht aus.

Doch bis hier her ging alles gut. Dann sagte Eve:

»Hör zu, Mac. Nur weil du gesagt hast, du liebst mich, kannst du nicht mit mir machen, was du willst.«

Mac versteinerte förmlich. »Was genau meinst du mit *nur weil ich gesagt habe*? Glaubt du mir nicht? Besser kann es nicht laufen zwischen zwei Menschen!«

Eve war angeschlagen und fühlte sich verwundbar. »Pass mal auf, Mac Lawrence, wenn du dich nicht auf der Stelle bei mir entschuldigst, dann kriegst du dein blödes Café zurück. Ich muss es nämlich nicht unbedingt haben. Ich gehöre hier nicht hin. Ich kann auch überall anders meinen Job machen.« Ihre Lippen zitterten verräterisch.

Was in aller Welt…! Mac merkte, dass Verärgerung in ihm aufstieg. Aus der Verärgerung wurde Verzweiflung, und die Verzweiflung verwandelte sich in Wut. Adrenalin rauschte durch seinen Kreislauf wie eine Monsterwelle. »Und wieso sollte ich hier hingehören? Kein Mensch will mich hier haben! Aber das kann mir auch egal sein. Ich bin fast wieder im Dienst! Ich kann jederzeit ein neues Kommando übernehmen, und dann war's das hier für mich.« Damit goss er mit voller Absicht Öl in das Feuer ihrer Ängste. Er sah, wie ihr Gesichtsausdruck sich veränderte, und wünschte sich nichts mehr, als seine Worte ungesagt machen zu können.

Auf einmal fiel das ganze Kartenhaus seiner albernen Wunschvorstellung einer Zukunft mit ihr zusammen.

Verfluchte Scheiße. Er streckte die Hand aus. »Vielleicht könnten wir so tun, als hätte ich das gerade nicht gesagt?«

Aber ab diesem Moment hatte Eves Angst, dass er wieder ging, eine tragfähige Basis.

Sie wehrte ihn ab. »So. Und wie lösen wir das Problem? Vielleicht, indem ich die Beine breitmache, und dann ist alles wieder wie vorher?«

Wie war es eigentlich zu erklären, dass zwei Menschen, die miteinander den besten Sex ihres Lebens hatten, sich derart komplett missverstehen konnten? Er wollte nicht nachgeben. »Wann denn vorher? Meinst du gestern *vorher* oder das *vorher* von Weihnachten? Oder das *vorher* im letzten Jahr, als es dir irgendwie gelungen ist, meine Stiefmutter davon zu überzeugen, mich auszubooten? Welches *vorher* genau?«

Plötzlich wurde ihm klar, warum er so wütend war. Das hier – die Beziehung mit Eve – war genau das, was er immer gewollt hatte. Aber es war nicht so wie erhofft. Er hatte angenommen, mit einem Schlag sei alles klasse, aber tatsächlich war das alles im Moment so angenehm wie eine Knieoperation.

Er wandte sich ab und trug das Geschirr zur Spüle. Aus dem Augenwinkel sah er, dass Lana auf den Hof fuhr. *Herrgott noch mal!*

Schlimmer ging eben immer.

Kapitel 39

Als Hund hatte man die Pflicht, mindestens einmal am Tag wie verrückt herumzuhüpfen, so wie Amy es zur Begrüßung immer tat, einfach, um zu zeigen, wie toll die Welt war und wie fabelhaft die Stimmung.
Auf diese Weise begrüßte Amy die ganze Belegschaft, die, vollzählig angetreten und offenbar nicht im mindesten beeindruckt von Eves brüskem Rauswurf gestern, schon mitten bei der Arbeit war.

Die Begeisterung war ansteckend. Selbst Lana, die Hunde normalerweise höchstens mit der Kneifzange anfasste, tätschelte Amy den dicken Kopf.

Lana spazierte mit Eve durch die Räume und blickte sich um. Der Baustellencharakter tat ihrer glänzenden Laune keinen Abbruch. Sie drückte ihrer neuen Freundin den Arm. »Das wird wieder«, sagte sie. »Wie ist es denn mit dem Artikel gelaufen? Hat Mac sich gefreut?«

»Wie verrückt«, murmelte Eve. Mac war heute ungefähr das Letzte, worüber sie mit Lana reden wollte.
Sie nahmen den Raum unter die Lupe. Nachdem die beschädigten Möbel entsorgt und die schlimmsten Verwüstungen beseitigt waren, sah es gar nicht mehr so schrecklich aus. Sie musste sich Gedanken um eine neue Küchenausstattung machen. Morgen würden die ersten Handwerker kommen.

Lana stöckelte durch den Gastraum. In Ermangelung von Kuchen hatte sie einen Präsentkorb voller Schokoriegel, Donuts und Keksen dabei und hielt, während sie *Starbars* verteilte, alle von der Arbeit ab. Sie zappelte herum und sah aus, als ob sie gleich vor Vorfreude platzen würde. Sobald Mac sich blicken ließ, zwinkerte sie ihm beschwingt entgegen. Das hätte Eve eigentlich misstrauisch machen sollen, aber sie betrachtete gerade die kalorienstrotzende Süßigkeit in ihrem gelben Papier und dachte, dass die Leute von Cadbury's es wirklich drauf hatten. Sie leckte die Schokolade von ihren Fingern. In ihrem Kopf formte sich die Idee für einen Kuchen aus Erdnussbutter und Schokolade.

Mac grüßte uninteressiert. »Lana.« Noch ein knappes Nicken; das musste an Aufmerksamkeit reichen. Viel wichtiger war es, zu ergründen, was mit Eve los war. Sie hatte sich perfekt zurechtgemacht – sie würde Lana niemals unperfekt gegenübertreten – und wirkte wie einer dieser sonnigen Tage im März: Sah schön aus, machte ordentlich was her, aber es fegte ein eiskalter Wind. Und außerdem hatte er den Blick gesehen, mit dem Tony ihr vom Flur aus zusah, wie sie ihre verdammten Fingerspitzen ableckte. *Wie eine Katze.*

Er war noch keine drei Minuten da. Und hatte jetzt schon *so* einen Hals.

Tony kam um die Ecke, wurde bei Macs Anblick kurz zu Eis und murmelte etwas, das sich wie der Beginn eines lahmen Witzes anhörte. *»Kommt ein GI ins Café ...«*

Mac zog die Brauen zusammen. Der Tag sah nicht danach aus, als ob er besser würde, und das Schlimmste daran war, dass er sich bei dem texanischen Mastermind irgendwann auch noch entschuldigen musste.

Tony legte ein paar Zangen und Spannungsprüfer auf den Tresen, und verkündete, dass der Strom wieder da war. Zum Beweis schaltete er die Kaffeemaschine ein. Justine, von der Mac etwas gehässig dachte, dass ihre Lieblingsfarbe bestimmt *Glitzer* war, jubelte und hüpfte in bester Cheerleadermanier auf und ab. Tonys Augen leuchteten vor Begeisterung.

Trallala, tideldei, happilyeverafter. Mac spürte, wie ihm der Kamm schwoll. *Jetzt wurde der hier auch noch zum Helden.*

Die Mädchen standen auf Lana, die, bildschön und ausdrucksvoll, ganz die Fernsehmoderatorin, alle sofort um sich scharte. Tony flirtete sowieso mit jedem, der nicht bei drei auf dem Baum war, und Lana versprühte derart gute Laune, dass Eve davon Kopfschmerzen bekam.

»Leute«, aufgeregt sah Lana allen nacheinander ins Gesicht, »ich hatte eine wahnsinnig gute Idee!«
Sie wartete ungeduldig, bis jeder ein fabelhaftes Kaffeegetränk vor sich hatte, verteilte großzügig Süßigkeiten und weidete sich an den erwartungsvollen Blicken. Dann verkündete sie freudestrahlend, dass sie einen Interviewtermin ausgemacht hatte, etwas wie ein *Runder Tisch*, im Frühstücksfernsehen. Mit Silvia Hamilton.

Das war vielleicht nicht der dümmste Geistesblitz, den Mac je gehört hatte, aber er kam auf jeden Fall unter die ersten Zehn. Eves Reaktion nach zu urteilen sogar unter die Top Drei.

»Das soll wohl ein Witz sein«, sagte Mac.

»Das soll wohl ein Witz sein«, sagte Eve.
Beide starrten Lana böse an.

»Aber nein, es wäre doch wirklich fantastisch, wenn...«.
Im nächsten Augenblick plapperten alle durcheinander. Mac verschaffte sich problemlos Gehör. »Bist du noch zu retten?«

Lana sah gekränkt aus. »Jetzt flipp nicht aus. Und schrei nicht so.«
»Bei solch einem ausgemachten Blödsinn darf man ja wohl ein bisschen lauter werden!« Mac drückte mit Daumen und Zeigefinger seine Nasenwurzel zusammen. Wenn er nur fest genug drückte, verschwand vielleicht das grauenerregende Bild vor seinem geistigen Auge: er mit Silvia Hamilton in einem Raum.
»Was zum Teufel hast du dir dabei gedacht?«

»Die Idee ist genial! Du musst es aus Sicht der Öffentlichkeit betrachten. Und nach Eves mutigem Vorstoß...«
Er konnte sich dieses hirnlose Geschwätz nicht anhören. »Ich muss gar nichts, und was dich betrifft, zweifle ich langsam an deinem Verstand, Everett!« Wahrscheinlich sollte er sich noch freuen über ihre Geste. Sie glaubte anscheinend, einfach nur fortzusetzen, was Eve angefangen hatte.

So weit kam es noch.

»Lana«, sagte er zornbebend, »tu mir einen Gefallen, und halt dich zukünftig einfach aus meinem Leben raus.«

Lana wäre nicht Lana gewesen, wenn sie nicht flexibel wie eines dieser Fitnessbänder solche unerwarteten Reaktionen hätte parieren können. Sie schwenkte blitzschnell um. »Aber Eves Artikel in die Zeitung bringen, dazu war ich gut genug«, sagte sie lauernd. Sie sah mit schmalen Augen zu, wie er tief Luft holte und sich ruckartig zurücklehnte.

Eve ging dazwischen. »Unter keinen Umständen bin ich zu so einem Schwachsinn bereit«, sagte sie und sah fast so sauer aus wie an dem Tag, als das Schreiben von Harry ins Haus geflattert war.

Das hatte Lana offenbar nicht erwartet. »Aber Evie«, stotterte sie. Mac zog die Brauen hoch.

Eves Veto gab ihm neue Hoffnung: Sie zogen an einem Strang. Vielleicht bedeutete es ja sogar, dass sie auch das Gleiche wollten.

Eve hatte es nicht so gemeint. Sie war aufgewühlt gewesen, sie hatte einen Haufen Probleme, und dann kam er, nachdem sie volle zwei Tage hatte zittern müssen, und nahm sie auf dem Fußboden. Super. *Sehr einfühlsam, Lawrence, du Vollidiot.* Mac war überrascht, aber es fühlte sich so gut an, Eve auf seiner Seite zu wissen, dass sogar sein Zorn auf Lana schwand.

Die Frage war, wie man aus so einer Nummer wieder herauskam.

Lana zog ihren Joker. »Ähm ... die Aufzeichnung wäre dann übermorgen. Wenn ich sie cancele, verliere ich meinen Job.«

Er sollte jetzt sagen, dass ihm das wirklich von Herzen egal war. Mac begegnete Eves Blick.

»Ich mach's«, sagte er.

Sieben Personen rissen vor Überraschung die Augen auf.

»*Hupsi*«, hauchte Justine hingerissen.

Nach einem denkwürdigem Moment schockierter Stille setzte das Stimmengewirr erneut ein, und besonders Mo geriet in Rage: »Das lässt du schön bleiben! Die zerlegt dich vor laufender Kamera in deine Einzelteile!«

»Ich hoffe, Sie meinen nicht mich«, sagte Lana verschnupft, und Mo musste mehrfach *»mais non«* beteuern und Lana mit Komplimenten überschütten, bis sie endlich wieder geschmeidig lächelte und wenigstens diese Klippe umschifft war.

»Sehr heldenhaft. Schade, dass wir nicht im alten Rom sind«, stichelte Tony, »dafür hätte man deine hässliche Visage sicher auf eine Münze geprägt.«

Mac wandte sich Tony zu, fest entschlossen, seine miese Laune ungefiltert an ihm auszulassen. »Wäre echt toll, wenn du mal mit den Mätzchen aufhören könntest, mein Freund. Es nervt langsam.«

Lana, nach der kleinen Schlappe wieder hellwach und kampfbereit, schlug sich auf Tonys Seite. Sie wusste, wann sie Oberwasser hatte, und zu zweit hackten sie auf Mac ein wie Hennen in einem Hühnerhof. Nur, dass der bis eben noch gedacht hatte, er wäre der Hahn.

Er sah die Chance, einen Gefallen von Lana einzufordern. »Wenn ich das mache, dann tust du was für mich, klar?«

»Nur weiter so«, fauchte sie giftig. Sie trug ein Oberteil in der Farbe reifer Himbeeren, an dem sie aufgebracht herumzupfte, und jetzt färbten sich ihre Wangen in genau denselben Ton, aber Macs Blick brachte sie zum Verstummen. Sie besann sich auf ihr Megawatt-Lächeln. Sie konnte sich nicht leisten, dass er wieder absprang. Der Chefredakteur schäumte bereits wie die Niagara-Fälle nach der Schneeschmelze. »Alles, was du willst«, strahlte sie.

Mac bedachte sie mit einem langen Blick, der Warnung genug war. »Wir sprechen jede Frage ab. Wenn du mich linkst, lasse ich dich mitten in der Sendung hängen und verklage dich, bis dir Hören und Sehen vergeht. Verstanden?«

Lana fand sofort in ihre Rolle zurück. »Gut, dann lass uns das jetzt besprechen. Die Zeit ist knapp. Nutze diese Chance, mein Lieber. Es wäre eine gute Gelegenheit, zu beweisen, dass du recht hast und sie nicht.«

»Ich glaube, es ist eine gute Gelegenheit, zu beweisen, dass du nicht alle Tassen im Schrank hast«, murmelte Mo.

Eve sagte: »Ich wiederhole mich ungern, aber das ist absoluter Bockmist.«

Er hatte etwas bei ihr gut, aber er konnte ihr nicht zustimmen, denn Lana hatte recht: Es war die beste Gelegenheit.

Eve stand mit eckigen Bewegungen vom Tisch auf, und es war ein Wunder, dass ihre Nerven keine Funken versprühten.

Erstaunte Blicke richteten sich auf sie.

»Wenn du das machst – wenn du mir das antust, Mac, wenn du auch nur in Erwägung ziehst, dich live diesem Weib auszusetzen, dann kannst du gleich wieder von hier verschwinden«, sagte sie. Ihre Stimme bebte, was ihre Glaubwürdigkeit stark erschütterte, aber das war jetzt nicht zu ändern.

»Sie hat versucht, das Café abzufackeln!«, fuhr Mac auf. Alle außer Eve rissen die Augen auf. Als ob nicht schon das ganze Personal seit Tagen über Tat und Täter mutmaßte!

Genau das war ja der Punkt: das Café.

Eve hätte die ganze Sache von Anfang an dem Anwalt übergeben sollen, und dort hätte die ganze Geschichte auch bleiben müssen. Man ging nicht mit Gegnern ins Bett. Das mit dem Café war die eine Sache, aber wie um Himmels willen hatte sie auf die Idee kommen können, mit ihm zu schlafen?

»Darum geht es ja. Ich hätte das nicht annehmen dürfen. Georgina hat nie von dir gesprochen, und es tut mir leid, Mac, denn wenn es so gewesen wäre, wäre ich nicht darauf eingegangen. Und wenn ich das nicht getan hätte, dann gäbe es jetzt keine Komplikationen. So funktioniert das alles einfach nicht.«

Um den Tisch herum war es so still, dass man den Verkehr auf der Mill Road hören konnte, und die war eine ganze Meile entfernt.

In diesem Augenblick ging Eve auf, dass niemand hier von dieser verdammten Erbschaftsangelegenheit wusste: niemand außer ihr und Mo. Für alle anderen war Eve die rechtmäßige Besitzerin. Und die Chefin.

Macs Augen wurden immer größer. Er versuchte, ihre Worte zu entschlüsseln, sie zu dekodieren. In Fort Benning hatte es vor Jahren so einen Zerhackerkurs gegeben. Kein Mensch verstand irgendetwas, das durch dieses Programm lief. So ähnlich fühlte er sich jetzt auch. An der Dechiffrierung konnte er nur scheitern, so wie Heerscharen von armen Dummköpfen an der Kartierung weiblicher Herzen gescheitert waren, und das einzige, was er wirklich begriff, war, dass er hier niemals zum Ziel gelangen würde, wenn sich nicht etwas Grundlegendes änderte. Er stand auf und stützte die Handflächen auf den Tisch. Die ganze Mannschaft blieb mit eingezogenen Köpfen sitzen, sogar Lana hielt die Klappe und sah von Eve zu Mac und wieder zurück.

»Was für Komplikationen? Meinst du solche von der Art, dass du dich nicht entscheiden kannst, ob du mich mit dem Geschäft über den Tisch ziehen oder lieber mein Herz in Stücke brechen sollst? Meinst du das? Ja?«

»Mac, geht's noch? Ich laufe nicht rum und kassiere Erbschaften ein! Oder betrügt alte Damen um ihr Lebenswerk! Und ganz sicher unterschreibe ich das verdammte Pamphlet deines windigen Anwaltes nicht! Diesen dämlichen Wisch! Und was das Über-den-Tisch-Ziehen anbelangt ... du hast mich in Bezug auf Georgina belogen, erinnerst du dich?«

»Dieser dämliche Wisch ist ein rechtsgültiges Dokument! Und ich habe dich nicht belogen. Wenn überhaupt, hab ich einen völlig nebensächlichen Teil der Wahrheit verschwiegen.«

»Nebensächlich! Das ist das gleiche, wie lügen!«

»Ist es nicht!«

In diesem Moment stieß Inga ihren Stuhl zurück und flüchtete schluchzend zur Toilette.

»Ihr beide seid doch wirklich völlig bescheuerte Harmonieallergiker«, murmelte Tony, warf sein Schokoriegelpapier auf den Tisch, ergriff seinen Stuhl an der Lehne und schob ihn mit einem schrillen Geräusch von sich. Kurz darauf knallte die Haustür, so fest, dass Eve umgehend neuen Sachschaden befürchtete.

Mac dachte reichlich zusammenhanglos, dass *Mr. Texas* trotz seiner wandernden Blicke und der Quatschkopf-Attitüde vielleicht doch kein schlechter Kerl war, als Justine unvermittelt in Tränen ausbrach, aufsprang, dabei ihren Kaffeebecher umstieß, und Tony hinterherrannte.

Milchkaffee rann über die Tischplatte, tropfte auf den Stuhl und von dort aus auf die Schachbrettfliesen. Amy robbte mit vorsichtshalber eingezogenem Kopf heran und leckte einen Teil auf, bis Eves scharfes Verbot ihn davon abhielt und er sich in die relative Sicherheit der Empore mit der Bar zurückzog.

»Na toll«, sagte Mo, verschoss böse Blicke und knallte im Gehen die Schwingtür zur Küche hinter sich zu, was ein wenig albern war, da die Angeln rußig und verbogen waren und nur ein trauriges, protestierendes Quietschen von sich gaben.

»Es war besser, als ihr euch noch mit den Augen ausgezogen habt«, zischte Janet, schnappt sich ihre Autoschlüssel und verschwand, mit geblähten Nüstern, den Kopf in den Nacken geworfen wie ein Rennpferd, kurz davor, aufzusteigen und mit den Hufen auszukeilen.

Eve konnte sich nicht zurückhalten. Sie rief ihr nach: »Das war, bevor durchgedrehte Stalker …«

Martha erhob sich unerwartet würdevoll und mit einer gemurmelten Entschuldigung, bekam augenblicklich einen roten Kopf, weil sechs Augen sich auf sie richteten, und schlich wie ein geprügelter Hund hinaus.

Lana saß wie vom Donner gerührt zwischen Mac und Eve und sah von einem zum anderen.

Mac war nach Unmengen Alkohol, aber hier gab es nicht mal mehr Rum zum Plätzchenbacken. Hier gab es ja nicht mal mehr Kuchen.

»Du müsstest dann also um halb sechs im Studio sein. Spätestens«, sagte Lana gepresst. Kurz darauf war sie weg, überraschend schnell und leise hinausgestöckelt.

Stille breitete sich aus.

Eve machte eine Bewegung. Sie warf die Hände in die Luft und schickte sich an, Lana zu folgen. Macs Arm schoß vor und packte ihr Handgelenk. Sie drehte sich probeweise, aber es war wie in einer stählernen Zwinge gefangen.

»Was soll das werden? Noch eine stundenlange Wanderung? Wage es ja nicht, wegzulaufen.«

Sie riss an ihrem Arm und befreite sich mit einem Ruck. »Ich laufe nicht weg. Ich gehe genau bis da drüben«, sie deutete mit dem Kinn auf die Remise, »und wenn du dich wieder eingekriegt hast und wir nicht mehr in der Öffentlichkeit alles kurz und klein schlagen müssen, dann kannst du ja nachkommen.« Sekunden später schlug die Tür zu, fast so heftig wie bei Tonys Abgang.

Mac ließ sich ermattet auf seinen Platz fallen. Er hob die Hände vors Gesicht, schloss die Augen und schüttelte den Kopf.

Am Ende war es Mo, der sich zu ihm gesellte. Er blieb mit verschränkten Armen und unbeugsamem Gesichtsausdruck neben dem Tisch stehen und sagte: »Was wirst du in dieser Sache unternehmen?«

Mac stöhnte resigniert auf und wünschte sich eine Atempause. Mo sah ihn streng an und klang wie ein Vater, der von der Schwangerschaft einer unerwünschten Schwiegertochter in spe erfahren hatte. Es fiel Mac nicht schwer, sich Mo als Mann der Jahrhundertwende vorzustellen, als Gutsbesitzer vielleicht, und er wich den harten grauen Augen aus.

Wo war der französische Akzent geblieben, der das, was er sagte, in etwas Watteweiches oder zumindest Freundliches verwandelte? Mac rieb sich über die Stirn und stieß mit der Hand gegen den Stuhl zu seiner Rechten. Mo tat ihm den Gefallen: Er setzte sich.

»Ich weiß nicht, was Georgina sich dabei gedacht hat«, sagte Mac. »Ich weiß ja noch nicht mal genau, was letztes Jahr passiert ist. Ich habe ein paar Wochen im Nebel verbracht, und als ich wieder hier war, war auf einmal alles ganz anders. Sag mir, was ich tun soll, Mo. Du kennst sie besser.«

Es konnte ja sein, dass er das alles falsch beurteilt hatte. Er war ziemlich im Stress. Leute, die auf Highways anhalten mussten, um ihre Flashbacks zu sortieren, waren nicht immer bei bestem Urteilsvermögen. Vielleicht war es einfach ein bisschen viel gewesen in letzter Zeit. Diese Erklärung passte ihm am allerwenigsten, aber ihre tröstliche Einfachheit hatte etwas für sich, und Eves Sturheit war ein Faktor, den er so nicht bedacht hatte.

Mo schwieg eine Weile. Dann fragte er: »Was willst du denn?«

Mac sah erstaunt auf. Im Moment wünschte er sich nichts mehr, als dass ihre Stimme wieder normal klang, statt wie so häufig in seiner Gegenwart sarkastische Sprüche in ätzender Tonlage abzufeuern. Er wollte, dass diese Stimme sagte, dass alles gut würde, egal, was er verbockt hatte. Er wollte, dass diese Stimme wieder sexy und rauchig wurde.

Aber Mo meinte garantiert etwas Gehaltvolleres.

»Ich will hierbleiben. Ich will zuhause sein. Und gesund. Ich will jemanden, der mich auch in dreißig, vierzig Jahren noch liebt. Und ich hatte gehofft, Eve wäre dieser Mensch.«

»Und jetzt denkst du, sie ist es nicht?«
Mac sah ein Lächeln in Mos Mundwinkel. Etwas flackerte in seinem Herzen, wie ein Flämmchen. »Doch, aber ich glaube, sie will das mit mir nicht.«
»Hast du sie gefragt?«
Mac zuckte die Schultern. »So halb.«
»*So halb?* Was soll man sich denn darunter vorstellen?«
»Sie hat gesagt, dass sie mich liebt.«
»Gut! Und hast du es ihr auch gesagt?«
Mac nickte.
»Na, immerhin«, knurrte Mo. Er kramte in der Innentasche seines Jacketts und brachte ein Säckchen aus blauem Samt zum Vorschein.
»Georgina hat deinen Vater mehr geliebt als ihr Leben. Trotzdem hat sie ihn verlassen, aus einer dummen Anwandlung heraus, und weil zu dieser Zeit die Umstände gegen ihn sprachen. Sie hat diese Entscheidung für den Rest ihres Lebens bereut. Ich habe Georgina mehr geliebt als *mein* Leben, aber ich war nur ein Ersatz, und damit wollte sie sich nicht zufriedengeben. Aber mir war das egal. Ich hätte alles für sie getan, aber ich bin ein feiger Mann, Mac, und ein ausgesprochener Narr. Bitte, *mon fils*, tu mir einen Gefallen: mach nicht den gleichen Fehler. Diese Räume haben schon genug gebrochene Herzen gesehen.« Er löste die Kordel und schüttelte einen Ring auf die vor Kaffeeflecken und Schokoladenpapier starrende Tischplatte. Ein rechteckiger Einkaräter blinkte und blitzte unter dem indirekten Licht der Theke.
Mac starrte abwechselnd Mo und den Ring an. »Du wolltest sie fragen und hast es nie getan?«
»Ich wäre der glücklichste Mann der Welt gewesen, wenn sie mich geheiratet hätte. Aber ich hatte nicht den Mut, sie zu fragen. Sie hätte abgelehnt.«
»Du bist ein international anerkannter Spitzengastronom! Jede Frau wäre dir zu Füßen gesunken!«
»Und du bist ein hochdekorierter Elitesoldat. Und?«
»Ich bin einfach nicht besonders optimistisch. War ich niemals«, murmelte Mac und sah weg.

Kapitel 40

Als Mac seine Wohnung betrat, lag Eve zusammengerollt auf dem breiten Sofa. Sie hatte ihr Haar zu zwei Zöpfen geflochten, war nicht mehr geschminkt und trug einen Bademantel. Der Fernseher lief, allerdings mit abgeschaltetem Ton. Ihr Blick irrlichterte kurz in seine Richtung, aber dann starrte sie wieder auf den Bildschirm. Amy machte sich unter der Decke zu ihren Füßen bemerkbar, bellte zwei Mal und knurrte und wedelte gleichzeitig.

Sogar der Hund war verwirrt. Super.

Er wusste nicht, was er sagen sollte. Er versuchte es mit: »Es tut mir leid.«

Zu seiner Überraschung wandte sie den Kopf und sagte: »Mir auch.«

Mac legte die Schlüssel auf die Konsole und zog sein Kapuzenshirt über den Kopf. Dann setzte er sich vorsichtig ans kürzere Ende der Couch und ließ die Hände zwischen den Knien baumeln.

»Glaubst du, sie kommen wieder?« In ihrer Stimme war ein Beben, dass ihm einen Pfeil der Scham durchs Herz jagte.

Er nickte. »Natürlich. Sie sind nicht deinetwegen gegangen.«

»Doch, auch.«

»Ich glaube, Tony ist einfach nur abgehauen, um mir nicht doch noch eine zu verpassen.« Sie waren eben loyal.

»Verdient hättest du es«, sagte Eve und klang trotzig.

»Ich weiß.« Er streckte die Hand aus und legte sie auf ihr Schienbein, das unter der Wolldecke zu erahnen war. Amy knurrte erneut.

»Aus!« Eve rief den Hund zur Räson. Mac war glücklich darüber. Und darüber, dass sie ihr Bein nicht wegzog.

»Sag mir, was dir gegen den Strich geht.«

»Menschen«, kam es wie aus der Pistole geschossen.

»Alle Menschen? Oder nur ich? Oder nur ich, wenn ich blöd bin?«

Jetzt zog sie doch die Knie an. Und drehte sich zur Seite.

Mac nahm seine Hand zurück.

»Alle Menschen. Deine Lana vorneweg. Und Tony auch. Und deine Silvia. Und dieser widerliche Typ von der Trockenbaufirma, der mir die ganze Zeit auf die Titten starrt, während er mir erklärt, was alles nicht geht. Und du. Du ganz besonders.«

Mac unterdrückte sein Lächeln, aber sie sah bereits wieder auf die Schlagzeilen der Nachrichtensendung. »Was kann ich tun, um das wieder gut zu machen?«

Netter Versuch. Es ging schief.

Eve griff zur Fernbedienung und schaltete den Apparat ab, schubste den Hund vom Sofa und stieß die Decke von ihren Beinen. Amy gab ein protestierendes Geräusch von sich und verzog sich in seinen Hundekorb. Eve stand auf und streifte Mac mit einem Blick, der ihm aus den ersten Wochen hier noch bestens in Erinnerung war. Im nächsten Moment knallte die Tür zum Badezimmer hinter ihr zu.

Als sie aus dem Bad kam, war sie nicht nur vollständig angekleidet, auch die mädchenhaften Zöpfe waren verschwunden: Ihr Haar fiel in atemberaubenden Wellen über ihre Schultern.

Mac lehnte mit verschränkten Armen an der Kücheninsel. Neben ihm, auf einem Tablett, standen zwei wirklich verlockend aussehende Drinks.

»Es ist nicht meine Lana«, sagte er in versöhnlichem Tonfall, »und ganz besonders ist es nicht meine Silvia.«

»Es ist auch nicht mein Tony«, schnappte sie und ging an ihm vorbei. *Richtung Tür.*

Er stutzte. Hier lief etwas völlig falsch. Er hatte ein gutes Gespür. Es kribbelte an seiner Wirbelsäule entlang und ballte sich im Epizentrum seiner Sorgen zusammen, in Erwartung einer wahren Zombie-Apokalypse schlechter Nachrichten. »Okay. Gut. Wo ist dann das Problem?«

Sie griff nach ihrer Tasche und raffte ihre Jacke von der Garderobe. »Ich schmeiße hin, Mac. Ich gebe auf. Ich kann das alles gar nicht. Ich habe in der Gastronomie nichts verloren.

Ich habe nicht mal eine Ausbildung. Bis vor drei Monaten wusste ich noch nicht mal, wie man eine Abrechnung macht. Ich habe keine Ahnung, wie ich diese Prüfung bei der Handelskammer geschafft hab. Ich bin eine Dilettantin, ein Laie, und ohne Mo wäre ich nicht mal in der Lage, ein paar Kuchen in die Vitrine zu stellen. Ich bin nichts weiter als eine Hochstaplerin. Ich habe mit meinem Anwalt telefoniert, Mac. Er wird sich bei dir melden. Ich verzichte auf alles.«

Eve öffnete die Tür und bugsierte Amy hindurch. Sie war abgrundtief traurig und fühlte sich zugleich ausgesprochen rechtschaffen. *Ach, war ja auch egal.*

Seine Stimme hielt sie auf, leise und scharf. »Toll, Eve. Das hätte Georgina bestimmt gut gefallen. Sie hatte einen Plan. Sie hat sich etwas dabei gedacht, und du trittst es mit Füßen. Ich dachte, du liebst es. Abgesehen davon: Was willst du denn sonst machen?« Kälte breitete sich in ihm aus, und wenn er nicht schleunigst eine Lösung fand, würde er in einem Eispanzer feststecken und kein Wort mehr herausbringen, und dann wäre sie weg, aber er musste unbedingt an diesen *verfickten* Küchenschrank gelehnt stehen bleiben, weil er sonst nämlich einfach umfiele. Oder gewalttätig würde. Sie meinte es ernst, das wusste er ganz genau.

»Das ist mir egal«, sagte sie jetzt, und sie klang brüchig und unglücklich, wie jemand, der den schwersten Schritt seines Lebens macht. »Keine Ahnung. Vielleicht geh ich zurück nach Idaho. Oder Portland. Vielleicht schreibe ich noch ein Buch. Darüber, wie man es besser nicht machen sollte. Und dass man wissen muss, wann es genug ist. Du warst nicht hier, ich schon. Sie war wütend und verletzt. Sie hatte resigniert. Sie wollte dir eins auswischen. Um mich ging es dabei nicht.«

Sein Herz schien zu stocken. Dann galoppierte es los wie das weltbeste Weltklasse-Vollblut auf der Rennbahn von Churchill Downs. Er wurde laut. »Es wäre schon gut, wenn das, was du sagst, Sinn ergäbe. Idaho! Um Himmels willen!« Ein letzter Versuch: »Ich dachte, du liebst mich.«

Sie sah ihn nicht an. »Das tue ich. Deswegen kann ich auch nicht zulassen, dass du dich mit dieser verrückten Frau an einen Tisch setzt. Silvia Hamilton ist eine zu große Gefahr, und ich beende das hier lieber, als zuzuschauen, wie sie dich fertig macht.« Ihre Tonlage schraubte sich in die Höhe. Bevor sie im roten Bereich und somit bei einem klaren Fall von Hysterie angekommen wäre, musste sie sich unbedingt zügeln.

»Ich habe ganz sicher keine Angst vor diesem Weib!«

»Dann bist du dumm, Mac. Ich dachte, du könntest Gefahren einschätzen. Aber vielleicht hältst du dich einfach für unbesiegbar. «

Er klatschte seine flache Hand auf die Arbeitsfläche, so hart, dass die Flüssigkeit in den hohen Gläsern in Bewegung geriet. Eve fuhr nervös zusammen. »Du gibst mich und das Café und alle deine Träume auf, wegen einer Frau, die du nicht mal kennst? Und glaubst, ich könnte nicht auf mich aufpassen?«

»Ja. Ja, genau so ist es.«

»Fragt sich, wer hier dumm ist.« Es klang verächtlich und lauernd. »Ich dachte, du würdest mitkommen. Ich dachte, du kämpfst mit mir. Verdammt, ich dachte, du ziehst nicht den Schwanz ein!«

»Da verwechselst du wohl etwas!«

Hier war so viel Spannung in der Luft. Mac hätte wetten können, dass irgendwo über ihnen bei einem Flugzeug die Instrumente durchdrehten. Er sah unwillkürlich zum Fenster und erwartete halb, am Himmel lilafarbene Gewitterwolken zu sehen.

Moment mal, dachte er plötzlich.

Eve warf ihm einen unsicheren Blick zu. Sie wollte das alles gar nicht, aber sie hatte den Abend damit verbracht, das Für und Wider genau abzuwägen, und dann hatte sie sich entschieden.

Er sah aus, als würde er intensiv über etwas nachdenken. Wahrscheinlich über die Frage, wie es kam, dass sie sich von jetzt auf gleich in einen ausgemachten Trottel verwandelt hatte.

»Eve, gibt hier irgendetwas, von dem ich nichts weiß?«

»Du hättest damals mit ihr schlafen sollen, genauso wie mit Lana, dann wäre das alles gar nicht so weit gekommen.«

»Heißt was?« Sie hielt doch etwas zurück! *Zum Teufel!*

Eve ließ sich müde gegen den Türrahmen sinken. »Sie schreibt mir Mails. Sie bedroht mich. Ich muss gehen, Mac. Ich habe Angst, dass noch mehr passiert.«

»Was hat sie getan?«

»Mac ...«

»Was!« Er ballte unwillkürlich die Fäuste. »Auf der Stelle, Eve. Pack auf der Stelle aus, oder ich vergesse mich. Und kein Wort mehr von irgendwelchen ehrenhaften Ideen, warum du mich am besten verlässt.«

Es war der Befehlston, der wirkte, und sein unbarmherziger Zorn, von dem sie wollte, dass er sich gegen alles richtete, das sie bedrohte.

Sie senkte den Kopf. »Es hat schon vorher angefangen. Um Weihnachten herum. Sie schrieb auf dem Instagram-Konto und postete Bilder von dir, und dann von mir und vom Café. Und von Amy. Dann fing das mit den Mails an. Und ihr Blog hat immer mehr Follower. Ich habe sie ein paarmal beim Einkaufen gesehen. Sie ... beobachtet alles. Ich habe sie bei der Polizei angezeigt und eine einstweilige Verfügung erwirkt, aber sie hörte nicht auf. Dann kam das mit dem Brandsatz. Und jetzt willst du mit ihr in ein Fernsehstudio? Mac, bitte lass es! Die Frau ist besessen von dem Gedanken, dir zu schaden, und ich habe Angst, dass etwas Schreckliches passiert.«

Etwas *Schreckliches?* Jetzt war es aber genug.

Mit drei langen Schritten war er bei ihr, zog sie mit einem Ruck zurück in die Wohnung und donnerte die Tür zu. Eve prallte gegen die Wand, und Amy machte einen verstörten Satz hinter die Couch, und Mac entschuldigte sich in Gedanken bei dem Hund, aber das hier entschied über die Zukunft.

»Und das wolltest du allein durchstehen? Weißt du eigentlich, was du mir antust?«, brüllte er. »Weißt du, wie es ist, wenn man absolut handlungsunfähig ist? Hast du eine Ahnung, wie es sich anfühlt, tausende von Meilen weit weg zu sein von dem, was einem wichtig ist? Weiß du, wie es ist, am Flughafen zu stehen und von Jae zu hören, dass das Haus brennt? Hier anzukommen und Notarztwagen und Leute von der Spurensicherung vorzufinden? Eve, ich dachte, du wärest tot!«

Er ließ sie abrupt los, atmete ein paarmal tief durch und riss sich zusammen. »Ich dachte, ich hätte dich verloren. Ich ertrage es nicht, dich zu verlieren. Ich hab vor genau einer Sache auf der Welt wirklich Angst, und das ist, ohne dich weitermachen zu müssen. Alles andere bedeutet nichts, noch nicht mal die Sache mit dem Anschlag. Alles ist absolut nichtig, wenn du gehst. Ich kann nicht mehr ohne dich leben, verstehst du das? Das ist das Einzige, was zählt, und wenn du das Café nicht mehr willst, dann verkauf es. Gib es Mo. Aber bitte, verlass mich nicht.« Er legte ein weiteres *bitte* nach. Und sagte dann: »Du musst mir glauben.«

Sie wurde von Sekunde zu Sekunde fassungsloser. »Ich glaube dir doch.«

Er nickte, nur halb überzeugt. Aber er ließ sie los und ging zur Küche, wo er den Inhalt des einen Glases in den Ausguss kippte, die Wodkaflasche nahm, das Gefäß damit vollpantschte und es in einem Zug leerte. Dann verfuhr er mit dem anderen Drink genauso.

Sie wollte ihm in den Arm fallen und *»nein«* schreien, aber sie blieb stumm und wie erstarrt an der Tür stehen und rieb sich den Ellbogen, wo sich die Brandblasen schmerzhaft in Erinnerung gerufen hatten.

Über die Distanz sah er sie an. Himmel, er musste sich wirklich zwingen, die Nerven zu behalten. »Wer wusste davon? Warum hast du nichts gesagt?«

Eve löste sich endlich aus ihrer Schockstarre und kam zögernd in den Raum hinein. »Niemand. Ich wollte niemanden mit hineinziehen. Und du hattest schon genug Probleme. Die Polizei hat ...«

Er machte ein abfälliges Geräusch. »Und ihr glaubtet alle, mich in Watte packen zu müssen, oder was? Sehe ich aus, als ob ich nichts auf die Reihe bekäme?« Mit Jae würde er ein gewaltiges Hühnchen zu rupfen haben.

Erbittert griff er erneut nach der Flasche. Er mischte neue Drinks. Seine Bewegungen waren fahrig. Er schob ihr mit einer heftigen Bewegung das Getränk entgegen.

Sie nahm es und hielt sich regelrecht daran fest. Wenigstens würde es heute nicht so ausgehen, dass sie sturzbetrunken war, während er wirkte, als hätte er höchstens drei Mal an seinem Glas genippt.

Sie schwiegen, in einem vergeblichen Versuch, die vergangenen Minuten zu sortieren.

»Und jetzt?«, fragte er.

Kapitel 41

Auf Lawrencezianisch bedeutete das, dass er ihr die Entscheidung überließ. Er würde nicht noch einmal versuchen, sie zu überzeugen. So gut kannte sie ihn inzwischen. Aber diese Erkenntnis war erschreckender als alles andere.

Eve nahm ihren Drink und setzte sich auf die Kante der Couch. Es fühlte sich an, als ob sich ein Kreis schloss. »Was machen wir wegen Silvia?«

»Zusammenhalten, vorzugsweise«, knurrte er.

»Und mit dem Café?«

»Das Gleiche.« Er rieb sich über die Stirn. Sie kamen hier nicht weiter. »Herrgott, schon den halben Tag kommt es mir vor, als würde ich versuchen, etwas auf *Quechua* zu übersetzen.«

»Wie bitte?«

»Eine fiktive Handelssprache aus fernen Galaxien. Kann man bei Jedipedia nachschlagen. Ich spreche vier Sprachen, jedenfalls einigermaßen, und kann sogar verdammte Morsezeichen entschlüsseln, aber das hier ist mir zu hoch. Ich verstehe nicht, was du willst. Du bist ja schon wie Georgina«, sagte er. »Sie hat auch immer versucht, alles allein zu schaffen. Und mich zu beschützen. Ich bin nur auf den verdammten Baum geklettert, weil sie es dauernd verboten hat.«

»Ich kann mir wirklich Schlechteres vorstellen, als mit Georgina verglichen zu werden. Und du hast es ihr damit gedankt, indem du dich in Lebensgefahr bringst und zur Army gehst?«

»Das war nichts Neues für sie. Mein Vater war auch bei der Army. Er ist dann ausgeschieden und hat sich den Hunden zugewandt, aber bei uns zu Hause gab es immer nur die Armee, und daran ist nicht das Geringste auszusetzen.«

»Eben! Und deshalb lass die Verfassung, für die du sterben würdest, das Problem mit Silvia lösen.«

Er sah sie entgeistert an. »Bis vor einem halben Jahr habe ich fest daran geglaubt, dass dies das großartigste, beste Land der Welt ist. Ich hätte den Patriotismus erfinden können. Ich glaube an Gerechtigkeit und daran, dass das Gute siegt. So bin ich, auch wenn es dir sicher albern vorkommt. Es reicht mir schon, dass die Verfassung, für die ich in der Tat sterben würde – weil ich einen Eid darauf geschworen habe –, sich nicht ganz sicher ist, ob ich nicht doch Dreck am Stecken habe. Aber ich glaube einfach nicht, dass der Staat nicht das Richtige tut, und deshalb geht mein Verfahren gut aus, auch wenn alles so lange dauert, dass es mich völlig verrückt macht. Mein Job war jahrelang das Einzige, was für mich Sinn ergab, aber jetzt werde ich ihn wahrscheinlich verlieren. Ich habe meine Leute verloren, meine Glaubwürdigkeit, und wenn es schlecht läuft, verliere ich alles, wofür ich gekämpft habe. Ich will damit abschließen. Ich will anfangen, zu trauern. Ich brauche einen Neuanfang, und der liegt für mich hier, bei dir. Deshalb werde ich ganz sicher nicht zulassen, dass eine geisteskranke, gelangweilte Akademikerin mir mein Leben zur Hölle macht!«

Eve war so getroffen, dass sie sich in Sarkasmus flüchtete. »Natürlich, schon aus purer Sturheit nicht!«

Er kam auf sie zu. »Ich wende auch gern Gewalt an, wenn es nicht anders geht.«

»Und deshalb ist das mit dem Fernsehen eine Scheiß-Idee!«

»Der Sicherheitsdienst wird es sowieso nicht erlauben«, sagte er und klang bedauernd.

Er ließ sich schwer auf die Couch fallen. »Eve. Wie lange soll das noch so weitergehen? Können wir uns bitte auf das Wesentliche konzentrieren?« Sekundenlang blickten sie sich in die Augen.

Plötzlich sah sie klar. »Würdest du mich heiraten?«, fragte sie ihn.

»Ja«, kam es von Mac, wie aus der Pistole geschossen. Sie hatte nicht mal Zeit, noch rasch das *bitte* anzufügen, von dem sie sicher gewesen war, dass sie es brauchen würde.

»Wirklich?« Sie lachte ein bisschen, atemlos und ungläubig, überrascht und entzückt.

»Natürlich. Vielleicht bindet dich ja *dieser* Vertrag an mich, oder wenigstens an Cooper, wenn du die anderen schon ignorierst und damit verfährst, wie es dir gerade in den Sinn kommt.«

Sie lachte, mit einem taumeligen Beben in der Kehle, und berührte mit ihrem kleinen Finger seine Hand, die neben ihrer auf dem grob strukturierten Stoff des Sofas lag. »Aber wir waren noch nicht mal zusammen aus.«

»Das spielt keine Rolle. Ich weiß bereits, wie du in schicken Klamotten aussiehst, und ausgehen können wir, wenn ich nicht mehr damit rechnen muss, dass man mit Eiern und Tomaten nach mir wirft, wo immer ich mich sehen lasse. Abgesehen davon wäre ich für den Rest meines Lebens glücklich darüber, nur noch das zu essen, was aus deiner Küche kommt. Es ist das Beste, was es gibt.«.

»Sagt sich leicht, wenn man über alles eine Handvoll Tortillachips und Röstzwiebeln wirft und glaubt, das wäre kochen. Und wenn man darauf vertrauen kann, dass gelegentlich ein Sternekoch hinter dem Herd steht.«

Er wandte den Kopf und sah ihr ins Gesicht. »Ich meine es ernst, Eve. Dieses Geschäft ist deine Bestimmung. Ich kenne niemanden, der das besser könnte als du.«

Sie war ziemlich gerührt. »Wozu brauchen wir dann eine Bar?«

Er lehnte den Kopf an ihren. *Zeit, nachzugeben.* »Brauchen wir ja gar nicht. Aber ich hab gesehen, was du getan hast, und ich kann dir niemals genug dafür danken. Ich freu mich drauf.« Er lächelte.

Er drückte sie in die Kissen, und Eve dachte: *endlich*. Sie umschlang ihn fest, bis er der Länge nach auf ihr lag, und küsste ihn.

Mac machte sich frei. Er wog stahlharte 210 Pfund, und ihre Stimme klang schon ziemlich gepresst, aber trotzdem murmelte sie, es würde sich wie im Himmel anfühlen. »Wie lustig«, sagte er, »alle sprechen heute vom Heiraten.«

»Alle? Wer denn noch?«

»Mo.« Er holte den Ring hervor und erzählte ihr die Geschichte. »Hast du davon gewusst?«

Sie schüttelte den Kopf und drehte das Schmuckstück zwischen ihren Zeigefingerspitzen. »Nein, Mac.« Sie hob den Kopf und sah ihn mit einem Ausdruck an, der ihn mitten ins Herz traf. »Oh Gott, ist das traurig. «

»Eben«, sagte Mac. Sie gab ihm den Ring zurück, aber er umschloss ihre Hand. »Er gehört dir.«
»Aber das geht nicht!«
»Doch. Mo will es so. Du musst nur schauen, ob er passt.«
Das tat er. »Warum ist er in diesem Beutelchen?«
»Er hat ihn an seinem Herzen getragen. Bevor sie starb, und danach erst recht. Aber er wollte kein sperriges Kästchen in seinem Jackett.«
Eve schossen Tränen in die Augen. »Kannte sie überhaupt jemand?«
»Georgina? Ich weiß nicht. Vielleicht mein Vater. Wahrscheinlich aber nur Mo. Er kann es dir bestimmt erklären.«
»Was erklären?«
»Dass dieses ganze Erbschaftschaos vielleicht nur eine geschickte Finte dieser alten Füchsin war.«
Er stand stöhnend auf und drückte sich die Hände in den Rücken. Sie wollte es nicht, aber die Frage tanzte ihr einfach so über die Lippen: »Mac? Wirst du wieder zurückgehen?«
»Zurück? Wohin denn?«
»Ins Ausland. In den Irak.«
Ein restlos erstaunter Blick traf sie. »Nein! Wie kommst du denn bloß darauf?«
»Du hast über das Land gesprochen. Dass du es magst. Und dass es geschützt werden muss. Und über Freiheit. Und dort ist die Hölle los, seit du wieder weg bist.«
»Und daraus hast du deine Schlüsse gezogen.«
Sie nickte.
Er sah skeptisch an sich herab. »Ich glaube, ich bin raus.«
»Aus gesundheitlichen Gründen? Ich habe gehört, dass auch Soldaten mit Amputationen wieder eingesetzt werden! In der jetzigen Situation ...«
Mac erkannte Panik, wenn er welche sah. Er setzte sich wieder hin. »Es gab schon immer Angriffe auf US-Einrichtungen, und es gab schon immer politische Querelen zwischen den Ländern. Das Pentagon hat beschlossen, den hochrangigen Militär zu eliminieren. Sie werden irgendeinen Plan haben, wie es dort weitergehen soll. Das wird sicherlich ohne mich gehen. Ich mag das Land, weil ich zehn Jahre lang dazu beigetragen habe, es wieder aufzubauen. Aber ewig regennasse Straßen in

Washington mag ich mehr. Falls die Army mich behalten will, wird sie sicher auch hier für mich eine Verwendung haben. Ich will keine Videotelefonate über drei Kontinente hinweg mit meiner Frau führen, auch wenn das Spaß gemacht hat, an Weihnachten.«

»Aber ich habe dich belogen!«, platzte sie heraus. »Es gab gar keinen Schnee. Jedenfalls nicht an Weihnachten. Es hat geregnet.«

»Du Hexe.« Mac lachte. »Ich hab's echt geglaubt. Du warst sehr überzeugend.« Er drückte sie mit seinem ganzen Gewicht ins Sofa, bis sie kicherte und japste und ihn wegschieben musste. Bei dem Spektakel brachte sich der Hund in Erinnerung. »Ich sollte mich bei Amy entschuldigen«, sagte Mac und klang beschämt.

Eve lächelte. »Wäre ein Anfang.«

»Ich geh mit ihm raus. Wir klären das wie Männer.« Er klang ein bisschen verwaschen, bemerkte es, und verzog das Gesicht.

Sie wurde ernst und legte bange die Hand auf seine Seite. »Morgen wird es dir schlecht gehen.«

»Nein«, sagte Mac, »schlecht ging es mir vorhin.«

Nach diesem ereignisreichen Abend ließ Mac sie bis in den Vormittag hinein schlafen und wimmelte jeden, der irgendein Anliegen hatte, ab.

Er erledigte ein paar Telefonate und tauschte dann die halbe Handwerkercrew einfach aus. Vielleicht würde Eve darüber wütend sein, aber vielleicht auch nicht.

Mit der Post kam eine Eilzustellung von Eves Anwalt. *Na, der war ja auf Zack!* Mac las das Schreiben, warf es in eine Schublade und führte noch zwei weitere Telefongespräche.

Er sah nach Eve und rief sich das Gefühl vom späteren Abend in Erinnerung, und sein Herz jagte in seiner Brust umher, außer Rand und Band vor Freude, vielleicht wie von der Kette gelassen, wie eine Flipperkugel, wenn sie von den Pins in ihrem Kasten abprallte und weiterstürmte, weil es toll war.

Heiraten. Wow! Er tastete nach Mos Ring. Besser, er legte ihn in den Safe.

Vom Bett kam ein Geräusch. Fast halb elf. *Schluss mit Schlafen.*

»Nicht«, murmelte sie träge, den Kopf im Kissen und von einer Flut glänzendem, welligem Haar umgeben, und schob seine Hand weg. »Ich kann nur einmal am Tag in zehntausend Millionen einzelner Teile zerspringen und wieder zusammenfinden.«

Mac strich ihr zärtlich eine Strähne aus dem Gesicht und legte den Kopf schief. »Ich glaube, das konntest du schon mal besser, Baby.« Seine Hand glitt unter die Decke, unter der sich ihre langen Beine abzeichneten, und ihr schlafwarmer Körper setzte eine sofortige Reaktion in Gang. Sie stemmte sich hoch und drückte dabei gegen seine Brust. »Du bist ganz schön vorlaut, mein Lieber«, sagte sie, aber dann küsste sie ihn doch, »und guck gefälligst nicht so selbstzufrieden.« Sie schmeckte nach Glück. Sternefunkelnder Sex war die eine Sache, aber das hier war besser.

Es war dauerhafter.

Eine Bewegung hinter den herabgelassenen Plissees erregte Macs Aufmerksamkeit. Er nahm Eve sanft bei den Schultern und drehte sie zum Fenster. »Schau mal.«

Für Mac war Tony immer noch einer, der nur das tat, wozu er Lust hatte, während sein Vater ihm das nötige Kleingeld für seine Sperenzchen überwies. Er hatte ein paar Erkundigungen eingezogen. Zwei Fahrzeuge waren auf ihn zugelassen: Ein japanisches Motorrad und ein Mustang von 1982. Selbiger war soeben in den Hof gefahren. Jetzt stand das flotte Cabrio draußen im Schneematsch und machte sich mit der Eisschicht auf dem dunkelgrünen Stoffverdeck komplett lächerlich, aber Macs Respekt vor dem Typen aus Texas war um ein paar Hektotonnen gestiegen.

Er berührte Eve behutsam am Nacken. »Alles wird gut.« Es klang ein bisschen wie *ich hab's doch gesagt,* aber Eve war so erleichtert, dass sie einfach nur die Arme um ihn legte und das Gesicht an seiner Schulter verbarg.

»Ich geh schon mal rüber«, sagte er und drückte sie sanft.

Draußen atmete er tief durch, so lange, bis ihm schwindlig wurde von der klaren, kalten Luft. *Es war so knapp gewesen.* Haarscharf. Er schickte ein Dankgebet zum Himmel, obwohl er das normalerweise nie tat, aber wenn es um Eve ging, hatte er das Gefühl, er brauchte jeden Beistand, den er kriegen konnte. Andererseits hat er neuerdings Mo auf seiner Seite.

Bei dem Rest der Truppe war er sich unsicherer denn je. Aber hey, er gehörte mehr oder weniger zum Management, und sie konnten schlecht an ihm vorbei. Vielleicht würde er Justine fragen, ob sie sich mit ihm die Bar teilte. Vielleicht würde er sogar *Tony Maroni* fragen, ob er sich mit ihnen die Bar teilte.

Gute Idee. Die Frauen würden ihnen die Bude einrennen.

Am Donnerstag waren alle wieder angetreten. Sie gingen an die Arbeit, als wäre nichts geschehen. Eve und Mac tauschten einen unbehaglichen, aber beeindruckten Blick.

Als Mac später bei Tony zu Kreuze kroch, dachte er, dass dies eines der schwierigsten Dinge war, die er je tun musste. Er quetschte die bestmögliche Entschuldigung hervor, die er zustande brachte.

Weil sie von einem Schlag waren, wusste Tony, was ihn das gekostet hatte, und nahm Macs ausgestreckte Hand. »Vielleicht könntest du dein albernes Batmobil aus dem Weg stellen«, sagte Mac direkt im Anschluss. »Ich warte auf jemanden, und der braucht den Platz.«

Tony salutierte mit einem Grinsen, das jedem Soldaten eine Woche Bau eingebracht hätte, und hob in maximaler Zeitlupe den Mittelfinger. Aber das Auto parkte er um. *Bevor Mac am Ende wieder diesen Serienkiller-Blick bekam.*

Um eins fuhr ein Transporter mit dem Werbeschriftzug eines Bauunternehmens auf den Hof. Der Fahrer, ein Kerl mit einem Kreuz wie eine Backsteinmauer, entdeckte Mac innerhalb von zwei Sekunden, wie mit einem inneren Radar, und die Männer machten *high fives* und schlugen sich auf den Rücken.

»Freund von mir«, sagte Mac lapidar. Tony beäugte die Tattoos des Fremden. Es schienen bedeutend mehr zu sein, als er selbst aufzuweisen hatte, und Tony sah ein bisschen aufgeschreckt aus. »Wer ist denn *der* Schrank?«, fragte er in die Runde, »der verlorene Bruder?«

Eve wusste es leider auch nicht und wartete einfach ab.

Der Typ zog formvollendet seine Basecap von einem blanken Schädel und reichte Eve eine riesige Pranke. Sie wappnete sich, aber der Griff war überraschend sanft. »Kit Romeo. Freut mich sehr, Sie kennenzulernen, Miss.« Er lächelte strahlend und völlig offen. Und dann sagte er etwas, das Balsam für Eves Sorgen war: »Machen Sie sich keinen Kopf. Früher war ich Linebacker bei den Seahawks, dann hat Mac mich im Kosovo aus einem Hinterhalt rausgehauen, und heute habe ich die beste Innenausbaucrew im ganzen Staat.« Mit Bescheidenheit hatte er es nicht so, aber das war auch nicht nötig, einfach, weil es stimmte, was er sagte.

Mit dem Erscheinen von Kit Romeo und seinen Männern waren Eves Renovierungsprobleme mit einem Schlag gelöst, das sah man schon nach einem einzigen Tag.

Die Schäden am Gebälk und an der Außenmauer waren nur oberflächlich, stellte Romeo schnell fest. Die größte Verwüstung befand sich im hinteren Bereich der Küche. Kit sprach mit seinem Vorarbeiter und notierte auf einer Kladde, was zu tun war. Eve hing an den Lippen des Handwerkers und zerfloss fast vor Erleichterung. Der Mann hatte humorvolle Augen und eine Attitüde, die signalisierte, dass man ihm blind vertrauen konnte.

Bei genauerem Hinsehen zog er das rechte Bein ein wenig nach. Seine Geschichte interessierte Eve plötzlich brennend. Sie würde Mac später fragen. Als er über den vom Löschwasser zerstörten Fußboden referierte und Eve ihrer Beunruhigung über Terminverschiebungen wegen des Ausmaßes der Arbeiten Ausdruck verlieh, nahm er ihre Hand, drückte sie sachte und sagte: »Das brauchst du nicht, *cara mia.* Wir machen das schon. In zwei Wochen stehst du wieder an deinem Ofen und backst mir einen Kuchen.«

»Wo ist eigentlich der Dicke mit der fleischfressenden Miene hin?«, fragte Tony beiläufig, während er mit Hingabe Tassen polierte und lauschte.

Mac wartete ebenfalls gespannt auf das Ergebnis der Begehung. *Also hatte er es auch gemerkt.* »Hat sich disqualifiziert«, sagte Mac knapp. In Tonys Blick erschien so etwas wie Anerkennung, und seine Augen wanderten kurz zu

Justine, die am anderen Ende des Raumes auf einer Leiter stand und die Leuchter einer gründlichen Inspektion unterzog. »Erinnere mich daran, dir nie in die Quere zu kommen.«

»So weit waren wir schon«, sagte Mac. Dann lenkte er ein. »Man muss Prioritäten setzen, Superhirn. Wenn das Café läuft, ist sie glücklich. Wenn sie glücklich ist, bin ich es auch. Einfach, oder?«

Tony deutete mit einer coolen Kinnbewegung zu dem Knutschfleck unter Macs Ohr. »Glaube, sie ist schon ziemlich glücklich. Auf jeden Fall glücklicher als gestern.«

Mac entschloss sich zu einem Riesenschritt. »Wir werden heiraten«, sagte er, und obwohl er sich im gleichen Moment fragte, warum er ausgerechnet *ihm* das anvertraute, wusste er sofort, dass er das Richtige getan hatte. Tony schlug ihm auf die Schulter, breit grinsend. »Mann! Wie geil ist das denn!« Dann überlegte er kurz. »Alter, du hast Angst vor ihr! Macht nichts, haben wir alle.«

Mac sah ihn mit einem Blick an, wie man ihn dem Klassenclown schenkt, antwortete aber trotzdem. »Nein. Ich hab Angst, ihr nicht gerecht zu werden. Ihr nicht zu genügen. Das ist ein gewaltiger Unterschied. Aber das wirst du irgendwann auch noch kapieren. Falls du dein Leben jemals auf die Reihe kriegen solltest.«

Während Romeo und seine Mannen Material heranschafften, einen riesigen Ghettoblaster auf die Fensterbank wuchteten und schneller mit der Arbeit begannen, als Eve sich je hätte vorstellen können, erschien am späten Freitagnachmittag Lana, wie üblich unangekündigt.

»Manöverbesprechung!«, flötete sie, schwenkte ein dünnes Skript mit dem Logo ihres Frühstücksfernseh-Formats und stieg etwas angewidert über Holzspäne und Fliesenbruch. Romeo war nicht zimperlich.

Draußen war es längst dunkel, und sie hatten gerade Feierabend machen wollen, aber niemand mochte sich Lanas

Neuigkeiten entgehen lassen. Immerhin hatte sie Burger mitgebracht, und nach ein paar Minuten tagte das ganze Team abermals am großen Tisch, den die Männer so weit wie möglich aus der Peripherie der Küche weggeschoben hatten.

Sie hatte den Sendetermin auf Macs Einspruch hin verschieben müssen. Er musste die Erlaubnis der Army einholen, und das dauerte ein paar Tage. Lana war erbost deswegen, aber Mac ließ sich nicht umstimmen. *Soweit kam es noch*, dass er sich gleich in die nächsten Nesseln setzte.

Während sie aßen, hielt Lana Hof und warf sich ins Zeug. Besonders Mo hatte es ihr angetan. »Wussten Sie, dass Franzosen die sympathischsten Menschen der Welt sind?« Ihr Lächeln war filmreif. Mac verdrehte die Augen.

Lanas Redakteure hatten einen wahren Schlachtplan entworfen. Ihre Unterlagen sahen so aus, als ob sie ihn einfühlsam durch das Interview führen würde. Das war die Lana, die er von früher kannte. Gutherzig, wenn auch grauenhaft exaltiert. Als er die Fragenliste durchging, auf die er vor den Augen des halben Landes antworten sollte, beschlich ihn zum ersten Mal der Verdacht, dass sich Lanas Vorstellungen von Wiedergutmachung nicht mit seinen deckten.

Kaum hatte er den Gedanken zu Ende gedacht, machte Lana einen Fehler. Sie tippte auf eine Stelle in ihrem Plan. »Eve würde genau hier sitzen, und Silvia wird ...«

Mac fuhr auf. »Was? Kommt nicht in Frage! Eve bleibt hier!«

Lana machte schmale Augen. »Wie bitte?«

Die Blicke der anderen gingen wie beim Pingpong hin und her. Mac war ein zäher Verhandler. Er dachte nicht daran, sich vorführen zu lassen, und Eves Name war ihm bei Weitem zu oft im Spiel.

Lana verlegte sich aufs Jammern. Das lief wieder alles ganz anders, als sie es sich vorgestellt hatte. Über die Armee durfte sie kaum was sagen, und mit dem Rest rückte er auch nicht heraus! *Private Fragen komplett streichen*, das war ja wohl eine ganz miese Idee! Was sollte sie denn machen? Fünfzehn Minuten Smalltalk halten, und worüber denn, über das Wetter vielleicht? Sie hätte sich an Silvia Hamilton halten sollen, die hätte schon für die nötigen Quoten gesorgt.

Lana war so ungeschickt, diese Eingebung laut auszusprechen, und Mac explodierte.

»Geh nach Hollywood, Everett, da haben die Leute für deine Schmierenkomödien vielleicht Verwendung! Wir beide hatten eine Vereinbarung, und wenn du glaubst, mich austricksen zu können, hast du dich geschnitten, also vergiss es!«

»Schon mal was von Pressefreiheit gehört, du arroganter Mistkerl?«

»Schon mal was von Persönlichkeitsrechten gehört, du dumme Gans? Wenigstens von Loyalität? Freundschaft? Weißt du, was passiert, wenn du das auf die Tour machst?«

»Sag du es mir, du weißt ja anscheinend alles!« Zum Teufel, so hatten sie schon vor fünfundzwanzig Jahren gestritten.

»Mehr als du auf jeden Fall. Um was geht es hier? Um mein Privatleben oder um das, was ich angeblich in den Augen der Bevölkerung verbockt habe? Du wirst umdisponieren, oder ich mach dich in diesem verfluchten Fernsehstudio fertig. Dein Bruder war ein Held, Lana, und mein Freund. Du stöckelst garantiert nicht in deinem Studio herum und ziehst das, was die Männer da drüben tun, in den Dreck. Und ganz besonders wirst du Eve nicht in Gefahr bringen, indem du alles über sie ausplauderst, was dir in den Sinn kommt!«

Er hob noch nicht mal die Stimme, aber die Erwähnung des unter Macs Kommando gefallenen Dyke Everett wirkte wie ein Brandbeschleuniger. Sie legte los. »Du bist der mieseste, kaltherzigste, unzuverlässigste ...«

»Und du bist eine falsche Schlange, die nur an ihren eigenen Vorteil denkt. Nicht mit mir. Die Diskussion ist beendet.«

Lana fiel auf ihren Stuhl zurück.

»Entschuldigen Sie mich bitte«, sagte Eve und legte Romeo kurz die Hand auf den massigen Unterarm. Sie konnte der Unterhaltung auf der anderen Seite des Raumes nicht folgen, weil ihr die zukünftige Größe ihrer Arbeitsinsel wichtiger erschienen war, aber nun hatte sie ihren Namen zu häufig gehört, um sich weiter herauszuhalten.

Als sie bei der Runde anlangte, war Lana kurz vorm Heulen, und Mac wirkte, als sei er knapp davor, sie zu verprügeln.

Eve suchte seinen Blick, fand ihn und sah, wie er tief durchatmete. Sie ging quer durch den Raum. Die anderen sahen ihr entgegen, wie man einem Rettungstrupp entgegenblickt. *Oh Gott, nicht nochmal das von vorgestern!,* flehte sie innerlich und war irrational dankbar dafür, dass es diesmal Lana zu sein schien, die irgendetwas falsch gemacht hatte.

»Aber Eve könnte ...«

»Eve schon gar nicht!«, brüllte Mac. »Ich mache bei keiner Hetzkampagne mit, egal gegen wen oder was!«

Aus den Augenwinkeln sah Eve, dass Romeo sich nach draußen verzog. Sie griff an Macs Arm vorbei in die Tischmitte, nahm das Skript an sich und begann zu lesen.

Lanas Konzept sah vor, das Publikum zunächst mit einem Einspieler seiner Armeekarriere zu beeindrucken. Die guten Tage gingen über in alte Presseberichte, die sich mit seiner Herkunft beschäftigten. Szenen von Demonstrationen und der Räumung des Grundstückes am Redwood Plain sollten folgen. Danach käme ein Interview, das Silvia Hamilton zum Gegenstand hatte, und am Ende standen Bilder des Cafés. Der Tenor des Ganzen war, dass Mac sich geschlagen und mehr oder minder schuldbewusst nach Cooper zurückgezogen hatte.

Das alles hätte man unter sorgfältigem Journalismus verbuchen können, aber Eve war zu vertraut mit diesem Geschäft, um das Problem nicht zu sehen. Es war das Gegenteil dessen, was Lana ursprünglich vorgeschlagen hatte.

Sie sagte ihr genau das, in ruhigem, aber deutlich reserviertem Tonfall, der sich wie ein Kokon um Macs Herz legte und ganz klar zum Ausdruck brachte, dass die Vereinbarung mit dem Gratis-Kuchen soeben nichtig geworden war.

Nein, Eve dachte gar nicht daran, Mac in den Rücken zu fallen, und dafür war er ihr lächerlich dankbar.

Lana schluchzte affektiert auf. Tony verbiss sich ein Grinsen. »Und was schlägst du vor? Wie soll ich die Lücke füllen?«

Eve zuckte mit den Schultern, zog einen Stift aus ihrer Jeans und strich in dem Manuskript herum. Sie kritzelte etwas an den Rand und schob es dann über den Tisch. Lana heulte empört. »Du hast die Hälfte meines Konzepts gestrichen!«

»Mac streicht dir die andere Hälfte, wenn du nicht endlich Vernunft annimmst. Lana, ich werde bedroht. Sich mit Mrs Hamilton in einem Raum aufzuhalten, wird uns nur vor dem

Bezirksgericht möglich sein: Wenn sie für das, was sie zu verantworten hat, verurteilt wird. Aber ganz sicher nicht in einem Fernsehstudio.«

Da war er wieder, dieser Effekt: Alles Gemurmel verstummte, als hätte jemand auf einen Schlag den Ton abgedreht. Sogar Lana versuchte sich an einer glaubwürdigen Darstellung gepflegten Erschreckens. »Es geht gar nicht nur um Mac«, piepste sie. Man konnte förmlich sehen, wie hinter ihrer Stirn die Rädchen ratterten.

Vielleicht war es das Wörtchen »uns«, das alles veränderte. Vielleicht war es die Entschlossenheit, die Eve ausstrahlte. Letztlich vielleicht auch Macs simple Drohung, das Studio zu verlassen, und seine glasklare Warnung: »Wenn bei der Aufzeichnung irgendetwas schief geht, verklage ich dich und deinen Sender, und es ist mir verdammt egal, ob du mich als Teenie schon ins Bett kriegen wolltest oder nicht. Ich kann nichts dafür, dass sich Weiber in so einen Mist verrennen, und ich werde für diesen Scheiß garantiert nicht die Zeche zahlen.«

Justine und Martha tauschten einen Blick, der besagte, dass sie *es ja von Anfang an schon gewusst* hatten.

Lana hatte Zeitungsausschnitte auf ihrem Tablet. Das ganze County wusste, was passiert war, und kannte die Akteure. Aber die Stimmung schlug nicht um. Jae hatte schon besorgt angerufen, weil die Verdachtsmomente gegen Hamilton sich häuften und er über Polizeischutz nachdachte. Anstatt für Mäßigung zu sorgen, schürte die Presse das Feuer. Die Zeitungen (und noch mehr die sozialen Medien) gruben alles aus und meckerten, weil die Armee sich bedeckt hielt, wobei der Presseoffizier in Fort Lewis stereotyp auf das *laufende Verfahren* verwies.

Die Hundesache wurde komplett neu aufbereitet, und auch Eves Name fiel, was ihr erstaunte Blicke am Tisch eintrug. Sie klärte es nicht auf.

Das Tablet wanderte von Hand zu Hand. Tony wunderte sich. »Alter, mit Vergebung und *Schwammdrüber* haben die es hier aber echt nicht so.«

»Ja, *Mister Miyagi*, geniale Idee«, fauchte Janet und warf ihm ihr zerknülltes Hamburgerpapier an den Kopf, »aber bei euch in Supermacho-Texas, was?« Sie äffte seine gedehnte Sprechweise nach und sagte *Texus*. Tony sah getroffen aus.

Eve wandte sich an Lana. »Was ist mit deinem Co-Moderator?«

»Was wohl? Sie spielen sich die Bälle zu, wie immer«, sagte Mac.

»Klar, um dann irgendwie dieses Guter-Cop-Böser-Cop-Ding draus zu machen. Damit die Leute was zu lachen haben«, motzte Tony.

»Wehe«, knurrte Mac. Er konnte sowieso nicht sicher sein, dass die beiden ihn nicht hereinlegten. Sobald er sich auf Lanas Terrain begab, lieferte er sich ihrem Wohlwollen aus. Er würde das Risiko eingehen, aber nur, falls er grünes Licht von seiner Dienststelle bekam. Wenn nicht, würde er absagen, da konnte Lana sich aufregen, wie sie wollte.

»Du musst seine positiven Eigenschaften aufzählen«, meldete sich Justine zu Wort.

»Genau, gutes Aussehen zum Beispiel.« Janet zwinkerte ihm zu. »Und Sex-Appeal.«

»Zuverlässigkeit«, sagte Mo.

»Kompetenz.«

»Tapferkeit. Mut. Loyalität. Ihr müsst schon Soldatentugenden nehmen.« Tony klang etwas hochnäsig. »Darum geht es doch.«

Justine stieß ihn in die Seite. »Nein, du Freak, es geht darum, den Leuten zu zeigen, dass er ein guter Mensch ist, dem man mit dieser Vorverurteilung Unrecht getan hat! Genau wie damals das mit den Hunden.«

»Und darum, dass Hamilton falsch liegt. Selbstjustiz ist immer scheiße.«

»Und du darfst ihn nicht als so einen zwielichtigen Typen hinstellen«, wagte Martha sich hervor, was Eve wirklich überraschte, »die Leute müssen sehen, wie er wirklich ist.«

»Das habe ich doch vor!«, zischte Lana, »ich rede über seine guten Seiten!«

»Ach ja, wo denn?« Tony, der durch die dünne Mappe blätterte, tippte mit dem Zeigefinger auf eine Dialogzeile. »Indem du ihn als hochtrainierte Kampfmaschine hinstellst, der einfach neue Leute anfordert, wenn er welche verliert? Hier: *Captain Lawrence gelingt es mit bewundernswerter Autorität, seine Vorgesetzten von der Notwendigkeit drastischer Maßnahmen zu überzeugen*? *Das* soll ein Lob sein, dass die Zuschauer verstehen? So ein Geschwafel findet ihr Fernsehfreaks gut? Was ist denn mit dir los? Mac, lass es einfach, das ist es nicht wert.«

Eve beugte sich zu Mac hinab und flüsterte in sein Ohr: »Ich glaube nicht, dass es viele gibt, die dich mit Eiern und Tomaten bewerfen würden.«

Er neigte den Kopf, so dass er ihre Wange berührte. »Die, auf die es ankommt, wohl nicht.«

Sie hatte ihr Haar zu einem hohen Pferdeschwanz gebunden, und als sie sich vorbeugte, strichen die Strähnen über die Haut seines Nackens. Bloß gut, dass er saß. Jeder hätte sonst die Reaktion auf diese sinnliche, zarte Bewegung gesehen. Eine unschuldige Bewegung; ganz sicher nicht dazu gedacht, ihn anzumachen.

Allmählich kehrte wieder Ruhe ein. Sie beratschlagten noch eine Weile.

»Warum tut sie das nur? Eigentlich ist sie ganz hübsch«, sagte Janet und drehte Hamiltons Foto in den Händen, das einen der Zeitungsartikel begleitete. Mac ging sofort hoch. »Das sind Sandschlangen auch, und trotzdem will ich keiner begegnen!«

»Schon gut, schon gut«, murmelte Janet und sank ein bisschen in sich zusammen. Eve schielte auf das Foto und fand eigentlich, dass die Frau dreinschaute wie eine riesige rostfarbene Katze, die vor dem Mauseloch lauerte, wobei sie genau wusste, dass der Hinterausgang verbarrikadiert war. Mac hasste es garantiert mehr als alles andere, die Maus zu sein.

Lana war ziemlich still geworden. »Man könnte einen Einspieler vom Café machen, so wie es vorher war, und wie es jetzt hier aussieht. Das wäre eine gute Werbung und würde die Leute vom Ernst der Lage überzeugen, ohne Mrs Hamilton direkt anzugreifen«, sagte sie schließlich. »Wir haben ja noch das Material vom Herbst. Es kam wirklich gut an.«

»Wie schön, dass du endlich von selbst drauf gekommen bist, in welche Richtung das zu gehen hat«, knurrte Mac. Eve drückte seinen Arm.

»Wenn wir Pech haben, setzt danach kein Mensch mehr einen Fuß in deinen Laden«, sagte Mo, der genau wusste, wie es war, wenn man bei den Gästen in Ungnade fiel – jeder Gastronom fürchtete diesen Moment.

»Und wenn wir Glück haben, läuft es genau andersrum«, widersprach Justine, die Berufsoptimistin. Sie lehnte sich zu Eve hinüber und drückte ihr Handgelenk. »Das wird schon. Ich helf dir mit den Bildern für Insta.« Eve lächelte dem Mädchen zu und fühlte eine angenehme Wärme in der Brust.

Lana sah auf, ein verräterisches Leuchten in den Augen. »Ich hab's«, sagte sie, langte über den Tisch und zerriss mit großer Geste das Konzept.

Mac verbarg stöhnend den Kopf in den Händen.

Aber es wurde leichter. Er mochte es, wie aus dem Lachen und dem Geplänkel durch ein einziges Wort Ernst wurde und sie zurückkehrten zu den wichtigen Dingen, und er wollte davon mehr. Es machte Spaß, mit dieser Runde zusammen zu sein, und er fühlte sich beinahe wieder wie er selbst. Sie würden zu ihm halten und wollten das Beste für ihn, zumindest daran gab es nach diesem Donnerwetter keinen Zweifel, und das beruhigte ihn. Seine Augen fühlten sich plötzlich komisch an, und er blinzelte. *So viel zum Thema Einzelkämpfer.*

Er sah, wie Mo gelegentlich nach seiner Jacketttasche tastete, und jedes Mal huschte ein kurzer Ausdruck von Panik über sein Gesicht. Dann blickte er mit einem Anflug von Erleichterung zu ihm und Eve, die ihm beruhigend zulächelte, und er nickte.

Tony erinnerte sich seiner Königsdisziplin, der Provokation, und stichelte. »Ich würde ja lieber mal was Pikantes über ihn erfahren. Mit wem er in der Kiste war und so. Kannst du dafür sorgen, Miss L.?« Alle lachten. Eve holte Coke und Wasser. Im Vorbeigehen strich sie mit den Fingerspitzen über Macs Arm, federleicht, und er stand in Flammen.

Moment, das war lächerlich. Aber er fing ihren Blick auf, und sie sah ihn an und gab sich für eine volle, köstliche Minute dem Gefühl hin, privilegiert zu sein, Dinge über ihn zu wissen, die die anderen nicht wussten, und Geheimnisse mit ihm zu teilen.

»Ihr habt ja keine Ahnung, denn ihr lebt alle viel zu dicht am Polarkreis, das macht träge im Kopf«, tönte Tony gerade, »ich hingegen komme aus einem County, in dem die Leute ihren Verstand beieinanderhaben. Und deshalb reicht es nicht, auf Universitätsniveau schwafeln zu können, sondern ...«

Eve versuchte zu ergründen, worum es ging, hörte zu und lachte mit. Sie kam an den Tisch, stellte die Flaschen ab und trat hinter Mac.

Er spürte ihren langen Oberschenkel an seinem Arm und fühlte die Körperwärme, wobei er sich plötzlich ein bisschen kurzatmig fühlte.

Als sie sich nach vorn streckte, um ihr Glas abzustellen, beugte sie sich über Mac. Sie legte den Arm um ihn, um sich zu stützen, und ihre Brüste drückten sich an seine Schultern. Unmerklich erwiderte er den Druck und bog den Kopf zurück. Er lehnte sich an sie. Eves Brustwarzen richten sich auf, und plötzlich spielten Lana und ihre Pläne gar keine große Rolle mehr.

Eve rieb ihr Kinn an seiner Schläfe.

»Gestern war ich zu betrunken«, murmelte er an ihrem Gesicht.

»Das ist heute nicht der Fall«, flüsterte sie zurück.

Die anderen diskutierten immer noch. »Wir müssen irgendetwas tun, damit sich diese Sache umkehrt.«

»Lana wird Mac unterstützen.«

»Wer weiß, wie lange das noch dauert, bis die Army irgendeine Entscheidung trifft.«

»Eve hat schon genug getan.«

»Mac kriegt das hin.«

»Ich hätte gern mal eine Erklärung dafür, warum ihr über mich sprecht, als sei ich nicht da«, sagte Mac. »*Hallo?*«

»Sie reden doch über mich genauso«, sagte Eve zu ihm. Und pustete einen Kuss auf sein Ohr. »Glaubst du, jemand würde es merken, wenn wir gehen würden?«

Ein Funkenregen stob über seine Nervenenden. »Die würden es nicht mal merken, wenn ich dich hier an der Wand vögle.«

Schlagartig verstummten alle Gespräche.
»Danke, Kumpel«, sagte Tony trocken, »jetzt werde ich dieses Bild nie mehr los. Wenn ich mir das nächste Mal einen runterhole, sehe ich garantiert dich und meine Chefin vor mir.« Die Mädchen schrien auf und bedeckten gespielt schockiert die Augen mit den Händen, auch Lana.

Mac stand auf und nahm Eves Hand, um sie hinter sich herzuziehen. »Gute Nacht, ihr dämlichen Loser.«
Lana rief ihm nach: »Warte! Wir müssen noch darüber sprechen, was du anziehst! Uniform wäre gut!«

Wie angewurzelt blieb er stehen und wandte sich langsam zu der Frau um, die ihm schon vor Jahrzehnten wahnsinnig auf die Nerven gefallen war. »Uniform?«, fragte er sehr leise und sah sie mit einem Blick wie durch ein Zielfernrohr an, »Lana, hast du sie eigentlich noch alle?«

Ja klar, Uniform. Am besten mit dem Silver Star an der Brust und dem Kampfhelm, den konnte er dann zu seinen Füßen legen und den Stiefel drauf setzen. Er war stolz auf seine Uniform. Er war stolz darauf, was er in seinem Leben geleistet hatte, jedenfalls auf das meiste davon. Er war ein suspendierter Offizier; ein Offizier, der wegen einer Tragödie mit drei toten Amerikanern suspendiert war, und wenn auch nur das Geringste mit dem Videobeweis passierte, würde man ihn vor einem Militärgericht der fahrlässigen Tötung und ganz anderer Pflichtverletzungen anklagen, »...und du willst, dass ich als besondere Provokation irgendwie anders als Privatperson in dein gottverdammtes Fernsehstudio marschiere? Geht's noch, Everett?«

Sie erkannte ihren Schnitzer. »Ich dachte, es arbeiten so viele Leute bei der Army, die wären bestimmt stolz auf dich! Sie würden auf dich abfahren ...« Sie hatte den Anstand, zu stottern. Und eine Schattierung blasser zu werden.

Eve spürte, dass Mac vor Wut zitterte und kaum noch an sich hielt.
Aber er hatte sich im Griff. Leise und schneidend sagte er:
»Bei den amerikanischen Streitkräften stehen fast anderthalb Millionen Männer und Frauen im Sold, Reservisten nicht

eingerechnet. Zieh diejenigen ab, die mich schon immer gehasst haben, einfach, weil ich da bin. Oder weil ich besser bin. Oder sie falsch angeguckt habe, was weiß ich.
Und dann denk an die 327 Millionen, die nicht bei der Army sind. Und jetzt sag mir nochmal, ich soll meine Uniform anziehen, um gut Wetter für mich zu machen, damit die Tierschutzlobby und die Frauenrechtlerinnen mich wieder in ihr Herz lassen.«

Er schüttelte fassungslos den Kopf. »Meine Güte, Everett. Sicher, dass du mit deinem Bruder verwandt warst?«

Kapitel 42

Es gab dieser Tage viele Dinge, die Mac glücklich machten. An einem Samstagmorgen um halb vier aufzuwachen, gehörte nicht dazu.

Er hatte bis Mitternacht gebraucht, um sich nicht mehr über Lana aufzuregen, und damit Eve vor den Kopf gestoßen, die andere Pläne für den restlichen Abend gehabt hatte. Sie schlief neben ihm, den Kopf auf den Armen, und er glaubte, in ihren Zügen einen Anflug von Traurigkeit zu lesen.

Mac schlug die Decke zurück und stand leise auf. Er würde sowieso nicht mehr schlafen können.

Draußen war es stockdunkel, eine Januarnacht mit eisbedeckten Straßen und Temperaturen unter Null. Er wanderte eine Weile an den Fenstern entlang und dachte nach.

Er öffnete den Kühlschrank und trank ein Glas Milch, dann machte er fünfzig Liegestütz. Früher hätte er hundert gemacht und noch hundert Situps hinterhergeschoben, aber soweit war er noch immer nicht. Er würde wieder dort hinkommen, dessen war er sicher, aber noch sprachen alle nur von dem Zauberwort: *Geduld*.

Auf dem Schreibtisch lag Eves Zeitungsartikel, immer noch, und ein Umschlag mit den neuen Papieren vom Nachlassgericht. Der Poststempel war vom Freitag. Er wusste nicht, ob Harry so viel Dampf gemacht hatte oder Eves Anwalt; von der Schnelligkeit war er jedenfalls beeindruckt.

Er legte die Füße auf den Schreibtisch, lehnte sich in dem bequemen Sessel zurück und wartete auf das Morgenlicht.

Eve erwachte, weil der Platz neben ihr leer war. Sie fuhr mit der Hand über das Laken, bemerkte die fehlende Körperwärme und sah sich um. Die Wohnung war dunkel, aber sie entdeckte

Macs Silhouette vor dem Fenster, und eine unsinnige Erleichterung machte sich in ihr breit.

Sie rappelte sich hoch und ging auf leisen Sohlen zu ihm hinüber, aber vielleicht hätte sie auch trampeln und lärmen können: Er war völlig in Gedanken versunken. Weil er nicht erschrak, als sie hinter ihn trat und die Hände auf seine Schultern legte, hatte er sie wohl doch gehört. *Jägersinne.*

»Kannst du nicht schlafen?«, fragte sie.

Er schüttelte den Kopf. Er griff nach ihren Fingern und zog sie kurz an seine Lippen. »Ich kann oft nicht schlafen. Das macht nichts.«

»Ist es wegen Lana?« Die Sache setzte ihm zu, und sie hatte ihm angemerkt, wie aufgewühlt er war. Aber er hatte nicht darüber reden wollen, so, wie er über vieles nicht reden wollte.

Er seufzte. »Nein. Aber könnte trotzdem sein, dass ich sie vorher noch umbringe. Ich glaube, ich brauche einen Coach.«

Sie beugte sich zu ihm hinunter und lehnte ihre Wange an seine. »Du machst dir Sorgen wegen der Aufzeichnung.«

Noch ein Seufzen. »Ich mach mir Sorgen wegen allem.«

Eve strich über seine Arme. »Kann ich etwas für dich tun?«

Er lachte ein bisschen und lehnte sich zurück, bis sein Hinterkopf an ihrem Bauch lag. »Du tust doch schon.«

Wurde er ruhiger? Eve fuhr mit dem langsamen Auf und Ab an seinem Bizeps fort und sah in die Nacht hinaus. Ihr Blick streifte die Tischplatte. »Liest du meinen Artikel?«

»Jeden Tag. Es bedeutet mir viel. Es tut mir leid, dass du so lange im Unklaren warst.«

Wie musste sie der Veröffentlichung entgegengefiebert haben, mit Hoffen, mit Bangen. Mit Furcht vor den Folgen. Sie konnte nicht erwartet haben, dass er sich aus dem Nichts materialisierte, aber irgendeine Reaktion wäre sicher schön gewesen. Natürlich las er auch im Ausland Zeitung. Sie musste gedacht haben, es interessiere ihn nicht.

»Okay«, sagte sie, »schon verziehen.«

»Toll mit mir, nicht wahr? Überleg dir das noch mal.«

»Da gibt es nichts zu überlegen.«

Ihr Tonfall legte sich um sein Herz wie eine schützende Hülle. Sie fragte: »Mac, leidest du an PTBS?«

Er nickte, alles andere als erstaunt über den Vorstoß.

»Andere hat es viel schlimmer erwischt. Ich bin keine tickende Zeitbombe oder sowas.«

Nein, dachte Eve, *du machst dich nur selbst kaputt.* »Bist du in Behandlung?«

»Einmal die Woche. Bei einem Arzt in Tacoma.«

»Hilft es?«

»Ich hab das Gefühl, etwas zu tun.« Er überlegte kurz. »Doch, es hilft.« Dann machte er eine Bewegung, die alles einschloss – das Haus, das Café, Eve. »Das hier hilft.«

Oh, Mac. Sie wartete, weil sie ohnehin nicht gewusst hätte, was sie sagen sollte, und weil sie glaubte, dass er weitersprechen würde. Sie spürte seine Qual, aber in Nächten wie dieser sprach es sich leichter.

Sie umarmte ihn und legte ihre Lippen an seine Schläfe. Sie drückte einen Kuss auf sein Haar. Die tröstende Geste ließ ihm tatsächlich die Tränen in die Augen steigen. *Meine Fresse,* dachte Mac. Tagsüber tat er so, als wäre sein Herz nicht vollkommen ausgehöhlt und hatte sich gut im Griff, aber nachts war es anders.

Unter der Zeitungsseite lugten Macs Erkennungsmarken hervor. Er zog an der Kette und drehte sie mit der linken Hand zu einer Schnecke. Das Metall klapperte leise.

Er nahm die Beine vom Schreibtisch und schwang mit dem Sessel zu ihr herum. Den Blick richtete er auf die stählerne Marke. Sie war reichlich abgestoßen und an den Rändern schon ganz blank.

»Wusstest du, dass jeder GI jemanden benennen muss, der ihn im Falle eines Falles nach Hause bringt? Der Leichnam wird dann mit den persönlichen Gegenständen an die Angehörigen übergeben.«

Eve schüttelte wortlos den Kopf. Solche Dinge hatte sie nie im Leben wissen wollen.

Mac schwieg einen Moment. Seine Finger spielten mit der Kugelkette. »Sie haben alle mich benannt. Alle vierzehn Mann. Der ganze Zug.«

Eve schluckte. In ihrer Kehle saß ein Kloß, der beständig anwuchs. »Wie viele hast du schon nach Hause gebracht?« Die Erkenntnis, von jetzt auf gleich in seine tiefsten Gedanken einbezogen zu werden, Einblicke in seine Seele zu nehmen, sollte sie sicher glücklich machen, aber in diesem Moment wünschte sie sich, er sei der coole, arrogante Typ geblieben, der ungefragt Branntweindestillen aufbaute und Handwerker beauftragte.

Nein. Das wünschte sie sich nicht. Es war gut so, wie es war, und sie würden darüber hinwegkommen. Sie beide.

Eve kniete sich vor ihm auf den Boden und hörte zu.

»Acht«, sagte Mac. »Aber Dyke und Jimmy ... ich konnte nicht. Jemand anderes hat es übernommen.« Die Kette lief durch die Stanzlöcher. Es gab ein schabendes, helles Geräusch. Mac schloss die Hand um die IDs und sah zu Boden.

Das, was in ihm vorging, zerriss Eve fast das Herz. Sie öffnete den Mund, aber es kam kein Ton heraus. Sie schluckte und versuchte es nochmal. *Ihre Ängste waren sowas von berechtigt.*

»Wer hätte dich nach Hause gebracht?« Für eine Beisetzung in einem Eichenholzsarg, mit der Flagge bedeckt? Flankiert von sechs Männern mit ernsten Gesichtern? Eve schüttelte das Bild ab.

Er sah auf. »Josie.«

»Wirklich? Also würdest du dich einer Frau anvertrauen?« Es sollte ein Scherz sein, weil die Angst sie jetzt einhüllte.

Aber er antwortete ganz ernsthaft. »Jo ist gut im Nachhausebringen. Sie ist jetzt auf diesem Posten, aber sie ist kampferfahren. Wir waren lange zusammen im Einsatz.«

»Wenn eines Tages Josie Clarke vor meiner Tür erscheint, werde ich komplett ausflippen.«

Mac lächelte schwach. »Nur, wenn sie nicht alleine kommt. Und in Uniform.«

»Bestimmt gibt es dafür eine Kleiderordnung.« Es klang hilflos.

»Ja«, murmelte er.

»Mac.« Sie legte ihre Hände auf seine Oberschenkel, weil sie sich irgendwo festhalten musste. »Tu mir das nicht an. Lass dich nicht irgendwo umbringen. Diese ganzen Krisenherde auf der Welt werden doch hoffentlich ohne dich auskommen.«

Er hatte ihr gesagt, dass er nicht mehr tauglich war fürs Ausland, und noch vor ein paar Tagen hätte sich ein kleiner, gemeiner, egoistischer Teil von ihm daran geweidet, dass sie sich um ihn sorgte. Jetzt sah er, was es mit ihr machte. Sie kämpfte mit den Tränen. Er hätte sich ohrfeigen können.

»Ich hab Angst vor dem Tod, Eve. Alle haben Angst davor. Er ist hässlich und schmutzig und brutal, und hinterlistig, und wir kommen nicht dagegen an. Deshalb kämpfen wir. Aber ich hab noch mehr Angst davor, allein zu sein. Ich lag in diesem Krankenhaus und niemand war da. Das war das Schlimmste.«

Er legte die Marken weg, spreizte seine Finger und sah darauf hinab, und sie fragte sich, was er wirklich sah. Atemlos wartete sie.

»Ich hab versucht, sie zu retten, aber es ging einfach nicht. Ich kannte Dyke seit dem Grundlehrgang. Er war mein Freund. Und ich versuche die ganze Zeit, vor Lana zu rechtfertigen, dass ich ihn nicht beschützen konnte. Und sie wirft es mir die ganze Zeit vor. Das und das andere.«

Eves Augen brannten, aber sie würde nicht weinen. Aber sie wollte es. Sie wollte sogar schreien. Sie spürte, wie es in ihrem Gesicht zuckte und starrte angestrengt in die Schatten an der Decke. Sie hatte kein Recht, zu weinen. Er hatte es. Sonst niemand.

Er atmete ein. »Ich liebe diesen Beruf, auch wenn ich ihn schon oft genug verflucht habe. Ich steh auf das alles, und ich stehe auch vollkommen dahinter, aber ich fühle mich ... betrogen. Im Stich gelassen. Ich bin nicht mehr sicher, ob sie lange genug ermittelt hätten, um das Video zu finden. Ich bin seit sechsundzwanzig Jahren bei der Truppe und kann nichts anderes. Was soll ich tun?« Er lachte leise auf, und es klang durchaus humorvoll. »Ich habe schon vorher nicht gewusst, was ich sonst machen sollte, und daran hat sich nichts geändert.«

»War es bei deinem Vater auch so?« Eve erhob sich mit steifen Knien, trat einen Schritt näher an Mac heran und streichelte seinen Nacken. Er folgte ihrer Bewegung und gab sich ihr hin. Sie zog ihn an sich und umarmte ihn, und in diesem Moment kamen ihm wirklich die Tränen.

Er legte den Kopf an ihre Brust und spürte ihren süßen Atem auf seiner Haut, als sie sich hinab beugte und ihn küsste. Er drückte das Gesicht gegen das köstliche Tal zwischen ihren Brüsten und ließ zu, dass der Stoff ihres T-Shirts die Nässe auf seinen Wangen aufsog.

Seine Stimme klang gedämpft. »Er schied verletzungsbedingt mit allen Ehren aus. Flugzeugabsturz. Ich glaube nicht, dass er sich je etwas zuschulden kommen ließ. Für meinen Vater war die Hundezucht, was für mich ... das hier ist. Er ist darin aufgegangen, als er das andere nicht mehr haben konnte, und ich hoffe, ich bekomme diese Chance auch.«

»Aber du musst doch gar nicht ausscheiden.« Sie wollte ihn trösten, weil er sich selbst in Frage stellte. Er hatte noch mindestens zehn Dienstjahre vor sich, und sie konnte beim besten Willen nicht glauben, dass er mit ein bisschen Whiskybrennen und ein paar Abenden hinter der Bar glücklich sein würde. Niemals würde ihm das genug sein.

Er wandte den Kopf. »Wie war das bei dir? Warum hast du dich auf ein überschuldetes Café eingelassen, das schon fast von der Bildfläche verschwunden war? Um einer alten Frau einen Gefallen zu tun?«

Jetzt war Schluss mit der Verdrängung und dem Firlefanz. Sie sah ihn vollkommen ernst an. »Ich brauchte einen Neuanfang«, sagte sie schlicht.

In seinen Blick trat Neugier. »Und? Hat es geklappt?«

»Ja«, Eve lächelte, »voller Erfolg. Auf ganzer Linie.«

Er erwiderte ihr Lächeln. »Du bist Zivilistin. Und ich bin im Moment alles andere als ich selbst. Es tut mir leid, dass du das ausbaden musst.«

Eve legte den Kopf schief und machte eine gleichgültige Handbewegung, dankbar für das Zwischenspiel. »Soll das heißen, du nimmst den Antrag zurück?«

Sein Lächeln war mutwillig. »Ich hab doch gar keinen gemacht.«

»Du hattest einen Ring, das ist genauso gut wie ein Antrag.«

Er zog an ihrer Hand und legte sie sich vor die Brust. »Der Fairness halber sollte ich zugeben, dass du mir nur zuvorgekommen bist.«

Er sah sie an und dachte kurz darüber nach, wie einfach es wäre, wenn sie jetzt einfach miteinander ins Bett gehen könnten. »Entschuldige, Eve. Du hast dir das heute Nacht bestimmt anders vorgestellt.«

»Ja, das habe ich allerdings«, gab sie zu und blinzelte ihn hintergründig an. »Aber morgen ist auch noch ein Tag.« Sie stockte kurz und legte eine ihrer kühlen Hände auf seine Stirn. Die andere schob sie auf sein Herz. »Zu erfahren, was hier drin vorgeht, ist mir wichtiger.«

Sie atmete tief durch. »Aber es wäre echt super, wenn du bald wieder in deine hübsche Macho-Schublade zurück verschwinden könntest, denn das hier setzt mir ziemlich zu.«

Mac ging nicht auf den Scherz ein. Stille entstand. Dehnte sich. Er sah zu Boden. »Ich kann nicht glauben, dass sie tot ist«, sagte er. »Und dass diese Zeit für immer vorbei ist.« Seine Stimme war rau.

Eve strich mit dem Handrücken über seine Schulterbeuge, und er bedeckte ihre Hand mit seiner. Sie registrierte es mit Dankbarkeit.

Er fragte sie, wie Georgina in den letzten Wochen gewesen war, und sie erzählte es ihm. Er dachte an Eves Wohnung. »Hast du noch mehr Sachen von ihr?«

Das meiste war, sicher verpackt, in dem Lagerhaus. Sie hatte nicht gewusst, was sie damit machen sollte, und es nicht gewagt, etwas auszusortieren. Vielleicht wollte Mac das tun. »Wenn du sie haben möchtest ...« Sie war plötzlich befangen.

»Nein, ich will nur nicht, dass sie ... verlorengehen.«

»Das werden sie nicht. Wir können sie holen.«

Trauer und Schmerz überrollten ihn wie eine Woge. »Warum hat sie sich nicht behandeln lassen?«

»Das hat sie, aber es war schon zu spät.«

Und er hatte sich gewundert, dass Georgina sich nicht meldete. Sobald er konnte, war er nach Hause gekommen.

»Aber ich wäre doch wieder hergekommen«, sagte Mac. »Das bin ich immer.« Er klang mindestens fünfunddreißig Jahre jünger, und Eve fuhr ein tiefer, scharfer Stich durchs Herz.

Sie lehnte das Kinn an seinen Kopf, aber er schob sie mit einer sanften Bewegung von sich. Noch nie hatte er vor jemandem geweint, nicht mal in dieser verfluchten Kashim-Senke bei dem brennenden Transporter, und bis vor Kurzem hatte er gedacht, es müsse sich anfühlen, als ob einem jemand die Eier abschnitt. Doch so war es gar nicht. Wenn man das bei einem Menschen, den man liebte, wirklich glaubte, lief sicher irgendwas falsch.

Er wischte sich über das Gesicht, beugte sich nach vorn und zog ein paar bedruckte Seiten zu sich heran. »Ich möchte, das wir beide diese Papiere unterschreiben.«

Sie sah das Siegel vom Bezirksgericht. *Na, die waren ja flott.* »Jetzt?« Eve lachte. Es klang etwas zittrig. Diese Nacht war ein emotionaler Overkill. »Okay, fünf Uhr morgens. Guter Zeitpunkt dafür.« Aber sie tat ihm den Gefallen, weil sie erkannte, dass er wenigstens eine Sache zum Abschluss bringen musste. Mac steckte die unterschriebenen Dokumente in einen vorbereiteten Umschlag und stieß einen Laut der Erleichterung aus. »Jetzt gehört es uns beiden. Kein Hin und Her mehr.«

Eve hob die Hände und umfasste sein Gesicht. »Willkommen zu Hause, Captain.«

Er zog sie fest an sich, und sie legte mit einem müden Laut den Kopf an seine Schulter. »Glaubst du, wir könnten jetzt weiterschlafen?«

Amy hatte die Gelegenheit genutzt und lag quer im Bett. »Lass ihn liegen«, sagte Mac, und Eve drapierte ihre Kniekehlen um den Hund, kuschelte sich in Macs Armen zurecht und murmelte: »Wenn du das nächste Mal nicht schlafen kannst, weck mich einfach auf. Wir können ja Karten spielen. Oder Monopoly ...«

Ihre Stimme verklang. Die Sonne würde erst gegen acht aufgehen, aber Mac kam es so vor als würde der Himmel im Osten außerplanmäßig jetzt schon hell.

Mehr als ein Silberstreif.

Kapitel 43

Eve googelte Romeos Firma und betrachtete mit begeisterten Ausrufen sein Portfolio. Der Mann wirkte Wunder und hatte das Kunststück geschafft, nur beste Bewertungen einzuheimsen. Eve äußerte sich lobend über ihn und drehte das Tablet so, dass Mac einen Blick darauf werfen konnte. »Du sitzt mit mir am Frühstückstisch und schwärmst von einem anderen Kerl? Ich muss schon sagen!« Eve schob den Fuß in seinen Schoß. Weil sie ihm gegenüber saß, musste sie sich ein bisschen strecken, aber es reichte. Er zuckte zusammen und hielt sie am Knöchel fest.

Mac las Zeitung, fand ein Foto von sich, schob das Blatt genervt zusammen und warf es zielsicher in die Kiste mit dem Altpapier. Er strich über Eves Fußgewölbe und sah zu, wie sie mit dem Zeigefinger am Rand ihres Tellers entlang fuhr, um den letzten Rest köstlicher Sauce Hollandaise aufzunehmen. Tage, die mit *Eggs Benedict* begannen, konnten nur gut werden.

Sie hatten allen abgesagt. Das Team brauchte nach der Plackerei an der Brandstelle ein freies Wochenende, und Eve und Mac brauchten Zeit miteinander. Die nächste Woche würde anstrengend werden.

Eve räumte die Teller ab und kehrte mit frischem Kaffee an den Tisch zurück.

Sie berührte Mac an der Stirn. »Sind sie weg?«

In seinem Blick lag Erstaunen. »Wer denn?«

»Lana. Silvia. Alle anderen. Sie waren den ganzen Abend da.«

Mac ging ein Licht auf. »Deshalb hast du nicht weitergemacht.«

Sie verzog das Gesicht in der Erinnerung. Manchmal ließ man es einfach besser bleiben. »Du ja auch nicht.«

»Ich hatte Angst, dir weh zu tun. Ich war ... schlecht drauf.«

»Jetzt auch noch?«

Er griff nach ihr. »Nein.«

»Dann los.« Er zog sie auf seinen Schoß und schob die Hände über ihre Seiten, unter das Shirt, und umfasste ihre Brüste. »Hm«, machte sie und legte den Kopf in den Nacken. Aus dem Augenwinkel sah sie das Tablet. »Er hat gesagt, du hast ihn rausgehauen, im Kosovo. Was war da los?«

Romeo! »Wieso fasziniert der dich so?«

Sie lächelte strahlend. »Er rettet mein Café.«

Er machte sich an der Stelle unterhalb ihres Ohres zu schaffen. Es kitzelte offenbar, denn sie rutschte unruhig auf seinen Oberschenkeln herum. »Das ist zwanzig Jahre her«, grummelte er, »kann mich nicht erinnern.« Er sah über ihre Schulter und schubste das Tablet außer Reichweite.

Sie ließ ihre Hände wandern. »Wieso denn nicht?«

Er murmelte etwas Undeutliches und schob ihr Shirt ganz nach oben.

Es regnete.

Amy schlief in seinem Körbchen und träumte mit zuckenden Ohren und zitternden Pfoten von besseren Zeiten, in denen man Opossums jagen konnte und darauf wartete, das die Vögel aus ihren Nestern in den blühenden Kirschbäumen kamen.

Der Regen rauschte so gleichmäßig, dass eine Wand aus Wasser vor den Fenstern den Raum in ein Dämmerlicht tauchte. Es war still, gemütlich und friedvoll, aber Eve wollte, dass die Stille durch gewisse Laute unterbrochen würde. Sie würden den ganzen Tag im Bett bleiben, unterbrochen von kleinen Ausflügen zum Kühlschrank und einer Gassirunde mit Amy, die nicht mal Amy wirklich wollte.

Eve streifte ihn abermals, und er stand in Flammen. »Möchtest du das von gestern Abend jetzt fortsetzen?«

»Und ob ich das möchte.« Der Kuss veränderte sich, wurde von etwas Spielerischem zu etwas Suchendem, von einer Erkundung zu Verlangen, und von hinreißender Zärtlichkeit zu ungezügelter Leidenschaft.

Sie machte irgendetwas mit ihrer Zunge, schnickte sie hoch zu seiner Oberlippe und grub dann die Zähne hinein. Es machte ihn wahnsinnig. Sie hörte, wie sein Atem kurz stockte, gefolgt von einem Knurren, und dieses Knurren bewirkte, dass der

Schmetterlingsschwarm in ihrem Bauch außer Rand und Band geriet.

Justine entpuppte sich als Marketing-Expertin und postete die Fortschritte der Umbaumaßnahmen. Neben rohen Wänden und Böden, die Eve bei jedem Hinsehen die Nackenhaare aufstellten, sah man ab und an muskulöse Handwerkerarme und sehenswerten Ansichten von hart arbeitenden Männern. Von dem goldglänzenden Deckenrondell hing eine Folienbahn, die ein winziges Stück weit geöffnet war und die leuchtenden Glaskuben erahnen ließ. Justine markierte Romeos Firma und die der Küchenexpertin und freute sich über jedes Extra-Like. Wie schade, dass man keine Sterne vergeben konnte: Die obligatorischen Herzchen fand Mac ein wenig albern, aber was sollte man machen.

Weil für alles gesorgt und die Putzerei vorläufig beendet war, hatte Eve nicht wirklich viel zu tun.

Ihr Notizbuch füllte sich täglich mit weiteren Rezepten und Ideen, aber ihr fehlte die Beschäftigung in der Küche. Sie tigerte zwischen seiner Wohnung und ihrer eigenen hin und her, wälzte Kochbücher, fand ein neues Rezept für *Pasta Marinara* und schrieb Einkaufslisten. Langsam wurde sie unleidlich.

»Du könntest doch hier backen.«

Eve riss die Augen auf. »Hier? In dieser Museumsküche? Das wäre Blasphemie!« Sie bezweifelt ernsthaft, dass der Herd schon jemals in Betrieb gewesen war, außer vielleicht für die Zubereitung einer Tiefkühlpizza. Ganz davon abgesehen, dass Mac noch nicht mal eine Kuchenform besaß, was an und für sich schon unfassbar war. Wovon ernährten sie sich eigentlich bei der Armee? Von gepresster Einsatzverpflegung in olivgrünen Alubeuteln? War da eigentlich ein Totenkopf drauf gedruckt? Eve verlieh ihren Gedanken Ausdruck.

Mac seufzte, griff zum Telefon und machte mit der Küchenplanerin einen Termin.

Eve merkte, wie ihr Blutdruck stieg. »Werde ich eigentlich noch mehr deiner *Freundinnen* kennenlernen müssen?«
Sie wusste selbst nicht genau, wie wohl die Übersetzung dessen lautete. *Muss ich damit rechnen, dass noch mehr Frauen aus deiner Vergangenheit auftauchen und mir das Leben schwer machen? Mit wie vielen Frauen warst du im Bett?* Oder doch eher: *Wie oft ist es bei One-Night-Stands geblieben?*

Er ging offensichtlich in Gedanken seinen Bekanntenkreis durch. »Wenn du das Café tatsächlich Ende des Monats wiedereröffnen willst – ja. Ansonsten nur, wenn du planst, einen Landschaftsgarten anzulegen. Oder mit dem Auto in eine wirklich gute Werkstatt musst. Aber warte mal.« Er lehnte sich zurück, verschränkte die Arme hinter dem Kopf und betrachtete Eve ausführlich. »Ich kenne eine tolle Hochzeitsplanerin. Wenn dir das irgendwie weiterhilft?«

Valerie. »Ich kann durchaus ...« Eve schüttelte verwirrt den Kopf. »Was?«
Mac grinste und kippelte auf dem Stuhl. »Umarmung?«

»Nein danke«, sagte sie steif.
Macs Brauen wanderten nach oben. Der Stuhl krachte mit Schwung zurück auf seine vier Beine. »Die Befürchtung, dass Geister aus der Vergangenheit auftauchen, muss ich bei dir wohl nicht haben«, sagte er. »Wie es aussieht, hast du immer alles gründlich vermasselt.«

Das war ein Wendepunkt. Eve stand ganz still. Sie wagte kaum, zu atmen. Sie stand mitten im Raum und dachte: *Jetzt ein falsches Wort, und alles löst sich in Rauch auf.*

Sein Blick lag immer noch auf ihr.
»Ich bin superglücklich, dass du da bist. Und dass alles so ist, wie es jetzt ist. Und dass du mir das alles erzählt hast. Aber ich kann nicht ... ich bin nicht gut in sowas.«

»In was?«, fragte Mac, »in Vertrauen belohnen?«
Eve senkte den Blick. »In Vertrauen gewähren.«

»Das kann man lernen«, sagte er.
Eine Minute verstrich, tickte hinweg, verschwand wie die Regentropfen, die sich am Fenster in einem der Rinnsale verloren.

»Tu das Richtige«, sagte Mac. Es hörte sich leise und angestrengt an.

Sie zuckte die Schultern. Ihr Blick irrte zur Tür, ohne dass sie es wollte.

»Das andere Richtige«, sagte Mac.

Sie atmete ein. »Hör zu. Ich habe mein ganzes Leben lang auf dich gewartet. Wahrscheinlich habe ich sogar nach dir gesucht. Und als du dann da warst, habe ich noch eine Ewigkeit gebraucht, um zu erkennen, dass du der Richtige bist. Und dass ich das will. Dass ich das kann. Mac, ich war verheiratet, und es ist trotzdem gescheitert. Ich könnte es niemals ertragen, wenn das nochmal passiert. Und deshalb frage ich mich, woher du so viele Klassefrauen kennst, und in welcher Beziehung sie zu dir standen.«

»Ich bin eben ein guter Typ.«

Sie hatte es nicht mitbekommen, aber er war aufgestanden und stand zwei Schritte vor ihr, die Hände in den Hosentaschen. Er war vollkommen ernst. »Eve, ich will dir mal was erklären. Mit One-Night-Stands kann man keine langfristige Beziehung aufbauen.«

»Also mündet bei dir jeder One-Night-Stand in eine jahrelange Freundschaft? Du unterhältst langfristige Beziehungen zu jeder Frau, mit der du mal im Bett warst? Das wird ja immer interessanter.«

»Du willst mich unbedingt missverstehen. Leider weiß ich nicht, wieso das so ist. Ich kapiere, Eve, dass dir vieles durch den Kopf geht. Ich kapiere sogar, dass du wütend bist über das, was passiert ist, weil Hamilton nämlich daran schuld ist, dass sich alles komplett verändert hat. Ich hatte keine Beziehung, weil ich keine Beziehung haben wollte. Ich hatte keine Lust auf miese Verabredungen, langweilige Geschichten oder Frauen, die dann doch mehr wollten. Es gab Frauen in meinem Leben, aber ich hure nicht herum. Ich bin keine fünfundzwanzig mehr. Das ist alles Zeitverschwendung.«

Auch dieses Minenfeld betrat Eve direkt und ohne nennenswerte Umwege. »Das ist wie Wassermelonen kaufen«, sagte sie und nickte. »Man nimmt immer die falschen. Mac! Erzähl mir doch bitte nicht, irgendeine Prinzessin aus 1001 Nacht zu bumsen, wäre die Höchststrafe für einen Mann wie dich.«

Ein Mann wie er? Was sollte das denn heißen? In seinen Blick trat etwas, was sie lieber nicht darin sehen wollte: blanker Ärger. »Und wenn es Scheherazade persönlich gewesen wäre, es ist vorbei! Geht das in deinen Kopf? Es ist vorbei.« Am liebsten hätte er sie geschüttelt. »Es gibt Sex, Eve, es gibt pures Ficken, es gibt Geilheit, und es gibt das hier.«

»Oh«, murmelte Eve und blickte zu Boden, »drastisch ausgedrückt.«

»Anders kommt man bei dir ja nicht weiter!« Er fuhr sich entnervt durchs Gesicht und atmete tief durch. »No risk, no fun«, sagt er. »Alte Fallschirmspringer-Weisheit. Ich bin nicht beziehungsunfähig. Ich glaube, ich kann das sogar ziemlich gut. Aber ich will es nicht mit jeder versuchen. Verstehst du, was ich dir damit sagen will?«

Sie war die erste, mit der er das alles wollte. Die Erste nach Kelly, und das bedeutete unfassbar viel, aber von Kelly wollte er nicht auch noch anfangen. Wie sollte er Eve eine Beziehung erklären, die schon nach einer Woche ihr Verfallsdatum erreicht hatte? Er hatte es damals nicht wahrhaben wollen und weitergemacht, gegen alle Vernunft. Seine Nerven würden nicht mitmachen, wie Eve ihn ansehen würde. Kelly war seit Jahren passé.

»Ja«, murmelte Eve, »dass du ein Fabelwesen bist. Ryan war in Ordnung, Mac, und ich habe ihn geheiratet, weil ich ihn geliebt habe. Und er mich. Sonst hätten wir uns das nämlich erspart. Aber dann passierte irgendetwas mit uns. Beziehungen finden immer eine Möglichkeit, irgendwie nicht zu funktionieren.«

Er sah sie an, als wäre ihr ein zweiter Kopf gewachsen. *Mist.* Sie schien sich seiner militärischen Denkweise schon angepasst zu haben, denn der Tagesbefehl, den sie an sich selbst ausgab, lautete auf eiligen Rückzug.

Sie wartete verstockt.

»Eve, ich habe schon jemanden geliebt in meinem Leben. Aber es hat mir das Herz gebrochen. Seitdem habe ich nichts mehr investiert. Bis jetzt. Bitte sag mir nicht, dass ich jeden Tag von neuem überlegen muss, ob du bei mir bleibst und zu deinem Wort stehst.«

»Du hast doch den Artikel gelesen!«

»Ja. Aber wirst du mir gleich erzählen, dass du das in einem Anfall geistiger Umnachtung geschrieben hast? Oder in einer Art sexuellem Notstand?«

»Also, du bist doch wirklich ... du warst weg! Ich liebe dich! Ich wollte es allen anderen zeigen! Und dir.«

Er wusste, wie Frauen sich manchmal verhielten, und dass das mit Verstand mitunter nichts zu tun hatte. Er kannte sich aus mit weiblichen Emotionen. Leider wusste er auch noch zu gut, dass Frauen es manchmal nicht so genau nahmen mit dem, was sie sagten, und dem, was sie meinten, und manchmal zogen sie einen einfach über den Tisch. Und aus genau diesem Grunde würde dieses Thema jetzt ausdiskutiert werden, an diesem Montagnachmittag, wo sie auf Esme warteten und hofften, dass die Innenarchitektin eine schnelle Lösung auftischte, damit hier alles möglichst bald – *bitte, möglichst bald* – seinen gewohnten Gang gehen konnte. Damit sie weitermachen konnten, weil es *zum Teufel* Wichtigeres gab als Wandfarben und die Frage, ob Patisseriezubehör aus Edelstahl zu sein hatte und ob die Spüle wieder vorm Fenster stehen konnte oder nicht. *Verdammt.*

Sie hob die Arme und richtete ihren Pferdeschwanz. Diese Bewegung hatte ihn schon früher in der Schule fasziniert. Später hatte ihn dann eine andere Bewegung fasziniert, nämlich die, mit der Frauen unter der Oberbekleidung ihren BH auszogen: Indem sie ein artistisches Kunststück vollführten, dass er jahrelang nicht verstand.

So ähnlich war dieses Gespräch auch: schnell und mit halb verborgenen Kniffen. Er wunderte sich, wie er so ruhig bleiben konnte. *Wahrscheinlich das jahrelange Training als befehlshabender Offizier.* Es hatte ausgesprochen selten den erwünschten Effekt gehabt, wenn er seine Untergebenen umgehend anbrüllte. Das konnte man auch nach fünf Minuten noch tun.

Zunächst ging es immer darum, Informationen zu sammeln. In diesem Augenblick fiel bei ihm der Groschen. Sie griff zu einem alten Trick. Sie versuchte, sich die Sache mies zu reden. Sich ihn mies zu reden. Sie hatte eigene Erfahrungen, und sie hatte einfach nur Angst. Wie jeder.

»Ich sollte eifersüchtig sein. Du erzählst ausgesprochen wenig über dich. Dein Leben hat nicht mit dem Tag angefangen, an dem du hier aufgetaucht bist. Wie viele Jahre hast du mit deinem Mann verbracht? Drei? Fünf?«

»Vier.«

»Also vier. Das sind – *Moment* – über eintausendvierhundert Nächte. Vierzehnhundert mal Frühstück. Vierzehnhundert Entscheidungen, jeden Tag von neuem, und was weiß ich, wie viele Tage vorher.«

Sie unterbrach ihn. Hob die Stimme. »Es sind vor allen Dingen hundert vergebliche Versuche, ein Kind zu zeugen, und weil ich das nicht hingekriegt hab, kamen wir über diese verdammten Vierzehnhundert nicht hinaus!«

»Wie ging es weiter? Hat er jetzt Kinder?«

»Ja, zwei. Ein paar Wochen nach der Scheidung hat er seine Kollegin geheiratet. Ich bin sicher, er ist sehr glücklich.«

Mac ließ das einen Moment lang sacken. Dann sagte er: »Aber das bist du doch auch.« Abgesehen von temporären Querelen – Drohungen von Durchgeknallten, von Molotowcocktails, die Küchen zerstörten, und von weinerlichen Kerlen, die nächtelang über Kriegsgeschichten redeten –, hatte er den Eindruck, dass Eve ziemlich zufrieden mit ihrem Leben war.

Sie bestätigte es mit einer verächtlichen Geste. »Allerdings! Ich wollte das nicht mehr. Ich wollte nicht mehr die Frau sein, die halbherzig ins Büro geht, weil es doch nur zweitklassige Aufträge waren. Außerdem war es ein verflixtes Großraumbüro. Ich hasse Großraumbüros. Und an unserer Ehe hatte ich längst berechtigte Zweifel. Trotzdem hat es eine Ewigkeit gedauert, bis wir soweit waren, uns das einzugestehen. Nähe macht blind. Ich habe einfach nicht gesehen, wie es uns wirklich ging. Als ich Idaho verließ, mit einem Auto voll Zeug und einer halben Idee zu dem Buch, war ich vor Unsicherheit und Selbstzweifeln ganz krank. Das hat sich erst geändert, als ich hier ankam.«

»Manchmal trennen sich Leben. Es tut eine Weile weh, aber es heilt wieder«, sagte er sanft.

»Aber wenn ... und wenn sich unsere Leben auch trennen?« Sie gab damit ihrer größten Angst Ausdruck. Es fiel ihr schwer, denn was Eve garantiert nicht wollte, war, ihm vorzukommen wie ein Klammeraffe.

Doch sie konnte einfach nicht aus ihrer Haut. Sie sah ihn vorsichtig an und versuchte einzuschätzen, wann er anfangen würde zu brüllen. Sie wusste, dass sie es gewaltig übertrieb.

»Verschone mich mit deinen fiktionalen Konzepten, die allesamt das mögliche Ende einer Beziehung zum Inhalt haben, die gerade eben erst begonnen hat. Unserer Beziehung!« Er riss sich zusammen. »Hier wird nichts getrennt. Oder jedenfalls erst, wenn ich durch einen Schlauch atme und lauter Elektroden auf mir kleben.« Er hörte ihren erschrockenen Aufschrei, grinste und machte einen Schritt vor, um sie fest an sich zu ziehen. »Ich will dich heiraten. Eine Ehe hat mehr zu bedeuten als ein paar Affären. Ich hatte One-Night-Stands. Viele.« Nächte ohne Verpflichtungen, aber mit der Garantie für Orgasmen. Zerstreuung. Er würde nicht leugnen, dass er Spaß gehabt hatte. Die Frauen hatten auch Spaß gehabt. Was war dabei? Damit war er durch. »Ich hab dir erzählt, wie mein Leben aussah. Was hast du erwartet? Einen Mann, der lebte wie im Kloster?«

»Natürlich nicht«, gab sie zu.

»Ich war immer verantwortungsvoll. Es gibt nichts, wofür ich mich rechtfertigen muss.«

Oh Himmel. Zeit, zurückzurudern. Aber trotzdem ...

»Was denn noch?«, knurrte er.

»Aber die Frauen, mit denen du immer noch befreundet bist – gehören sie dazu?«

»Nein. Ich halte nichts von aufgewärmten Sachen und der latenten Möglichkeit, immer mal wieder was hochzukochen. Es gibt noch andere Gelegenheiten, bei denen man Menschen kennenlernt und Freundschaften schließt. Sogar geschlechtsübergreifend, ob du es glaubst oder nicht. Ich habe Fehler, Eve, aber ich belüge dich nicht. Ich wüsste wirklich nicht, was das bringen sollte.«

Mit einem erbitterten Geräusch wandte er sich ab. Sie konnte an seiner Haltung ablesen, dass er sich über sie ärgerte. Mit einem Ruck drehte er sich wieder um. »Und du? Hast du ihm nicht vier oder mehr verdammte Jahre das Bett gewärmt? Ihm nicht gesagt, dass du ihn liebst? Dir macht die Trennung zu schaffen. Also erzähl mir ja nicht, es hat nichts bedeutet. Und was ist mit denen, die danach kamen? Hm? Antworte bitte.«

Ja, was würde eine starke Frau darauf antworten? *Nein, nicht das.* Das würde die Idiotin antworten, die sich in den letzten Minuten zunehmend Oberwasser verschafft hatte, die unerklärlich aus ihrem Unterbewusstsein hervorgeschossen war wie ein verdammtes Torpedo und während eines völlig entspannten Gespräches unerwartet durch die Oberfläche brach, in einem schäumenden, funkelnden Regenbogen aus Selbstzerstörung und Eifersucht.

Sie musste dringend das, was aus ihrem Mund kam, mit ihrem Gehirn synchronisieren. »Ich hatte keine Lust, eine Datingparade zu absolvieren, und das Alleinsein hat mir gut gefallen.« *Hm. Nicht ganz so übel, aber auf jeden Fall noch stark verbesserungswürdig.*

Er sah sie wartend an. Ihre Lippen waren noch immer geschwollen von den Stunden in seinen Armen. In seinen Blick, der über ihr Gesicht glitt, trat Nachsicht. Eve fragte sich unwillkürlich, was er wohl sah, und plötzlich kehrten die Schmetterlinge in ihren Bauch zurück, ließen sich als schillernde Wolke nieder, und blieben. »Es kam keiner danach. Ich habe nicht mal darüber nachgedacht. Erst jetzt bei dir.«

Sie sah auf. Ihr wurde plötzlich etwas klar: Eine Erkenntnis wie ein Sonnenstrahl, der durch dunkle Wolken bricht. »Und weil ich das alles nicht hingekriegt hab, habe ich nun die Möglichkeit, eine waschechte Hochzeitsplanerin kennen zu lernen.«

Er neigte den Kopf und lächelte. »Klingt so, als ob du alles richtig gemacht hättest. Du googelst doch so gern. Schau nach unter *Daily Dreams*.«

»Aber Mac.« Sie bohrte einen Finger in die Lehne des Sofapolsters und sah zu, wie der Stoff nachgab, als sie eine Furche hinein zog, und sich dann direkt wieder glättete. *Als ob nichts gewesen wäre.* »Du bist ... anspruchsvoll. Wäre es nicht, wie jeden Tag Sahnetorte zu essen? Vielleicht wird man es leid.«

Mac riss die Augen auf. *Sie* glaubte, *ihm* nicht zu genügen? Das war ja wohl der Witz des Jahrhunderts. »Wie viele Tortenrezepte kennst du?«

»Auf Anhieb? Vielleicht dreißig. Sagen wir, vierzig.«

»Vierzig also. Alle Achtung. Und wie viele gibt es?«

»Weiß nicht. Fünftausend?«

»Angenommen, wir probieren im ersten Jahr deine dreißig, vierzig Rezepte aus. Was meinst du, wie lange braucht man für fünftausend?«

»Ich hasse Mathematik.«

»Lass die Mathematik. Sag mir, was dir dein Gefühl sagt.«

Sie konnte es nicht verhindern: Ihre Augen wurden feucht. Sie sah so schuldig aus, dass man sie bei einer polizeilichen Gegenüberstellung mit identischen Doppelgängerinnen am Gesichtsausdruck hätte herausdeuten können. »Es sagt, es reicht für ein ganzes Leben.«

Er grinste ein bisschen. »Selbst wenn wir nur hundert Rezepte haben: Wenn wir am Ende angelangt sind, fangen wir einfach wieder von vorne an. Ist das ein Deal?«

Sie nickte. »Deal.«

Sie schob ihre Finger in seine Hand und lehnte sich an ihn. Er nahm es mit Erleichterung zur Kenntnis.

»Entschuldige bitte. Das ist eine schwere Zeit für dich, Mac.«

»Für dich auch.«

Sie hob den Blick. »Wir werden es leicht haben. Es wäre nicht besonders gerecht, wenn es so schwierig weiterginge.«

»Stimmt wohl.«

»Ich will, das es dir gut geht.«

»Du hast eine merkwürdige Art, das zu zeigen.«

»Vielleicht leide ich auch an sowas wie posttraumatischem Stresssyndrom.«

Mac lachte und drückte sie an sich. »Nein, du bist einfach nur neurotisch.«

Sie spürte seine Wärme und strich mit den Handflächen über seinen Rücken. Wie sich das anfühlte: seine Muskeln. Die glatte Haut unter dem Shirtstoff. Sie erreichte den Saum und ließ ihre Finger darunter schlüpfen.

Sie legte den Kopf an seine Brust und schloss die Augen.

Dieses Bild löste etwas bei ihm aus.

Es war nur das zarte Pflänzchen eines Gedankens, aber er merkte schon, wie es Raum in seinem Kopf beanspruchte. Er musste dem nur folgen, musste es wachsen lassen, und dann hatte er die Lösung.

»Ich brauche keine Kinder, Eve.«

In die Stille nach diesem Satz, der in Eve ein Glühen auslöste, das über Stunden anhalten sollte, weil es sie so dankbar und glücklich machte, von ihm verstanden worden zu sein – in diese andächtige Stille drang das Geräusch von Reifen auf Kopfsteinpflaster. Ein mittlernachtsblauer Camaro fuhr auf den Hof, beschrieb eine schwungvolle Kurve und parkte schräg ein, genau vor dem Eingang zum Café.

Esme war da.

Esme Wilson war ganz anders, als Eve sie sich vorgestellt hatte. Auf den ersten Blick sah sie aus wie die lächelnde, freundliche Landmaus aus dem Kinderbuch, das ihre Mutter ihr vorgelesen hatte, als sie fünf war. Sie war klein und hatte ausladende Hüften. »Das ist eine Freundin von dir?«

»Ja«, sagte Mac, »stell dir mal vor.« Er ging auf sie zu und umarmte sie herzlich, wobei er sich ein gutes Stück hinabbeugen musste. »Es ist schön, dich zu sehen, meine Liebe. Wie geht es Bernie?«

Esme lächelte ein Lächeln, das ihr ganzes Erscheinungsbild übergangslos veränderte. Ihre Lippen waren in einem dunklen Rotton geschminkt, der fantastisch mit ihrer glatten Haut und dem ebenholzfarbenen Haar harmonierte. Sie sah aus wie eine Hollywoodikone.

»Bestens. Sie lässt dich schön grüßen.«

Noch eine Frau. Eve spürte Macs Blick und konnte sich das Lachen in seinen Augen gut vorstellen. Sie verzichtete darauf, sich zu vergewissern.

Nach genauerem Hinsehen erkannte Eve ihren anfänglichen Irrtum und verspürte einen Anflug von Scham. Esme trug maßgeschneiderte Kleidung und Schuhe, die ungefähr den Wert von Eves Kaffeemaschine hatten.

Genau die streifte Mrs Wilson auch mit ihrem Blick, der Stück für Stück durch den Raum wanderte und dem nichts entging. Er war nicht missbilligend, immerhin.

»Ich sehe, Sie haben Romeo angeheuert.« Im Küchenbereich war der Estrich gegossen. Eine Laufplanke lag über dem Boden. Esme schob mit einem perfekt manikürten Finger den

Ghettoblaster auf der neuen Fensterbank ein Stück zur Seite und stellte ihre Handtasche daneben ab.

»Nein, Mac hat ...«

Esme holte ein Gerät zur Entfernungsmessung hervor und begann, penibel die Maße des Raums zu bestimmen. Die Daten des Lasers erschienen wie von Zauberhand auf dem Tablet, das sie in ihre Ellenbogenbeuge geklemmt hatte. »Ich setze mich mit Kit in Verbindung.« Hier würde alles wie am Schnürchen laufen.

»Aber wollen Sie wirklich alles in Edelstahl? Ich würde helle Fronten nehmen, Schätzchen. Wenn Ihre Gäste einen Blick in die Küche erhaschen, sollten sie keine Maschinenhalle sehen, nicht wahr?«

Eves Augen leuchteten auf. »Sie sagen es!« Die beiden Frauen lächelten sich innig an.

Mac sah von der Tür aus zu. Das klappte hier auch ohne ihn. »Komm, Ames«, rief er den Hund, »wir beide laufen ein Stück.«

»Amy«, murmelte Eve, »mein Hund heißt Amy.«

Esme schenkte dem keine Beachtung, stellte Fragen nach den gewünschten Geräten und der Raumaufteilung, warf ein paar Skizzen auf ihr Tablet und machte Gegenvorschläge. Nach zwanzig Minuten hatte die Küchenplanerin alles, was sie brauchte. Eve war sehr beeindruckt.

Die Details besprachen sie über Esmes iPad gebeugt bei Kaffee und Prosecco mit Holundersirup, den Mac im Supermarkt beschafft hatte.

»Freuen Sie sich auf die Neueröffnung?«, fragte Mrs Wilson, wobei sie wohlwollend den Zustand des Gastraumes in Augenschein nahm.

»Ja.« Eves lachte. »Wie verrückt. Ich hoffe nur, dass der Zeitplan zu schaffen ist.«

Esme verstand ihr Geschäft. Sie wandte sich dem Tablet zu und rief ein paar Lieferlisten auf. *Sah gut aus.* »Das meiste ist am Lager. Ich ziehe Sie vor. Freundschaftsbonus.«

Oh. Der Mac-Bonus. »Vielen Dank.« Eve lächelte. Es war anstrengend. Sie blinzelte. Ihre Augen fühlten sich seltsam an. Esme warf ihr einen forschenden Blick zu, verstaute das Tablet in einer dunkelblauen Lederhülle, kramte ein wenig umständlich in ihrer Tasche herum und entschied sich dann doch dafür, auszusprechen, was ihr nötig erschien. »Vertrauen Sie ihm. Er ist es wert.«

Eve tat etwas, von dem sie nie im Leben angenommen hätte, dass sie dazu fähig sein würde: Sie legte die Hände vors Gesicht und brach in Tränen aus. *Himmel!* Wie kam sie dazu, vor dieser runden, kurzbeinigen Frau, bei der es ihr wichtig war, einen guten Eindruck zu machen und Kompetenz und Geschäftssinn auszustrahlen, in Tränen auszubrechen?

»Ich weiß, dass er einer von den Guten ist, aber ich tue ihm die ganze Zeit unrecht. Ich liebe ihn, und ich bin sicher, dass er mich liebt, obwohl ich nicht weiß, warum. Und gerade, bevor Sie hier ankamen, habe ich ihn so richtig zur Schnecke gemacht. Ich schreibe Artikel, die entweder sein Leben zerstören oder meins, und morgen geht er mehr oder weniger meinetwegen in dieses verdammte Fernsehstudio, und ich glaube, dass es ihm schaden wird. Und ich habe nichts anderes im Sinn, als zu befürchten, das mein Zeitplan in Stücke fliegt!«

Esme setzte sich wieder, holte ein Leinentaschentuch aus einer Box und wischte fürsorglich die Tränen von Eves Wangen. »*Liebes.* Mac Lawrence tut nichts, was er nicht hundertprozentig durchdacht hat. Er tut nichts, wovon er nicht hundertprozentig überzeugt ist. Das mag früher anders gewesen sein, aber heute ist es so. Wenn er sich für Sie entschieden hat, hat er sich für Sie entschieden, und dabei bleibt es. Ich würde die Hand für ihn ins Feuer legen.«

»Ich auch«, weinte Eve. Das hier war ein verdammter Nervenzusammenbruch, und sie war heilfroh, dass Mac nicht da war.

»Und meine Frau auch. Sehen Sie, da sind wir ja schon zu dritt.«

Eve schluchzte. »Ich bin eine eifersüchtige Ziege und habe ihn nicht verdient.«

Esme nahm ihre Hand und tätschelte sie. »Ach, Schätzchen. Ich glaube, Sie haben ein bisschen Stress.« Angelegentlich wanderte ihr Blick durch den Raum. »Da muss man nicht jedes Wort auf die Goldwaage legen. Machen Sie sich nicht so viele Sorgen. Er sieht aus, als hätte er gefunden, was er braucht.«

Sie schenkte Prosecco nach und hielt Eve mit einer aufmunternden Bewegung das langstielige Glas entgegen. Ihre

Wasserwellen glänzten im Deckenlicht wie polierte Kastanien. Sie sah keinen Tag älter als fünfundvierzig aus, aber auf ihrer Internetseite hatte Eve gelesen, dass sie auf die Sechzig zuging. Wenn Eve jetzt in den Spiegel sähe, hätte sie keineswegs die Bombenoptik der Küchenplanerin.

Eve wischte sich über das Gesicht und fühlte sich schrecklich. »Und Sie kennen Mac woher?«, fragte sie schwach.

Esme lachte ihr Hollywoodlachen. »Von einem Selbstverteidigungskurs. Meine Frau ist in der Verwaltung in Fort Lewis, und die Armee macht diese Kurse für Opfer von Straftaten. Ich wurde vor zehn Jahren ausgeraubt, als ich meine Tageseinnahmen zur First National bringen wollte, und das sollte mir nicht noch mal passieren. Mac hat sich bei der Schulung als Prügelknabe zur Verfügung gestellt und ganz schön was einstecken müssen.«

»Das hätte ich wirklich gern gesehen.« Eve klang kleinlaut. »Sie wären stolz auf ihn gewesen.«

»Das bin ich eigentlich immer«, flüsterte Eve.

Esme Wilson wusste genau Bescheid. Sie legte den Arm um Eves Schultern und strich ihr übers Haar. »Kit Romeo und ich bauen Ihnen die schönste Küche, die Sie sich vorstellen können. Und Sie achten darauf, dass Mac bei dem Fernsehdreh nichts zustößt, ja? Alles wird gut, meine Liebe. Grüßen Sie ihn von mir.«

Kapitel 44

Auf der Fahrt ins Studio erwähnte Eve nachdenklich, dass dies das erste Mal war, dass sie gemeinsam in einem Auto saßen. »Tatsächlich«, sagte Mac erstaunt. »Wir haben noch nicht allzu viel miteinander unternommen, was?«

»Kann man so sagen«, erwiderte Eve bedeutungsvoll.

Die Straßen waren leer, wie es in diesem Landstrich morgens um fünf zu erwarten war. Der Tesla schnurrte Tacoma entgegen. Eve fühlte sich in dem tiefen Ledersitz gut aufgehoben und drehte sich ein wenig zur Seite, um Macs Profil mustern zu können. Die LED-Leuchten am Armaturenbrett warfen ein schwaches Licht auf die Konturen seines Gesichtes. Er wirkte erstaunlich entspannt.

»Pass auf«, sagte er und sah zu ihr hinüber, »Wir machen einen Schnelldurchlauf in puncto Kennenlernen.«

Eve lachte. »Was soll das denn sein?«

Mac fing einfach an. »Was ist dir lieber? Kino oder Theater?«

»Kino. Keine Frage.«

Er nickte zufrieden. »Wein oder Bier?«

»Wein!«

»Oh«, er verzog das Gesicht, »kein Punkt für dich. Ich steh mehr auf Bier. Dein schlimmstes Erlebnis als Kind?«

Sie musste kurz nachdenken. »Als ich die Gänse von Paul Hartman geärgert habe und sie mich durch ganz Cooper gejagt haben, die Hauptstraße entlang. Ich habe den ganzen Weg lang vor Angst geheult.«

Mac lachte. »Da wäre ich gern dabei gewesen.«

»Du bist ein fieser, niederträchtiger Kerl. Deins?«

»Ins Bett zu müssen, während meine Eltern eine Gartenparty gaben. In den Ferien! «

»Wie gemein. Warum musstest du ins Bett?«

»Ich hatte es übertrieben mit dem Frechwerden, und mein Dad hatte einfach genug.«

Jetzt war es an Eve, zu lachen. »Und dein schönstes Erlebnis?«

»Eine Reise ins Epcot-Center in Florida.«

»Orlando! Oh, da war ich auch! Erinnerst du dich an den Film, den sie über die Mondmission gezeigt haben?«

»Und ob. Ich habe mit dem Taschenmesser meinen Namen in die Armlehne des blauen Sessels geritzt.«

»Das darf ja wohl nicht wahr sein. Wie hast du bis hierher überlebt? Es ist mir wirklich ein Rätsel.«

»Mir eigentlich auch. Ich war ein schreckliches Kind. Mich hat nur die Armee vor Knast und Jugendheim gerettet, nehme ich an. Lieblingsbuch?«

»Als Kind? Anne of Green Gables.«

»War ja klar. Dein Supertalent?«

»Diplomatie.«

Er lachte auf. »Im Leben nicht!«

»Und ob. Du?«

»Ich bin spitze im Interpretieren von Gesichtsausdrücken. Wenn mich jemand auf den Arm nimmt, sehe ich das sofort.«

»Gibt es irgendetwas, worin du nicht spitze bist?«

Er nahm die rechte Hand vom Steuer und legte sie auf ihr Bein. »Vieles. Aber das findest du schon noch heraus. Schlechte Eigenschaften?«

»Keine.« Erneutes Gelächter. »Du?«

»Launenhaftigkeit und Despotismus.«

Sie schlug ihm auf den Arm, lachte, als er ein empörtes *»au«* von sich gab, und machte weiter. »Dein größter Wunsch?«

»Jemanden an meiner Seite, der all diese Geschichten mit mir teilt.«

»Und der dafür sorgt, dass du nirgends festgenommen wirst, wegen irgendwelchem Unfug.«

»Nein, das habe ich in den Griff bekommen. Lieblingsplatz früher? Ach halt, weiß ich. Georginas Küche.«

Sie nickte. »Deiner? Irgendwelche Bäume, von denen man fallen konnte?«

Gott, sie liebte diese spielerischen Scharmützel. Diese Autofahrt würde sie niemals vergessen. Sie lenkte sie ab von dem, was ihnen bevorstand, und das war das Beste daran.

»Ich bin nicht dauernd runtergefallen.« Er tat ein bisschen beleidigt. »Hinten im Garten waren Obstbäume. Im Sommer konnte man drunter sitzen und sich Kirschen in den Mund werfen.«

»Klar, Huckleberry Finn. Demokraten oder Republikaner?«

Mac sah sie vollkommen entrüstet an. »Demokraten natürlich!«

Sie jagten noch ein paar Fragen und Antworten hin und her, wie aus einem Schnellfeuergewehr. Irgendwann hob Eve kapitulierend die Hände. »Glaubst du, das reicht, um sich kennen zu lernen?«

»Es ist ein Anfang. Eve ...«

»Hm?«

»Ich hab keine Ahnung, ob das reicht. Andererseits glaube ich, dass es niemals reicht, egal, wie viele Fragen wir uns noch ausdenken. Aber dann denke ich, dass wir uns schon längst gut genug kennen. Ich glaube, ich weiß alles, was ich wissen muss.«

Sie sah ihn an. Er hätte den Ton von zuvor beibehalten können, aber seine Worte waren ganz eindeutig kein Scherz mehr. »Ich auch«, flüsterte Eve.

Sie griff nach seiner Hand und behielt sie in ihrer, bis sie auf dem Studiogelände ankamen.

Der Flachbau lag in einem Industriegebiet an der Peripherie der Stadt und wirkte vollkommen unscheinbar. Vor der langgezogenen Halle waren dutzende von Parkmarkierungen. Trotz der frühen Stunde waren die meisten Parkplätze besetzt.

Am Tor nahm sie ein Mitarbeiter des Sicherheitsdienstes in Empfang, schickte sie durch eine Schleuse und geleitete sie durch ein Labyrinth von Gängen, die im Schnellbausystem zusammengezimmert worden waren, in einen Wartebereich. Von bunten Postern lächelten Lana und die beiden Co-Moderatoren herab. Letztere wechselten sich mit der Sendung tageweise ab. Eve hatte keine Ahnung, wer heute da war, aber sie hoffte auf die Frau, Karen. Sie war gemäßigter als der eloquente Typ aus Newark, der oftmals den Leuten in die Parade fuhr.

»Hoffentlich bringt uns nachher auch wieder jemand hinaus«, sagte Eve nervös. Sie würde sich in diesem Irrgarten aus Stahltüren und Kabelkanälen hoffnungslos verlaufen.

Eine junge, freundliche Frau kam herein und erläuterte ihnen den Ablauf. Sie reichte Eve ein Paar Kopfhörer, blätterte kurz in ihrem Plan und wirkte für einen Moment verwirrt. »Sie können von der Galerie aus zusehen.« Mac würde sie mit in die Maske nehmen. Er verzog das Gesicht. Fernsehstudio ohne drei Schichten Puder ging wohl nicht.

Bevor die Assistentin sie trennte, nahm Mac Eve in die Arme. »Was immer ich da drin sage, Eve«, sagte er, und keine Spur von Lässigkeit war mehr in seiner Stimme, »lauf nicht weg. Ich muss wissen, dass du nachher noch da bist, sonst schaff ich das nicht.«

Besorgnis ergriff sie wie eine Welle, rollte ihr Rückgrat hinauf und setzte sich als leises, nerviges Klopfen in ihren Schläfen fest, aber sie nickte.

Vielleicht hätten sie im Auto lieber darüber sprechen sollte, was sie hier erwartete.

Sie ließ ihn gehen, die Tür schwang hinter ihm zu, und Eve war allein.

Mac war wahrhaftig kein ängstlicher Typ, aber er zog in dieses Fernsehstudio wie in einen Krieg. Eine *Morning Show* beim lokalen Fernsehsender? Welcher Irrsinn hatte ihn geritten, dem zuzustimmen? Er musste das nicht tun! Wem wollte er etwas beweisen?

Er kannte die Reichweite von KCTQ nicht genau, aber die Staaten der oberen Westküste umfasste er locker. Mac würde völlig die Nerven verlieren. Er war kein Typ für die Öffentlichkeit. Er hätte Dr. Greene um ein Beruhigungsmittel bitten sollen. Ketanest vielleicht. Eine Dosis von der Art, die ein Pferd umlegt.

Er musste warten. In der Sendung hatte man ihn zwischen dem Obdachlosenprojekt eines Schriftstellers und einer Frau aus Dash Point, die über eine Frettchenpopulation auf einem Campingplatz referierte, platziert. Die Frau schnatterte unentwegt, was seine unübliche Nervosität nicht gerade linderte. Lana und Karen McReid waren kurz hereingeschneit, um die Studiogäste zu begrüßen. Für mehr war keine Zeit, aber das war Mac gerade recht so.

Die Assistentin kam, rückte an ihrem Headset herum und notierte die Uhrzeit auf ihrem Klemmbrett.

Sie strahlte ihn an. »Viel Erfolg, Mr. Lawrence, und viel Spaß bei KCTQ!«

Das Studio bestand aus einem Raum, der aussah wie die Kulisse eines Möbelhauses, nur dass an der Decke lauter Metall war: Laufschienen für Lampen und Kabel. Auf einer Bühnenfläche in der Mitte stand das überdimensionierte, knallgrüne Sofa. Wahrscheinlich kannte jeder Amerikaner dieses Sofa, denn Lanas Sendung war ziemlich beliebt.

Lana kam ihm entgegen, lächelte routiniert, legte die Hand an seinen Oberarm und geleitete ihn die zwei Stufen zum Mittelpunkt des Geschehens hinauf.

Eve hatte bereits zwei Fingernägel ruiniert. Sie stand mit den Begleitpersonen der anderen Gäste auf einer Empore, von der sie einen guten Blick auf alle Vorgänge im Senderaum hatte, und war so angespannt, dass ihre Knie zitterten.

Das erste Interview war gerade vorbei. Ein schlaksiger Assistent in Turnschuhen quietschte über den Boden, brachte frischen Kaffee und tauschte das Geschirr aus. Auf dem niedrigen Tisch, der die Wellenform des Sofas aufnahm, stand ein Arrangement aus Sauerklee. Glücksklee, wie es ihn jedes Jahr zu Silvester in albernen kleinen Töpfchen gab, nur ohne törichte Jahreszahlen und Glückssymbole, sondern geschmackvoll und erfrischend anzusehen.

Die Moderatorinnen, die sich normalerweise in strahlenden Farben zeigten, waren ungewöhnlich zurückhaltend gekleidet: Lana trug graue Seide zu einem anthrazitfarbenen Rock, Karen matten Satin und Jeans.

Eve wusste es nicht, aber wegen der Kleiderordnung hatte es Diskussionen gegeben.

Mac weigerte sich, dem Diktat der Stylistin nachzugeben, und bestand auf seinem schwarzen Kurzarmhemd. Die Frau wedelte mit dem modernen Jackett, das sie ausgesucht hatte, und jammerte, dass sie sich etwas dabei gedacht habe. Mac setzte sich durch, indem er damit drohte, das Studio umgehend zu verlassen.

»Das ist wohl deine neue Geheimwaffe«, fauchte Lana. Sie hasste mausgrau.

»Ja«, sagte Mac, »siehst doch, dass es wirkt.« Er würde sich hier garantiert nicht verkleiden lassen, Optik und Farbharmonie hin oder her.

Kaum saß er, suchte er mit den Blicken nach Eve. Sie war bestimmt nicht leicht zu finden hier oben im Halbdunkel, aber dann begegneten sich ihre Blicke, und sie sah, dass er aufatmete. Sie machte eine Daumen-hoch-Geste und legte die Hand auf ihr Herz. Sie trug den Ring, und der Stein blitzte auf, wie ein Komet am Nachthimmel.

Nach dem kurzen Disput wegen der Klamotten hatte Lana befangen gewirkt. Sie war dicht an ihn herangetreten und hatte vorsichtig seine Hände ergriffen. Es war das erste Mal, dass sie nach seinem Abgang im Café miteinander sprachen.

»Ich bin gar nicht so, Mac«, begann sie. »Ich wollte nur, dass du siehst, was ich alles drauf habe. Ich war zehn Jahre lang unsterblich in dich verliebt, aber du hast immer nur Dykes kleine Schwester in mir gesehen. Ich weiß nicht, ob ich jemals damit aufhören kann, dir gefallen zu wollen, aber ich denke, ich bin über dich hinweg. Ich mag Eve, und ich würde mich wirklich freuen, wenn du mit ihr glücklich wirst. Und das Letzte, was ich will, ist, dir zu schaden. Ich kann nur einfach nicht gut denken, wenn es gleichzeitig um dich und um meine Karriere geht.«

Mac nickte. Er merkte, dass er ruhiger wurde. »Ich hätte das aufzeichnen sollen. Wer weiß, was man damit anfangen könnte.« Er beugte sich vor und küsste sie mit geschlossenen Lippen auf die Stirn. »Schon gut, Lana. Aber du musst mir da drin helfen. Sowas kann ich nicht.«

Sie blinzelte verschwörerisch. Es hatte etwas von *ich bin auf deiner Seite*. Davon gab es nicht viele, also konnte er das gar nicht hoch genug einschätzen.

Eve stützte die Ellenbogen auf die stählerne Reling. Mac saß vornübergebeugt auf dem grünen Sofa, die Hände locker zwischen den Knien, und wirkte entspannt. Lana saß ihm schräg gegenüber, die langen Beine elegant aneinandergelegt, und plauderte. Karen stellte ab und an eine geistreiche Zwischenfrage, und jedes Mal, wenn das geschah, wandte Mac seine Aufmerksamkeit ihr zu. *Ein lockeres Gespräch unter Freunden.* Eve konnte über ihren Kopfhörer jedem Wort folgen. Sie war angespannt. So konnte es unmöglich weitergehen, oder wollte Lana einen Preis für das langweiligste Interview *ever* haben?

Sie sprachen über Macs Leben nach der Rückkehr aus dem Lazarett, und er erzählte einfach von seinen Gefühlen. Es gab einen kurzen Einspieler vom Café und dem Grundstück, vor und nach dem Brand. Wahrscheinlich würde der Film Eve eine Welle der Hilfsbereitschaft bescheren, aber das war zweitrangig.

»Sie sind mit Eve Jackson zusammen«, sagte Lana, »wie ist sie denn so? Ich habe gehört, sie hat einen wunderbaren Bildband gemacht.«

Mac lächelte. »Den besten. Es ist ein Buch über Frauen, die ihre Träume verwirklichen. Eve ist klug. Sie ist abenteuerlustig. Und ehrlich. Sie ist magisch. Und sie kann irrsinnig gut backen.« Eve hörte seine Stimme über ihre Kopfhörer, gelassen und freundlich; keine Spur von Nervosität.

Lana und Karen lächelten mit. »Die magische Eve ist eigentlich Journalistin. Sie hat den Artikel über Ihren Vater geschrieben, der fürchterliche Ereignisse auslöste.« Auf dem riesigen Bildschirm an der Studiorückwand verschwanden die Panoramafotos vom Puget Sound und der Skyline der Stadt. Bilder aus Redwood Plain wurden eingeblendet. »Unlängst brachte die *Tacoma News* eine Titelseitenstory, in welcher Eve Jackson die Tierschutzaktivistin, Frauenrechtlerin und Museumskuratorin Silvia Hamilton angriff. Das passt zu welcher Eigenschaft? Klug? Oder eher zu *abenteuerlustig*?«

Damit hatte Mac gerechnet.

Also war jetzt Schluss mit dem Geplauder.

Eve hielt erschrocken den Atem an.

Über den Kaffeetassen kringelte sich der Dampf; sie konnte das Gebräu bis hierher riechen. Mac ließ sich nicht aus der Ruhe bringen. Er griff nach seinem Wasserglas und nippte daran. Eve ahnte plötzlich, wie es um seine Stärken in

Krisensituationen bestellt war, und ein heißer Schauder durchrieselte sie. Soweit sie erkennen konnte, zitterte nicht einmal seine Hand. Ihre Bewunderung für seine Nervenstärke schoss bis in die Stratosphäre.

»Das ist ihre Art, sich zu wehren«, sagte er. Seine Stimme klang kühler als zuvor. »Sie wirft keine Molotowcocktails oder sprüht Beleidigungen an Hauswände. Sie geht eleganter vor. Eve hat mir öffentlich ihre Liebe erklärt, als alle Welt mich gehasst hat. Glauben Sie wirklich, Lana, ich haue sie hier vor Ihnen in die Pfanne? Vergessen Sie's.«

Dass Lana vielleicht doch eine Prämierung für verantwortungsvollen Journalismus anstrebte, merkte man daran, dass sie dem kollektiven Atemanhalten im Studio Rechnung trug und beruhigend in die Runde lächelte. »Eve Jackson ist eine mutige Frau.«

Auf der schmalen Galerie entstand Bewegung, und plötzlich war Josie neben Eve. »Ist er nicht ein toller Typ? Ich würde schreien und zetern bei diesen Affronts, und es wäre mir vollkommen egal, ob das ganze Land zuguckt.«

»Ja, soweit bin ich mittlerweile auch schon. Aber die beiden Ladys dort unten ... ich finde, sie halten sich ziemlich zurück.«

»Mal sehen, wie lange noch. Gleich bin ich nämlich dran.«

»Josie, Sie?«

»Tja. Silvia wurde ausgeladen. Das, was ich zu sagen habe, dürfte sowieso wichtiger sein.«

Eve musterte Josie verstohlen. Sie war in vollem Ornat. Als Eve sie in Fort Lewis aufgesucht hatte, um die Erlaubnis für den Zeitungsartikel zu erbitten, trug sie das übliche Feldgrün. In Ausgehuniform war Josie der Hammer. Ihre amazonenhafte Erscheinung wirkte respekteinflößend. »Sie sehen wirklich toll aus.«

Josie nahm es zur Kenntnis und drückte kurz ihre Hand, die verkrampft auf dem Geländer lag. »Schöner Ring übrigens.«

Ein Mitarbeiter signalisierte ihr von der Tür her, dass es Zeit sei, und Josie war so schnell wieder weg, wie sie aufgetaucht war.

Auf dem grünen Sofa drückte Lana auf den Knopf in ihrem Ohr und legte den Kopf ein wenig schief. Für einen Moment entstand der Eindruck, als sei sie aus der Fassung gebracht, aber sie fing sich schnell.

Sie wandte sich Mac wieder voll zu. Die eleganten Beine in den hellen Strumpfhosen schwangen nach links. »Sie sind Captain der United States Army und suspendiert wegen der unklaren Todesumstände von fünf Menschen.«

Es klang, als ob Mac wie von Zauberhand fünf Leichen habe verschwinden lassen. »Die Armee bemüht sich um Aufklärung.«

»Jetzt geht es los«, sagte jemand hinter Eve, nicht ohne Ehrfurcht in der Stimme.

Ich höre mir das nicht länger an, dachte sie und sah sich hektisch um. Wo war hier der Ausgang? Sie würde Josie folgen und ...

Unten lächelte Lana strahlend. Ihr fotogenes Gesicht wirkte wie in Beton gegossen. »Ich glaube, ich habe eine gute Nachricht für Sie, Mac.« Sie drehte sich frontal in die Kamera. »Bitte begrüßen Sie mit mir Lieutenant Colonel Josephine P. Clarke.«

Mac hatte sich exzellent im Griff. Seine Gesichtszüge entglitten ihm nicht für eine Sekunde, kein Muskelzucken verriet seine Überraschung.

Aber jetzt befürchtete er eine Finte. Lana hatte ihren Bruder verloren. Ihren Bruder, an dessen Jackenzipfel sie gehangen hatte, seit sie laufen konnte. Sie war nicht unparteiisch, und was immer auch geschah, sie würde es niemals fertigbringen, Mac zu vergeben.

Er hatte sie fulminant unterschätzt. Vielleicht hätte er hellhörig werden müssen, als nur drei Gäste im Skript auftauchten, aber so gut kannte er die Show nicht. Er hatte sich keine Gedanken darum gemacht. Gedankenlosigkeit rächte sich immer. Also was hatte es zu bedeuten, dass Josie hier erschien?

Und prompt kam die Frage: »Captain Lawrence, wie entscheidet man, wen man rettet und wen nicht?«

Auf der Galerie schlug Eve sich die Hand vor den Mund.

Über Macs Gesicht flog Enttäuschung, nur für einen Augenblick, aber Lana sah es auch.

Eve hätte sich am liebsten die Augen zugehalten. Es war dieser Ausdruck, den sie in seinen Zügen gelesen hatte, als ihm klargeworden war, dass Eve den Hundeartikel verfasst hatte. Sie wusste genau, wie Lana sich jetzt fühlte. Aber sie empfand keinen Funken Mitleid.

In einem Winkel seines Gehirns dachte Mac darüber nach, wie es kam, dass Lana wie ferngesteuert klang, und ob das, was dunkel in ihren Augen glomm, Trauer oder Wut war.

Macs Blick wanderte nach oben und hielt den von Eve fest. »Man entscheidet es nicht«, antwortete er, »man hat gar keine Möglichkeit, es zu entscheiden. Man tut einfach, was man kann und schlägt sich den Rest seines Lebens mit den Gewissenskonflikten herum. Ich bin kein Mediziner, nur Ersthelfer. Man entscheidet sich gegen die Todgeweihten und hofft, dass man keinen Fehler gemacht hat. Lana, ich weiß beim besten Willen nicht, ob ich für Dyke mehr hätte tun können.« Damit offenbarte er ihr und einer Million Zuschauern seine tiefste Angst.

Karen griff ein. »Captain, wir wissen von einem Augenzeugen, der uns berichtete ...«

Mac schaltete blitzschnell. *Freddy?* Sie hatten Freddy belästigt? *Was für eine miese Bande.* Eve hatte recht gehabt: Lana war nicht zu trauen.

Die Studiotür öffnete sich, und die Kamera schaltete um. Mit klappernden Absätzen rauschte Josie ins Studio.

Sie war nicht besonders groß, eher stämmig, und die dunkelblaue Uniform ließ sie kompakt wirken. Das Licht fing sich auf den Ehrenabzeichen über ihrem vollen Busen. Sie hatte ein hübsches Gesicht, aber ihr bis zur Perfektion trainiertes Pokerface verbarg jede Gefühlsregung. Es war für jeden auf Anhieb erkennbar, dass sie für Mac kämpfen würde wie eine Gladiatorin. Sie erklomm die beiden Stufen zu dem affigen Podium und setzte sich unaufgefordert neben Mac. Karen, in ihrer Rede unterbrochen, musste geistesgegenwärtig ein Stück zur Seite rutschen. Sie blickte für einen Moment konsterniert drein.

Josie hatte Instruktionen – sowohl von ihren Vorgesetzten, als auch vom Sender, aber um Regieanweisungen kümmerte sie sich nicht. Sie hatte schon im Gefecht gestanden, da musste sie sich doch von einer närrischen *Fernsehcrew* nicht sagen lassen, wie sie sich zu verhalten hatte! Es sei denn, es ginge um die Pressekonferenz, die gerade anberaumt wurde – um *zehn-hundert* würde sie im Pressesaal des Stützpunktes vor die Journalisten treten; *da* würde sie sich selbstverständlich dem Reglement unterwerfen; aber zunächst hatte sie es vorgezogen, hierher zu kommen.

Josie hasste Privatfernsehen. Frauen wie Lana und Karen drehten einem das Wort im Mund herum, und dabei war es egal, ob es sich um gedruckte Aussagen oder um Interviews vor laufender Kamera handelte. Als Presseoffizierin wusste Josie genau, wovon sie sprach.

Aber hier ging es um Mac, um einen der ihren, und deshalb würde sie die Contenance bewahren und gute Miene zum bösen Spiel machen; wie üblich, aber*: Du liebe Zeit!* Wenn das hier endlich vorbei wäre, würde sie nach Georgia in Urlaub fahren, zu ihrer Familie, und vier Wochen lang nichts anderes tun als essen und schlafen und am Strand von Savannah entlang zu wandern. Sie war das Wetter hier sowieso leid. Vielleicht sollte sie sich ans VMI versetzen lassen. Die Militärakademie fragte jedes Jahr aufs neue an, ob sie es sich endlich überlegt habe.

Mit der arrogantesten Geste der Welt strich sich Lieutenant Colonel Josie Philomena Clarke über ihren makellosen Rock.

Sie sah Mac in die Augen, ignorierte den Teleprompter, auf dem einleitende Worte vorgegeben waren, suchte das rote Licht und sprach dann mit ihrer befehlsgewohnten Stimme direkt in die Kamera.

»Ich kann Ihnen versichern, Miss Everett, Miss McReid, dass Captain Lawrence vollständig rehabilitiert werden wird. Die Armee wird ihm ein neues Kommando anbieten. Jeder, der mit ihm arbeitet, kann stolz darauf sein, das zu tun. Es ist tragisch, was am zweiten Mai in der Provinz Al-Anbar im Irak passiert ist, aber nicht Captain Lawrence hat das zu verantworten. Es war für ihn sogar unvermeidbar. Der Konvoi wurde abgeschossen. Drei Tatverdächtige sind inzwischen in Militärgewahrsam.«

Auf der Studioleinwand erschienen Bilder. Die Armee hatte das Band erst vor einer halben Stunde freigegeben.

Im Studio brach Tumult aus.

Lana war begeistert. Das musste der vorläufige Höhepunkt ihrer Karriere sein – mehr Exklusivität ging nicht. Sie war überrascht von der Entwicklung, aber für Mac war sie glücklich. Sie wusste, dass er in vielen langen Nächten darauf gehofft hatte und konnte fast spüren, welche Last ihm vom Herzen fiel.

Sie würden sich hinter den Kulissen noch sehen, aber jetzt musste sie abmoderieren. Sie lehnte sich vor und legte ihm die Hand auf den Unterarm. »Mac, das ist ein Schlusswort, wie ich es mir besser nicht hätte ausdenken können. Ich wünsche Ihnen alles, alles Gute. Vielen Dank, dass Sie hier waren.«

Aber als Mac ein paar belanglose Worte erwiderte und ihr in die Augen sah, wusste Lana genau, dass diese Freundschaft nicht mehr vertieft werden würde.

Das hatte sie sich selbst zuzuschreiben.

Eve raste die gewundene Treppe hinunter, flog in Macs Arme und umarmte ihn, so fest sie konnte. Heldentum hatte seinen Preis. Sie wusste, dass es ihm grauenhaft ging. Er drückte die Wange an ihr Haar und sagte: »Gut, dass du da bist.«

Eve nickte. »Noch mal gutgegangen.«

Josie hörte sie. »Gutgegangen? Er hat Glück, wenn sie ihn nicht eines Tages zum Präsidenten wählen.« Sie lachten ein bisschen, so, wie man nach knapp überstandener Aufregung lachte. Sie unterhielten sich noch ein paar Minuten, über die Konflikte etwa, die der Raketenangriff auf die US-Botschaft möglicherweise nach sich ziehen würde, und Eve wurde deutlich stiller, denn hatte Josie vorhin nicht von einem neuen Kommando für Mac gesprochen?

Gerade umarmte sie ihn. »Ich bin froh, dass du nicht mehr so tust, als wärest du aus Asbest.«

Mac erwiderte die Umarmung. »Danke, dass du hergekommen bist.«

Josie war zu sehr Militär, um öffentlich Rührung zu zeigen, obwohl ihr dieser Morgen näher ging als manches andere, was sie in den vielen Jahren erlebt hatte. »Ging ja nicht anders. Und sei nachher pünktlich.« *Als ob man ihm das sagen müsste.*

Zu dritt ließen sie sich von einem Sicherheitsbediensteten in einen Vorraum begleiten. Eve bekam am Rande mit, wie Josie Mac instruierte, was wegen der Pressekonferenz zu tun sei. Er stöhnte auf.

Ein Gefühl von Frieden breitete sich in Eves Brust aus. Sie konnte hier neben ihm stehen und die Wärme seines Arms an ihrem spüren. Die Härte seines Bizeps, ein Zucken, als er sich anspannte, um jemandem die Hand zu geben. Eine zufällige Berührung ihrer Finger, als seine Hand die ihre streifte.

Gerade, als sie sich fragte, was eigentlich aus Silvia geworden war (Lana hatte lediglich zur Auskunft geben können, dass der Sender sich entschieden hatte, Hamilton doch lieber keine Plattform zu bieten, und der Sender stünde nicht für radikale Hetze, worauf Mac nur die Brauen gehoben und bemerkt hatte, das fiele ihnen aber früh ein und sei ihm im Übrigen neu, aber er wolle die frohe Stimmung nicht unterminieren), stürmte Jae Tao Pak herein, zwei schwer bewaffnete Uniformierte an seiner Seite.

Mac wandte sich gemessen um und machte große Augen.

»Wir haben Hamilton festgenommen«, keuchte Jae, »alles okay bei euch? Tut mir echt leid, Mann, aber dein Auto ist –«.

Kapitel 45

Zehn Sekunden lang ging Mac verschiedene mögliche Fortsetzungen dieses Satzanfangs durch.

»...in die Luft geflogen«, könnte eine sein. Mittlerweile traute er Silvia alles zu.

»...weg«, wäre auch eine Option. Vielleicht hatte es einfach jemand geklaut. *Machte nichts.* Es hatte einen GPS-Sender. Die Polizei würde es finden.

Am wahrscheinlichsten kam ihm *»...in Flammen aufgegangen«* vor. Silvia hatte eine Affinität zu Feuer.

Er versuchte, über Jaes Schulter und durch die Glasfront des Eingangs zu sehen, aber das Polizeiaufgebot vor der Tür schirmte alles ab.

Was er aber sah, war jede Menge Presse. Der ganze Parkplatz war voll, und es schien, als kämen immer mehr Autos hinzu. Über die Köpfe der Polizisten hinweg hielten Reporter Mikrofone und Kameras in Richtung des Vorraums.

»...ziemlich verbeult«, sagte Jae und stieß die Tür auf.

Mac, Eve und Josie hatten keine Zeit, die Auskunft zu verdauen, denn im Stakkato prasselten Fragen auf sie ein.

»Captain Lawrence, werden Sie zurück in den Irak gehen?«

»Hängt der Anschlag, bei dem Ihre Männer starben, mit den aktuellen Ereignissen zusammen?«

»Werden Sie Mrs Hamilton verklagen?«

»Eve, wann öffnet Ihr Café wieder?«

»Lieutenant Colonel Clarke, können Sie ...«

»Mac, was denken Sie, wird die US-Regierung Vergeltung üben?«.

Ein Typ im gestreiften Sweater rief: »Captain, werden Sie Eve heiraten?«, und das war die einzige Frage, auf die Mac reagierte. Der Kerl trug eine verspiegelte Sonnenbrille und sah absolut dämlich aus, aber Mac wandte sich ihm zu, grinste ihn an und sagte »*ja*«.

Alle schrien durcheinander. Josie verschaffte sich Gehör und verwies auf die Pressekonferenz.

»Werde ich dich je wieder für mich haben?«, murmelte Eve. Sie hielt sich dicht an seiner Seite. Er hatte es gehört. »Spätestens heute Nacht«, sagte er.

Silvia habe heute Morgen von der Abladung zur Morning Show erfahren. Sie hatte Drohungen gegen Lana und den Sender im Internet verbreitet; kein Wunder, dass man sie hier nicht haben wollte. Die Frau war irre, ganz klar.

Jae scheuchte seine Leute herum und verlas eine vorbereitete Erklärung darüber, dass es bei Silvia Hamilton eine Hausdurchsuchung gegeben habe, bei der offenbar Beweise für den Brandanschlag auf das Café gefunden worden waren.

»Gut. Ich weiß jetzt, wer deine neue Küche bezahlt«, murmelte Mac und meinte damit nicht die Versicherung.

Dann standen sie betreten vor seinem Auto. Mac hatte die Hände zu Fäusten geballt. Der Tesla sah aus wie etwas, das dringend auf einen Schrottplatz gehörte. Neben dem vorderen rechten Reifen lag ein Vorschlaghammer. Jemand hatte mit Kreide einen Kreis darum gezogen und ein gelbes Schildchen mit einer »1« daneben platziert. Beim Anblick des Werkzeugs fragte Eve sich automatisch, wie die zierliche Silvia Hamilton die Kraft aufwenden konnte, das Auto derart zu demolieren. Aber mit dem nötigen Grad an Wut ging das wohl.

Während Eve darauf wartete, dass Mac den längst fälligen Tobsuchtsanfall bekam, breitete sich ein völlig unpassendes Gelächter in ihr aus. »Wie kommt es nur, Mac, dass dir so viele Irre auf den Fersen sind?«

Erzürnt wandte er sich zu ihr um, die Hände in den Hüften. »Ja, verdammt, das ist genau die richtige Frage! Ich hab keine Ahnung, wieso, aber es geht mir auf die Nerven!«

Eve kicherte und giggelte über seinen angewiderten Gesichtsausdruck und wegen der glücklichen Wendung, die das alles genommen hatte. Sie bekam sich einfach nicht mehr in den Griff, trotz der unverhohlen verständnislosen Blicke der Umstehenden. Sie gluckste richtig. »Oh, ich weiß schon warum. Und ausgerechnet ich habe den begehrten Vogel abgeschossen! Das kann doch wohl nicht wahr sein!« Sie sank gegen die Beifahrertür des armen Autos, das völlig zerkratzt und zerschunden war. »Kannst du nicht einfach ganz normal sein? Ein normaler Mann mit einem normalen Beruf und einer normalen Anziehungskraft? Muss ich damit rechnen, den Rest meines Lebens mit tollen Jobs und verrückten Frauen zu konkurrieren? Wieso passiert mir sowas?«

Eve stützte die Hände auf die Knie und beugte sich nach vorn. Sie lachte und japste, aber gleich würde es umschlagen in Hysterie und Heulerei. Bevor sie sich in verzweifelte Rage reden konnte, musste sie die Kurve kriegen. Sie sah sein Grinsen.

Er legte die Hand vor den Mund, um den Schein gerechter Empörung zu wahren, vor ihr, vor Josie, der Polizei und der Presse, aber sie hatte es schon gesehen. Sie richtete sich auf und spiegelte seine Haltung. »Wenn du mich auslachst, Mac Lawrence, dann garantiere ich dir ...«

»Du lachst«, sagte Mac, »nicht ich.« Er nahm sie in die Arme und küsste die ganze Gefühlsverwirrung weg.

Nach drei Tagen voller Presseanfragen, Interviewwünsche (die Mac allesamt ablehnte – *sollte Josie sich darum kümmern*), einiger Liebesbriefe und überraschend vieler Hilfsangebote, das Café betreffend (die *Eve* allesamt ablehnte, aber in einem bedeutend freundlicheren Umgangston), ließ die Aufregung endlich nach. Mac war schneller wieder im Dienst, als er gucken konnte. Der Stabschef in Fort Lewis hatte ihm ein Ausbildungskommando angeboten. Mac nahm es an, denn ohne die Armee wäre er sowieso nicht glücklich geworden. Aber er beschränkte sich auf eine Vier-Tage-Woche.

Am Donnerstag nahm Eve mit der Baubehörde, Romeo und einer zum Platzen stolzen Esme die Baustelle ab. Mac war in Lewis, aber als sie abends nachdenklich durch Neuschnee zur Remise schlenderte, stand sein Mietwagen vorm Haus. Das Café war für Wochen bis auf den letzten Platz reserviert, was toll war, aber sie würde Aushilfen einstellen müssen, allein schon wegen des Backens. Das würde sie sich nicht nehmen lassen, zusammen mit Mo und Janet, aber der Service ...

»Und?« Mac erwartete sie auf der Treppe. »Ist es so, wie du es dir vorgestellt hast?«

Eve sank neben ihm auf die Stufe und legte den Kopf an seine Schulter. Sie seufzte zufrieden. »Besser. Viel besser.« Sie sah ihn an. »Und bei dir? Alles in Ordnung?« Sie griff nach seiner Hand.

»Auch so. Ich muss nur ... ich lebe seit Monaten damit und dachte, es hört nicht mehr auf. Ich habe es noch nicht ganz begriffen.« Aber er war auf dem besten Weg. Mac gab ihr einen Klaps auf den Oberschenkel. »Und? Schon was gebacken?«

Sie strahlte. Es ging wieder los. Sie hatte irrsinnig viel zu tun. »Nein, aber morgen werde ich ...« Sie berichtete ihm detailliert, was alles auf ihrer To-do-Liste stand.

Er unterbrach sie, indem er ihr einen Finger auf den Mund legte und sanft drückte. »Erinnerst du dich an die Sache mit den Tulpen?«

»Du meinst diese Wagenladung Blumen? Das werde ich nie vergessen.«

»Ich würde gern das gleiche mit Osterglocken im März und Vergissmeinnicht im Mai machen, und dann mit Rosen im Juni. Aber vorher möchte ich von dir wissen, wie viel Zeit du brauchst, um mit der Hochzeitsplanerin zu besprechen, wie dein Brautstrauß aussehen soll. Und ein paar andere Details.«

Er griff hinter sich und zog ein winziges Gebinde aus Schneeglöckchen hervor und beobachtete, wie die grünen Flecken in ihrer Iris dunkler wurden und schimmerten wie die Oberfläche eines geheimnisvollen Sees. Sie lächelte das tiefe Lächeln, das nur für ihn reserviert war, und nur für die guten Momente.

»Höchstens eine Woche«, sagte Eve, »falls sie einen Termin frei hat.« *Hatte sie*. Dessen war Mac sicher.

Die Armee stellte fest, dass es sich bei dem Projektil, das den von Mac befehligten Konvoi traf, um ein lenkbares Artilleriegeschoß gehandelt hatte, verschossen aus einer M109-Haubitze, die auf einem Gebirgsvorsprung in der Nähe einer winzigen Siedlung platziert war. Man hatte vor Ort kaum Fragmente gefunden, weil der Gefechtskopf modifiziert worden war. Man hätte ihn für Teile einer Sprengfalle halten können.

Im Rahmen eines nachträglichem Neujahrsempfangs wurde Mac eine Auszeichnung verliehen. Als der Kommandeur seinen

Namen aufrief, stellten sich die Jungs seiner Einheit zum Spalier auf, und unter Schulterklopfen und Salutieren gelangte er zum Podium.

Es machte ihn total fertig. Irgendwann würde wieder einer seiner Rekruten fallen, und er würde nichts dagegen tun können, sagte er in der kurzen Rede, die man ihm abnötigte.

»Bis dahin haben Sie bereits alles getan«, entgegnete der Kommandeur.

Mac wollte widersprechen, aber er klappte den Mund wieder zu. Er konnte sich was sagen lassen, wenn die Vorgesetzten das richtige Maß an Autorität hatten. Doch, das konnte er.

Am letzten Tag im Januar wurde Georginas Café, das jetzt natürlich *Georgina's Café & Bar* hieß, wiedereröffnet. Amy trug zur Feier des Tages ein blaugetupftes Halstuch und begrüßte jeden Gast persönlich.

Justine jagte zwischen den Tischen umher, flink und effizient, und Tony war ganz in seinem Element. »Überleg dir das mit dem Merchandising nochmal!«

»Später.« Eve strahlte, und das Getränk, das er gerade anrichtete, erinnerte sie daran, dass sie noch das Bild von den Erdbeer-Pavlovas posten musste. Sie rechnete mit einer fast sofortigen Herzchenflut unter dem Bild, wobei Erdbeeren im Januar für das *Georgina's* schon reichlich dekadent waren, aber zum ersten Mal war ihr das Baiser perfekt gelungen. Aus dem vorangegangenen Versuch war wieder einmal *Eton Mess* geworden, das mit Fug und Recht mittlerweile als Spezialität des Hauses gelten konnte.

Mac kam etwas später; es war ihr Moment. Seine Ankunft hatte einen bemerkenswerten Effekt auf die Frauen im Raum: Plötzlich waren alle eine Spur lustiger, eine Spur lauter, eine Spur affektierter. Haare wurden schwungvoller über Schultern geworfen, Lippen wurden öfter berührt, Rücken wurden eleganter gestrafft, Beine graziöser übereinandergeschlagen,

Kuchen blieben länger auf dem Teller als üblich. *Mac was in the house.* Sie würden sich daran gewöhnen.

Eve ließ den Blick über die Gäste schweifen, wie eine Hirtin, die ihre Schäfchen bewundert.

Es waren viele Gäste; die alten, und neue. Sie sahen sich neugierig um und lobten die Erweiterung mit der Empore und der Bar, und Mac sah ziemlich stolz aus.

Stolz auf Eve.

Als für einen Moment Ruhe war, atmete sie tief durch. »Wir sind weit gekommen, nicht wahr?«

Er lehnte die Stirn an ihre und sie liebte es, einfach den Arm um seine Taille legen zu können. »Ja, das sind wir.« Jemand rief nach ihr, und der Augenblick war vorbei. *So war das eben.* Später würde er sie für sich allein haben. Er freute sich darauf.

Eve trug ein Kleid, und er konnte seine Augen nicht von der Schleife in der Taille lassen. Wenn er an dieser Schleife zöge, würde sich das Kleid dann öffnen? Würde sie einen Schenkel nach vorne schieben und das Becken leicht abknicken, und würde sie die Hände in die Hüften stützen und sagen, *hier bin ich, mach was?* Und was trug sie überhaupt darunter?

Er betrachtete ihren Bauch, der nicht ganz flach war, und er konnte sich nicht sattsehen an dieser Rundung. Er stellte sich vor, wie sie sich anfühlte, und wusste genau, dass die Haut dort ganz weich war. Weicher als weich.

Er hatte einmal ein Spielzeug besessen, dessen Oberfläche aus feinstem Veloursleder bestand. Mac konnte sich kaum noch an das Aussehen des Tierchens erinnern, aber genauestens an die Empfindungen, die er gehabt hatte, wenn er mit seinen Fingern darüber strich. So ungefähr fühlte sich die Region unterhalb Eves Taille an.

Er ließ den Blick wandern und betrachtete Eve, was für ihn ein Hochgenuss war, der sämtliche Vorzüge der Torten und Kuchen in den Schatten stellte. Im Gegensatz zu ihrer sonstigen Gewohnheit hatte sie ihre Nägel dunkelrot lackiert. Es passte zu ihrer gepflegten Erscheinung, aber dieses Detail machte ihn förmlich rasend. Er bewegte sich unruhig und hielt sich mit Mühe davon ab, auf die Uhr zu sehen. Er war gerade erst gekommen, und es war heller Nachmittag, aber er wünschte sich, der Tag wäre schon zu Ende.

»Was ist?« Sie spürte seinen Blick. »Stimmt etwas nicht? Soll ich ...« War sie overdressed? Oh Gott, war sie hibbelig? Sie war bestimmt völlig nervig, und Mac dachte sicher –. *Und Gott, war das warm hier drin!*

Mac sagte nicht: *Das hast du super hingekriegt* oder *du bist wunderschön* oder *das ist genau das, was du mit deinem Leben anfangen solltest.*

Er nahm sie in den Arm. »*Nein.* Bleib bitte einfach so, wie du bist. Immer.«

Eve sah ihn an. Sprachlos. Die angenehme Geräuschkulisse aus Geschirrgeklapper, Gesprächen und vereinzeltem Gelächter wich zurück vor diesem absoluten Kompliment aus dem Mund des Mannes, der für sie die Welt bedeutete. Denn auch, wenn er manchmal darüber scherzte – er war für sie um viele Klassen wichtiger als das *Georgina's* und alle Träume, die sie im Leben noch haben würde, obwohl sie sich nicht vorstellen konnte, dass es noch viel gab, was fehlte.

Es bedeutete: Du bist gut so. Es bedeutete nicht: *Du bist okay*, aber du könntest hier und da noch ein klein wenig modifizieren, vielleicht an dieser Ecke *noch etwas feilen* und diesen Charakterzug *noch ein bisschen ergänzen*, und wenn du vielleicht dein Haar beim nächsten Friseurtermin *doch* in dem helleren Ton färben ließest oder statt der Jeans lieber einen kurzen Rock tragen würdest –.

Gut so. Worte wie diese machten, das alles heilte und alles wieder hell wurde und einem nichts mehr etwas anhaben konnte.

»Du auch«, sagte sie und legte die Hände um sein Gesicht. »Unbedingt, bitte.«

Auch dieser Moment platzte, weil Eve plötzlich zu öffentlichem Besitz geworden war, und Mac ließ sie ziehen. Sie würde wiederkommen.

Irgendein Witzbold hatte ein handgeschriebenes Schild an die Tür gehängt: »*Heroes welcome*« stand darauf. Mac nahm es gedankenverloren ab und stellte es ans Fenster. *Hübsches Instagram-Motiv.* Sein Handy klingelte ohne Unterlass, den ganzen Tag schon, und immer war es jemand aus Lewis oder von der Presse. Er legte es hinter den Tresen und suchte nach einer Möglichkeit, sich nützlich zu machen.

Eve tippte eine Reihe Zahlen in ihre museumsreife Kasse (deren Innenleben Tony so auf Vordermann gebracht hatte, dass sie beinahe mit einem NASA-Computer konkurrieren konnte) und war nach kürzester Zeit genervt von diesem Telefon. *Herrje,* warum stellte er den Ton denn nicht ab?

Sie fischte nach dem iPhone und hielt es in die Höhe, um Mac zu signalisieren, dass er sich jetzt und auf der Stelle darum kümmern musste. Als sie seine Aufmerksamkeit endlich hatte, grinste er nur und zuckte mit den Schultern. Eve machte schmale Augen, sah auf den Bildschirm, las einen Namen, der ihr vage bekannt vorkam und eine Vorwahl aus der Nähe und drückte die Taste mit dem grünen Hörer.

»Vorzimmer Captain Mac Lawrence«, sagte sie halb ironisch, halb fröhlich und bewegte dabei übertrieben die Lippen, damit er es auch ja mitbekam.

Am anderen Ende blieb es einen Moment still, dann lachte jemand. Es klang heiser und rau. »Bist du Eve?«

»Ja«, sagte Eve und dachte an nichts, weil sie zu Mac gestikulierte und über seine Grimassen lachte, »wer spricht denn da?«

»Ist Mac auch da? Kann ich ihn kurz haben? Ich bin Freddy. Freddy Martinez.«

Eve starrte Mac an und fühlte, wie das breite Lächeln auf ihrem Gesicht steif wurde, verblasste und verschwand.

Was, formten seine Lippen, und sie bekam am Rande ihres Blickfeldes mit, wie Beunruhigung seine Miene überzog und er sich bei seinem Gesprächspartner entschuldigte und im nächsten Moment auf sie zustrebte.

Irgendwo fiel Porzellan zu Boden. *Verdammt, Martha.* Eve presste das Handy ans Ohr und hielt sich das andere zu. Sie suchte mit ihren Blicken nicht mehr nach Mac, sondern nach einem Ort, wo es ruhig war und sie sich konzentrieren konnte und wo sie hören konnte, was als Nächstes kam, denn Freddy sprach leise und konnte wohl auch nicht viel daran ändern, denn er hatte seine Stimme erst seit ein paar Stunden wieder zurück.

Eve zog die neue Glastür hinter sich zu. Beim Anblick der Tür fragte sie sich jedes Mal, mit welchen Zaubertricks es Mac und

Romeo gelungen war, fast die gleiche Qualität und Schönheit nochmal zu beschaffen.

Dann stand sie in der relativen Stille des Vorraums. Durch die geöffnete Tür – ein Türstopper in Hundeform hielt sie offen, damit die Gäste ungehindert eintreten konnten – drang frühlingshafte Luft. Mildes Wetter war gar nicht zu erwarten gewesen nach dem Schneefall von gestern. Aber so war das hier, und jetzt reckten die Schneeglöckchen in den Töpfen auf der Treppe ihre kleinen Gesichter in die blasse Sonne.

Mac tauchte hinter ihr auf. Sie übergab ihm wortlos das Handy, mit einem vorsichtigen Blick, der ihn alles befürchten ließ, das Schlimmste und das Beste.

»Hi, Captain«, sagte Freddy mit seiner neuen, ungeübten Stimme.

Freddy Martinez war der Jüngste in seinem Trupp gewesen. Er kam aus Santa Clarita, mitten in Kalifornien, und war gerade frisch verheiratet, als er zu Macs Kommando stieß. Freddy hatte Augen wie ein Falke und war ein besonnener, ruhiger Typ. Ein Teil der Türverkleidung des explodierenden Transporters hatte ihm die Schulter und die Schlüsselbeinvene aufgerissen, ein paar Inches über der Aorta. Er hatte nur deshalb eine Chance, weil er geistesgegenwärtig genug war, sich die Wunde selbst abzudrücken.

Die Verletzung war unscheinbar im Vergleich zu den Verheerungen, die das umstürzende Fahrzeug bei den anderen angerichtet hatte, aber sie würde ihn töten.

Als er bewusstlos wurde, war Mac neben ihm aufgetaucht, blass unter dem Helm und blutverschmiert. Er hatte sich neben ihn auf die Geröllpiste geworfen, auf spitzes Gestein und Trümmerteile und undefinierbares Zeug, von dem er gar nicht wissen wollte, worum es sich handelte, und mit seiner Hand die von Freddy ersetzt, weil sie kraftlos geworden war und zittrig und immer wieder abrutschte. Das Verbandsmaterial war längst aufgebraucht, genau so wie die letzten Chancen, das hier zu überstehen.

Mac stand inmitten eines ungewöhnlich schönen Wintertages in Cooper, an dem Ort, den er jedem anderen Platz auf der Welt vorzog. Trotzdem roch er das Blut und die Hitze auf dem

Metall, den Sand und die Angst, weil er kaum noch bei Bewusstsein war, und das letzte, woran er sich erinnerte, war eine Sanitäterin, die tränenüberströmt seine Finger von Freddys *Vena subclavia* zogen, um ihn in den Helikopter zu bringen.

Was man zum Leben brauchte, war ein Herz, das für einen schlug.

Mac suchte Eves Blick, der von Sorge erfüllt war.

»Ich hab eine Weile in Lakewood verbracht, aber seit Weihnachten bin ich zu Hause«, sagte Freddy, »Wir wohnen jetzt nördlich von Tacoma, und Katrina ist schwanger. Ich dachte, wir könnten uns vielleicht mal sehen, Kumpel. Bisschen reden. Mich bedanken. Also, wenn du Zeit hast ...«

Mac sah Eve an und hatte das Gefühl, als würden die letzten Wolken aufreißen, und es sah ganz danach aus, als ob sie das für immer täten.

»Klar«, sprach er in das Telefon, »wann immer du willst.« Er trat zu der Frau, die er liebte, und legte den Kopf an ihren.

Eve umarmte ihn und hielt ihn fest. Sie konnte Freddys Antwort hören:

»Wie wäre es mit morgen?«

Danke

...sagen ist das, was ein Autor am Ende eines Buches am liebsten macht, weil man ohne die Leute, denen man danken will, gar nicht bis hierhin gekommen wäre.

Diesmal sind es vor allem: Tony Messino, der mir mit bemerkenswerter Geduld alle Fragen zur U.S. Army beantwortet hat, die ich allein nicht lösen konnte – ich bin Polizist, kein Soldat, und da ist doch manches anders.

Dr. Karen Gröning half mir auf dem weiten Feld der Auswirkungen traumatischer Erlebnisse.

Unter anderem zeigt dieses Buch Auswüchse einer fiktiven Tierschutz-Fanatikerin. Tierschutz ist unendlich wichtig, aber Extremismus ist Bullshit. Danke an alle, die genauso denken!

Wenn's um Backen und um die Gastfreundschaft geht, verlasse ich mich auf meine Mutter, das hat bisher immer am besten funktioniert. Danke, Mom! Einige Rezepte und auch ein bisschen was davon, was im *Georgina's* auf der Getränkekarte stehen würde, finden Sie übrigens auf der Homepage :-)

Meiner Familie (den Zwei- *und* den Vierbeinern) danke ich, weil sie mich oft mehrere Stunden am Tag einfach in Ruhe recherchieren und schreiben lassen. Ihr seid die Besten, und ich hab euch lieb.

Wenn Ihnen die Geschichte um Eve und Mac gefallen hatte, würde ich mich freuen, wenn Sie sie rezensieren oder bewerten (muss nicht lang sein). Wussten Sie, dass nur ein Bruchteil der verkauften Bücher von Lesern bewertet wird? Das ist echt schade, und deshalb bitte ich Sie darum. Vielen, vielen Dank!

Und falls Sie *Instagram* mögen: Besuchen Sie mich doch mal dort. Herzlichst, Ihre

Megan McGary